KB166081

Lucy Maud Montgomery
ANNE OF GREEN GABLES

10
언제까지나
루시 모드 몽고메리/김유경 옮김

동서문화사

원제 : Further Chronicles of Avonlea(1920)
그림 : 계창훈
디자인 : 동서랑 미술팀

ANNE OF GREEN GABLES
10
언제까지나/차례

귀여운 고양이 파티마

그 일이 화제에 오를 때마다 맥스는 그 동물에게 무척 고마워한다. 나로서도 마지막에는 모든 것들이 잘된 걸 부정하지 않는다. 하지만 그 속깨나 썩인 고양이 때문에 이즈메이와 내가 얼마나 마음이 쓰라렸던가 생각하면, 가장 먼저 떠오르는 게 감사하는 마음이라는 것은 말도 안 되는 소리이리라라라.

나는 고양이를 좋아했던 적이 한 번도 없었다. 비록 고양이도 분수를 지키면 어지간히 괜찮다는 걸 인정하며, 스스로 제 몸 치다꺼리를 할 수 있고 얼마쯤 세상에 도움될 수 있는, 착하고 듬직한 늙은 암고양이라면 나로서도 그럭저럭 함께 지낼 수 있다고 생각하긴 하지만 말이다.

이즈메이로 말하면 고양이가 딱 질색이며 그녀는 언제나 그랬다.

그런데 고양이를 떠받드는 신시어 아주머니는 고양이를 싫어할 수 있다는 것을 도저히 납득할 수 없는 모양이다. 아주머니는 이즈메이나 내가 사실 마음 깊은 곳에서는 고양이를 좋아하지만 성격이 비뚤어져 순순히 좋아한다는 말을 하지 못하고, 짐짓 싫어하는 척 우기는 것이라고 굳게 믿고 있었다.

수많은 고양이 가운데에서도 신시어 아주머니가 기르는 새하얀 페르시아 고양이처럼 마음에 들지 않는 고양이는 없었다. 그 전부터도 어쩌면 그렇지 않을까 의심했었고 결과적으로 이번에 증명이 되었지만, 사실 아주머니 자신도 사랑하는 마음보다는 자랑하고 싶은 마음에서 그 동물을 방관했다. 아주머니는 저 응석받이 고양이보다는 온순한 보통 고양이를 기르는 편이 열 배는 훨씬 더 즐거웠을 게 틀림없다.

하지만 혈통서가 붙은 100달러짜리 페르시아 고양이를 기른다는 사실이 신시어 아주머니의 허영심을 부추겼으므로, 이처럼 소중한 건 없다고 스스로도 생각하게 되었던 것이다.

그 고양이는 새끼고양이일 때 선교사인 조카가 머나먼 페르시아에서 데리고 와 신시어 아주머니에게 선물한 것이었다. 그 뒤 3년 동안 아주머니네 집안사람들은 고양이를 부지런히 섬기는 일로 세월을 보냈다. 그 고양이는 눈같이 새하얗고, 꼬리 끝에 파란 빛깔 도는 작은 잿빛 얼룩이 있으며, 눈은 파랗고 귀머거리에 몸이 약했다. 아주머니는 일년 내내 고양이가 감기에 걸려 죽지는 않을까 그것만 내내 걱정하고 있었다.

이즈메이와 나는 차라리 고양이가 죽어버리기를 간절히 바랐다—고양이와 고양이의 변덕에 대해서 듣는 데 몹시 진저리가 나 있었던 것이다. 그래도 신시어 아주머니에게 맞대놓고 그런 말을 하지는 않았다. 만일 그랬더라면 아주머니는 우리들과 두 번 다시 말하지 않았을 것이며, 아주머니를 언짢게 하는 건 어리석은 일이기도 했기 때문이다. 피붙이가 없고 은행에 많은 예금을 가진 아주머니가 계신다면, 되도록 사이좋게 지내는 편이 좋은 것이다.

게다가 우리도 신시어 아주머니를 매우 좋아했다—언제나 그렇다고는 할 수 없었지만. 세상에는 늘 잔소리하면서 남의 허물만 캐어 싫어지는 게 마땅하다고 여기는데 갑자기 태도가 홱 바뀌어 상냥하고 친절하게 대하여 의무적으로라도 사랑하지 않으면 안 될 것 같은 생각이 드는 그런 분통 터지는 사람들이 있다. 신시어 아주머니가 바로 그런 사람 가운데 하나였다.

그러므로—신시어 아주머니가 파티마 이야기를 꺼내면—파티마가 그 고양이의 이름이었다—우리는 얌전히 듣기만 했다. 그리고 파티마가 죽어버리기를 바라다니 너무하지 않느냐고 말할지 모르지만, 그 벌은 나중에 충분히 받았다.

11월 어느 날, 신시어 아주머니가 돛을 활짝 펴고 스펜서베일에 왔다. 사실은 살찐 잿빛 조랑말이 끄는 사륜마차를 타고 왔지만, 아주머니는 왠지 언제나 순풍에 돛을 달고 늠름하게 들어오는 배를 연상시켰다.

그날은 우리들 모두에게 참으로 재수없는 날이었다. 하나부터 열까지 엉망이었다. 이즈메이는 벨벳 코트에 기름을 떨어뜨렸고, 내가 만들고 있던 블라우스는 아무리 몸에 맞추어도 잘 맞지 않았으며, 부엌에 있는 스토브는 그을음을 일으켰고, 빵은 시큼해졌다.

게다가 누구보다 믿음직한 오래된 우리 집 간호사이며 요리사이자 그밖의 온갖 일에 대한 '우두머리'이기도 한 홀다 제인 케이슨 할머니의 어깨에 본인이 말하는 '레알러지(알레르기)'가 생겼다. 홀다 제인은 그야말로 둘도 없이 좋은 늙은이였지만, 일단 이 '레알러지'가 도지면 집에 있는 사람들은 바깥으로 나가고 싶어지며, 만일 그렇지 못할 경우에는 화형을 당하기 위해 쇠망 속에 갇힌 성 로렌스 같은 기분이 되었다.

그런데 엎친 데 덮친 격으로 신시어 아주머니가 부탁할 일을 가지고 찾아왔다.

신시어 아주머니는 코를 킁킁거리며 말했다.

"어머나, 탄내가 나잖아. 너희들은 스토브 청소를 제대로 하지 않는 모양이구나. 우리 집 건 결코 이렇지 않아. 하기야 남자 손도 없이 처녀 둘이서 살림을 하니, 이렇게 되는 것도 무리는 아니지만 말이야."

나는 거만하게 말했다.

"남자 같은 것 없어도 우린 잘 해내고 있어요."

맥스는 지난 나흘 동안 코끝도 볼 수 없었다. 굳이 맥스를 만나고 싶었던 건 아니지만, 나도 모르게 무슨 일이 있나 하고 생각하게 된다.

"남자는 귀찮은 존재예요."

"그렇게 생각하는 척할 뿐이겠지."

신시어 아주머니가 화를 돋구었다.

"정말로 그렇게 생각하는 여자가 이 세상에 있을까. 앤 셜리가 엘러 킴블네에 놀러와 있지만, 그 예쁜 아가씨도 그렇게 생각하지는 않을 거야. 오늘 오후 앤 셜리가 어빙 의사와 산책하는 걸 봤는데 사이가 아주 좋은 듯하더라. 수, 너도 우물쭈물하다간 맥스를 놓쳐버릴지도 모르는 일이야."

그것은 나에게 들려주기에 재치있는 말이었다. 나는 맥스 어빙의 청혼을 너무나 여러 번 거절했기에, 이제까지 몇 번이나 거절했는지 완전히 잊어버렸을 정도이다. 나는 몹시 화가 났다. 그래서 아주머니를 보고 더할 수 없이 상냥하게 웃으며 말했다.

"어머, 어머. 아주머니도 참 재미있는 말씀을 하시네요."

말이 술술 나왔다.

"그 말씀은 마치 내가 맥스와 결혼하고 싶어한다는 듯이 들리는군요."

"그럼, 아니란 말이냐?"

"만일 그렇다면 어째서 그토록 몇 번씩이나 거절했을까요?"

나는 아직도 웃고 있었다. 내가 거절한 사실을 신시어 아주머니는 잘 알고 있었다. 맥스가 언제나 보고하는 것이다.

아주머니는 말했다.

"왜 그랬는지 난 몰라. 하지만 자꾸 그러다간 어느 날 정신을 차려 보니 네 말대로 되어 있을지도 모르지. 저 앤 셜리라는 아가씨에게는 어딘지 모르게 매력이 있더란 말이야."

나는 맞장구쳤다.

"정말 그래요. 남다르게 보는 아주 멋진 눈을 가졌던데요. 맥스와 잘 어울리는 부인이 되겠어요. 맥스는 그 아가씨와 결혼하면 되겠네요."

"흥."

신시어 아주머니는 콧방귀를 뀌었다.

"글쎄, 널 부추겨 더 거짓말하게 만들긴 싫구나. 그리고 맥스 이야기나 하려고 이처럼 바람센 날 일부러 여기까지 찾아온 건 아니니까. 난 두 달쯤 핼리팩스에 가 있게 되었는데, 내가 없는 동안 파티마를 좀 맡아달라고 찾아왔지."

나는 나도 모르게 소리질렀다.

"파티마를!"

"그래. 일하는 사람에게 맡겨놓을 수는 없잖니. 잊지 말아야 할 건 우유는 반드시 데워줘야 하고, 어떤 일이 있어도 절대로 바깥에 내놓아선 안 돼."

나는 이즈메이의 얼굴을 보았다. 이즈메이도 내 얼굴을 빤히 보았다. 우리는 옴짝달싹할 수 없게 된 것을 느꼈다. 거절하면 돌이킬 수 없을 만큼 신시어 아주머니의 기분을 언짢게 하리라. 게다가 만일 내가 무심코 어떤 싫은 기색이라도 보이면, 아주머니가 맥스에 대해 이야기한 것 때문에 내가 뿌루퉁해져서 거절했다고 확신하고, 두고두고 싫은 소리를 할 게 뻔했다.

그래도 나는 과감하게 물어보았다.

"아주머니가 안 계신 동안 만일 파티마에게 무슨 일이 생기면 어떡하지요?"

신시어 아주머니가 말했다.

"그런 일이 있어선 안 되니까 여기에 맡기려는 거지. 파티마한테 무슨 일이 일어나선 절대로 안 돼. 얼마쯤 책임을 진다는 건 두 사람에게도 좋은 경험이 되겠지. 그리고 이번 일을 계기로 파티마가 얼마나 귀여운 고양이인지 알게 될 거야. 자, 이것으로 다 결정되었군. 파티마는 내일 보낼 테니까 그렇게 알아."

신시어 아주머니가 나가고 문이 쾅 닫히기가 무섭게 이즈메이가 말했다.

"저 꼴도 보기 싫은 파티마의 시중은 언니가 들면 되겠네. 난 절대로 건드리지 않을 테니까. 언니는 우리가 파티마를 맡겠다고 말할 자격이 없어."

나는 부루퉁하여 이렇게 말했다.

"우리가 맡겠다고 내가 말하기라도 했다는 거니? 신시어 아주머니가 혼자 멋대로 결정하고 가셨잖아. 그리고 거절할 수가 없었다는 건 너도 잘 아는 사실이잖아. 그러니까 무턱대고 화낸다고 될 일이 아니야."

이즈메이는 우울하게 말했다.

"만약에 그놈의 고양이에게 무슨 일이 생기면, 신시어 아주머니는 우리들 탓으로 돌릴 거야."

나는 호기심이 나서 물어보았다.

"앤 셜리가 진짜로 길버트 블라이스와 약혼했다고 생각하니?"

이즈메이는 마음이 딴 곳에 가 있는 눈치였다.

"그렇다는 이야기는 들었어. 우유 말고 또 먹는 게 있을까? 쥐를 줘도 되는지 몰라?"

"글쎄, 괜찮을 것 같기도 한데. 하지만 맥스는 정말로 그 여자를 좋아하게 됐다고 생각해?"

"그렇겠지. 만일 그렇다면 언니도 안심이겠네."

나는 쌀쌀맞게 말했다.

"그야 물론이지. 앤 셜리든, 앤 아무개든 맥스를 원한다면 마음대로 하라고 해. 난 괜찮으니까. 이즈메이 미드, 저 스토브의 그을음을 어떻게 좀 해봐. 참으로 미칠 것만 같아. 정말 지긋지긋한 날이군. 저것은 보기 싫어 죽겠어!"

이즈메이가 이의를 제기했다.

"어머나, 그렇게 말하면 안 되지. 그녀에 대해 잘 모르면서. 앤 셜리는 멋진 여자라고 모두들 그러던데—"

나는 화가 치밀어 고함쳤다.

"난 파티마 이야기를 하고 있는 거야."

"오오!"

이즈메이는 때때로 바보같이 될 때가 있다. '오오'하는 말투도 내겐 용서할 수 없을 만큼 바보처럼 생각되었다.

파티마는 다음날 왔다. 맥스는 솜을 넣고 누빈 새빨간 새틴으로 안을 대고 뚜껑이 있는 바구니에서 파티마를 꺼냈다. 맥스는 고양이라는 생물도 신시어 아주머니도 매우 좋아했다. 맥스는 파티마를 어떻게 다루면 좋은지 우리에게 설명해 주었다.

그러고 나서 이즈메이가 방에서 나가자—이즈메이는 내가 곁에 있어주었으면 하고 은근히 바라는 걸 잘 알면서도, 그럴 때마다 꼭 방에서 나가버리는 것이었다—또 다시 나에게 청혼했다. 물론 나는 여느 때처럼 딱 잘라 거절했지만 얼마쯤 기뻤다.

맥스는 지난 2년 동안 2개월에 한 번 꼴로 내게 청혼해 왔다. 때로는 이번처럼 2개월이 3개월로 되는 일이 있는데, 그렇게 되면 나는 언제나 무슨 일이 있는 건 아닐까 하고 걱정하게 된다. 이번에도 앤 셜리를 진심으로 사랑하게 된 건 아니라는 결론에 이르러 안도의 숨을 내쉬었다. 맥스와 결혼하고 싶진 않았지만, 곁에 있어주면 즐겁고 편리하기도 했으므로, 어떤 처녀가 그와 결혼해버린다면 아마도 몹시 쓸쓸해질 것 같았다.

맥스는 매우 도움이 되며 무슨 일이든 기꺼이 해주었다—지붕판자에 못을 박아주고, 읍내까지 마차를 태워주기도 했으며, 양탄자를 깔아주는 등—필요할 때는 언제나 손길을 뻗쳐주는 존재인 것이다.

그러므로 나는 거절하면서도 맥스에게 상냥하게 미소 지었다. 맥스는 손가락을 꼽으며 세기 시작했다. 여덟까지 오면 고개를 내젓고 다시 처음부터 세기 시작하였다.

나는 물어보았다.

"뭘 하고 있어요?"

맥스가 말했다.

"당신에게 몇 번 청혼했는지 세어보려고. 그런데 뜰을 파헤친 날에 결혼해 달라고 했는지 안 했는지 생각이 잘 안 나는군요. 만일 했었다면 그것으로—"

내가 끼어들었다.

"아뇨, 안 했어요."

맥스는 생각하면서 말했다.

"그렇다면 열한 번째로군. 이제 슬슬 한계에 이른 것 같아요. 한 처녀에게 열두 번도 더 청혼한다는 것은 사나이로서 내 자존심이 허락하지 않지요. 그러니까 다음 번이 마지막이 될 거요, 귀여운 수."

"오오."

나는 좀 무뚝뚝하게 내뱉었다. 맥스가 나에게 귀엽다는 말을 한 것에 대해 화내는 것도 잊고 있었다. 맥스가 청혼을 그만두면 따분해지지 않을까 염려하고 있었다. 그것만이 나에게는 유일한 자극제인 것이다. 하지만 그렇게 되어도 하는 수 없겠지—맥스도 영원히 청혼할 수는 없을 테니까. 그제서야 품위 있게 그 주제를 벗어나고자 셜리 양은 어떤 여자냐고 나직이 물어보았다.

맥스가 웃으며 말했다.

"아주 귀여운 아가씨지. 티치아노가 즐겨 그리는 멋진 빨강머리에 잿빛 눈을 가진 아가씨를 내가 전부터 좋아한다는 건 당신도 잘 알고 있잖소."

나는 검은 머리에 눈은 갈색이다. 그때 맥스는 정말이지 보기 싫어 죽겠다는 마음이 들었다. 나는 벌떡 일어나서 파티마에게 줄 우유를 가져오겠다고 차갑게 말했다.

부엌에서는 이즈메이가 머리 끝까지 화를 내고 있었다. 다락방에 올라갔더니 쥐 한 마리가 발 밑을 빠져나갔다는 것이었다. 이즈메이는 쥐를 몹시 징그러워했다.

이즈메이가 성난 목소리로 버럭버럭 말했다.

"어떤 일이 있어도 고양이를 길러야겠어. 하지만 파티마처럼 아무 짝에도 쓸모없는 응석받이 고양이는 안 돼. 저 다락방은 진짜 쥐들이 우글거려. 두 번 다시는 거기 안 갈 테니, 그렇게 알아."

파티마는 우리가 겁냈던 것만큼 짐이 되지는 않았다. 훌다 제인은 파티마를 좋아했고, 이즈메이조차 파티마는 조금도 건드리지 않겠다고 선언한 주제에 부지런히 돌봐주었다. 한밤중에 일어나 따뜻하게 지내고 있는지 들여다보기까지 하였다. 맥스는 날마다 찾아와 이것저것 도움이 될 말을 해주었다.

그런데 신시어 아주머니가 떠난 지 3주일쯤 지난 어느 날, 파티마가 사라졌다—마치 공기에 녹아 없어진 것같이 정말 홀연히 사라진 것이다. 그날 오후 나와 이즈메이는 바구니 안에 웅크리고 잠든 파티마를 훌다 제인이 감시하는 난로 옆에 남겨두고, 아는 사람 집을 방문하러 가고 없었다. 집에 돌아왔을 때 파티마는 자취를 감추어버리고 없었다.

훌다 제인은 울고 또 울어 마치 하느님이 만드신 미치광이 같았다. 그녀는 단 한 번 박하 씨앗을 가지러 다락방으로 달려간 3분 말고는 파티마에게서 눈을 떼지 않았다고 굳게 맹세했다. 돌아와 보니 부엌문이 열려 있고 파티마가 사라졌다는 것이었다.

이즈메이와 나는 정신을 잃을 지경이었다. 온 뜰 안을 샅샅이 뒤지고, 헛간도 구석구석 찾았으며, 파티마의 이름을 부르며 집 뒤 숲속을 미친 듯이 뛰어다녔지만 아무 소용 없었다. 마침내 이즈메이는 현관 앞 층계에 주저앉아 엉엉 울기 시작했다.

"파티마가 달아나다니, 감기에 걸려 죽을 게 뻔해. 신시어 아주머니는 우리를 결코 용서하지 않을 거야."

"맥스를 불러오겠어."

나는 그 말을 남기고 집을 나섰다. 가문비나무숲에서 나와 밭을 지나 되도록 빨리 걸어가면서, 나는 마음 속으로 이토록 난처할 때 의논할 맥스 같은 사람이 있다는 행운에 감사하고 있었다.

맥스가 와서 우리는 다시 한 번 찾아보았지만 성과가 없었다. 해가 저물어갔지만 파티마는 나타나지 않았다. 맥스가 없었다면 난 미쳐 버렸을지도 모른다. 파티마가 없어지고 난 뒤 1주일 동안 맥스는 참으로 고마운 존재였다.

우리는 감히 광고는 내지 않았다. 신시어 아주머니 눈에 띄면 더 큰일이기 때문이었다. 그래도 꼬리 끝에 파란 빛깔 도는 얼룩이 있는 하얀 페르시아 고양이를 보지 못했는지, 여러 방면으로 먼 데까지 문의하고 상금도 내놓기로 했다.

하지만 아무도 본 사람이 없었다. 하기야 밤낮없이 수많은 사람이 찾아오긴 했다. 온갖 종류의 고양이를 바구니에 넣어 들고 와서는 잃어버린 고양이가 아니냐고도 했다.

어느 날 오후, 나는 낙담하여 맥스와 이즈메이에게 말했다.

"이제 다시는 파티마를 볼 수 없겠지."

방금 크고 노란 수고양이를 데리고 온 할머니에게 돌아가달라고 간청한 뒤였다. 그 할머니는 자기가 들고 온 고양이가 파티마라고 하면서 막무가내였다.

"이봐요, 젊은 양반들, 이놈이 울면서 나한테 찾아왔는데, 이런 고양이는 클리프턴 부근에선 아무도 키우지 않아요."

맥스가 말했다.

"유감스럽지만 못보게 될 것 같소. 바깥 바람을 쐬고 벌써 죽었을 거요."

이즈메이가 어두운 얼굴로 말했다.

"신시어 아주머니는 결코 용서해 주시지 않을 거야. 그 고양이가 이 집 문턱을 넘는 순간, 문제를 일으킬 녀석이라는 불길한 예감이 들었었어."

여태껏 그런 예감이 있었다는 말은 들은 적도 없지만, 이즈메이는 걸핏하면 예감이 들었다는 소리를 했다―일이 생기고 난 뒤에 말이다.

"이 일을 어쩌면 좋지?"

나는 막막하였다.

"맥스, 어떻게 하면 이 궁지에서 벗어날지 무슨 좋은 방법이 없을까요?"

맥스가 제안했다.

"샬럿타운 신문에 하얀 페르시아 고양이를 구한다는 광고를 냅시다. 누군가 팔고 싶어하는 사람이 있을지도 모르오. 만일 있으면 그 고양이를 사서, 파티마라고 속여 조용히 아주머니에게 내밀면 돼요. 신시어 아주머니는 심한 근시니까 속아 넘어갈지도 모르오."

내가 말했다.

"그런데 파티마는 꼬리에 파란 얼룩이 있잖아요."

맥스가 말했다.

"꼬리에 파란 얼룩이 있는 고양이를 구한다고 광고해야죠."

이즈메이가 우울하게 말했다.

"엄청나게 많은 돈이 들 거야. 파티마는 100달러나 하니까."

슬프기는 나도 마찬가지였다.

"우리가 모피 코트를 새로 장만하려고 모은 돈을 써야겠어. 다른 방법이 없어. 그보다도 신시어 아주머니를 언짢게 하는 쪽이 손해가 더 클 테니까. 아주머니는 우리가 나쁜 마음을 먹고 일부러 파티마를 달아나게 했다고 충분히 믿을 사람이야."

우리는 어쩔 수 없이 광고를 냈다. 맥스가 읍내에 나가 가장 큰 일간지에 광고를 냈다. 꼬리에 파란 얼룩이 있는 새하얀 페르시아 고양이를 팔 사람이 있으면 '엔터프라이즈' 앞으로 M.I.(맥스 어빙)에게 연락하기 바란다는 내용이었다.

우리들은 그리 효과가 있으리라고 기대하지 않았으므로, 나흘 뒤 맥스가 읍내에서 편지를 가지고 돌아왔을 때는 놀라기도 하고 기쁘기도 했다. 핼리팩스에서 온 것으로 타자기로 친 편지였는데, 우리가 바라는 대로 흰 페르시아 고양이를 팔 생각이 있다는 것이었다. 가격은 110달러며 만약 M.I.씨가 핼리팩스로 와서 그 고양이를 보고 싶으면, 홀리스 거리 110번지에서 '페르시아 고양이'를 찾는다고만 하면 된다고 하였다.

이즈메이의 표정은 여전히 어두웠다.

"여러분, 너무 기뻐하지 않는 게 좋을 것 같아요. 딱 맞는 고양이가 아닐지도 몰라요. 파란 얼룩이 너무 크다든지 너무 작다든지 할지도 모르고, 얼룩 있는 자리가 틀릴 수도 있으니까요. 이 끔찍한 사건에 좋은 일이 생길 까닭이 없어요."

똑똑똑, 그때 마침 현관을 두드리는 소리가 들려왔으므로 나는 바삐 나갔다. 우체국장의 어린 아들이 전보를 가지고 서 있었다. 나는 뜯어서 쪽 훑어 보고는 급히 방으로 돌아왔다.

이즈메이가 내 얼굴에서 눈을 떼지 않고 물었다.

"이번에는 또 무슨 일이야?"

나는 전보를 쑥 내밀었다. 신시어 아주머니로부터 온 것이었다. 파티마를 당장 속달편으로 핼리팩스로 보내라는 것이었다.

맥스도 이번만은 난국을 헤쳐나갈 기발한 생각이 없는 듯했다. 맨 먼저 입을 연 것은 나였다.

나는 매달리듯 말했다.

"맥스, 물론 우리를 돕겠지요? 이즈메이도 나도 곧바로 핼리팩스로 달려갈 수가 없어요. 내일 아침 떠나 주면 고맙겠어요. 곧장 홀리스 거리 110번지로 가서 '페르시아 고양이'를 찾아가 그 고양이가 파티마라고 해도 통할 것 같으면 얼른 사서 신시어 아주머니에게 들고 가는 거예요. 만일 비슷하지 않으면—아냐, 꼭 닮아야 해요! 가줄 수 있겠죠?"

맥스가 말했다.

"그건 상황에 따라 다르오."

나는 눈이 휘둥그레져 맥스를 쳐다보았다. 여느 때 맥스답지 않았다.

맥스는 침착하게 말했다.

"당신은 나에게 골치아픈 일을 맡기려 하고 있어요. 아무리 심한 근시라 해도 신시어 아주머니가 속아 넘어간다고 장담할 수는 없어요. 잘 알지도 못하고 물건을 산다는 건 큰 도박이오. 게다가 신시어 아주머니에게 들켜버리면 나는 아주 난처한 처지에 빠지고 말지요."

나는 금방이라도 울음을 터뜨릴 것 같았다.

"오, 맥스."

맥스는 깊은 생각에 빠진 듯 난로의 불을 보고 있었다.

"물론 내가 진짜 이 집안의 한 사람이거나 그럴 가망이 있다면 나로서도 그리 싫다는 생각이 들지는 않겠지만—하루면 끝나는 일이니까. 하지만 지금 상태로는—"

못 참겠는지 이즈메이가 벌떡 일어나 방 밖으로 나갔다.

나는 말했다.

"제발, 맥스."

맥스가 엄숙하게 물었다.

"나와 결혼해 주겠소, 수? 승낙만 해준다면 핼리팩스로 가서 두려움을 무릅쓰고 몸을 내던져 해보겠소. 여차하면 새까만 들고양이를 신시어 아주머니에게 들고 가서 파티마라고 말해 주겠소. 이 난처한 처지에서 수를 구하기 위해서라면, 당신은 파티마를 맡은 적도 없다거나, 아주 소중하게 잘 기르고 있다거나, 파티마라는 고양이는 처음부터 아예 있지도 않았다거나, 무엇이든지 증명해 보이겠소. 어떤 일이든 할 것이고, 어떤 말이든 하겠소—다만 그건 내 장래 아내를 위해서라야만 하오."

나는 어떻게 해야 좋을지 몰랐다.

"다른 것으로 만족할 만한 게 없을까요."

"아무것도."

나는 열심히 고민했다. 물론 맥스가 택한 방법은 너무 심했다—그러나—하지만—맥스는 사실 아주 좋은 사람이다—게다가 이번이 열두 번째이고—앤 셜리도 있다! 나로서도 맥스가 곁에 있어주지 않으면 인생이 몹시 따분해질 거라고 마음속으로는 알고 있었다. 그리고 맥스가 스펜서베일에 온 이래 신시어 아주머니가 그토록 드러내놓고 우리 둘을 결합시키려고 하지 않았더라면, 벌써 맥스와 결혼했을 게 틀림없다.

나는 뾰로통해서 대답했다.

"좋아요."

맥스는 아침에 핼리팩스로 떠났다. 다음날 모든 일이 잘되었다는 전보가 왔다. 그러고도 또 하루가 지나, 그 다음날 밤이 되어서야 맥스는 스펜서베일로 돌아왔다. 이즈메이와 나는 맥스를 의자에 밀어붙이고, 짜증스러운 눈으로 노려보았다.

맥스는 웃음을 터뜨리는가 싶더니, 웃고 또 웃으며 얼굴이 자줏빛이 되도록 웃음을 참지 못했다.

이즈메이의 목소리가 날카로워졌다.

"그렇게 재미있다니 잘됐군요. 하지만 무엇 때문에 그렇게 웃는지 언니와 나는 알았으면 좋겠어요."

맥스가 애원했다.

"하하하, 두 분은 잠깐만 참아주세요. 내가 핼리팩스에서 얼마나 애쓰며 진지한 표정을 지어야 했는지를 알게 되면, 두 분도 지금 내가 웃음을 참지 못하는 걸 용서해 줄 거라고 생각하지만 말이오."

내가 외쳤다.

"용서해 줄게요—하지만 제발 부탁이니 모조리 얘기해 줘요."

"나는 핼리팩스에 닿자마자 서둘러 홀리스 거리 110번지로 갔는데—이게 왠일입니까! 신시어 아주머니의 주소가 플레즌트 거리 10번지라고 하지 않았던가요?"

"맞아요."

"그게 그렇지 않았어요. 다음에 전보가 오면 주소를 잘 봐요. 신시어 아주머니는 1주일쯤 전 다른 친구네 집으로 옮겼는데 그 사람이 홀리스 거리 110번지에 살고 있었던 거죠."

"맥스!"

"사실이오. 초인종을 누르자 가정부가 나와서 '페르시아—'라고 말하려는데, 신시어 아주머니가 현관에 나타나더니 내게 달려들 듯이 물었어요.

'맥스, 파티마를 데리고 왔어요?'

'아니오.'라고 대답하고 신시어 아주머니에게 이끌려 서재로 가면서, 나는 이 새로운 전개에 어떻게 대처하면 좋을지 필사적으로 생각했지요.

'난—나는—볼일이 좀 있어서 핼리팩스에 왔는데요.'

'그랬었군.'

그때 신시어 아주머니는 기분이 좋지 않았어요.

'그 아가씨들은 대체 어쩔 셈이지. 당장 파티마를 보내라고 전보를 쳤는데. 파티마는 아직 도착하지 않았어. 파티마를 사고 싶다는 사람이 언제 나타날지 모르는데.'

'그랬군요!'

난 순간순간 진상을 알아내려 생각하며 우물우물 말했소.

'그렇다니까.'

신시어 아주머니는 말을 이었소.

'샬럿타운에 있는 '엔터프라이즈'에 페르시아 고양이를 사고 싶다는 광고가 났기에 회답을 냈지. 파티마는 너무 애를 먹여—당장 죽을 것만 같기도 하고, 죽으면 또 얼마나 큰 손해야.'—아니, 신시어 아주머니가 허튼소리를 하시나?—'그래서 그 고양이가 아주 귀엽기는 하지만 팔 결심을 했지.'

그때쯤에는 나도 정신을 차리고, 사실을 적당히 엮어서 이야기해야 되겠다고, 얼른 마음을 고쳐먹었지요.

나는 큰 소리로 말했소.

'이런 정말 너무나 신기한 우연의 일치네요. 왜냐하면 미스 리들리, 페르시아 고양이에 대한 광고를 낸 사람은 바로 저거든요—수의 부탁을 받고 말이죠. 수와 이즈메이는 자기들도 파티마 같은 고양이를 기르고 싶다는군요.'

신시어 아주머니가 기뻐하는 모습을 그대로 보여주고 싶었소. 그 아가씨들이 고양이를 정말로 좋아한다는 걸 전부터 알고 있었는데, 다만 그들이 그렇다고 털어놓지 않았을 뿐이라면서 말이오. 거래는 즉석에서 끝났소—나는 두 사람이 준 110달러를 건넸고 신시어 아주머니는 태연히 돈을 받으셨지요—그러니 이제 파티마는 두 아가씨의 공동 소유요. 거래 성립, 축하하오!"

이즈메이가 씩씩거리며 말했다.

"인색한 늙은이."

신시어 아주머니를 가리켜 한 말이었다. 나도 다 닳은 우리의 모피 코트가 떠올랐으므로 이즈메이에게 반대하지 않았다.

나는 미심쩍어하며 말했다.

"그렇지만 파티마는 없잖아요. 신시어 아주머니가 돌아오면 뭐라고 설명해야 하죠?"

"그게 말이오, 아주머니는 앞으로 한 달 안에는 돌아오시지 않아요. 그리고 돌아오시면 그 고양이에 대해 말해야 되겠지만—없어졌다고—'언제' 없어졌다고까지 말할 필요는 없소. 그 밖의 다른 일은, 파티마는 이제 두 사람 것이니 신시어 아주머니라도 불평할 수는 없어요. 하지만 아주머니는 지금까지보다 더 아가씨들이 집안을 꾸려 갈 줄 모른다고 생각하시겠지요."

맥스가 떠날 때 나는 창가로 가서 그가 길을 내려가는 모습을 지켜보았다. 맥스는 아주 잘생긴 남자였으므로 나도 우쭐하였다. 맥스는 문 있는 데서 내게 작별인사로 손을 흔들려고 뒤돌아섰다. 그리고 위쪽을 흘끗 보았다. 꽤 멀리 떨어져 있었는데도 맥스의 얼굴에 깜짝 놀란 표정이 떠오른 것을 알았다. 그런가 싶더니 맥스가 전속력으로 달려왔다.

"이즈메이, 집에 불이 났나봐!"

나는 비명을 지르며 방문으로 뛰어갔다.

맥스가 소리쳤다.

"수, 파티마인지 파티마의 유령인지, 방금 다락방 창문에 있는 걸 봤소!"

"말도 안 돼요!"

나는 그렇게 소리쳤지만, 이즈메이는 벌써 층계를 절반이나 올라갔고, 우리도 곧 뒤쫓아 올라갔다. 우리들은 다락방 쪽으로 쏜살같이 달려갔다. 그곳에 파티마가 떡하니 앉아 있었다. 털도 반지르르했고, 아주 만족스러운 모양으로 햇볕을 쬐고 있었다.

맥스가 배를 잡고 너무나 웃었으므로, 나중에는 서까래가 울릴 지경이었다.

나는 울음섞인 목소리로 이의를 제기했다.

"여태까지 쭉 여기에 있었다니 도저히 믿을 수 없어. 있었다면 분명 우는 소리가 들렸을 텐데."

맥스가 말했다.

"하지만 당신은 못들었잖소."

이즈메이가 단언했다.

"추워 얼어죽었을 텐데."

맥스가 말했다.

"하지만 안 죽었소."

나는 울부짖었다.

"아니면, 굶어죽었거나."

맥스가 말했다.

"여기에는 쥐들이 엄청나게 많소. 이봐요, 두 아가씨. 파티마는 지난 2주 동안 내내 여기 있었던 게 틀림없소. 아마도 그날 몰래 홀다 제인의 뒤를 따라 올라왔을 거요. 그런데 우는 소리가 들리지 않았다니 정말 이상하군―만일 울었다면 말이지만. 하지만 아마 울지 않았을 거요. 게다가 두 사람은 아래층에서 자니까. 세상에, 여기를 찾아보려고는 생각지도 못했다니!"

이즈메이는 심술궂은 눈길로 반지르르한 파티마를 노려보면서 말했다.

"그래서 100달러 넘게 손해를 보았어요."

나는 층계 쪽으로 돌아서면서 말했다.

"내가 치른 비용은 그 이상이야."

이즈메이와 파티마가 쿵쾅거리며 내려간 뒤 맥스가 나를 막았다.

맥스가 속삭였다.

"손해가 막심하다고 생각하오, 수?"

나는 곁눈으로 맥스를 보았다. 맥스는 참으로 좋은 사람이며, 온몸으로 매력을 풍기고 있었다.

나는 우물쭈물했다.

"아, 아니에요. 그렇지만 결혼하면 파티마는 당신이 돌봐줘야 해요. 나는 안 해요."

맥스는 고마워하며 말했다.

"귀여운 파티마."

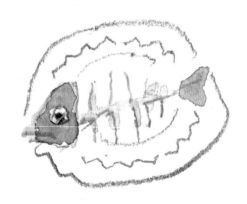

뜻밖의 우연

애번리에서는 누구나 노처녀를 안됐다고 안쓰러워하지만, 나는 내가 결혼하지 않은 것을 한 번도 후회한 적 없었다. 하지만 그런 나도 솔직히 말해서, 결혼할 기회가 한 번도 없었던 것은 몹시 마음에 걸렸다.

나의 유모이며 가정부인 낸시까지 그런 사실을 알고 매우 안됐다고 생각하는 눈치였다. 낸시 자신도 노처녀지만, 두 번이나 청혼을 받았었다. 그녀는 두 번 모두 승낙하지 않았다. 한 사람은 상처받은 남자로서 애들이 일곱이나 있었고, 또 한 사람은 아무짝에도 못쓸 무능한 사내였기 때문이었다. 그래도 만약 누가 독신녀라고 업신여기면 떳떳하게 그 두 번의 경우를 증거로 내놓고, '결혼할 수 있었지만 하지 않았을 뿐'이라고 말할 수가 있는 것이다.

나도 애번리에서 줄곧 살지만 않았으면 한 번쯤은 속여보려고 했을지도 모른다. 그러나 그렇지 못했으므로 모두들 나에 대해 속속들이 알고 있었다—아니, 안다고 생각했다.

나는 가끔 왜 아무도 나를 좋아하지 않았는지 정말 이상하게 여겨지곤 했다. 나는 결코 못생긴 여자가 아니다. 사실은 벌써 몇 년 전의 일이지만, 조지 애도니럼 메이브릭이 내게 시를 써서 바친 적 있는데, 그 속에서 내가 얼마나 아름다운지 찬양했을 정도다.

하기야 그래서 좋은 일이 생긴 건 아니었다. 조지 애도니럼은 예쁜 처녀마다 시를 써서 바치고는 그 가운데 누구와도 사귀지 않았고, 데리고 다닌 여자라곤 사팔뜨기에 빨강머리인 플로러 킹이었으니까. 하지만 이 일은 내가 그 경쟁에 끼지 못한 게 내 용모 탓은 아니라는 증명은 될 것이다.

그리고 내가 시를 쓰기 때문도 아니다―조지 애도니럼이 쓰는 유치한 시가 아니다―왜냐하면 그 사실을 아무도 모르는 까닭이다. 나는 시상이 떠오르면 내 방에 틀어박혀, 여느 때 자물쇠를 걸어 깊숙이 숨겨 놓는 작은 노트에 시를 쓴다. 지금 그 노트는 거의 시로 가득차 있다. 오랫동안 써왔기 때문이다.

내가 낸시에게 비밀로 할 수 있는 것은 이 노트뿐이다. 어쨌든 낸시는 내가 혼자서는 도저히 살아갈 수 없다고 굳게 믿고 있다. 만일 낸시가 이 작은 노트를 발견하면 어떻게 생각할지 상상만 해도 온 몸이 떨릴 지경이다. 아마 급히 의사선생을 불러오도록 한 다음, 기다리는 동안 겨자연고를 발라주려고 달려들 것이다.

아무튼 나는 그 노트를 꾸준히 메워 왔다. 그리하여 뜰 안에 있는 꽃들과 기르는 고양이들과, 잡지와 작은 노트에 둘러싸여 나는 아주 행복하고 만족했다.

다만 건너편에 살고 있는 주정뱅이 남편의 아내 애딜러 길버트로부터, 데려갈 남자가 아무도 없는 '가엾은 샬럿'이라고 동정받는 건 견딜 수 없었다. 가엾은 샬럿이라니, 정말! 나도 애딜러 길버트처럼 남자 앞에 내 몸을 내던진다면―아냐, 그렇게 생각해선 안 된다. 무자비해서는 안 된다.

내 40살 생일에 메리 길레스피네 집에서 바느질 모임이 있었다. 나는 내 생일을 입에 올리는 일을 그만두었지만, 그 조그만 시도도 애번리에서는 아무 소용 없었다. 누구나 모두의 나이를 훤히 알고 있는 것이다—만일 실수를 한다 하더라도 결코 나이 적은 쪽으로는 틀리지 않았다.

낸시는 내가 아직 어렸을 때부터 생일을 축하해 왔으므로 그 습관이 배어버렸고, 나도 군이 고치려고 하지 않았다. 결국 축하를 받는 건 기분 좋은 일인 것이다.

내가 아직 침대에서 일어나지 않았는데도 낸시가 아침 식사를 가져왔다—이러한 게으른 버릇은 다른 날이라면 눈총맞지만 이날만은 너그럽게 봐주는 것이었다. 낸시는 내가 좋아하는 음식만 만들어 차려왔고, 쟁반은 정원의 장미와 집 뒤 숲에서 꺾어온 풀고사리로 꾸며져 있었다.

나는 아침 식사를 마음껏 즐긴 뒤 침대에서 내려와 옷을 갈아입으며 두 번째로 좋은 모슬린 드레스를 입었다. 낸시가 지켜보지 않았으면 가장 좋은 드레스를 입었을 것이다. 하지만 아무리 생일이라고 해도 낸시가 그것까지 너그럽게 봐주지 않는다는 걸 알고 있었다.

나는 꽃에 물을 주고 고양이에게 먹이를 준 다음 방문을 잠그고 6월을 기리며 노래하는 시를 썼다. 생일을 읊는 시는 30살이 되었을 때 그만두었다.

오후가 되자 바느질 모임 채비에 나섰다. 외출할 준비가 다 되었을 때 거울을 들여다보고, 이런 내가 정말 40살인가 하고 이상한 생각이 들었다. 40살로는 보이지 않는 게 분명했다. 머리는 연한 갈색으로 물결치고, 볼은 장밋빛에 주름도 거의 눈에 띄지 않았다. 어쩌면 그건 어두워서 그런지도 몰랐다.

나는 거울을 반드시 방 안에서 가장 어두운 곳에 걸어두고 있었다. 어째서 그러는지 낸시는 통 눈치를 채지 못했다. 나도 주름이 있다는 것쯤은 알고 있다. 그래도 뚜렷이 보이지 않으면 잊고 살 수 있는 법이다.

우리 바느질 모임은 젊은 사람도 늙은 사람도 다 함께 참석하여 나름 규모가 크다. 나로선 바느질 모임에 나가는 게 언제나 즐겁다고 말하기가 망설여진다―그날 모임에서는 적어도 그랬다―그래도 충실히 참석했다. 그렇게 하는 것이 내 의무라고 생각했기 때문이다.

결혼한 여자들은 남편과 아이들 이야기만 한다. 나는 그런 화제가 나왔을 때는 어쩔 수 없이 잠자코 있을 수밖에 없다. 젊은 처녀들은 여기저기 방구석에 모여 남자친구 이야기를 하는데, 내가 끼어들면 하던 이야기를 딱 멈춰버린다. 마치 남자친구를 가진 적 없는 노처녀는 들어도 모를 것이라는 듯이.

나 말고도 노처녀들이 있었지만, 그들은 남의 소문 이야기만 떠들어대므로 나는 그것도 좋아하지 않았다. 내가 등을 돌리자마자 나에게 집중공격을 퍼부어, 흰 머리에 염색을 했을 거라고 넌지시 비추기도 하고, '50살'이나 된 여자가 레이스 장식이 달린 핑크색 모슬린 드레스를 입다니 정말 기막히고 어이없다는 등 비난 섞인 말을 한다는 것을 나는 알고 있었다.

그날은 모두 참석했다. 목사관의 수리비 일부를 메우기 위해 수예품을 팔 바자회 준비를 하고 있었기 때문이었다. 젊은 아가씨들은 여느 때보다 더 즐겁게 떠들고 있었다. 윌헬미너 머서가 중심이 되어 분위기를 한창 띄우고 있었다. 머서 집안은 바로 두 달 전에 이사와 애번리에선 낯선 집안이었다.

나는 창가에 앉아 있었다. 윌헬미너 머서, 매기 헨더슨, 수짓 크로스, 조지 홀이 내 바로 앞에 모여 있었다. 나는 그녀들의 재잘거리는 소리를 전혀 듣고 있지 않았는데, 곧 조지가 놀리듯 외쳤다.

"샬럿이 우리들을 보고 웃는군요. 남자친구 이야기만 하니 참 딱하게 생각되시나봐요."

나는 분명 웃고 있었지만, 그건 메리 길레스피의 집 벽을 타고 올라온 장미꽃이 창틀에 걸려 있는 것을 보는 동안 멋진 말이 떠올랐기 때문이었다. 조지의 말에 나는 갑작스레 가혹한 현실로 되돌아왔다. 그 말은 내 가슴을 쿡쿡 찔렀다. 그런 말을 들으면 언제나 그랬다.

윌헬미너가 웃으면서 물었다.

"미스 홈즈에게도 젊은 시절 남자친구가 있었나요?"

바로 그 순간 방 안이 조용했던 때였으므로, 그 자리에 있던 사람들은 모두 윌헬미너의 질문을 듣고 말았다.

대체 무엇에 홀려 그런 짓을 하게 되었는지 나도 모른다. 어째서 그런 말을 하고 그런 일을 했는지 설명할 수가 없다. 나는 본디 정직한 사람이고 온갖 거짓을 미워하는데도.

온 방 안에 가득히 앉은 여성들 앞에서 윌헬미너에게 절대로 '없었어요'라고는 말할 수 없었다. 그것은 너무나 굴욕적이다. 한 번도 애인을 가진 적 없는 탓으로 15년 동안이나 견뎌온 가시며 바늘이며 치욕이, 마을에 새로 온 의사가 말한 '축적효과'를 나타내어 그때 그 자리에서 곪아터진 것이라 여겨진다.

나는 침착하게 말했다.

"그럼요, 옛날에 한 사람 있었지요."

나는 태어나 처음으로 센세이션을 일으켰다. 방 안의 여자들은 모두 바느질하던 손을 멈추고 나를 빤히 보았다. 거의 모든 사람이 믿지 않고 있다는 걸 알았지만, 윌헬미너는 믿었다. 윌헬미너의 귀여운 얼굴이 흥미로 반짝였다.

윌헬미너가 졸랐다.

"부탁해요, 그분 얘기를 해주세요, 미스 홈즈. 그리고 왜 그분과 결혼하지 않았는지도 말예요."

"그래요, 머서 양."

조지핀 캐머런이 끼어들며 불쾌하게 웃었다.

"이야기해 달라고 그러세요. 우리 모두 듣고 싶군요. 샬럿에게 애인이 있었다니, 우리는 금시초문이니까요."

만약 조지핀이 그런 소리를 하지 않았다면, 나도 그 이상의 일은 벌이지 않았을 것이다. 그러나 그런 소리를 들은 데다 메리 길레스피와 애딜러 길버트가 은밀하게 서로 눈짓하는 걸 보고 말았다. 그것이 결정타가 되어 나는 성난 멧돼지처럼 저돌적으로 나갔다.

'시작한 일은 끝까지 하라.'

나는 그렇게 다짐하고 추억에 잠긴 듯한 미소를 띠며 말했다.

"여기 나오시는 분은 아무도 그 사람을 몰라요. 게다가 한참 옛날 일이기도 하구요."

윌헬미너가 물었다.

"성함이 어떻게 되는 분이죠?"

"세실 펜윅이에요."

나는 곧바로 대답했다. 남성의 이름으로서 세실이 그 전부터 내 마음에 들었으며, 비밀 노트에도 자주 등장시키고 있다. 펜윅이라는 성씨 쪽은 그때 마침 신문지 조각으로 천의 가장자리 나비를 재고 있었는데, 거기에 커다랗게 '부스럼 없는 펜윅 고약을 발라보시라!'라고 나와 있었으므로, 순간적으로 둘을 묶어 돌이킬 수 없는 짝짓기를 해버린 것이다.

조지가 물었다.

"그분하고는 어디서 만났나요?"

나는 재빨리 내 지난날을 뒤돌아봤다. 세실 펜윅을 끼워넣을 곳은 한 군데밖에 없었다. 내 인생에서 애번리로부터 꽤 멀리 떨어져 본 것은 단 한 번뿐으로, 18살 때 뉴브런즈윅의 숙모댁을 방문했던 경우다.

"뉴브런즈윅 블레이클리예요."

모두들 조금도 의심하지 않는 것을 보고, 나까지 참말이라는 생각이 들 지경이었다.

"그때 나는 18살이었고, 그분은 23살이었어요."

"어떤 분이셨지요?"

수짓이 알고 싶어했다.

"아주 잘생긴 분이었어요."

나는 내 이상형의 남자를 줄줄 묘사하기 시작했다. 끔찍한 진실을 말하면, 나 자신도 즐기고 있었다. 아가씨들의 눈에 존경하는 빛이 도는 것을 읽을 수 있었다. 이것으로 나에 대한 치욕을 영원히 떨쳐 버렸다는 것을 알았다. 앞으로 나는 평생에 단 한 사람 애인에게 충실했던 낭만적인 과거를 지닌 여자다—한 번도 애인을 가진 적 없는 노처녀와는 전혀 다른 것이다.

"까무잡잡하고 키가 크며 새까만 곱슬머리에 빛나고 꿰뚫는 눈을 가졌었어요. 턱선도 남자답게 근사했고 멋진 코에다 반할 것 같은 웃는 얼굴이었지요!"

매기가 물었다.

"무슨 일을 하던 분이었나요?"

"젊은 변호사였지요."

내 눈 앞 이젤에 크레용으로 그린, 메리 길레스피의 죽은 오빠가 그려진 큰 초상화가 얹혀 있었다. 직업은 그것으로 결정되었다. 메리의 오빠는 변호사였다.

수짓이 끈질기게 물었다.

"어째서 그분과 결혼하지 않았지요?"

나는 자못 슬픈 듯 대답했다.

"다퉜어요. 그것도 아주 심하게. 아, 우리는 둘 다 아직 철이 없었고 어리석었어요. 내가 잘못했지요. 다른 남자와 노닥거리다가 그만 세실을 화나게 만들었으니까요."

나는 잘도 떠들어대고 있지 않은가!

"세실은 질투가 났고 화가 났어요. 그래서 서부로 가버린 뒤 두 번 다시 돌아오지 않았지요. 그 뒤로는 한 번도 만나지 못했고, 살아 있는지 어떤지도 몰라요. 그러나—하지만—다른 남자는 생각할 수가 없었어요."

윌헬미너가 한숨을 내쉬었다.

"아, 얼마나 멋진지 몰라요! 나는 슬픈 사랑이야기를 참 좋아해요. 하지만 언젠가 꼭 돌아오지 않을까요, 미스 홈즈?"

나는 고개를 설레설레 흔들었다.

"아니에요, 이제 그런 일은 없을 거예요. 나 같은 건 깨끗이 잊어버렸을 거예요. 만일 기억한다 하더라도, 나를 용서하지 않을 거예요."

그때 메리 길레스피네 집에서 일하는 가정부 수전 제인이 간식 준비가 되었다고 알리러 왔으므로, 나는 안도의 숨을 내쉴 수 있었다. 내 상상력도 바닥이 났고 아가씨들이 다음엔 무슨 질문을 할지 몰랐기 때문이다. 그래도 주위 분위기가 벌써 달라진 것을 느낄 수 있었다.

저녁 식사를 하는 동안 나는 은근한 기쁨에 가슴이 마구 뛰었다. 후회했느냐고? 부끄러웠느냐고? 천만에! 다시 한 번 더 하라고 해도 똑같이 했을 것이고, 진작 그렇게 하지 않은 것을 후회했을 뿐이었다.

그날 밤 집에 돌아오자, 낸시가 이상하다는 얼굴로 나를 보며 말했다.

"오늘 밤은 마치 젊은 아가씨처럼 보이는군요, 샬럿."

"나도 그런 기분이 드네요."

나는 그렇게 대답하고 웃었다. 그리고 내 방으로 뛰어들어가 이제 껏 한 적 없는 일을 했다─하루에 두 번이나 시를 썼던 것이다. 어딘가에 내 마음을 쏟아내야만 했기 때문이었다.

그 시에 '먼 여름날에'라는 제목을 붙이고 그 속에 메리 길레스피네 집에 피었던 장미와 세실 펜윅의 눈을 담았는데, 그것들을 매우 슬프고 회상적이며 낮은 가락으로 다듬었으므로 더할 수 없는 행복을 느꼈다.

그로부터 두 달 동안은 아무 일 없이 즐겁게 지나갔다. 세실 펜윅에 대해 아무도 그 이상 내게 묻지 않았으며, 처녀들은 앞다투어 자신의 사랑이야기를 내게 해주었으므로, 나는 아가씨들의 믿을 만한 의논상대가 되었다.

그것이 나에겐 너무나 기뻐 바느질 모임이 아주 즐거워졌다. 나는 새로운 드레스를 많이 맞추었고, 예쁜 모자도 여러 개 샀으며, 초대를 받으면 어디든지 가서 마음껏 즐겼다.

이 세상에는 단 한 가지 확실한 일이 있다. 무엇이든지 나쁜 짓을 하면, 언제 어디선가 어떤 모양으로든지 반드시 벌을 받게 된다는 것이다. 나에 대한 벌은 두 달 늦춰졌지만, 그것은 내 머리 위로 떨어져 나를 무참히 박살내고 말았다.

그해 봄 애번리로 이사온 가족은 머서 집안 외에 또 한 가족이 있었다—맥스월 일가다. 그 가족은 부부뿐이었다. 중년부부로 재산가였다. 맥스월 씨가 제재소를 샀고, 애번리의 대표적 저택인 전의 스펜서네 집에 살게 되었다.

두 사람은 조용히 살고 있었다. 맥스월 부인은 몸이 약해 여간해선 외출하지 않았다. 내가 방문했을 때는 집에 없었고, 그쪽에서 답례로 찾아왔을 때는 내가 외출하고 없었으므로 나는 아직 부인을 만나지 못했다.

이번에도 또 바느질 모임이 있던 날 일이었다—그날은 세러 가드너의 집에서였다. 나는 조금 늦었는데, 도착해 보니 모두들 다 와 있었다.

나는 방 안에 들어간 순간 무슨 일이 있었다는 걸 알았지만, 그것이 무엇인지는 상상할 수도 없었다. 모두들 나를 이상한 눈으로 보고 있었다. 맨 먼저 입을 연 사람은 물론 윌헬미너 머서였다.

윌헬미너가 큰 소리로 말했다.

"저, 미스 홈즈, 그분을 만나보셨나요?"

"만나다뇨, 누구를요?"

나는 아무렇지도 않게 골무와 본을 꺼냈다.

"어머나, 세실 펜윅 씨 말이에요. 여기 와 계세요―애번리에―누님인 맥스월 부인을 찾아오셨어요."

아무래도 나는 모두들 기대한 행동을 한 것 같았다. 손에 들고 있던 것을 모조리 떨어뜨린 것이다. 샬럿 홈즈는 죽어서 관에 들어갔을 때에도 그보다 더 창백하지 않을 만큼 새파랗게 질려 있었다고, 나중에 조지핀 캐머런이 말했다. 내가 어째서 그토록 창백해졌는지 알았다면 모두들 어떻게 생각했을까!

나는 멍하니 말했다.

"그럴 리 없어요!"

"하지만 사실이에요."

윌헬미너는 그녀가 상상했던 대로 내 로맨스가 이렇듯 발전한 것을 기뻐했다.

"엊저녁 맥스월 부인을 찾아뵙고 펜윅 씨를 만났는걸요."

나는 무슨 말이든 해야 했으므로 힘없이 말했다.

"설마하니―같은―세실 펜윅일―리가 없어요."

"아니, 분명 그렇다니까요. 뉴브런즈윅 블레이클리에 사시는 분으로 변호사이시며 22년 동안 서부에 가 계셨다고 하니 말예요. 게다가 너무나 잘생긴 분이시더군요! 말씀하신 대로였어요. 다만 머리는 죄다 잿빛으로 변해 있었지만요. 한 번도 결혼하지 않았다고 하더군요―맥스월 부인에게 여쭤보았어요―그러니까 당신을 잊지 않았던 거지요, 미스 홈즈. 아, 모든 일이 잘 되리라고 생각해요."

나로서는 윌헬미너의 즐거운 확신을 함께 나눌 수가 없었다. 모든 일이 몹시 끔찍해지고 말았다는 생각이 들었다. 너무 혼란스러워 어떻게 하면 좋은지, 무슨 말을 해야 되는지 도무지 알 수 없었다.

마치 악몽을 꾸는 듯했다―그렇다, 꿈이 틀림없었다―세실 펜윅 같은 인물이 실제로 있을 까닭이 없었으니까! 내 심정은 도저히 말로

나타낼 수가 없었다. 불행 중 다행으로 내가 동요하고 있는 것을 모두들 전혀 다른 이유로 생각해서 안정될 때까지 친절하게도 가만히 내버려두었다.

나는 결코 그 끔찍했던 오후를 잊을 수가 없을 것이다. 간식시간이 끝나자 나는 먼저 실례하고 얼른 집으로 돌아왔다.

돌아오자마자 곧 내 방에 틀어박혔다. 그러나 노트에 시를 쓰기 위해서가 아니었다. 어림없는 일이었다! 시를 쓸 기분이 아니었다.

나는 두려움을 떨치고 사실을 똑바로 보려고 했다. 너무나 뜻밖인 우연의 일치지만, 세실 펜윅이라는 인물이 존재하며, 그것도 바로 이곳 애번리에 있는 것이다. 내 친구들은—그리고 적(敵)도—그 인물을 내 청춘시절에 금이 간 애인이라 믿고 있다.

그 사람이 그대로 애번리에 있게 된다면, 두 가지 가운데 하나가 일어날 게 틀림없다. 세실 펜윅은 자신에 대해 내가 한 이야기를 듣고 그것을 부정한다. 그렇게 되면 나는 수치를 당하고 조소를 받으면서 남은 인생을 보내야 한다. 그렇지 않으면 세실 펜윅이 아무것도 모르는 채 돌아가버리고, 모두들 세실 펜윅이 나를 잊은 것이라 생각해서, 골치 아플 만큼 무던히 애를 쓰며 동정해 줄 것이다.

나중 것도 분명 심하지만, 앞의 것에 비하면 훨씬 낫다. 아, 나는 얼마나 기도했는지 모른다—정말로 기도했던 것이다—제발 부탁이니 세실 펜윅이 곧바로 떠나도록. 하지만 하느님은 그렇게 생각지 않으셨다.

세실 펜윅은 떠나가지 않았다. 그대로 애번리에 머물러 있었다. 맥스월 집안은 세실 펜윅을 위해 화려한 사교생활을 시작해 그를 즐겁게 하는 일에 힘썼다. 맥스월 부인이 세실 펜윅을 위하여 파티를 열었다. 물론 나도 초대장을 받았다—하지만 가지 않았다. 왜 안 가는지 이상하다고 낸시가 말했지만.

그 다음에는 너도나도 세실 펜윅을 초대하여 파티를 열었다. 나는 초대받아도 결코 가지 않았다. 윌헬미너 머서가 찾아와 달래기도 하고 꾸짖기도 했다. 그런 식으로 계속해서 펜윅 씨를 피하면, 내가 아직도 그를 원망한다고 생각하여 그쪽에서 먼저 화해할 노력을 하지 않을 것이라고 했다. 윌헬미너는 좋은 뜻으로 말해 주었지만 분별력이 있다고는 할 수 없었다.

세실 펜윅은 젊든 나이들었든 누구에게나 인기 있는 것 같았다. 게다가 아주 부자여서 윌헬미너의 말에 따르면 처녀들의 절반은 세실 펜윅의 뒤를 쫓아다닌다고 했다.

윌헬미너는 농담을 섞어 가며 열심히 이야기해 주었다.

"당신만 아니었다면 미스 홈즈, 나도 어쩌면 쫓아다녔을지도 몰라요. 머리는 잿빛이고 화를 잘 낸다고는 하지만 말예요―너무 성급해서 금방 달아오른다고 맥스월 부인이 말하더군요. 그러나 곧 잊어버려 뒤끝은 없는 사람인가봐요."

나로 말하면 아예 외출하지 않았다. 교회에도 나가지 않았다. 초조해 하고, 곧잘 깊은 생각에 잠겼으며, 식욕조차 잃었고, 노트에는 단 한 줄의 시도 쓰지 못했다.

낸시는 반미치광이가 되어 자신이 특별히 만든 알약을 먹으라고 권했다. 나는 얌전히 받아 먹었다. 낸시의 뜻을 거스른다는 건 시간과 정력의 낭비였기 때문이다.

하지만 그런 게 효험 있을 까닭이 없었다. 내 고통의 원인은 너무나 깊은 곳에 뿌리를 내렸으므로 고작 알약으로는 없앨 수 없는 것이다. 거짓말한 죄로 사람이 벌을 받는다면 나야말로 좋은 본보기다.

나는 '위클리 애드버킷'의 구독을 중지했다. 아직도 저 보기 싫은 부스럼 없는 고약 광고가 실려 있었으므로 도저히 볼 생각이 들지 않은 것이다. 그것만 안 보았다면 펜윅이란 성씨는 생각지도 못했을 것이고, 이런 고생은 하지 않아도 되었을 게 틀림없다.

어느 날 오후 내 방에서 시름에 잠겨 있을 때 낸시가 올라왔다.

"신사 한 분이 찾아와 뵙고자 해서 객실로 모셨어요, 샬럿."

내 심장이 갑자기 뛰기 시작했다.

"어떤— 분이지요, 낸시?"

"아마 펜윅 씨인가 봐요. 소문에 꽤나 떠들썩하게 지낸다는 그분 말예요. 그리고 무엇 때문인지 모르지만 잔뜩 화가 난 것 같아요. 그토록 오만상을 찌푸린 사람은 처음 봐요."

낸시는 내가 상상 속에서 도가 넘쳤던 일을 알지 못한다.

나는 아무렇지도 않은 얼굴로 말했다.

"곧 내려간다고 전해줘요, 낸시."

낸시가 쿵쾅거리며 내려가자, 나는 작은 삼각형 레이스 숄을 걸치고, 손수건을 두 장 벨트에 끼워넣었다. 한 장으로는 모자랄지도 모른다고 생각했기 때문이다. 그리고 증거가 될 지난날의 '애드버킷'을 찾아내어 객실로 내려갔다. 나는 형장으로 끌려가는 죄인의 심정을 이해할 수 있었다. 그 뒤로 나는 사형 반대론자가 되었다.

나는 객실 문을 열고 안으로 들어가자 주의해서 문을 꼭 닫았다. 복도에 서서 엿듣는 나쁜 버릇이 낸시에게 있는 것이다. 그리고 나자 내 발에서 힘이 쭉 빠져버렸다. 아무리 애써도 한 발짝도 움직일 수가 없게 되었다. 나는 한 손을 방문 손잡이에 걸쳐 놓은 채 그 자리에 서서 사시나무 떨듯 바들바들 떨고 있었다.

한 남자가 남쪽 창문 앞에 서서 밖을 내다보고 있었다. 그 사람은 내가 들어온 기척을 느끼고 홱 돌아섰다. 낸시가 말한 대로 잔뜩 찌푸린 얼굴에 화가 머리 끝까지 솟은 모습이었다. 하지만 아주 잘생긴 데다 잿빛 머리가 고상한 인상을 주었다. 다만 이건 나중에 생각난 일이며, 그때는 그런 생각을 할 겨를이 없었다.

그런데 여기서 갑자기 이상한 일이 벌어졌다. 그 사람의 얼굴에서 찌푸린 표정이 사라지고, 눈에 어린 분노의 빛이 날아갔다. 처음에는 깜짝 놀란 듯한 얼굴이더니, 곧 멋쩍은 표정으로 바뀌었다. 뺨이 차즘 붉어지는 것까지 보였다. 나로 말한다면 아직도 그 자리에 선 채 그 남자를 물끄러미 쳐다보고 한 마디도 하지 못했다.

그 남자는 마침내 깊이 있는 홀릴 듯한 목소리로 말했다.

"미스 홈즈시죠?—나는—나는—에잇, 짜증나는군! 내가 찾아온 건—말도 안 되는 소문을 들어 화가 치밀어 뵙자고 온 것입니다. 내가 어리석었소—터무니없는 일이라는 걸 방금 알았습니다. 실례하고 이만 집으로 돌아가 내 자신을 꾸짖어야 되겠군요."

나는 말했다.

"아녜요."

내 목소리는 숨쉬기도 어려워 헉헉거리고 있었다.

"내가 말하는 진실을 다 듣기 전에는 돌아가시면 안 됩니다. 참으로 끔찍한 일이지만, 댁이 생각하시는 것만큼 심하지는 않아요. 저— 바로 그 소문 이야기인데—나는 분명하게 말씀드려야겠어요. 그 이야기는 확실히 내가 했어요. 다만 설마 세실 펜윅이라는 분이 정말 계시리라는 것은 몰랐어요."

펜윅 씨는 어리둥절해 보였는데, 그것도 무리가 아니었다. 그래도 곧 예의상 웃으며 내 손을 잡아 방문에서 떼고—나는 그때까지 문 손잡이를 붙들고 있었다—소파로 데리고 갔다.

그가 말했다.

"자, 앉아서 '천천히' 이야기를 나누도록 합시다."

나는 부끄러움을 무릅쓰고 일의 자초지종을 모두 이야기했다. 얼굴이 화끈 달아오르도록 부끄러웠지만 마땅히 받을 벌이었다. 한 번도 연인을 가진 적이 없어서 늘 사람들에게 놀림받아 온 것을 털어놓고, 그래서 가진 적이 있다고 말해 버린 것을 거짓없이 들려주었다. 그리고 나서 부스럼 없는 고약광고를 내보였다.

펜윅 씨는 마지막까지 아무 말도 하지 않고 잠자코 듣고 있다가, 마침내 크고 곱슬곱슬한 잿빛 머리를 뒤로 젖히고 어깨를 들썩이며 웃기 시작했다.

"이제야 애번리에 온 뒤로 많은 사람으로부터 넌지시 듣게 된 영문도 모르는 말들이 왜 나오게 되었는지 까닭이 밝혀졌군요. 그리고 드디어 오늘 오후 길버트 부인이라는 사람이 누님한테 와서 엉터리 같은 장황한 이야기를 하고 갔지요. 내가 이 마을에 있는 샬럿 홈즈라는 여성과 옛날에 연인관계에 있었다고 말이오. 당신 입에서 직접 들었다고 하더군요.

솔직히 말하지만 나는 분노했지요. 난 성급하니까, 내 생각에—나는 생각하기에—에잇 짜증나는군, 그래도 말해버려야 하겠군요. 당신을 어딘가 말라깽이 노처녀쯤으로, 나를 제물로 삼아 웃기지도 않는 이야기를 꾸며내어 퍼뜨리곤 좋아하는 것이 틀림없다고 여겼죠. 하지만 당신이 방에 들어온 순간, 누가 나쁜지는 접어두고, 당신 탓만은 아니라는 걸 알았습니다."

"그렇지만 잘못한 건 나예요."

나는 후회하는 마음을 떨리는 목소리로 나타냈다.

"그런 이야기를 해선 안 되었으니까 말예요—게다가 어리석었지요. 하지만 설마하니 세실 펜윅이라는 인물이 실제로 블레이클리에 살고 있었다니 누가 상상이나 했겠어요? 이런 우연의 일치는 한 번도 들은 적이 없어요."

펜윅 씨가 잘라 말했다.

"그냥 우연의 일치가 아닙니다. 하느님이 정하신 운명이지요. 그게 틀림없어요. 자, 이제 그런 건 다 잊어버리고, 뭔가 다른 이야기를 합시다."

우리는 다른 화제로 대화했다—아니, 펜윅 씨가 이야기했다고 해야 옳을 것이다. 나는 부끄러워 말을 잘 할 수가 없었다—그래도 긴 시간 대화를 했으므로 낸시가 불안해서 발소리를 내며 5분마다 방 앞을 서성거렸다. 그래도 펜윅 씨는 낸시가 왜 그랬는지 몰랐다.

마침내 돌아갈 시간이 되자 다시 찾아와도 좋겠느냐고 물었다.

"옛날 싸움을 화해할 때가 되지 않았습니까."

그는 웃었다.

그리고 나로 말한다면 40살의 노처녀인데도 마치 소녀처럼 얼굴이 새빨개졌다. 사실 소녀 같은 기분이었다. 그 답답하던 설명을 다 해버렸으므로 마음이 놓였다.

애딜러 길버트에게 노여운 마음조차 일지 않았다. 그 여자는 남에게 곤란한 짓거리만 하지만, 그렇게 태어난 사람은 비난하기보다 불쌍히 여겨야 한다.

나는 잠자리에 들기 전 비밀 노트에 시를 하나 썼다. 지난 한 달 동안 하나도 쓰지 못했는데, 다시 쓸 수 있게 되었다는 건 멋진 일이었다.

펜윅 씨는 또다시 찾아왔다―바로 이튿날 저녁이었다. 그리고 그 뒤에도 끊임없이 찾아왔으므로 낸시도 끝내 단념하고 말았다.

어느 날 나는 낸시에게 꼭 해야 할 이야기가 있었다. 말하지 않으면 안 된다고 생각하니 몸이 움츠러들었다. 낸시가 얼마나 슬퍼할까 걱정되었기 때문이다.

낸시는 굳은 표정으로 말했다.

"아, 그 일이라면 머지않아 다가와 말하리라 생각했어요. 그 사람이 우리 집에 나타난 순간부터, 골치 아픈 일이 생길 줄 알았지요. 어쨌든 샬럿 축하해요. 캘리포니아의 기후가 내게 맞을지 어떨지 모르겠지만 참고 견딜 수밖에요."

"그러나 낸시, 그런 곳까지 나를 따라와주리라곤 기대하지 않아요. 그렇게까지 부탁할 수는 없어요."

낸시는 진심으로 놀라는 눈치였다.

"그럼, 나더러 어디로 가란 말이에요? 도대체 나 없이 어떻게 살림을 꾸려갈 생각이죠? 변발을 한 누런 중국인에게 아가씨를 맡겨두고,

마음대로 하도록 내버려둘 수는 없어요. 아가씨가 가는 곳이라면 나도 기꺼이 따라갈 거예요, 샬럿, 이것으로 결정되었어요."

나는 기뻐 어쩔 줄 몰랐다. 낸시와 헤어진다는 건 생각조차 하기 싫었기 때문이다. 비록 세실과 함께 간다고 할지라도. 나의 비밀 노트에 대해서는 아직 남편에게 말하지 않았다. 그러나 곧 말할 생각이다.

참 그리고 또 한 가지, 나는 다시 '위클리 애드버킷'을 구독하고 있다.

바닷가 집 결혼식

"물론 제인 아주머니를 초대해야지."

스펜서 부인의 말이었다.

레이철은 그녀의 크고 잘생긴 하얀 손으로 항의하는 손짓을 했다―그 손은 맞은편 탁자 위에 겹쳐 올려놓고 있는 가늘고 까무잡잡하며 굽은 손과는 아주 달랐다.

그 차이는 고된 일을 하고 안 하는 것에서 오는 게 아니었다. 레이철도 태어나서 지금까지 줄곧 일해 왔다. 그것은 체질적으로 타고난 차이점이었다. 스펜서 집안 쪽은 어떤 일을 해도 아무리 고된 노동을 하더라도, 보들보들하고 희며 미끈한 손에다 손가락도 곧게 쭉 뻗어 있었다. 그런데 치즈윅 집안 쪽은 고된 일을 하지 않고 물레를 안 돌려도, 손가락 마디가 굵고 비뚤어졌으며 꺼칠꺼칠한 손을 하고 있었다.

차이는 외면적인 것만이 아니라 더욱 깊은 데까지 미쳐 있어서, 나날의 생활방식이며 사고방식, 행동양식과 같은 내면적인 것과도 얽혀 있었다.

레이철은 부드럽고 나지막한 목소리에 한껏 짜증을 담아 말했다.

"왜 제인 아주머니를 초대해야 하는지 모르겠어요. 제인 아주머니는 나를 미워하고, 나도 제인 아주머니가 싫은데요."

"네가 왜 제인 아주머니를 싫어하는지 난 이해할 수가 없어. 그건 한마디로 배은망덕이야. 아주머니는 지금까지 네게 친절히 잘 대해 주었잖아."

"그래요. 너무나 친절하셨죠. 하지만 한쪽 손으로만 그랬어요."

레이철은 미소를 지었다.

"제인 아주머니를 처음 만났을 때 일을 기억하고 있어요. 내가 6살 때 일이었어요. 아주머니가 이거 받아, 하며 구슬이 장식된 벨벳 바늘겨레를 주었죠. 난 바로 고맙다는 인사를 해야 되었지만 내성적이라 그러지 못했어요.

그랬더니 아주머니가 골무낀 손가락으로 내 머리에 꿀밤을 먹였죠. 내게 '예의범절을 가르치기' 위해서라나요. 몹시 아팠어요—내 머리는 부드러웠으니까요.

그때부터 아주머니는 나를 계속 그런 식으로 대해 왔어요. 내가 커서 골무를 쓸 수 없게 되자 대신 혀를 쓰기 시작했는데—훨씬 더 아팠지요.

게다가 내가 약혼한 걸 아주머니가 뭐라고 하시는지 어머니도 아시잖아요. 결혼식 당일 아주머니의 기분이 언짢아지기라도 하면 분위기가 엉망진창이 될 거예요. 제인 아주머니는 제발 오시지 않았으면 해요."

"부르지 않을 수가 없어. 제인 아주머니가 없으면 모두들 수군덕거릴 게 뻔하니까."

"어째서 사람들이 이러쿵저러쿵 하는지 도저히 난 모르겠어요. 제인 아주머니는 결혼으로 내 큰아주머니가 되었을 뿐인데요. 사람들이 아무리 입방아를 찧어도 난 아무렇지 않아요. 어차피 이런 소리 저런 소리 할 게 틀림없으니까요—그렇잖아요, 어머니?"

"제인 아주머니는 꼭 오셔야 해."

스펜서 부인은 차갑게 결론지었다. 무슨 말을 하거나 어떤 일을 정하는 데 있어 스펜서 부인은 분명하고 단호했다―아무리 거스르려해도 소용없었다. 그걸 아는 사람은 시도하려고도 하지 않았지만, 잘모르는 사람이 가끔 겉보기에 속아서 헛되게 애쓰는 경우가 있었다.

이저벨러 스펜서는 가냘픈 여성이었다. 눈처럼 하얀 아름다운 얼굴로, 흐릿한 빛깔의 눈썹은 길고 눈은 잿빛이 돌았다. 숱 많은 머리는비단같이 부드럽고 가늘었으며, 메마르고 연한 갈색이었다. 얼굴 생김새는 섬세했지만 눈빛은 독수리 같았으며 거기에 아기 같이 작고 빨간 입술이 있었다. 마치 입김에 흔들릴 것처럼 보였으나 사실은 이저벨러가 이 길을 간다고 한번 정하면 회오리 바람이 불어닥쳐도 꿈쩍않을 게 분명했다.

잠시 동안 레이철은 반항하려는 듯한 몸짓을 했다. 그러나 곧 단념했다. 어머니와 의견이 엇갈릴 때는 언제나 그랬다. 제인 아주머니를초대할 것인가 아닌가는 그리 중요한 문제가 아니었다. 그런 일로 싸움까지 할 것은 없었다. 나중에 어쩔 수 없이 싸우게 될지도 모른다.레이철은 그때를 대비해 힘을 아껴두고 싶었다.

레이철은 어깨를 으쓱하고 결혼식 초대 명단에 좀 거친 필적으로제인 아주머니 이름을 썼다―그 글씨를 보면 어머니는 늘 짜증이나는 듯했다.

어머니가 어째서 짜증을 내는지 레이철은 알 수가 없었다. 레이철은 몰랐지만 그녀가 쓰는 글씨는 빛바랜 편지묶음 속의 글씨와 똑같았다. 어머니는 그 편지묶음을 말총으로 짠 낡은 트렁크 바닥에 넣어 침실에 간직하고 있었다. 편지에는 세계 각국 항구의 소인이 찍혀있었다. 이저벨러는 그 편지를 전혀 펼쳐보지도 읽지도 않았지만 그필적의 획 하나하나, 곡선 하나하나를 또렷이 기억하고 있었다.

이저벨러 스펜서는 지금까지 매우 많은 인생에서 겪었던 고비를 의지의 힘과 끈기로 극복해 왔다. 하지만 유전에는 이길 수가 없었다. 레이철은 고스란히 아버지를 쏙 빼닮았다. 그런 레이철이었으므로 이 저벨러 스펜서는 오직 딸을 맹렬하게 사랑함으로써만 미워하지 않을 수 있었다.

그렇다 해도 더욱 미묘한 회상이 가슴을 쓰라리게 해서 자신도 모르게 레이철의 얼굴에서 고개를 돌리는 일이 가끔 있었다. 이저벨러 스펜서는 레이철이 아기일 때부터 자는 얼굴을 지켜볼 수가 없었다.

레이철은 이제 2주일만 지나면 프랭크 벨과 결혼한다. 이저벨러 스펜서는 이 결혼을 기뻐하고 있었다. 프랭크는 마음에 드는 청년이고, 프랭크의 농장은 그녀의 농장 바로 가까이에 있으므로 레이철을 아주 잃는 일은 없으리라 여겼기 때문이었다.

레이철로 말하면 어머니와의 사이가 이제까지와 같을 거라고 쉽게 생각하고 있었다. 그러나 나이가 들어 보다 현명한 이저벨러 스펜서로서는 딸이 결혼하면 자기와의 사이가 어떻게 될 것이라는 걸 잘 알고 있었으므로, 마음을 모질게 먹고 어떤 일이든지 참고 견디어 나가려고 각오하고 있었다.

두 사람은 거실에서 결혼식에 초대할 손님과 그밖의 자질구레한 일들을 결정하고 있었다. 나지막한 창문 턱에 닿을 듯 자란 사과나무의 흔들리는 가지 사이로 9월 햇빛이 비쳐들고 있었다. 빛은 레이철의 얼굴에서 살랑살랑 흔들리고 있었다. 레이철의 얼굴은 백합처럼 새하얗고, 뺨 있는 데만 살짝 붉은 빛을 띠고 있었다. 반지르르한 금발이 고풍스러운 아치 모양으로 얼굴을 둘러싸고 있었다. 이마는 넓고 희었다. 그녀는 생기 있고 젊음이 넘쳤으며 희망에 부풀어 있었다.

어머니는 딸을 보면서 고통으로 가슴이 아팠다. 이 아이는 어쩌면 이렇게—이토록—스펜서 집안의 얼굴을 하고 있을까! 이 둥그스름한 얼굴의 윤곽이며, 그 즐거운 듯한 크고 파란 눈이며, 저 멋지게 생긴 턱선이라니! 이저벨러 스펜서는 입술을 깨물며, 달갑지 못한 생각을 애써 물리쳤다.

그녀는 마치 다른 일은 아무것도 생각하지 않는 것같이 말했다.

"손님은 모두 합치면 60명쯤 되겠다. 이 방의 가구를 모조리 들어내고 만찬용 식탁을 여기다 놓아야 되겠어. 식당은 너무 좁으니까. 포크와 스푼은 벨 부인댁에서 빌려 오도록 하자. 그 집에서 갖다 쓰라고 먼저 말했어. 나로서는 도저히 도움을 요청할 수 없었는데 말이야.

리본무늬 능직 식탁보를 내일 좀 표백해 줘야겠다. 애번리에서 이런 식탁보를 가지고 있는 건 우리 집밖에 없어. 그리고 식당의 작은 탁자를 2층 층계참에 놓고 선물을 받도록 하자."

레이철은 선물이나 결혼식에 대한 주부다운 세세한 것들은 생각하고 있지 않았다. 그녀의 숨소리가 거칠어지고, 연한 장밋빛에 물들었던 매끈한 볼이 차츰 붉어졌다. 드디어 중대한 순간이 다가오고 있음을 알고 있는 것이다. 레이철은 또박또박한 필적으로 명단 맨 끝에 또 하나의 이름을 쓴 다음 밑줄을 그었다.

어머니가 기다렸다는 듯 잽싸게 물었다.

"다 썼니? 이리 줘 봐. 초대할 사람이 빠졌는지 보아야지."

레이철은 탁자 너머로 아무 말없이 어머니에게 종이를 건네주었다. 방 안이 갑자기 조용해진 느낌이었다. 레이철은 파리가 유리창에서 윙윙거리는 소리와, 낮은 처마와 사과나무 가지에서 바람이 살랑거리는 소리, 그녀의 가슴이 심하게 고동치는 소리를 들을 수 있었다. 두려움으로 조마조마했지만 각오는 되어 있었다.

스펜서 부인은 명단을 훑어보면서 중얼중얼 이름을 읽고는 한 사람씩 고개를 끄덕이고 있었다. 그러나 마지막 이름까지 왔을 때 읽는 것을 그만두었다. 그리고 화난 얼굴로 레이철을 노려보았다. 이저벨러의 엷은 잿빛띤 눈동자 속에서 불꽃이 튀었다. 성이 나고 어이가 없으며 믿기지 않는다는 표정이 떠올랐는데, 그 가운데서도 믿을 수 없다는 기분이 지배적이었다.

결혼식 초대손님 명단 맨 아래 쓰인 이름은 데이빗 스펜서였다. 데이빗 스펜서는 코브에 있는 작은 오두막집에 혼자 살고 있었다. 그는 선원이며 어부였다. 그리고 이저벨러의 남편이자 레이철의 아버지였다.

"레이철 스펜서, 넌 머리가 이상해진 거 아니냐? 이따위 멍청한 짓을 해서 대체 어쩔 셈이지?"

레이철은 조용히 대답했다.

"난 내 결혼식에 아버지를 초대하겠다는 뜻일 뿐이에요."

스펜서 부인은 고함을 질렀다.

"우리 집에 부르는 건 안 돼!"

입술이 새하얗게 질리는 모습이 마치 불길 같은 그 말에 데기라도 한 것같이 보였다.

레이철은 몸을 내밀며 크고 민감한 손을 탁자 위에서 느릿느릿 맞잡고, 어머니의 몹시 슬픈 얼굴을 눈 하나 깜박이지 않고 쳐다보고 있었다. 두렵고 조마조마했던 마음은 사라졌다. 막상 싸움이 벌어지고 보니 자신이 그걸 즐기고 있다는 느낌이 들었다.

스스로도 이상하게 여겨지고 아마 자신이 못된 딸임에 틀림없다고 생각했다. 레이철은 자기 분석에 열중한 적은 없었지만, 만약 그랬다면 너무나도 오랫동안 어머니라는 존재의 지배를 받았으며 또 거기에 순순히 복종한 것을 깨닫고, 그녀 자신의 존재를 돌연히 주장했다는 결론에 이르렀을 것이다.

레이철이 말했다.

"그렇다면 결혼식은 없어요, 어머니—프랭크와 둘이서 목사관에서 결혼하고 프랭크네 집으로 가겠어요. 내 결혼식에 아버지를 못 부른다면 아무도 부르지 않겠어요."

레이철은 입술을 꽉 깨물었다. 이저벨러 스펜서는 태어나 처음으로 딸의 얼굴에서 그녀를 꼭 닮은 사람이 이쪽을 되쏘아 보는 모습을 보았다—무어라 말할 수 없는 이상한 것으로, 육체적이라기보다 정신적인 것이었다.

이저벨러 스펜서는 화를 냈지만 마음은 설레고 울렁거렸다. 그녀는 비로소 이 딸이 자기와 남편 사이에 태어난 그들의 아이라는 것을 깨달았다. 레이철은 두 사람을 이어줄 살아 있는 핏줄의 끈이며, 그녀 속에서 어긋난 양쪽 인간이 혼합해 하나가 된 것이다.

게다가 지금껏 그토록 오랫동안 레이철은 얌전히 뭐든 시키는 대로 했지만, 이번만은 자기 주장을 관철할 마음이라는 것을 알 수 있었다—그리고 그것을 해낼 것이다.

이저벨러 스펜서는 찌르는 듯한 비웃음을 담아 말했다.

"네가 어째서 그렇듯 네 아버지에게 결혼식을 보여주려고 잔뜩 벼르고 있는지 알 수 없구나. 그 남자는 자신이 네 아버지라고 한 번도 생각지 않았을 텐데 말이야. 너 따윈 마음에도 없어—생각한 적도 없어."

레이철은 어머니의 조롱에 신경 쓰지 않았다. 그런 말을 들어도 조금도 마음아프지 않았으며, 어머니와는 전혀 관계없는 자기만이 알고 있는 비밀이 있었기에, 그 말이 지닌 독소도 효능을 잃어 버리고 말았다.

"결혼식에 아버지를 초대하든가, 아니면 결혼식을 그만두든가 둘 가운데 하나예요."

레이철은 꿈쩍도 하지 않고 되풀이했다. 무슨 말을 들어도 말려들지 않고 똑같은 말을 되풀이하는 게 어머니의 전술인데, 레이철은 그 효과만점인 전술을 쓴 것이다.

"그럼, 초대해."

스펜서 부인의 눈은 추악한 노여움으로 번쩍였다. 오랫동안 무엇이든 자기 마음대로 하는 데 익숙했던 여자가 한 번은 상대의 말을 따르지 않을 수 없게 된 것이다.

"하지만 아무 소용 없을걸. 어차피 오지 않을 테니까."

레이철은 아무 대꾸도 하지 않았다. 막상 싸움이 끝나고 승리를 거둔 순간, 몸이 떨리고 당장 눈물이 쏟아질 것 같았다. 그녀는 서둘러 일어나 2층 자기 방으로 올라갔다. 작은 방 안은 바깥에 자작나무가 우거져 그늘져 있었으므로 어둑하였다—그곳은 모든 것이 처녀다운 깨끗한 방이었다. 레이철은 쓰러져 엎드려 소리죽여 엉엉 울었다.

인생의 갈림길에서 레이철의 마음은 거의 남과 다름없는 아버지를 갈망하고 있었다. 아버지는 불러도 오지 않을 거라고 어머니가 아까 한 말은 아마 진실이리라는 것을 그녀는 알았다. 레이철은 결혼서약을 할 때 아버지가 곁에 서서 들어주지 않으면, 막연하나마 무언가 신성함이 부족하리라 느껴졌다.

지금부터 25년 전 데이빗 스펜서와 이저벨러 치즈윅은 결혼했다. 이저벨러가 데이빗과 결혼한 것은 틀림없이 애정 때문이었으리라고 짓궂은 사람들은 수군거렸다. 데이빗은 돈도 땅도 없었으므로 이런 것을 결혼의 미끼로 삼아 이자벨러를 낚을 수는 없었기 때문이었다. 데이빗은 잘생긴 남자로 선원의 피가 흐르고 있었다.

그의 아버지나 할아버지가 그랬듯 데이빗도 마찬가지로 선원이었다. 하지만 이저벨러와 결혼했을 때 그녀의 설득으로 선원생활을 그만두고, 이저벨러의 아버지가 그녀에게 남겨준 작은 농장에 그녀와 정착하기로 했다.

이저벨러는 농사를 좋아했고 비옥한 밭과 풍성한 과수원을 사랑했다. 바다나 바다와 관계되는 일은 전부 몹시 싫어했다. 위험하므로 두려워했다기보다는 선원이란 사회적으로 계급이 '낮다'는 생각이 배어 있었던 것이다—필요한 사람들이기는 하지만 방랑자이다. 그런 직업에 종사하는 것은 이저벨러의 눈에 부끄러운 일로 비쳤다. 데이빗을 집에 눌러앉아 대지를 경작하는 훌륭한 사람으로 변신시켜야 한다.

5년 동안은 모든 게 순조롭게 잘 풀려나갔다. 데이빗은 가끔 바다가 그리워 괴로운 적이 있었는지 모르지만, 그런 마음을 억누르고 바다가 부르는 소리에 귀기울이지 않았다. 데이빗과 이저벨러는 무척 행복했다. 단 한 가지 두 사람의 행복에서 빠져 있었던 건 유감스럽게도 아이가 없다는 사실이었다.

그러다가 결혼한 지 6년 째에 위기와 변화가 찾아왔다. 데이빗은 오랜 선원 친구인 배럿 선장으로부터 항해사로서 함께 바다로 나가자는 권유를 받은 것이다. 선장이 권하는 말을 듣는 순간 오랫동안 억눌려왔던, 끝없이 파랗게 펼쳐진 대양과 소금 머금은 물거품을 일으키며 마스트를 빠져나가는 태풍의 소리를 그리워하는 마음이 그동안 억눌렀던 만큼 더욱더 세차게 터져나왔다.

제임스 배럿과 항해에 나가야 한다—가야만 한다! 그 일이 끝나면 다시 얌전히 있도록 하자. 그러나 지금은 가야만 한다. 데이빗의 마음은 마치 속박된 영혼처럼 답답하고 괴로웠다.

참으로 미련한 짓이었지만, 이저벨러는 그 계획에 맹렬히 반대했다. 신랄한 잔소리의 비를 뿌렸고, 부당한 비난을 퍼부었다. 지금까지 조용히 숨어 있던 데이빗의 완고한 성격이 고개를 들고, 억누를 길 없는 갈망의 심정을 응원하였다—그런 기분을 5대에 걸쳐 대지를 사랑해 온 조상의 딸인 이저벨러는 도저히 이해할 수 없었다.

데이빗은 어떤 일이 있어도 갈 결심을 하고 이저벨러에게도 그렇게 말했다.

그는 격렬하게 말했다.

"땅을 갈아엎거나 소젖 짜는 일엔 질려버렸어."

이저벨러는 비웃었다.

"제대로 사는 일에 싫증났다는 말인가요?"

데이빗도 깔보듯이 어깨를 으쓱했다.

"아마 그런가보지. 어쨌든 나는 갈 테니까."

이저벨러가 딱 잘라 말했다.

"이 항해에 꼭 가겠다면, 데이빗 스펜서, 다시 돌아오지 않아도 괜찮아요."

데이빗은 항해에 나갔다. 이저벨러가 진심으로 한 말이라고 믿지 않았던 것이다. 이저벨러 쪽에서는 그녀가 진심인지 아닌지에 대해 데이빗은 관심조차 없다고 믿었다. 데이빗 스펜서가 남겨두고 떠난 여인은 겉으로는 평온해 보였으나 마음 속으로는 분노와 상처받은 자존심과 마음대로 되지 않는 한이 들끓는 화산과 같았다.

햇볕에 그을려 들뜬 마음으로, 얼마 동안은 방랑벽도 가라앉아 밭일이며 가축돌보는 일에 기꺼이 나설 기분 상태로 집에 돌아온 데이빗은 바로 그와 같은 여자를 발견했다.

문에 나타난 이저벨러는 웃음도 보이지 않고 차가운 눈으로 입술을 깨물며 말했다.

"무슨 볼일이죠?"

그것은 이저벨러가 부랑자나 시리아 사람 행상인을 대할 때 늘 쓰던 말투였다.

데이빗은 너무나 놀란 나머지 말이 안 나왔다.

"볼일! 볼일이라고! 나는—나는—아내에게 볼일이 있어. 집에 돌아왔으니까."

"여긴 당신 집이 아녜요. 난 당신 아내도 아니고요. 당신은 떠날 때 스스로 그렇게 결정하지 않았나요?"

이저벨러는 그렇게 대답하고 집 안으로 들어가 거침없이 문을 쾅 닫았다. 그리고 데이빗의 눈앞에서 자물쇠를 잠가버렸다.

데이빗은 너무나 어리둥절해서 잠시 그 자리에 멍하니 서 있었다. 이윽고 그는 집에서 등을 홱 돌리더니, 자작나무숲 속 오솔길을 따라 떠나갔다. 데이빗은 아무 말도 하지 않았다—그때도, 그 뒤의 어떤 때에도. 그날 이후 아내나 아내에 대한 말이 데이빗의 입에 오르는 일은 전혀 없었다.

데이빗은 곧장 항구로 돌아가 배럿 선장과 함께 다시 항해에 나섰다. 한 달 만에 돌아온 그는 작은 집을 사서 '코브'로 끌고 갔다. 그곳은 쓸쓸한 후미로 인가라곤 한 집도 보이지 않았다.

데이빗은 항해하러 나가지 않을 때에는 그 집에서 마치 은둔자처럼 살았다. 낚시와 바이올린을 켜는 일만이 즐거움이었다. 누구를 찾아가는 일도 없었고, 누가 찾아오는 것도 싫어했다.

이저벨러 스펜서도 마찬가지로 침묵하는 전법을 썼다. 기가 막힌 치즈윅 집안이 제인 아주머니를 앞세워 타이르고 달래보기도 하면서 어떻게든 원만히 수습하려고 했다.

그러나 이저벨러는 차갑게 대했으며, 집안사람들이 하는 말이 들리지도 않는 듯 아무 대꾸도 하지 않았다. 이저벨러는 그런 식으로 치즈윅 집안사람들을 골탕먹였다.

진저리난 제인 아주머니는 말했다.

"상대는 말도 하지 않으려고 하니 어쩔 수 없네요."

데이빗 스펜서가 아내에게 문전박대를 당한 지 다섯 달 뒤 레이철이 태어났다. 만일 그때 데이빗이 후회하는 얼굴을 보이며 고개를 숙이고 돌아왔으면, 이저벨러도 오랫동안 바라던 어머니가 된 고통과 희열로 마음이 부드러워져 있었으므로 가슴 아팠던 깊은 원한을 버리고 데이빗을 맞아들였을지 모른다. 하지만 데이빗은 찾아오지 않았다. 예전에 그토록 바라던 아이가 태어난 것을 알고 있는 기미도, 마음에 두고 있는 기색도 보이지 않았다.

다시 몸을 움직일 수 있게 되었을 때 이저벨러의 창백한 얼굴은 예전보다 더 엄격한 빛을 띠고 있었다. 아마 분별할 만한 눈을 가진 사람이 곁에 있었으면 이저벨러의 동작이나 태도에 미묘한 변화가 나타난 것을 알아차렸으리라.

지금껏 무엇인가를 기다려 안절부절못하던 모습이 사라졌던 것이다. 그때까지만 해도 데이빗이 돌아올지 모른다며 은근히 바라고 있던 희망을 내던져버린 것이다. 이제까지는 그래도 마음 속으로 은밀하게 데이빗이 반드시 돌아올 거라는 기대가 있었다. 그렇게 되면 자신의 잘못에 대해 진심으로 고개를 숙이고, 데이빗도 자기처럼 잘못을 알고 뉘우친다면 용서해 줄 생각이었다.

하지만 이제 데이빗이 이저벨러에게 용서를 구할 생각이 없다는 게 분명해졌다. 지금까지 쌓아온 애정에서 증오가 싹텄으며, 그게 쑥쑥 어디까지고 끈질기게 뻗어 자랐다.

레이철은 자라면서 차츰 자신의 삶과 친구들이 사는 모습에는 어딘지 모르게 차이가 있다는 것을 희미하게나마 느끼게 되었다. 오랫동안 그것이 레이철의 작은 머리를 괴롭혔다. 그리고 마침내 그 이유를 알아냈다. 그들과 다른 점은 모두에게는 아버지가 있는데, 나 자신 레이철 스펜서에게는 없다는 것이었다—캐리 벨이나 릴리언 볼터 같이 무덤에 누운 아버지조차도. 어째서일까?

레이철은 어머니에게 달려가 통통한 손을 이저벨러 스펜서의 무릎에 얹고, 새파랗고 큰 눈으로 어머니의 눈치를 살피듯 쳐다보며 진지하게 물었다.

"어머니, 다른 애들에게는 다 아버지가 있는데 왜 나한텐 없어요?"

이저벨러 스펜서는 일하던 손을 멈추고 7살짜리 딸을 무릎 위로 안아올렸다. 그리고는 모든 사정을 직접적이고도 신랄한 몇 마디 단어로 들려주었기 때문에 그것은 레이철의 기억에 지울 수 없는 상처를 남겼다.

레이철은 결코 아버지를 가질 수 없다는 것을 분명히 깨닫고 체념했다—그 점에서는 앞으로도 다른 아이들과 다른 모습인 채로 지내야만 하는 것이다.

이저벨러 스펜서가 마지막으로 말했다.

"네 아버지라는 사람은 네 생각 따윈 조금도 하지 않아. 너를 마음에 둔 일은 한 번도 없어. 아버지에 대해 두 번 다시 누구에게도 이야기해서는 안 돼."

레이철은 잠자코 어머니 무릎에서 빠져나왔다. 가슴이 터질 것만 같아 봄의 뜰로 뛰쳐나갔다. 어머니의 마지막 말이 슬퍼서 그녀는 실컷 흐느껴 울었다. 아버지가 나를 사랑하지 않는다니, 그런 무정한 일이 또 있을 수 있을까. 아버지에 대해 이야기해선 안 된다니, 그런 지독한 일이 정말 있을 수 있단 말인가.

이해할 수 없는 일이었지만 레이철은 아버지가 안됐다는 생각이 들었다. 오래된 싸움을 제 나름대로 이해한 바로는 그러했다. 레이철은 어머니의 당부를 어길 생각도 없었고 어기지도 않았다. 두 번 다시 아버지에 대해 말하지 않았다.

그러나 생각해서도 안 된다고는 하지 않았으므로, 그 뒤로 언제나 끊임없이 그리워하게 되었다—너무나 간절히 생각하고 있었으므로, 조금은 이상하지만 다른 사람은 엿볼 수 없는 마음 속 깊은 곳에서 삶의 일부가 된 것 같았다—무슨 일을 할 때도 눈에 보이지 않지만 반드시 곁에 있어주는 오랜 친구와도 같았다.

레이철은 상상력이 풍부한 아이였으므로, 상상의 세계에서 아버지와 금세 친해졌다. 실제로는 한 번도 만난 일이 없었지만, 지금까지 만났던 그 누구보다 훨씬 가까이에 있었다.

아버지는 레이철과 놀아주고 이야기도 나누어주었다—어머니는 결코 그런 적이 없었지만. 레이철과 함께 정원과 과수원과 들판을 산책해주기도 했다. 밤에는 잠들 때까지 베갯머리에 앉아 있었다. 그리고 레이철은 아무에게도 말하지 않은 비밀을 아버지에게 털어놓았다.

언젠가 어머니가 짜증섞인 목소리로 왜 그렇게 혼잣말을 중얼거리느냐고 물어본 적이 있었다.

레이철은 매우 진지하게 대답했다.

"혼자 말하는 게 아녜요. 아주 사이좋은 친구랑 이야기하고 있는 거예요."

"바보스러운 아이로구나."

어머니는 웃고 말았지만 그건 어쩔 수 없다는 체념이 반, 이래선 안 되는데 하는 안타까움이 반이었다.

2년 뒤 레이철에게 멋진 일이 일어났다. 어느 여름날 오후, 레이철은 친구들 몇 명과 함께 항구로 놀러갔다. 어머니가 다른 사람과 외출하는 것을 도무지 허락하지 않았으므로 그토록 멀리까지 가본다는 것은 레이철로선 매우 드문 즐거움이었다. 게다가 어머니는 즐거운 상대가 아니었다. 레이철은 어머니와 외출하는 것이 그리 반갑지 않았었다.

아이들은 바닷가를 따라 어슬렁거리며 어디까지고 걸어갔다. 드디어 레이철이 여태껏 본 적 없는 곳까지 왔다. 거기는 얕은 만으로, 물이 모래톱에 찰랑거리고 있었다. 그 앞에는 끊임없이 움직이는 짙푸른 바다가 햇빛을 받아 눈부시게 반짝이고 있었다. 바다 어귀 바깥에서는 세찬 바람이 불고 있었다. 하지만 그곳은 바람도 없고 고요했다. 하얀 배 한 척이 백사장에 끌어올려져 받침대 위에 놓여 있었다.

그 바로 가까운 곳에 아담한 집이 덩그러니 하나 있었다. 마치 커다란 조개껍데기가 파도에 밀려 올라온 것 같았다. 레이철은 그 집을 보고 마음 속으로 크게 기뻐했다. 레이철도 바닷가와 같이 쓸쓸한 곳을 매우 좋아했다—그녀의 아버지처럼. 레이철은 그 멋진 장소에 오래 머무르며 마음껏 즐기고 싶었다.

그녀가 알렸다.

"나 지쳐버렸어. 이대로 여기서 잠깐 쉴게. 갈매기곶에는 가고 싶지 않아. 너희들만 갔다와. 난 여기서 기다릴 테니까."

캐리 벨이 깜짝 놀라며 물었다.

"너 혼자서?"

레이철은 뽐내듯 말했다.

"난 혼자 있어도 무섭지 않아. 겁내는 사람도 있지만 말이야."

다른 소녀들은 가버렸다. 남은 레이철은 희고 큰 배가 드리운 그늘 아래 엎혀 있는 받침대에 걸터앉았다. 레이철은 잠시 그냥 그대로 그 자리에 앉은 채, 파란 눈으로 저 멀리 진주색 수평선을 바라보며 금발머리를 배에 기댄 채 행복한 꿈에 잠겨 있었다.

갑자기 뒤쪽에서 발소리가 났다. 고개를 돌려 쳐다보니 한 남자가 쾌활해 보이는 크고 파란 눈으로 레이철을 내려다보고 있었다. 그는 분명 한 번도 만난 적 없는 사람이었다. 그런데도 이상하게 그 눈을 어디선가 본 듯한 느낌이 들었다. 레이철은 그가 마음에 들었다. 여느 때는 낯선 사람 앞에 서면 부끄러워 우물쭈물하기 일쑤인데 그렇지 않았다.

그 남자는 키가 크고 튼튼한 몸집에 어부가 입는 거친 천의 옷을 걸쳤으며 머리에 방수 모자를 쓰고 있었다. 머리는 숱이 많고 곱슬곱슬한 금발이었다. 얼굴은 햇볕에 그을려 까무잡잡하고 혈색이 좋았다. 빙그레 웃으면 하얀 이가 가지런히 드러나 보였다. 이 사람은 나이가 꽤 들어보인다고 레이철은 생각했다. 금발에 흰 머리가 섞여 있었기 때문이었다.

그 남자가 말했다.

"인어가 나오지 않을까 유심히 보고 있는 거니?"

레이철은 진지하게 고개를 끄덕였다. 다른 사람 같았으면 그런 생각조차 한사코 숨기려 했을 것이다.

레이철이 얼른 대답했다.

"네, 그래요. 어머니는 인어 같은 건 없다고 말해요. 하지만 나는 있다고 믿고 싶어요. 아저씨는 본 적 있나요?"

그 큰 어른은 하얗게 빛바랜 표류목에 걸터앉아, 레이철을 보고 미소 지었다.

"아냐, 유감이지만 없어. 그러나 아저씬 아주 멋진 걸 많이 보았지. 이리 와서 내 곁에 앉는다면, 그런 이야기를 좀 해줄까 하는데, 어떠냐?"

레이철은 머뭇거리지 않고 다가갔다. 그는 레이철을 무릎 위에 앉혔다. 레이철은 그가 마음에 쏙 들었다.

그가 말했다.

"참 예쁘구나. 어때, 아저씨에게 뽀뽀해 줄 수 있겠니?"

레이철은 뽀뽀하는 걸 싫어했다. 친척 아저씨들에게조차 아무리 설득해도 뽀뽀하지 않았다―아저씨들은 그걸 잘 알면서도 일부러 뽀뽀해 달라고 놀리므로, 끝내 레이철은 몹시 화가 나서 남자는 도저히 못참아주겠다고 말하곤 했었다.

하지만 이때 레이철은 곧 이 낯선 남자 어른의 목에 팔을 감고, 진심으로 따뜻한 입맞춤을 했다.

레이철은 정직하게 말했다.

"아저씨가 좋아요."

레이철을 안고 있는 남자의 팔에 불끈 힘이 들어가는 것이 느껴졌다. 레이철의 눈을 들여다보는 파란 눈에 눈물이 어리고 사랑이 넘쳤다.

그때 문득 레이철은 이 사람이 누구인지를 깨달았다. 바로 그녀의 아버지인 것이다. 아무 말도 하지 않고 곱슬머리를 그의 어깨에 올려놓은 레이철은 고대하던 항구에 닿은 사람처럼 더없이 행복했다.

레이철이 느낀 것을 데이빗 스펜서도 눈치챘는지 아무 말도 하지 않았다. 그 대신 자기가 찾아갔던 머나먼 나라들에 대한 환상적인 이야기와 여기저기에서 겪었던 신기한 일들에 대해 들려주기 시작했다. 레이철은 마음을 빼앗기고 홀린 듯 가만히 듣고 있었다. 마치 어린이에게 들려주는 옛날이야기를 듣는 기분이었다. 그렇다, 아버지는 꿈에 그리던 사람과 똑같았다. 예전부터 틀림없이 멋진 이야기를 해 줄 분이라고 생각했던 것이다.

이야기가 끝났을 때 그 사람은 말했다.

"아저씨 집에 가자. 예쁜 걸 많이 보여줄게."

그 뒤 한 시간은 멋진 한때였다. 그가 레이철을 데리고 간 곳은 사각형 창문이 있고 천장이 낮은 작은 방이었다. 방 안은 그가 가는 곳마다 모아온 진기한 것들로 가득차 있었다―모든 것이 말로는 다 할 수 없을 만큼 아름답고 신비로운 것들뿐이었다.

레이철이 가장 마음에 들어한 것은 벽난로 위에 장식으로 놓은 아주 큰 두 개의 조개껍데기였다―희미하게 핑크빛 도는 조개껍데기였는데, 짙은 홍색과 자색의 커다란 반점이 흩어져 있었다.

놀란 레이철이 소리쳤다.

"어머나, 세상에 이처럼 아름다운 게 있다니 믿을 수가 없어요."

"좋다면……"

그 사람은 분명 무슨 말을 하려고 했다. 그러나 바로 거기서 말을 뚝 끊어 버렸다.

"더 아름다운 것도 있으니 보여줄게."

레이철은 희미하게나마 그가 무엇인지 다른 말을 하려 했다는 것을 느꼈다. 하지만 그것이 무엇이었을까 하고 생각하는 것도 곧 잊어버렸다. 그가 방 안 구석 찬장에서 꺼내온 것이 눈에 들어왔기 때문이었다.

보라색으로 반짝반짝 빛나는 아주 멋진 찻주전자였다. 둘레에 금빛 용 몇 마리가 얽혀 있었는데, 발톱과 비늘도 금빛으로 반짝거리고 있었다. 뚜껑은 아름다운 황금색 꽃인 것 같았고, 감긴 용의 꼬리가 손잡이였다. 레이철은 그 자리에 앉아 넋을 잃고 바라보았다.

그가 말했다.

"아저씨가 가지고 있는 것 가운데 얼마쯤 값나가는 건 이것뿐이야―지금으로선."

그 눈이며 목소리에 깊은 슬픔이 깃들어 있는 것을 레이철은 느꼈다. 다시 한 번 입맞춤으로 위로해 주고 싶었다.

그러나 그가 느닷없이 웃더니, 곧 먹을 것을 가져와 레이철에게 주었다. 그것은 레이철이 상상조차 할 수 없을 만큼 맛있는 사탕이었다. 레이철이 그 달콤한 사탕을 빨아먹고 있는 동안 그는 낡은 바이올린을 벽에서 내려 연주해 주었다. 춤추거나 노래하고 싶어지는 흥겨운 곡이었다.

레이철은 너무나 행복해서 천국에 있는 듯한 기분에 젖어 있었다. 이 천장이 낮은 어둑한 방에서 보물에 둘러싸여 언제까지나 있을 수 있다면 얼마나 좋을까, 하는 생각을 했다.

드디어 그가 말했다.

"어린 친구들이 갈매기곶을 돌아서 오고 있구나. 집으로 돌아가야 할 때가 됐나보다. 남은 사탕은 주머니에 넣어 가렴."

그는 레이철을 꼭 끌어안고 잠깐 힘주어 가슴에 파묻었다. 레이철은 그가 머리에 입맞추는 것을 느꼈다.

그가 부드럽게 말했다.

"자, 어서 뛰어가요, 아가씨. 안녕."

레이철은 울음 섞인 목소리로 외쳤다.

"왜 다시 만나러 오라는 말을 하지 않지요? 어쨌든 난 다시 오겠어요."

그가 말했다.

"올 수 있으면, 꼭 오너라. 만약 올 수가 없어도, 그럴 만한 까닭이 있다는 걸 잘 알고 있으니까—그것만 알고 있으면 돼. 난 얼마나, 얼마나, 얼마나 기쁜지 몰라, 아가씨, 네가 한 번이라도 이렇게 와 주었으니까."

친구들이 돌아왔을 때 레이철은 배가 올려져 있는 받침대에 얌전히 앉아 있었다. 레이철이 그 집에서 나오는 것을 아무도 보지 못했고, 레이철도 그 동안 무엇을 했는지 한 마디도 하지 않았다. 혼자 심심하지 않았느냐고 친구들이 물었을 때에는 무슨 사연이 있는 듯한 희미한 미소를 지었을 뿐이었다.

그날 밤 처음으로 레이철은 기도하면서 아버지 이름을 입에 올렸다. 그 뒤로는 잊지 않고 늘 그렇게 했다. 반드시 '어머니와—아버지에게 하느님 은총을 내려주옵소서'라고, 두 단어 사이를 자연스럽게 떼어 기도했다—서로 떼어 기도하는 데에서 아버지와 어머니를 갈라놓은 비극을 새삼스럽게 이해하는 마음이 나타나 있었다. 그리고 '아버지'라고 말할 때가 '어머니'라고 하는 경우보다 부드러웠다.

레이철은 그 뒤 두 번 다시 만을 찾지 않았다. 아이들이 그곳에 간 것을 알게 된 이저벨러 스펜서가 비록 레이철이 제 아버지를 만난 것은 알지 못했지만, 두 번 다시 그 바닷가 근처에 가서는 안 된다고 단단히 타일렀기 때문이었다.

레이철은 그 말을 듣고 남몰래 얼마나 많은 슬픔의 눈물을 흘렸는지 모른다. 그래도 시키는 대로 다 따랐다. 그 뒤로 레이철과 아버지 사이에는 아무 왕래도 없었다. 비록 헤어져있더라도 들을 수 있는 말을 뛰어넘어 보이지 않는 마음과 마음이 오갔던 것이다.

데이빗 스펜서 앞으로 보내는 딸의 결혼식 초대장은 다른 사람에게 보내는 초대장과 같이 발송했다. 레이철에게 처녀로서 남겨진 나날은 미래에 대한 준비와 흥분이 소용돌이치는 가운데 쏜살같이 지나갔다. 어머니는 그 소용돌이에 휘말려 정신이 없었지만, 레이철로서는 즐겁지만은 않았다.

마침내 결혼식 날이 되었다. 드넓은 바다가 은빛, 진줏빛, 장밋빛으로 반짝이면서 고요하고 아름답게 밝았다. 9월인데도 6월처럼 따뜻하고 맑게 개인 날이었다.

결혼식은 밤 8시에 할 예정이었다. 7시가 되었을 때 레이철은 모든 옷차림을 끝내고 혼자 자기 방에 서 있었다. 신부 들러리는 없었고, 사촌들에게도 처녀로서의 엄숙한 마지막 한때를 홀로 있게 해달라고 부탁했던 것이다.

자작나무 사이로 새어드는 저녁노을을 받아 레이철은 너무나 아름답고 사랑스러웠다. 웨딩드레스는 얇고 투명한 오건디로 단순하면서도 고상했다. 풍성하게 물결치는 금발머리는 신랑이 보내온 꽃으로 장식하고 있었다. 처녀의 꿈과 같은 새하얀 장미였다. 레이철은 행복했지만 그 행복 속에는 모든 변화에 반드시 따라다니는 희미한 슬픔이 감돌았다.

이내 어머니가 작은 바구니를 들고 왔다.

"네 앞으로 뭔가 왔다, 레이철. 항구에 산다는 소년이 가져왔지. 직접 네게 전해야 한다면서—그렇게 부탁을 받았단다. 내가 빼앗고 곧 돌려보냈다—당장 네게 건네줄 테니까 그러면 되겠지, 하고 말이다."

어머니는 차가운 말투로 말했다. 바구니를 누가 보냈는지 잘 알기 때문에 화가 난 것이다. 그러나 아무리 성이 났어도 호기심 쪽이 더 강했다. 잠자코 그 자리에 서서 레이철이 바구니 여는 것을 말없이 지켜보고 있었다.

바구니 뚜껑을 여는 레이철의 손이 바들바들 떨렸다. 얼룩점이 있는 커다란 핑크빛 조개껍데기 두 개가 먼저 나왔다. 아, 이 조개껍데기는 잘 기억하고 있다! 그 밑에 외국제인 듯한 신비로운 향기가 나는 비단으로 정성껏 싼 네모진 물건이 들어 있었다. 용으로 꾸며진 찻주전자였다. 레이철은 그 찻주전자를 손에 들고 살펴보면서 눈에 눈물이 가득 고였다.

"네 아버지가 보냈다."

그렇게 말하는 이저벨러 스펜서의 목소리에는 미묘한 떨림이 있었다.

"잘 기억하고 있지. 내가 짐을 싸서 네 아버지에게 보낸 물건 속에 들어 있었어. 50년 전 네 할아버지가 중국에서 가져왔다고 하면서, 네 아버지가 무엇보다도 소중하게 다루었지. 아주 값비싼 거라고 하면서 말이다."

레이철이 애원하듯 말했다.

"어머니, 제발 부탁이니 잠시 혼자 있게 해주세요."

바구니 맨 밑에 작은 편지가 들어 있는 것을 보고, 어머니가 지켜보고 있으면 읽을 수 없다고 느껴졌기 때문이었다.

희한하게도 이저벨러 스펜서가 아무 소리 않고 나가자 레이철은 재빨리 창가로 가서 차츰 약해지는 저녁놀빛 속에서 편지를 읽었다. 아주 짤막했으며 좀처럼 펜을 잡지 않는 사나이가 쓴 글씨였다.

내 사랑하는 딸아, 결혼식에 가지 못해 미안하구나. 나를 불러주다니, 참으로 너답구나―네가 한 일이라는 건 잘 알고 있다. 네가 결혼하는 것을 보고 싶지만 내쫓긴 집으로 다시 갈 수는 없다. 행복을 기원한다. 네가 그토록 마음에 들어했던 조개껍데기와 찻주전자를 선물하마. 즐거웠던 그날을 잊지는 않겠지? 결혼하기 전에 한 번 더 너를 만나고 싶었지만, 그것도 할 수 없게 되겠구나.
너를 사랑하는 아버지
데이빗 스펜서

레이철은 마음을 가다듬고 눈을 감으며 흘러나오려는 눈물을 억눌렀다. 불현듯 어떤 일이 있어도 아버지를 만나야겠다는 생각이 가슴에 뜨겁게 솟아올랐다―보고 싶다는 마음은 굶주림과도 같이 아무리 지우려 해도 지워지지 않았다.

아버지를 만나야 한다. 새 생활을 시작하기 전에 아버지의 축복을 받아야만 한다. 레이철은 별안간 어떤 결의를 했다―그 결심 앞에서는 어떤 규제나 반대도, 마치 처음부터 존재하지 않았던 것같이 날아가버렸다.

날이 꽤 어두워졌다. 하지만 아직 30분 동안은 손님이 오지 않을 것이다. 언덕을 넘어가면 작은 만까지 15분밖에 걸리지 않는다.

레이철은 급히 새 레인코트로 온 몸을 감싸고, 화사하게 꾸민 머리는 검은 후드를 써서 가렸다. 그리고 방문을 열고 조용히 아래층으로 내려갔다. 이저벨러 스펜서와 도우러 온 사람들은 모두 집 뒤에서 부지런히 일하고 있었다.

레이철은 이슬내린 뜰로 곧 나왔다. 들판을 가로질러 곧장 가도록 하리라. 아무도 보지 않을 것이다.

레이철이 코브에 닿았을 때는 벌써 어두워져 있었다. 머리 위로 펼쳐진 수정 같은 하늘에는 별이 빛나고 있었다. 나지막하게 바닷가로 밀려오는 물결소리만이 주위의 적막을 깨고 있었다. 작은 잿빛 집 처마 밑에는 산들바람이 불고 있었다.

집 안에서는 데이빗 스펜서가 저녁 어둠에 휩싸여 무릎 위에 바이올린을 올려놓고 혼자 앉아 있었다. 바이올린을 켜려 했지만 켤 수가 없었던 것이다.

마음은 거세게 딸을 찾고 있었다―그리고, 그렇다, 오랫동안 원수 사이가 되어 있는 젊었을 때의 자기 신부도. 바다를 향한 그리운 마음은 이제 영원히 채워졌다. 하지만 아내와 딸에 대한 그리운 마음은 옛날의 분노와 외고집 밑에 숨어서 지금도 절규하고 있었다.

갑자기 방문이 열리며 바로 지금까지 꿈꾸어왔던 레이철이 별안간 뛰어들어왔다. 레인코트를 벗어던진 레이철은 젊음과 아름다움에 감싸인 웨딩드레스를 입고 서 있었다. 그 황홀한 자태의 레이철이 내뿜는 광채가 저녁에 내려진 어둠을 밝게 비추고 있는 듯했다.

레이철이 가까스로 불렀다.

"아버지."

아버지는 딸을 꼭 껴안았다.

한편, 레이철이 빠져나온 집에서는 결혼식에 참석할 손님들이 하나둘 모여들기 시작했다. 농담을 하고 웃는 소리와 즐겁게 나누는 인사말이 오갔다. 늘씬한 몸매에 까만 눈의 젊은 신랑도 왔다.

그는 발소리를 죽이고 수줍은 듯 2층 객실로 올라갔다가 곧 다시 나와 층계참에서 스펜서 부인과 마주쳤다.

신랑의 얼굴이 붉어졌다.

"결혼 식전에 레이철을 만나고 싶은데요."

이저벨러 스펜서는 이미 선물로 가득한 탁자 위에 결혼축하로 받은 린네르 옷감을 올려놓고, 레이철의 방문을 열어 딸을 찾았다. 아무 대꾸도 없었다. 방 안은 어둡고 인기척도 없었다.

이저벨러 스펜서는 깜짝 놀라며 허둥지둥 복도의 탁자에서 램프를 들고 와 비쳐 보았다. 희고 작은 방은 텅 비어 있었다. 얼굴을 발그레 물들이고 하얀 웨딩드레스로 몸을 감싼 신부는 없었다. 하지만 데이빗 스펜서의 편지가 작은 탁자 위에 놓여 있었다. 이저벨러 스펜서는 편지를 손에 들고 읽어보았다.

그녀는 가까스로 말했다.

"레이철이 가버렸어."

딸이 어디로 왜 갔는지 이저벨러는 직감적으로 느꼈다.

프랭크가 앵무새처럼 되뇌었다.

"가버렸다니요!"

얼굴이 새파랗게 질렸다. 프랭크가 창백한 얼굴로 갈피를 잡지 못하고 있는 모습을 보고 이저벨러 스펜서는 정신을 차렸다. 이저벨러는 일그러진 얼굴로 씁쓸하게 웃었다.

"아니, 걱정할 것 없네, 프랭크. 신랑될 사람에게서 달아난 게 아니니까. 쉿! 이리 오게—방문을 닫고. 이 사실은 아무에게도 들키지 않아야 해. 대단한 소문거리가 될 테니까!

바보 같은 내 딸은 코브로 갔을 걸세—그 애의—그 아이의 아버지를 만나러 말일세. 그게 틀림없어. 그 애가 할 만한 일이지. 그 애 아버지가 이 선물을 보내왔다네—이걸 보게—그리고 이 편지도. 읽어보게.

결혼식에 참석해 달라고 아버지를 설득하러 간 것 같네. 그 일에 열을 올리고 있었으니까. 그런데 목사님도 오셨고, 벌써 7시 반이야. 먼지와 이슬로 그 애의 드레스며 구두가 엉망진창이 될 것 같군. 게다가 누가 보기라도 한다면 어쩔 셈이지! 그토록 바보 같은 딸은 정말 없을 거야."

프랭크는 다시 침착해졌다. 레이철과 그녀의 아버지에 대한 일은 잘 알고 있었다. 레이철에게서 모두 들었던 것이다.

프랭크가 차분하게 말했다.

"제가 얼른 다녀오지요. 제 모자와 코트를 갖다주세요. 뒤쪽 층계로 몰래 빠져나가 코브에 가겠어요."

이저벨러 스펜서가 과연 그녀답게 비극에 희극을 뒤섞어 단호하게 말했다.

"그렇다면 식료실 창문으로 나가야 해. 부엌은 여자들로 가득차 있어. 되도록이면 이런 일이 소문으로 퍼져나가는 걸 막고 싶으니까."

신랑은 나이에 비해 이해가 빨랐으므로 자질구레한 일들은 여자가 시키는 대로 따르는 게 좋다는 것을 잘 알고 있었다. 그래서 일러주는 대로 식료실 창문으로 기어나와 자작나무숲 속으로 쏜살같이 달려갔다. 스펜서 부인은 프랭크의 모습이 보이지 않게 될 때까지 몸을 오들오들 떨며 보초섰다.

그랬었군, 레이철은 아버지에게 갔어! 세월의 속박을 벗어버리고 달아나듯 가버린 것이다.

그녀는 냉정하게 생각했다.

"자연의 정을 거스르려고 해도 아무 소용없는 일이야. 졌어. 그이도 역시 조금은 레이철을 생각하고 있었던 게야, 저 찻주전자와 편지를 보낸 걸 보면. 그건 그렇고 '즐거웠던 그날'이란 대체 무슨 말일까? 그래, 그 애는 언젠가 그이를 만난 거야. 그리고 그런 사실을 내겐 한 번도 알리지 않았어."

이저벨러 스펜서는 홧김에 식료실 창문을 힘껏 쾅 닫았다.

"레이철이 프랭크와 함께 결혼식에 때맞추어 조용히 돌아와 소문의 씨앗이 되지 않고 넘어간다면 용서해 주지."

이저벨러 스펜서는 부엌으로 돌아갔다.

레이철이 아버지 무릎에 앉아 하얀 두 팔로 그의 목에 매달려 있는데 프랭크가 들어왔다. 레이철은 펄쩍 뛰며 떨어졌다. 얼굴은 장밋빛으로 달아올라 감동에 취해 있었고 눈은 반짝반짝 빛나며 눈물이 고여 있었다. 프랭크는 이토록 아름다운 레이철을 본 적이 없다고 생각했다.

레이철은 겁먹은 소리로 말했다.

"아, 프랭크. 그렇게 늦었어? 화났어?"

"그런 일은 없어. 물론 화도 나지 않았어. 하지만 이제 슬슬 돌아가는 게 좋지 않겠어? 곧 8시가 될 테고, 모두들 기다리고 있으니까."

레이철이 말했다.

"나는 내가 결혼하는 걸 봐주십사고 아버지에게 부탁드리고 있었어―프랭크, 도와줘."

프랭크도 간청했다.

"꼭 와주십시오. 레이철뿐만 아니라 저도 그렇게 해주셨으면 합니다."

데이빗 스펜서는 완고하게 고개를 가로저었다.

"아니, 그 집에는 갈 수 없어. 그때 나는 문을 잠그고 내쫓겼으니까. 내 일에는 상관하지 말게. 반 시간 동안 딸과 함께 있었는데, 그것만으로도 행복감에 젖었지. 결혼식을 보고 싶지만 그렇게는 안될 것 같군."

레이철은 단호하게 말했다.

"아녜요, 보게 되실 거예요―꼭 보게 해드리겠어요. 아버지에게 내가 결혼하는 걸 꼭 보여드리고 말겠어요. 프랭크, 난 이 아버지 집에서 결혼식을 올리겠어! 딸이 결혼하는 데 여기보다 꼭 맞는 곳은 없어. 곧바로 우리 집으로 가서 손님들에게 그렇게 전하고 이리로 모시고 와 줘."

프랭크는 어떻게 해야 좋을지 몰랐다. 데이빗 스펜서는 반대한다고 말하려 했다.

"레이철, 그건 좀—"

"이 일은 내가 하고 싶은 대로 하게 해주세요."

레이철은 부드럽게 말했지만 꿈쩍도 않겠다는 고집이 들어 있었다.

"어서 가도록 해, 프랭크. 이 일이 끝나면 앞으로 평생 당신이 하라는 대로 따르겠어. 하지만 이 일만은 나를 위해 해주었으면 해. 이해해 줘."

레이철은 마지막 말을 매달리듯 덧붙였다.

"아, 이해하고 말고."

프랭크는 레이철을 안심시켰다.

"그리고 레이철이 옳다고 생각해. 하지만 어머니 일을 좀 생각해 봐. 틀림없이 안 오실 거야."

레이철이 말했다.

"그럼, 어머니가 안 오시면, 나는 결혼하지 않을 거라고 말씀드려 줘."

레이철은 의심할 바 없이 사람을 다루는 재능을 무심코 드러낸 것이다. 그런 최후통고를 하면 프랭크는 필사적으로 최선을 다할 것을 알고 있었다.

되돌아간 프랭크는 대담하게 현관으로 들어가 스펜서 부인을 당황하게 했다. 이저벨러는 달려가서 프랭크를 붙잡고, 다른 사람 눈에 띄지 않게 식당으로 끌고 갔다.

"레이철은 어디 있나? 왜 저 문으로 들어왔지? 모두들 자네를 보았잖나!"

"그런 건 아무려면 어때요. 어차피 다 알게 될 텐데요. 레이철이 아버지 집에서 결혼식을 올린다고 하네요. 그렇지 않으면 결혼하지 않는다고 고집을 피우는군요. 저는 그 말을 어머니께 전하러 돌아왔습니다."

이저벨러의 얼굴이 새빨개졌다.

"레이철이 머리가 이상해졌군. 난 이 일에서 손떼겠네. 좋을 대로 하게. 손님들을 모시고 가게나—음식을 가지고 갈 수만 있다면 말일세."

프랭크는 이저벨러의 빈정거림을 무시하고 말했다.

"식사는 여기 돌아와서 할 겁니다. 자, 어서 가세요, 어머니. 순순히 응해주세요."

이저벨러 스펜서가 맹렬하게 말했다.

"아니, 자네는 내가 데이빗 스펜서의 집에 갈 거라고 생각하나?"

"이만 가셔야 해요, 어머니."

가엾게도 프랭크는 필사적이었다. 완고한 세 사람이 다투는 미로에서 헤매다 신부를 놓치지나 않을까 불안해진 것이다.

"어머니가 안 오시면 레이철은 결혼하지 않겠다고 합니다. 레이철은 한 번 말한 것은 꼭 그대로 하고 만다는 걸 어머니도 아시잖습니까."

그건 이저벨러 스펜서도 알고 있었다. 마음 속으로 분노와 반항심이 거세게 불타오르는 가운데 필요 이상 소문을 퍼뜨리고 싶지 않다는 강한 바람도 있었다. 다른 어떤 일로도 그렇게 되지 않을 테지만 그런 심정이 이저벨러를 누그러뜨리고 가라앉혔다.

그녀는 얼음처럼 차갑게 말했다.

"어서 가세나, 가야만 한다면. 속수무책인 일에는 그저 참는 길밖에 없지. 모두에게 그렇게 전하게."

5분 뒤에는 60명의 결혼식 참석자들이 목사와 신랑을 앞세우고 코브를 향해 들판을 걸어가고 있었다. 일이 너무나 뜻밖으로 흘렀으므로, 모두들 어이가 없어 서로 이야기를 나눌 기분도 아니었다. 이저벨러 스펜서는 고집스럽게 맨 뒤에서 걸었다.

결혼식 참석자들은 코브의 작은 집을 가득 채웠다. 엄숙한 고요가 사방을 뒤덮었다. 오직 들려오는 것은 처마 밑에서 속삭이듯 부는 바닷바람 소리와, 바닷가 백사장에 밀려오는 희미한 물결소리뿐이었다. 데이빗 스펜서가 딸을 신랑 손에 넘겼다.

하지만 결혼식이 끝났을 때 신부를 맨 먼저 팔에 안은 사람은 이저벨러였다. 이저벨러는 딸을 힘껏 껴안고 키스했다. 창백한 얼굴에 눈물이 폭포처럼 흘러내렸다. 이저벨러의 굳건함은 모조리 녹아흘렀고, 상냥한 어머니의 마음으로 바뀌어 있었다.

이저벨러는 띄엄띄엄 말했다.

"레이철, 레이철! 오, 나의 귀여운 딸아, 영원히 행복하길 빈다."

갑자기 손님들이 쾌활하게 떼지어 축하인사를 하려고 신랑과 신부 둘레로 몰려들었다. 이저벨러는 튕기듯 밀려나와, 어둑한 방 구석으로 내몰렸다. 돛과 밧줄을 쌓아둔 한구석이었다. 문득 고개를 들자 데이빗 스펜서의 가슴에 밀려온 것을 알았다. 20년의 세월을 거친 뒤 처음으로 남편과 아내의 눈이 마주쳤다. 미묘한 전율이 이저벨러를 뒤흔들었다. 스스로도 떨고 있는 것을 느꼈다.

"이저벨러."

이저벨러가 듣고 있는 것은 데이빗의 목소리였다—애정이 넘치고 용서를 구하는 듯한 목소리였다—이저벨러가 처녀였을 때 사랑을 고백하던 젊은이의 목소리가 되살아났다.

"나를 용서해 달라고 부탁하기에는 너무 늦었을까? 나는 고집불통 바보였어—그러나 지나간 오랜 세월 한순간도 당신이나 우리 딸을 생각하지 않은 때가 없었고, 만나고 싶다는 마음이 끊긴 적도 없었소."

이저벨러 스펜서는 이 남자를 증오하면서 살아왔다. 하지만 그 증

오감은 다른 큰 나무에 기생해 살아왔을 뿐으로, 스스로 살아나갈 뿌리는 없는 것이다. 기생식물이었던 미움은 데이빗의 말을 듣고 말라죽었고, 놀랍게도 그 뒤에 오래된 애정이 솟아났다. 옛날과 다름없이 깨끗하고 강하며 아름다운 애정이었다.

이저벨러가 띄엄띄엄 중얼거렸다.

"아—데이빗—모두—내가—잘못했어요."

그 뒤의 말은 데이빗의 입술에 빨려들어갔다.

한바탕 악수하고 축하인사를 하는 등 소란이 가라앉자 이저벨러 스펜서가 앞으로 나섰다. 달아오른 뺨과 반짝이는 눈은 마치 처녀같은 모습이었고, 자신마저 신부가 된 듯 보였다.

그녀가 활발하게 말했다.

"이제 우리 집으로 가서 식사하고 머리를 식히도록 해요."

그녀는 둘러싼 사람들을 도전하듯 바라보았다.

"레이철, 네 아버지도 함께 가신다. 앞으로 쭉 집에서 함께 지내실 거야. 자, 모두들 가요."

모든 사람들은 한결같이 웃거나 농담하면서, 조용한 가을 들판을 되돌아왔다. 달이 언덕 위에 솟아 들판을 엷은 은빛으로 물들이고 있었다.

젊은 신랑과 신부는 맨 뒤에서 천천히 따라왔다. 두 사람은 그야말로 행복했다. 그런 두 사람의 행복도 재빠른 걸음으로 맨 앞에서 걸어가는 그 옛날의 신랑과 신부의 행복에는 미치지 못했다. 이저벨러의 손은 남편의 손에 꼭 쥐어져 있었다. 가끔 행복한 눈물이 눈에 어려 달빛을 받은 언덕이 보이지 않을 때조차 있었다.

데이빗의 도움을 받아 울타리를 넘어가며 이저벨러가 속삭였다.

"데이빗, 날 용서할 수 있겠어요?"

데이빗이 말했다.

"용서할 게 뭐 있소. 우린 방금 막 결혼했을 뿐인데. 신랑이 용서하

느니 마느니 하는 말을 하는 걸 들어본 적 있소? 모든 것을 이제 막
새로 시작한 우리들이오, 이저벨러."

제인의 아기

미스 로제터 엘리스가 머리 마는 종이로 앞머리를 말고 뒷머리는 체크무늬 앞치마로 묶고서 집 옆 통풍 좋은 정원에 나란히 서 있는 나무 아래에서 응접실 양탄자를 털고 있는데, 네이선 패터슨 씨가 마차를 몰고 들어왔다.

미스 로제터에게도 네이선 패터슨이 언덕을 넘어 긴 황톳길을 내려오는 모습이 보였지만, 설마 이런 아침 시각에 자기에게 찾아올 리 없다고 생각했었다. 그래서 미스 로제터는 집 안으로 달아나지 않았던 것이다.

미스 로제터는 머리 마는 종이로 앞머리를 말고 있을 때 누군가가 찾아오면 반드시 집 안으로 달아났다. 방문자의 해야 하는 일이 생사에 관련되는 일이라 할지라도 그 사람이 남자든 여자든 미스 로제터가 머리마는 종이를 떼어버릴 때까지 기다리게 했다. 그것은 애번리 사람이라면 누구나 다 알고 있었다. 애번리에서는 온 마을사람들이 서로에 대해 어떤 일이든 모르는 일이 없었기 때문이다.

그런데 패터슨 씨가 전혀 예상 밖으로 눈 깜짝할 사이에 마차를 몰고 들어왔으므로 미스 로제터는 집 안으로 뛰어들 시간이 없었다.

그래서 체크무늬 앞치마는 잡아 떼고 머리 마는 종이에 신경 쓰면서 할 수 있는 한 침착한 얼굴로 그 자리에 서 있었다.

"안녕하십니까, 미스 엘리스."

패터슨 씨가 너무 우울하게 말했으므로 미스 로제터는 곧 뭔가 나쁜 소식을 갖고 온 게 틀림없다고 느꼈다. 여느 때 같으면 패터슨 씨 얼굴은 한가위 보름달처럼 둥그렇고 벙글벙글 웃고 있을 터인데, 지금 표정은 퍽 슬픈 듯했으며 목소리도 너무 음울했다.

"안녕하세요. 날씨가 좋군요."

미스 로제터는 활발하고 명랑하게 인사했다. 아무튼 이유가 밝혀질 때까지 굳이 어두운 표정을 지을 생각은 없었다.

패터슨 씨는 진지하게 동의했다.

"아주 좋은 날씨입니다. 방금 필러 씨네에서 오는 길이지요, 미스 엘리스. 딱하게도—"

미스 로제터가 황급히 외쳤다.

"샬럿이 병이 났군요! 샬럿이 또 심장발작을 일으켰나보군요! 알고 있었어요! 언젠가 그런 소식이 있을 거라고 짐작하고 있었어요! 샬럿처럼 줄곧 여기저기 마차를 몰고 다니면 심장이 나빠져도 이상한 일이 아니지요.

나는 대문 밖으로는 자주 나가지 않지만, 그래도 때로 나가면 그 애가 어딘가 돌아다니는 것을 보게 돼요. 대체 누구에게 농장 일을 맡기고 있는 것일까요? 그 애처럼 고용인에게 모두 맡기는 일은 나로선 할 수 없어요.

일부러 나 있는 데까지 샬럿의 병을 알리려고 와주셔서 고맙습니다, 패터슨 씨. 어째서 그처럼 해주시는지 모르겠어요—정말 모르겠어요. 샬럿이 병을 앓든 말든 나와 관계없는 일이니까요.

당신도 잘 알 거예요, 패터슨 씨. 누구나 다 알고 있는 일이에요. 샬럿이 집을 나가 그 교활하고 아무짝에도 쓸모없는 제이컵 필러와 몰래 결혼했을 때—"

패터슨 씨가 참다못해 가로막았다.

"필러 부인은 건강하게 잘 있습니다. 아주 건강하죠. 필러 부인이 어떻게 된 건 아닙니다. 다만—"

미스 로제터는 다짜고짜 화를 내며 물었다.

"그렇다면 대체 뭣 때문에 일부러 여기까지 와서 샬럿이 병이 아니라면서 나를 죽일 만큼 깜짝 놀라게 하는 거예요? 내 심장도 그다지 튼튼하지 않아요—우리 집안은 모두 그래요—단골의사가 충격이나 흥분은 절대 피하라고 했어요.

나는 격한 감정을 드러내고 싶지 않아요, 패터슨 씨. 비록 샬럿이 다시 발작을 일으켰다 하더라도 나는 놀라고 싶지 않아요. 나를 흥분시키려 해도 그렇게는 되지 않을 거예요, 패터슨 씨."

분개한 패터슨 씨가 선언했다.

"당치도 않아요, 나는 누군가를 흥분시키려는 게 아닙니다! 여기 들른 것은 당신에게 말해 두는 편이 좋을 것 같아서—"

미스 로제터가 말했다.

"말해 두다니, 뭘 말이에요? 언제까지 사람을 조마조마하며 기다리게 만들 셈이에요, 패터슨 씨. 짐작컨대 당신에겐 충분한 여유 시간이 있는 것 같지만—내게는—없어요."

"—당신 여동생 필러 부인이 사촌자매의 편지를 받았다는 사실을 말하러 왔어요. 샬럿타운에 살고 있는 사람 말입니다. 이름은 로버츠 부인이라고—"

미스 로제터가 말참견을 했다.

"제인 로버츠예요. 결혼 전에는 제인 엘리스였지요. 그 제인이 대체 뭣 때문에 직접 샬럿에게 편지를 썼을까요? 나는 물론 알고 싶지도 않아요. 샬럿이 누구와 편지를 주고받든 내 알 바 아니니까요.

하지만 제인에게 뭔가 특별히 편지를 써야 할 일이 있다면 나한테 먼저 썼어야 해요. 내가 맏언니니까요. 샬럿도 나와 의논도 없이 제인 로버츠의 편지를 받을 자격은 없어요.

몰래 숨어서 하다니 과연 샬럿이 할 만한 일이에요. 결혼도 그랬으니까요. 나한테 한 마디도 하지 않고 그 돼먹지 않은 제이컵 필러와 몰래―"

"로버츠 부인은 중병에 걸린 것으로 알고 있습니다."

패터슨 씨는 이곳에 온 목적을 완수할 결심을 굳히고 끈질기게 말을 이었다.

"아무래도 곧 죽을 것 같아서―"

미스 로제터가 외쳤다.

"제인이 병이라구요! 제인이 죽어가고 있다구요! 그토록 튼튼한 아가씨는 보기드물었는데! 그렇기는 하지만 15년 전 결혼한 뒤 그 애와 한 번도 만난 일 없고 편지도 없었으니까. 아마 남편이 못된 사람이어서 제인을 방치해 조금씩 수척해졌을 테지요. 남편이란 믿을 수 없어요.

샬럿을 봐요! 제이컵 필러에게 어떻게 이용당했는지 모두 알고 있어요. 샬럿 쪽도 분명 그럴 만하긴 했지만, 그래도―"

패터슨이 말했다.

"로버츠 부인의 남편은 얼마 전 죽었습니다. 제가 알기로 두 달 전 죽었지요. 그리고 태어난 지 여섯 달 되는 조그만 아기가 있는데 미망인은 옛정으로 필러 부인이 그 아기를 맡아줄 거라고 생각하고―"

미스 로제터가 다그쳐 물었다.

"샬럿이 댁한테 그 일을 내게 알리도록 부탁했나요?"

"아닙니다. 필러 부인은 편지에 무엇이 씌어 있었는지 이야기해 주었을 뿐 당신에 대해선 아무것도 말하지 않았습니다. 하지만 이 일은 당신도 알고 있는 편이 좋을 거라고 여겨―"

미스 로제터가 날카롭게 딱 잘라 말했다.

"알고 있었어요. 그런 일일 줄 짐작했어요. 샬럿은 제인이 병났다는 것조차 내게 알리지 않을 거예요. 내게 아기를 뺏기는 게 두려워서 말예요.

나와 제인은 옛날에 참으로 사이가 좋았지요. 그러니 그 아기를 나보다 더 알맞은 사람이 있을까요? 가르쳐 주기를 바래요. 게다가 내가 가장 맏이잖아요? 아이를 키운 적 있는 사람도 나잖아요? 샬럿은 우연히 결혼했다고 해서 우리 집안에 일어난 일을 자기가 처리할 수 있다고 생각해서는 곤란해요. 제이컵 필러는—"

패터슨 씨는 과연 고맙다는 듯 말고삐를 잡았다.

"그럼, 나는 이만 가봐야겠습니다."

미스 로제터가 말했다.

"제인의 일을 알려주려고 일부러 와줘서 고마워요. 말을 꺼내기 전에 귀한 시간을 허비했군요. 하지만 당신이 알려주지 않았다면 나는 모르고 지냈을 거예요. 이렇게 됐으니 준비되는 대로 곧 시내에 다녀와야겠어요."

패터슨 씨가 충고했다.

"필러 부인에게 선수를 빼앗기지 않으려면 급히 서두르는 편이 좋습니다. 필러 부인은 벌써 트렁크에 짐을 넣고 내일 아침 기차로 갈 모양이니까요."

미스 로제터는 의기양양하게 대답했다.

"나도 여행가방에 짐을 챙겨 오후 기차로 떠나겠어요. 샬럿에게 엘리스 집안 일에 끼어들어서는 안 된다는 걸 똑똑히 보여주겠어요. 샬럿은 결혼해서 엘리스 집안을 떠나 필러 집안사람이 되었어요. 필러 집안 일만 생각하면 되지요. 제이컵 필러로 말하면—"

그러나 패터슨 씨는 그때 이미 마차를 달려 떠난 뒤였다. 그는 악조건을 무릅쓰고 그런 대로 의무를 다했다고 느꼈으며, 이제 제이컵 필러에 대해서는 더 이상 듣고 싶지 않았다.

로제터 엘리스와 샬럿 필러 자매는 요 10년 동안 한 마디도 이야기를 주고 받은 일이 없었다. 그 전까지는 깊이 사랑하고 있었으며, 부모님이 세상을 떠난 뒤로 줄곧 화이트샌즈 길의 조그마한 엘리스 가문 집에서 함께 살았다.

문제가 일어난 것은 제이컵 필러가 샬럿에게 호감을 나타낸 뒤부터였다. 로제터도 샬럿도 이젠 젊지도 아름답지도 않았지만 그래도 샬럿 편이 얼마쯤 젊고 아름다웠다.

로제터는 처음부터 두 사람이 결혼하는 데 반대했다. 제이컵 필러는 상대가 되지 않는다는 말을 서슴지 않고 했다. 로제터가 그런 말을 하는 것은 그 제이컵 필러라는 사나이가 애정을 쏟을 자매를 바꿔 택했기 때문이라고 암시하는 심술궂은 사람들도 적지 않았다. 그건 어떻든 미스 로제터는 제이컵 필러의 진지한 사랑의 행방을 모질고 곤란한 어려움에 찬 것으로 계속 만들어 놓았다.

그 결과 어느 날 아침, 샬럿은 몰래 집을 나와 미스 로제터에게는 한마디의 양해도 없이 제이컵 필러와 결혼해 버렸다. 미스 로제터는 그 일을 결코 용서하려 하지 않았고, 샬럿 쪽에서도 제이컵과 함께 언니를 만나러 갔을 때 들은 말을 결코 용서하려 하지 않았다.

그때부터 두 자매는 온 천하에 공공연한 적이 되었다. 단 한 가지 다른 점은 미스 로제터는 줄곧 세상을 향해 불평을 늘어놓은 데 비해 샬럿은 한 번도 로제터의 이름을 입에 올린 적 없었다는 것이었다. 결혼한 지 5년 뒤 제이컵 필러가 죽고 나서도 두 사람 사이는 전대로 돌아가지 않았다.

미스 로제터는 앞머리의 머리 마는 종이를 풀자 아까 말했듯 여행 가방에 짐을 챙기고 오후 늦은 기차로 샬럿타운으로 떠났다. 그곳에 닿기까지 줄곧 등을 꼿꼿이 펴고 좌석에 앉은 채 마음 속으로 샬럿과 문답을 이었다. 자기가 할 말은 이런 것이었다.

"안 돼, 샬럿 필러, 네게 제인의 아기를 맡길 수 없어. 그럴 속셈이라면 큰 잘못이야. 아, 그래—좋고말고. 곧 알게 돼! 너는 아기에 대해 아무것도 모르잖아, 아무리 결혼했다 해도.

나는 알고 있어. 윌리엄 엘리스의 아내가 죽었을 때 아기를 맡은 것은 바로 나였잖아? 그렇지, 샬럿 필러! 그래서 그 아이는 나한테서 훌륭하고 튼튼하게 자랐잖아? 그렇지. 너도 그건 인정하지 않을 수 없어, 샬럿 필러.

그런데 너는 뻔뻔스럽게 제인의 아기는 네가 맡아야 한다고 생각하다니! 그래, 뻔뻔스럽구나, 샬럿 필러. 그리고 윌리엄 엘리스가 재혼해서 아기를 맡기게 되었을 때 그 애는 내게 매달리며 마치 내가 친어머니라도 되는 듯 울지 않았어? 너도 알고 있지, 샬럿 필러.

네가 뭐라고 말하든 제인이 낳은 아기는 내가 데려다 키울 테다, 샬럿 필러.

방해하지 마—재빨리 결혼해 버리고 자기 언니에게조차 그 일을 알리지 않았던 그런 너니까! 만일 내가 그런 식으로 결혼했다면 부끄러워서 일생 동안 세상에 얼굴을 들지 못할 거야!"

미스 로제터는 샬럿을 공박하고 제인의 아기 앞날을 생각하는 데 열중해 있었기에 샬럿타운까지의 여행도, 몹시 서두른 것을 생각하면 예상했던 것보다 길거나 지루하게 느껴지지 않았다.

사촌동생네 집은 곧 찾아냈다. 그런데 로버츠 부인은 그날 오후 4시에 죽은 것을 알게 되어 실망하기도 하고 슬프기도 했다.

로버츠 부인의 죽음을 알린 여자가 말했다.

"애번리에 있는 친척 누군가로부터 무슨 소식이 있을 때까지는 살아 있으려고 했어요. 자기 어린 딸의 일로 편지를 부쳤거든요. 제인은 내 올케가 되고 남편이 죽은 뒤 나한테 와서 함께 살고 있었어요. 나로서는 성의껏 돌봐주었지만, 나 자신도 아이가 여럿이어서 도저히 제인의 아기까지 맡기 어려워요.

가엾게도 제인은 애번리에서 누군가 오리라 기다리고 또 기다렸지만 버텨내지 못한 거예요. 괴로운 데도 잘 참아냈죠!"

미스 로제터는 눈물을 닦았다.

"나는 제인의 사촌언니예요. 아기를 맡으러 왔어요. 장례식이 끝나면 데려가겠어요. 괜찮으시면 고든 부인, 지금 곧 그 아기를 보여주세요. 내 얼굴을 익혀야 하니까요.

불쌍한 제인! 더 일찍 와서 살아 있는 동안에 만났더라면 좋았을 걸. 우리는 전에 퍽 친했어요. 샬럿보다 내 편이 훨씬 사이 좋았고 서로 믿고 의지했었지요. 그건 샬럿도 알고 있어요!"

미스 로제터가 마치 내뱉듯 말하는 기세에 고든 부인은 좀 어리둥절했다. 무슨 말을 하는지 종잡을 수 없었다. 그래도 미스 로제터를 곧 아기가 자고 있는 2층 방으로 데리고 갔다.

미스 로제터는 외쳤다.

"오, 정말 귀엽구나."

마치 옷을 벗어버린듯 노처녀다운 데도 괴짜다운 데도 사라지고, 타고났지만 발휘할 기회가 없었던 모성애가 마치 순간적으로 형태를 바꾼 것처럼 그녀의 얼굴에 떠올라 빛나고 있었다.

"오, 얼마나 귀엽고 사랑스럽고 예쁜 아기인지!"

분명 퍽 앙증맞은 아기였다―돌돌 말려든 금빛 곱슬머릿결이 태어난 지 6개월 되는 예쁜 아기의 작은 머리를 둘러싸 빛나고 있었다. 미스 로제터가 들여다보았을 때 아기는 눈을 뜨고 신뢰감을 나타내듯 웅얼거리며 두 손을 내밀었다.

미스 로제터는 미칠 듯이 기뻐하며 아기를 안아올렸다.

"오, 너무나 귀엽구나. 너는 내 아기야. 귀여운 아가―그런 비밀투성이 비겁한 샬럿에겐 결코, 결코 줄 수 없어! 이름은 뭐라고 하죠, 고든 부인?"

고든 부인은 말했다.

"아직 짓지 않았어요. 당신이 지어주어야겠죠, 미스 엘리스."

미스 로제터는 조금도 망설이지 않고 말했다.

"커밀러 제인. 제인은 물론 어머니에게서 딴 것이고, 커밀러는 내가 전부터 이런 아름다운 이름은 이 세상에 달리 없다고 생각한 것이에요. 샬럿이라면 틀림없이 뭔가 이교도 같은 이름을 붙일 게 뻔해요. 아무것도 모르는 이 가엾은 아이를 미히터블이라는 이름으로 부르지 못하게 할 거예요."

미스 로제터는 장례식이 끝날 때까지 샬럿타운에 머물기로 했다. 그날 밤, 아기를 안고 침대로 가서 쌔근쌔근 부드러운 조그마한 숨소리에 기쁜 듯 귀기울이고 있었다. 미스 로제터는 잠자지 않았고 자고 싶다고도 여기지 않았다. 잠의 나라에서 꿈꾸기보다 눈을 뜬 채 생각하고 있는 편이 훨씬 좋았다. 게다가 이따금 샬럿에게 심술궂은 말을 소리 높여 하고는 재미있어 했다.

미스 로제터는 이튿날 아침이 되면 샬럿이 나타날 게 틀림없다고 생각했으므로 그 싸움에 대비해 마음의 준비를 단단히 하고 있었다. 그런데 샬럿은 나타나지 않았다. 밤이 되었다. 그래도 샬럿은 나타나지 않았다. 또 아침이 되어도 아직 오지 않았다.

미스 로제터는 어떻게 해야 좋을지 매우 난처해졌다. 무슨 일이 생겼을까? 어쩌면 내가 샬럿을 앞질러 몰래 샬럿타운에 먼저 왔다는 말을 듣고 심장발작이라도 일으킨 것일까? 있을 수 있는 일이다. 제이컵 필러와 결혼한 어리석은 여자이니까 무슨 일이 생길지 알 수 없다.

실제로 샬럿은 미스 로제터가 애번리를 떠난 날 밤 고용인이 다리를 부러뜨려, 깃털이불에 눕혀 멀리 있는 그 남자의 집까지 급행 우편마차로 보내주어야 했다. 그런 까닭으로 장례식이 끝난 날 저녁 때에야 겨우 샬럿은 고든네 현관 층계를 급히 뛰어올라갔는데, 거기서 커다란 흰 보퉁이를 안고 나오는 미스 로제터와 딱 마주쳤다.

두 여자의 눈이 마주치자 불꽃이 튀었다. 미스 로제터는 의기양양한 표정이었지만 그날 오후 장례식이 아직 머리에 남아 있었으므로 그 표정은 좀 억제하고 있었다. 샬럿의 얼굴은 여느 때처럼 표정이 없었으나 눈만은 달랐다. 큰 키에 살빛이 희고 뚱뚱한 미스 로제터와 달리 샬럿은 몸집이 작고 가무잡잡하고 말랐으며 엄격하고 야윈 얼굴이었다.

샬럿은 10년 동안 침묵을 깨고 느닷없이 물었다.

"제인의 병세는 어때?"

미스 로제터가 조용히 대답했다.

"제인은 죽고 매장도 끝났어, 가엾게도. 제인의 아기 커밀러 제인을 집으로 데려가는 참이야."

샬럿이 흥분해서 외쳤다.

"그 애는 내 아기야. 그 애에 대해 제인이 편지를 보내왔어. 나에게 맡아달라고 말했어. 그래서 데리러 온 거야."

현물은 소유자에게 속하는 것이므로 미스 로제터는 침착했다.

"그렇다면 그냥 돌아가는 게 좋을걸. 이 아기는 지금도 내 아이고 앞으로도 쭉 내 아기야. 똑똑히 아는 편이 좋아, 샬럿 필러. 어차피 한밤중에 달아나 결혼하는 여자에겐 아기를 맡길 수 없으니까. 제이 컵 필러는—"

샬럿은 미스 로제터의 옆을 빠져서 집 안으로 뛰어들어갔다. 미스 로제터는 의기양양하여 마차를 타고 역으로 향했다. 미스 로제터는 몸을 뒤로 젖히며 승리를 뽐냈다. 그 승리 밑에는 샬럿이 마침내 입을 연 데 대한 묘한 만족감이 흐르고 있었다. 미스 로제터는 이 만족감이 어디서 온 건지 밝히려고도, 무엇이 좋은지 말하려고도 하지 않았으나 그런 게 있다는 것은 확실했다.

미스 로제터는 커밀러 제인을 데리고 무사히 애번리로 돌아왔다. 열 시간 안에 온 마을 사람들이 그 일에 대한 자초지종을 알게 되어 자기 발로 걸을 수 있는 여자는 한 사람도 남김없이 엘리스네로 아기를 보러 왔다.

스물 네 시간 뒤에 샬럿이 돌아와 말없이 농장일을 시작했다. 애번리의 이웃사람들은 낙담해 있는 샬럿을 위로했으나 그녀는 한마디도 하지 않았으며 그런 만큼 한층 더 무엇인가를 깊이 결심하고 있는 듯했다.

다시 1주일이 지났을 때, 카모디에서 가게를 하고 있는 윌리엄 J. 블레어로부터 기묘한 말이 전해져 왔다. 샬럿 필러가 가게에 와서 고급 플란넬이며 모슬린이며 고급 레이스를 많이 사 가지고 갔다는 것이었다. 필러 부인에게 요즘 대체 뭣 때문에 그런 것들이 필요할까? 윌리엄 J. 블레어로서는 전혀 그 이유를 알 수 없었으므로 몹시 신경이 쓰였다. 지금까지는 누가 무엇을 사든 왜 샀는지 다 알았는데, 이번에는 그 이유를 알 수 없어 어리둥절해 하고 있었다.

미스 로제터는 작은 커밀러 제인을 안고 몹시 기뻐하며 한 달을 보냈다. 너무 기뻤으므로 샬럿을 험담하는 일조차 잊어버릴 정도였다. 지금까지는 이야기가 제이컵 필러를 향하고 있었지만, 이제는 커밀러 제인 쪽으로 갔다. 마을 사람들은 이것을 좋은 일이라고 생각했다.

어느 날 오후, 미스 로제터는 새근새근 요람 속에 잠들어 있는 커밀러 제인을 부엌에 놓아두고 까치밥나무 열매를 따러 뜰 안쪽으로 살며시 걸어갔다. 미스 로제터가 있는 곳에서는 벚나무들이 방해되어 집이 안 보였지만 부엌문을 열어두었으므로 아기가 잠에서 깨어 울기라도 하면 들릴 터였다.

미스 로제터는 샬럿이 제이컵 필러와 결혼한 뒤 처음으로 참된 행복을 맛보았다—너무 행복했으므로 마음 속에 미움이 파고들 여지가 없었다. 미스 로제터는 몇 년 뒤 커밀러 제인이 아름답고 귀여운 아가씨로 성장하는 날을 상상했다.

미스 로제터는 행복했다.

"틀림없이 미인이 될 거야. 제인은 예쁜 아가씨였으니까. 그 애에게 는 내가 할 수 있는 훌륭한 옷차림을 늘 마련해 줘야지. 오르간도 사 주고, 그림과 음악도 배우게 해주자. 그리고 파티! 그 애가 18살이 되 면 정식으로 데뷔 파티를 열어주고 가장 아름다운 드레스를 입혀줘 야지.

아, 그 애가 자라는 것을 기다리기가 정말 안타까울 정도야. 언제 까지나 아기인 채로 있어주었으면 할 만큼 너무 귀여워."

부엌으로 돌아온 미스 로제터의 눈이 텅 빈 요람과 마주쳤다. 커밀 러 제인이 없어졌다!

미스 로제터는 곧 비명을 질렀다. 무슨 일이 일어났는지 금방 알아 차렸다. 태어나 아직 6개월밖에 되지 않은 아기가 요람에서 빠져나와 누구의 도움도 없이 문 닫힌 방에서 없어질 까닭이 없다.

미스 로제터는 신음했다.

"샬럿이 온 거야. 분명 샬럿이 커밀러 제인을 데려갔어! 그런 일이 있을 거라고 생각해 두었어야 했는데. 샬럿이 모슬린이며 플란넬을 샀다는 이야기를 들었을 때 이미 짐작했어야만 했어. 이처럼 비겁한 수법을 쓰다니 과연 샬럿답지 뭐야. 바짝 뒤쫓아가야지. 두고봐. 상대 는 로제터 엘리스야, 필러네 그 누구가 아니니까!"

미스 로제터는 마치 정신이 나간 것 같았다. 머리 마는 종이로 머 리를 감은 것도 아예 잊고 서둘러 언덕을 오르고 해변 큰길을 내려 가 필러 농장으로 갔다―지금까지 한 번도 찾아간 적이 없는 곳이 었다.

바람이 난바다 쪽으로 불어대어 세인트 로렌스만 쪽에 잔물결이 일고 있었다. 군데군데 떠 있는 양털 같은 가벼운 구름이 파란 물 위 에 순간적으로 그림자를 드리워 거기만 물빛이 짙어졌다.

작은 잿빛 집은 끊임없이 밀려오는 해변 바로 옆에 서 있었으므로 폭풍우가 치면 문앞 층계에 물보라가 밀려올 게 틀림없었다. 그 작은 집에는 인기척이 없었다. 미스 로제터는 힘껏 문을 쾅쾅 두드렸다. 대답이 없었으므로 뒤로 돌아가 뒷문도 두드렸다. 대답이 없었다. 문을 당겨 보았다. 잠겨 있었다.

미스 로제터는 코웃음을 쳤다.

"양심에 찔렸겠지. 좋아, 배신자 샬럿을 만날 때까지 여기 있을 테니까. 오늘 하룻밤 뜰에서 한뎃잠이라도 자겠어."

미스 로제터는 그만한 일은 얼마든지 할 수 있었으나 그렇게 하지 않아도 되었다. 대담하게 부엌 창문으로 다가가 안을 들여다본 미스 로제터는 노염으로 가슴이 찢어지는 느낌이었다. 샬럿이 커밀러 제인을 무릎에 앉히고 침착하게 식탁 앞에 앉아 있는 게 아닌가.

그 곁에는 가장자리에 주름장식이 달린 모슬린 요람이 놓이고 의자 위에는 미스 로제터가 아기에게 입혔던 옷이 놓여 있었다. 아기는 새 옷을 입었고, 새 소유자의 낯을 완전히 익힌 듯 웃고 옹알거리며 옴폭 들어간 손으로 샬럿을 가볍게 토닥거리기도 했다.

미스 로제터는 날카롭게 창문을 두드리며 외쳤다.

"샬럿, 샬럿, 아기를 찾으러 왔어! 빨리 데려와. 지금 당장이라고 말하고 있는 거야! 내 집에 와서 잘도 아기를 데려갔군! 도둑과 다를 게 뭐람. 커밀러 제인을 내놓으라고 말하잖아!"

샬럿은 아기를 안고 의기양양하게 눈을 빛내며 창가로 다가왔다.

"여기에 커밀러 제인이니 하는 아이는 없어. 이 아이는 바버러 제인이고 내 아기야."

말을 마치자 필러 부인은 해가리개를 내려버렸다.

미스 로제터는 집으로 돌아가지 않으면 안 되었다. 달리 어쩔 도리가 없었다. 도중에 패터슨 씨를 만나 심한 봉변을 당한 일을 남김없이 이야기했다. 그 이야기는 밤 사이 온 애번리에 퍼져 큰 소문거리가 되었다. 애번리에서는 이런 들을 만한 소문거리가 떨어진지 오래였던 것이다.

필러 부인은 바버러 제인을 데리고 있는 6주일 동안 정신없이 기뻐하며 지냈다. 그동안 미스 로제터는 쓸쓸함과 그리움으로 가슴이 찢어질 것 같았으며, 어떻게든 아기를 되찾기 위한 계획을 궁리했지만 다른 방법이 없었다.

아기를 다시 훔쳐내려 생각해도 무리한 일이었다. 할 수 있었다면 미스 로제터는 그렇게 했으리라. 필러네 고용인 이야기에 의하면, 필러 부인은 밤낮으로 한시도 아기 곁을 떠나지 않고 우유 짜러 갈 때도 아기를 안고 간다는 것이었다.

미스 로제터는 무시무시한 얼굴로 생각했다.

'하지만 내 차례가 반드시 되돌아올거야. 커밀러 제인은 내 아기인 걸, 뭐. 비록 1세기 동안 바버러라 불린다 한들 그것으로 사실이 바뀌어지는 것은 아니야. 바버러라고, 흥! 차라리 무슨 무드셀라라고 하지 그래?'

10월 어느 날 오후, 미스 로제터가 사과를 따면서 도둑맞은 커밀러 제인에 대해 씁쓸하게 생각하고 있는데 한 여자가 언덕을 내려와 가쁜 숨을 쉬며 뜰로 뛰어 들어왔다. 미스 로제터는 놀라 소리를 지르며 사과바구니를 떨어뜨리고 말았다.

이것을 믿을 수 있을까! 그녀는 분명 샬럿이었다. 10년 전 결혼하고 나서 한 번도 엘리스네 집에 발을 들여놓지 않았던 샬럿, 그녀가 모자도 쓰지 않고 미친 듯한 눈초리로 흥분하여 손을 쥐어짜며 헐떡거리고 있었다.

미스 로제터는 샬럿 쪽으로 뛰어갔다.

"너는 커밀러 제인을 '화상'으로 죽게 했을 테지! 그러리라고 나는 전부터 알고 있었어—분명 전부터 알고 있었어!"

"아, 제발 부탁이니 빨리 와 줘, 로제터! 바버러 제인이 경련을 일으켰는데 나로서는 어찌해야 좋을지 모르겠어. 고용인을 시켜 의사를 부르러 보냈지만, 언니집이 가장 가까워서 이렇게 달려왔어. 경련이 일어났을 때 제니 화이트가 와 있었는데 제니에게 있어 달라고 하고 뛰어온 거야.

오, 언니, 꼭 와 줘. 조금이라도 인정을 가지고 있다면 빨리 와 줘, 응! 언니라면 어떻게 하면 좋을지 잘 알고 있을 테니까—엘리스 집 안 남자아이가 경련을 일으켰을 때도 살려주었잖아. 아, 부디 빨리 와서 바버러 제인을 살려줘!"

걱정의 소용돌이 속에 있으면서도 미스 로제터는 단호히 되물었다.

"커밀러 제인일 테지?"

한순간 샬럿은 망설였으나 이윽고 격렬하게 말했다.

"그렇고말고, 그렇고말고. 커밀러 제인이든 뭐든 좋을 대로 불러! 다만 빨리 와 줘."

미스 로제터는 정신없이 뛰어갔는데, 조금만 늦었으면 위험할 뻔했다.

의사는 8마일이나 떨어진 곳에 있었고 아기의 병세는 몹시 나빴다. 두 자매와 제니 화이트는 몇 시간이나 아기를 간호했다.

날이 저물 무렵 아기는 가까스로 푹 잠들고, 의사는 미스 로제터에게 아기의 목숨을 구한 것은 당신이라고 말하고 돌아갔다. 그때서야 두 사람은 얼마나 상태가 위험했는지 실감할 수 있었다.

지칠 대로 지쳐버린 미스 로제터는 깊은 안도의 한숨을 쉬며 팔걸이의자에 걸터앉았다.

"자, 샬럿 필러, 아무리 내게서 아기를 훔쳐가더라도 자신이 아기를 맡을 자격이 없는 사람임을 알았을 거야. 너도 양심이라는 게 있겠지. 제이컵 필러와 그런 방식으로 살그머니 결혼하는 여자에게 이를테면—"

샬럿은 몸을 떨면서 흐느껴 울었다.

"나는—나는 내 아기를 갖고 싶었어. 여기서 나는 그야말로 쓸쓸한 생활을 하고 있었어. 제인이 아기를 내게 준다고 편지로 알려와

이 애를 데려와도 그리 나쁜 짓은 아니라고 생각했어.

하지만 아기의 목숨은 언니가 구했어. 그러니 언니에게 되돌려주어야만 해. 아기를 단념하려고 하니 가슴이 미어터져버릴 것 같지만—아, 언니, 이따금 아기를 보러 가게 해주지 않겠어? 귀엽고 예뻐서 아예 체념하는 건 견딜 수 없어."

미스 로제터가 딱 잘라 말했다.

"샬럿, 너도 아기와 함께 돌아오는 게 가장 현명한 일이야. 제이컵 필러가 농장에 남기고 간 빚 때문에 너는 농장경영으로 죽을 만큼 고생하고 있잖아. 아예 팔아버리고 내게로 돌아와. 그러면 아기는 우리 둘이 충분히 키울 수 있지 않겠니."

샬럿은 떨리는 목소리로 말했다.

"아, 언니, 난 너무 좋아. 나는—나는 언니와 다시 진실로 사이좋게 지내고 싶었어. 하지만 언니가 몹시 화내고 엄해서 화해해 주지 않으리라 여겼었지."

미스 로제터도 양보했다.

"나도 어쩌면 너무 떠들어댔는지 몰라. 그렇지만 너만이라도 내가 한 말이 악의가 있어서 한 게 아님을 알았어야 했는데. 내가 뭐라고 하든 네가 아무 말도 하지 않아서 몹시 화나고 말았지. 지난 일은 지난 일이고, 돌아오도록 해, 샬럿."

샬럿은 눈물을 닦으며 결심하고 대답했다.

"돌아가겠어. 여기 생활이며 고용인을 참아야만 하는 데 지쳐버렸어. 정말 기뻐, 언니, 솔직히 말해서. 나도 고생은 충분히 했어. 언니는 아마 마땅히 겪어야 할 고생이라고 말하겠지만, 그러나 나는 제이컵이 좋았고—"

미스 로제터가 시원스레 말했다.

"물론이야, 그렇고말고. 왜 아니겠어. 제이컵 필러가 나쁜 남자는 아니었다고 생각해. 좀 태만하고 배배 꼬인 점이 있긴 했지만. 내 앞에서 누가 제이컵이 나쁘다고 한 마디라도 하면 가만두지 않겠어!

저 아이를 봐, 샬럿. 얼마나 예쁘니! 네가 돌아오는 게 얼마나 기쁜지 몰라, 샬럿. 네가 가버린 뒤 그 맛없는 겨자든 피클은 정말 참을 수가 없었어. 옛날부터 너는 그 요리에 최고였거든! 우린 다시 즐겁게 마음 편히 지낼 수 있어—너와 나, 그리고 꼬마 커밀러 바버러 제인과 함께."

초록빛 어선

남자 마음은—그렇다, 여자 마음도—봄이 되면 누구나 들뜨는 법이리라. 부활하는 정령이 밖으로 나와 세상에 있는 모든 생명을 겨우내 무덤에서 소생시키려고 기쁨에 빛나는 손가락으로 그 문을 톡톡 두드린다. 되살아나는 정령은 인간의 마음을 눈뜨게 하고, 어린 시절에 맛보았던 것과 똑같은 기쁨을 누리게 한다. 인간의 영혼에 활기를 주어, 그럴 생각만 있다면 하느님 가까이까지 인도하여 그분과 손을 맞잡을 수 있을지도 모른다.

봄은 놀라움과 부활의 계절, 우리의 몸도 마음도 환희에 넘칠 때이며, 마치 젊은 천사가 창조의 기쁨에 몰래 박수를 보내고 있는 것과 같다. 나에게는 줄곧 그러했다. 꿈의 아이가 우리 생활에 처음 모습을 나타낸 그해 봄까지는.

그해 나는 봄을 증오했다—그때까지 줄곧 그처럼 봄을 사랑했던 나였는데. 소년 시절 나는 봄을 사랑했고, 어른이 된 뒤에도 마찬가지였다. 그때까지는 나의 것이었던 모든 행복, 그것도 넘치는 행복이 봄과 함께 꽃을 피웠었다.

조지핀과 내가 처음 사랑하게 된 것은, 아니 적어도 사랑하고 있다고 확실히 깨달은 건 봄이었다. 우리는 훨씬 전부터 서로 사랑해 왔다고 생각된다. 해마다 찾아오는 봄이 사랑을 드러내는 하나의 말이었는데, 때가 성숙하여 아름다운 봄 중에서도 특별히 아름다운 그 봄에 하나의 문장이 완성되기까지 몰랐던 것이다.

아, 얼마나 눈부신 봄이었던가! 그리고 조지핀은 얼마나 아름다웠던가! 연인들은 누구나 상대방 여자를 그렇게 생각하는 법이다. 그렇지 않다면 연인으로서 실격이다. 하지만 내가 사랑하는 사람이 그토록 매력이 넘치고 빛나 보였던 것은 사랑에 취한 나의 눈 탓만은 아니었다.

조지핀은 갈대처럼 나긋나긋하고 젊은 암사슴처럼 기품이 있었다. 검고 넘실거리는 머릿결이 아름다운 얼굴을 후광처럼 찬란히 두르고, 눈은 멋지게 개인 6월 구름 한점 없는 하늘처럼 새파란 빛이었다. 긴 속눈썹은 까맣고, 조그만 빨간 입술은 기쁠 때나 슬플 때나 그리고 나에게 사랑의 말을 전할 때도 은근히 떨렸다. 그럴 때 내가 할 수 있는 일은 키스하는 것뿐이었다.

이듬해 봄, 우리는 결혼했다. 나는 신부 조지핀을 오래된 잿빛 항구 가까이에 있는 낡은 잿빛 우리 집으로 데리고 왔다. 젊은 신부에게는 너무 쓸쓸한 장소라고 애번리 사람들은 말했지만—아니, 그런 일은 없었다.

조지핀은 그곳에서 행복했다. 내가 없을 때도 그러했다. 조지핀은 끊임없이 변화하는 큰 내해며 그 앞에 펼쳐진 안개가 뒤덮인 넓은 바다를 몹시 좋아했다. 먼 태고 때부터 밀회를 거듭하고 있는 물결의 흐름을, 갈매기를, 물결의 속삭임을, 낮이나 밤이나 전나무숲에서 부르는 바람소리를 퍽 좋아했다. 달이 떠오를 때도, 해가 질 때도, 별들이 바다에 떨어진 듯 보이고 그 때문에 별들이 핑핑 도는 듯한 그런 밝게 갠 조용한 밤도 무척 좋아했다. 조지핀은 그런 것들을 나 못지않게 사랑했다. 아니, 그 무렵 조지핀은 이곳에서 결코 외롭지 않았다.

세 번째 봄이 찾아오자 드디어 우리에게 남자아이가 태어났다. 우리는 그 전에 행복하다고 생각했었지만 그때 비로소 우리는 지금껏 행복에 대한 즐거운 꿈을 어렴풋하게 꾸고 있었던 데 지나지 않았던 것을 깨달았으며, 이 훌륭한 현실에 비로소 눈을 떴다. 우리는 서로에 대한 두 사람의 사랑은 뭣 하나 모자랄 것 없고 방해할 수 없는 완전한 것이라고 생각했다.

나는 심한 고통을 이겨내고 핏기 없이 초췌해진 아내의 얼굴을 들여다보고 그 아내의 짙은 파란 눈이 눈물로 글썽거리면서도 그 속에 어머니가 된 기쁨과 행복이 나타나는 것을 느꼈을 때, 우리 아들이 태어남으로써 운명이 정한 사랑의 모습이 비로소 이루어졌음을 깨달았다. 그리하여 어버이가 된 기쁨과 자랑으로 가슴이 울렁거렸다.

언젠가 아내는 기뻐서 참을 수 없는 듯 말했다.

"아기가 태어난 뒤로 내가 떠오르는 것은 모두 시 같아요."

우리 아들은 20개월 동안 살아 있었다. 튼튼한 아이로 아장아장 걸어다니기 시작했고 기운찬 웃음이 넘치는 장난꾸러기였는데, 어느 날 한 시간쯤 병으로 앓아눕더니 곧 죽어버렸다.

그 아이가 죽다니, 그런 엉터리 같은 일이 있으리라고는 도저히 믿을 수 없었다―기가 막혀 웃어버리고 싶을 정도였다. 그러나 얼마 지나서 그 사실이 절실히 몸에 느껴져 발갛게 달아오른 인두처럼 내 가슴을 찔렀다.

나는 아들의 죽음을 어느 사나이 못지않게 마음속 깊이 슬퍼했다. 그러나 아버지 마음은 어머니 마음과 다르다. 조지핀의 마음은 시간이 흘러도 조금도 낫지 않았다. 조지핀은 안절부절 못하며 죽은 아들을 그리워했다. 볼에서 아름다운 동그란 윤곽이 사라지고 빨간 입술에서는 핏기와 생기마저도 사라져버렸다.

봄이 조지핀에게 기적을 일으켜주기를 은근히 나는 바라고 있었다. 나무의 눈이 부풀기 시작하고 지긋이 나이 먹은 대지가 햇살을 받아 초록빛을 띠고 갈매기가 돌아와 어두운 잿빛 항구를 황금빛의 부드러움으로 만들었을 때 조지핀의 미소를 다시금 볼 수 있으리라고 생각했다.

하지만 봄이 왔을 때 꿈의 아이가 함께 찾아왔다. 그리고 잠잘 때나 식사 때나 해질녘부터 또 해질녘까지 공포는 나의 짝이 되었다.

어느 날 밤, 잠자던 나는 문득 눈을 떴는데 그 순간 나 혼자인 것을 깨달았다. 아내가 집 안에서 돌아다니지 않는지 귀를 기울였다. 파도가 해변에 부딪치며 철썩이는 희미한 소리와 먼 곳에서 바다가 낮게 웅얼거리는 소리만이 들릴 뿐이었다.

나는 벌떡 일어나 집 안을 찾아보았다. 조지핀이 없었다. 나는 어디를 찾아야 좋을지 몰랐다. 그러나 운을 하늘에 맡기고 해변을 따라 찾기 시작했다.

파리하고 희미한 달빛이 내리비치고 있었다. 항구는 환영(幻影)의 항구처럼 보였고, 죽은 사람의 얼굴처럼 조용하고 차디찬 고요한 밤이었다. 드디어 조지핀이 해변을 따라 내 쪽으로 오는 것이 보였다. 그 모습을 보았을 때 내가 무엇을 두려워했는지, 그 두려움이 얼마나 큰 것인지를 깨달았다.

가까이 온 조지핀을 보고 그녀가 울고 있다는 걸 알았다. 얼굴은 눈물로 얼룩졌고 마치 아이들 머리처럼, 반짝이는 검은 곱슬머리가 어깨 위로 마구 흐트러져 있었다. 몹시 피로한 듯 때때로 작은 손을 모아 비벼대고 있었다.

조지핀은 나를 보고 조금도 놀라지 않고 만나서 기쁘다는 얼굴로 두 손을 힘없이 내밀었다.

조지핀은 훌쩍이면서 말했다.

"따라갔어요—하지만 따라잡을 수 없었어요. 힘껏 뒤쫓았는데—그토록 서둘러서, 하지만 언제나 조금씩 앞서 갔어요. 그러다가 놓치고 말았어요—그래서 돌아온 거예요. 하지만 있는 힘을 다해 쫓아 갔어요—정말 그랬어요. 아, 너무 피곤해요!"

나는 조지핀을 꼭 끌어안았다.

"조지핀, 무슨 말을 하는 거야? 어디 갔었어? 왜 이렇게 밖으로 나온 거지—한밤중에 혼자서?"

조지핀은 이상하다는 듯 나를 보았다.

"어쩔 수 없잖아요, 데이빗. 나를 부르는걸요. 가야만 했어요."

"누가 부른다는 거지?"

그녀는 속삭이며 대답했다.

"그 아이요. 우리 아이요, 데이빗—귀여운 우리 아이 말이에요. 어둠 속에서 눈을 떴더니 그 아이가 해변에서 부르는 소리가 들려왔어요. 슬퍼하며 조그맣게 한탄하는 울음소리였어요, 데이빗. 춥고 쓸쓸하고 어머니가 그리워 참지 못해 울고 있는 것 같았어요.

나는 급히 서둘러 찾으러 갔지만 발견하지 못했어요. 부르는 소리가 들려오기만 해서 해변을 어디까지나 어디까지나 저 멀리까지 그 소리를 쫓아서 따라갔어요.

따라잡으려고 그토록 애썼지만 할 수 없었어요. 한 번은 저 앞쪽에서 달빛을 받아 조그만 하얀 손이 손짓하는 게 보였어요—그런데 갔을 때에는 벌써 사라져버렸어요.

그러는 동안 부르는 소리도 들리지 않게 되었어요. 정신을 차리고 보니 춥고 무서운 잿빛 해변에 단지 나 혼자 서 있었어요. 몹시 지쳤기 때문에 돌아와야만 했어요.

하지만 그 아이를 발견했으면 좋았을 텐데. 내가 그렇게 뒤쫓아간 것을 저 아이는 몰랐던 것 같아요. 아무리 불러도 어머니는 못듣는다고 생각했나봐요. 아, 그렇게 생각해 주지 않기를 바라는데."

"좋지 않은 꿈을 꾼 거야, 조지핀."

나는 자연스럽게 말하려고 했다. 그러나 죽음의 공포가 소리없이 차가운 손으로 급소를 찌른 듯 괴로움을 느낀 남자는 자연스럽게 말할 수가 없었다.

조지핀은 나무라듯 말했다.

"꿈이 아니었어요. 그 아이가 나를 부르는 소리가 들렸어요―나를, 어머니인 나를. 부르는데 찾으러 가지 않을 수 없잖아요? 당신은 몰라요―아버지니까.

저 아이를 낳은 건 당신이 아니에요. 고통의 대가를 치르고 저 아이에게 생명을 준 것은 당신이 아니에요. 저 아이는 당신을 부르지는 않아요―저 아이가 부른 건 나, 어머니에요."

나는 조지핀을 집으로 데리고 와 침대로 데려갔다. 조지핀은 순순히 따랐다. 그리고는 몹시 지쳐서 곧 잠들어버렸다. 하지만 나는 그날 밤 잠들 수 없었다. 나는 공포로 모진 밤을 지새웠다.

내가 조지핀과 결혼했을 때의 일이다. 누가 결혼을 하면 바쁘게 떠들어대며 돌아다니는 친척이 있는 법인데, 그런 참견하기 좋아하는 친척 가운데 하나로부터 조지핀의 할머니가 인생 후반에 머리가 이상해져 그대로 일생을 마쳤다는 이야기를 들었다. 애지중지한 아이가 죽어버린 것을 슬퍼한 나머지 정신이 이상해졌다는 것이었다. 그 징후는 처음에 밤이 되면 흰 옷 입은 아이가 꿈에 나타나 파리한 조그만 손으로 부르는데, 그 아이를 쫓아서 멀리까지 따라가는 형식으로 나타난다고 했다.

나는 그때 그런 이야기를 듣고도 웃고만 있었다. 그런 무서운 먼 과거의 일이 봄이며 사랑이며 조지핀과 무슨 관계가 있는가? 그런데 그것이 지금 나의 공포와 손을 맞잡고 되살아났다. 그런 운명이 내 소중한 아내에게 찾아온 것일까? 너무나 끔찍해서 그런 일은 도저히 믿을 수 없었다. 조지핀은 이렇게 젊고 아름다우며 상냥스럽고, 아직 소녀 같은데 말이다. 무서운 꿈을 꾸고 잠이 깨었을 때 깜짝 놀라 어리둥절한 것뿐이리라. 나는 이렇게 자신을 위로하려고 했다.

아침이 되어 잠이 깬 뒤 조지핀은 지난 밤 일은 아무것도 이야기하지 않았다. 나도 물어볼 용기가 없었다. 조지핀은 그날 어느 때보다도 더 명랑하고 힘 있게 집안일을 차례차례 처리해 나갔다.

공포는 서서히 엷어졌다. 조지핀은 꿈을 꾼 것일 뿐이라고 믿게 되었다. 이틀 밤이 아무 일도 없이 지나갔으므로 나의 소망이 확신으로 바뀌었다.

그런데 사흘째 밤, 꿈의 아이가 다시 조지핀을 불렀다. 마음에 걸려 잠을 잘 이루지 못했던 내가 눈을 떠보니 조지핀이 급히 서둘러 옷을 갈아입고 있는 중이었다.

조지핀이 외쳤다.

"그 아이가 나를 부르고 있어요. 봐요, 들리지 않나요? 당신에게는 들리지 않아요? 들어봐요―들어봐요―희미하지만 외로운 외침을! 그래, 그래, 소중한 아가야, 어머니가 갈게. 기다려 다오. 어머니가 귀여운 아기에게 갈 테니까!"

나는 조지핀의 손을 잡고 어디든 조지핀이 가는 곳으로 따라가기로 했다. 우리는 손에 손을 잡은 채 구름 사이에서 기분 나쁜 달빛이 새어 나오는 항구의 해변으로 꿈의 아이를 쫓아갔다. 언제까지나 부르는 작은 목소리가 앞쪽에서 들려온다고 조지핀은 말했다. 조지핀은 꿈의 아이에게 기다려 달라고 말했다. 울기도 하고 부탁하기도 하며 어머니답게 상냥하게 이야기했다.

그러나 드디어 부르는 소리가 들리지 않게 되었다. 그러자 조지핀은 울면서 지쳐 나는 그녀를 집으로 다시 데리고 돌아왔다.

그해 봄에는 이 무슨 공포가 덮여 있었던 것일까―봄은 해마다 그렇게 아름다웠었는데!

게으른 나날이 이어지는 시절이 찾아왔다. 푸른 하늘에는 해가 밝게 빛나고, 이제 잡초가 무성한 대지는 부드러운 소리를 내면서 오기 시작한 소낙비를 기꺼이 맞이했다. 수선화와 아이리스와 제비꽃의 계

절, 과수원이 하양과 핑크빛 요정 나라로 바뀌는 계절, 시냇물이 졸
졸 흐르고 새들이 달콤한 노래를 지저귀는 계절—그렇다, 마음이 들
뜨는 봄의 기쁨이 모든 곳에 넘치고 있었다. 그 멋진 계절에 밤마다
꿈의 아이가 어머니를 부르고, 우리는 그 아이를 찾아서 잿빛 해변
을 헤매 다녔다.

낮 동안 조지핀은 정상이었다. 그러나 밤이 되면 부르는 소리가 들
릴 때까지 안절부절못했다. 그때 부르는 소리가 들리면 폭풍이든 새
까만 암흑이든 상관없이 그것을 쫓아간다. 그런 밤에는 마치 귀여운
아기가 폭풍우를 무서워하는 것처럼, 부르는 소리가 크고 가까이 들
린다고 조지핀은 말했다.

우리는 얼마나 미친 듯이 필사적으로 헤매 다녔던 것일까. 조지핀
은 꿈의 아이를 쫓아가려고 앞으로 앞으로 나아간다. 나는 괴로워하
면서도 조지핀의 뒤를 따라가고, 때로는 손을 이끌고 지켜주며 가능
한 모든 일을 했다. 그리고 마지막에는 아이를 따라잡지 못해 슬퍼하
는 조지핀을 달래어 집으로 데리고 오는 것이었다.

나는 그 괴로움을 나 혼자만의 비밀로 해두었다. 어떻게든 알려지
지 않고 지낼 수 있는 한, 아내의 그런 상태가 소문나 퍼지는 것을 막
으려고 노력했다. 우리에게는 가까운 친척이 한 사람도 없었다—같
이 괴로워해줄 만한 친척은 한 사람도—때문에 나는 혼자서 견디고
있었다. 슬픔이란 매우 자존심이 강한 것이다.

그렇더라도 의학적인 조언은 들어두는 편이 좋을 거라고 생각하고
단골로 다니는 나이든 의사에게 비밀을 털어놓았다. 내 이야기를 듣
자 의사는 심각한 표정을 지었다. 나는 의사의 표정도, 조심스러운
소견도 마음에 들지 않았다. 의사의 말에 따르면 사람의 도움은 기
대할 것이 못된다고 했다. 조만간 좋아질지 모르니 되도록 기분을 맞
춰주고 감시를 게을리하지 말며 늘 지켜주라고 했다. 그런 것은 새삼
스레 의사의 말을 들을 것도 없었다.

봄이 지나고 여름이 찾아왔다—공포는 더욱 깊고 어두워졌다. 나는 사람들 입에서 입으로 소문이 퍼지기 시작한 것을 알고 있었다. 밤이면 밤마다 헤매고 돌아다니는 것을 사람들이 본 것이다. 우리가 밖으로 나갈 때마다 마을 남자며 여자들이 가엾은 눈으로 보기 시작했다.

어느 날 찌푸리고 졸음이 오는 오후, 꿈의 아이가 불렀다. 나는 최후가 다가왔다는 것을 알았다. 60년 전 할머니 때도 최후가 다가온 것은 꿈의 아이가 낮에 불렀을 때였다.

나에게서 그 이야기를 들은 의사는 더욱 심각한 표정이 되어 내가 도움을 빌려야 할 때가 마침내 왔다고 말했다. 밤낮으로 나 혼자서 감시할 수는 없으며, 도와줄 사람이 없으면 내가 쓰러지고 말 거라고 하는 것이었다.

나는 그렇게 생각하지 않았다. 사랑은 그보다 훨씬 강하다. 게다가 한 가지만은 확실히 결심하고 있었다—아무도 조지핀을 내게서 빼앗아갈 수 없다. 도대체 나의 아름다운 가엾은 아내를 막는 데 사랑이 담겨 있는 남편 손보다 강한 억제 수단은 있을 수 없었다.

나는 꿈의 아이에 대한 것은 조지핀에게 절대로 말하지 않았다. 의사가 그러지 않는 편이 좋겠다고 충고했기 때문이다. 입 밖에 내면 도리어 망상이 깊어진다고 했다. 의사가 정신병원에 입원시키라는 말을 비쳤을 때 다른 남자였다면 말로 따졌겠지만, 나는 격한 감정을 눈에 담아 의사를 노려보았을 뿐이다. 의사는 두 번 다시 그 말을 꺼내지 않았다.

8월 어느 날 밤이었다. 바람 한 점 불지 않는 답답하고 숨도 쉴 수 없을 만큼 무더운 한낮이 지나 우중충하고 음산한 해질 녘이 되었다. 푸른빛이어야 할 바다는 붉은빛—온통 붉은빛—지독하니 핏빛으로 채색된 붉은빛이었다.

나는 어두워질 때까지 집 바로 아래 해변을 거닐고 있었다. 항구 건너편 교회에서 저녁 종소리가 희미하고 슬프게 흘러왔다. 내 뒤에 서는 조지핀이 부엌에서 노래를 부르고 있었다.

요즘 조지핀은 발작적으로 기분이 들뜰 때가 가끔 있는데 그럴 때면 소녀시절에 부르던 옛 노래를 불렀다. 하지만 그 노래 속에도 마치 울부짖는 듯 섬뜩한 외침이 내내 울리는 듯한 기묘한 뭔가가 있었다. 조지핀에 대해서 그 기묘한 노래보다 슬픈 것은 아무것도 없었다.

내가 집에 돌아왔을 때 비가 주룩주룩 내리기 시작했다. 그러나 바람은 없었고 주변에서는 작은 소리 하나도 들리지 않았다—마치 세계가 숨을 죽이고 무서운 재앙을 기다리고 있는 것 같이 기분 나쁜 고요함만 깔려 있었다.

조지핀은 창가에 서서 밖을 내다보며 귀를 기울이고 있었다. 나는 침대에 들도록 권했으나 조지핀은 머리를 저을 뿐이었다.

조지핀이 말했다.

"잠들면 저 아이가 부르는 소리가 들리지 않을지 몰라요. 요즘은 잠드는 게 무서워요. 저 아이가 부르고 있는데 어머니인 내가 그 소리를 듣지 못할까봐 걱정이에요."

그 이상 말해야 헛수고라는 걸 알므로 나는 책상 앞에서 책을 읽기 시작했다. 세 시간이 지났다. 시계가 한밤중에 12시를 쳤을 때 조지핀이 갑자기 푹 패인 파란 눈을 미친 듯 빛내며 일어났다.

조지핀이 외쳤다.

"그 아이가 부르고 있어요. 바깥 저 폭풍 속에서 부르고 있어요. 그래, 그래, 아가야, 지금 가마!"

조지핀은 문을 열고 해변 쪽으로 길을 달려 내려갔다.

나는 얼른 벽의 램프를 내려 불을 붙이고 뒤쫓아갔다. 바깥은 너무도 캄캄했다. 그런 어두운 밤은 처음으로, 바로 죽음 같은 어둠이었다.

비가 세차게 쉴새없이 내리고 있었다. 나는 조지핀을 따라잡아 손을 잡고는 비틀거리며 뛰어갔다. 조지핀이 정신이 없는 듯 엄청난 속도로 마구 달리고 있었기 때문이었다.

우리는 램프가 던지는, 흔들흔들 비치는 조그만 빛에 의지해 나아갔다. 우리 둘레에도 머리 위에도 무서운 말없는 어둠이 둘러싸고 있었으며, 그것을 헤치고 나가는 데 도움을 주는 것은 오직 램프 불빛뿐이었다.

조지핀이 한탄했다.

"한 번만이라도 좋으니 그 아이를 따라잡았으면 해요. 한 번만이라도 좋으니 그 아이에게 키스하고 이 슬프고 아픈 가슴에 꼭 껴안고 싶어요. 그렇게 하면 언제까지나 없어지지 않는 이 가슴의 아픔도 반드시 없어질 거예요.

아, 나의 귀여운 아가야. 어머니를 기다려 다오! 지금 곧 갈 테니까. 여보, 들어봐요, 데이빗, 울고 있어요—저렇게 가엾게 울고 있어요! 들어봐요! 들리지 않아요?"

나에게도 분명 들렸다! 우리 앞쪽 무섭게 조용한 어둠 속에서 희미한 울음소리가 분명하고 똑똑하게 들려왔다. 저건 뭐지? 나까지 머리가 이상해진 걸까? 아니면 저기에 무언가 있는 것일까—울부짖고 슬픔에 잠겨 있는 무언가가—사람의 사랑을 바라면서 사람이 가까이 가면 뒤로 물러나는 그 무엇인가가?

나는 미신을 믿는 사람이 아니다. 하지만 오랫동안의 시련으로 신경이 지쳐 있었고, 내가 생각했던 것보다 마음이 약해져 있었다. 공포가 나를 사로잡았다—무어라 말할 수 없는 두려움이.

온 몸이 떨렸다. 식은 땀이 이마에 배었다. 돌아서서 달아나고 싶은 격렬한 충동에 사로잡혔다—이 세상 것이라고 생각되지 않는 저 울음소리에서 벗어날 수만 있다면.

그런데 조지핀의 차가운 손이 내 손을 꼭 붙잡고 이끌어갔다. 그 불가사의한 울음소리가 아직 내 귓속에 쟁쟁히 울리고 있었다. 게다

가 멀어져 가지 않고 더욱 또렷하게, 더욱 강하게 들려왔다. 그것은 큰 소리로 끈덕지게 울부짖고 있었다. 더욱 가까워졌다—바로 우리 앞 어둠 속에서 들려왔다.

마침내 따라잡았다. 조그만 어선이 해변에 있는 작은 돌 위에 얹혀 있었다. 조수가 밀려가면서 뒤에 남겨진 것이다. 그 배에는 어린 아이가 있었다—2살쯤 된 남자아기였다. 무서움에 번쩍 뜬 커다랗고 파란 눈에 새하얀 얼굴은 눈물투성이인 채 어선 안에서 허리까지 물에 잠겨 웅크리고 있었다. 남자아이는 우리를 본 순간 다시 큰 소리로 엉엉 울며 조그만 두 손을 내밀었다.

내 공포심은 옷을 벗듯이 대뜸 사라졌다. 이 아이는 살아 있다. 이곳까지 어떻게 온 것일까? 언제, 어떻게? 나로선 알 수 없었고 그때의 그 어지러운 마음상태에서는 이상하다고도 생각하지 않았다. 내가 들은 것은 죽은 영혼의 울음소리가 아니었다—나로서는 그것만으로 충분했다.

조지핀이 외쳤다.

"어머나, 가엾어라!"

그녀는 배 위로 몸을 굽혀 남자아이를 안아올렸다. 남자아이의 길고 아름다운 곱슬머리가 조지핀의 어깨에 드리워졌다. 조지핀은 남자아이와 얼굴을 마주한 채 숄로 폭 감싸주었다.

나는 말했다.

"내가 안을게. 온 몸이 젖어 있고 당신에겐 무거울 테니."

"아니, 아니, 내가 안고 가겠어요. 내 팔은 지금까지 텅 비어 있었는걸요—그런데 지금 겨우 꽉 찼어요. 아, 데이빗, 가슴에 응어리진 아픔이 사라졌어요. 이 아이는 내 아기 대신 나에게 온 거예요. 하느님이 바다에서 나에게 보내주신 거예요. 이 아이는 젖어서 춥고 굶주려 지쳐 있어요. 쉿, 귀여운 아가야. 어서 집에 가자."

나는 말없이 조지핀의 뒤를 따라 집으로 왔다. 바람이 일더니 갑자기 심하게 불어왔다. 폭풍이 바로 눈앞까지 와 있었으나 다행히 우리는 그 직전 집에 이르렀다. 폭풍은 내가 문을 닫는 순간 야수처럼 으르렁대며 집에 불어닥쳤다. 나는 꿈의 아이를 뒤쫓아 그 폭풍 속에 있지 않았던 것을 하느님께 감사했다.

내가 말했다.

"온통 젖었어, 조지핀. 얼른 마른 옷으로 갈아입어요."

조지핀은 단호하게 말했다.

"이 아이를 보살피는 일이 먼저예요. 가엾게도 이렇게 몸이 차다니. 맥이 빠져 축 쳐져 있어요. 빨리 불을 피워줘요, 데이빗. 나는 이 아이에게 마른 옷을 갖다줄 테니까요."

나는 그녀가 하고 싶은 대로 하도록 내버려 두었다. 조지핀은 우리 아들이 전에 입던 옷을 꺼내와 주워온 아이에게 입히고, 싸늘한 손발을 비벼주고, 젖은 머리를 말려주고, 웃어 보이면서 어머니답게 돌보아주었다. 다시 전의 조지핀으로 되돌아온 것 같았다.

나는 도리어 당황하고 있었다. 그때까지 생각지 못했던 의문이 지금 막 내게 밀려왔다. 이것은 누구네 아이일까? 어디서 왔을까? 이것은 대체 어찌된 일일까?

귀엽게 생긴 아이였다. 머리는 금발이고 토실토실 살쪘으며 장밋빛이었다. 몸이 보송보송해지고 배가 부르자 조지핀의 팔에 안겨 잠들었다.

조지핀은 몹시 기뻐하여 그 아이를 들여다본 채 눈을 떼려고도 하지 않았다. 나는 가까스로 조지핀을 설득하여 아기에게서 떼어놓고 젖은 옷을 갈아입도록 했다.

조지핀은 그것이 누구의 아이이며, 어디서 왔는지 전혀 묻지 않았다. 이 아이는 바다가 그녀에게 보내주었으며, 꿈 속의 아이가 이 아이에게로 자기를 인도해 준 것이라 굳게 믿고 있었다. 나도 그 기분에는 감히 의문을 던질 마음이 없었다.

그날 밤, 조지핀은 아기를 안고 잤다. 잠든 조지핀의 얼굴은 괴로움도 인생에 대한 고민도 모르는 소녀 시절 그 얼굴이었다.

나는 아침이 되면 누군가가 아기를 찾으러 오리라 예상했다. 항구 건너편 코브에 작은 어촌이 있으므로 그곳 아이임에 틀림없다는 결론에 이르렀다. 그래서 나는 조지핀이 아기를 상대로 웃거나 놀고 있는 동안 아기를 찾으러 오는 사람의 발소리가 나는지 온종일 귀를 기울여 기다렸다. 그러나 아무도 오지 않았다. 하루 또 하루가 지났으나 여전히 아무도 오지 않았다.

나는 난처하여 어찌할 바 몰랐다. 어떻게 하면 좋을까? 나는 누군가가 우리에게서 이 아이를 데려가리라는 생각에서 꽁무니를 뺐다. 이 아이를 발견한 뒤부터 꿈의 아이는 한 번도 부르러 오지 않았다. 어두운 꿈 속 경계를 헤매던 조지핀도 되돌아와 다시 나와 함께 우리 집 오솔길을 걷게 된 것 같았다. 낮에도 밤에도 다시 전의 밝은 조지핀으로 되돌아와 행복에 가득차, 침착하게 새로 찾아온 어머니 역할을 즐기고 있었다.

단 한 가지, 조지핀이 이번 일을 태연하게 받아들이는 것이 어쩐지 불가사의했다. 이 아이가 누구인지, 누구의 아이인지, 의문을 가지려고도 하지 않았다―언제 빼앗길지 모른다고 불안하게 생각하는 것 같지도 않았다. 그리고 조지핀은 아기에게 우리 꿈의 아이의 이름을 붙여주었다.

마침내 꼬박 1주일이 지났을 때 나는 당황스러워 단골의사를 찾아 갔다.

의사는 사려깊게 말했다.

"정말 불가사의하다고밖에 말할 수 없는 이야기로군요. 당신이 말하는 그 아이는 스프루스 코브에 사는 주민의 아이임에 틀림없소. 하지만 찾으러 오지도 물어보러 오지도 않는다는 건 전혀 알 수 없는 일이로군. 이상한 이야기지만 아마 분명한 이유가 있을 거요.

코브에 가서 물어보는 게 어떻겠소. 부모든 후견인이든 찾게 되면 당분간 그 아이를 당신에게 맡겨줄 수 없겠느냐고 부탁해 봐요. 그 아이가 부인의 병을 낫게 해줄 수 있을지 모르오. 그런 예를 나는 알고 있어요.

분명 그날 밤 부인의 정신적 혼란상태는 위기를 맞았던 거요. 아주 작은 일로도 부인의 발은 어느 쪽으로든 갈 수 있었지요—이성과 이성의 세계로 돌아오든지, 아니면 더 깊은 암흑 세계로 들어가버리든지. 둘 가운데 앞의 경우가 일어났다고 나는 생각하는데, 이대로 얼마 동안 아무 방해도 받지 않고 그 아이를 가까이에 두면 완전히 예전대로 되돌아오리라 생각합니다.”

그날 나는 한층 가벼워진 마음으로 항구를 따라 마차를 달렸다. 다시 이런 기분에 젖으리라고는 꿈도 꾸지 못했었다.

스프루스 코브에 닿아 맨 처음 만난 사람은 에이벌 블레어 노인이었다. 나는 그에게 코브 해변 어딘가에서 실종된 아이가 없느냐고 물어보았다. 노인은 놀라는 얼굴로 나를 쳐다보았으나 머리를 저으며 그런 이야기는 들은 적도 없다고 말했다. 나는 그날 밤 일을 필요한 부분만 간추려 이야기하기로 마음먹고, 내가 아내와 함께 해변을 산책하고 있었는데 조그만 어선이 있었고 그 안에 조그만 아기가 타고 있었다고 말했다.

에이벌 노인이 외쳤다.

“초록빛 어선이라고! 벤 포브스의 낡은 초록빛 어선이 요 1주일 동안 보이지 않았는데, 이젠 낡아서 물이 새니까 벤도 찾으려고 하지 않았지. 그런데 그 아기가, 이건 놀랍군. 어떤 아기였소?”

나는 되도록 상세히 아기의 모습을 이야기했다.

“그렇다면 그 아기는 해리 마틴과 꼭 닮았군.”

에이벌 노인은 당혹스러운 것 같았다.

“하지만 그럴 리가 없어. 만일 그렇다면 어딘가에서 돼먹지 않은 일이 일어난 거요. 제임스 마틴의 부인은 이번 겨울에 죽었소, 선생. 그 한 달 뒤 남편 제임스도 죽었구. 아기 말고는 이렇다하게 남긴 게 없었소.

짐의 배다른 여동생 매기 플레밍 말고는 아기를 맡을 사람이 아무도 없었지. 이 코브에 살았던 여자인데, 말하고 싶지 않지만 선생, 그리 소문이 좋지 않은 여자요. 매기는 아기란 본디 성가시고 귀찮다고 남보기에 민망할 정도로 내버려두었다고 하오.

그 매기가 봄이 되자 미국으로 간다고 말했소. 친구가 보스턴에서 좋은 일을 찾아주어 거기 가기로 했는데, 아기인 해리도 데려간다고 했소. 모두 그러는 것이 좋겠다고 생각했지. 그래서 지난 주 토요일에 떠났소, 선생.

역까지 걸어간다고 했는데, 마지막으로 그녀 모습을 본 사람 이야기로는 아기를 안고 큰길을 터벅터벅 걸어갔다고 하더군요. 그 뒤 해리 마틴이 어떻게 됐는지 아무도 생각해 보지 않았을 거요.

그런데 선생, 그 여자는 죄없는 아기를 물이 새는 낡은 어선에 태워 흘려보내 죽여버릴 작정이었을까요? 매기가 좋지 못한 여자라는 건 알고 있었지만 그렇게까지 사악하리라고는 꿈에도 생각지 못했소.”

나는 부탁했다.

“나하고 함께 가서 아기 얼굴을 한번 확인해 주지 않겠습니까? 만일 그 아기가 해리 마틴이라면 내가 맡을 겁니다. 내 아내는 아들을 여읜 뒤 몹시 괴로워하고 있는 데다 그 아기가 마음에 퍽 드는 모양이니까요.”

집에 도착하자 에이벌 노인은 그 아기가 바로 해리 마틴임을 알아보았다.

해리 마틴은 지금도 우리와 함께 살고 있다. 해리의 조그만 손이 나의 소중한 아내에게 건강과 행복을 되찾아주었다. 다른 아이들도 태어났으며 조지핀은 그 아이들 모두를 진심으로 사랑하고 있다.

그중에서도 그녀의 죽은 아들 이름을 받은 남자아이는 그녀에게—그렇다, 나에게도 마찬가지다—자기 배를 아프게 한 아이처럼 소중한 아이다. 그 아이는 바다에서 왔다. 그리고 그 아이가 온 덕분에 유령 같은 꿈의 아이는 사라져, 마음을 불안하게 하는 소리로 조지핀을 나에게서 꾀어내는 일은 두 번 다시 일어나지 않았다.

그러므로 나는 이 바다에서 온 아이를 나의 첫아이라 여기며 사랑하고 있다.

로버트 형님

먼로 일가가 프린스 에드워드 섬 화이트샌즈에 있는 집안의 오래된 농장에서 크리스마스 재회 모임을 갖고 있었다. 온 집안사람이 한 지붕 아래 모인 것은 30년 전 어머니 돌아가셨을 때 이후 처음 있는 일이었다.

이번 크리스마스에 모두 모일 것을 제안한 사람은 이디스 먼로였다. 그해 봄, 이디스는 낯선 미국의 어떤 도시에서 심한 폐렴에 걸려 지루한 회복기를 보냈다. 병 때문에 콘서트에 출연할 수 없게 되어 여느 때보다 한가한 시간이 생긴 탓으로 그 어느 때보다 오랜 인연의 이끌림과, 육친들을 그리워하는 향수를 느낀 것이었다.

그런 까닭으로 이디스는 병에서 회복되자 집안 농장에 지금도 살고 있는 둘째오빠 제임스 먼로에게 편지를 보냈다. 그 결과 옛 지붕 아래 먼로 집안사람들이 모여들게 된 것이다.

랠프 먼로도 이때만은 몇 개의 철도를 경영하는 걱정도, 언제 어떻게 흔들릴지 모르는 억만의 부(富)도 토론토에 두고, 오랫동안 벼르면서 미루어 왔던, 태어난 고향으로 가는 여행을 실현시켰다.

맬컴 먼로는 먼 서부에 있는 대학에서 찾아왔다. 그는 그 대학 학장이었다.

이디스는 최근 지방공연에서 대성공을 거두었기에 의기양양해 하며 돌아왔다.

지금은 우드번 부인인 전의 마거릿 먼로는 노바 스코샤에서 왔다. 마거릿은 젊은 신진 변호사의 아내로서 바쁘고 행복하게 살고 있었다.

번창하고 있으며 기운찬 제임스가 집안의 농장에서 모두를 따뜻하게 맞았다. 제임스의 지혜로운 관리에 비옥한 땅은 잘 보답해 주고 있었다.

모두들 쾌활한 사람들뿐이었다. 시름에 빠진 세월도 잊고 다시 한 번 즐거웠던 소년 소녀시절로 되돌아갔다.

제임스에게는 장밋빛 볼을 빛내는 아들과 딸들이 있었다. 마거릿은 푸른 눈의 어린 딸 둘을 데리고 왔다.

랠프는 검은 머리의 똑똑해 보이는 아들과 함께 왔다. 맬컴이 데리고 온 아들은 의지가 강해 보이는 생김새의 소년으로, 아버지 쪽이 훨씬 어린애다운 데가 남아 있을 정도였고, 눈빛도 날카로우며 빈틈없는 장사꾼 같았다.

같은 해, 같은 날에 태어난 두 사촌형제—실업가인 랠프의 아들은 얼굴도 머리도 학자인 맬컴 삼촌을 닮았고 맬컴의 아들은 삼촌인 랠프와 꼭 닮은꼴이었다. 그래서 황새가 아기를 잘못 바꾸어 데려다 준 게 틀림없다고, 먼로 집안의 농담거리가 되어 있었다.

그리고 이저벨 고모도 왔다—이야기하기 좋아하고 머리 회전이 빠른 빈틈없는 노부인으로 85살이 되는데도 30살이었을 때와 다름없이 젊었다. 이저벨 고모는 먼로 집안을 세계에서 으뜸가는 집안으로 생각하고 있었고, 이 조촐한 작은 농장에서 나간 조카들이 타지에서 화려한 업적을 올리고 영향력 있는 지위에 오른 게 몹시 자랑스러워 모두를 바라보며 얼굴을 빛내고 있었다.

그렇다, 로버트를 잊고 있었다. 로버트 먼로는 어쩐지 쉽게 하나하나 잊어버린다. 먼로 집안의 장남인데도 화이트샌즈 사람들은 먼로 집안사람들의 이름을 늘어놓을 때 반드시 마지막에, 그가 있었던 게 불현듯 생각나 놀란 듯한 말투로 '그리고 로버트'라고 덧붙이는 것이다.

로버트는 해변 가까운 모래땅에 신통치 않은 작은 농장을 갖고 있었는데, 손님들이 도착한 저녁 나절 제임스네로 왔다. 모두 크게 기뻐하며 다정하게 로버트와 인사를 나누었지만 웃거나 이야기하기에 바빠 로버트의 일은 곧 잊어버렸다.

로버트는 구석에 앉아서 벙글거리며 이야기를 듣고 있었지만 자기 스스로 입을 열지는 않았다. 이윽고 살그머니 소리도 없이 빠져 나와 집으로 돌아갔는데, 아무도 그가 간 것을 눈치채지 못했다. 저마다 옛날에 있었던 일을 다시 떠올리거나 최근의 일들을 이야기하는 데 몰두하고 있었던 것이다.

이디스는 연주여행 행선지마다 성공을 거둔 이야기를 했다. 맬컴은 사랑하는 자기 대학을 발전시킬 계획을 자랑스럽게 늘어놓았다. 랠프는 새로 철도를 건설한 도시에 대해, 그것을 완성하기에 어떤 어려움을 넘지 않으면 안 되었는가를 상세히 이야기했다. 제임스는 마거릿 옆에서 자기 농장의 과수원이며 작물에 대한 것을 이야기하고 있었다. 마거릿은 농장에서 떠난 뒤 아직 세월이 그리 지나지 않았으므로 잘 되어 가는지 어떤지 궁금한 모양이었다.

이저벨 고모는 뜨개질하면서 만족스러운 듯 얼굴 가득히 미소를 띠었다. 그리고 저쪽 사람과 이야기하거나 이쪽 사람과 이야기하면서 은근히 자랑스러워하고 있었다. 85살이나 되는 할머니이며 화이트샌즈 바깥세계에 나간 적은 거의 없지만, 랠프와 중요한 재정문제를 논하고, 맬컴과 고등교육에 대해 의견을 나누며, 배수(排水)에 대해서는 제임스에게 한 발짝도 양보하지 않았다.

제임스 면로의 집에는 화이트샌즈 학교선생 한 사람이 하숙하고 있었다. 활 모양 눈에 입술이 빨간 조그만 아가씨로—애번리의 벨 집안사람이다—소년들과 즐겁게 지내고 있었다.

누구나 다 퍽 즐거워하고 있었으므로, 늙은 가정부가 밤에 혼자 있으면 무서워하기에 일찌감치 돌아간 로버트가 없어진 일을 아무도 깨닫지 못한 것도 마땅했다.

로버트는 이튿날 오후에 다시 왔다. 헛간 앞마당에서 제임스로부터 맬컴과 랠프는 마차를 타고 항구에 갔고, 마거릿과 제임스의 부인은 애번리의 친구를 만나러 갔으며, 이디스는 언덕 위에 있는 숲 어딘가로 산책을 나갔다는 이야기를 들었다. 집에 있는 사람은 이저벨 고모와 학교선생뿐이었다.

제임스는 무심히 말했다.

"밤까지 있어줘요. 다들 곧 돌아올 테니까."

로버트는 안뜰을 가로질러 현관 포치 구석의 통나무 벤치에 앉았다. 맑게 갠 12월 저녁 때로 가을처럼 따뜻했다. 아직 눈은 내리지 않아 집에서 내려가는 비탈면에 자리한 길쭉한 밭은 부드러운 갈색이었다.

뭔가 마력을 숨긴 듯한 온화한 고요함이 눈에 안 보이는 망토처럼 어둑한 숲이며, 뭔가를 골똘히 생각하고 있는 듯한 밭이며, 얼마 전까지 꽃이 피어 있었던 비옥한 골짜기를 완전히 덮고 있었다.

대지는 마치 그 봄의 잠을 인내심있게 기다리는 지친 노인 같았다. 바다에서는 더디게 빨간 노을이 어둑한 구름에 덮이고, 해변에 밀려오는 파도소리가 저녁 산들바람을 타고 흘러왔다.

로버트는 턱을 괴고 골짜기와 언덕을 바라보았다. 그곳에서는 잎을 다 떨어뜨린 활엽수의 깃털 같은 잿빛이, 솔방울을 단 상록수의 굳건하고도 다함이 없는 초록빛과 뒤섞여 있었다. 로버트는 키가 크고 허리는 휘었다. 백발머리는 숱이 적었고 얼굴은 주름투성이에 다갈색 눈은 움푹 패어 있었지만 매우 상냥해 보였다―괴로움 너머 저쪽 기쁨을 내다보는 사람의 눈이었다.

로버트는 깊은 행복을 느꼈다. 집안사람들에게 친척을 사랑하는 깊은 애정을 쏟았으며 다시금 모두 자기 옆에 모여온 것이 기뻤다. 형제들이 성공하고 유명해진 것이 자랑스러웠다. 제임스의 농장이 요즘 아주 잘 되어가는 것도 기뻤다. 로버트의 마음에는 심술궂은 질투심이나 불만이 없었다.

포치 위 복도 창문으로 들려오는 분명치 않은 말소리를 그는 멍하니 듣고 있었다. 그곳에서는 이저벨 고모가 캐슬린 벨에게 말을 하고 있었다. 이저벨 고모가 곧 창 옆으로 가까이 왔으므로 고모의 말이 놀랄 만큼 똑똑히 로버트의 귀에 들려왔다.

"그래, 그 말이 맞아, 벨 선생. 나는 조카며 조카딸을 정말 자랑스럽게 생각해. 대단한 집안이지. 거의 모두 훌륭히 하고 있어. 다들 떠날 때는 가진 게 그다지 없었지만.

랠프는 무일푼이었는데도 지금은 백만장자야. 랠프 아버지는 병으로 앓아눕거나 은행이 도산하기도 해서 몇 번이고 손해를 입었으므로 자식들을 도와줄 수 없었지. 그래도 모두 성공했어. 가엾은 로버트는 예외지만―그렇지, 로버트는 완전히 낙오자라고 시인하지 않을 수 없어."

몸집이 작은 학교선생은 이에 반대했다.

"아뇨, 아녜요."

"완전한 낙오자야!"

이저벨 고모는 격렬한 말투로 되풀이했다. 그녀는 다른 사람이 반대 의견을 말하는 것을 무척이나 싫어했다. 특히 애번리의 벨 집안사람 경우는 더했다.

"정말이지 로버트는 태어날 때부터 낙오자였어. 뿌리 깊은 먼로 집안의 명예를 더럽힌 첫 번째 위인이지. 동생들은 그를 몹시 부끄럽게

여기고 있을 게 틀림없어. 60년이나 살아 왔는데 무엇하나 제대로 한 일이 없으니까. 자기 농장조차 채산을 맞추지 못하고 있어. 진 빚이나 깨끗이 정리하면 그로서는 잘하는 일이지."

"그런 일마저 할 수 없는 사람도 있어요."

몸집이 작은 학교선생은 작은 목소리로 속삭였다. 이 잘난 체하는 머리 좋은 할머니를 정말로 두려워했으므로 학교선생으로서는 이런 작은 저항의 말을 하는 것조차 용기가 필요한 일이었다.

이저벨 고모는 위엄 있게 말했다.

"먼로 집안사람에게는 그 이상의 것이 기대되는 게야. 로버트 먼로는 낙오자이고 그것이 그에 대한 유일한 평판이야."

로버트 먼로는 머리가 어질어질해서 창문 아래에서 비틀비틀 일어섰다. 이저벨 고모는 자기에 대한 말을 하고 있었다!

나는, 로버트는 낙오자고 집안의 수치다. 가장 가깝고, 가장 사랑하는 사람들이 자기를 부끄럽게 느끼고 있다! 그래, 그 말대로다. 지금까지 그것을 몰랐다. 나는 권력도 갖고 있지 않고 부도 쌓지 못했지만 그런 것은 아무래도 상관없는 일이라고 생각하고 있었다.

지금 이저벨 고모의 경멸에 찬 눈을 통해 세상에 비친 자기 모습을 보았다―동생들 눈에 자기가 어떻게 비치고 있는가를. 고통스러운 점은 그것이다. 세상에서 어떻게 생각하든 그런 것은 관계치 않는다. 하지만 형제들이 자신을 '낙오자다, 수치스럽다'라고 생각하는 것은 참기 어려운 괴로움이었다.

로버트는 신음소리를 내며 안뜰을 가로질러 걸어갔다. 이 고통과 수치를 사람들로부터 감출 일만을 생각하고 있었다. 로버트의 눈에는 상냥한 동물이 갑자기 잔인한 일격을 당했을 때 보이는 표정이 떠올라 있었다.

이디스 먼로는 가까이에 로버트가 있는 것도 모르고 포치 다른 편에 서 있다가 그가 그녀를 못 보고 바로 옆을 서둘러 지나칠 때, 그 눈에 떠오른 표정을 보았다. 전까지 이디스의 검은 눈은 이저벨 고모가 한 말에 화가 나서 한순간 번쩍거리고 있었는데, 지금 그 분노는 왈칵 쏟아진 눈물에 잠겼다.

이디스는 로버트를 뒤쫓아 급히 한 발을 내디뎠지만 곧 그 충동을 억눌렀다. 지금 당장에—게다가 자기 혼자서는—치명적인 상처를 낫게 할 수 없다. 아니, 그것뿐이 아니다. 상처받은 것을 자기가 알고 있다고 로버트가 눈치채게 해서도 안 된다.

이디스는 그 자리에 서서 눈물로 흐려진 눈으로 로버트가 상처받은 마음을 숨기기 위해 낮게 누워 있는 바닷가 밭을 가로질러 자기의 가난한 지붕 아래로 멀어져가는 것을 바라보고 있었다.

급히 로버트를 뒤쫓아가 위로해 주고 싶었지만 지금 로버트에게 필요한 건 그런 위로가 아니라는 것을 알았다. 정의(正義), 단지 그것만이 박힌 가시를 뽑을 수 있다. 그렇지 않으면 이윽고 곪아서 죽게 될 것이다.

랠프와 맬컴이 마차를 안뜰로 몰고 와 세웠다. 이디스는 두 사람에게 가서 결연히 말했다.

"이야기할 것이 있어요."

오래된 농장 저택에서 크리스마스를 축하하는 회식모임이 즐겁게 벌어졌다. 제임스 부인은 루쿨루스*1의 연회장에 내놓아도 부끄럽지 않을 요리를 푸짐하게 차려놓았다. 웃음소리, 농담, 재치 있는 말들이 입에서 입으로 오갔다.

로버트가 거의 아무것도 먹지 않고, 아무 말도 하지 않고, 그나마 그의 '가장 좋은' 초라한 옷 속에 몸을 움츠린 채 잿빛 머리를 여느 때보다 더 숙이고 있었다. 마치 누구의 눈에도 띄지 않기를 바라는

---

*1 로마 집정관·장군, 큰 부호로 사치스러운 생활을 했음.

모습으로 가만히 앉아 있는 것을 아무도 눈치채지 못하는 것 같았다. 누군가 말을 걸면 어물쩍 대답하고는 더욱 주눅이 드는 것이었다.

마침내 모두 먹을 만큼 먹고, 남은 건포도 푸딩을 해치웠다. 로버트는 후유하고 나직이 숨을 쉬었다. 조금 있으면 끝난다. 곧 이 자리에서 빠져나가 이 몸과 창피를 여기서 쾌활하게 떠드는 남녀들의 눈에서 숨길 수 있다.

여기 모인 사람들은 웃고 있다—그들은 성공해서 권력이며 영향력을 손에 넣었으니 웃을 만한 일을 했다. 자기는—자기는—자기만은 낙오자다.

로버트는 왜 제임스의 아내가 자리에서 일어서지 않는지 조마조마해 하고 있었다. 제임스의 아내는 태평스럽게 의자 등받이에 기대어 있었다. 그녀의 얼굴에는, 마땅한 일이지만 자기 임무를 마치고 모두의 미각을 만족시켰다는 흡족한 표정이 떠올라 있었다. 그녀가 맬컴 쪽을 보았다.

맬컴이 자리에서 일어섰다. 갑자기 조용해졌다. 모두 예상하고 있었던 것처럼 표정을 가다듬었다. 그러나 로버트만은 달랐다. 로버트는 그때도 역시 머리를 숙이고 괴로움에 휩싸여 있었다.

맬컴이 말했다.

"내가 먼저 말문을 열라는 부탁을 받았습니다. 나름 이야기하는 재주가 있다고 해서 말입니다. 그러나 비록 그런 재능이 있다 하더라도 오늘은 화려한 미사여구를 나열하는 일에 그런 재주를 쓸 생각은 없습니다. 소박하고 진지한 말이야말로 말이 지니고 있는 힘을 충분히 발휘하여 이 가슴 속에 있는 가장 깊은 감정을 나타내기 때문입니다.

형제자매 여러분, 우리는 오늘, 지난 세월 행복한 축복에 둘러싸여 그리운 지붕 밑에 모였습니다. 아마 눈에 보이지 않는 손님들도 여기 참석했으리라 생각합니다—이 농장의 기초를 다지고 지상에서의 역할을 마친 사람들의 넋도 말입니다. 그렇게 바라는 것은 잘못이 아니며 그럼으로써 한 집안이 정말로 하나가 될 것입니다.

오늘 육안으로 볼 수 있는 육체로서 여기 참석한 우리 한 사람 한 사람은 모두 어느 정도 성공을 거두었습니다. 하지만 참으로 가치 있는 일을 완수하고 궁극적인 성공을 거둔 사람은 단 한 사람밖에 없습니다—이 세상에서뿐 아니라 영원히 가치 있는 일 말입니다—다른 사람을 헤아려주고 자기 일은 생각하지 않고 자신을 희생한 것입니다.

아직 들은 적 없는 분들을 위해 내 이야기를 하겠습니다. 나는 16살 소년시절 스스로 학비를 벌기 시작했습니다. 여러분 가운데에도 기억하는 사람이 있으리라고 생각합니다만, 애번리에 있는 블레어 씨가 주립 중등학교 겨울학기 학비를 낼 수 있을 만큼 급료를 주기로 하고 여름 동안 나를 가게에 고용해 주었습니다. 나는 희망에 차서 열성적으로 일하게 되었습니다. 여름 내내 나는 고용주에게 충실히 최선을 다해 일했습니다.

그런데 9월에 뜻밖의 재난이 닥쳤습니다. 블레어 씨 돈상자에서 얼마쯤 돈이 없어졌던 것입니다. 내가 의심받고 죄인의 오명을 뒤집어쓴 채 해고되었습니다. 이웃사람들은 모두 내가 한 짓으로 믿었습니다. 심지어 가족 가운데에도 나에게 의심의 눈길을 보내는 사람들이 있었습니다—나는 그들을 비난할 수 없었습니다. 그 상황 속에서 보이는 증거가 나에게 매우 불리했기 때문입니다."

랠프와 제임스가 부끄러운 듯한 얼굴을 하고 있었다. 이디스와 마거릿은 이 사건이 일어났던 무렵 아직 태어나지 않았으므로 결백하여 얼굴을 꼿꼿이 들고 있었다. 로버트는 몸을 움직이지도 쳐다보지도 않았다. 듣고 있는 것 같지도 않았다.

맬컴은 말을 이었다.

"나는 수치와 절망에 몸부림치다 지쳐버렸습니다. 나의 장래는 파멸이라고 생각했습니다. 꿈도 희망도 모두 버리고 아무도 나를, 내가 받은 굴욕을 아는 이 없는 서부 어딘가로 떠나버릴까 하는 마음이 들었습니다.

그런데 단 한 사람, 나의 억울함을 이해해주는 사람이 있었습니다. 그 사람이 나에게 이렇게 말했습니다.

'체념해서는 안 된다―죄인처럼 행동하지 마라. 너는 결백해. 시간이 흐르면 너의 결백이 증명될 거야. 그동안 떳떳한 사나이라는 걸 보여줘. 중등학교 겨울학기 학비만큼의 돈은 거의 벌었으니까. 나도 조금이긴 하지만 보태줄게. 굴복하지 마라―나쁜 짓을 하지 않았으니 굴복하지 마라.'

나는 그 사람의 충고를 받아들였습니다. 나는 당당히 학교에 갔습니다. 내가 중등학교에 들어갔을 때는 내 이야기가 두루두루 퍼져 나는 멸시당하고 모두에게 따돌림을 당했습니다. 나는 절망한 나머지 몇 번이나 공부를 포기하려 했는지 모릅니다. 그러지 않고 지냈던 것은 나를 이끌어준 단 한 사람의 격려가 있었기 때문입니다. 그는 나에게 용기를 주었습니다. 그 사람이 끝까지 나를 믿어주었기 때문에 그 믿음에 보답해야겠다고 결심했습니다.

나는 필사적으로 공부해서 학급의 수석이 되었습니다. 그러나 그 여름에는 돈을 벌 기회가 없어진 걸로 생각했습니다. 그런데 뉴브리지의 한 농부가 열심히 일해주기만 하면 그 사람의 성품 따위는 아무래도 좋다며 나를 고용하겠다고 했습니다. 고된 노동조건이었지만 나를 믿어준 사람의 격려로 그 일을 맡아 심한 노동을 이겨냈습니다.

중등학교에서 1년 더 겨울학기 동안 외롭게 공부에만 열중했습니다. 그리하여 패럴 장학금이 마지막으로 나온 해에 그 장학금을 받게 되었습니다. 그것은 내가 4년제 대학 문학부에 갈 수 있다는 뜻이었습니다.

나는 레드먼드 대학에 갔습니다. 레드먼드에는 내 이야기가 공공연히 전해지지는 않았지만 그래도 얼마쯤 퍼져서 거기서도 나의 나날은 의혹이라는 오명으로 더럽혀져 있었습니다.

그런데 내가 졸업한 해에 블레어 씨의 조카—여러분도 아다시피 그 사람이 진범이었습니다—가 죄를 고백했으므로 그제서야 나는 하늘 아래 완전히 결백한 몸이 되었습니다. 그 뒤 내 경력은 화려한 것이 되었습니다. 그러나—"

맬컴은 방향을 바꾸어 로버트의 얄팍한 어깨에 손을 얹었다.

"내가 성공한 것은 모두 로버트 형님 덕분입니다. 이것은 모두 형님의 성공입니다—내것이 아닙니다—그리고 언제나 관 뚜껑이 닫힌 뒤에 할 말로 남겨지는 것을 오늘 우리가 여기서 똑똑히 말하기로 했으므로, 로버트 형님이 내게 해준 모든 일에 감사하고 이런 형님을 갖게 된 것을 더할 수 없는 자랑으로 여기며 이렇게 고마운 일은 또 없다는 걸 말씀드리고 싶었습니다."

로버트가 마침내 얼굴을 들었다. 놀라고, 당황하고, 믿을 수 없다는 표정이었다. 맬컴이 앉았을 때는 로버트의 얼굴이 새빨개졌다.

이번에는 랠프가 일어섰다. 랠프는 쾌활한 투로 이야기하기 시작했다.

"나는 맬컴 같은 웅변가가 아닙니다. 그러나 나에게도 이야기하고 싶은 것이 한 가지 있습니다. 여러분 가운데 단 한 사람밖에 모르는 이야기입니다. 40년 전, 내가 실업가로 출발했을 때 손에 있던 자금은 지금처럼 많지 않았습니다. 나는 무엇보다도 돈이 필요했습니다.

그런데 큰 돈을 벌 수 있는 기회가 굴러들어왔습니다. 그러나 깨끗하게 벌 수 있는 기회는 아니었습니다. 겉으로는 정당하게 보였죠. 하지만 뒤집어보면 속임수였고 사기였습니다. 그런데 나에겐 그것을 꿰뚫어 볼 능력이 없었지요—나는 그것이 괜찮다고 생각할 만큼 어리석었습니다.

나는 내가 할 일을 로버트 형님에게 이야기했습니다. 그러자 형님은 대뜸 그럴 듯한 속임수 이면에 정말로 가증스러운 짓이 숨어 있다는 걸 한눈에 꿰뚫어보았습니다. 로버트 형님은 그 진짜 모습을 내게 보여주면서, 진실과 명예를 지키는 것이 먼로 집안에 전해오는 가훈(家訓)이라고 설교해 주었습니다.

나는 자기자신이 어떤 일을 하려 했는가를 로버트 형님의 눈으로 보게 되었습니다—모든 선량하고 진실을 사랑하는 사람들이 지니고 있는 눈으로. 나는 앞으로 어떤 일이 있어도 공명정대하고 더러운 데가 없다고 확신할 수 있는 일 이외에는 절대로 손대지 않겠다고 그때, 그 장소에서 맹세했습니다.

나는 그 맹세를 지켜왔습니다. 나는 부자입니다만 내가 갖고 있는 돈 가운데 단돈 1달러도 '더러운' 돈은 없습니다. 그런데 이만한 돈을 번 사람은 내가 아닙니다. 사실 내 돈은 모두 로버트 형님이 번 것입니다. 형님이 없었다면 나는 지금도 가난하거나 아니면 감옥 철창 안에 갇혀 있을 겁니다. 내가 손을 떼었던 그 거래에 가담했던 사람들처럼요.

나는 아들을 여기에 데리고 왔습니다. 나는 내 아들이 맬컴 삼촌처럼 머리가 좋기를 바랍니다. 하지만 그 이상 마음으로 소망하는 것이 있습니다. 로버트 큰아버지 같은 분처럼 훌륭하고 존경할 만한 사람이 되어줄 것을 바랍니다."

그 무렵이 되자 로버트는 다시 머리를 깊이 숙이고 두 손에 얼굴을 파묻고 있었다.

제임스가 말했다.

"다음은 내 차례입니다. 내가 말하고 싶은 건 그렇게 많지 않습니다—이것뿐입니다. 어머니가 돌아가신 뒤 나는 장티푸스에 걸렸습니다. 그때는 나 혼자뿐이었고 간호해 줄 사람도 없었지요. 그런데 로버트 형님이 오셔서 간병해 주었습니다. 그처럼 믿을 만하고 동정심이 깊고 친절한 간호인은 달리 없을 겁니다. 의사도 내 목숨을 구해 준 사람은 로버트 형님이라고 말했지요. 여러분 가운데 누군가의 목숨을 구한 이는 한 사람도 없지 않을까요?"

이디스는 눈물을 닦고 감정에 끌려 벌떡 일어섰다. 이디스는 말을
시작했다.

"몇 해 전 일이에요. 가난하지만 목청이 좋고 높은 희망을 품은 아
가씨가 있었지요. 아가씨는 음악공부를 하고 싶었는데, 단 하나 가능
한 길은 교사면허증을 따서 돈을 벌어 성악공부를 하는 일이었습니
다. 아가씨는 열심히 공부했습니다. 머리는, 특히 수학에 대해서는 목
청만큼 좋지 않았고 시간도 그리 없었습니다. 아가씨는 결국 시험에
떨어졌습니다.

아가씨는 실망하고 절망의 밑바닥에 떨어졌습니다. 그해는 퀸즈아
카데미에 가지 않고도 교사면허를 딸 수 있는 마지막 해였는데, 아가
씨에게는 그럴 돈이 없었어요.

그때 큰 오라버니가 오셔서 핼리팩스 음악원에 1년 동안 다닐 수
있는 큰 돈을 선뜻 주시겠다고 했습니다. 큰오라버니는 아가씨에게
그 돈을 받도록 했어요. 오라버니는 그 돈을 만들기 위해 자신이 친
구처럼 사랑한 아름다운 말을 팔지 않으면 안 되었지만, 아가씨가 그
것을 알게 된 것은 훨씬 뒷날의 일이었어요.

아가씨는 노력 끝에 음악 장학금을 탔어요. 아가씨는 행복한 생활
을 하게 되었고 음악가로도 성공했습니다. 그리고 그것은 모두 로버
트 오라버니 덕분으로—"

하지만 이디스는 더 이상 이야기를 이을 수 없었다. 목이 막히고
눈물에 젖어 자리에 앉았다. 마거릿은 일어나려고도 하지 않고 훌쩍
거리며 말했다.

"어머니가 돌아가셨을 때 나는 겨우 5살이었어요. 나에게는 로버트
오라버니가 아버지이며 어머니였지요. 로버트 오라버니처럼 현명하고
사랑에 넘친 보호자를 가진 아이는 어디에도 없었을 겁니다. 로버트
오라버니가 가르쳐준 것을 나는 결코 잊은 적이 없어요.

나의 일상생활이나 성격에 좋은 데가 있다면 그것은 모두 로버트 오라버니가 가르쳐준 덕분이에요. 나는 곧잘 떼를 쓰고 억지를 부렸지만 로버트 오라버니는 결코 화를 내지 않았어요. 내가 오늘 여기에 이렇게 있을 수 있게 된 것은 모두 로버트 오라버니 덕분입니다."

갑자기 몸집이 작은 학교선생이 벌떡 일어섰다. 눈은 눈물에 젖어 있고 볼이 빨갛게 달아 있었다. 여선생은 결심하고 말했다.

"나도 드릴 말이 있어요. 여러분은 자기 자신에 대한 일을 이야기했습니다. 나는 화이트샌즈 사람들 일을 말하겠어요.

지난해 가을 10월 폭풍 때 일입니다. 항구에 있는 등대에 구급신호를 알리는 깃발이 올랐어요. 위험을 무릅쓰고 무슨 일인가 하고 등대까지 배를 저어가는 용기가 있었던 사람은 단 한 사람뿐이었어요. 로버트 먼로 씨였지요.

먼로 씨가 급히 가 보니 혼자 사는 등대지기의 다리가 부러져 있었어요! 먼로 씨는 되돌아와 가기를 꺼려하는 의사를 우격다짐으로— 그래요, 우격다짐으로 등대까지 끌고 갔어요.

먼로 씨가 의사에게 무슨 일이 있어도 가지 않으면 안 된다고 열심히 설득하는 장면을 저는 직접 보았어요. 어떤 사람이라 하더라도 그때 로버트 먼로 씨의 결의에 맞설 사람은 없었을 겁니다.

4년 전, 세러 쿠퍼 할머니가 양로원에 가게 되었어요. 할머니는 비탄에 빠졌죠. 어떤 사람이 그 가난하고 누워서 지내는 성미 까다로운 할머니를 자기 집으로 데려가 의사에게 왕진비를 치러주고, 할머니가 화를 내고 짜증을 부려 그 집 가정부도 참아내지 못하게 되었을 때는 직접 간호를 했어요. 세러 쿠퍼 할머니는 2년 뒤 돌아가셨는데 임종하면서 로버트 먼로 씨에 대한 축복의 말을 남겼어요—하느님이 만드신 것 가운데 가장 훌륭한 사람은 로버트 먼로 씨라는.

8년 전, 잭 블뤼엣이 일자리를 찾고 있었지만 아무도 고용하려 하지 않았어요. 아버지가 감옥에 들어갔기 때문이었는데, 그중에는 잭도 같은 곳에 들어가야 한다고 생각하는 사람도 있었지요. 그런 잭을 로버트 먼로 씨가 고용했어요—그리하여 잭을 도와 올바른 길을 걷게 하고 정상적인 인간으로 만들어 세상에 내보냈어요—잭 블뤼엣은 이제 훌륭한 일꾼이며 모두에게 존경받는 젊은이로서 앞으로도 사람들의 도움이 되고 어디 가서도 부끄럼 없는 인생을 보낼 거예요.

화이트샌즈에 사는 남자도, 여자도, 어린아이도 로버트 먼로 씨의 신세를 지지 않은 이는 한 사람도 없을 겁니다!"

캐슬린 벨이 앉자 맬컴이 힘차게 일어나 두 손을 벌리고 외쳤다.

"자, 여러분, 다 같이 일어나 '올드랭 사인'을 부릅시다."

모두 일어나 손을 잡았으나 한 사람만은 노래 부르지 않았다. 로버트 먼로는 일어선 채로 얼굴과 눈을 빛내고 있었다. 자기에 대한 비난은 없어졌다. 동생들이 모두 일어나 자기를 칭찬하고 축복해 주었다.

노래가 끝났을 때 엄숙한 표정을 지은 맬컴의 아들이 손을 뻗어 로버트의 손을 힘주어 잡았다. 맬컴의 아들은 진심을 담아 말했다.

"로버트 삼촌. 나도 60살이 되었을 때 삼촌처럼 성공한 사람이 되고 싶어요."

이저벨 고모는 늙고 날카로운 눈에 흘러넘치는 눈물을 닦으며 옆에 있는 몸집이 작은 학교선생에게 말했다.

"가장 훌륭한 성공이라고 할 수 있는 실패도 있나보군."

저세상에서 온 사자

그날 저녁 막 어둑해질 무렵, 나는 2층으로 올라가 모슬린 드레스로 갈아입었다.

그날은 온종일 딸기잼을 만들었으므로—이 일은 메리 슬론에게 맡길 수 없었다—좀 지쳐 있어서 나는 옷을 갈아입지 않아도 좋지 않을까 하고 생각했다. 특히 헤스터가 죽은 뒤부터는 아무도 봐주는 사람, 마음을 써 주는 사람도 없었으니까—메리 슬론은 빼고.

그러나 나는 옷을 갈아입었다. 만일 헤스터가 여기 있었다면 관심을 둘 게 틀림없다고 생각했기 때문이다. 헤스터는 언제나 나의 단정하고 고상한 몸차림을 좋아했다. 그래서 늘 지치고 괴로웠지만 연파랑 모슬린 옷을 입고 깔끔히 머리를 묶었다.

처음에는 예전부터 마음에 들었던 머리모양으로 묶어서 올려보았다. 그 머리모양은 마음에 들긴 했지만 좀처럼 해본 일이 없었다. 그조차 헤스터가 안 된다고 했기 때문이었다. 그 머리모양은 나에게 어울렸다. 하지만 갑자기 그렇게 하는 건 헤스터에 대한 배반 같은 느낌이 들었으므로 부풀리는 것을 그만두고 헤스터가 좋아했던 수수하고 예스러운 모양으로 바꾸었다.

내 머리는 흰 빛이 꽤 섞여 있었지만 아직 숱이 풍성하고 길었으며 다갈색은 그대로였다. 하지만 그런 것은 아무래도 좋았다―헤스터가 죽고 나서 두 번째로 휴 블레어를 쫓아보낸 뒤로는 무엇이든 아무래도 좋았다.

뉴브리지 사람들은 헤스터가 죽었는데 왜 내가 상복을 입지 않는지 이상하게 생각하고 있었다. 그들에게는 말하지 않았지만 실은 헤스터가 입지 말아달라고 부탁했던 것이다. 헤스터는 전부터 상복 입는 것에 반대했다. 마음으로 슬퍼하지 않으면서 검은 크레이프 상복을 입는다고 문제가 달라지는 것도 아니며, 진정으로 슬퍼한다면 굳이 비애를 밖으로 치장할 필요가 없다고 했다.

헤스터는 숨을 거두기 전날 밤, 나에게 조용히 말했다. 자기가 가더라도 지금까지와 마찬가지로 아름다운 옷을 입고 겉으로 보이는 생활도 바꾸지 말라고 했다.

헤스터는 생각에 잠겨 말했다.

"마음은 바뀌겠지만."

하지만 그대로였다! 때로는 양심의 가책이라고도 할 만한 느낌 때문에 불안해 견딜 수 없었다. 바뀐 것은 오로지 헤스터가 죽었기 때문일까―헤스터의 뜻에 따라 사랑을 눈앞에 두고 이번에도 마음의 문을 닫아버린 탓도 있지 않을까?

옷을 갈아입자 나는 아래층으로 내려와 현관 밖 양담쟁이가 아치 모양으로 뻗어 있는 그 아래 사암층계에 앉았다. 나는 혼자였다. 메리 슬론은 애번리로 외출하고 없었다.

아름다운 저녁이었다. 나무가 우거진 언덕 위로 둥근달이 막 떠올라 포플러 사이로 내 앞의 정원에 달빛이 떨어지고 있었다. 열린 서쪽 공간으로 저녁놀 속에 은빛 띤 푸른 하늘이 보였다.

그때 정원은 정말 아름다웠다. 마침 여왕의 계절로 우리집 장미는 어느 것이나 모두 꽃을 피우고 있었다―셀 수 없을 만큼 많은 장미가—커다란 핑크·빨강·하양 그리고 노랑 장미들이.

헤스터는 장미를 퍽 좋아하여 아무리 많이 있어도 모자랄 정도였다. 헤스터가 특히 좋아하는 장미 수풀이 층계 옆에서 멋지게 꽃 피고 있었다—중심부가 엷은 핑크빛을 띤 흰 장미였다. 나는 그 장미를 몇 송이 따서 하나로 뭉쳐 가슴에 꽂았다. 그렇게 하면서도 눈에는 눈물이 흘러넘쳤다—외롭고 쓸쓸해서 견딜 수 없었다.

나는 혼자였고, 그것은 쓰라린 일이었다. 나도 장미를 아주 좋아했지만 슬픈 마음을 위로해 줄 친구가 되어주기에는 충분치 못했다. 사람의 따뜻한 손으로 껴안아주기를 바랐으며 사람의 눈동자에 떠오른 사랑의 빛을 보고 싶었다. 그래서 마침내 단념하려고 생각하면서도 휴의 일을 생각하고 말았다.

나는 늘 헤스터와 둘이서만 살아왔다. 부모님은 내가 갓난아기 때 돌아가셨으므로 기억하지 못한다. 헤스터는 나보다 15살 위였으므로 나에게는 언니라기보다 어머니 같았다. 나에게 너무나 잘해 주었고 내가 좋을 대로 해주었다. 중요한 한 가지 말고는.

내가 25살 되었을 때, 처음으로 연인이 생겼다. 그것은 내가 다른 여자들에 비해 매력이 모자랐던 탓은 아니라고 생각한다. 메러디스 집안은 예로부터 뉴브리지에서는 '대단한' 가문이었다. 다른 사람들은 우리 자매를 우러러보았다. 대지주인 메러디스 노인의 손녀였기 때문이다. 뉴브리지 젊은이들이 메러디스 집안 딸과 결혼을 생각한다는 것은 어림도 없는 일로 여겼을 것이다.

이런 일을 고백한다는 것은 부끄러운 일이라고 생각해야겠으나 사실 나에게는 가문의 이름을 존중할 마음이 없었다. 사회적 신분이 높았던 덕분에 쓸쓸해 견딜 수 없었으므로 다른 소녀들처럼 수수하게 친구들과의 즐거운 사귐이며 교우관계를 갖기를 간절히 바랐다.

하지만 헤스터는 가문의 이름에 매우 사로잡혀 있었다. 나에게도 결코 뉴브리지 젊은이들과 대등하게 교제하도록 허락해 주지 않았다.

우리는 저 사람들에게 상냥하고 친절하며 붙임성 있게 대해 주지 않으면 안 된다—높은 신분에 어울리는 의무와도 같은 것이다—그리고 메러디스 가문의 한 사람이라는 것을 결코 잊어서는 안 된다.

내가 25살 되었을 때 휴 블레어가 뉴브리지로 이사왔다. 마을 가까이에 농장을 사들였던 것이다. 휴는 로어 카모디에서 왔기 때문에 마을 사정에 어두웠으므로 메러디스 집안이 신분이 높다는 선입견에 물들어 있지 않았다. 휴의 눈으로 본 나는 다른 이들과 같은 여느 평범한 아가씨에 지나지 않았다—정직한 마음으로 올바르게 살고 있는 남자라면 결혼신청을 해서 아내로 삼을 수 있는 아가씨였을 따름이다.

내가 휴를 만난 것은 주일학교에서 애번리로 소풍 갔을 때였다. 나는 학급을 맡고 있었으므로 거기에 참석했다. 나는 휴가 퍽 잘 생겼으며 사나이답다고 생각했다. 휴는 나에게 자꾸만 말을 걸어왔고 마침내 집까지 마차로 바래다주었다. 다음 주일 밤에는 교회에서 집까지 함께 걸었다.

물론 헤스터는 나가고 없었다. 그렇지 않고는 그런 일이 일어날 수 없는 것이다. 헤스터는 한 달쯤 먼 친척집에 가 있었다.

그 한 달 동안에 나는 일생을 살았다. 휴 블레어는 뉴브리지의 다른 구혼받는 아가씨들과 마찬가지로 나와 사귀었다. 마차로 멀리까지 바람을 쏘여주고 저녁 때는 집으로 만나러 왔다.

집으로 왔을 때는 거의 정원에서 지냈다. 나는 어둑하고 격식 차린 메러디스 집안의 오래된 응접실이 싫었고 휴도 그곳에서는 안정감을 찾지 못하는 것 같았다. 휴의 튼튼한 어깨며 쾌활한 큰 웃음소리는 우리 집의 빛바랜 노처녀 같은 가구들과 이상하게 어울리지 않았다.

메리 슬론은 휴가 찾아오는 것을 퍽 좋아했다. 그녀는 내게 연인이 없는 것을 전부터 분개하고 있었다. 바보로 취급을 당하거나 업신여김을 당하고 있기 때문이라고 생각하는 듯했다. 그래서 최대한 휴를 격려했다.

그러나 집으로 돌아와 휴에 대한 일을 눈치챈 헤스터가 몹시 화냈다—그리고 슬퍼했다. 그것이 나에게는 큰 상처를 주었다. 헤스터는 내가 제정신을 잃어버렸으며 휴가 찾아오지 못하게 해야 한다고 말했다.

그때까지 나는 헤스터를 무섭다고 느껴본 적이 없었지만 그때는 두려웠다. 나는 시키는 대로 말없이 했다. 아마 나의 마음이 약했던 것 같다.

나는 언제나 나약했다. 그래서 휴의 강한 힘에 그렇게 이끌린 모양이다. 나에게는 사랑해 주고 지켜주는 그 무엇이 필요했다. 헤스터는 언제나 강하고 자신감이 넘쳐있으므로 그런 것들이 필요없었다. 헤스터로서는 도무지 이해할 수 없는 일이었다. 아, 그때 헤스터가 나를 바라보며 경멸했던 표정은 그야말로 대단했다.

나는 휴에게, 헤스터가 우리의 교제를 찬성하지 않으므로 만나는 일을 그만두어야 한다고 조심조심 말했다. 휴는 끝내 받아들이고 조용히 사라졌다.

나는 휴가 나를 별로 사랑하지 않았던 것으로 여기고 자기 멋대로 만든 생각 때문에 더더욱 가슴이 아팠다. 나는 오랫동안 아주 비참했으나 그런 모습을 헤스터에게 보이지 않으려 했고, 헤스터로서도 눈치채지 못했을 것으로 생각한다. 헤스터도 이런 일은 그리 명민하지 못했다.

얼마 지나 나는 그런 우울함을 이겨냈다. 말하자면 그때까지 끊임없이 이어졌던 가슴의 아픔이 얼마쯤 가라앉았다. 그러나 다시 예전과 같을 수는 없었다. 헤스터가 있었고, 장미들이 있었고, 주일학교에서 가르치고 있었지만 인생이 어쩐지 늘 쓸쓸하고 공허하게 여겨졌다.

나는 휴 블레어가 어딘가에서 아내될 사람을 찾을 거라고 생각했는데, 휴는 그렇게 하지 않았다. 세월이 지나도 우리는 한 번도 얼굴을 마주하지 않았다.

비록 교회에서 잠깐씩 보긴 했지만 그럴 때는 헤스터가 반드시 나를 빈틈없이 감시했다. 그러나 그렇게 할 필요는 없었다. 휴에게는 나와 얼굴을 마주할 생각도 말을 걸 기미도 없었고, 비록 휴 쪽에 그럴 생각이 있었다 하더라도 내가 허락하지 않았을 것이다.

그러나 내 마음은 언제나 그를 갈망했다. 만일 휴가 결혼하면 그를 생각하고 꿈에 보는 일도 할 수 없으므로, 나는 나 좋을 대로 휴가 결혼하지 않는 것이 기뻤다—그런 일은 옳지 못하리라. 아마 그렇게 꿈에서라도 보는 것조차 다분히 어리석은 짓이었겠지만, 나로서는 바보 같은 꿈일지라도 내 인생을 채워주는 뭔가를 가져야 한다고 생각했다.

처음에는 휴에 대해 생각하면 고통스럽기만 했다. 그러나 그러는 동안 잃어버렸던 땅에 묻어 있던 기쁨이 피어오르는 신기루처럼 희미하고 몽롱하지만 즐거움은 숨어들었다.

이렇게 10년이 지나갔다. 그리고 그때 헤스터가 죽었다. 병은 갑자기 닥쳐왔고 눈 깜짝할 새 숨을 거두었다. 그러나 헤스터는 죽기 전 나에게 휴 블레어와는 결코 결혼하지 않겠다고 약속해 달라고 부탁했다.

헤스터는 벌써 몇 년 동안 휴의 이름을 말한 적이 없었다. 나는 휴의 일에 대해서는 이미 잊어버린 걸로 생각하고 있었다.

나는 울면서 물었다.

"봐요, 언니, 그런 약속을 할 필요가 굳이 있을까요? 휴 블레어는 이제 와서 나하고 결혼을 생각할 리는 없어요. 앞으로도 절대 없을 거예요."

헤스터는 격렬하게 말했다.

"그 사람은 아직 한 번도 결혼하지 않았잖니—너를 잊지 않고 있는 거야. 만일 네가 신분 낮은 남자와 결혼해서 집안의 명예를 더럽히지 않을까 생각하면 마음놓고 편히 무덤에 들어갈 수조차 없구나. 약속해줘, 마거릿."

나는 약속했다. 나로서는 헤스터의 임종을 편안하게 하기 위해 할 수 있는 일이라면 어떤 일이라도 했으리라. 게다가 그것은 아무래도 좋은 일 아닌가? 휴가 아직도 나를 그리워하고 있다니 도저히 상상할 수 없었다.

내 말을 듣자 헤스터는 그제서야 생긋 웃으며 내 손을 꼭 잡았다.

"너는 착한 아이야―이제 됐어. 너는 언제나 착한 아이였어, 마거릿―착한 아이로 말도 잘 들었어. 다만 좀 감상적이고 어리석은 데가 얼마쯤 있었지만. 넌 어머니를 닮았어―어머니도 언제나 연약하고 상냥했었지. 나는 메러디스 집안의 피를 이어받았어."

헤스터의 말대로였다. 관 속에 들어간 뒤에도 헤스터의 가무잡잡하고 단정한 얼굴에는 높은 기품과 결의에 넘친 표정이 떠올라 있었다. 살아 있었을 때는 사랑에 넘치고 상냥한 얼굴을 보여주었는데, 그것을 밀어내고 왠일인지 헤스터의 마지막 표정이 내 기억에 새겨졌다.

나는 그것이 슬펐지만 어쩔 도리가 없었다. 상냥하고 사랑에 넘친 언니였다고 생각하고 싶었지만, 자부심 높고 냉정했던 것만이 떠오를 뿐이었다. 그 높은 자부심과 냉혹함이 이제 막 싹트려는 내 행복을 깨뜨려버렸다. 그래도 나는 헤스터의 행동에 대해 노여움도 원망도 느끼지 않았다. 잘 되기를 바라고 한 일임을 나는 알고 있었다―내가 잘 되라고. 다만 그녀의 방식이 틀렸을 뿐인 것이다.

그런데 헤스터가 죽은 지 한 달 지나 휴 블레어가 찾아와 아내가 되어 달라고 했다. 줄곧 나를 사랑했고 다른 사람을 사랑할 수 없었다는 것이었다.

휴에 대한 내 옛사랑이 다시 눈뜨기 시작했다. 나는 '네'라고 대답하고 싶었다―휴의 굳센 팔을 느끼고 그의 따뜻한 사랑에 안겨 그가 지켜주는 것을 느끼고 싶었다. 연약한 나는 휴의 굳센 힘을 동경했다.

그러나 나에게는 헤스터와 한 약속이 있었다―임종자리에서 헤스터와 나눈 약속이. 그것을 깨뜨릴 수는 없었다. 휴에게도 그렇게 말했다. 그처럼 쓰라린 일을 한 것은 태어나 처음이었다.

이번에는 휴도 잠자코 물러서지 않았다. 나에게 매달리며 부탁하고, 설득하고, 나무랐다. 휴의 말 한 마디 한 마디가 칼로 찌르듯 나를 괴롭혔다. 그래도 죽은 사람과의 약속을 깨뜨릴 수는 없었다.

헤스터가 살아 있었다면 그녀의 노여움으로 사이가 벌어지더라도 그것을 무릅쓰고 휴에게로 달려갔으리라. 하지만 헤스터는 죽어버렸으므로 그렇게 할 수 없었다.

마침내 휴도 슬퍼하고 화내며 돌아가버렸다. 그것이 3주일 전 일이었다―그리고 지금 나는 달빛이 밝은 장미정원에 앉아 휴를 생각하며 울고 있다. 그러나 얼마 지나자 눈물이 마르고 너무나 이상한 기분에 사로잡혔다. 마치 멋진 사랑과 상냥스러운 마음이 내 바로 옆에 찾아온 듯 차분하고 행복한 기분이 되었다.

그리하여 내 이야기가 유유히 기묘한 부분으로 흘러간다―이 부분은 누구나 믿어지지 않으리라. 만일 어떤 하나의 일이 없었다면 나 자신도 믿어지지 않으리라. 꿈을 꾸었다고 생각하고 싶다는 유혹을 느꼈음에 틀림없다. 하지만 그 하나의 일 덕분으로 정말 있었던 일임을 알고 있다.

그날 밤은 아주 평온하고 조용했다. 바람 한 점 불지 않았다. 그렇게 밝게 비치는 달빛은 생전 처음이었다. 뜰 한복판에 포플러 그림자도 드리워져 있지 않았으므로 마치 대낮처럼 밝았다. 아주 작은 글자도 읽을 수 있을 것 같았다. 서쪽에는 아직 희미하게 장밋빛이 남아 있었고 키다리 포플러의 경쾌한 우듬지 위에는 크고 빛나는 별이 한두 개 반짝이고 있었다. 공기는 꿈 같은 고요함 속에 달콤했고 주위가 너무나도 아름다워 나는 그 아름다움에 숨죽일 정도였다.

그때 갑자기 정원 아래쪽 끄트머리에 한 여자가 걸어가는 것이 보였다. 처음에는 메리 슬론이 틀림없다고 생각했다. 그러나 달빛이 비치는 오솔길을 지나갈 때 우리 집 늙은 가정부의 뚱뚱하고 촌스러운 모습이 아님을 알았다. 키가 크고 등이 꼿꼿했다.

설마 하고 생각한 것은 아니지만, 그 사람은 어딘지 헤스터를 연상시켰다. 그 모습 그대로 헤스터는 저녁노을이 질 때 정원을 거니는 것을 좋아했다. 그런 헤스터의 모습을 수없이 보았었다.

대체 누구일까? 물론 이웃사람임에 틀림없으리라. 그러나 저 걸음걸이는 이상하다! 그녀는 포플러 그늘 밑을 천천히 걸어왔다. 때때로 몸을 구부렸는데 아마도 꽃을 만지는 것이겠지만 꺾지는 않았다. 정원 한가운데쯤 왔을 때 달빛 속으로 나와 한복판의 잔디를 밟으며 걸어왔다. 내 심장이 크게 덜컥 하고 멎는 듯 하다가 방망이쳤다. 나는 일어섰다. 그녀는 지금 내 바로 옆 가까이까지 왔다—그리고 그녀가 헤스터임을 깨달았다.

그때 내가 어떤 기분이었는지 말로는 나타낼 수 없다. 놀라지 않았던 것은 분명하다. 두려우면서도 한편으로는 무섭지 않았다. 마음속에 있는 무언가가 기분 나쁠 만큼 공포로 움츠러들었으나—그러나 나는—정말로 나는 무섭지 않았다. 내 언니임을 알았고 그녀를 무서워할 까닭이 조금도 없었다. 왜냐하면 헤스터는 언제나 그랬던 것처럼 지금도 변함없이 나를 사랑해 줄 것이기 때문이다. 그 이상 확실하게 줄거리가 되는 일은 머리에 없었으며 불가사의하게 여기지도, 명백히 하려고도 생각하지 않았다.

헤스터는 내 앞 두서너 발자국 가까이까지 와서 멈춰섰다. 달빛 속에서 나는 헤스터의 얼굴을 똑똑히 보았다. 그 얼굴에는 전에 결코 본 적 없었던 표정이 떠올라 있었다—조심스럽고 슬픈 듯하며 동정심이 넘친 표정이었다.

살아 있었을 때 헤스터는 곧잘 상냥스럽고 동정심이 담긴 눈으로 나를 본 적이 있다. 하지만 그럴 때도 자존심과 엄격함이라는 탈을 쓴 채였다. 그 탈은 지금 벗겨져 있었다. 나는 어느 때보다도 헤스터를 가깝게 느꼈다.

나는 갑자기 헤스터가 나를 이해했음을 알았다. 그때 무서움과 공포를 반쯤 의식하는 가운데 내 몸 한 부분이 사라져버렸음을 느꼈다. 나는 단지 헤스터가 여기 있으며 우리 두 사람 사이에 끔찍한 심연은 없다는 것을 깨달았다.

헤스터는 나를 손짓하며 말했다.

"이리와."

나는 일어나 헤스터를 따라 정원으로 나갔다. 우리는 어깨를 나란히 하고 버드나무 가로수 밑 오솔길을 걸어 한길로 나갔다. 한길은 그날 밤 밝고 잔잔한 달빛 아래 어디까지나 길게 조용히 이어져 있었다.

나는 마치 꿈 속에서 자기의 의지가 아닌 누군가의 명령대로 움직이고 있는 듯한 느낌이 들었다. 거역하려 해도 거역할 수 없는 것이었다. 하지만 나는 반항하고 싶지 않았으며 단지 이상하게도 무한히 충만된 느낌이었다.

우리는 양쪽에 어린 전나무들이 무럭무럭 자라고 있는 큰길을 걸어갔다. 전나무 냄새가 코를 간질거리고, 전나무의 뾰족한 머리 쪽이 뚜렷하고 검게 하늘을 향해 솟아 있는 것이 눈에 들어왔다. 잔가지며 풀을 밟는 내 발소리가 났고 옷 아랫단이 풀을 스치는 소리도 들렸다. 헤스터 쪽은 소리없이 나아갔다.

우리는 그 뒤 '가로수길'로 들어섰다—사과나무 가로수가 어디까지나 이어져 있는 길인데, 애번리의 앤 셜리는 이곳을 '환희의 하얀 길'이라고 불렀다.

그곳은 벌써 캄캄할 정도였다. 그런데 나에게는 헤스터의 얼굴이 달빛을 받은 것처럼 뚜렷이 보였다. 내가 헤스터의 얼굴을 볼 때마다 헤스터 쪽에서도 그 기묘하게 상냥한 미소를 입술에 떠올리며 나를 바라보았다.

　우리가 마침 가로수길을 빠져나왔을 때 뒤에서 마차가 달려와 제임스 트렌트가 우리를 따라잡았다. 감정이란 어떤 순간 우리가 좀처럼 예상치 못한 상태로 되는 모양이다. 귀찮은 일이 생겨났다는 것이 그때의 내 기분이었다. 내가 헤스터와 함께 걸어가는 것을 뉴브리지의 으뜸가는 소문쟁이 사나이가 본 것이다. 한순간 앞으로 벌어질 성가신 일들이 머릿속을 달려 지나갔다. 제임스 트렌트는 여기저기 떠들어대고 돌아다닐 게 틀림없다.

　그런데 제임스 트렌트는 다만 고개를 끄떡하며 말을 걸어왔을 뿐이었다.

　"안녕하시오, 미스 마거릿. 혼자서 달밤을 산책합니까? 참 아름다운 밤입니다."

　그때 제임스 트렌트의 말이 마치 무엇에 놀란 듯 갑자기 걸음걸이를 흐트리고 전속력으로 달리기 시작했다. 그리고 눈 깜짝할 사이에 큰길 모퉁이를 돌아 보이지 않게 되었다. 나는 한숨 돌렸지만 어리둥절했다. 제임스 트렌트에게는 헤스터가 보이지 않았던 것이다.

　언덕을 넘어 아래쪽에 휴 블레어의 집이 있었다. 그 집에 닿자 헤스터는 문으로 들어갔다.

　나는 그때 비로소 헤스터가 왜 돌아왔는지 알았다. 분별없는 기쁨의 불꽃이 내 마음속에서 폭발했다. 나는 멈춰서서 헤스터를 보았다. 헤스터의 깊이 꿰뚫어보는 눈이 물끄러미 내 눈을 바라보고 있었으나 그녀는 아무 말도 하지 않았다.

　우리는 걸어갔다. 담쟁이덩굴에 몽땅 덮여버린 휴의 집이 달빛을 받고 우리 눈 앞에 서 있었다. 오른쪽에는 뜰이 있었다. 고풍스러운

꽃들이 흐드러지게 피어 있는 멋진 곳이었다. 내가 박하를 밟았으므로 그 향기가 신성하고 엄숙한 의식에서 쓰는 향처럼 감돌았다. 나는 말로 나타낼 수 없을 만큼 행복하고 하느님의 축복으로 가득 차 있는 기분이 들었다.

현관까지 왔을 때 헤스터가 말했다.

"문을 두드려, 마거릿."

나는 조용히 두드렸다. 휴가 곧 문을 열었다. 그리고 거기서 어떤 일이 벌어졌으며 그것으로 나중에 이 불가사의한 일은 내가 꿈에 본 일도, 상상한 일도 아님을 알게 되었다. 휴는 나를 보지 않았다. 그의 눈길은 나를 지나쳤다.

휴가 외쳤다.

"헤스터!"

사람의 공포와 전율이 담긴 소리였다.

휴는 문기둥에 기대었다. 크고 힘센 사나이가 머리 꼭대기부터 발 끝까지 부들부들 떨고 있었다.

헤스터가 입을 열었다.

"나도 알았어요. 하느님이 만드신 세계에서는 다른 것은 아무래도 좋으며 사랑이 가장 중요하다는 것을. 내가 있는 곳에는 자만심도 그릇된 이상도 없어요."

휴와 나는 놀라서 서로 얼굴을 마주 보았지만, 이내 우리 두 사람뿐이라는 것을 알았다.

조그만 갈색 노트

어빙 씨와 미스 라벤더—다이애너와 나는 그녀가 결혼한 뒤에도 달리 부를 수 없었다—가 결혼한 뒤 처음 맞는 여름, '메아리집'에 돌아왔을 때 우리는 두 사람과 함께 많은 시간을 보냈다. 덕분에 그때까지 몰랐던 그래프턴 사람들과 꽤 친해졌다.

그중에 맥 리스네 가족이 있다. 우리는 저녁 때가 되면 크로케를 하러 리스네 집으로 가곤 했다. 밀리 리스와 마거릿 리스는 둘 다 퍽 좋은 사람이었고, 그 집 남자아이들도 마음에 들었다. 확실히 우리는 리스네 가족이 모두 마음에 들었다. 다만 가엾은 할머니 미스 에밀리 리스는 별로였지만.

미스 에밀리는 다이애너와 내가 왠지 마음에 드는 모양이었다. 그래서 우리도 어떻게 해서든 미스 에밀리를 좋아하려고 했다. 할머니는 우리가 다른 곳에 가고 싶다고 생각할 때도 얼른 우리 옆에 다가와서 말을 걸었다. 그럴 때 우리는 몹시 초조해 했지만, 지금에 와서는 그런 빛을 한 번도 얼굴에 내비치지 않았던 것을 정말 잘했다고 생각하고 있다.

우리는 미스 에밀리를 좀 가엾다고 생각했다. 미스 에밀리는 리스

씨의 미혼 누님으로, 가족들 사이에서는 그리 중요한 위치에 있지 않았다. 그래서 우리는 동정 어린 마음을 느끼기는 했으나 좋아할 수는 없었다.

그녀는 말이 많고 시끄러우며 한마디로 간섭쟁이였다. 남의 파이에 손가락을 쿡쿡 찌르는 식으로 필요없는 간섭만 했고 눈치도 없었다. 빈정거리는 말만 하는데다 모든 젊은 사람들과 그들의 연애에 대해서 원한을 품은 듯했다. 그것은 틀림없이 미스 에밀리가 한 번도 연인을 가져본 적이 없었던 탓이 아닐까 우리는 짐작했다.

미스 에밀리와 연인을 결부시켜 생각하는 일은 왠일인지 도저히 불가능하게 여겨졌다. 미스 에밀리는 키가 작고 뚱뚱한데다 공같이 둥그런 불그레한 얼굴은 눈코도 뚜렷하게 보이지 않을 정도였다. 머리숱은 적고 백발이었다. 아장거리며 걷는 모습은 레이철 린드 부인과 꼭 닮았고 언제나 헐떡거리며 숨을 쉬었다. 미스 에밀리에게 젊은 시절이 있었으리라고는 도무지 믿을 수 없었다.

그런데 리스네 집 옆에 사는 머리 할아버지에 의하면 그녀는 아주 예쁜 아가씨였다는 것이었다. 우리가 믿어주기를 기대했을 뿐만 아니라, 정말 그랬었다고 분명히 말했다.

다이애너가 내게 말했다.

"그것만은 아무래도 곧이들을 수가 없어."

그런 어느 날, 미스 에밀리가 죽어버렸다. 가엾게도 아무도 그리 슬퍼하지 않았다. 자기가 없어지더라도 슬퍼해 주는 사람 하나없이 이 세상과 작별하다니 그런 무서운 일이 있을 수 있을까. 미스 에밀리는 세상을 떠나고, 다이애너와 내가 그 소식을 듣기도 전에 무덤에 묻히고 말았다.

내가 소식을 처음 들은 것은 어느 날 다이애너네 집 '언덕의 과수원'에서 돌아와, 온통 놋쇠 징이 박히고 말총으로 짠 이상야릇하고 초라하며 작은 검정색 트렁크가 그린게이블즈의 내 방바닥에 놓여 있는 것을 보았을 때였다.

머릴러의 이야기에 따르면 잭 리스가 트렁크를 가지고 왔는데, 그것은 미스 에밀리의 것으로 그녀가 죽을 때 나에게 갖다주도록 부탁했다는 것이었다.

나는 당황해서 물었다.

"하지만 뭐가 들어 있을까요? 게다가 이것을 어떻게 하면 좋지요?"

"너보고 어떻게 하라는 말은 없었어. 그 속에 무엇이 들어 있는지는 아무도 모른다고 잭은 말했어. 네 것이기에 열어보지 않았다는 거야. 이상한 일이군―너는 언제나 이상한 일에 잘 말려드는구나, 앤.

그 속에 무엇이 들어 있는지 빨리 알고 싶으면 열어서 들여다보면 될 테지. 열쇠는 끈에 달려 있다. 잭이 말했는데, 미스 에밀리는 너를 보고 있으면 지난 자기의 젊은 시절이 생각나 네가 좋았고 이것을 네게 주고 싶다고 한 모양이더라. 마지막에는 정신이 몽롱해져 오락가락했을 테지. 너더러 '알아줬으면' 좋겠다고 말했단다."

나는 '언덕의 과수원'으로 달려가 다이애너에게 트렁크를 함께 보고 싶으니 빨리 와달라고 부탁했다. 내용물을 비밀로 해달라는 지시는 없었고, 비록 무엇이 들어 있든 다이애너가 보는 거라면 미스 에밀리도 신경 쓰지 않으리라는 것을 알고 있었다.

으슬으슬 춥고 흐린 오후, 우리가 그린게이블즈로 돌아오자 곧 비가 내리기 시작했다. 2층 내 방에 올라갔을 때 바람이 거세져 창 밖의 큰 벚나무, '눈의 여왕'의 가지가 바람에 윙윙 울고 있었다. 다이애너는 흥분했지만 얼마쯤 겁을 내고 있었다고 나는 생각한다.

우리는 그 낡은 트렁크를 조심히 열었다. 아주 작은 트렁크로 그 속에는 큰 판지로 만든 상자가 하나 들어 있을 뿐이었다. 상자는 끈으로 묶여 있었고 매듭은 초로 봉인되어 있었다. 우리는 그 상자를 꺼내 끈을 풀었다. 풀면서 내 손가락이 다이애너의 손가락에 닿았다. 그 순간 우리 두 사람은 함께 외쳤다.

"어머나, 손이 얼음 같잖아!"

상자 안에는 이상야릇하고 고풍스러운 아름다운 드레스가 들어 있었다. 파란 모슬린 드레스로 좀 짙푸른 꽃이 한 송이 붙어 있었는데 색깔도 전혀 바래지 않은 상태였다. 드레스 밑에 벨트가 있었고, 노란 깃털부채와 시든 꽃이 가득 든 봉투가 놓여 있었다. 상자 맨 밑에서 조그만 갈색 노트가 나왔다.

그 노트는 조그마하고 얇았으며 소녀의 메모장 같았다. 파랑과 핑크였던 책장도 지금은 빛바래 군데군데 얼룩져 있었다. 표지를 열자 바로 나오는 속표지에 섬세한 필적으로 '에밀리 마거릿 리스'라 적혀 있고, 그 뒤 몇 장도 똑같은 필적의 글로 메워져 있었다. 나머지 면에는 아무것도 씌어 있지 않았다.

다이애너와 나는 방바닥에 앉아 비가 세차게 창문을 두드리는 소리를 들으면서 그 조그만 노트를 한 줄 한 줄 읽어 내려갔다.

18……년 6월 19일

오늘 샬럿타운에 있는 마거릿 고모네 집에 잠시 지내러 왔다. 고모가 살고 있는 이 집은 정말 아름답다—게다가 우리 집 농장보다 얼마나 좋은지 모른다. 여기서는 소젖을 짜지 않아도 되고 돼지에게 먹이를 주지 않아도 된다.

마거릿 고모가 아주 예쁜 파란 모슬린 옷감을 주셨는데 그것으로 옷을 지어 다음주 브라이튼에서 열리는 가든 파티 때 입을 작정이다. 나는 모슬린 드레스를 한 번도 입어본 적이 없다—언제나 보기 흉한 날염옷이나 짙은 모직옷뿐이다. 우리 집도 마거릿 고모네처럼 돈이 많았으면 좋겠다. 내가 그렇게 말하자 마거릿 고모는 웃으면서, 너처럼 젊고 아름다우며 쾌활하게 살 수 있다면 그것과 맞바꾸는 조건으로 하찮은 재산 같은 것은 모조리 줘버릴 거라고 말했다.

나는 아직 18살이고 명랑하고 쾌활한 것은 나 자신도 알고 있지만,

정말 아름답게 생긴 것일까? 마거릿 고모의 아름다운 거울에 비춰보면 깨끗한 느낌이 든다. 언제나 얼굴이 비뚤어지고 핼쑥해 보이는 내 방의 금이 간 낡은 거울에 비춰보는 것과는 아주 다르다.

하지만 마거릿 고모가 내 나이였을 무렵 나를 꼭 닮았다고 했으므로 모처럼 받은 칭찬이 다 망쳐졌다. 나이들면 지금의 마거릿 고모처럼 될 거라고 생각하니 어떻게 해야 좋을지 모르겠다. 왜냐하면 고모는 저렇듯 뚱뚱보에 얼굴도 불그레하니까.

6월 29일

지난 주, 가든 파티에서 폴 오즈번이라는 청년을 만났다. 그는 몬트리올에서 온 젊은 화가로 헤픅에 하숙하고 있다. 그렇듯 잘 생긴 남자는 본 일이 없었다. 키가 크고 늘씬하며 검은 눈은 꿈꾸는 듯하고 현명해 보이는 말끔한 얼굴이었다. 그날부터 오즈번이 내 머리에서 떠나지 않았다.

그런데 오늘 오즈번이 이곳에 찾아와 나를 그리게 해줄 수 없겠느냐고 부탁했다. 나는 몹시 자랑스러웠으며 마거릿 고모가 오즈번에게 좋다고 말했으므로 정말 기뻤다.

오즈번은 나를 모델로 '봄'이라는 제목을 붙일 그림을 그릴 작정이라면서 나뭇가지 너머로 아름다운 햇빛이 내리비치는 포플러 밑에 나를 세웠다. 나는 그 푸른 모슬린 드레스를 입고 머리를 꽃으로 장식했다.

오즈번은 내 머리가 퍽 아름답다고 말했다. 이렇듯 연한 금빛 머리는 본 적이 없다고 했다. 그에게 칭찬을 들으니 왠지 지금까지보다 훨씬 아름다워진 듯한 기분이 들었다.

오늘 집에서 편지가 왔다. 어머니가 보낸 것으로, 푸른빛을 띤 검은 날개를 가진 암탉이 다른 암탉의 집에 들어가 알을 낳아 병아리 14마리를 부화시켰고, 아버지는 얼룩송아지를 팔았다고 했다. 그런 일에 왠지 옛날처럼 관심을 가질 수 없었다.

7월 9일

오즈번은 그림이 잘 그려졌다고 말했다. 아마도 실제의 나보다 훨씬 아름답게 그리고 있음에 틀림없다. 오즈번은 나의 멋진 모습을 충분히 표현할 수 없다고 한다. 완성되면 어딘가 큰 전시회에 출품할 모양인데, 나를 위해 같은 그림을 조그맣게 수채화로 그려주겠다고 말했다.

오즈번은 날마다 그림을 그리러 온다. 우리는 여러 가지 이야기를 나누고, 오즈번이 가져온 책에서 멋진 곳을 읽어주기도 한다. 나로선 모두 알 수는 없지만 그래도 알려고 노력한다.

오즈번은 매우 친절하게 설명해 주고 내가 이런 바보인데도 인내심을 가지고 대해 준다. 나와 같이 맑은 눈과 하얀 살결을 가진 아가씨는 머리까지는 좋지 않아도 괜찮다고 한다. 나처럼 아름답고 밝은 웃음소리는 어디에서도 들을 수 없다는 것이다.

하지만 오즈번이 해주는 칭찬의 말을 여기에 모두 쓸 생각은 없다. 아마도 진심에서 한 말은 아니리라.

저녁이 되면 우리는 가문비나무 숲을 산책하거나 아카시아나무 아래 놓인 벤치에 앉기도 한다. 전혀 말하지 않을 때도 있지만 시간이 좀처럼 지나가지 않는다고 생각한 적은 한 번도 없었다. 도리어 시간이 날아가버리는 것 같았다—그러는 동안 달이 떠오른다. 둥글고 붉은 달이 항구 위로 떠오르면 오즈번은 한숨을 쉬고 이제 돌아갈 시간이라고 말한다.

7월 24일

너무 행복하다. 행복이 넘쳐 무서울 정도다. 아, 내 인생이 이렇게 멋지리라곤 생각해 본 적도 없다!

폴이 나를 사랑하고 있다! 오늘 항구 해변을 따라 거닐 때 저녁해를 바라보며 그렇게 말했다. 아내가 되어달라고 말했다.

나는 처음 만났을 때부터 폴을 좋아했지만, 폴에게 어울리는 아내가 되기에는 머리도 좋지 않고 교육도 많이 받지 못했으므로 조금 두려워졌다. 나는 태어나서부터 줄곧 농장에서 살아온 단지 무식한 시골 아가씨에 지나지 않기 때문이다. 지금까지 해온 고된 일 때문에 손도 꺼칠꺼칠하다.

내가 그렇게 말했더니 폴은 웃으면서 내 손을 힘주어 잡고 말없이 키스했을 뿐이었다. 그런 뒤 내 눈을 들여다보고 폴은 다시 웃었다. 내가 얼마나 폴을 사랑하는지 숨길 수 없었기 때문이다.

우리는 내년 봄에 결혼한다. 폴은 나를 유럽에 데려가주겠다고 했다. 그것은 확실히 멋진 일이며 폴과 함께라면 다른 일은 아무래도 좋았다.

폴의 집은 엄청난 부자이고 어머니도 누이들도 상류사회 사람들이다. 그 사람들 일을 생각하면 두렵지만 나는 폴에게 아무 말 하지 않았다. 폴이 상처받을 것을 알고 있으며, 그런 일은 결코 할 생각이 없다.

폴을 위하는 일이라면 어떤 일이라도 참을 작정이다. 이런 기분이 되리라고는 꿈꿔본 적도 없다. 전에는 만일 누군가를 좋아하게 되면 그 사람에게 무엇이나 해달라고 하고 공주처럼 받들어 시중들게 하리라 생각하고 있었다. 그러나 그렇지 않다. 사랑이란 사람을 겸허하게 만든다. 사랑하는 사람을 위해선 어떤 일이라도 해주고 싶어진다.

8월 10일
폴이 오늘 자기 집으로 돌아가버렸다. 아, 견딜 수 없어! 비록 짧은 시간이지만 폴 없이 어떻게 살아가면 좋을지 모르겠다.

이런 나는 얼마나 어리석은가. 폴은 돌아가지 않으면 안 되며, 편지를 많이 부쳐줄 것이고, 자주 만나러 와줄 것을 알고 있으면서도. 그런데도 역시 외로워 견딜 수 없다. 다행히 폴이 떠날 때는 울지 않았다. 폴에게, 폴이 좋아하는 미소띤 내 얼굴을 기억하게 해주고 싶었기 때문이다.

하지만 그 뒤로 줄곧 울고 있다. 아무리 애써도 울음을 그칠 수 없다. 같이 지냈던 두 주일은 정말 멋졌다. 하루하루가 전날보다 훨씬 멋졌고 행복하게 여겨졌다. 그런데 지금은 끝이 났다. 마치 두 번 다시 예전대로 돌아오지 않을 것 같은 느낌이 든다.

아, 나는 너무나 바보 같다—하지만 깊이깊이 폴을 사랑하고 있다. 만일 폴의 사랑을 잃게 된다면 나는 죽어버릴 것이다.

8월 17일
내 마음은 죽어버렸음에 틀림없다. 아니, 그런 일은 없다. 왜냐하면 아직도 너무나 아프니까.

오늘, 폴의 어머니가 나를 만나러 여기까지 왔다. 어머니는 화가 난 것도 아니고 불쾌한 사람도 아니었다. 만일 그런 사람이었다면 나는 그토록 무서워하지 않았을 것이다. 그렇지 않았으므로 나는 아무 말도 할 수 없는 기분이 되어버렸다.

어머니는 무척 아름답고 당당하고 훌륭한 분으로 낮고 차가운 목소리에 기품 높은 검은 눈을 가지고 있었다. 얼굴은 폴과 꼭 닮았으나 폴처럼 사람의 호감을 살 만한 데는 없었다.

어머니는 내게 오랫동안 이야기를 하고 무서운 말을 했다—무서운 말이란 그것이 모두 진실이었고 나도 알고 있었기 때문이다. 나는 모든 것을 어머니의 눈을 통해서 보고 있는 것 같았다.

어머니는 말했다. 폴은 내 젊음과 아름다움에 잠시 길을 잃고 찾아들었는데 그런 것들은 오래 이어지지 않으며, 그밖에 나는 폴에게 무엇을 줄 수 있겠는가? 폴의 결혼상대는 폴과 같은 계급 출신으로 폴의 명성과 지위에 걸맞는 가문의 명예를 지켜줄 만한 아가씨가 아니면 안 된다. 어머니는 말했다. 폴은 대단한 천분을 타고났으며 빛나는 앞길이 열려 있다. 그런데 나와 결혼한다면 폴의 인생은 파멸해 버릴 것이다.

나로서도 그것은 잘 알고 있었다. 어머니가 설명한 그대로였다. 그래서 마지막에 폴과는 결혼하지 않을 테니 어머니께서 폴에게 그렇게 전해 달라고 말해 버렸다. 그러자 어머니는 방그레 웃으며 다른 사람의 말은 믿지 않을 테니 내 입으로 직접 말하지 않으면 안 된다고 했다.

나는 그것만은 할 수 없다고 용서해 달라며 어머니에게 간절히 부탁하고 싶었지만 그렇게 해봐야 헛일임을 알고 있었다. 그녀는 남에게 동정심을 베풀거나 인정을 베풀 사람은 아니었다. 게다가 어머니의 말은 모두 사실이었다.

어머니가 잘 알아들어서 고맙다고 했을 때, 나는 어머니를 기쁘게 해드리기 위해서가 아니라 폴을 위해, 폴의 인생을 파멸시키고 싶지 않기에 하는 것이며, 어머니를 언제까지나 미워하겠다고 말했다. 어머니는 다시금 빙긋 웃고 차갑게 돌아갔다.

아, 이런 일을 어떻게 하면 이겨낼 수 있을까? 이 같은 괴로움을 겪은 사람이 있으리라고는 생각한 적도 없다!

8월 18일

나는 해냈다. 오늘 나는 폴에게 편지를 썼다. 편지로 말할 수밖에 없었다. 얼굴을 마주 대하면 폴에게 믿게끔 할 수 없다. 편지로도 무리한 게 아닐까 걱정되었다. 머리가 좋은 사람이라면 간단히 할 수 있을 것이다. 하지만 나는 이렇게 바보이니까. 나는 수없이 편지를 쓰고는 찢어버렸다. 아무리 해도 폴을 납득시킬 만한 것이 만들어지지 않았기 때문이다.

마침내 이것이면 괜찮겠다는 것이 씌어졌다. 나를 경박하고 매정한 아가씨라고 생각하게 해야 한다. 그렇지 않으면 폴은 믿지 않으리라. 철자를 틀리거나 이상한 말투를 써 보기도 했다. 폴을 잠깐 놀려주려고 데리고 놀았을 뿐, 실은 고향에 더 좋아하는 사내가 있다고도 썼다. 나는 일부러 '사내'라는 말을 썼다. 폴이 실망할 것을 알고 있었기 때문이다. 폴이 부자이므로 문득 결혼해 볼까 하는 기분이 들었을 뿐이라고도 했다.

그런 무서운 거짓말을 내리 쓰고 나니 내 마음은 찢어질 것만 같았다. 하지만 그것도 폴을 위해서였다. 폴의 인생을 엉망이 되게 해서는 안 된다. 폴의 어머니는 나를 폴의 목에 채운 맷돌이라고 말했다. 나는 진심으로 폴을 사랑하고 있었으므로 그렇게 안 되도록 하기 위해서라면 무슨 일이라도 할 것이다. 폴을 위해 죽는 것은 쉽지만, 어떻게 하면 이대로 살아갈 수 있을 것인지 알 수 없다. 내 편지를 읽으면 끝내 폴도 납득하리라.

폴은 아마도 포기한 모양이었다. 그 이상 갈색 노트에는 아무것도 씌어 있지 않았기 때문이다. 그 노트를 다 읽었을 때 우리 둘은 눈물을 줄줄 흘리고 있었다.

다이애너가 흐느껴 울었다.

"아, 가엾은 에밀리. 이상한 사람이라든가 간섭쟁이라고 생각했던 건 내 잘못이었어."

나도 말했다.

"좋은 사람이며 굳세고 용기가 있었어. 나는 에밀리처럼 자기를 희생시키는 일은 도저히 할 수 없어."

나는 휘티어의 시 한 구절이 생각났다.

'인생의 변덕스러운 겉은 볼 수 있지만 숨겨진 샘은 눈에 띄지 않을 때가 있느니라.'

작은 갈색 노트 뒤편에 젊은 아가씨를 그린 색바랜 수채화가 붙어 있는 것을 우리는 발견했다—커다란 푸른 눈에 아름답고 긴 곱슬곱슬 금빛 머리를 한 날씬하고 예쁜 아가씨였다. 그림 구석에 희미해진 잉크로 폴 오즈번이라는 이름이 적혀 있었다.

　　우리는 모든 것을 상자 속에 다시 넣었다. 그리고 나서 꽤 오랫동안 말없이 창문 옆에 앉아 여러가지 일을 생각하고 있었다. 이윽고 부슬비가 내리는 저녁이 다가와 점점 사방을 덮어버렸다.

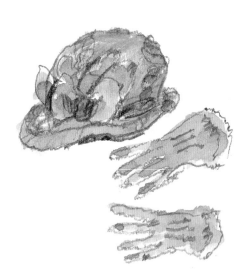

세러의 방식

Changikre

 따뜻한 6월 햇살이 나무들을 지나, 처녀의 한창때처럼 하얗게 핀 사과꽃을 꿰뚫고 반짝반짝하게 닦은 유리창으로 비쳐들어 에번 앤드루스 부인의 먼지 하나 없는 부엌 마루에 어른거리며 모자이크 무늬를 아로새기고 있었다.

 열어젖힌 문으로 클로버 목장 너머, 과수원 너머 긴 길을 헤매며 온갖 좋은 향기를 모아 흘러온 바람이 불어들었다. 에번 부인과 그녀의 손님에게는 빛나는 바다 쪽으로 천천히 내려가는 안개 자욱한 긴 골짜기가 창문으로 내다보였다.

 오늘 조너스 앤드루스 부인은 동서네 집에서 여유로운 오후를 보내고 있었다. 조너스 부인은 몸집이 큰 쾌활한 사람으로 작약 빛깔의 도톰한 볼에 꿈꾸는 듯한 다갈색 눈빛을 하고 있었다. 하얀 얼굴에 장밋빛 볼을 한, 날씬했던 소녀시절에는 그 눈이 정말 낭만적으로 보였을 것이다. 지금은 다른 부분과 너무 균형이 맞지 않아 우스꽝스럽게 보일 정도이지만.

 창가로 당겨 놓은 작은 차탁자 양끝에 에번 부인과 조너스 부인이 마주앉아 있었다. 그에 비해 에번 부인은 몸이 작은 가냘픈 사람으로 코는 날카롭게 뾰족하고 눈은 엷은 하늘빛이었다. 그녀는 언제나 뚜렷한 실현성 있는 의견을 지닌 듯 보이는 당찬 여성이었다.

"세러는 뉴브리지에서 가르치는 걸 마음에 들어하나요?"

조너스 부인은 그렇게 물은 다음 에번 부인의 비길 데 없이 훌륭한 과일 케이크를 더 들었다. 그것이 미묘한 칭찬이 되었고, 에번 부인 쪽에서도 언제나 빈틈없이 응해주었다.

에번 부인이 대답했다.

"꽤 마음에 드나봐요. 화이트샌즈 때보다 훨씬 좋은 모양이에요. 그래요, 여기가 그 아이에겐 나름 맞는 셈이죠. 물론 오가는 길이 멀어서 힘들겠지만. 그대로 모리슨 씨네에 하숙하고 있는 편이 좋았을 거라고 나는 생각했어요. 겨울 동안 그랬듯 말이에요. 그런데 세러는 무슨 일이 있어도 집에 있고 싶다는 거예요. 걸어다니는 게 성미에 맞는가봐요."

조너스 부인이 말했다.

"엊저녁 뉴브리지에 사는 조너스의 아주머니를 만나고 왔어요. 아주머니는 세러가 라이지 백스터를 가까스로 받아들일 마음이 되어 이번 가을에 식을 올린다는 소문이 들리는데 그것이 정말이냐고 묻더군요. 나는 모른다고 대답했지만, 사실이라면 좋은 일이라고 생각해요. 그런가요, 루이저?"

에번 부인은 슬픈 듯 말했다.

"천만에요. 지금까지와 마찬가지로 라이지와 결혼할 생각 같은 건 전혀 없다고 해요. 분명 말해 두지만 내가 잘못한 건 아니에요. 나는 이제 지쳐버릴 만큼 꽤 설득하기도 했고, 말다툼도 했어요. 분명히 말해서 어밀리어, 나도 몹시 실망하고 있어요. 무슨 일이 있어도 세러를 라이지와 결혼시키려고 생각했는데—그런데 그 애에겐 그럴 마음이 없다니 말이에요!"

조너스 부인이 재판하는 판사처럼 말했다.

"바보 같은 아이군요. 라이지 백스터가 마음에 들지 않는다면 대체 누가 좋다는 거예요?"

에번 부인이 말했다.

"라이지는 저렇듯 돈이 많고, 훌륭하게 사업을 하고 있으며 사람들에게서 좋은 말을 듣고 있는데 말이에요. 게다가 뉴브리지에 세운 그 멋진 새 집! 내닫이창들이며 탄탄한 나무로 된 마루―나는 세러가 그 집 여주인으로 들어앉기를 얼마나 꿈꾸었는지 몰라요."

"그런 날이 올 거예요."

조너스 부인은 어떤 경우라도, 세러가 아무리 옹고집이라도 좋은 쪽으로 생각하는 사람이었다. 하지만 조너스 부인도 실망하기는 마찬가지였다. 그녀는 최선을 다했던 것이다.

라이지 백스터의 고깃국이 망쳐져버렸다면 그것은 요리사가 없기 때문이 아니다. 요 2년 동안 애번리에 살고 있는 앤드루스 일족은 모두 라이지와 세러를 맺어주려고 애썼고 조너스 부인도 용감하게 자기 역할을 해왔던 것이다.

에번 부인의 기운없는 대답은 세러 본인이 나타났으므로 도중에 끊어졌다. 세러는 방 입구에서 한순간 걸음을 멈추고 잠시 재미있는 듯 숙모들을 보았다.

세러는 두 숙모가 자기 이야기를 하고 있었다는 것을 알고 있었다. 왜냐하면 조너스 부인은 얼굴에 양심이 나타나 죄지은 표정이었고, 에번 부인 쪽은 불만스러운 표정을 아직 말끔히 없애지 못하고 있었기 때문이었다.

세러는 갖고 있던 책을 옆에 놓고 조너스 부인의 장밋빛 볼에 키스한 다음 탁자 앞에 앉았다. 에번 부인은 새로 마련한 차와 따뜻한 롤빵 몇 개와 세러가 좋아하는 살구 설탕절임이 든 젤리 그릇을 날라왔다. 그리고 과일 케익에서 즙이 듬뿍 배어들고 자두가 많이 있는 데를 몇 점 잘라 세러에게 주었다. 세러의 '옹고집'에는 아주 지쳐버렸지만 그래도 여전히 세러의 응석을 받아주고 귀여워해 주고 있었다. 자식이 없는 에번 부인에게는 세러가 그 무엇과도 바꿀 수 없을 만큼 소중했다.

세러 앤드루스는 엄밀히 말해 미인은 아니었다. 그러나 누구나 다시 뒤돌아보게 하는 그 무언가를 지니고 있었다. 살갗은 비록 검지만 윤기가 흐르는 거무스름한 빛이었다. 깊이 있는 눈은 다갈색 벨벳 같았고 입술과 볼은 진홍빛이었다.

세러는 건강한 식욕을 보이며 롤빵과 설탕절임을 먹었다. 뉴브리지에서 먼 길을 걸어왔으므로 식욕이 왕성했다. 이윽고 그날 일 가운데 재미있었던 것을 몇 가지 두 부인에게 이야기해 주었다. 부인들은 몸을 비비 꼬며 크게 웃고 세러의 머리가 좋은 게 기뻐서 은근히 서로 눈짓을 했다.

차를 마시고 나자 세러는 그릇에 남아 있는 크림을 접시에 쏟았다.

"고양이에게 주고 오겠어요."

세러는 방에서 나갔다.

에번 부인이 까닭을 모르겠다는 듯 한숨을 쉬었다.

"대체 어떻게 된 건지. 2년 전부터 우리 집에서 검정 고양이를 기르고 있는 걸 알고 있잖아요. 에번도 나도 몹시 귀여워했는데, 세러는 어쩐지 싫어하는 것 같았어요. 세러가 집에 있을 때는 고양이도 난로 옆에서 제대로 낮잠도 못 자고 쫓겨났어요.

그런데 얼마 전에 사고로 그 고양이의 다리가 부러졌어요. 그래서 죽일 수밖에 없다고 생각했어요. 그랬더니 세러가 그럴 수는 없다는 거예요. 부목을 만들어 다리에 대고 붕대로 친친 감아 주었어요. 그리고 줄곧 병에 걸린 아기를 돌보듯 세심히 잘 돌봐주고 있어요. 이제 거의 나았지만 그 고양이의 사치스러운 생활은 대단해요.

그것이 세러의 방식이에요. 병든 병아리가 있는데 요 1주일 동안 세러가 약을 먹이고 치료해 주고 있어요! 그리고 가축들이 많이 있지만 세러는 살충제의 해를 입어 초라해진 송아지만 귀여워하고 있어요."

여름도 깊어감에 따라 에번 부인은 자기가 쌓은 공중누각이 무너져버린 것을 어쩔 수 없이 받아들이려고 마음먹었다. 그래도 세러를 붙잡고는 계속 잔소리했다.

"세러, 왜 라이지가 마음에 들지 않는 거냐? 모범적인 청년이잖아?"

세러는 초조한 듯 대답했다.

"모범적인 청년이라 더더욱 전 싫어요. 라이지 백스터는 너무 싫어요. 언제나 본보기로 인용되니까요. 그 사람의 좋은 점만 들었기에 이젠 지겨워요. 모두 암송할 정도예요. 술도 마시지 않는다, 담배도 피우지 않는다, 도둑질도 하지 않는다, 거짓말도 하지 않는다, 절대로 흥분하지 않는다, 욕을 하지 않는다, 교회에도 꼬박꼬박 나간다—그런 결점없는 사람은 오히려 더 신경이 쓰여요.

안 돼요, 안 돼. 뉴브리지의 새 저택 여주인으로는 다른 여자를 찾아야 해요, 루이저 숙모님."

6월에 분홍과 흰 꽃을 가득 달았던 사과나무가 10월이 되어 적갈색과 청동색 열매를 주렁주렁 달았을 무렵, 에번 부인은 퀼트 이불 만드는 모임을 열었다. 완성하려는 퀼트 이불은 별무늬가 있는 것이었다. 그 무늬는 애번리에서는 매우 세련된 것으로 여기고 있었다.

에번 부인은 그것을 세러의 '혼수감' 가운데 하나로 삼으려 하고 있었다. 빨강과 하양 마름모꼴을 꿰매면서 그 퀼트 이불이 뉴브리지 저택 손님방 침대에 덮여 있고, 자기가 세러를 만나러 갔을 때 모자와 숄을 그 위에 놓는 장면을 떠올리며 크게 기뻐하고 있었다. 그 멋진 환영도 사과꽃과 함께 희미해져 버렸기에 에번 부인은 퀼트 이불을 완성할 마음이 도무지 나지 않았다.

퀼트 이불 만드는 모임은 세러가 학교를 쉬고 집에 있는 토요일 오후에 열렸다. 에번 부인과 사이좋은 친구들 모두가 퀼트 이불을 둘러싸고 모여, 혀와 손가락을 바삐 움직였다.

세러는 여기저기 뛰어다니면서 저녁 식사 준비를 거들고 있었다. 세러가 그릇선반에서 커스터드를 담을 접시를 꺼내고 있을 때, 조지파이 부인이 도착했다.

조지 부인은 지각하는 데 선수였다. 오늘은 여느 때보다 더 늦게 왔다. 무엇 때문인지 몹시 흥분하고 있는 것 같았다. 별무늬를 둘러싼 사람들은 조지 부인이 뭔가 대단한 뉴스를 갖고 온 것을 느꼈으므로, 조지 부인이 의자를 끌어당기고 퀼트 이불 꿰매기를 시작하는 동안 방 안은 기대에 찬 침묵에 휩싸였다.

조지 부인은 키가 크고 빼빼 말랐으며 길쭉한 얼굴에 혈색이 나빴고 눈은 빛나는 초록색이었다. 조지 부인은 주위를 빙 둘러보았는데 그 모습은 마치 고양이가 맛있는 음식을 앞에 두고 입맛을 다시는 것 같았다.

조지 부인이 말했다.

"여러분은 그 이야기를 들었겠죠?"

그녀는 모두 듣지 못했다는 것을 잘 알고 있었다. 이불을 둘러싸고 앉은 사람들은 일제히 손을 멈추었다. 에번 부인이 볼록하게 부풀어 김이 오르는 따뜻한 비스킷이 나란히 놓인 오븐용 철판을 들고 방 입구에 나타났다. 세러는 커스터드 접시 수를 세는 것을 그만두고 어깨 너머로 혈색 좋은 얼굴로 돌아보았다. 세러의 발치에 앉은 검정고양이마저 몸을 핥는 일을 멈추었다. 조지 부인은 청중 모두들의 시선이 자기에게 모인 것을 느끼고 있었다.

조지 부인의 초록색 눈이 날카로운 빛을 냈다.

"백스터 형제가 사업에 실패했어요. 안타깝게도 불명예스러운 실패랍니다!"

조지 부인은 한순간 말을 끊었다. 그러나 놀란 청중들이 입도 벌리지 못하고 있는 것을 보자 이내 말을 이었다.

"내가 나오려는 참인데 조지가 소식을 갖고 뉴브리지에서 돌아왔어요. 그때 나는 만일 깃털로 찔렀다 해도 넘어졌을 거예요. 그곳 회사는 지브롤터의 바위산처럼 흔들림없는 것으로 생각하고 있었으니까요! 그런데 파산해 버렸어요—깨끗이 파산하고 말았어요. 루이저, 내게 좋은 바늘 하나 찾아주겠어요?"

부탁받은 루이저는 어떻게 되든 상관없다는 듯이 탁 소리를 내며 비스킷을 내려놓았다. 그릇선반에서 날카로운 금속성 소리가 났다. 세러가 쟁반 가장자리를 선반에 부딪쳤던 것이다. 그 소리로 사슬에 묶여 있던 혀들이 다시 풀린 듯 모두 한꺼번에 말하고 외치기 시작했다. 와글와글하는 대혼란 위로 조지 파이 부인의 쨍쨍거리는 소리가 또렷하게 들려왔다.

"그래요, 그렇게 말하는 것도 마땅해요. 불명예스럽기 짝이 없어요. 모두들 그 형제를 얼마나 믿었는데! 그 파산 때문에 조지는 상당한 손해를 볼 것이고 그밖에도 그런 사람이 많이 있을 거예요.

결국 가지고 있는 건 모조리 내놓아야 할 거예요—피터 백스터의 농장도, 라이지의 호화로운 새 저택도. 피터의 부인도 앞으로는 그렇게 잘난 체 으스대며, 걸어다니지 못할 거예요. 조지는 뉴브리지에서 라이지를 만난 모양인데, 몹시 고민하면서 부끄러워하고 있었대요."

레이철 린드 부인이 퉁명스럽게 물었다.

"사업이 실패한 것은 대체 누구 탓이죠. 아니면 무엇 때문이었죠?"

린드 부인은 조지 파이 부인을 싫어했다.

조지 부인이 대답했다.

"온갖 소문들이 열 두어 가지나 넘게 떠돌고 있어요. 조지가 보건대 피터 백스터가 남들의 돈을 이용해 증권에 손댔다가 그 결과 이렇게 되었다더군요. 피터에게는 이상한 데가 있다는 느낌을 누구에게나 전부터 받았어요. 그러나 라이지가 붙어 있으니 올바른 길을 걸어

가게 할 거라고 생각했지요. 라이지는 언제나 성인처럼 일컬어져 왔으니까요."

레이철 부인이 분한 듯 말했다.

"이번 일에 대해 라이지는 아무것도 모르고 있었던 게 아닐까요?"

그때까지 열렬한 라이지 지지자였던 하먼 앤드루스 부인이 말했다.

"그렇다면 알고 있었어야 했어요. 라이지는 악인이 아니라면 바보인 셈이죠. 피터를 똑똑히 감시하여 사업이 어떻게 운영되고 있는지 분명 알고 있어야만 했어요.

그래요, 세러, 우리 가운데 세러가 가장 사려분별이 있었어요―이제 그것을 알았어요. 라이지와 결혼하거나 약혼이라도 했었더라면 큰일날 뻔했으니까요. 한푼 없는 빈털털이가 되었으니까요―아무리 자신의 결백을 증명한다 하더라도 말예요!"

"피터에 대해서는 돈을 사기했느니 소송을 해야 하느니 대단한 소문이 떠돌고 있어요. 뉴브리지에서는 나쁜 건 피터이며 라이지에겐 책임이 없다고 생각하는 사람이 대부분이에요. 하지만 알 수 없어요. 라이지 또한 피터와 마찬가지로 진수렁에 깊이 빠져 있지 않을까요? 지금까지 너무 좋은 면만 보였으니까요."

조지 파이 부인은 이야기하면서도 퀼트 이불 만드는 일손을 멈추지 않았다.

그릇선반에서 컵이 부딪히는 소리가 났다. 세러가 쟁반을 내려놓았기 때문이었다. 그녀는 앞으로 나와 레이철 린드 부인의 의자 뒤에 서서 모양 좋은 손을 린드 부인의 넓은 어깨에 놓았다. 세러는 얼굴이 새파랗게 질려 있었지만 불타는 눈은 조지 파이 부인의 고양이 같은 눈을 도전하듯 쏘아보고 있었다. 세러의 목소리는 심한 분노와 경멸로 부들부들 떨렸다.

"여러분은 라이지 백스터가 실패한 순간에 입을 모아 나쁘게 말하는군요. 전에는 아무리 칭찬해도 모자랄 정도였잖아요. 라이지 백스터가 사기꾼이라니 나는 잠자코 듣고 있을 수 없어요. 라이지가 어디에 내놓아도 부끄럽지 않을 정직한 사람이라는 건 여러분 모두 너무나 잘 알고 있어요. 불행하게도 파렴치한 형님을 갖게 된 것뿐이에요.

파이 아주머니는 누구보다도 그걸 잘 알고 계시면서도 라이지가 곤란한 입장에 빠지자마자 이곳에 와서 그를 헐뜯고 계시는군요. 여기서 앞으로 한 마디라도 라이지 백스터를 비방하는 말을 하는 분이 있으면 나는 이 방에서 나가 여러분이 돌아갈 때까지 집으로 돌아오지 않겠어요—여러분 모두 다.”

세러가 퀼트 이불을 둘러싼 사람들을 모두 흘끔 둘러보았으므로 수다쟁이 여자들은 잔뜩 겁을 먹었다. 조지 파이 부인의 눈조차 힘이 빠지고 빛을 잃었다.

모두 잠자코 있는 가운데 세러가 컵을 들고 가슴을 펴면서 방에서 나갔다. 그 뒤에는 모두들 작은 목소리로 속삭일 뿐이었다. 파이 부인만은 욕을 먹고 화가 났으므로 세러가 문을 쾅 닫는 순간 대담하게도 이렇게 외쳤다.

“어머, 유감이군요!”

그 뒤 두 주일 동안, 애번리와 뉴브리지는 온갖 험담과 소문으로 떠들썩했고 에번 부인은 손님이 오는 것만 봐도 두려워하게 되었다.

에번 부인은 조너스 부인에게 하소연했다.

“사람들은 반드시 백스터 형제가 사업에 실패한 이야기를 하고 라이지를 비난하지요. 그러면 세러는 무섭게 화를 내요. 전에는 라이지는 아예 싫다고 거침없이 말했으면서도 지금은 라이지를 비난하는 말에는 귀를 기울이려고도 하지 않아요. 나는 그런 말은 한 마디도 하지 않아요. 라이지를 가엾게 여기고, 그 사람도 할 만큼은 했으리라고 생각하니까요. 하지만 남들의 거친 입을 막을 순 없잖아요.”

어느 날 밤, 하면 앤드루스가 새로운 뉴스를 가지고 찾아왔다. 그는 파이프에 불을 붙이며 말했다.

"백스터 형제의 사업도 마침내 거의 파산에 가까웠어요. 피터는 소송의 결말을 짓고 사기라는 소문을 그럭저럭 없애버렸어요. 피터는 이번 일에서 깨끗이 잘 빠져나갈 거랍니다.

피터는 조금도 걱정하는 기색이 없지만, 라이지 쪽은 뼈와 가죽만 남아버린 꼴이 되었어요. 가엾다는 사람도 있지만 그 자신이 더 주의하지 않으면 안 되었던 거예요. 무슨 일이든 피터에게만 맡기지 말구요.

소문으로는 봄이 오면 서부에 가서 앨버타에 땅을 사서 농장을 해보겠다고 한대요. 그렇게 하는 게 가장 좋을 거예요. 이 근처에선 백스터 집안사람들에 대해 이제 진저리났으니까요. 뉴브리지는 그들이 없어지면 시원스럽게 여길 테니까요."

세러는 그때까지 스토브 옆 어둑어둑한 구석에 앉아 있었는데 갑자기 벌떡 일어났으므로 검정고양이가 무릎에서 마루로 떨어졌다. 에번 부인은 걱정스럽게 세러 쪽을 흘긋 보았다. 신이 나서 이야기하고 있는 하먼 씨에게 대들지나 않을까 염려되었기 때문이다.

그러나 세러는 숨가쁘게 헐떡이며 쾅 하는 문소리를 내고 부엌에서 맹렬하게 뛰쳐나갔을 뿐이었다. 현관으로 나가 벽에 걸어둔 스카프를 내린 뒤 현관문을 힘껏 열고는 가을 저녁 무렵 차고 맑은 공기 속 오솔길로 달려나갔다. 상처를 입거나 덫에 걸린 동물에게 언제나 느끼는 동정심으로 가슴이 심하게 고동치고 있었다.

세러는 오직 걸어서 고통에서 벗어나려는 듯 잿빛으로 조용해진 들판을 넘어 언덕 비탈길을 구불구불 돌아 푸른 보랏빛 안개로 덮여 폐허처럼 어둑어둑한 소나무숲 가장자리를 돌아, 아무렇게나 마구 걸어갔다. 옷 아랫단은 거칠꺼칠한 풀이며 마른 양치류를 스치고, 아득히 먼 황량한 곳에서 오느라 느슨해진 습기찬 밤바람에 그녀의 머리카락이 얼굴에 마구 스쳐 날렸다.

마침내 그녀는 작은 통나무로 엮은 나무문에 이르렀다. 나무문 안으로는 그림자에 덮인 숲속 오솔길이 뻗어 있었다. 나무문은 가느다란 버드나무 가지로 붙들어 매어져 있었다. 세러가 추위에 곱은 손으로 풀려고 했으나 잘 되지 않았다. 그 때 뒤에서 남자의 굳건한 발소리가 다가왔다. 라이지 백스터의 손이 세러의 손을 덮었다.

세러는 마치 흐느껴 우는 것 같은 목소리로 말했다.

"아, 라이지!"

라이지는 나무문을 열고 세러의 손을 이끌어 들여보냈다. 오솔길을 걷는 동안에도 세러의 손은 그대로 라이지의 손 안에 있었다. 오솔길에서는 어린 나무의 나긋나긋한 가지가 두 사람의 머리를 가볍게 때렸고 공기 속에는 달콤한 숲냄새가 강하게 풍겼다.

세러가 드디어 입을 열었다.

"꽤 오랫만에 보는군요, 라이지."

라이지가 저녁 어둠을 통하여 그리운 듯 세러를 물끄러미 내려다보았다.

"그래요, 아주 오래인 듯이 여겨지오, 세러. 하지만 당신 쪽에서 나를 만나고 싶어하지 않는다고 생각했어요—올봄, 당신이 그런 말을 했으니까요. 게다가 내가 하고 있던 일이 잘 안 된 것을 알고 있을 테죠?

모두 심하게 욕했지요. 나는 운이 트이지 않았던 거요, 세러. 조금 안일하게 생각했나 보오. 하지만 나는 부정한 짓은 하지 않았소. 그렇지 않다는 소문을 듣더라도 그대로 믿지 말아주오."

세러는 격렬하게 말했다.

"물론 믿지 않았어요—한순간도!"

"그렇다면 다행이오. 나는 이곳을 떠날 겁니다. 세러, 당신이 결혼을 거절했을 때는 정말 안타까웠어요. 하지만 승낙하지 않아 차라리 잘되었어요. 나도 사나이니까 당신이 성가신 일에 말려들지 않게 된 것을 고맙게 생각하고 있소."

세러는 갑자기 멈춰서서 라이지 쪽으로 몸을 돌렸다. 두 사람이 서 있는 앞쪽은 오솔길이 숲을 지나 풀밭으로 나 있었다. 맑은 호수와 같은 크로커스색 하늘이 나무그늘에 서 있는 두 사람에게 희미한 빛을 던졌다. 머리 위에는 아라비아인이 지니고 있던 검과 같은 초승달이 빛나고 있었다.

세러가 얼굴을 들자 왼쪽 어깨 위에 초승달이 보였고 바로 위에서 동정심이 넘친, 걱정스러워하는 라이지의 얼굴이 내려다보고 있었다.

세러가 상냥스럽게 말했다.

"라이지, 아직도 나를 사랑하고 있어요?"

라이지가 슬프게 말했다.

"그건 당신도 알고 있잖소!"

세러가 알고 싶었던 건 그것뿐이었다. 세러는 재빨리 라이지의 팔 속에 뛰어들어 자기의 눈물에 젖은 따뜻한 볼을 라이지의 차가운 볼에 대었다.

놀랄 만한 소문이 퍼졌다. 세러가 라이지 백스터와 결혼해 서부로 간다는 것이었다. 그 말을 들은 앤드루스 집안사람들은 속수무책이라는 듯 두 손을 들고 고개를 저었다. 조너스 부인은 정말인지 확인하려고 숨을 헐떡이며 언덕을 올라왔다.

에번 부인이 필사적으로 아일랜드 사슬모양의 퀼트 이불을 만들고 있었으며, 세러는 순교자 같은 표정을 떠올리고 또 한 장의 별무늬 퀼트 이불용 천에 조그만 마름모꼴 천조각을 꿰매고 있었다. 세러는 다른 어떤 일보다도 퀼트 이불 만들기를 싫어했지만 에번 부인이 이번에는 절대로 양보하지 않았다.

"너는 그 퀼트 이불을 만들어야 해, 세러 앤드루스. 그 평원 지방에 가서 살려면 퀼트 이불이 산더미처럼 필요하단다. 나도 손가락이 닳아서 뼈가 보이게 되더라도 다 만들어줄 테니까—그러니 너도 어서

도와야 해."

그런 까닭으로 세러도 그 일을 하지 않을 수 없었다.

조너스 부인이 왔으므로 에번 부인은 세러를 우체국으로 심부름 보내 자리를 비우게 했다.

조너스 부인이 물었다.

"이번에는 정말이지요?"

에번 부인이 활발하게 말했다.

"사실이에요. 세러는 그렇게 하기로 마음먹었어요. 그 애의 마음을 바꾸려 해도 안 돼요―동서도 그걸 알고 있잖아요―그러니 나도 잘해 보는 수밖에 없어요. 나는 생각을 잘 바꾸는 사람이 아니니까요.

라이지 백스터는 지금도 라이지 백스터예요. 그 이상도 그 이하도 아니죠. 나는 지금까지 그가 훌륭한 젊은이라고 말해 왔고 지금도 역시 그래요. 생각해 보면 라이지와 세러는 가난하지만, 에번과 내가 살림을 처음 차렸을 때도 마찬가지였으니까요."

조너스 부인은 안도의 한숨을 푹 내쉬었다.

"그렇게 생각해주니 정말 기뻐요, 루이저. 나도 불쾌한 생각은 없어요. 내가 그렇게 말했다는 걸 하면 부인이 들으면 틀림없이 대들 거예요. 나도 라이지에 대해선 전부터 좋아했어요. 그렇지만 깜짝 놀랐어요. 세러는 바로 얼마 전까지 라이지에 대해 나쁘게 말했었는데."

에번 부인이 제법 알고 있다는 얼굴로 말했다.

"이렇게 될 줄 전부터 짐작하고 있었어야만 했어요. 그것이 전부터 해왔던 세러의 방식이었어요. 동물이 병들거나 불행을 당하면 곧 상냥하게 보살펴주죠. 라이지 백스터는 실패했지만 결국 성공한 셈이에요."

사이러의 아들

사이러 커루는 체스터가 돌아오기를 내내 기다리고 있었다. 부엌 서쪽 창가에 앉아 어두워져 가는 바깥을 물끄러미 바라본 채 꼼짝도 하지 않고 있었는데, 그것이 사이러 커루다운 점이었다. 그녀는 결코 안달하지도 안절부절못해 하지도 않았다. 사이러는 무엇을 하든 온 힘을 다 기울이는 성질이었다. 가만히 앉아 있을 작정이면 꼼짝달싹 않고 앉아 있었다.

길 건너편에 사는 신시어 화이트가 말했다.

"사이러 옆에 있으면 돌부처 쪽이 도리어 안달할 거예요. 저 사람이 저렇듯 창가에 앉아 있으면 이쪽이 초조해질 때가 있어요. 마치 석상처럼 움직이지 않고 커다란 눈만 불을 반짝 켠 듯 오솔길을 노려보고 있으니까요.

십계명 가운데 '너희들 내 앞에서 나 말고는 아무것도 신으로 받들지 말지어다'의 구절을 읽으면 반드시 사이러가 생각나요. 자기 아들을 하느님보다 더 떠받들고 있으니까요. 언젠가는 큰 벌을 받을 거예요."

화이트 부인은 사이러를 두 눈으로 감시하고 있었다. 지켜보면서 시간을 헛되이 보내지 않기 위해 맹렬한 기세로 뜨개질 손을 움직이고 있었다.

그러나 사이러의 손은 아무것도 하지 않고 그저 무릎 위에 겹쳐 놓고 있었다. 거기에 앉은 뒤로 근육 하나 움직이지 않았다. 화이트 부인은 그것을 보면 눈물이 나올 지경이라고 불평했다.

"여자가 저렇게 꼼짝 않고 앉아 있는 걸 보면 예삿일로 여겨지지 않아요. 어떤 때는 이런 생각이 들어요. 저러다가 저 사람 삼촌인 호레이쇼 아저씨처럼 뇌졸중을 일으켜 저기 앉은 채 죽으면 어떡하나 하고 말이죠."

제법 가을철다운 쌀쌀한 저녁 때였다. 바다에서는 해가 진 곳이 불처럼 새빨갛게 타고, 그 위의 맑은 사프란빛 하늘에는 검은 자줏빛 구름이 띠를 만들고 있었다. 커루 집안 소유지 아래쪽을 흐르는 강물은 납빛이었다. 강 앞쪽에 펼쳐진 바다는 어둡고 생각에 잠겨 있었다. 대부분 사람들을 몸서리치게 하며 겨울이 일찍 찾아올 것을 예감케 하는 저녁이었다.

사이러는 그런 저녁을 좋아했다. 사이러는 어떤 것이든 사람 접근이 어려운 혹독한 아름다움을 지닌 것을 좋아했다. 바다와 하늘의 황량하고 장대한 경치를 없애고 싶지 않았으므로 램프도 켜지 않고 있었다. 체스터가 돌아올 때까지 어둠 속에서 기다리는 편이 좋았다.

그날 체스터는 좀처럼 돌아오지 않았다. 항구에서 무슨 일로 시간이 걸리나 보다고 가벼이 생각하며 그녀는 걱정하지 않았다. 체스터는 일이 끝나는 대로 곧장 자기에게 돌아온다—고 믿어 의심치 않았다.

사이러는 상상 속에서 항구의 큰길로 체스터를 마중 나갔다. 체스터의 모습이 뚜렷하게 눈에 떠올랐다—건강하고 잘생긴 훌륭한 젊은이가 그 어딘가 불길한 일몰 때 무정한 차가운 빛을 받으며 모래땅의 저지대를 지나 강한 바람이 부는 언덕을 몇 개 넘어 성큼성큼 유유히 걸어오는 모습. 턱이 세로로 깊이 패인 것은 사이러를 닮았고, 어둔 잿빛의 진지해 보이는 눈은 아버지에게서 물려받은 것이었다.

온 애번리를 찾아보아도 사이러의 아들—사이러의 단 하나뿐인 아들—과 같은 아들을 갖고 있는 여자는 없었다. 사이러는 잠시 동안이라도 체스터가 없으면 한결같은 어머니의 정으로 애타게 기다렸다. 그 기분이 너무 심했으므로 육체적 고통에 가까운 것이 느껴질 정도였다.

길을 사이에 둔 건너편 집에서 뜨개질하고 있는 신시어 화이트를 생각하면 경멸 담긴 가엾음을 느꼈다. 그녀에게는 아들이 없다—있는 것은 창백한 얼굴을 한 딸들뿐이다. 사이러는 딸을 갖고 싶다고는 한 번도 생각한 적이 없었으며, 아들이 없는 여자들을 모두 불쌍히 여기고 경멸했다.

문 밖에서 체스터의 개가 갑자기 살을 에는 듯한 가엾은 소리로 컹컹 짖기 시작했다. 차가운 돌 위에 앉아 있는 것이 싫어서 스토브 그늘의 따뜻한 구석에 앉고 싶은 것이다. 사이러는 그 소리를 듣고도 차갑게 웃을 뿐이었다. 집 안에 들여놓을 생각은 조금도 없었다.

그녀는 늘 개를 싫어했다고 말했으나, 입 밖에 내어 말하지는 않았다. 사실은 체스터가 그 개를 사랑하므로 싫어하는 것이었다. 말할 줄 모르는 짐승하고조차 아들의 사랑을 나누고 싶지 않았다. 이 세상에 살아 있는 것 가운데 사이러가 사랑하는 것은 체스터뿐이었으며, 체스터도 마찬가지로 자기만을 열렬히 사랑해 주기를 바랐다. 때문에 가엾은 개의 울음소리를 들으면 도리어 기뻤다.

벌써 캄캄했다. 수확이 끝난 밭 위에서 별이 반짝이기 시작했으나 그래도 체스터는 돌아오지 않았다. 길 건너편에선 신시어 화이트가 블라인드를 내리고 램프에 불을 켰다. 사이러와 기다리기 경쟁을 해도 승산이 없다고 체념한 것이다. 조그만 소녀의 모습을 한 악동적인 그림자가 몇 개나 희미한 타원형 빛 속에 떠올랐다가는 없어져버렸다. 사이러는 그것을 보고 있는 동안 자기가 얼마나 쓸쓸한 생활을 하고 있는가를 알았다. 사이러가 오솔길로 나가 다리에서 체스터를 기다리려 결심했을 때, 부엌 동쪽 문을 쾅쾅 두드리는 소리가 들렸다.

언뜻 두드리는 방식이 오거스트 보스트임을 알았으므로 사이러는 램프에 불을 켰지만 조금도 바삐 서두르려고 하지 않았다. 그녀는 오거스트를 싫어했기 때문이다. 오거스트는 소문내기를 좋아하는 사나이였다. 사이러는 남자든 여자든 소문쟁이를 몹시 싫어했다. 그래도 오거스트에게는 특별히 취급을 받을 만한 이유가 있었다.

사이러는 램프를 들고 문가로 나갔다. 램프 위쪽으로 나오는 불빛이 사이러의 얼굴을 죽은 사람처럼 보이게 했다. 사이러는 오거스트를 집 안에 들일 생각은 없었는데, 오거스트는 들어오라는 말을 기다리지도 않고 들뜬 몸짓으로 사이러를 밀고 들어갔다.

오거스트는 난쟁이처럼 작은 사나이로 한쪽 다리를 절고 등도 꼽추처럼 휘어 있었다. 희끔한 소년 같은 얼굴이었지만, 사실은 중년의 나이였고 깊이 파인 검은 눈에는 악의가 숨겨져 있었다.

오거스트는 주머니에서 구깃구깃 구겨진 신문을 꺼내 사이러에게 주었다. 오거스트는 애번리 마을의 비공식 우편배달부였다. 사람들은 대부분 얼마쯤의 돈을 그에게 주어 우체국에서 편지나 신문을 가져오게 했다. 오거스트는 부자유스러운 몸인데도 그밖에 여러가지 방법으로 조금씩 벌어 그럭저럭 생활하고 있었다.

오거스트가 퍼뜨리는 소문에는 반드시 독이 담겨 있었다. 그것도 애번리의 1년치에 해당하는 해로움과 악함을 하루에 뿌릴 정도였다. 그래도 마을 사람들은 오거스트에게 몸의 결함이 있으므로 너그러운 눈으로 보아주고 있었다. 그것은 분명 자기보다 못한 자에 대한 너그러움이며, 오거스트도 그것을 느끼고 있었다. 아마도 오거스트가 악의에 찬 일을 하는 것은 대부분 그것이 원인이리라.

오거스트는 자기에게 친절하게 대해주는 사람일수록 더욱 미워했다. 그중에서도 사이러 커루를 특히 싫어했다. 그것은 체스터도 마찬가지였다. 늠름하고 잘생긴 사람을 싫어했기 때문이다.

마침내 그 두 사람에게 상처를 줄 때가 왔다. 격렬한 기쁨이 비뚤어진 몸이며 궁상스런 얼굴에서 불이 켜진 램프처럼 밝은 빛을 내고 있었다. 사이러도 그것을 느끼고 뭔가 까닭모를 막연한 적의를 지녔다. 사이러는 앉으라고 흔들의자를 가리켰는데, 마치 개에게 구두닦이 헝겊을 가리키는 것과 같았다.

오거스트는 흔들의자에 기어 올라앉아 만족스러운 웃음을 지었다. 이제 곧 자기를 독사나 뭔가처럼 멸시하고 발로 짓밟는 것조차 더럽다고 경멸하고 있는 이 여자를 괴로움으로 몸부림치게 만들 것이다.

사이러가 물었다.

"큰길에서 체스터를 못 봤어요?"

오거스트가 바라던 질문이었다.

"저녁 식사 뒤 그 애는 배를 빌리러 항구에 있는 조 레이먼드를 만나러 갔는데 벌써 돌아올 시간이 지났어요. 무엇이 그 아이를 잡고 있는지 도무지 알 수 없군요."

"바로 대부분의 남자를 잡는 그 무엇이지요—나 같은 녀석은 별도지만요—일생 가운데 어딘가에선 걸려들게 마련이죠. 분명 아가씨예요—예쁜 아가씨죠, 사이러. 그녀를 보는 것만으로도 즐거워요. 내 등은 휘었지만 눈은 아직 살아 있죠. 아, 그런 아가씨는 좀처럼 보기 드문 아가씨예요!"

사이러는 고개를 갸우뚱하며 물었다.

"대체 무슨 말을 하고 있는 거예요?"

"더머리스 갈런드입니다. 확실해요. 체스터는 지금 톰 블레어 씨네 집에서 더머리스에게 사랑을 호소하고 있어요—말보다는 그 얼굴 표정이 마음의 숨은 뜻을 잘 나타내고 있겠죠. 그래요, 그래, 우리 모두 한때는 젊었었죠, 사이러—한때는 모두 젊었죠. 이런 몸이 된 오거스트 보스트조차. 네, 그렇지 않습니까?"

사이러가 물었다.

"그게 무슨 뜻이죠?"

사이러는 양손을 무릎 위에 포개고 오거스트 앞에 놓인 의자에 앉아 있었다. 언제나 창백한 얼굴빛은 변함이 없었지만 입술은 이상하게 희었다.

그것을 보고 오거스트 보스트는 기뻐했다. 사이러의 눈 또한 볼 만한 가치가 있었다. 남에게 상처를 주는 것을 좋아하는 사람에게는—그리고 오거스트에게는 그것만이 인생에서 오직 하나의 기쁨이었다.

오랜 세월 경멸 담은 친절을 계속 받아왔는데, 그것에 대한 복수의 잔을 기꺼이 마시리라—아, 그 달콤한 맛을 조금이라도 더 맛보기 위해 천천히 마시리라. 조금 맛보고—오거스트는 길쭉한 흰 손을 비볐다—조금 맛보고, 한 모금씩 충분히 맛을 보며.

"네, 어떻습니까? 당신도 잘 알고 있잖습니까, 사이러."

"무슨 말을 하려는 건지 전혀 알 수 없군요, 오거스트 보스트. 내 아들과 더머리스?—그런 이름이었던가요?—더머리스 갈런드라고, 마치 두 사람 사이에 무슨 일이 있었던 것 같은 말투잖아요. 대체 어떻게 된 일인지 말해 봐요."

"자, 자, 사이러, 그렇게 나쁜 일은 아닙니다. 그런 표정을 지을 필요는 없어요. 젊은 사람은 죽어도 늦지 않는 사람이죠. 체스터가 아가씨에게 눈독을 들였다고 해서 나쁠 건 없어요. 안 그래요? 사랑의 말을 했다고 해도 말입니다. 입술이 빨간 말괄량이 아가씨죠. 그 아가씨하고 체스터라면 예쁜 한 쌍이 될 거예요. 체스터도 남자치고는 못생긴 편이 아니니까요, 사이러."

사이러가 차갑게 말했다.

"나는 그다지 참을성 있는 여자가 아니에요. 똑바로 대답해요. 체스터가 톰 블레어 씨네 집에 있다는 건가요? 내가 여기 혼자 앉아서 돌아오기를 기다리고 있는데 말이에요?"

오거스트는 고개를 크게 끄덕였다. 사이러를 더 이상 농락하는 것은 현명하지 않다고 여겼던 것이다.

"그래요. 나는 여기 오기 전에 거기 있었어요. 체스터와 더머리스는 구석에 나란히 앉아 있었는데 서로 마음에 퍽 드는 모양이었어요. 자, 자, 사이러, 그렇게 놀랄 필요는 없어요. 나는 당신이 알고 있는 걸로 생각했지요.

더머리스가 이곳에 이사온 뒤로 체스터가 쫓아다닌다는 건 누구나 알고 있어요. 하지만 그것이 어떻다는 겁니까? 언제까지나 아들을 자기 앞치마 끈에 매둘 수는 없잖습니까? 남자란 때가 되면 자기 배필을 찾는 법이에요. 그것이 마땅하죠.

체스터가 정직하고 잘생긴 걸 알면 더머리스도 좋다고 생각하는 건 정한 이치예요. 마서 블레어 할머니 이야기에 의하면 더머리스는 체스터에게 홀딱 반했다더군요."

사이러는 오거스트가 이야기하고 있는 도중에 목을 졸리기라도 한 듯한 신음소리를 냈다. 그 뒤로는 꼼짝 않고 가만히 듣고 있었다. 이야기가 끝나자 벌떡 일어나서 오거스트를 내려다보았다. 그 모습에 오거스트는 저도 모르게 입을 꾹 다물었다.

사이러는 천천히 말했다.

"당신은 일부러 찾아와 이야기하고 싶은 걸 모두 말하고 나름 만족했으니 이만 자, 나가요."

"하지만 사이러—"

오거스트가 말을 이으려는 것을 사이러가 위협하듯 가로막았다.

"나가라고 하잖아요! 그리고 앞으로는 여기에 우편물을 갖고 오지 않아도 좋아요. 두 번 다시 당신의 보기 흉한 꼴이며 거짓말하는 혀와 관계를 맺고 싶지 않으니까!"

어쩔 수 없이 오거스트는 나갔지만, 문가에서 멈춰 돌아보고 떠나는 마지막 선물로 일격을 가했다.

"내 혀는 거짓말하지 않아요, 커루 부인. 나는 당신에게 애번리 사람들이 모두 알고 있는 진실을 이야기한 겁니다. 체스터는 더머리스 갈런드에게 홀딱 빠져 있다는 것을 말입니다. 마을 사람들이 모두 알고 있으니 당신도 알고 있을 거라고 생각한 것도 무리가 아니지요.

그런데 당신은 질투가 심하고 별나신 몸이므로 화를 내면 큰일이라고 여겨 체스터도 줄곧 숨기고 있었던 겁니다. 나도 우연히 당신이 좋아하지 않는 소식을 갖고 왔으므로 쫓겨난 일을 결코 잊어버리지 않을 겁니다."

사이러는 대답하지 않았다. 오거스트가 나가고 문을 닫자 사이러는 자물쇠를 채우고 램프 불을 불어 껐다. 그대로 소파에 엎드려 엉엉 울기 시작했다. 실제로 온몸이 아팠다. 폭풍처럼 거칠게 충동적으로 울었다. 이젠 젊지도 않은데 마치 격정에 찬 젊은 사람처럼 울었다. 생각만 하다가는 미쳐버릴 것 같아 두려운 마음에 더더욱 울음을 그칠 수 없을 것 같았다. 그러나 얼마 지나자 눈물이 나오지 않았다. 가슴이 쓰리기는 했지만 차분히 오거스트 보스트가 한 말을 한 마디 한 마디 다시 생각하기 시작했다.

사이러는 소중한 자기 아들이 어떤 아가씨에게든 눈길을 던지리라고 생각한 일이 없었다. 자기 아들이 이렇듯 사랑하는 자기 이외의 사람을 사랑한다는 게 가능한 일이라고는 믿으려고도 하지 않았다. 그런데 지금 그 가능성이 바다안개가 몰래 뭍으로 흘러들 듯이 은근하고 냉혹하게 사이러의 마음 속에 엄습했다.

사이러가 체스터를 낳은 것은 대부분의 여자가 성장한 자기 아이를 사회에 내보내는 나이가 되어서였다. 여자들은 아기의 가장 귀여운 시절을 즐긴 뒤, 마땅한 일이지만 눈물을 흘리고 가슴이 찢어지는 아픔을 느끼면서도 자기 아이가 성인이 된 것에 만족하며 사회에 내보낸다.

뒤늦게 어머니가 된 사이러는 늦은 만큼 더욱 어머니로서의 사랑이 강렬했고 유독 심했다. 사이러는 아들을 낳은 뒤 몸이 몹시 약해져 오랫동안 아무것도 못하고 누워 있어야만 했으므로 그동안 다른 여자가 아기를 돌봐주었다. 사이러는 그 일 때문에 지금도 그 여자들을 용서하지 않았다.

사이러의 남편은 체스터가 아직 한 살도 되기 전에 죽었다. 사이러는 죽음을 앞둔 남편 팔에 아들을 안겨주고 종부성사를 받게 한 뒤 다시 아기를 받았다. 사이러로서는 그 순간이 신성한 무엇을 지니고 있는 듯 여겨졌다. 마치 아들을 이중으로 받은 것 같았으며, 자기만이 아들에 대해 권리를 주장할 수 있어 그 누구도 빼앗거나 넘볼 수 없다고 생각했다.

결혼! 사이러는 결혼과 아들을 결부시켜 생각한 적이 결코 한 번도 없었다. 체스터에게는 결혼에 적합하지 않은 가문의 피가 흐르고 있다. 체스터의 아버지가 자기 곧 사이러 링컨과 결혼한 것은 60살 때였고 자신도 상당한 나이가 되어 있었다. 링컨 집안에도 커루 집안에도 젊을 때 결혼한 사람은 거의 없었고, 아예 결혼하지 않은 사람도 많았다. 게다가 자기에게는 체스터가 아직 귀여운 아기였다. 자기만의 것이었다.

그런데 지금 다른 여자가 감히 체스터에게 사랑의 눈길을 보내고 있다고 한다. 더머리스 갈런드라는 아가씨가! 사이러는 이제야 더머리스를 만났던 일이 생각났다. 더머리스는 애번리로 갓 온 참이었다. 어머니가 돌아가신 뒤 삼촌과 숙모네 집에 살러 왔던 것이다.

한 달 전 어느 날, 다리 위에서 만났었다. 그렇지, 그 아가씨라면 남자들은 예쁘다고 생각하리라—이마가 좁고 붉은 빛을 띤 금발이 물결치고 이상할 만큼 흰 살결에 진홍빛 입술이 이제 막 꽃핀 듯 특별히 눈에 띄었다. 게다가 눈은—사이러는 생각났다—엷은 개암 열매 색깔인데 깊고 웃음이 금방 떠오를 것만 같았다.

그 아가씨는 사이러와 스쳐 지나갈 때 방그레 웃었으므로 보조개가 보였다. 자신에게 제법 만족하고 있는 아가씨로서 자기 아름다움을 주변 사람들에게 자랑하고 있었다. 아가씨는 겉보기에도 분명 아름다웠다. 눈부실 정도의 그 아가씨의 매력을 눈으로 재어 보고 사이러도 그것을 인정했다.

그런데 오늘 밤 자기가, 체스터의 어머니가 어둠 속에서 홀로 아들이 돌아오기를 고대하고 있는데 블레어네 집에서 그 아가씨에게 사랑을 속삭이고 있다니! 체스터는 그 아가씨를 사랑하고, 그녀도 체스터를 사랑하는 게 분명했다. 그 생각은 사이러에게 죽음보다도 더 쓰라렸다. 그 아가씨가 겁도 없이!

사이러의 분노는 온통 아가씨에게로 쏠렸다. 아가씨는 체스터를 손에 넣으려 덫을 놓고, 체스터는 다른 남자들 방식대로 아가씨의 커다란 눈과 빨간 입술만 생각하고 어리석게도 그 덫에 걸리고 말았다. 더머리스의 아름다움을 생각하는 것만으로 사이러는 맹렬히 화가 났다.

사이러는 천천히 한 마디 한 마디 힘주어 말했다.

"그 아가씨는 체스터를 가질 수 없어. 다른 어떤 여자에게도 결코 넘기지 않을 것이고 그 아가씨는 절대로 안 돼. 그 아가씨는 체스터의 마음을 모두 빼앗고 내가 들어갈 틈도 남겨놓지 않을 테지—내가, 그 아기를 낳는 데 목숨을 버릴 뻔했던, 어머니인 내가. 체스터는 내 것이야! 그 아가씨는 다른 여자의 아들을 찾으면 돼—많은 아들을 갖고 있는 여자의 아들을. 나의 단 하나뿐인 아들은 절대로 줄 수 없어!"

사이러는 벌떡 일어나 머리에 숄을 뒤집어쓰고 황금빛 어둠 속으로 나갔다. 구름이 말끔이 사라지고 달이 빛나고 있었다. 공기는 차갑고 종소리처럼 맑았다. 사이러가 지나가자 강변에서 오리나무가 버석버석 불길한 소리를 냈다. 사이러는 그 소리를 들으면서 다리 위로 올라섰다.

다리 위에서 사이러는 왔다갔다하며 어정버정 돌아다녔다. 때로는 걱정스러운 눈으로 큰길 앞쪽을 내다보거나 난간에서 몸을 내밀고 은색 달빛이 다리 밑 어두운 물에 반짝반짝 빛나는 얼룩무늬를 그리는 모양을 멍하니 바라보기도 했다.

늦게 지나가던 사람들은 다리 위에 사이러가 있는 것에 놀라 이상하다는 듯 고개를 갸웃거렸다. 사이러를 본 칼 화이트도 집에 돌아가자마자 아내에게 말했다.

"마치 미친 사람처럼 다리 위를 왔다갔다하고 있더군! 처음에는 머리가 이상한 메이 블레어 할멈인 줄 알았소. 그토록 늦은 시간에 그런 곳에서 대체 뭘 하고 있는 걸까?"

신시어가 말했다.

"체스터가 돌아오기를 기다리고 있는 게 틀림없어요. 아직 돌아오지 않았나봐요. 아마 블레어네 집에서 기분 좋게 지내고 있을 거예요. 어쩌면 체스터가 더머리스를 쫓아다니는 것을 사이러가 알아차린 게 아닌가 싶어요. 나는 그 사실을 그녀에게 조금도 내비칠 생각이 없어요. 자칫하면 나한테 덤벼들 것 같아서요, 무서운 얼굴로 날카로운 손톱을 세우고 말이에요."

칼은 명랑한 사나이로 무슨 일이든 본 대로 받아들인다.

"달구경하기에는 이상한 밤을 골랐소. 몹시 추운데—서리가 심하게 내릴 것 같아요. 사이러도 불쌍하군. 이제 아들도 성인이 됐으니 다른 젊은이들처럼 마음대로 하고 싶어한다는 걸 받아들여야 할 텐데. 마음을 편히 갖지 않으면 링컨 집안의 할머니처럼 미쳐버릴 거요. 내가 다리까지 가서 사이러에게 잠깐 일러주고 올까?"

신시어가 외쳤다.

"정말로 그런 일을 하겠다는 거예요! 사이러 커루가 부아가 나 있을 때는 내버려두는 게 제일이에요. 그녀는 애번리의 여느 여자들과는 다르니까요—애번리 밖에서도요.

체스터 일로 화가 나 있을 때 쓸데없는 참견을 할 거라면 차라리 호랑이를 건드리는 편이 나아요. 화를 자초하는 일이 되어버리니까. 더머리스 갈런드를 나는 부러워하지 않아요. 곧 사이러에게 목졸려 죽을지도 몰라요."

칼은 제법 속좋은 사람처럼 너그러니 말했다.

"당신 여자들은 사이러에게 너무 심하군."

칼은 오래 전 사이러를 사랑한 일이 있었고 지금도 친구로서 좋아했다. 그는 애번리 여자들이 사이러를 헐뜯을 때면 반드시 변호해 주었다. 칼은 사이러가 다리 위에서 왔다갔다하는 모습이 머리에 떠올라 밤새도록 걱정되었다. 신시어가 뭐라고 하든 사이러에게 돌아가보았으면 좋았을 거라고 이내 후회했다.

체스터는 집으로 돌아오는 길에 다리 위에서 어머니와 만났다. 희미하게 내리비치는 달빛 아래에서 두 사람은 이상할 만큼 닮아보였다. 다만 체스터의 얼굴은 상냥하게 보였다.

체스터는 퍽 잘생긴 얼굴이었다. 사이러는 괴로움과 질투로 속이 부글부글거렸지만 체스터의 아름다움에 속상한 마음이 위로가 되었다. 손을 뻗어 머리를 쓰다듬어주고 싶었다. 그러나 이토록 늦게까지 어디에 있었느냐고 물었을 때의 목소리는 몹시 엄격했다.

"항구에서 돌아오는 도중 잠시 톰 블레어네 집에 들렀어요."

체스터는 대답하고 그대로 걸어가려고 했다. 그러나 사이러가 뒤에서 팔을 잡고 멈춰서게 했다.

사이러가 맹렬하게 캐물었다.

"그 집으로 더머리스를 만나러 갔니?"

체스터는 마음이 언짢아졌다. 어머니를 많이 사랑하고 있지만 전부터 좀 무서워했고 그녀의 연극적인 말투며 행동이 참기 어려울 만

큼 싫었다. 친구 집에 들렀다 밤늦게 돌아오면 어머니가 기다리고 있다가 지금처럼 비극적인 방식으로 어떻게 된 거냐고 설명하도록 강요받는 젊은이는 온 애번리를 찾아보아도 자기밖에 없을 거라는 걸 생각하면 화가 났다.

체스터는 어머니의 손을 뿌리치려고 했으나 소용없었다. 그는 대답할 수밖에 없다는 사실을 이해했다. 체스터는 성격으로 보나 자라난 방식으로 보나 솔직한 젊은이였으므로 진실을 말했지만, 그 말투에는 지금까지 어머니에게 보인 적 없는 분노가 담겨 있었다.

체스터는 무뚝뚝하게 대답했다.

"그래요."

사이러는 팔을 잡고 있던 손을 놓아 주고 날카로운 소리를 지르며 두 손을 마주 쳤다. 그 소리에는 잔인한 울림이 있었다. 그 순간 사이러는 더머리스 갈런드를 죽일 수도 있었으리라.

체스터가 초조해 하며 말했다.

"그런 태도는 보이지 마세요. 추우니 어서 집 안으로 들어가세요. 이런 곳에 계시는 건 좋지 않아요. 누가 어머니에게 쓸데없는 말을 했나요? 내가 더머리스를 만나러 간 것이 어쨌다는 거예요?"

사이러는 외쳤다.

"오─오─오─! 나는 너를 기다리고 있었어─오직 혼자서─그런데 너는 그 아가씨 일밖에 생각하고 있지 않았구나! 체스터! 대답해─그 아가씨를 사랑하니?"

체스터의 얼굴에 확 핏기가 올랐다. 체스터는 입 속으로 뭔가 투덜대며 그대로 말해 버리려 했는데, 어머니가 다시 붙잡았다. 체스터는 어떻게 해서든지 부드럽게 이야기하려고 했다.

"그러면 어때서요, 어머니? 그리 무서운 일도 아닐 텐데요?"

사이러가 외쳤다.

"그럼, 나는? 나는? 그러면 나는 네게 무엇이라는 거지?"

"어머닌 내 어머니잖아요. 내가 다른 사람을 좋아한다고 해서 어머니를 덜 사랑하는 건 아니잖아요?"

사이러가 외쳤다.

"너에게 다른 사람을 사랑하게 하고 싶지 않아. 너의 사랑을 모두 혼자 차지하고 싶어—고스란히! 젖비린내 나는 아가씨의 어디가 좋다는 거냐? 네 어머니하고 비교해 봐. 너에 대해서는 누구보다 내가 가장 큰 권리를 가지고 있어. 나는 너를 단념할 수 없어."

체스터로서도 이럴 때의 어머니에게 뭐라고 해봐야 소용없다는 걸 알고 있었다. 어머니가 좀 더 제정신으로 돌아올 때까지 이 일은 일단 덮어두기로 하고 걸음을 옮겼다.

그러나 사이러는 그렇게 놔두지 않았다. 체스터를 쫓아서 오리나무가 머리 위를 덮고 있는 오솔길까지 따라왔다.

사이러는 매달리며 부탁했다.

"거기에는 두 번 다시 가지 않겠다고 약속해 다오. 그 아가씨를 단념하겠다고 약속해 다오."

체스터는 화가 나 외쳤다.

"그런 약속은 할 수 없어요."

체스터의 분노에 찬 말은 한방 얻어맞은 것보다 더 아팠지만 그래도 사이러는 기가 꺾이지 않았다.

사이러는 크게 소리를 질렀다.

"그 아가씨하고 결혼하기로 약속한 건 아닐 테지?"

"어머니, 조용히 하세요. 마을사람들이 다 들겠어요. 왜 더머리스에게 반대하는 거죠? 얼마나 좋은 아가씨인지 어머니는 몰라요. 알게 된다면—"

사이러는 사납게 외쳤다.

"알게 될 일은 결코 없을 거야! 그리고 그녀가 널 갖도록 내버려두지 않겠어! 그렇게 놔두지 않을 테다, 체스터!"

체스터는 대답하지 않았다. 사이러는 갑자기 엉엉 목놓아 울기 시작했다. 후회한 체스터는 멈춰서서 어머니를 꼭 끌어안았다.

"어머니, 어머니, 그만두세요! 어머니가 그렇게 우는 걸 보고 있을 수 없어요. 하지만 어머니는 이상하게 되셨어요. 언젠가는 나도 다른 사람과 마찬가지로 결혼하고 싶을 때가 오리라는 걸 생각해 보신 일이 없었어요?"

"안 돼, 그만둬! 그런 일은 허락하지 않겠어—난 그런 걸 볼 수 없어. 체스터 두 번 다시 그 아가씨를 만나러 가지 않겠다고 약속해야 해. 네가 약속할 때까지 오늘 밤 집에 들어가지 않을 테니까. 그 아가씨 일은 이제 생각하지 않겠다고 약속해줄 때까지 이 심한 추위 속에 이대로 서 있을 테니까."

"그런 일은 내 능력 밖이에요, 어머니. 아, 어머니, 그렇게 나를 괴롭히지 말아요. 얼른 안으로 들어가세요, 안으로! 지금도 벌써 추워서 벌벌 떨고 있잖아요? 이러다 병들겠어요."

"네가 약속할 때까지 한 발짝도 움직이지 않을 테다. 그 아가씨를 만나러 가지 않겠다고 약속해 주면 너를 위해 어떤 일이라도 하겠어. 하지만 나보다 그 아가씨가 소중하다면 나는 안으로 들어가지 않겠다—절대로 들어가지 않아."

다른 여자라면 이것은 한낱 협박에 지나지 않으리라. 그러나 사이러의 경우는 그렇지 않았다. 그것은 체스터도 알고 있었다. 어머니가 그 말대로 실행할 것을 알고 있었다.

게다가 그보다 더 체스터가 두려워하는 일이 있었다. 이렇게 몹시 흥분하면 무슨 일을 할지 알 수 없는 것이다. 사이러는 이상한 피가 흐르는 집안 출신이다. 이것은 루크 커루가 사이러와 결혼한다고 했을 때 반대하는 이유가 되기도 했다. 링컨 집안사람들에게는 광기의 피가 흐르고 있다. 링컨 집안에 있는 한 여자가 전에 투신자살을 한 일이 있었다.

체스터는 흐르는 검은 강을 바라보면서 두려움에 질려 메스꺼워졌다. 어머니와의 오랜 인연 앞에 잠시 더머리스에 대한 정열조차 식어버렸다.

"어머니, 진정하세요. 아, 정말 이렇게까지 하실 필요가 없는데! 내일까지 기다렸다가 차분히 이야기하기로 해요. 어머니의 주장도 잘 들어보겠어요. 안으로 들어가세요, 어머니."

사이러는 체스터를 붙잡고 있던 손을 놓고 뒤로 물러서 달빛 속으로 나갔다. 슬픔에 짓눌린 표정으로 체스터를 바라보며 두 손을 뻗고 천천히 엄숙하게 말했다.

"체스터, 두 사람 가운데 선택해라. 만일 그 아가씨를 선택한다면 나는 오늘 밤 네 앞에서 떠나 두 번 다시 얼굴을 보이지 않겠다!"

"어머니!"

"선택해!"

사이러는 격렬한 기세로 되풀이했다.

체스터는 오랫동안 어머니가 지배해 왔던 힘을 느꼈다. 그 힘은 한순간에 없애버릴 수 없는 것이었다. 체스터는 지금까지 살아온 일생에서 한 번도 어머니를 거역한 일이 없었다. 그러는 동안 체스터는 다른 아들들이 그들의 어머니를 대하는 것보다 훨씬 깊이 그리고 이해심 어린 애정을 어머니에 대해 품게 되었다.

어머니의 마음이 정해진 이상 자기가 어느 쪽을 선택할 것인지는 벌써 정해져 있는 것과 같았다―그렇지 않다 해도 자기에게는 선택의 여지가 없었다.

체스터는 묵뚝뚝하게 말했다.

"어머니 좋을 대로 하세요."

사이러는 체스터에게 뛰어가 힘껏 가슴에 안았다. 그때까지의 감정의 반동 탓인지 웃으면서 울고 있었다. 이것으로 다시 모든 게 잘 되었다―모든 게 다 잘 될 것이다. 사이러는 조금도 의심 없이 그렇게 생각했다. 비록 유쾌하지 않은 약속이라도 체스터가 충실히 지키리라는 것을 알고 있었기 때문이다.

그녀는 중얼중얼 말했다.

"오, 내 아들, 내 아들. 네가 다른 쪽을 선택했더라면 너는 나를 죽일 뻔했다. 그러나 너는 지금 다시 내 것이 되었어!"

사이러는 체스터가 시무룩해 있는 데 관심두지 않았다 —체스터는 사이러가 억지로 자기 주장을 관철시킨 것을 원망하고 있었건만. 사이러는 집으로 함께 들어간 뒤에도 체스터가 잠자코 있는 것에 신경 쓰지 않았다.

사이러는 그날 밤 꿈도 꾸지 않고 걱정없이 푹 잠잘 수 있었다. 그러나 며칠 지나지 않아 사이러는 체스터가 표면적으로는 약속을 지킬 것이지만 마음속까지 그럴 수 없다는 것을 깨달았다. 사이러는 아들을 더머리스 갈런드로부터 되찾기는 했지만 아들의 마음을 되찾은 것은 아니었다. 아들이 자기만의 것이 되는 일은 두 번 다시 없을 것이다. 두 사람 사이에는 장애물이 막고 있어서 사이러의 격렬한 사랑을 퍼부어도 무너뜨릴 수 없었다.

체스터는 웃는 얼굴을 보이는 일은 없었지만 어머니에게 상냥하게 굴었다. 언제까지나 불쾌한 표정으로 있거나 자기 불행을 남 탓으로 돌리는 성격은 아니었다. 게다가 비록 그것이 이치에 맞지 않더라도 어머니가 강요하는 사랑을 받아들이고 있었다. 흔히 말하듯 이해란 용서하는 일이다.

하지만 체스터는 사이러를 피했고 사이러도 그것을 알았다. 사이러의 분노의 불길은 더머리스 쪽으로 가차없이 타올랐다.

사이러는 한탄하며 슬퍼했다.

"저 애는 줄곧 더머리스만 생각하고 있다. 그러는 동안 나를 미워하게 되겠지. 내가 그 아가씨를 체념하게 했으니까. 그래도 다른 여자와 저 애를 나눠 갖는 것보다 오히려 그편이 낫지. 아, 내 아들, 내 아들!"

사이러는 더머리스도 괴로워하고 있다는 것을 알았다. 만났을 때 창백한 얼굴이 그것을 말해주고 있었다. 그러나 사이러는 오히려 그 것이 더 기뻤다. 더머리스의 가슴도 고뇌에 쌓여 있다는 것을 생각하니 자기의 안타까운 가슴속 아픔이 조금은 가벼워졌다.

체스터는 곧잘 집을 비웠다. 여가가 있을 때는 항구로 가서 조 레이먼드나 그와 같은 종류의 사람들과 어울리는 일이 많았다. 체스터에게는 그다지 권장할 만한 친구들이 아니라고 애번리 사람들은 생각했다.

11월 끝 무렵, 체스터와 조는 조의 배를 타고 해안을 따라 여행을 떠났다. 사이러는 반대했지만 체스터는 어머니가 걱정하는 것을 코웃음을 치며 떠나버렸다.

체스터가 떠나는 것을 사이러는 바라보며 불안한 마음으로 전송했다. 사이러는 바다를 몹시 싫어했고 언제나 무서워했는데, 기후를 믿을 수 없는 이 달은 특히 그랬다. 갑자기 거센 바람이 심하게 불기 때문이다.

그러나 체스터는 어렸을 때부터 바다를 몹시 좋아했다. 사이러는 체스터의 바다를 사랑하는 마음을 억누르려 노력했고 체스터가 항구의 어부들과 사귀지 못하게 해왔다. 어부들이 그 원기왕성한 소년을 충동질하여 고기잡이에 데려가려고 했기 때문이었다. 그러나 이젠 사이러의 힘이 체스터에게 미치지 못하게 되었다.

체스터가 떠나버린 뒤, 사이러는 창문에서 창문으로 헤매다니면서 시무룩하게 흐린 하늘을 바라보며 불안한 마음으로 비참하게 지냈다.

어느 날, 우연히 찾아온 칼 화이트는 체스터가 조와 함께 떠났다는 이야기를 듣자 그만 조심성도 없이 사이러에게 놀라는 모습을 보이고 말았다.

칼은 말했다.

"연중 이맘때는 안전하지 않아요. 그 겁 모르는 천방지축인 조 레이먼드에게 제대로 되는 일은 없다고 모두들 말하고 있어요. 조는 언젠가 틀림없이 물에 빠져 죽을 겁니다. 11월에 해안을 따라 항해를 떠날 변덕을 부리다니, 그것도 여느 때 조의 행동으로 보아 있을 법한 일이지요. 당신은 체스터를 보내서는 안 되었던 겁니다, 사이러."

"말릴 수가 없었어요. 내가 아무리 말해도 그 애는 간다고 우기지 뭐예요. 위험하다고 했더니 코웃음을 쳤어요. 참, 그 애는 전과 완전히 달라졌어요! 누가 그 애를 바꿔버렸는지 나는 알고 있어요. 그 아가씨가 밉기만 해요!"

칼은 살찐 어깨를 으쓱했다. 체스터 커루와 더머리스 갈런드 사이가 갑자기 차가워진 원인은 사이러에게 있다는 것을 칼은 잘 알고 있었으며, 애번리는 그 이야기로 떠들썩했다. 칼은 사이러도 가엾다고 생각했다. 사이러는 요 한 달 동안 갑자기 늙어버렸다.

"체스터에게 너무 심한 것 같소, 사이러. 체스터는 이제 손을 이끌어줄 나이가 아니니 참견해서는 안 됩니다. 옛 친구의 정으로 말하는데 체스터를 다루는 당신의 방법은 잘못되어 있어요. 질투심이 지나치고 너무 가혹합니다, 사이러."

"당신은 아무것도 몰라요. 아들이 없으니까요."

사이러는 잔혹한 말을 했다. 아들이 없는 것이 칼에게는 가슴을 찌르는 가시라는 것을 알고 있었기 때문이다.

"오직 한 사람에게 모든 애정을 쏟고 있는데, 그 얼굴 쪽으로 반격해 오는 게 어떤 것인지 당신은 모를 거예요!"

기분이 언짢은 사이러를 상대하는 일에는 칼도 두 손을 들 수밖에 없었다. 사이러에 대해선 전부터 이해할 수 없는 게 있었다. 젊었던 시절에도 마찬가지였다. 칼은 다시 어깨를 으쓱하고 집으로 돌아가면서 그 옛날 사이러의 마음에 들지 않아 다행이었다고 생각했다. 같이 살아가기에는 신시어 쪽이 훨씬 마음 편했다.

그날 밤, 애번리에서는 사이러 이외의 사람들도 걱정스럽게 하늘과 바다를 바라보고 있었다. 더머리스 갈런드는 어두운 북동쪽 방향에서 대서양이 목졸려 죽는 듯이 짖어대는 소리를 들으며 뭔가 불길한 일이 일어날 것 같다고 생각했다. 항구에서 일하는 사람들은 머리를 절레절레 흔들며 체스터와 조는 안전하고 마른 육지에 있는 편이 좋았을 텐데, 라고 말했다.

에이벌 블레어 노인이 말했다.

"11월의 질풍을 업신여기면 큰일나지."

그는 나이들었으므로 이 해안을 따라 슬픈 일이 일어났던 것을 일생 동안 수없이 보아왔다.

사이러는 그날 밤 잠을 이루지 못했다. 질풍이 비명을 지르며 강을 거슬러올라와 집을 덮쳤다. 사이러는 일어나 옷을 갈아입었다. 바람이 사이러의 창문에서 미친 야수처럼 울부짖었다. 사이러는 밤새도록 이 방에서 저 방으로 우왕좌왕 걸어다녔고, 금방 큰 소리를 지르고 두 손을 비벼대는가 하면, 곧 목소리를 낮추어 핏기 없는 입술로 기도를 올리고는 이내 비참한 생각에 사로잡혀 성난 듯 마구 설치는 태풍 소리에 귀를 기울이기도 했다.

태풍은 다음날도 온종일 맹위를 떨쳤다. 그러나 저녁 때가 되자 힘이 빠져 그 다음날 아침에는 깨끗이 개었다. 일찌감치 동쪽 구름이 황금빛과 진홍빛으로 물들어 해돋이를 알리고 있었다. 남자들은 칼 화이트에게 이야기하고 있었지만 눈길을 보내는 곳도 몸짓으로 가리키는 곳도 커루네 집 쪽이었다.

사이러는 밖으로 나가 남자들 있는 데로 가까이 갔다. 그날 창백하게 굳은 표정을 한 사이러를 본 남자들은 누구나 다 언제까지나 그 때 일을 잊지 못했다.

사이러가 말했다.

"나에게 뭔가 알릴 일이 있어 왔지요?"

사람들은 서로 얼굴을 마주보았다. 모두들 입을 꾹 다문 채 서로 당신이 이야기하라는 듯 떠밀고 있었다.

사이러가 조용히 말했다.

"내게 말하기를 두려워할 필요 없어요. 무엇을 알리러 왔는지 알고 있어요. 내 아들이 물에 빠져 죽었다는 것이겠지요."

에이벌 블레어 노인이 재빨리 말했다.

"그것까지는 알 수 없소, 커루 부인. 최악의 소식은 아니오—아직 희망은 있어요. 하지만 조 레이먼드의 배가 엊저녁 발견됐소. 40마일 앞 푸른곶 모래톱에 뒤집혀진 채 떠밀려와 있었답니다."

칼 화이트가 몹시 가엾다는 듯 말했다.

"그런 표정 하지 말아요, 사이러. 둘 다 배에서 도망쳐—구조되었는지도 모릅니다."

사이러는 흐릿한 눈으로 칼 화이트를 보았다.

"그럴 수 없다는 걸 당신들도 알고 있을 테죠. 당신들은 아무도 희망을 가지고 있지 않아요. 나는 아들을 잃었어요. 바다가 나에게서 빼앗아가버렸어요—내 귀여운 아기를!"

사이러는 빙 돌아 등을 보이고 집으로 쓸쓸히 돌아갔다. 사이러를 따라갈 용기 있는 사나이는 한 사람도 없었다. 칼 화이트는 집으로 돌아가자 아내에게 사이러의 모습을 보고 오라고 했다.

신시어가 가보니 사이러는 여느 때처럼 의자에 앉아 있었다. 두 손바닥을 위로 하여 무릎에 얹고 눈은 빨갛게 타고 있었다. 사이러는 신시어의 동정에 넘치는 얼굴을 보고 소름이 끼칠 듯한 차가운 미소를 지었다.

사이러는 천천히 이야기를 시작했다.

"훨씬 전 일이지만, 신시어 화이트, 내게 화내면서 머지않아 하느님이 벌을 내리실 거라고 말한 적이 있었죠. 내가 아들을 떠받들어 하느님 대신 숭배하고 있다고. 기억하고 있어요? 그 말대로예요. 하느님은 내가 체스터를 너무 사랑한다고 생각하시고 그 아이를 나에게서 빼앗아갈 작정이셨어요.

더머리스를 단념하도록 시켰을 때는 그럭저럭 막을 수 있었지만, 그러나 전능하신 하느님을 상대로 싸울 수는 없죠. 그 아이를 잃어야 하는 것이 하느님의 뜻이었어요—어떤 식으로든지요. 체스터를 내게서 완전히 데려가셨어요. 찾아갈 무덤조차 없게 되어버렸어요, 신시어."

나중에 신시어는 칼에게 이렇게 말했다.

"그때 그녀의 무서운 눈, 그것은 마치 미친 여자와도 같았어요."

그러나 그 자리에서는 그런 말을 하지 않았다. 신시어는 속되고 평범한 사람이었지만 그녀 나름대로 여자다운 동정심을 갖고 있었고, 자기 인생에서 고통을 겪은 적이 없었던 것도 아니었다. 신시어는 어떻게 하면 좋은지 알고 있었다. 슬픔에 빠진 사이러 옆에 앉아 그녀를 꼭 끌어안아주고 그녀의 차가운 손을 자기의 따뜻한 손으로 꼭 잡아주었다. 신시어의 커다란 푸른 눈에 눈물이 넘치고 입을 열었을 때는 목소리가 떨렸다.

"사이러, 유감이에요. 나도—나도—전에 아이를 잃은 일이 있어요—갓 태어난 첫아기를. 게다가 체스터는 귀엽고 좋은 아이였는데."

한순간 사이러는 굳어진 조그만 몸을 신시어의 팔에서 풀려고 했다. 그러나 곧 몸을 사시나무 떨듯 떨더니 울음을 터뜨렸다. 눈물이 마구 흘렀다. 사이러는 신시어의 가슴에 기대어 괴로움을 쏟아내듯 계속 울었다.

불행한 소식이 퍼지자 하루 종일 애번리에 있는 여자들이 위문하러 차례차례 찾아왔다. 진심으로 동정하여 오는 사람이 많았지만 그 중에는 사이러가 어떻게 하고 있는지 보려고 호기심으로 찾아오는 사람도 있었다.

사이러도 그것을 알고 있었지만 전처럼 화를 내지는 않았다. 어색하게 애쓰며 위로하려고 노력하는 여자들의 말을 조용히 듣고만 있었다. 상투적인 말, 형식적인 말, 사이러의 슬픔을 위로하려고 헛된 노력을 계속하는 말을.

저녁이 되자 신시어는 자기는 돌아가야겠지만 딸 하나를 보내 오늘 밤 묵게 하겠다고 말했다.

"혼자 있기 싫을 테니까요."

사이러는 침착하게 얼굴을 들었다.

"네. 하지만 더머리스 갈런드를 보내주면 좋겠어요."

"더머리스 갈런드를!"

신시어는 자기 귀를 믿을 수 없다는 듯 더머리스의 이름을 되풀이했다. 사이러가 어떤 변덕을 부릴지 아무도 모르는 일이지만 신시어도 설마 이렇게까지는 상상도 하지 못했다.

"그래요. 더머리스에게 내가 만나고 싶다고 말해줘요—꼭 와 달라고. 틀림없이 나를 몹시 증오하고 있을 거예요. 하지만 나는 이렇게 엄한 벌을 받았으니 더머리스의 응어리도 좀 풀어지지 않았을까요? 체스터를 위해서라 생각하고 꼭 와 달라고 전해 줘요."

신시어는 시키는 대로 더머리스를 부르러 딸 재닛을 보냈다. 그리고는 잠자코 기다렸다. 집에 어떤 일이 있더라도 사이러와 더머리스가 만나는 것을 보지 않으면 안 된다. 신시어 화이트에게 호기심만은 버릴 수 없는 것이었다. 신시어는 그날 하루 종일 사이러에게 무척 잘 해주었다. 그러나 이 두 여자가 만나는 장면은 신성한 것이니 그녀가 보아서는 안 된다고 생각하기를 기대한다면 그건 무리다.

신시어는 더머리스가 오기를 거절하리라고 절반쯤 믿고 있었다. 그러나 더머리스는 왔다. 11월의 지는 해가 불처럼 타오르는 저녁놀 속으로 재닛이 더머리스를 데리고 왔다.

사이러가 일어섰다. 한순간 두 사람은 물끄러미 마주보았다.

더머리스의 아름다움이 지니고 있었던 오만함은 사라졌다. 몹시 울어 부은 눈은 흐릿하고 활기가 없었으며 입술에는 핏기가 없었고 창백한 얼굴에는 미소도 보조개도 없어졌다. 머리로부터 뒤집어쓴 숄에서 비어져 나온 머리칼만이 저녁놀빛을 받아 화려한 색깔로 따뜻하게 빛나 더머리스의 창백한 얼굴에 마돈나의 후광처럼 테를 두른 것 같았다.

더머리스를 본 사이러는 후회와 자책감으로 가슴이 아팠다. 눈앞에 있는 여자는 그 여름날 오후, 다리 위에서 만난 눈부시게 아름다웠던 아가씨가 아니었다. 이런 모습으로—이런 모습으로—만든 것은 자기다. 사이러는 두 팔을 벌렸다.

"오, 더머리스, 용서해라. 우리는 둘 다 그 애를 사랑하고 있었어—그것이 우리를 평생 맺어주는 인연이 될 거야."

더머리스는 앞으로 걸어나가 사이러에게 안겨 얼굴을 들었다. 두 사람의 입술이 포개어졌을 때 자기는 그 자리에 볼일이 없는 사람임을 신시어 화이트는 깨달았다. 신시어는 어색하게 초조해진 마음을 아무 죄도 없는 재닛에게 화풀이했다.

신시어는 불쾌한 목소리로 속삭였다.

"자, 어서 가자. 여기 있으면 방해가 된다는 걸 모르니?"

신시어는 재닛을 이끌어 밖으로 나갔다. 뒤에 남은 사이러는 더머리스를 안고 흔들어주며 어머니가 아이에게 하듯 나직한 소리로 노래를 불러주었다.

12월도 꽤 지났지만 더머리스는 여전히 사이러네 집에 있었다. 적어도 겨울 동안은 그곳에 머무른다는 것이었다. 사이러는 더머리스를 보지 않고는 마음이 놓이지 않는 것 같았기 때문이다. 두 사람은 끊임없이 체스터 이야기를 나누었다.

사이러는 자기가 화가 나서 미워했던 것을 고백했다. 더머리스는 사이러를 용서했다. 그러나 사이러 자신은 스스로를 용서할 수 없었다. 사이러는 전혀 사람이 달라져 퍽 상냥하고 동정심 많은 사람이 되었다. 오거스트 보스트까지 불러서 심한 말을 했던 것을 용서해 달라고 빌었다.

그해는 겨울이 늦게 찾아왔으며 아주 따뜻했다. 땅에는 눈도 쌓이지 않았다. 조 레이먼드의 배가 푸른곶 모래톱에 떠밀려 올라온 때로부터 한 달이 지난 어느 날, 사이러는 정원을 걸어가다가 엉킨 잎사귀 밑으로 팬지 몇 송이가 피어 있는 것을 발견했다.

사이러가 더머리스를 위해 그 꽃을 꺾고 있을 때, 사이러가 있는 곳에서는 오리나무며 전나무들이 가려서 보이지 않았지만, 마차가 덜컹거리며 다리를 건너 화이트네 집 오솔길로 들어가는 소리가 들렸다.

몇 분 뒤, 칼과 신시어가 거대한 포플러가 나란히 서 있는 화이트네 집 안뜰을 가로질러 부리나케 다가왔다. 칼은 얼굴이 벌겋게 상기되어 완전히 흥분해 커다란 몸을 부들부들 떨고 있었다. 신시어는 칼 뒤에서 달려오면서 폭포수같이 눈물을 흘리고 있었다.

사이러는 두려움에 몸을 떨었다. 더머리스의 몸에 무슨 일이 일어난 것일까? 황급히 눈을 움직여 보니 더머리스가 2층 창가에서 뜨개질하는 모습이 보였으므로 우선 마음을 놓았다.

"오, 사이러, 사이러!"

신시어는 숨마저 멎을 정도였다. 칼이 떨리는 목소리로 말했다.

"좋은 소식이 있으니 정신 단단히 차리고 들어요, 사이러! 아주 아주 좋은 소식이오!"

사이러는 두 사람의 얼굴에서 얼굴로 핏발선 눈을 다급하게 움직였다.

사이러가 외쳤다.

"나에게 있어 좋은 소식이란 단지 하나밖에 없어요. 그것은—설마—?"

"체스터입니다! 그래요, 체스터에 대한 겁니다! 사이러, 체스터는 살아 있어요—무사합니다—체스터도 조도 두 사람 다! 고마운 일 아닙니까? 신시어, 어서 사이러를 부축해요!"

"괜찮아요, 정신을 잃고 쓰러지지는 않아요."

사이러는 신시어의 어깨에 기대어 몸을 지탱했다.

"내 아들이 살아 있다니! 어떻게 알았죠? 어떻게 된 거죠? 어디에 있었답니까?"

"내가 항구에서 듣고 왔습니다, 사이러. 마이크 매크리디의 배 노러리 호가 마그달레나 제도에서 마침 돌아왔는데, 그날 밤 폭풍우로 체스터와 조의 배는 뒤집혔지만 둘은 그 배에 가까스로 매달려 있다가 밤이 샌 뒤 퀘벡으로 가는 도중인 노러 리 호의 도움으로 구출되었다는 겁니다.

그런데 노러 리 호도 폭풍우로 피해를 입고 해로를 벗어나 버렸지요. 그래서 수리를 위해 마그달레나 제도에 닻을 내리지 않을 수 없어서 줄곧 거기 있었답니다. 섬과의 전화선은 고장이 나 버렸고 이 시기에는 우편물을 나르는 배도 들어오지 않습니다.

이 정도로 따뜻한 겨울이 아니었다면 노러 리 호는 봄까지 섬을 못 떠나고 거기 있어야 했을 겁니다. 노러 리 호가 오늘 아침 마스트에 깃발을 나부끼며 항구에 들어왔을 때 그 기쁨이란 정말 대단했습니다."

사이러가 물었다.

"그래, 체스터는—어디 있어요?"

칼과 신시어가 얼굴을 마주보았다. 신시어가 입을 열었다.

"그런데 사이러, 사실은 지금 우리 집 안뜰에 있어요. 칼이 항구에서 데려왔지만, 먼저 당신에게 마음의 준비를 시킨 뒤 여기에 데리고 오자고 내가 말했어요. 체스터는 거기서 당신을 기다리고 있어요."

사이러는 얼른 나무문 쪽으로 한 발 내디뎠다. 하지만 거기서 발을 멈추고 뒤돌아보았다. 사이러의 얼굴에서 기쁨의 빛이 조금 가셔 있었다.

"아니오, 가장 먼저 그 애한테 뛰어가야 할 사람이 따로 있어요. 그 애에게 보상할 수 있는—하느님, 고맙습니다, 그 애에게 보상할 수 있게 되었어요!"

사이러는 집으로 들어가 더머리스를 불렀다. 더머리스가 2층에서 내려오자 사이러는 얼굴에 기쁨과 권리를 양보하는 체념의 빛을 띠고 더머리스에게 두 손을 내밀었다.

"더머리스, 체스터가 우리에게로 돌아왔다—바다가 그 아이를 내게 돌려주었어. 그 애는 칼 화이트네 집에 있으니 가 보거라, 나의 딸아. 가서 그 아이를 내게로 데리고 오너라!"

베티의 교육

세러 커리가 잭 처칠과 결혼했을 때 나는 비탄에 빠졌다. 또는 그렇게 되었다고 스스로 믿었다. 22살 젊은 나에게 그 두 가지는 같은 의미였다.

그렇다고 나만의 비밀을 세상에 털어놓을 수도 없었다. 그것은 우리 더글러스 가문의 방식이 아니었다. 오랫동안 집안에서 내려오는 전통에 부끄럽지 않게 명예를 존중하며 살아가리라고 나는 마음먹었다.

그때는 이같은 나의 정신자세를 알고 있는 사람은 세러뿐이라고 생각했다. 그렇지만 지금 돌이켜 보면, 잭도 틀림없이 알고 있었다. 세러가 잭에게 가만히 있을 리 없었기 때문이었다.

그러나 그는 비록 알고 있었다 해도 그 사실을 내가 눈치채는 일이 없도록 하고, 슬며시 동정을 나타내 날 모욕하지도 않았다. 오히려 결혼식 때 신랑 들러리가 되어줄 것을 부탁했다. 잭은 본디 기품 있는 남자였다.

기꺼이 나는 그의 들러리가 되었다. 잭과 나는 옛날부터 친구였다. 나는 애인을 잃고 덤으로 친구마저 잃고 싶지 않았다. 세러는 현명하게 선택한 것이다. 잭이 나보다 훨씬 남자다웠기 때문이다. 나와 달리 잭은 성실히 일하며 생활을 유지하고 있었다. 이것만 보아도 잭의 훌륭한 점이 설명될 수 있을 것이다.

그리하여 나는 세러의 결혼식에서 마음도 발꿈치 못지않게 가볍다는 듯 즐겁게 춤추었다. 그렇지만 세러와 잭이 글렌비에 정착하자 나는 '단풍나무 저택'의 대문을 잠가버리고 해외로 나가버렸다. 내가 넌지시 암시한 것처럼, 나는 시간과 금전에 대해서는 내 변덕하고만 협의하면 되는 그런 불행한 인간 가운데 하나였다.

나는 지난 10년 동안 외국에 있었다. '단풍나무 저택'은 나방과 녹에게 넘겨주고 다른 곳에서 인생을 즐겼다. 나는 인생을 무척 즐겼지만, 언제나 마지못해 즐겼다. 사랑에 실패한 남자는 나처럼 인생을 즐기면 안 된다고 생각했기 때문이다.

이래서는 안 된다는 강한 자책감으로 열정을 억누르면서 과거에 대해 더 많이 생각하려고 노력했다. 그러나 모든 것이 허사였다. 오직 현재의 즐거운 시간만이 제멋대로 날뛸 뿐이었다. 미래에 대해서는—글쎄, 미래란 없었다.

그러는 동안 가엾게도 잭 처칠이 죽었고 그 뒤 1년쯤 지나 나는 고향으로 돌아와 의무감에 다시 한 번 세러에게 청혼했다. 그러나 세러는 자기 마음은 이미 잭의 무덤 속에 파묻혀버렸다는 이유를 대며, 아니면 그런 효과를 미치는 말로 또다시 거절했다.

나는 거절당했는데도 그리 흔들림이 없다는 사실을 깨달았다. 누구나 33살쯤 되면 22살 때처럼 모든 일을 마음에 새기지는 않게 되는 것이다. 나에게는 해야 할 일이 많았다. '단풍나무 저택'을 제대로 정돈하고 베티의 교육에도 착수하여야 했다.

베티는 세러의 10살 된 딸로 귀여운 응석꾸러기였다. 말하자면 무슨 일이나 자기가 하고 싶은 대로 하는 습관이 있었고, 아버지의 취미를 이어받아 밖에서 놀기를 좋아했으므로 망아지처럼 행동했다.

세러의 아름다움을 전혀 찾아볼 수 없는 깡마른 말괄량이 그 자체였다.

베티는 키가 크고 피부가 까무잡잡한 아버지를 쏙 빼닮았다. 내가 처음 보았을 때는 다리와 목만 눈에 띄었다. 그러나 희망적인 요소도 있었다. 깨끗한 아몬드 모양의 개암빛 눈을 가졌고, 손발 모두 내가 이제까지 본 일이 없을 만큼 작고 예뻤으며, 탐스러운 밤색 머리칼을 굵은 두 가닥 갈래머리로 땋고 있었다.

나는 잭에 대한 우정으로 이 소녀를 훌륭한 교육을 받게 하리라 결심했다. 세러는 할 수 없었고 또 하려고 하지도 않았다. 만약 누군 가가 베티를 떠맡아 현명하게, 그리고 철저하게 교육하지 않으면 베티는 엉망이 되리라는 것을 나는 알았다.

이 문제에 대하여 관심을 갖는 사람은 나 이외에 없는 듯 여겨졌으므로, 독신인 중년남자가 소녀를 어느 정도 이상적으로 성장시킬 수 있는지 무조건 시도해 보기로 결심하였다. 나는 말하자면 베티의 아버지가 될 수도 있었으며 베티의 아버지는 나와 가장 가까운 친구였지 않은가.

그 친구의 딸을 감독하고 돌보는 데 더 이상의 적격자가 어디 있겠는가? 나는 베티의 아버지가 되어, 자식을 위해 일편단심 헌신적으로 사랑하는 아버지 역할을 하리라 결심했다. 그것이 나의 의무임이 뚜렷했다.

나는 세러에게 베티의 교육을 맡겠다고 말했다. 세러는 평소처럼 슬픈 듯 깊은 한숨을 내쉬었다. 예전에 나는 이같은 한숨이 매우 매력적으로 느껴졌었는데, 놀랍게도 지금은 가벼운 짜증이 일었다. 세러는 그렇게 해주면 매우 고맙겠다고 했다.

세러는 솔직하게 인정했다.

"베티에 대한 교육은 나로선 매우 힘겹게 느껴져요, 스티븐. 베티는 색다른 아이예요—머리 끝부터 발 끝까지 처칠이죠. 불쌍한 아버지가 무조건 떠받들어 버릇을 잘못들인 데다 또 그 애 나름대로 외고 집이거든요! 나는 정말이지 그 애를 어떻게 할 수가 없어요. 제멋대로 굴고 늘 밖으로만 뛰어다니니 피부색이 형편없지요. 본디부터 살갗이 나쁜 게 처칠 집안의 내력인 것을—잘 알지요!"

세러는 거울에 비친 부드러운 색조의 자기 피부를 만족스럽게 흘 끗 보면서 말했다.

"올 여름에는 베티에게 꼭 햇볕 가리는 모자를 씌우려 했지만 차 라리 바람에게 이야기하는 편이 나았어요."

이때 햇볕 가리는 모자를 쓴 베티 모습이 상상되어 나는 너무나 즐거워져 세러에게 고마울 정도였다. 그래서 빈말이지만 이렇게 대꾸 했다.

"베티가 어머니의 아름다운 피부를 물려받지 못한 점은 안타깝지 만 주어진 조건 아래 최선을 다할 수밖에요. 한껏 성숙하게 되면 지 금보다 상상할 수 없을 만큼 좋아질 수 있어요.

그리고 우리는 적어도 베티를 숙녀로 성장시켜야만 합니다. 지금이 야 말괄량이처럼 보이지만 노력하면 유종의 미를 거둘 만한 소질이 있거든요!—처칠 집안과 커리 집안의 혈통이 혼합됐으므로 틀림없이 가능합니다.

그렇지만 아무리 잘 타고나도 어리석게 다루면 망쳐질 수도 있지 요. 나는 모든 사람이 부러워하는 좋은 결과가 나오도록 최선을 다 할 것을 약속합니다.

베티에 대한 교육이야말로 내 사명이라고 생각합니다. 나 자신 워 즈워스 시인이 주장하는 '자연'에 대결하겠어요. 그가 지은 교활한 시 에도 불구하고 난 그 방법에 본디부터 찬성할 수 없었지요."

세러는 나의 의도를 조금도 이해하지 못했고 아는 척도 하지 않 았다.

"베티의 교육문제는 모두 당신에게 맡기겠어요, 스티븐."

세러는 또 슬픈 듯 땅이 꺼져라 한숨을 내쉬며 말했다.

"당신보다 더 잘할 수 있는 분은 없다고 생각해요. 당신은 언제나 참으로 기댈 만한 분이었어요."

어쨌든 이제까지의 헌신적 애정에 대한 보답이 이런 모습으로 나타난 것 같았다. 나는 세러에게 비공식적인 조언자, 베티에게는 스스로 자원한 후견인이라는 내 위치가 만족스러웠다. 더구나 나의 결심을 추진하기 위해서는 세러가 내 청혼을 다시금 거절한 것이 다행스럽게도 생각되었다.

어머니와 두 번째 결혼한 의붓아버지로서는 베티에 대한 교육이 크게 실패할지 모르나, 오래 전부터 처칠 집안과 우정을 나눠온 입장에서는 성공이 가능하다는 예감이 들었다. 아버지의 추억에 대한 베티의 충성심은 매우 격렬했으므로 아버지를 밀어내고 그 자리에 앉은 사람이라면 원망하고 믿지도 않을 것이다. 그러나 아버지의 옛 친구에 대하여는 즐거운 마음으로 따뜻하게 대할 게 분명했다.

나에 대한 베티의 호감이야말로 내가 착수하려는 교육의 성공을 위해 좋은 징조였다. 베티는 이 사실을 나에게 솔직하게 말했다. 만일 내가 싫었다면 그런 경우에도 알려주었을 것임에 틀림없는 그런 태도로 정직하게 말했다.

"아저씨는 내가 알고 있는 분 가운데 가장 좋은 분이에요, 스티븐. 그래요, 매우 멋진 분이세요!"

그래서 내가 추진하려는 계획은 비교적 쉬워졌다. 만일 베티가 나를 '매우 멋진 분'이라고 인정하지 않았다면 어떻게 되었을까 생각하면 가끔 몸서리쳐질 때가 있다.

어쨌든 나 스스로가 선택한 방침이므로 나는 버티어내려 했으리라. 베티라면 내 인생을 비참하게 만들 수도 있었을 것이다. 베티는 하려고 마음만 먹으면, 사람들을 괴롭히는 데 놀랄 만큼 뛰어난 재능이 있었다. 뭐니뭐니해도 나는 베티에게 적으로 꼽히고 싶지 않았다.

베티의 아버지 대리 역할 문제에 대해 세러와 상의한 다음날 아침, 나는 솔직한 대화를 통해 상호이해를 깊게 할 목적으로 베티와 함께 말을 타고 글렌비로 갔다.

베티는 매우 날카롭고 예민한 아이로 단단한 맷돌일지라도 투시할 수 있을 듯한 능력으로 상대편을 당황하게 만들 정도였다. 그러므로 음성적으로 우물우물하다가는 틀림없이 내용을 꿰뚫어보고 아마 분개했을 것이다. 나는 베티의 교육을 맡게 된 배경을 솔직하게 본인에게 공개하는 것이 최선이라고 생각했다.

베티는 길게 늘어뜨린 머리칼을 독립정신을 상징하는 깃발처럼 나부끼면서 너도밤나무숲을 몇 마리의 개와 함께 무서운 속도로 달려왔다. 모자도 쓰지 않고 헐떡거리는 베티를 내 앞자리에 태우려고 안아올렸을 때, 내가 설명하려는 수고를 세러가 먼저 덜어준 사실을 알게 되었다.

베티는 말할 수 있게 되자 이렇게 표현했다.

"어머니께 들었어요. 아저씨께서 제 교육을 맡아주시기로 하셨다면서요, 스티븐. 나는 기뻐요. 아저씨는 나이드신 분치고는 비교적 이해심이 많은 편이니까요. 나도 언젠가는 장래를 위한 교육에 어떤 분의 도움이 필요하리라 생각했고, 내가 알고 있는 누구보다도 아저씨가 맡아주시는 편이 좋아요."

나는 진지하게 말했다.

"고맙다. 베티. 이해심이 많다고 해줘서—나도 그 기대에 어긋나지 않게 노력하마. 그리고 내 이야기에 귀기울여주고 내 도움말에 잘 따라주기 바란다."

베티는 대답했다.

"네, 그렇게 하겠어요. 아저씨라면 내가 싫어하는 일을 결코 시키지 않으실 거예요. 날 방에 가두고 바느질 같은 것을 시키지는 않을 테죠? 난 그런 일은 안 할 거예요."

나는 그런 일은 없을 거라고 베티를 안심시켰다. 베티가 추가로 요청했다.

"그리고 나를 기숙사 있는 학교에 보내지 않겠죠. 어머니는 나를 그런 학교에 넣겠다고 겁주시거든요. 아마 훨씬 전에 보냈을지도 모르지만, 어머니는 내가 달아나리라는 것을 아시니까요. 나를 기숙학교에 보내진 않겠지요, 스티븐? 나는 가지 않을 거예요."

나는 부드럽게 말했다.

"그럼, 보내지 않아. 너처럼 원기왕성한 아이를 기숙사 학교에 가두다니 상상할 수 없어. 바구니 속에 넣은 종달새처럼 안달복달하다가 가슴이 터져버리고 말거야!"

"스티븐 아저씨와 나는 멋지게 잘 해나가리라 생각해요."

그러면서 베티는 햇볕에 탄 다갈색 볼을 사랑스럽게 내 어깨에 비벼댔다.

"아저씨는 다른 사람 마음을 잘 아세요. 그런 분은 아주 드물지요. 아버지는 그렇지 못했어요. 물론 아버지도 내가 하고 싶은 일을 하게 해주셨지만, 그것은 내가 의사표시를 미리 했기 때문일 뿐이었어요.

나는 성격상 얌전하지 못해 인형놀이에 그다지 흥미가 없었는데, 그것을 아버지는 모르셨어요. 난 인형 같은 거 아주 싫어해요! 살아있는 진짜 아기라면 재미있을 거예요. 개나 말 같은 동물이 인형보다 훨씬 더 멋져요."

"그래도 공부는 반드시 해야 돼, 베티. 내가 선생님을 정한 다음 너의 공부를 감독할 거야. 다른 것은 몰라도 이 부분에 대해서는 내가 자랑할 수 있도록 도와주기 바란다."

"꼭 그렇게 하겠어요, 진실로요, 스티븐."

베티는 굳게 약속했으며 그것을 지켰다.

처음에 나는 베티에 대한 교육을 의무라고 여겼으나 그것이 얼마 지나지 않아 즐거움으로 바뀌었다. 그리고 내 인생에서 가장 깊고 오래 지속된 흥미가 되었다. 전에 설명했듯, 베티는 훌륭한 소질을 갖고 있었고, 내가 교육시키려는 방향에 완벽하게 순응해 주었다.

하루가 지나고, 일주일이 지나고, 한 달 한 달이 지남에 따라 베티의 인품과 기질은 나의 주의깊은 감시 아래 자연스럽게 꽃피었다. 그것은 마치 진귀한 꽃이 자기 집 정원에서 서서히 자라는 걸 바라보는 것과 비슷했다. 이쪽을 좀 깎아 손질하며 살펴보고, 저편에서 돋아나는 새싹과 덩굴을 정성껏 가꾸면, 그 보답으로 우리 눈 앞에 우아한 균형미가 나타나게 되는 것과 같았다.

베티는 내가 잭 처칠의 딸로서 바라는 이상적인 모습으로 자랐다. 진실한 여성이 갖춰야 될 우아한 마음씨와 온순한 자존심이 깃든 활발함과 당당함, 훼손되지 않는 솔직한 성격이 지닌 충실함과 애정을 아울러 갖추고 마음 속까지 진실하여 거짓과 기만을 싫어했다—그 처녀의 거울에는 구름 한 점 없었으므로, 넋을 잃고 거울을 바라본 남자는 거기에 비친 자기 모습이 너무 어울리지 않아 스스로 부끄러워할 정도였다.

마음씨가 고운 베티는 자기가 지닌 지식이 모두 나에게서 배운 것이라고 말해 주었다. 하지만 그녀가 내게 가르쳐주지 않은 것이 무엇이 있겠는가? 우리 두 사람 사이에서 빚이 있다면 그것은 내 쪽이었다.

세러도 비교적 만족했다. 베티가 좀 더 미인이 아닌 것은 내 잘못이 아니라고 말했다. 확실히 나는 베티의 정신과 성품의 성장을 위해 최선을 다했다. 세러의 말투에는 그러한 하찮은 일들은 하얀 살갗과 장밋빛 볼과 통통한 팔꿈치에 비해 그리 대단치 않다는 뜻이 함축되어 있었다. 그러나 꽤 관대해서 날 비난하지는 않았다.

나는 참을성 있게 말했다—세러에게는 참을성 있게 말하게 되었다.

"베티가 25살이 되면—아주 멋진 여성이 되어 있을 거요—세러,

당신이 하얀 피부와 장밋빛 볼을 자랑스럽게 과시하던 처녀시절보다 한층 더 미인으로 주목받을 거요. 베티가 앞으로 미인이 되리라고 예상할 수 없다니 대체 눈을 어디다 두고 있는 거요?”

세러는 한숨을 쉬었다.

“베티는 이미 17살인데, 볼품없는 말라깽이인데다 살갗이 가무잡잡하거든요. 내가 그 나이 때는 이 근방에서 소문난 미인이었고 나에게 청혼한 사람이 다섯 명이나 있었지요. 베티의 머리에는 연인에 대한 생각은 전혀 없는 듯해요.”

나는 그 생각이 마음에 들지 않았으므로 무뚝뚝하게 말했다.

“나도 그러길 바랍니다. 베티는 아직 어린아이요. 부탁이니 세러, 그 애 머리에 어리석은 생각일랑 불어넣지 말아주오.”

세러는 안타까운 일인 듯 한탄하며 말했다.

“그러고 싶어도 나로선 할 수 없을 것 같아요. 그 애의 머리를 당신이 책이며 그와 비슷한 것으로 가득 채웠어요. 나는 당신의 판단이 옳다고 믿고 있어요, 스티븐—더구나 베티에 대한 여러 가지 배려는 참으로 훌륭했어요.

오히려 지나치게 현명하게 만든 것 같기도 해요. 남자란 너무 똑똑한 여자를 좋아하지 않는 경우가 있지요. 베티 아버지도—남자친구보다 책을 더 좋아하는 여자는 부자연스럽다고 늘 말했거든요.”

나는 잭이 그런 바보스러운 말을 했으리라고는 믿어지지 않았다. 세러가 멋대로 상상한 것이다. 그러나 나는 베티를 학자연하는 여성이라고 비방하는 데 분개했다.

“베티도 남자친구에 대해 관심을 갖게 될 시기가 오면 적절하게 흥미를 갖게 될 겁니다. 아직 그런 때가 오지 않았으니 어리석은 공상이나 감상적인 사고방식보다는 교양을 쌓아두는 편이 훨씬 현명하지요. 나도 까다로운 중년 남자가 됐지만, 베티에겐 나름 만족하고 있소, 세러—진심으로 만족해요.”

세러는 한숨을 지었다.

"어머나! 그 애는 나무랄 데 없다고 생각해요, 스티븐. 더구나 난 당신에게 감사하고 있어요. 나 혼자였다면 아무 일도 못했을 테니까요. 물론 당신 잘못은 아니에요—하지만 그 애가 좀 더 다른 아가씨들과 비슷했으면 하는 아쉬움이 남아요."

나는 머리 끝까지 화가 나서 전속력으로 말을 달려 글렌비를 떠났다. 내가 어리석었던 젊은 시절, 세러가 나와 결혼해 주지 않아 얼마나 다행인가! 만일 결혼했다면 그녀의 한숨과 둔한 감각, 흰 피부와 장밋빛 볼 때문에 정신이 돌아버렸을지도 모르는 일이다.

하지만 아무튼—아무튼—좋은 점도 있다—세러는 마음씨 곱고 착한 여자다. 잭을 행복하게 해주었다. 그리고 하느님의 뜻인지 모르지만, 베티 같은 보기드문 아가씨를 낳았다. 이것만으로도 다른 문제는 너그럽게 용서해야 한다.

나는 단풍나무 저택에 도착해 서재의 낡아빠져 삐걱거리는 안락의자에 몸을 던졌을 때 이미 세러를 용서했고, 그 인사로 세러가 한 말을 진지하게 다시 생각해 보기로 하였다.

정말로 베티는 다른 아가씨들과 다를까? 즉 다른 아가씨들과 비슷한 점이 있어야 하는데도 불구하고 어딘가 독특한 요소가 있는 것일까? 이러한 현상은 나로서도 바라는 바가 아니었다.

나는 융통성 없는 중년 독신자지만, 모든 소녀들에게는 하느님이 내려주신 매력이 있어야 한다고 생각하였다. 나는 베티가 소녀로서 가장 훌륭하고 아름다운 모습을 지니기를 바라고 있었다. 그녀에게 어떤 결점이 있는 것일까?

다음 1주일 남짓 나는 베티를 세심하게 살폈고, 날마다 글렌비에 갔다가 밤에 귀가할 때는 살핀 내용을 낱낱이 분석했다. 그 결과 그때까지 생각하지 못했던 일을 결심하게 되었다. 1년 동안 베티를 기숙학교에 보내기로 생각한 것이다. 베티에게는 다른 소녀들과 함께 지내며 배우는 생활이 필요했다.

다음날 내가 글렌비에 도착했을 때, 베티는 말을 달리고 돌아와 잔디밭에 있는 너도밤나무 아래 서 있었다. 베티는 내가 지난 생일에 선물한 얼룩말을 탄 채, 주위를 뛰어다니는 개들을 보면서 마냥 웃고 있었다.

나는 즐거운 마음으로 베티를 바라보았다. 처칠 집안에서 내려온 혈통을 이어받아 키는 큰 편이지만, 아직도 완전히 어린이다운 모습을 보고 매우 기뻤다. 벨벳 모자 아래로 두 개의 굵게 땋아늘인 머리를 어깨 위에 늘어뜨리고, 소녀다운 생기가 넘치는 얼굴은 마른 편이었지만 아름답고 섬세했다.

세러의 가장 큰 불만인 베티의 다갈색 피부는 말을 타고 왔으므로 붉게 물들었고 길다란 검은 눈은 천진난만한 어린이다운 순수함으로 넘쳐흐르고 있었다. 무엇보다도 베티는 아직 어린아이의 맑은 영혼을 지니고 있었다.

나는 언제까지나 이렇게 지속될 수 있기를 바랐다. 그러나 한편으로 그것을 바랄 수 없다는 사실도 알고 있었다. 베티는 언젠가 여자로서 화려하게 꽃을 피어야 한다. 그리고 이 꽃봉오리를 지켜주며 기대한 대로 꽃피게 하는 것이 내가 해야 할 일이다.

1년동안 기숙학교에 가야 한다고 내가 권유하자, 베티는 의기소침하여 얼굴을 찌푸리면서도 거부하지는 않았다. 베티는 비록 자기 마음에 들지 않아도 내 명령을 받아들여야만 한다는 것을 깨닫고 있었다. 예전에 베티는 내가 결코 자기 마음에 어긋나는 명령은 하지 않으리라고 순진하게 믿고 있었다. 그러나 지금 내게 기울이는 신뢰는 굉장하여 내가 명령하는 것이면 무엇이나 묵묵히 따를 정도가 되었다.

베티가 대답했다.

"물론 가겠어요. 그렇게 하라고 말씀하시니까요, 스티븐. 하지만 어째서 날 보내려는 거지요? 이유가 있을 거예요. 아저씨가 하시는 일에는 반드시 타당한 이유가 있으니까요. 왜죠?"

"그것은 네가 스스로 발견하는 것이 바람직해. 돌아올 때쯤에는 분명 알게 될 거야. 만일 발견하지 못하면 특별한 이유가 아닌 셈이니 잊어버리는 게 편해."

베티가 집에서 떠날 때, 나는 부질없는 충고로 중압감을 주지 않으려고 홀가분하게 작별했다.

나는 말했다.

"매주 편지를 보내도록 하고, 자신이 베티 처칠이라는 것을 잊어선 안 돼."

그때 베티는 개들에게 둘러싸여 한 층계 위에 서 있었다. 그녀는 계단을 내려와 내 목에 매달리며 말했다.

"아저씨가 내 친구라는 것과, 아저씨한테 부끄럽지 않은 생활을 해야 한다는 것을 결코 잊지 않아요. 잘 다녀오겠습니다, 스티븐."

베티는 두세 번 나에게 더 키스했다. 너그럽고 활기찬 키스였다. 베티가 아직도 어린이일 뿐이라고 내가 말하지 않았던가?—베티는 손을 흔들며 말을 타고 떠나는 나를 배웅해 주었다.

한참 달리다가 나는 가로수길 끝에서 뒤돌아보았다. 베티는 짧은 스커트에 모자도 없이 천진난만한 눈으로 저물어가는 저녁해와 마주한 채 아직도 그 자리에 서 있었다. 나로서는 이것이 어린이로서의 베티를 본 마지막이었다.

다음 1년은 허전하고 쓸쓸한 시간이었다. 나에게는 할일이 없어져버려 앞으로 오래 산다고 해도 남에게 도움되지 못하는 존재가 되는 게 아닐까 걱정되기 시작했다. 인생이 재미없고 따분하고 싱거우며 무익한 것처럼 생각되었다. 즐거움이란 1주일에 한 번, 베티에게서 오는 편지뿐이었다. 짜릿짜릿한 느낌을 주는, 그러면서도 독특한 내용이 담긴 편지였다. 베티에게는 의외로 편지쓰는 재능이 있음을 확인

할 수 있었다.

처음에 베티는 향수병으로 집에 돌아오게 해달라고 애원했다. 내가 거절하자—그것은 놀랄 만큼 어려웠다—베티는 세 통의 편지로 미루어 부루퉁해 있었다. 그러나 갑자기 활기를 되찾아 학교생활을 즐기기 시작했다.

거의 1년이 될 무렵 베티로부터 다음과 같은 편지가 도착했다.

"스티븐 아저씨가 어째서 나를 이곳으로 보냈는지 이제야 알게 되었어요—이렇게 도와주셔서 기뻐요."

베티가 글렌비에 돌아온 날 나는 부득이한 사정으로 집에 없었다. 그래서 다음날 오후 글렌비를 방문했다.

베티는 없었으나 세러가 집에 있었다. 세러는 즐거운 표정이었다. 베티가 매우 여자로서 발전했다고 즐거워했다. 나로서도 지난날의 '귀여운 아이'라고는 도저히 생각할 수 없을 것이라는 게 세러의 판단이었다.

그 이야기를 듣고 나는 매우 놀랐다. 대체 어떻게 바뀌었다는 것일까? 베티가 소나무숲으로 산책갔다는 말을 듣고 나는 서둘러 그곳으로 갔다.

길다란 황갈색 길을 내려오는 베티를 발견하고는 나는 나무 뒤에 숨어 그 모습을 지켜보았다. 아주 자연스럽게 그녀의 참모습을 보고 싶었기 때문이었다.

가까이 다가오는 베티를 바라보며 내 가슴은 긍지와 찬탄과 놀라움으로 가득했다—그와 더불어 그 모든 것 밑바닥에서는 나 스스로도 알 수 없으며 생전 처음 경험하는 기묘하고 무서우며 가슴이 철렁하는, 세러에게 청혼을 거절당했을 때도 맛보지 못했던 심정에 휩싸였다.

베티는 이미 한 여성이 되어 있었다. 그렇게 느껴진 것은 입고 있는 소박한 흰 드레스가 날씬하면서도 키 큰 몸매와 조화를 이루어 무어라 표현할 수 없는 우아함과 기품을 나타냈기 때문이 아니었다. 또 윤기 흐르는 짙은 갈색 머리를 위쪽으로 말아올리고 가냘픈 몸의 윤곽에 부드러움과 우아함이 풍부하게 깃들어 있기 때문도 아니었다.

그와 같은 몇 가지 요소 때문이 아니라 꿈꾸는 듯한, 그리워하는 듯한, 무언가를 추구하는 듯한 베티의 눈에 나타난 표정 때문이었다. 베티는 무의식중에 사랑을 찾고 있는 여성이었다.

집으로 돌아온 베티의 변화를 알아차리자 나는 강한 충격 때문에 얼마쯤 입술이 새하얘졌으리라 여겨졌다. 나는 기뻤다. 베티는 내가 원했던 대로 성장한 것이다. 다른 한편으로는 어린이였던 베티를 되찾고 싶었다. 이 여자다운 베티는 내게서 멀리 떨어진 존재처럼 생각되었다.

나는 오솔길로 들어서기 시작했다. 나를 본 베티의 표정이 반짝 빛났다. 그러나 달려와 내 팔에 힘차게 뛰어들지 않았다. 1년 전이었다면 그랬을 테지만. 그 대신 두 손을 벌리고 내 쪽으로 급히 다가왔다.

베티를 처음 보았을 때는 좀 창백하다고 생각했는데 이제는 잘못 보았다고 판단했다. 왜냐하면 베티 얼굴에 아침햇살 같은 아름다운 홍조가 떠올라 있었기 때문이다. 나는 베티의 손을 잡았다—이번에는 키스하지 않았다.

나는 말했다.

"잘 돌아왔다, 베티."

베티는 눈을 반짝이면서 조용하게 말했다.

"오. 스티븐, 돌아와서 기뻐요!"

베티는 나를 다시 만나서 기쁘다고 말해 주지 않았다—나는 그래 주기를 은근히 바랐지만. 게다가 처음인사가 끝난 뒤 베티가 좀 쌀쌀하면서도 서먹서먹하게 느껴졌다. 우리들은 1시간쯤 소나무숲 사이를 거닐면서 이야기를 나누었다. 베티는 재기 넘치고 침착하면서도 위트가 풍부했으며 아주 매력적이었다.

베티는 나무랄 데 없다고 여기면서 한편으로 내 가슴은 아팠다. 빛나는 젊음에 둘러싸인 이 얼마나 훌륭한 아가씨인가! 어딘가에 있는 행운의 젊은 남자에게 훌륭한 선물이 될 것이다—망할 놈의 주제넘은 생각은 집어치워라! 곧 글렌비로 그녀의 숭배자들이 몰려들 것이다. 나는 한 걸음 한 걸음 걸을 때마다 버림받은 젊은이들에게 걸려 넘어지게 되리라!

그런데 그것이 어떻다는 것인가? 베티는 때가 되면 마땅히 결혼하게 되어 있다. 베티가 그녀에게 어울리는 남편을 맞도록 돌보아주는 것이 내 의무 아닌가? 그러나 나는 옛날처럼 베티의 공부를 감독하는 역할이 더 좋다고 생각했다. 그러나 역시 같은 일 아닌가?—그저 지식을 실용화하기 위한 대학원 과정처럼.

베티가 인생 최대 학문이라 할 수 있는 사랑학을 배우기 시작했을 때, 그 집안에서 믿을 수 있는 오랜 친구이면서 동시에 교육을 책임 진 내가 가까이 있으면서, 예전에 프랑스어며 식물학 교사를 추천해 주었듯 그 교사가 내가 생각하고 있는 그대로의 인물인지 주의해서 봐주어야 하는 것이다. 그때까지는 베티의 교육이 끝나지 않은 상태인 것이다.

나는 냉정하게 집 쪽으로 말을 달렸다. 단풍나무 저택에 닿은 나는 최근 몇 년 동안 전혀 하지 않았던 일을 했다—거울에 비친 나를 바라보면서 엄숙하게 비판적으로 관찰한 것이다. 나 스스로 이미 중년의 나이라는 사실이 새삼스럽게 실감나 나를 압박했다. 젊었을 때와 달리 여윈 얼굴에 주름살이 뚜렷하고 관자놀이 언저리에는 검은 머리 속에 흰 머리가 희끗희끗 보였다.

베티가 10살 때 이미 나에게 '나이드신'이라고 말했으니, 18살인 지금은 아마 틀림없이 고대인이라고 생각할 것이다. 흥, 그것이 어떻다는 건가? 누구나 시간이 지나면 어쩔 수 없는 일 아닌가? 그럼에도 불구하고 조금 전 소나무 아래 서 있던 베티의 모습을 떠올리면 무

정하고 매몰찬 고통으로 가득한 무엇인가가 내 마음을 옮켜쥐는 것
같았다.

내 예상대로 이윽고 글렌비는 숭배자들로 가득해졌다. 대체 어디에
서 이렇게 모여든 것일까? 나는 이 지방에 젊은이가 여기 모인 사람
의 4분의 1도 안 되는 줄 알았었다. 어쨌든 그만한 사람들이 실제로
여기 있는 것이다.

세러는 제7천국에 오른 것처럼 기뻐했다. 마침내 베티가 사교계의
스타가 된 것이다. 결혼신청으로 말하면, 베티는 공공연하게 머리가
죽을 세지는 않았지만 이따금 찾아온 젊은이가 경쟁에서 낙오되어
다시는 글렌비에 모습을 나타내지 않게 되었다. 무슨 사정이 있었는
지는 짐작이 갔다.

베티는 이같은 상황을 즐기는 것 같았다. 이런 이야기를 하는 것은
서글픈 일이지만, 베티에게는 교태가 좀 있었다. 그래서 나는 이 심각
한 결점을 고쳐주려고 노력했으나 이번만은 전혀 성공할 수 없음을
깨달았다. 몇 번 설교했으나 베티는 그저 웃을 뿐이었다. 엄격한 태
도로 꾸짖어도 소용없었다. 오히려 전보다 더 떠들어대며 희희낙락할
뿐이었다.

젊은이들은 수없이 오가기를 거듭했지만, 베티에게는 전혀 변화가
없었다. 이같은 상황 속에서 1년이 지나자, 이제는 진지하게 간섭할
때가 왔다고 생각했다. 베티에게 좋은 신랑감을 찾아줘야 한다―그
때까지는 아버지 친구로서의 내 의무, 아니 사회에 대한 내 의무가 끝
나지 않는 것이다. 제멋대로 행동하게 내버려두면 베티는 위험하다.

글렌비에 출몰하는 남자들 가운데 베티에게 어울리는 젊은이는
아무도 없었다. 나는 내 조카 프랭크가 괜찮겠다고 생각했다. 프랭크
는 훌륭한 젊은이였고, 미남에 마음도 깨끗하고 성실했다. 어떤 면으
로 보아도 베티에게 과분할 만큼 좋은 상대임에 틀림없었다. 재력과
사회적 지위가 있고 명석한 젊은 변호사로 촉망받고 있었다. 그렇다,

베티를 프랭크와 결혼시키자, 프랭크 녀석!

두 사람은 이제까지 한 번도 만난 일이 없었다. 나는 운명의 수레바퀴를 돌리기 시작했다. 소란스러운 일들은 빨리 끝내버릴수록 좋다. 나는 난리법석을 떨기는 싫지만, 여러 가지 문제가 있으리라는 점을 예상하지 않으면 안 될 것이다. 그러나 나는 숙련된 중매쟁이처럼 일을 진행시켰다.

프랭크를 단풍나무 저택에 놀러오라고 초대하고, 그가 오기 전 베티에게 열심히—그러나 지나치지 않을 만큼—칭찬과 그의 결점을 혼합시켜가면서 프랭크를 화제삼아 이야기했다. 여성들이란 절대로 모범적인 인물을 좋아하지 않는다.

베티는 여느 때 젊은이에 대한 내 이야기를 들을 때보다 훨씬 진지하게 경청하였다. 더구나 프랭크에 대해 몇 가지 질문까지 해주어 좋은 징조로 생각되었다.

한편 프랭크에게는 베티에 대한 이야기를 한 마디도 하지 않았다. 나는 단풍나무 저택에 찾아온 프랭크를 글렌비로 데려가, 해질녘 너도밤나무숲을 산책하고 있는 베티를 만나자 아무 예고없이 그녀를 소개했다.

프랭크가 만일 그 자리에서 베티에게 빠지지 않았다면 그는 정상적인 인간이라 할 수 없을 것이다. 어떤 남자라도 그녀에게 맞설 수 없다—저렇듯 아름답고도 우아하고 매혹적인 여성에게는.

베티는 새하얀 드레스 차림이었고 머리에는 흰 꽃을 꽂고 있었다. 순간 나는 베티를 사랑한다면서 함부로 신성모독행위를 하는 경우에는 프랭크든 누구든 죽여버릴 것만 같았다.

하지만 마음을 진정시킨 다음 두 사람만 남겨놓고 그곳을 떠났다. 나는 집 안으로 들어가 세러와 대화할 수도 있었다—두 젊은이가 밖에서 사랑을 이야기하는 동안 나이든 우리 두 사람은 우리들의 청춘시대를 점잖게 회상할 수도 있었다—그러나 나는 그렇게 하지 않았다.

나는 소나무숲을 거닐면서, 저 곱슬머리 젊은이 프랭크가 베티를 보았을 때 얼마나 쾌활했고 잘 생겼으며, 그의 눈이 어떻게 빛났던가를 잊으려 했다. 그런 그의 태도가 어떻다는 것인가? 프랭크를 여기까지 데리고 온 것은 그 때문이 아니었던가? 나는 계획한 일이 성공했는데도 왜 기뻐하지 않고 있는 것일까? 기뻐해야만 한다! 매우 좋은 일이다!

다음날 프랭크는 빈말로라도 나에게 동행해줄 것을 부탁하는 말 한 마디 없이 글렌비로 갔다. 나는 프랭크가 없는 동안 그때 마침 새로 만들고 있던 온실 건축을 감독하면서 시간을 보냈다. 나는 감독하면서도 전혀 흥미가 없었다. 그 온실은 장미를 키우려고 짓고 있었는데, 장미라고 하니 베티가 지난 주 어느 날 저녁 가슴에 꽂았던 엷은 노란 장미가 생각났다.

그날은 어찌된 까닭인지 베티의 숭배자들이 아무도 모습을 나타내지 않았으므로 우리 두 사람은 소나무숲을 거닐며 베티의 젊은 여성다움과 내 흰머리가 우리를 갈라놓지 않았던 옛날처럼 이야기를 나누었다. 그때 베티가 장미 한 송이를 땅에 떨어뜨렸다.

나는 베티를 집까지 바래다준 뒤, 살며시 그 자리로 다시 돌아가 그 꽃을 주워 집으로 돌아왔다. 그 장미는 지금도 내 수첩에 고이 간직하고 있다. 그렇다, 앞으로 신부의 아저씨될 사람이 장래의 조카며느리에 대하여 육친으로서의 애정을 품고 있다 하더라도 그릇된 일은 아니지 않은가?

프랭크의 구애는 잘 진행되는 것 같았다. 프랭크가 나타난 뒤, 글렌비를 들락거리던 젊은이들이 서서히 자취를 감추었다. 베티는 너무도 다정하게 프랭크를 대했고 세러도 그를 웃음띤 얼굴로 상대했다. 나는 희랍 비극에 나오는 자비로운 신처럼 잘 보이지 않는 배경에 숨어 조종하고 있는 것이 자기라고 우쭐해 했다.

한 달쯤 지날 무렵 뭔가 문제가 생긴 것 같았다. 어느 날 프랭크가 걱정스러운 얼굴로 돌아와 꼬박 이틀 동안 집에서 울적하게 지냈다.

사흘째 되던 날, 나는 말을 타고 글렌비로 갔다. 그동안 나는 글렌비에 그리 간 일이 없었지만, 베티 쪽에 어떤 문제가 생겼다면 그것을 원만하게 해결하는 게 나의 의무인 것이다.

여느 때처럼 나는 소나무숲에 있는 베티를 발견했다. 좀 창백하고 활기가 없어 보였다—틀림없이 프랭크 일로 고민하고 있는 듯했다. 나를 보자 베티는 얼굴이 밝아졌다. 아마도 내가 자기의 고민을 해결해주러 온 것으로 기대한 게 분명했다. 그러나 베티는 도도하고 무관심한 척했다.

베티는 차갑게 말했다.

"우리들 일을 완전히 잊어버리지 않아서 기뻐요, 스티븐. 왜 지난 1주일 동안 오지 않았지요?"

"정확하게 기억해주어서 고맙군!"

나는 넘어진 나무 위에 걸터앉아 베티를 올려다보았다. 키가 크면서도 탄력 있고 부드러운 체격의 베티는 늙은 소나무에 기대선 채 눈길은 다른 곳을 응시하고 있었다.

"나 같은 시대에 뒤떨어진 늙은이가 주제넘게 나서서 젊은 연인들의 태평스러운 꿈의 한때를 망치는 게 아닐까 하고 걱정했기 때문이지"

"왜 아저씨는 언제나 자신을 늙었다고 말씀하세요?"

베티는 내가 프랭크 이야기를 꺼냈는데도 모르는 체 무시하며 뾰로통하여 말했다.

"그건 내가 나이들었기 때문이야! 이 흰머리가 증거지."

나는 모자를 벗고 의식적으로 흰머리가 잘 보이도록 했다. 그러나 베티는 거들떠보지도 않았다.

"그 정도 흰머리는 아저씨를 훌륭하고 당당해 보이게 하는데 도와

줄 뿐이에요. 이제 겨우 40살인데, 남자의 한창나이가 40살이고, 세상사에 분별이 생기는 것도 40살부터라는 말이 있어요. 그 나이에도 판단력이 시원치 못한 사람이 있지만요."

베티는 주제넘게 결론을 지었다.

나는 가슴이 두근두근했다. 베티가 눈치챈 것이 아닐까? 베티의 마지막 이야기는 남몰래 품고 있는 어리석은 생각을 꿰뚫어보고 비웃는 말이 아닐까?

나는 침통하게 말했다.

"나는 베티와 프랭크 사이에 뭐가 잘못됐는지 알아보러 왔어."

베티는 입술을 깨물었다.

"아무 일도 아니에요!"

나는 나무라는 듯한 목소리로 말했다.

"내가 너를 교육시키는 동안 목표로 삼은 것은—말하자면 교육목표는 진실만을 추구하는 것, 오로지 그것뿐이었는데—그것이 잘못됐다면 문제가 심각해. 한번 더 기회를 주지. 프랭크와 싸웠니?"

베티가 오히려 화를 내며 말했다.

"아니오. 그쪽에서 먼저 싸움을 걸었어요. 화내고 갔지만—다시 돌아오지 않아도 상관없어요!"

나는 머리를 흔들었다.

"그래선 안 돼, 베티! 너에게 야단칠 수 있는 남편이 생길 때까지 나는 아직 처칠 집안의 오랜 친구로서 베티가 잘못하면 나무랄 자격이 있다고 생각해. 그렇듯 착한 프랭크를 괴롭히면 안 돼. 프랭크와 결혼해야 해, 베티."

"꼭 그렇게 해야만 되나요?"

베티의 볼이 짙은 분홍색으로 물들었다. 베티는 나를 당황케 하는 태도로 내 쪽으로 눈길을 돌렸다.

"당신은 내가 그와 결혼하기를 정말 원하나요, 스티븐?"

베티에게는 일부러 남을 애먹이기 위해 대명사를 특히 강하게 말하는 나쁜 버릇이 있었다.

나는 그녀 쪽을 보지 않고 대답했다.

"그렇고말고. 그게 내 소원이야. 그것이 너에게 가장 좋은 일이라고 생각하니까. 너는 언젠가 결혼하지 않으면 안 돼, 베티. 내가 알고 있는 남자 중에서 베티를 맡길 수 있는 사람은 프랭크뿐이야. 나는 후견인의 의무로서 베티가 행복하고 성공적인 인생을 보낼 수 있도록 끝까지 지켜보지 않으면 안 돼.

이제까지 베티는 나의 충고를 받아들였고 내가 바라는 대로 협조해 왔는데, 긴 안목으로 볼 때 나의 선택이 가장 옳았다고 생각하지 않아, 베티? 설마 이제 와서 반항하는 일은 없겠지. 내가 베티가 잘되도록 충고한다는 것을 잘 알고 있지.

프랭크는 훌륭한 청년이고 베티를 진심으로 사랑하고 있어. 프랭크와 결혼하도록 해, 베티. 분명히 말해두지만 명령하는 것은 아니야. 나에겐 명령할 권리가 없고, 있다고 해도 베티는 이제 명령에 따라야 할 나이가 아니지. 다만 나는 그렇게 되기를 바라면서 충고할 뿐이야. 그것으로 충분하지 않을까, 베티?"

이야기하는 동안 나는 베티로부터 눈길을 돌려 저녁노을을 받고 있는 소나무숲 건너편을 응시했다. 나의 말 한 마디 한 마디는 나의 가슴을 찢고 피로 얼룩져 힘겹게 입술로부터 겨우 나오는 듯했다. 그렇다, 베티는 프랭크와 결혼해야 하는 것이다! 그러면, 아, 나는 어떻게 되는 것인가?

베티는 몸을 기대고 있던 소나무를 떠나 내 주위를 빙 돌더니 내 얼굴 바로 앞에 섰다. 나는 베티의 얼굴을 보지 않을 수 없었다. 나의 시선을 따라 베티도 눈길을 움직였기 때문이다. 베티에게는 온순함이나 공손함 같은 것은 찾을 수 없었다. 머리를 반듯하게 세웠고 눈빛은 찬란하게 빛났으며 볼은 빨갛게 물들어 있었다. 그러면서도 목소리만은 부드럽고 온화했다.

"그렇게 바라신다면 프랭크와 결혼하겠어요, 스티븐. 아저씨는 내 친구이고, 말씀대로 나는 그동안 한 번도 아저씨 말을 거스른 일이 없으며, 또 그것을 한 번도 후회한 적이 없어요. 이번 경우에도 아저씨 말씀대로 하겠어요, 약속하겠어요.

하지만 이번 일은 중대한 문제이기 때문에 아저씨가 진실로 그것을 바라고 계신지를 확인하고 싶어요. 내 머리나 마음 속에 작은 의문의 그림자도 있으면 안 되니까요.

내 눈을 똑바로 봐주세요, 스티븐―오늘은 한 번도, 아니, 내가 학교에서 돌아온 뒤로 한 번도 그러지 않았어요―그리고, 그렇게 보면서 내가 프랭크와 결혼하길 바라고 있다고 다시 말해 주면 나는 따르겠어요! 정말 그래요, 스티븐?"

나는 베티의 눈을 보지 않을 수 없었다. 그렇지 않으면 베티를 이해시킬 수 없을 테니까. 그래서 베티를 그렇게 본 순간, 나에게 잠재되어 있던 남성적인 용기와 힘이 머리를 들고 올라와 베티에게 말하려고 했던 거짓말에 강력히 반발했다. 전혀 망설임도 없이 상대편 마음을 압박하는 듯한 베티의 단호한 시선은 나도 모르게 내 입에서 진실을 끌어내고 말았다.

나는 격렬하게 말했다.

"아니야! 사실은 네가 프랭크 더글러스와 결혼하기를 바라지 않아, 절대로 싫어! 나 아닌 이 세상 어느 남자와도 결혼하는 것을 바라지 않아! 나는 너를 사랑해, 깊이 사랑하고 있어, 베티. 너는 내 생명보다 소중해―내 자신의 행복보다도 더 소중해. 내가 생각한 것은 오로지 너의 행복이야―그래서 프랭크와 결혼하라고 말한 거야, 프랭크라면 베티를 행복한 여자로 만들어줄 수 있다고 믿었으므로. 그뿐이야!"

베티의 도전적인 태도가 돌연 꺼져버린 불길처럼 사그라지고 나에게 등을 보이며 휙 돌아서더니 당당하고 도도한 자세였던 머리를 수그렸다.

베티는 속삭이듯 말했다.

"다른 사람을 사랑하면서 누군가와 결혼한다면 결코 행복해질 수 없어요."

나는 일어서서 베티 옆으로 다가갔다. 그리고 나도 속삭이듯 물었다.

"베티, 누구를 사랑하고 있니?"

"바로 아저씨예요!"

베티가 얌전하게 소근거렸다―아―이렇게도 조용하게, 나의 자랑스러운 작은 아가씨가!

나는 띄엄띄엄 말했다.

"베티! 나는 나이가 많아―베티에게는 너무 나이가 많아―20년이나 더 많아―나는―"

베티는 휙 돌아서 발을 동동 굴렀다.

"오! 제발! 두 번 다시 나이 이야기는 하지 마세요, 아저씨가 무드셀라만큼 나이가 많아도 상관없어요. 하지만 억지로 나와 결혼해주지 않아도 좋아요! 아저씨가 싫다면 나는 평생 누구와도 결혼하지 않겠어요―노처녀로 일생을 끝내겠어요. 아저씨 좋을 대로 하세요!"

베티는 울면서 또 웃으면서 나를 외면했다. 하지만 나는 그녀를 내 팔에 끌어안고 그녀의 아름다운 입술에 내 입술을 포갰다.

"베티, 나는 이 세상에서 가장 행복한 사람이야―난 이곳에 왔을 때는 너무나 비참했었지."

베티는 혹독하게 말했다.

"당연해요. 고소하고 시원해요. 아저씨 같은 바보는 비참해지는 게 마땅해요. 내가 어떤 느낌이었는지 알아요? 온 마음으로 아저씨를 사랑하고 있는데, 내가 다른 남자를 좋아하도록 만들려고 했지요.

난 오래 전부터 아저씨를 좋아했어요, 스티브. 하지만 나도 가기 싫었던 그 학교에 갈 때까지는 그것을 깨닫지 못했어요. 거기에 가서 처음 알았어요—그래서 아저씨가 그 때문에 나를 이곳에 보냈구나 하고 생각했어요.

하지만 집에 돌아왔을 때 아저씨는 계속 나를 비탄에 빠지게 했어요. 그래서 의식적으로 사람 좋은 가엾은 젊은이들과 어울려 놀아본 거예요—아저씨에게 상처주려고 했지만 결코 성공하지 못했죠. 아저씨는 여전히 '아버지 역할'만 했으니까요.

그러다가 아저씨가—프랭크를 이곳으로 데려왔을 때는 이제 단념할까도 생각했어요. 포기하고 프랭크와 결혼하려고 마음먹으려고도 했어요. 그렇지만 행복을 내것으로 만들기 위해 다시 한 번 시도해보지 않을 수 없었어요.

그것은 단 하나 작은 희망의 불꽃이 있었기 때문인데, 이것에 의지하여 꽤 대담해질 수 있었어요. 아저씨가 그날 밤 여기에 돌아와서 장미꽃을 주워올리는 것을 보았거든요! 나는 그때 혼자 괴로운 심정으로 있고 싶어서 되돌아왔었어요."

내가 말했다.

"이런 엄청난 일이 또 있을 수 있을까—베티가 날 사랑하고 있을 줄이야."

"이상할 것 없어요—난 아저씨를 사랑하지 않을 수 없었어요."

베티는 갈색 머리를 내 어깨에 기댔다.

"아저씨가 내게 모든 것을 가르쳤잖아요, 스티브. 그러니 아저씨 말고는 누구도 내게 사랑을 가르쳐줄 수 없었을 거예요. 아저씨는 나를 완벽하게 교육시킨 셈이지요."

나는 조바심을 내며 물었다.

"언제 결혼해 주겠어, 베티?"

베티가 말했다.

"아저씨가 나를 다른 사람과 결혼시키려고 한 그 마음을 내가 충분히 이해하고 용서하게 되면요."

잘 생각해 보면 불쌍한 사람은 프랭크였다. 인간이란 이기적인 동물이어서 우리는 프랭크를 그다지 배려하지 않았다. 하지만 프랭크는 더글러스 집안의 구성원답게 훌륭한 태도를 보여주었다. 내 이야기를 듣자 입술이 핼쑥해지면서도 나의 행복을 기원했고 '신사답고 의연하게' 조용히 떠났다.

그 뒤 프랭크는 결혼해 매우 행복한 듯하다. 물론 나만큼 행복하지는 못할 것이다. 그건 불가능하다. 왜냐하면 이 세상에서 베티는 하나뿐이고, 그 베티는 나의 아내이기 때문이다.

꿋꿋한 희생

5월로 접어든 어느 저녁 무렵, 으스스 차가운 바람이 네이어미 홀런드가 죽어가고 있는 방의 커튼을 부풀리기도 하고 밖으로 펄럭거리게도 하고 있었다. 공기가 축축하고 차가웠으나 앓는 여자는 창문을 닫지 못하게 했다.

네이어미는 말했다.

"모조리 꼭 닫아버리면 답답해서 숨을 쉴 수가 없어요. 무엇보다도 나는 질식해서 죽기는 싫어요, 캐럴라인 홀런드."

창문 밖에는 벚나무가 한 그루 있는데, 그녀가 살아 있는 동안은 볼 수 없는, 머잖아 꽃이 필 물기 머금은 봉오리로 덮여 있었다. 그 가지 사이로 점점 희미하게 자줏빛이 짙어가는 언덕 위로 수정 찻잔 같은 하늘이 네이어미에게 보였다.

바깥 공기 속에는 달콤하고 기분 좋은 봄의 속삭임이 가득차 때때로 방 안으로 흘러들어왔다. 헛간 앞마당으로부터 말소리며 휘파람 소리가 들리고 이따금 나직한 웃음소리도 들려왔다. 잠시 동안 작은 새 한 마리가 벚나무 가지에 앉아 재잘거렸다.

나직한 소리와 고요함이 네이어미에게 그녀가 볼 수 없는 친근한 사물에 대해 말해 주고 있었다—문기둥 옆 붉은 단풍나무, 저지대에 끼는 잿빛 안개며 보드라운 봄하늘 은빛 별들에 대하여.

좁은 방은 초라했고 바닥에는 끈으로 짠 깔개 두 장이 깔려 있을 뿐이었다. 칠이 벗겨지고 거무스름하게 그을린 벽은 보기 흉했다.

본디 네이어미 홀런드 주변은 그리 아름답지 못했는데, 임종자리에 누운 지금은 더욱 그러했다.

10살쯤 된 남자아이가 열어젖힌 창가에서 문턱으로 몸을 내밀고 휘파람을 불고 있었다. 나이에 비해 키가 크고 아름다웠다—짙은 적갈색 곱슬머리가 반짝반짝 빛나고 있었다. 흰 살갗은 발그스름한 빛이 돌았다. 작은 눈은 초록빛 도는 푸른빛에 눈동자는 크게 뜨이고 속눈썹은 길었다. 허약한 턱에 두툼하고 부루퉁한 입매였다.

창문에서 멀리 떨어진 한구석에 놓인 침대에서 병자는 끊임없이 일어나는 고통에도 불구하고 그곳에 눕게 된 뒤 줄곧 조용히 꼼짝 않고 누워 있었다. 네이어미 홀런드는 결코 괴로움을 호소하지 않았다. 참을 수 없을 만큼 고통이 심할 때는 핏기없는 입술을 더욱 꽉 깨물었다. 아무 장식 없는 벽을 뚫어지게 보는 그 크고 검은 눈을 보면 간병하는 사람조차 소름이 끼칠 정도였으나 네이어미는 한마디도, 신음소리 하나 내지 않았다.

발작이 멎은 동안에는 언제나 주위를 둘러싼 삶에 강한 관심을 보였다. 어떤 일이든 네이어미의 날카로운 귀와 눈을 속일 수는 없었다. 오늘 저녁 네이어미는 기진맥진하여 구깃구깃한 베개에 엎드려 있었다. 오후에 심한 발작이 있었기 때문에 퍽 지쳐 있었던 것이다.

희미한 전등 아래 퍽 길쭉한 그녀의 얼굴은 이미 죽은 사람 같았다. 한 가닥으로 땋은 검은 머리는 베개에서 침대 시트로 드리워져 있었다. 그녀가 지니고 있는 아름다움의 잔영이라면 이 머리뿐으로, 네이어미는 그것에 벅찬 기쁨을 느끼고 있었다. 이 길고 윤기 흐르는 구불구불한 머리칼은 무슨 일이 있어도 날마다 빗질하여 땋아야만 했다.

침대 머리맡 의자에 14살 된 소녀가 머리를 베개에 기댄 채 웅크리고 앉아 있었다. 창가의 소년은 그녀와 아버지가 다른 남동생이었으나, 크리스토퍼 홀런드와 유니스 커 사이에 닮은 점은 조금도 없었다.

이윽고 신음하는 듯한 숨소리만 들리던 조용한 분위기가 나직이 씹어삼키는 듯한 흐느낌으로 깨져버렸다. 벚나무 가지 사이에서 빛나는 하얀 초저녁 별을 바라보던 병자는 그 소리에 화난 듯 돌아보며 날카롭게 나무랐다.

"유니스, 그러면 안 돼. 내가 죽을 때까지 누구든 우는 것은 싫다. 또 죽고 난 뒤면 달리 할 일이 산더미처럼 생길 테지. 크리스토퍼 일만 아니라면 나는 죽는 것이 조금도 무섭지 않아. 나 같은 일생을 보낸 사람으로서는 죽는다 한들 그리 두려울 게 없지. 다만 꼭 죽어야만 하는 거라면 어서 죽어서 이곳을 떠나고 싶다. 이처럼 느릿느릿 죽기는 싫구나. 공평치도 못하지!"

병자는 마지막 말을 뭔가 눈에 보이지 않은 폭군에게 말하듯 내뱉었다. 적어도 그 목소리만은 약하지 않고 여전히 또렷또렷하며 신랄하기까지 했다. 창가의 소년은 휘파람을 멈추었고, 소녀는 말없이 자신의 색바랜 깅엄 앞치마로 눈물을 닦았다.

네이어미는 자기 머리칼을 입술로 가져가 입을 맞추었다.

"너는 이런 머릿결을 가질 수 없어, 유니스. 땅에 묻기에는 아까우리만큼 아름답잖니? 명심하고 내 몸을 묻으려 눕힐 때 반드시 이 머리를 잘 놓거라. 머리 위로 곧바로 올려 그곳에서 곱게 땋아야 해."

상처 입은 짐승이 부르짖는 듯한 목소리가 소녀의 입에서 새어나왔다. 그 순간 문이 열리고 한 여자가 들어왔다.

그녀는 목소리를 높여 말했다.

"크리스, 어서 소 있는 데로 가거라. 이 게으름뱅이! 가야 한다는 것을 알면서 이런 데서 게으름부리고 있다니. 내가 여기저기 찾게 만들고. 자, 어서. 너무 늦어버렸어!"

소년은 머리를 수그리고 숙모에게 부루퉁한 표정을 지어보였으나 명령을 거스를 수 없어 언짢은 듯 중얼중얼거리며 맥없이 방을 나갔다. 숙모는 소년의 뺨을 때려주려고 몸을 도사렸다가 갑자기 놀란 듯 침대 쪽을 보며 참았다. 네이어미 홀런드는 몹시 쇠약하여 거의 죽어가고 있지만 그녀의 성깔은 지금까지 사람들을 두렵게 해왔다. 그녀의 동서도 크리스토퍼의 뺨을 때려 그 성질을 돋굴 마음은 없었다.

그녀와 시중드는 간호사에게는 이 병자가 이따금 일으키는 노염의 발작이 마치 악마에게 사로잡힌 듯이 버겁게 느껴졌다. 바로 사흘 전에는 크리스토퍼가 숙모에게 학대받은 이런저런 일을 모조리 호소하여 발작이 일어났었으므로, 그녀는 두 번 다시 그런 노염의 발작을 일으키게 하고 싶지 않았다. 그녀는 침대로 다가가 침구의 위치를 바로잡았다.

"나는 세러와 우유 짜러 가요, 네이어미. 유니스는 여기 있거라. 또 발작이 일어날 듯 싶으면 얼른 내게로 달려오면 돼."

네이어미는 심술궂은 기쁨을 느끼는 듯한 표정으로 동서를 올려다보았다.

"나는 이제 발작을 일으키지 않아요, 캐럴라인 앤. 오늘 밤 죽을 테니까요. 그렇다고 우유 짜는 일을 서두를 필요는 없어요. 나는 천천히 시간을 끌 거예요."

네이어미는 상대의 놀라는 얼굴을 보기 좋아했다. 캐럴라인 홀런드를 그처럼 놀라게 해주는 것은 아주 재미있는 일이었다.

캐럴라인은 떨면서 물었다.

"기분이 좋지 않아요, 네이어미? 그러면 찰스에게 의사를 모셔오라고 하겠어요."

"아니, 그러지 말아요. 의사가 내게 뭘 해준다는 거죠? 아무래도 죽을 텐데 의사나 찰스의 허락을 받고 싶지는 않아요. 마음놓고 우유

짜러 가도 좋아요. 동서가 끝낼 때까지 나는 죽지 않을 테니까요—나를 보고 싶어하는 동서의 즐거움을 빼앗지 않겠어요."

홀런드 부인은 입을 다물고 순교자 같은 표정으로 방에서 나갔다. 이럭저럭 네이어미 홀런드는 힘든 환자는 아니었으나 반드시 가슴을 찌르는 듯한 독설을 지껄이는 일에 만족을 느꼈다. 임종자리에 있으면서도 여전히 동서에 대한 적개심을 여실히 드러내지 않고는 못 견디는 것이었다.

바깥 층계에서는 세러 스펜서가 우유받을 양동이를 들고 기다리고 있었다. 세러는 정해진 주소가 없으나 환자가 있는 곳에는 반드시 있었다. 경험이 많고 전혀 무신경한 점에서 세러는 우수한 간호사였다. 키가 큰 못생긴 여자로 머리는 철회색에 얼굴에는 주름이 깊게 패여 있었다. 세러와 나란히 서면 아담하고 몸집이 작은 캐럴라인 앤은 가벼운 걸음걸이와 사과같이 붉은 얼굴로 마치 소녀처럼 보였다.

두 여자는 뒤뜰로 걸어가며 목소리를 낮춰 네이어미에 대해 이야기했다. 두 사람이 떠난 집 안은 조용했다.

네이어미 홀런드의 방에 어둠이 찾아들었다. 유니스는 잔뜩 겁먹은 듯 어머니 위로 몸을 구부렸다.

"어머니, 촛불을 켤까요?"

"켜지 마라. 지금 저 벚나무 큰 가지 밑 별을 보고 있다. 별이 언덕 뒤로 사라지는 것을 봐야지. 12년 동안 때때로 저 별이 저곳에 있는 것을 보아왔고 지금 최후의 작별을 하며 보고 있어. 너도 조용히 있거라. 좀 생각할 일이 있으니 방해하지 마라."

소녀는 조용히 일어나 침대 기둥에 두 손으로 깍지를 끼었다. 그 손 위에 얼굴을 파묻고 조용히 이로 입술을 깨물고 있었으므로 햇볕에 거칠어진 피부에 하얀 잇자국이 나타났다.

네이어미는 유니스에게 신경 쓰지 않았다. 아직도 희미한 하늘에서 반짝이는 큰 진주 같은 별을 물끄러미 보고만 있었다. 드디어 별이 시

야에서 사라지자 네이어미는 가느다랗게 여윈 손을 두 번 강하게 마주쳤다. 한순간 고민스러운 표정이 얼굴에 떠올랐다. 그러나 입을 열었을 때 그 목소리는 아주 침착했다.

"이제 촛불을 켜도 괜찮다, 유니스. 선반 위에 놓아라. 불빛이 내 눈에 들어오지 않도록. 그 다음에는 내가 너를 볼 수 있도록 침대 발치에 앉거라. 네게 할 말이 있어."

유니스는 잠자코 시키는 대로 했다. 파르스름한 불이 켜지자 이 어린이의 모습이 뚜렷이 떠올랐다. 소녀는 여위었고 불구였다—한쪽 어깨가 다른 쪽 어깨보다 조금 높았다. 살갗은 어머니를 닮아 가무잡잡했으나 얼굴 생김새는 반듯하지 않고, 윤기 없이 뒤얽힌 머리칼은 얼굴 앞으로 늘어뜨려져 있었다. 눈은 짙은 갈색이고, 한쪽 눈 위에 비스듬히 붉은 점이 있었다.

네이어미는 여느 때처럼 경멸을 감추지 않고 딸을 바라보았다. 자기의 피와 살을 나눈 딸이면서도 네이어미는 한 번도 애정을 느낀 적이 없었다. 어머니로서 그녀의 사랑은 모두 아들에게 쏟아지고 있었다.

유니스는 촛불을 선반 위에 놓고 볼품없는 푸른 종이 블라인드를 내려, 지금은 스무 개쯤 희미하게 별이 반짝이는 자줏빛 하늘을 막아버린 다음 침대 끝 어머니와 마주보는 곳에 앉았다.

"문은 닫혔겠지, 유니스?"

유니스는 고개를 끄덕였다.

"지금부터 내가 하려는 말을 캐럴라인이든 다른 누구든 엿보거나 듣는 게 싫구나. 때마침 캐럴라인이 우유를 짜러 갔으니까 지금 이 기회를 이용해야만 해. 유니스, 나는 죽어가고 있다. 그러니……"

"어머니!"

"얘야, 슬퍼하지 마라! 머잖아 그렇게 되리라는 것을 너도 알고 있을 텐데. 나는 말할 힘도 그리 없으니까 가만히 잘 들거라. 지금은 조

금도 아프지 않으니까 똑똑히 생각하면서 말할 수 있어. 듣고 있니, 유니스?"

"네, 어머니."

"잘 듣거라. 크리스토퍼 일이다. 앓아누운 뒤로 한 번도 내 마음에서 떠난 적이 없었어. 그 아이를 위해 어떻게든 살아보려고 1년 동안 싸워 왔지만 이젠 어쩔 수 없구나. 저 애를 두고 죽어야 하는데 저 애가 어떻게 될지 생각하면 몹시 두려워."

네이어미는 입을 다물고 여윈 손으로 테이블을 세게 쳤다.

"저 애가 조금 더 커서 자기 앞가림을 할 수 있다면 이처럼 안타깝지 않을 거야. 그런데 아직 어린아이인데다 캐럴라인이 저 애를 몹시 싫어하잖니. 너희는 둘 다 제몫을 할 때까지 캐럴라인 숙모와 살아야만 해. 숙모는 분명 저 애를 혹사하고 학대하겠지. 어떤 점에서는 아버지를 닮아서 신경질적이고 고집스러워 숙모와 아무래도 잘해나가지 못할 거야.

그래서 유니스, 내가 죽거든 네가 크리스토퍼에게 어머니 대신 할 수 있는 최선을 다하겠다는 약속을 받으려고 한다. 너는 그렇게 해야만 돼. 그것이 네 의무야. 네 약속을 받고 싶다."

소녀는 엄숙하게 속삭였다.

"그러겠어요, 어머니."

"너는 별로 큰 힘은 없어―언제나 그랬지. 네가 똑똑한 아이였더라면 저 애를 위해 여러 가지로 도움될 텐데. 어쨌든 힘자라는껏 하거라. 네가 그 애 편을 들고 지켜주겠다고 내게 굳게 약속해 다오―저 애가 사람들에게 결코 이용당하지 않도록 할 것, 그리고 어떤 일이 있더라도 너를 필요로 하는 한 저 애를 결코 버리지 말 것. 유니스, 그것을 내게 약속해!"

몹시 흥분한 병자는 자리에서 일어나 소녀의 가느다란 팔을 잡았다. 눈은 번쩍이고, 야윈 양쪽 볼은 붉게 상기되어 있었다.

유니스의 얼굴은 파리하고 긴장되어 있었다. 그녀는 기도하듯 두 손을 깍지꼈다.

"어머니, 약속하겠어요!"

네이어미는 잡았던 소녀의 팔을 놓고 힘없이 다시 베개에 몸을 눕혔다. 흥분이 가라앉기 시작하자 죽음의 빛이 얼굴에 떠올랐다.

"이젠 나도 얼마쯤 마음이 놓이는구나. 하지만 적어도 한두 해나마 더 살 수 있다면! 게다가 나는 캐럴라인이 아주 싫어―아주 싫어! 유니스―네 동생이 캐럴라인에게 학대받도록 놔두면 안 돼! 만일 캐럴라인이 그런 짓을 하면, 또는 네가 저 애를 소홀히 하면 나는 무덤 속에서 너희들 앞에 귀신이 되어 나타날 테니까!

재산문제는 아마 잘되어나갈 게다. 내가 철저하게 조치해 놓았으니까. 다툼이나 크리스토퍼의 권리를 빼앗으려는 소동은 일어나지 않을 거야. 저 애가 스스로 처리할 나이가 되면 농장을 소유하고 너를 부양하도록 되어 있다. 그러니 유니스, 약속을 잊지 마라!"

밖에서는 짙은 저녁어둠 속에 캐럴라인 홀런드와 세러 스펜서가 우유짜는 곳에서 우유를 크림 제조기에 넣고 있었다. 시무룩한 표정의 크리스토퍼는 펌프로 물을 푸고 있었다.

이 집은 큰길에서 멀리 떨어져 있고, 큰길까지 길다란 붉은 오솔길이 이어져 있었다. 밭 맞은편에는 캐럴라인의 집인 오래된 홀런드 저택이 있는데, 캐럴라인이 네이어미를 간병하는 동안 미혼 시누이 일렉터 홀런드가 집안일을 돕고 있었다.

오늘 밤은 집으로 돌아가 자는 날이었지만, 네이어미의 말이 단순한 '심술'에서 나온 게 틀림없다고 여기면서도 캐럴라인은 몹시 마음에 걸렸다.

캐럴라인은 양동이를 헹구며 말했다.

"집 안에 들어가 조금이라도 병자의 상태를 보고 오는 게 좋겠어요, 세러. 만일 내가 오늘 밤 여기서 자는 게 좋다고 하면 그렇게 할 테니까요. 다른 사람 같으면 어떻게 될지 알 수 있을 테지만, 자기가 죽는다고 말하면 우리가 겁낼 줄 알고 입버릇처럼 그렇게 말하는 사람이니까."

세러가 안채로 가보니 병실은 조용했다. 세러가 보기에 네이어미는 여느 때보다 특별히 나쁜 듯싶지 않았으므로 캐럴라인에게 그렇게 말했다. 그러나 캐럴라인은 막연한 불안을 느끼고 그대로 있기로 했다.

네이어미는 여전히 차갑고 전투적 태도였다. 그녀는 크리스토퍼에게 밤인사를 하도록 데려오게 했으며, 침대 위로 올라와 자기에게 키스하게 했다. 그리고는 조금 거리를 두고 크리스토퍼를—금빛 곱슬머리와 장밋빛 볼과 포동포동하고 튼튼한 손발 등을 사랑스럽게 보았다. 찬찬히 바라보는 눈길에 소년은 거북해져 몸부림치다가 곧 내려섰다.

방에서 나가는 크리스토퍼를 네이어미의 눈이 빨려들어가듯 뒤쫓았다. 크리스토퍼의 등 뒤에서 문이 닫히자 네이어미는 신음했다. 세러 스펜서는 깜짝 놀랐다. 병 간호를 하러 와서부터 한 번도 네이어미가 신음하는 소리를 들은 적이 없었기 때문이었다.

"기분이 나빠졌어요, 네이어미? 또 아파지기 시작했나요?"

"아니에요. 캐럴라인에게로 가서 크리스토퍼가 잠들기 전에 그 포도 젤리를 빵에 발라주도록 해줘요. 젤리는 층계 밑 벽장에 있어요."

이윽고 집이 조용해졌다. 캐럴라인은 복도 저쪽 거실 침대의자에서 잠들고 세러 스펜서는 병실 테이블 앞에 앉아 뜨개질하며 꾸벅꾸벅 졸고 있었다. 세러는 유니스에게 쉬라고 말했으나 그녀는 듣지 않고 어머니 얼굴을 열심히 바라보며 줄곧 침대 끝에 웅크리고 있었다.

네이어미는 잠든 듯했다. 침대 옆에서는 촛불이 고요히 타고 있었다. 유니스에게는 하늘거리며 깜박깜박 타고 있는 이상한 불길이 자기를 지켜보는 작은 도깨비 눈처럼 느껴졌다. 바람결에 하늘거리는 불빛은 세러 스펜서의 머리 그림자를 기분나쁘게 벽에 비추었다. 창문에 드리워진 엷은 커튼은 마치 유령의 손이 움직이듯 앞뒤로 흔들렸다.

한밤중에 네이어미 홀런드는 불현듯 눈을 떴다. 그녀가 한 번도 애정을 느껴보지 못했던 딸이 오직 혼자 저세상의 문가까지 배웅하고 있었다.

"유니스—기억해라!"

그것은 들릴락말락한 속삭임이었다. 저 세상의 문턱을 넘어서려던 넋이 이 세상에 있는 유일한 인연으로 겨우 돌아온 것 같았다. 그녀의 길쭉하고 파리한 얼굴에 경련이 일었다.

무서운 비명이 조용한 집안에 울렸다. 졸고 있던 세러 스펜서는 후다닥 일어나 비명을 지르는 소녀를 멍하니 보았다. 캐럴라인은 눈을 번쩍 뜨고 재빨리 방으로 들어왔다. 침대 위에 네이어미 홀런드가 죽어 있었다.

그 방에서 숨을 거둔 네이어미 홀런드는 관 속에 싸늘하게 누워 있었다. 방은 어두컴컴했고 고요함만이 감돌았다. 다른 곳에서는 장례식준비가 바쁘게 착착 진행되고 있었다. 그 속을 유니스는 말없이 침착하게 돌아다녔다. 어머니의 임종자리 옆에서 한 번 미친 듯이 비명질렀을 뿐 눈물도 흘리지 않았고 슬픈 얼굴도 나타내지 않았다. 아마 어머니가 말했듯 그럴 틈이 없었으리라.

크리스토퍼도 돌봐줘야만 했다. 크리스토퍼의 처절한 슬픔은 격렬해서 가라앉히기 어려웠다. 그는 완전히 지쳐 나가떨어질 때까지 울었다. 유니스는 동생을 위로하고 달래어 먹을 것을 챙겨주고 늘 옆에 데리고 있었다. 밤이 되자 자기 방으로 데려가 그가 잠드는 것을 지켜보았다.

장례식이 끝나자 살림도구들은 싸서 치워버리거나 팔았다. 집에는 자물쇠를 채우고 농장은 남에게 빌려주었다. 아이들이 갈 곳은 삼촌네 집밖에 없었다. 캐럴라인 홀런드는 아이들을 맡고 싶지 않았으나 할 수 없는 일이었다. 그녀는 이 아이들에 대해 자기 의무라고 생각하는 바를 다하리라 독하게 마음먹었다. 캐럴라인에게는 아이가 다섯 있었으며 그 아이들과는 크리스토퍼가 걷기 시작한 때부터 앙숙이었다.

캐럴라인은 네이어미를 좋아하지 않았다. 사실, 네이어미에게 호의를 가진 사람은 거의 없었다. 벤저민 홀런드는 늦게 결혼했는데, 아내는 그의 일가붙이들을 만나자마자 전쟁을 선포했다.

네이어미는 애번리에서 이방인이었다—3살 된 아이를 가진 미망인이었다. 마음이 비뚤어진 여자라고 입버릇처럼 말하는 이들도 있었으며, 그녀는 거의 친구를 만들지 않았다.

두 번째로 결혼한 지 채 1년이 안 되어 크리스토퍼가 태어나고, 태어난 그 순간부터 어머니는 크리스토퍼를 맹목적으로 숭배했다. 크리스토퍼는 그녀에게 유일한 위안이었다. 이 아이를 위해 네이어미는 일하고 절약하며 돈을 벌었다. 네이어미가 결혼했을 때 벤저민 홀런드는 '수완'이 좋지 않았으나 결혼하여 6년 뒤 죽었을 때는 유복한 사나이가 되어 있었다.

네이어미는 남편의 죽음을 슬퍼하는 시늉조차도 하지 않았다. 이 두 사람이 속담에 있듯 개와 고양이처럼 으르렁거리며 싸워왔다는 것을 모르는 이가 없을 정도였다. 찰스 홀런드와 그의 아내는 마땅히 벤저민 편을 들었으므로 네이어미는 모두를 상대로 혼자서 고군분투했다.

남편이 죽은 뒤, 네이어미는 혼자 농장 관리를 하면서 이익을 올렸다. 목숨을 앗은 이 정체불명의 병에 처음 걸렸을 때도 그 옹고집으로 온 힘을 다하여 필사적으로 싸웠다.

그녀의 의지 덕분으로 목숨을 1년 늘였으나 거기서 굽히지 않을 수 없었다. 네이어미는 몸져누운 그날 죽음의 고통을 모조리 맛보았고, 적이 그녀의 집을 지배하려고 타 넘어오는 것을 보았다.

캐럴라인 홀런드는 나쁜 여자도 아니었고 어찌 보면 친절한 사람이었다. 네이어미와 그녀의 아이들을 좋아하지 않는 것은 사실이었으나, 그녀는 죽어가고 있으므로 인간적으로 돌봐주어야만 한다고 생각했다. 캐럴라인은 스스로 동서에게 잘했다고 여겼다.

애번리 묘지의 네이어미 무덤에 붉은 흙더미가 쌓이자 캐럴라인은 유니스와 크리스토퍼를 함께 데리고 돌아갔다. 크리스토퍼는 가고 싶어하지 않았으나 유니스가 달랬다. 크리스토퍼는 쓸쓸함과 슬픔 때문에 거친 애정으로 유니스에게 매달렸다.

날이 가면서 캐럴라인은 유니스가 없으면 크리스토퍼를 어떻게도 할 수 없으리라는 것을 인정하지 않을 수 없었다. 소년은 부루퉁하고 고집스러웠으나 누나의 말은 틀림없이 잘 들었다.

찰스 홀런드네 집에서는 누구 한 사람 놀고 먹는 것을 허락하지 않았다. 찰스의 아이들은 딸뿐이어서 크리스토퍼는 잔심부름꾼 꼬마로서 안성맞춤이었다. 그는 쉴새없이 일했다—너무 가혹하게 일을 시켰는지도 모른다. 그러나 아무도 보지 않을 때는 유니스가 그 일을 반이나 해주었다. 크리스토퍼가 사촌누이들과 싸우면 동생편을 들었고, 그럴 수 있을 때면 언제나 동생의 잘못에 대한 나무람과 벌을 자기가 받았다.

일렉터 홀런드는 찰스의 미혼 누이였다. 벤저민이 결혼할 때까지 집안일을 맡아했으나 네이어미에게 쫓겨났다. 일렉터는 그 일로 결코 네이어미를 용서하지 않았다. 그 미움이 네이어미의 아이들에게로 돌아갔다. 그녀는 온갖 치사한 방법으로 아이들에게 복수했다. 유니스는 자신의 경우는 그럭저럭 참고 견뎠지만 그것이 크리스토퍼에게 미치면 문제가 달라졌다.

언제인가 일렉터가 크리스토퍼의 따귀를 때린 적이 있었다. 테이블 앞에 앉아 뜨개질하고 있던 유니스는 천천히 일어났다. 이제껏 보인 적 없는 어머니와 꼭 닮은 표정이 낙인찍히듯 그녀의 얼굴에 나타났다. 유니스는 손을 들어 침착하게 일렉터의 뺨을 두 번 철썩 때렸다. 때린 곳에 거무칙칙한 붉은 자국이 생겼다.

유니스는 태연한 투로 복수심을 담아 말했다.

"또 내 동생을 때리면 그때마다 아주머니의 얼굴을 다시 때리겠어요. 아주머니에게는 내 동생을 때릴 권리가 없어요."

"어머나, 화내는 폼이 굉장하구나! 네가 살아 있는 한 네이어미는 죽지 않아!"

일렉터가 이 일을 찰스에게 말하여 유니스는 호된 벌을 받았다. 그러나 일렉터는 두 번 다시 크리스토퍼에게 간섭하지 않았다.

홀런드 집안에 아무리 불화가 있을지라도 아이들의 성장을 막을 수는 없었다. 아이들이 어서 자라는 것이야말로 애를 먹고 있는 캐럴라인이 진심으로 바라는 바였다.

크리스토퍼가 17살이 되자 어엿한 남자가 되었다―몸집이 우람하고 키가 큰 건강한 사나이가 되었다. 어린이다운 아름다움은 거칠어졌으나 많은 사람들로부터 미남으로 인정받았다.

크리스토퍼는 어머니의 농장을 이어받게 되어 남매는 오랫동안 빈집으로 내버려두었던 집에서 새로운 생활을 시작했다. 두 사람이 찰스의 집을 떠날 때 어느 쪽도 섭섭하게 여기지 않았다. 유니스는 마음 속으로 얼마나 홀가분했는지 모른다.

삼촌의 말을 빌면 마지막 해에 크리스토퍼는 꽤 '다루기 힘들었다'. 외박하거나 수상쩍은 친구들과 사귀는 버릇이 붙기 시작했던 것이다. 이 일이 언제나 찰스의 노여움을 폭발시켰고 삼촌과 조카 사이에 심각한 싸움이 줄곧 되풀이되었다.

집으로 돌아온 뒤 4년 동안 유니스는 괴롭고 걱정많은 나날을 보냈다. 크리스토퍼는 게으르고 방탕했다. 대부분의 사람들이 불량배로 여겼고 삼촌은 그에게서 아예 손을 뗐다. 오직 유니스만이 그를 버리지 않았다. 그를 나무라지도 욕하지도 않고 그저 먹고 살기 위해 노예처럼 묵묵히 일했다.

그 결과 그녀의 인내가 끝내 승리를 거두어 크리스토퍼는 크게 마음을 바로잡고 열심히 일하게 되었다. 그는 몹시 화났을 때도 유니스에게는 결코 분풀이하지 않았다. 유니스의 헌신적인 애정을 고마워하거나 보답하려는 생각은 없었으나 자기의 애정을 너그러이 받아주는 것 자체가 유니스로서는 위로가 되었다.

유니스가 28살 때 에드워드 벨이 청혼해 왔다. 에드워드 벨은 네 아이를 가진 못생긴 중년 홀아비였으나, 캐럴라인이 좋은 기회라고 말했듯 유니스는 아무에게나 어울릴 생김새가 아니었으므로 캐럴라인은 이 혼담을 성사시키려고 온 힘을 다했다.

크리스토퍼만 잠자코 있었으면 캐럴라인은 이 혼담을 성공시켰을지도 모른다. 그녀의 교묘한 공작에도 불구하고 일의 내용을 알게 된 크리스토퍼는 홀런드 집안의 진면목을 발휘해 불끈 화를 냈다.

유니스가 결혼하고 그를 떠난다면—이 농장을 팔아버리고 클런다이크 산맥에 들어가 죽어버리겠다, 누님 없이는 살아나갈 수 없으며 또 살 생각도 없다고 했다.

캐럴라인이 아무리 묘안을 짜내도 크리스토퍼를 달랠 수 없었고 마침내 유니스는 에드워드 벨과의 혼담을 거절했다. 크리스토퍼를 두고는 갈 수 없다는 점만을 돌덩어리처럼 확고하게 내세워 캐럴라인도 도저히 그녀를 움직일 수 없었다.

캐럴라인은 아무래도 체념해야겠다고 여기며 말했다.

"너는 바보야, 유니스. 두 번 다시 이런 기회가 없을 거야. 크리스는 앞으로 한두 해 지나면 틀림없이 자기가 결혼할 차례가 될 텐데, 그렇게 되면 너는 어디 있을 작정이지? 크리스가 여기로 아내를 데려와 봐. 너의 콧대는 무참히 꺾여버릴 거야."

화살은 똑바로 명중하여 유니스의 입술에서 핏기가 가셨다. 그러나 유니스는 힘없이 말했다.

"그래도 집이 우리 모두 다 함께 살 수 있을 만큼 크니까요."

캐럴라인은 코웃음을 쳤다.

"그럴지도 모르지. 하지만 앞으로 알게 될 거야. 그러나 내가 말해봐야 소용없겠지. 너는 네 어머니와 똑같으니까. 네 어머니는 도저히 움직일 수 없는 고집센 사람이었지. 나는 다만 네가 나중에 후회하지 않기를 바랄 뿐이야."

3년이 지났을 무렵, 크리스토퍼는 빅토리어 파이와 가까워지기 시작했다. 사태는 유니스며 홀런드네 사람들이 소문을 듣기 조금 전부터 진척되고 있었다. 모두들 알게 되자 분노가 터졌다.

홀런드와 파이 두 집안 사이에는 본가며 분가에 이르기까지 3세대 전으로 거슬러올라가는 불화가 있었다. 이미 두 집안 사이의 불화 원인은 모조리 잊혀져 문제될 수 없었지만, 홀런드네가 파이네와 교제해서는 안된다는 것은 집안의 자존심과 관계된 문제였다.

이 오랜 세월에 걸친 증오에 크리스토퍼가 정면으로 도전했을 때 모든 사람들은 놀라울 뿐이었다. 찰스 홀런드는 크리스토퍼에게 간섭하지 않겠다는 결심을 깨뜨리고 충고했다. 캐럴라인은 유니스에게 가서 마치 크리스토퍼가 캐럴라인 자신의 동생이라도 되듯 마구 퍼부어댔다.

유니스는 홀런드네와 파이네 사이의 반목 같은 건 조금도 신경쓰지 않았다. 유니스에게 있어 빅토리어는 크리스토퍼가 사랑의 눈길을 보내는 다른 어떤 아가씨와도 마찬가지인—자기 대신이 될 수 있는 여자였다.

태어나서 처음으로 유니스는 심한 질투로 몸이 찢기는 듯하여 살아 있는 것조차 악몽 같았다. 캐럴라인에게 재촉받은 탓도 있었지만 괴로움에 못 이겨 유니스는 용감하게 크리스토퍼에게 충고했다. 유니스는 크리스토퍼가 격분하리라 예상했는데 그는 놀랄 만큼 부드러웠고 재미있어 하는 기색까지 보였다.

크리스토퍼는 너그럽게 물었다.

"빅토리어의 어디가 마음에 안 들어요?"

유니스는 얼른 대답하지 못했다. 그 아가씨에게 반대할 점은 분명 아무것도 없었다. 유니스는 난처하여 당황했다. 그녀가 잠자코 있자 크리스토퍼는 웃었다.

"누님은 좀 질투하는 듯하군요. 언젠가는 나도 결혼하리라고 누님은 생각하고 있었을 텐데요. 이 집은 우리 모두가 살 수 있을 만큼 넓어요. 이 일에 대해서는 이치에 맞게 생각하는 편이 좋아요, 누님. 찰스 삼촌이나 캐럴라인 숙모가 하는 어리석은 말을 귀담아들어서는 안 돼요. 남자란 스스로 만족할 만한 결혼을 해야만 해요."

그날 밤 크리스토퍼는 늦게까지 돌아오지 않았다. 유니스는 여느 때처럼 그를 기다렸다. 아직은 쌀쌀한 봄날 밤으로, 유니스에게 어머니가 돌아가셨던 날 밤의 일을 떠올리게 했다. 부엌을 먼지 하나 없이 치우고 유니스는 창가의 등받이 높은 의자에 앉아 동생을 기다렸다.

유니스는 불을 켜고 싶지 않았다. 달빛이 희미하게 비쳐들어왔다. 바깥에서는 방금 싹이 돋은 박하 묘목 위를 불어오는 바람이 살며시 향기를 풍겨왔다. 그곳은 아주 예스러운 뜰로 오래전 네이어미가 심은 여러해살이 식물이 가득 있었다. 유니스는 늘 그것을 깨끗이 손질했다. 그날도 정원을 손질하여 그녀는 지쳐 있었다.

집에는 유니스 혼자뿐이었고 너무 쓸쓸하여 무서운 생각이 마음속에 번졌다. 그날 하루 종일 크리스토퍼의 결혼을 인정하려고 애쓰다가 겨우 성공한 셈이었다. 결혼하게 될지라도 역시 자기는 크리스토퍼를 지켜보며 그 곁에서 뒤치다꺼리를 해줄 수 있으니까, 하고 스스로 타일렀다.

빅토리어에게 애정을 가질 수 있도록 노력해 보자. 결국 집에 여자가 한 사람 더 있으면 즐거울지도 모른다. 그곳에 앉아 유니스는 메마른 마음에 이렇듯 무의미한 위로를 하고 있었다.

크리스토퍼의 발소리가 들리자 유니스는 재빠른 동작으로 불을 켰다. 크리스토퍼는 유니스를 보고 시무룩한 표정을 지었다. 그녀가 자기를 위해 안 자고 일어나 있는 것을 늘 못마땅하게 여겼다.

크리스토퍼가 스토브 옆에 앉아 장화를 벗는 동안 유니스는 밤참 준비를 했다. 그는 말없이 식사를 끝낸 뒤에도 침실로 가려는 기색이 없었다.

오싹해지는 예감 같은 공포가 유니스의 가슴에 찾아들었다. 때문에 크리스토퍼가 마침내 느닷없이 말을 꺼냈을 때 조금도 놀라지 않았다.

"누님, 나는 올봄에 결혼하려고 해요."

유니스는 테이블 아래에서 두 손을 꼭 쥐었다. 그것은 예상했던 일이었다.

그는 단조로운 목소리로 말했다.

"우리는 저……저, 누님 문제를 해결하지 않을 수 없어요, 누님."

크리스토퍼는 완고하게 눈을 접시에 못박은 채 초조해 하며 망설이듯 말을 이었다.

"빅토리어는 마음에 들지 않는다고 해요—말하자면 그녀는 젊은 신혼부부만으로 살림을 시작했으면 좋겠다는 생각인데, 그건 맞다고 여겨요. 아무튼 누님도 여기서 오랫동안 여주인으로 살아온 끝에 뒷자리로 물러앉는다는 건 썩 기분 좋지 않은 일이리라고 생각해요."

유니스는 뭔가 말하려 했으나 핏기 없는 입술에서는 알아들을 수 없는 중얼거림이 새어나왔을 뿐이었다. 그 목소리에 크리스토퍼는 얼굴을 들었다. 유니스의 표정이 그를 초조하게 만들었다. 그는 화난 듯 의자를 뒤로 밀어붙였다.

"아, 누님. 울거나 슬퍼하지 말아줘요. 부질없는 일이니까요. 이 문제를 냉정하게 받아들여주었으면 해요. 나는 누님을 좋아하지만, 남자란 자기 아내를 첫째로 생각해야만 해요. 나는 누님이 안락하게 살수 있도록 도와드리겠어요."

유니스는 신음하듯 물었다.

"그건 네 아내될 사람이 나를 쫓아내겠다는 뜻이니?"

크리스토퍼는 붉은 눈썹을 온통 찌푸렸다.

"내 말뜻은 다만 빅토리어가 누님과 함께 살아야 한다면 나와 결혼하지 않겠다고 했다는 거예요. 빅토리어는 누님을 무서워하고 있어요. 누님은 결코 간섭하지 않을 거라고 빅토리어에게 단호히 말했지만 그녀는 만족해 하지 않아요.

그것은 누님 자신이 잘못한 거예요. 누님은 늘 몹시 기묘하며 터놓고 이야기하지 않으니까 모두들 누님을 꽤 까다로운 사람으로 보고 있는 거죠.

빅토리어는 젊고 발랄해서 누님과 잘 어울리지 못할 거예요. 쫓아내느니 어쩌느니 하는 말은 터무니없어요! 어딘가에 작은 집을 지어드릴 테니까요. 그렇게 하면 누님은 여기에서보다 훨씬 편안하고 좋은 생활을 할 수 있어요. 그러니 어수선하게 소란을 피우지는 말아줘요."

유니스는 그렇게 만들 듯한 기색은 없었다. 손바닥을 위로 하여 손을 무릎에 놓고 돌이 된 듯 가만히 앉아 있었다.

크리스토퍼는 두려워했던 설명이 끝났으므로 크게 마음놓은 얼굴로 일어섰다.

"잠이나 잘까 봐요. 누님도 좀 더 일찍 자는 편이 좋아요. 나를 기다리며 일어나 있다니 어리석은 짓이에요."

크리스토퍼가 가버리자 유니스는 흐느끼듯 깊은 한숨을 쉬고 멍하니 주위를 둘러보았다. 이제까지 생애에서 맛본 모든 슬픔도 지금 그녀를 둘러싼 처참함에 비하면 아무것도 아니었다.

유니스는 일어나 휘청거리며 응접실을 지나 어머니가 숨을 거둔 방으로 들어갔다. 이 방은 유니스가 늘 자물쇠를 잠가 아무도 못 들어가게 했으며 네이어미가 이 세상을 떠났을 때 그 모습 그대로 남겨두고 있었다. 유니스는 침대로 휘청거리며 걸어가 앉았다.

유니스는 이 방에서 어머니에게 맹세한 약속에 대해 생각했다. 그 약속을 줄곧 지켜나갈 힘을 빼앗기고 만 것일까?

자기는 집에서 쫓겨나 이 세상에서 사랑하는 오직 한 사람과 헤어져야 하는 것일까? 그리고 자기는 동생을 위해 이렇게 희생해 왔는데 크리스토퍼는 그녀를 그대로 내버려둘 생각일까?

그래, 그럴 작정으로 있다! 그 검은 눈에 밀랍 같은 얼굴을 한 오래된 파이 집안의 딸 쪽이 육친보다 더 중요한 듯하다. 유니스는 눈물도 나오지 않는 불타는 듯한 두 눈을 양손으로 가리고 신음소리를 높이 질렀다.

일의 자초지종을 들은 캐럴라인 홀런드는 유니스에게 승리를 뽐냈다. 그녀의 성질로는 '내 말대로잖느냐'고 하는 것만큼 통쾌하고 유쾌한 일은 없었다.

그러나 그렇게 말한 뒤 캐럴라인은 유니스에게 자기 집으로 오라고 했다. 일렉터 홀런드가 죽었으므로 유니스만 그럴 마음이 있다면 일렉터의 위치를 형편 좋게 차지할 수 있다는 것이었다.

"혼자 따로 사는 것은 어려운 일이야. 그런 이야기는 그만둬. 크리스토퍼가 쫓아내면 우리 집으로 와. 본디 너는 바보짓을 했어, 유니스. 그토록 그 애를 귀여워하고 응석을 받아주다니. 이것이 그 보답이로구나―잘난 아내의 변덕 때문에 강아지처럼 쫓아내겠다고 하다니!

네 어머니만 살아 있었어도!"

캐럴라인이 이제까지 이렇게 바란 것은 아마도 처음이었으리라. 그녀는 불같이 화가 나서 크리스토퍼에게 따졌으나 그런 수고에 대해 무례하게 모욕만 당했을 뿐이었다. 크리스토퍼는 주제넘은 간섭이라고 말했던 것이다.

캐럴라인은 평정을 되찾자 크리스토퍼와 몇 가지 일을 의논했는데 그 어떤 결정에도 유니스는 멍하니 승낙했다. 유니스는 자신이 어떻게 되든 마음쓰지 않았다.

어머니가 일하고 고생하고 권력을 휘둘러온 집에 크리스토퍼가 빅토리어를 여주인으로 데려오자 그 뒤로 유니스는 모습을 감추었다. 유니스는 찰스 홀런드네 집에서 일렉터의 위치를 물려받았다―보수도 없는 고급 하녀였다.

찰스와 캐럴라인은 친절히 대해 주었고 할일도 많았다. 5년 동안 유니스에게는 단조롭고 무의미한 생활이 이어졌으며, 그동안 빅토리어가 네이어미 못지않게 절대적인 권력을 휘두르고 있는 집 문턱을 한 번도 넘지 않았다.

캐럴라인은 처음의 노여움이 가시자 호기심에 이끌려 이따금 방문하게 되었고 보고 온 일을 꼬박꼬박 유니스에게 보고했다. 그것을 듣고도 유니스는 전혀 흥미를 보이지 않았으나 꼭 한 번 예외가 있었다.

그것은 네이어미가 세상을 떠난 방을 열고 빅토리어가 손님 침실로 화려하게 꾸며놓았다는 소식을 가지고 캐럴라인이 집에 왔을 때였다. 이 신성 모독에 해당하는 이야기를 듣자 유니스의 혈색 나쁜 얼굴이 새빨갛게 되고 눈은 분노로 타올랐다. 그러나 아무 의견도 푸념도 말하지 않았다.

다른 사람들과 마찬가지로 유니스도 크리스토퍼의 결혼생활에 대한 매력이 머지않아 없어질 것임을 알고 있었다. 이 결혼은 불행한 것으로 드러났다. 무리도 아니지만, 유니스는 이에 대해 부당하게 빅토리어를 비난하고 지금까지보다 더욱 빅토리어를 미워했다.

크리스토퍼는 결코 찰스네 집에 오지 않았다. 아마 부끄럽게 여겼기 때문이리라. 그는 집에서나 바깥에서나 말없는 까다로운 사나이가 되어버렸다. 다시 전의 술꾼으로 되돌아갔다는 소문도 있었다.

어느 가을날, 빅토리어 홀런드는 결혼한 언니를 방문하러 시내로 갔다. 그녀는 외아들을 데리고 떠나 크리스토퍼 혼자 집을 지키고 있었다.

애번리에서는 오랫동안 잊을 수 없는 가을날이었다. 나뭇잎이 떨어지고 쓸쓸한 낮이 짧아지면서 공포의 그림자가 섬을 덮었다.

어느 날 밤 찰스 홀런드가 치명적인 소식을 가지고 돌아왔다.

"샬럿타운에 천연두가 발생했어—대여섯 사람 환자가 생겼지. 어느 배인지 모르지만 거기서 병균이 묻어 들어온 듯해. 어느 배에서 온 선원 한 사람이 음악회에 참석했는데, 이튿날 금세 발병했거든."

이것은 큰일이었다. 샬럿타운은 그리 떨어진 곳이 아니었고 그곳과 북부 해안지방 사이에는 꽤 많은 왕래가 있는 것이다.

이튿날 아침 캐럴라인이 이 음악회 이야기를 크리스토퍼에게 했을 때, 크리스토퍼의 붉은 얼굴이 핼쑥해졌다. 그는 뭐라고 말하려고 입을 열었다가는 다시 다물었다.

두 사람은 부엌에 앉아 있었다. 캐럴라인은 빌려 갔던 차를 얼른 갚으러 온 것이었다. 그 기회에 빅토리어가 집에 없는 동안 어떻게 집안살림을 해나가는지 볼 수 있을 만큼 보아두려고 이야기하면서도 부지런히 눈을 움직였으므로, 크리스토퍼가 얼굴빛이 달라지며 잠자코 있는 걸 깨닫지 못했던 것이다.

캐럴라인이 돌아가려고 일어났을 때 갑자기 크리스토퍼가 물었다.

"감염되어 얼마쯤 지나면 천연두가 나타납니까?"

"열흘에서 2주일 쯤인가봐. 우리 집 여자아이들에게도 곧 우두를 맞혀야겠어. 틀림없이 번질 거야. 빅토리어는 언제 돌아오지?"

크리스토퍼는 퉁명스럽게 대답했다.

"언제가 되든 생각나면 돌아오겠죠."

1주일 쯤 지난 뒤 캐럴라인이 유니스에게 말했다.

"크리스토퍼가 어떻게 된 걸까? 오랫동안 아무 데도 나가지 않으니—줄곧 집 주위만을 서성거릴 뿐이야. 아마 빅토리어가 없어 집이 조용해져서 크리스토퍼도 마음이 편해진 것일까. 우유를 다 짜면 얼른 가서 어떻게 지내고 있는지 보고 와야지. 너도 같이 가는 게 좋겠구나, 유니스."

유니스는 머리를 저었다. 어머니에게 물려받은 고집으로 빅토리어네 문턱을 한사코 넘으려 하지 않았다.

그녀는 서쪽 창가에 앉아 조용히 양말을 깁고 있었다. 서쪽 창가는 유니스가 가장 좋아하는 자리였다. 아마 그곳으로부터는 느릿하게 경사진 밭을 넘어 초승달 모양으로 구부러진 단풍나무숲을 지난 곳에, 유니스가 빼앗긴 집이 보이기 때문이리라.

우유짜기를 끝내자 캐럴라인은 숄을 머리에 쓰고 밭을 가로질러 달려갔다. 집 안은 조용하고 사람 기척도 없었다. 그녀가 대문 빗장을 더듬어 찾고 있는데 부엌문이 천천히 열리면서 크리스토퍼가 문간에 나타났다.

크리스토퍼가 외쳤다.

"더 이상 들어오시면 안 됩니다."

캐럴라인은 깜짝 놀라 머뭇거렸다. 이것도 빅토리어가 시킨 짓일까?

캐럴라인은 화가 나서 말했다.

"나는 천연두를 옮길 사람이 아니야."

크리스토퍼는 그녀의 말을 들은 척도 하지 않았다.

"집으로 돌아가 삼촌에게 스펜서 선생을 불러달라고 말씀해 주세요. 스펜서 선생은 천연두 의사니까요. 나는 병에 걸렸어요."

캐럴라인은 놀라움과 두려움으로 등골이 오싹해진 듯 두세 걸음 휘청거리며 뒤로 물러섰다.

"병에 걸렸다니? 대체 어떻게 된 거지?"

"그날 밤 나는 샬럿타운 음악회에 갔었습니다. 그 선원이 내 오른 쪽 옆자리에 앉아 있었는데, 그때 몸이 살짝 안 좋은 것 같았어요. 그것은 열이틀 전 이야기로, 나는 어제도 오늘도 하루 종일 몸이 나 쁩니다. 어서 의사를 불러주십시오. 더 이상 이 집에 가까이 오시면 안 됩니다. 그리고 아무도 가까이 오지 못하게 하십시오."

크리스토퍼는 안으로 들어가 문을 쾅 닫았다. 캐럴라인은 잠시 몸 서리쳐질 만큼 겁에 질려 서 있다가 이윽고 정신없이 밭을 줄달음쳤다. 이 모습을 본 유니스는 문 앞까지 나와서 맞았다.

캐럴라인은 헐떡였다.

"큰일났어! 크리스토퍼가 병에 걸렸어. 천연두인 것 같다고 말했어. 찰스는 어디 있지?"

유니스는 비틀비틀 문에 기댔다. 요즘 곧잘 그러듯 손으로 옆구리 를 누르고 있었다. 흥분한 가운데도 캐럴라인은 그것을 알아보았다.

캐럴라인은 날카롭게 물었다.

"유니스, 왜 놀라기만 하면 그러지? 심장에 뭔일이 있는 거야?"

"모르겠어요. 조금 아파서—이제 괜찮아요. 크리스토퍼가—천연 두에 걸렸다고요?"

"그래, 자기 입으로 그렇게 말했지. 그리고 얼핏 상황으로 보건대 있을 수 있는 일 같더구나. 이처럼 놀란 것은 정말 태어나서 처음이 야. 무서운 일이야. 얼른 찰스를 찾아야겠어. 해야 할 일이 산더미 같 으니까."

유니스는 캐럴라인의 말을 제대로 듣고 있지 않았다. 마음은 한 가 지 생각으로 쏠려 있었다. 크리스토퍼가 병에 걸렸다—오직 혼자—

동생에게 가봐야만 한다. 그 병이 무엇이든 문제가 아니었다.

캐럴라인이 헐떡이며 헛간에서 돌아와보니 유니스가 모자를 쓰고 숄을 걸친 채 테이블 옆에서 짐을 꾸리고 있었다.

"유니스! 대체 어딜 가려고?"

"집에요. 크리스토퍼가 병에 걸렸다면 간호해야 하고, 그러려면 나밖에 아무도 없어요. 빨리 도와줘야 해요."

"유니스 커! 완전히 돌았니? 천연두야―천연두라니까! 크리스토퍼가 걸렸다면 시내 천연두 병원에 데려가야만 돼. 한 발자국도 그 집에 들어가서는 안 돼!"

"나는 가겠어요."

유니스는 흥분한 캐럴라인에게로 침착한 얼굴을 돌렸다. 아주 긴장했을 때밖에 나타나지 않는 불가사의할 만큼 어머니를 꼭 닮은 표정이 뚜렷이 떠올랐다.

"그런 병원에 동생을 보내지는 않겠어요―그곳에서는 제대로 치료해 주지 않아요. 나를 말릴 필요 없어요. 숙모님 가족에게 위험한 폐를 끼치지는 않을 테니까요."

캐럴라인은 어쩔 줄 몰라 의자에 털썩 주저앉았다. 이처럼 굳게 마음먹은 그녀에게 뭐라고 해봐야 소용없다고 느꼈다. 찰스가 이 자리에 있어 주었으면 하고 생각했으나 찰스는 이미 의사를 부르러 간 뒤였다.

굳센 걸음걸이로 유니스는 오랫동안 밟지 않았던 밭의 오솔길을 따라 걸었다. 아무 두려움도 없었다―오히려 의기양양했다. 크리스토퍼가 다시 자기를 필요로 하는 것이다. 동생과 자기 사이에 끼어들어왔던 침입자는 지금 없다. 추운 저녁 희미한 어둠 속을 걸으며, 유니스는 몇 년 전 어머니에게 했던 약속을 생각했다.

유니스가 다가오는 것을 보고 크리스토퍼는 어서 돌아가라고 손을 흔들었다.

"가까이 오면 안 돼요, 누님. 캐럴라인 숙모가 말하지 않던가요? 나는 천연두에 걸렸어요."

유니스는 멈추지 않고 대담하게 뜰로 들어가 현관 층계를 성큼성큼 올라갔다. 크리스토퍼는 그녀에게서 뒤로 물러서며 문을 지키고 섰다.

"누님, 누님은 돌았어요! 돌아가요, 더 늦기 전에."

유니스는 단호한 태도로 문을 밀고 안으로 들어갔다.

"이제 늦었어. 나는 이렇게 와 버렸고 너의 병이 천연두라면 여기서 너를 간호할 테니까. 아마 아닐 거야. 요즘은 손가락이 아파도 천연두가 아닐까 생각할 정도니까. 어쨌든 무엇이든간에 너는 침대에 누워 간호받아야 해. 감기걸리겠구나. 불을 켜고 내게 자세히 보여다오."

크리스토퍼는 힘없이 의자에 앉았다. 전부터 있었던 이기주의가 다시 나타나 그 이상 유니스를 단념시키려고 애쓰지 않았다. 유니스는 램프를 켜서 크리스토퍼 옆 테이블에 놓은 뒤, 자세히 그의 얼굴을 살폈다.

"열이 있는 것 같구나. 기분은 어떠니? 언제부터 아팠지?"

"어제 오후였어요. 한기가 들고 열이 나고 등이 아프기도 했어요. 누님, 정말 천연두 같아요? 나는 죽을까요?"

크리스토퍼는 유니스의 손을 잡고 어린아이처럼 매달리듯 물끄러미 쳐다보았다. 유니스는 메마른 마음에 애정과 동정심이 담겨 따뜻한 물결처럼 번지는 것을 느꼈다.

"걱정할 것 없어. 알맞은 치료를 받으면 나은 사람도 많아. 너도 그렇게 될 거야. 내가 잘해볼 테니까. 찰스 삼촌이 의사를 부르러 갔으니 의사가 오면 훤히 알 수 있어. 가서 좀 누워야겠구나."

유니스는 모자와 숄을 벗어 벽에 걸었다. 유니스는 한 번도 집을 떠난 적 없었던 듯한 평온함을 느꼈다. 그녀는 자기 왕국으로 돌아왔으며 그 일로 그녀에게 이의를 내세울 이는 아무도 없었다.

두 시간 뒤 스펜서 의사와 젊은 시절 천연두에 걸린 적 있는 자일즈 블뤼엣 노인이 와서 유니스가 침착하게 처리하고 있는 것을 발견했다. 집 안은 정돈되고 소독제 냄새가 여기저기서 났다. 빅토리어의 호화로운 가구며 물건은 손님 침실에서 치워졌다. 아래층에는 침실이 없으므로 크리스토퍼가 병에 걸린 거라면 그곳을 쓰지 않을 수 없었다.

의사는 심상치 않은 표정이었다.

"신통치 않군. 하지만 아직 그렇다고 결정내릴 수도 없소. 만일 천연두라면 늦어도 내일 아침까지는 발진할 거요. 거의 모든 징후를 나타내고 있다는 것을 나도 인정할 수밖에 없어요. 입원할 생각이오?"

유니스는 딱 잘라 말했다.

"아니에요. 내 손으로 간호하겠어요. 난 두렵지 않고 몸도 건강하고 튼튼하니까요."

의사는 고개를 끄덕였다.

"좋아요. 최근에 우두를 맞았지요?"

"네."

"그렇다면 지금으로서는 그리 할 일이 없소. 얼마 동안 누워서 체력을 아껴두는 것이 차라리 좋을 거요."

그러나 유니스는 그럴 수 없었다. 해야 할 일이 너무도 많았다. 그녀는 복도로 나가 창문을 활짝 열었다. 안전한 거리를 둔 아래쪽에 찰스 홀런드가 기다리고 있었다. 차가운 바람이 유니스에게로 불어와 찰스가 온 몸에 뿌린 소독약 냄새를 실어 왔다.

그가 외쳤다.

"의사는 뭐라고 하더냐?"

"천연두인 것 같다고 했어요. 빅토리어에게도 알렸나요?"

"그래. 짐 블뤼엣이 시내로 가서 전했지. 천연두가 나을 때까지 언니 집에 있을 거라더군. 물론 빅토리어로서는 그것이 가장 좋은 방법이지. 몹시 무서워하고 있는 듯하니까."

유니스는 경멸하듯 입을 비쭉거렸다. 비록 남편의 병이 어떤 성질의 것이든 남편을 버려두는 아내가 유니스로서는 이해할 수 없는 족속으로 보였다. 그러나 그편이 좋았다. 크리스토퍼를 자기 혼자만의 사람으로 할 수 있으니까.

밤은 길고 쓸쓸했으나 아침이 너무도 빨리 왔고 두려워했던 결과가 나타났다. 의사는 천연두라고 선언했다. 유니스는 혹시나 하고 바랐었으나, 최악의 경우임을 알자 퍽 조용하고 확고한 태도를 보였다.

정오에는 운명을 알리는 노란 깃발이 지붕 위에 나부끼고 준비가 모두 갖추어졌다. 캐럴라인이 필요한 요리를 만들고 찰스가 그 음식을 날라와 뜰에 두고 갔다. 자일즈 블뤼엣 노인이 날마다 와서 가축을 돌보고 유니스를 도와 병자를 간호했다. 이렇게 죽음과의 긴 투쟁이 시작되었다.

그것은 정말 괴로운 투쟁이었다. 혐오할 병에 걸린 크리스토퍼는 가장 가깝고 사랑하는 사람조차 뒷걸음질쳐도 어쩔 수 없는 존재였다.

그러나 유니스는 한 번도 망설이지 않았고 결코 자기 자리를 떠나려 하지 않았다. 때로 침대 옆 의자에서 졸기도 했으나 결코 눕지 않았다. 너무나 놀랄 만큼 잘 견뎌냈으며 그 강한 인내심과 상냥함은 그야말로 초인적이었다.

유니스는 길고 지겨운 나날을 입꼬리를 올리며 조용한 미소를 짓고, 슬픈 듯한 검은 눈에 어두컴컴한 성당 벽 성자 그림에서 보는 듯한 법열(法悅)을 떠올리며 말없이 봉사활동을 이어 갔다. 유니스에게는 그녀가 사랑하는, 혐오할 병자가 자고 있는 휑뎅그렁한 방 말고는 세상이 존재하지 않았다.

어느 날, 의사는 몹시 무거운 표정을 보였다. 그는 이제까지 가엾은 광경을 늘 보아왔으므로 쉽사리 감정변화를 드러내지 않았으나, 유니스에게 동생이 더 살 수 없다는 것을 알리는 일은 망설여졌다. 유니스와 같은 헌신적 사랑은 본 적이 없었다. 그것이 헛일이라고 그녀에게 말하는 것은 잔혹하게 여겨졌다.

그러나 유니스는 스스로 그것을 눈치챘다. 용케도 조용히 받아들인다고 의사는 생각했다. 그리고 유니스는 마침내 그 보답을 받았다—이를테면 말이지만. 그러나 유니스는 그것으로 아주 충분하다고 생각했다.

어느 날 밤, 유니스가 크리스토퍼에게로 몸을 구부렸을 때 그가 부은 눈을 겨우 떴다. 오래된 집 안에는 두 사람밖에 없었다. 바깥에서 내리는 비가 요란하게 창문을 줄곧 때렸다.

크리스토퍼는 메마른 입술로 유니스에게 미소를 떠올려보이며 힘없이 손을 내밀었다. 그리고 희미하게 말했다.

"누님, 누님처럼 좋은 사람은 정말 없어요. 나는 누님에게 제대로 해주지 못했는데, 마지막까지 나를 도와주었어요. 빅토리어에게—말해줘요—누님에게 잘해주라고—"

그의 목소리는 알아들을 수 없는 속삭임이 되어 이내 꺼져버렸다. 다만 유니스는 죽은 사람과 남아 혼자 있었다.

이튿날 사람들은 황급히 몰래 크리스토퍼 홀런드를 묻었다. 의사가 집을 소독하고 유니스는 다른 조치를 취해도 안전하다고 여겨질 때까지 혼자 그곳에 있게 되었다.

유니스는 눈물 한 방울도 흘리지 않았다. 의사는 유니스가 좀 색다른 사람이라고 여겼으나 커다란 존경심을 느꼈다. 당신처럼 훌륭한 간호사는 본 적이 없다고 그는 유니스에게 칭찬했다.

유니스로서는 칭찬받든 멸시당하든 아무래도 좋았다. 그녀 안에 있는 생명 속 어떤 것이 뚝 끊어져나갔다—살아나갈 기력이 사라졌다. 유니스는 앞으로의 황량한 나날을 어떻게 살아갈지 알 수 없었다.

그날 밤 늦게 유니스는 어머니와 동생이 죽은 방으로 들어갔다. 창문이 열려 있어서, 오랫동안 약냄새가 밴 공기만을 마셔온 유니스에게 차갑고 시원한 공기가 고맙게 느껴졌다. 그녀는 침구를 걷어버린 침대 옆에 무릎을 꿇고 앉았다.

유니스는 소리내어 말했다.

"어머니, 나는 약속을 지켰어요."

한참 뒤 일어서려고 했을 때, 그녀는 비틀거리며 한 손을 가슴에 댄 채 침대에 쓰러져버렸다.

아침이 되어 자일즈 블뤼엣 노인은 그 자리에서 유니스를 발견했다. 그녀의 얼굴에는 미소가 떠올라 있었다.

데이빗 벨의 고뇌

에번 벨은 장작을 한아름 안고 와 새빨갛게 단 워털루 스토브 뒤쪽 장작상자에 힘차게 던져 넣었다. 어둑어둑한 작은 부엌에 있는 스토브는 따스함과 붉은색을 드러내어 제법 여느 가정에서 느껴지는 아늑한 곳으로 만들고 있었다.

"자, 누나, 이제 내 잡일도 모두 끝났어. 봅은 우유를 짜고 있어. 모임에 가기 위해 하얀 칼라를 다는 일만 남았어. 애번리 마을은 부흥 전도사가 온 뒤로 훨씬 활발해진 것 같지!"

몰리 벨은 고개를 끄덕였다. 몰리는 흰 칠을 한 벽에 걸린 거울을 보며 머리를 말고 있었는데, 그 거울은 그녀의 혈색좋은 희고 동그란 얼굴을 괴기스런 캐리커처처럼 비뚤어지게 비추었다.

에번은 장작상자 가장자리에 앉으며 생각난 듯 말했다.

"오늘 밤에는 누가 일어설까? 애번리에는 이제 죄지은 사람이 그리 남아 있지 않은 것 같으니까—나 같은 고집쟁이 두세 명 말고는—"

그러자 몰리가 꾸짖었다.

"그런 말 하는 게 아냐. 아버지가 들으시면 어쩌려고."

에번이 대꾸했다.

"아버지는 귀에다 대고 소리쳐도 못들으실 텐데. 요즘 아버지는 마치 꿈 속에 있는 사람처럼, 그것도 아주 무서운 나쁜 꿈 속의 사람처럼 방황하고 계시니까. 아버지는 이제까지 좋은 분이었는데 어찌된 일일까?"

몰리는 나직이 말했다.

"나도 모르겠어. 어머니는 아버지 일을 몹시 걱정하셔. 그리고 모두들 수군대고 있지. 에번, 나는 부끄러워. 엊저녁에도 플로러 제인 플레처가 왜 아버지는 한 번도 간증하지 않느냐고 물었지. 게다가 장로 가운데 한 분인데─목사님도 곤란하시다고 해. 나는 얼굴이 화끈거리는 것을 느꼈어."

에번은 분개했다.

"그런 건 필요없는 간섭이라고 왜 말해 주지 않았어? 플로러 제인 할머니는 남의 일에 상관하지 않는 편이 좋을 텐데."

"하지만 모두 그 일을 떠들어대고 있어, 에번. 그래서 어머니도 크게 마음 아파하고 계시지. 이번 부흥회가 시작된 뒤부터 아버지는 마치 사람이 달라진 듯 행동하고 있어. 밤마다 집회에 나가 머리를 숙이고 미라처럼 앉아 계시거든. 게다가 애번리에서는 모두들 다 간증이 끝났는데 말이야."

"아니, 아직 하지 않은 사람도 많이 있어. 매슈 커스버트도 하지 않았고, 일라이셔 아저씨도 그렇고, 화이트네도 한 사람도 하지 않았어."

"하지만 그 사람들은 일어나서 간증하는 것을 좋게 생각하지 않는다는 것을 모두들 알아. 그러니 간증하지 않아도 아무도 이상하게 여기지 않지. 게다가……"

몰리는 말을 끊고 웃었다.

"매슈는 비록 그것을 좋다고 믿더라도 사람들 앞에서 한 마디도 하지 못할 거야. 무척 수줍어하니까. 하지만─"

몰리는 한숨을 내쉬었다.

"아버지는 그렇지 않아. 사람들은 아버지가 간증의 고마움을 믿고 있으면서 왜 일어나지 않는 것일까 하고 생각하지. 조사이어 슬론 노인조차도 밤마다 일어나잖니."

에번이 품위없이 불쑥 끼어들었다.

"턱수염을 사방팔방으로 길게 늘어뜨리고, 머리 또한 마찬가지로—"

"목사님이 간증할 분 없습니까, 하면 모두 우리 자리 쪽을 보잖아. 나는 부끄러워서 쥐구멍이라도 있으면 들어가고 싶은 심정이야. 단 한 번이라도 좋으니 아버지가 일어나주셨으면 좋겠어!"

몰리는 또 한숨을 쉬었다.

이때 미리엄 벨이 부엌으로 들어왔다. 그녀는 집회에 갈 채비를 끝내고 있었다. 집회에는 메이저 스펜서가 데려가주기로 되어 있었다.

미리엄은 키가 크고 가녀린 소녀로 진지한 얼굴에 사려깊은 검은 눈을 가져 몰리와는 조금도 닮지 않았다. 집회 중에 '죄를 자각하고' 기도며 간증에 몇 번 일어섰다 앉았다. 부흥전도사는 미리엄을 아주 신앙심이 두터운 처녀로 여기고 있었다.

그녀는 몰리의 마지막 말을 듣고 비난하듯 말했다.

"자기 아버지에 대해 이러니저러니 말하는 게 아니야, 몰리. 네가 아버지를 비판할 수는 없어."

에번은 재빨리 부엌 밖으로 빠져나갔다. 그대로 있다가는 미리엄이 자기에게 종교 이야기를 시작하지 않을까 걱정스러웠기 때문이다. 외양간에서 겨우 로버트의 설교를 피해온 참이었다. 회개하지 않는 사람은 애번리에서 마음놓고 살 수도 없다고 에번은 생각했다. 로버트도 미리엄도 '부흥'했으며 몰리는 그 경계선에서 망설이고 있었다.

"우리 집에서 아버지와 나는 검은 양이야."

에번은 그렇게 말하고 샐쭉 웃었지만 곧 웃은 것을 뉘우쳤다. 에번은 종교에 대한 것이라면 모두 경건히 생각하게끔 엄하게 배워왔다. 겉으로는 가끔 그런 것을 웃어보이지만 그럴 때마다 마음속으로는 나쁘다고 생각했다.

집 안에서는 미리엄이 동생의 어깨에 손을 얹고 사랑스러운 눈으로 그녀를 바라보고 있었다.

"오늘 밤이야말로 결심해, 몰리."

그 목소리는 감격으로 떨리고 있었다.

몰리는 새빨개진 얼굴을 서먹서먹하게 피했다. 뭐라고 대답하면 좋을지 모르겠는데 바깥에서 방울소리가 나자 대답할 필요가 없어져 다행이라 여기며 기뻐했다.

"언니 애인이 왔어, 미리엄."

말을 마치자 몰리는 거실로 뛰어들어갔다.

얼마 뒤 에번은 몰리를 위해 자기의 살찐 붉은 말을 맨 가족용 썰매를 현관으로 끌고 왔다. 에번은 아직 작은 썰매가 없었다. 자기 것을 가지고 있는 사람은 형 로버트뿐으로, 이윽고 새로 맞춘 털외투를 입고 나타난 로버트는 방울을 울리고 쇠장식을 번쩍번쩍 빛내며 시원스럽게 떠났다.

"멋있군."

에번은 형제답게 벙긋 웃었다.

에번과 몰리는 아름다운 겨울 저녁놀이 하얀 세계를 자줏빛으로 차츰 물들이는 오솔길을 따라 말을 달렸다. 양쪽에 줄지어 서 있는 벚나무 가로수가 머리 위를 아치형으로 뒤덮었고 나뭇가지 위의 하얀 서리가 보석처럼 반짝이고 있었다. 썰매 밑에서는 눈이 뽀드득뽀드득 소리를 냈다.

잎이 떨어진 앙상한 나무에 바람이 울부짖으며 스쳐지나가고, 나무들 위에는 하늘이 은빛 둥근 천장처럼 보였으며, 서쪽 하늘에는 별이 하나 둘 반짝이고 있었다. 여기저기 과수원이며 자작나무 숲으로 아담하게 둘러싸인 집들은 땅 위 별처럼 따뜻하게 빛나고 있었다.

에번이 말했다.

"교회는 오늘 밤 가득찰 거야. 이처럼 날씨가 맑으니 여기저기서 사람들이 모여들 테지. 재미있을 거야."

"아버지가 간증만 해주신다면!"

몰리는 털가죽과 짚 속에 몸을 녹이며 썰매 위에서 한숨을 쉬었다.

"미리엄 언니는 자기 좋을 대로 말하고 있지만 나는 우리 모두의 수치같이 느껴져 참을 수 없어. 벤틀리 씨가 '주 예수님에게 한 마디 더 하실 분은 없습니까?'하며 똑바로 아버지를 볼 때마다 등골이 오싹해져."

에번이 암말에게 가볍게 채찍질하자 말은 종종걸음으로 빠르게 달리기 시작했다. 에워싼 고요 속에 큰길 저쪽에서 요정의 노랫소리 같은 가락이 은은하게 들려왔다. 그것은 썰매를 타고 집회로 가는 화이트샌즈 젊은이들이 힘차게 부르는 찬송가였다.

마침내 에번이 거북하게 입을 열었다.

"저, 누나, 오늘 밤 기도 때 일어설 거야?"

"아버지가—아버지가 그렇게 하고 계시면 도저히 나는 못하겠어. 나는—나는 그렇게 하고 싶어, 에번. 미리엄도 로버트도 그렇게 해주기를 바라지만 나는 할 수 없어. 부흥전도사가 오늘 밤 특히 내게 와서 말을 걸어주지 않기를 바라고 있어. 그럴 때마다 마치 양쪽에서 내 팔을 끌어당기는 듯한 기분이야."

집 부엌에서는 벨 부인이 남편이 말을 현관으로 끌고 오는 것을 기다리며 앉아 있었다. 그녀는 검은 눈의 몸집이 작은 연약한 여자로 살집 없는 볼은 선명한 붉은 빛이었다. 모자 위부터 두른 숄 아래로 슬픈 듯 곤혹스러운 얼굴이 보였다. 이따금 그녀는 깊은 한숨을 내쉬었다.

스토브 아래에서 나온 고양이는 크게 기지개를 켜며 붉은 동굴 같은 입 안으로 목구멍까지 다 들여다보이게 하품을 했다. 그 순간 고양이 모습은 마치 화이드샌즈의 조지프 블뤼엣 장로—버릇없는 소년들이 '욕쟁이 조'라고 부르는—가 흥분하여 외칠 때와 기분 나쁠 만큼 꼭 닮아보였다. 벨 부인은 그것을 생각하고—곧바로 신성함을 모독한 듯하여 스스로 반성했다.

그녀는 진저리치며 이렇게 말했다.

"하지만 내가 나쁘게 생각하는 것도 무리가 아니야. 오히려 나는 제정신이 아닌 것 같아서 무척 난처해. 무엇을 괴로워하는지 내게 이야기만 해준다면 틀림없이 나도 도울 수 있을 텐데. 여하튼 언젠가는 알게 되겠지. 날마다 남편이 머리를 숙이고 마치 양심에 가책받을 일이라도 있는 듯한 얼굴을 하고 있는 것을 보면 가슴이 아파. 파리 한 마리조차 죽인 적 없는 사람인데.

더구나 잠잘 때, 그 신음소리며 중얼거림은 도대체 무엇일까! 그이는 이제까지 줄곧 올바르게 양심껏 살아왔는데—가족들에게 부끄러운 생각을 하게 하며 언제까지나 이런 일을 계속할 권리는 없어."

벨 부인의 노여움이 담긴 흐느낌은 현관에 썰매가 와닿는 바람에 뚝 끊어졌다. 남편이 헝클어진 잿빛 머리를 들이밀고 말했다.

"자, 여보."

그는 아내를 썰매에 안아올려 태우고 무릎덮개로 따뜻이 덮어준 다음 발 있는 곳에 불에 데운 벽돌을 놓아주었다.

이러한 남편의 친절이 벨 부인에게는 더더욱 고통스러웠다. 이같은 관심은 모두 나의 육체적 안락만을 생각한 것에 지나지 않는다. 남편의 모호하고 불확실한 태도 때문에 아내가 받는 정신적 고통에 대해서는 상관없다는 것인가? 결혼 뒤 처음으로 메리 벨은 남편에 대해 분노를 느꼈다.

두 사람은 말없이, 눈을 밀가루처럼 덮어쓴 가문비나무 산울타리를 지나 나무들이 아치를 이루고 있는 숲속 길을 썰매로 달렸다. 이미 시간이 늦었으므로 주위는 쥐죽은 듯 조용했다.

데이빗 벨은 한 마디도 하지 않았다. 신앙부흥회가 애번리에서 시작된 뒤부터 평소에 쾌활하게 말을 잘하던 습성이 자취도 없이 사라졌다. 처음 집회 때부터 뭔가 비극이 닥쳐온 사람 같은 태도로, 자기 가족이며 교회며 사람들이 뭐라고 말하거나 생각하든 전혀 알아차리지 못하는 듯한 태도였다.

남편이 계속 이런 태도로 나간다면 자기는 미치고 말 거라고 메리 벨은 생각했다. 썰매는 반항심에 불타는 그녀의 쓰디쓴 걱정을 실은 채 한겨울의 반짝이는 밤풍경 속을 힘차게 달려갔다.

그녀는 화가 나서 이런 생각까지 했다.

'교회에 가도 조금도 좋은 일이 없어. 내가 간증해 봐야 마음이 가라앉지도 않고 기쁠 리도 없어. 데이빗이 나무토막이나 돌처럼 앉아 있으니까. 제리 노인처럼 그런 부흥주의자가 오는 것을 반대하거나, 또는 여러 사람 앞에서 간증하는 일에 찬성하지 않는다면 나도 상관없어. 얼마든지 난 이해할 테니까. 하지만 지금 이대로는 너무나 부끄러워서 견딜 수 없어.'

이제까지 애번리에서는 부흥회가 한 번도 열린 일이 없었다.

제리 맥퍼슨 노인은 교회에 대한 일이라면 이 지방 으뜸가는 최고 권위자로 목사보다 윗자리를 차지할 만한 사람이었는데, 이 노인이 부흥회를 단호하게 반대했었다.

그는 엄격하고 신앙심이 돈독한 스코틀랜드 사람으로 종교를 감정에 호소하려는 태도를 극도로 싫어했다. 제리 노인의 여윈 고행자 같은 모습과 사각으로 골격진 억센 턱의 얼굴이 애번리 교회 북서쪽 창가의 늘 같은 자리에 앉아 있는 동안은, 목사를 포함한 대부분의 신도가 열심히 맞는다 하더라도 교회 안으로 들어올 만큼 용기 있는 부흥주의자는 한 사람도 없었으리라.

그러나 지금 제리 노인은 풀이 우거진 묘지의 흰 눈 밑에 조용히 잠들어 있다. 만일 죽은이가 땅 밑에서 한탄하는 일이 있다면, 애번리 교회에 부흥전도사가 다가와 끊임없이 감정에 호소하는 예배를 드리고, 여러 사람들 앞에서 간증이 행해지며, 고집스러운 노인이 줄곧 싫어해 온 종교적 흥분이 벌어진 것을 알게 된다면 제리 노인이야말로 땅 밑에서 한탄하는 게 마땅하리라.

부흥전도사로서 애번리는 좋은 활동무대였다. 메마른 기도회를 부흥시키기 위해 애번리 목사를 지원하러 온 제프리 마운틴 부흥전도사는 이것을 알고 미칠 듯이 기뻐했다. 요즘 이런 순수한 교구는 어디에나 흔히 있는 게 아니다. 거대한 오르간을 연주하는 거장처럼 열렬한 연설로 느끼기 쉬운 때묻지 않은 영혼들을 교묘히 연주하면, 마침내 그 속에 숨은 모든 음색이 감동하여 생명을 받아 말이 되어 흘러나오는 것이었다.

제프리 마운틴 부흥전도사는 착한 사람이었다. 분명 통속적인 냄새가 풍기는 점은 있었지만, 신념과 목적에 대한 어김없는 진지함은 그 선정적인 수단을 메워주기에 충분했다.

그는 몸집이 크고 이목이 수려하며 신비롭도록 달콤하고 매력적인 목소리를 지니고 있었다. 그 목소리는 사람마음을 사로잡듯이 상냥하게 녹아들면서 때로 간절하게 호소하고 비난하듯 높아졌으며 또는 전투를 위한 집합나팔처럼 울려 퍼졌다.

번번이 문법상의 잘못을 저지르고 천박스러워지기도 했으나 그 목소리가 지닌 매력 앞에서는 문제되지 않았으며, 평범한 구절도 목소리의 매력으로 훌륭한 웅변력을 발휘했다. 그는 이 진가를 알고 효과적으로 이용했다―여봐라는 듯 과시했다고까지 말해도 좋으리라.

제프리 마운틴의 신앙과 그 태도는 그의 인간성과 마찬가지로 허식부리는 점이 더러 있었으나 이런 종류의 것으로는 진지했고, 동기가 순수한 것이라 할 수 없을지라도 헤아려 넣을 점이 많이 있었다.

이리하여 제프리 마운틴 부흥전도사는 각 지방을 정복했고 이번에는 애번리를 정복하러 온 것이다. 밤마다 교회는 열성적인 청중으로 가득찼고, 사람들은 숨죽여 그의 말을 들으면서 그의 예상대로 울기도 하고 가슴을 헐떡이기도 하고 미친 듯 기뻐하기도 했다.

많은 젊은이들의 마음에 그의 호소와 경고가 불붙었고 그의 초대에 응해 밤마다 젊은이들은 기도하러 나섰다. 나이많은 신자들도 과거와는 달리 더욱 열성적이었고, 믿음을 받아들이지 않거나 비웃던 사람들조차도 이 모임에 어떤 매력을 느꼈다.

노인도 젊은이도—믿는 자나 믿지 않는 자도, 모든 사람들 속에서 흐르고 있는 것은 스스로도 깨닫지 못한 사이에 종교적인 기분을 느끼고 있다는 분위기였다. 애번리는 조용한 고장이었다—부흥회는 법석을 떨었다.

데이빗과 메리 벨이 교회에 도착했을 때는 이미 예배가 시작되어 하먼 앤드루스네 목장을 지날 때 할렐루야 찬송가가 들려왔다. 데이빗은 아내를 문 앞에서 기다리게 하고 마구간으로 썰매를 몰고 갔다.

벨 부인은 모자에서 스카프를 풀고 서리를 털었다. 포치에 플로러 제인 플레처와 그녀의 언니 하먼 앤드루스 부인이 나직이 이야기하며 서 있었는데, 이내 플로러 제인이 캐시미어 장갑을 낀 여윈 손을 뻗어 벨 부인의 숄을 잡아당겼다.

그녀는 새된 소리로 속삭였다.

"메리, 장로님은 오늘 밤 간증을 하나요?"

벨 부인은 머뭇거렸다. 어쨌든 한다고 말하고 싶었으나 어색하게 대답할 수밖에 없었다.

"어떨지 모르겠어요."

플로러 제인은 턱을 치켜들었다.

"저, 부인, 내가 물어본 까닭은 벨 씨가 간증하지 않는 것을 모두들 이상하게 여기고 있기 때문이에요. 더욱이 다름아닌 장로님이 말이에요. 그러면 마치 크리스천이 아닌 듯 보이잖아요. 물론 우리는 그만한 분별력이 있지만, 그런 식으로 보여요.

내가 댁이라면 남들이 수군대고 있다고 벨 씨에게 솔직히 말해 주겠어요. 벨 씨 때문에 모임의 성공이 전면적으로 방해되고 있다고 벤틀리 씨가 말하더군요."

벨 부인은 발끈하여 심술궂은 플로러 제인 쪽을 보았다. 자기로서는 남편의 까닭모를 행동에 화를 내도 좋지만 남이 자기에게 남편 비평을 하도록 허락할 생각은 추호도 없었다.

메리는 신랄하게 말했다.

"장로님 일로 걱정해줄 건 없어요, 플로러 제인. 언제나 입으로만 말하는 것이 훌륭한 크리스천이라고는 할 수 없으니까요. 자신의 신앙에 충실하다는 점에서는 레비 볼터에 비하면 꽤 나은 편이에요. 레비 볼터는 밤마다 일어나 간증하면서도 낮에는 못되게 사람을 기만하고만 있으니까요."

레비 볼터는 많은 가족을 거느린 중년 홀아비로 플로러 제인에게 결혼하고 싶다는 눈길을 던지고 있는 것으로 알려져 있었다. 레비의 이름을 꺼낸 것은 효과적인 공격이어서 플로러 제인을 입다물게 했다. 그녀는 몹시 화가 나서 말도 하지 않고 언니의 팔을 잡고서 성큼성큼 교회 안으로 들어가버렸다.

비록 이기기는 했지만 플로러 제인이 심어준 가시가 메리 벨의 마음에서 사라지지 않았다. 남편이 문 앞으로 오자 메리는 그 눈투성이 팔을 호소하듯 잡았다.

"오, 데이빗, 오늘 밤은 서서 간증하지 않겠어요? 나는 견딜 수 없이 괴로워요—소문이 굉장해요—너무나 부끄러워요."

데이빗 벨은 수줍어하는 초등학생처럼 머리를 수그리며 쉰 목소리로 말했다.

"그건 안 돼, 메리. 아무리 재촉해도 소용없소."

아내는 화가 난 나머지 불쾌하게 버럭 말했다.

"당신은 내 기분 같은 건 생각해 주지 않는군요. 당신이 그런 행동을 하니까 몰리도 간증에 나서지 못하는 거예요. 당신이 몰리를 구원으로부터 막고 있어요. 그리고 성공적인 부흥회를 방해하고 있는 거예요—벤틀리 씨가 그렇게 말했어요."

데이빗 벨은 신음했다. 이 괴로워하는 모습에 아내는 가슴이 찢어지는 듯한 아픔을 느꼈다. 메리는 곧 뉘우치고 달래듯 속삭였다.

"자, 괜찮아요, 데이빗. 당신에게 이런 말을 하는 게 아니었어요. 당신의 문제는 누구보다도 자신이 가장 잘 알고 있을 테니까요. 어서 안으로 들어가요."

데이빗은 애원하듯 말했다.

"기다려요. 메리, 나 때문에 몰리가 간증하지 못한다는 게 정말이오? 내가 우리들 아이의 신앙을 가로막고 있다는 거요?"

"저—나로서는—모르겠어요. 그런 일은 없을 거예요. 몰리는 아직 철이 덜든 아이니까요. 염려마세요—안으로 얼른 들어가요."

데이빗은 힘없이 아내 뒤를 따라 통로를 지나 교회 한가운데 그들 자리에 앉았다. 교회 안은 따뜻하고 사람들로 가득차 있었다. 목사는 오늘 저녁에 설교할 성경구절을 읽고 있었다.

목사 뒤쪽 성가대 속에서 싱그러운 얼굴에 불안과 진지함이 깃들인 몰리의 표정을 볼 수 있었다. 바람을 맞아 새빨개진 데이빗 벨의 얼굴과 곱슬곱슬한 잿빛 눈썹은 마음속 고민으로 찌푸려지고, 신음에 가까운 한숨이 그의 입에서 새어나왔다.

데이빗은 고통스럽게 혼자 중얼거렸다.

"하지 않으면 안 돼!"

잇달아 찬송가 몇 곡이 울려 퍼지고 늦게 온 사람들이 통로를 메웠을 때 부흥전도사가 일어섰다. 오늘 밤 그의 말투는 상냥하고 호소하는 듯 엄숙하게 시작되었다. 목소리에는 놀랄 만한 감미로움이 넘쳐흘러 숨죽이고 있는 청중들의 감격을 불러일으켰으며 신자들의 몸과 마음을 미묘한 감정의 그물로 끌어들였다.

대부분의 여자들이 흐느끼며 울기 시작했다. 열렬히 아멘을 부르짖는 이도 있었다. 부흥전도사가 그 나름대로 걸작이라 할 수 있는 마지막 호소를 끝내고 앉았을 때 팽팽했던 긴장을 좀 늦춘 듯한 한숨이 확대되어 청중들 사이에 물결처럼 번졌다.

기도를 끝낸 뒤 부흥전도사는 여느 때처럼 여기에 참석한 분들 가운데 누군가 그리스도 편이 되어 신앙고백을 하고 싶은 사람이 있으면 자기 자리에서 잠깐 동안 일어남으로써 그 의지를 알려 달라고 말했다.

짧은 사이를 두고 회랑석 밑에 있던 파리한 얼굴의 소년이 일어났는가싶더니 이어 건물 맨꼭대기 자리에 있던 노인이 벌떡 일어났다. 귀여운 얼굴에 두려운 표정을 띠고 12살 된 소녀가 부들부들 떨면서 일어나고 갑자기 그 어머니가 그 아이 옆에서 일어났을 때는 극적인 전율이 교회 안을 달렸다. 부흥전도사는 진심으로 강조하듯 말했다.

"아, 고맙습니다."

데이빗 벨은 애원하는 듯한 눈으로 몰리 쪽을 보았으나 그녀는 눈을 내리뜬 채 가만히 앉아 있었다. 커다랗고 네모진 '스토브 좌석' 건너 에번이 팔꿈치를 무릎에 세우고 몸을 내민 채 시무룩한 얼굴로 바닥을 지켜보고 있었다.

'나는 저 두 아이들에게 부담을 주고 있다.'

데이빗은 안타까웠다.

찬송가를 부르고 죄를 깨달은 이들을 위해 기도를 올렸다. 그리고 나서 간증할 것을 요청했는데, 그것을 요청하는 부흥전도사의 말투는 건물 안에 있는 한 사람 한 사람에 대해 개인적으로 요구하는 듯 절박하게 느껴졌다.

저마다 성격이 우러난 많은 간증이 이어졌으나 대부분은 짧고 판에 박힌 것이었다. 그리고 긴 침묵이 이어졌다.

부흥전도사는 타오르는 눈으로 청중석을 죽 둘러보고 호소하듯 외쳤다.

"오늘 밤 이 교회에 계신 분들은 한 사람 남김없이 주 예수를 찬양했습니까?"

아직 간증하지 않은 사람이 많았으나 건물 안에 있는 모든 눈은 부흥전도사의 비난하는 듯한 시선을 좇아 벨씨네 집 자리로 쏠렸다. 몰리는 부끄러움으로 새빨개지고 벨 부인은 눈에 띄게 당황했다.

이렇듯 모두들 데이빗 벨을 보았으나 아무도 그가 간증하리라고는 생각하지 못했다. 데이빗이 일어났을 때는 놀란 사람들 사이에 술렁거림이 일고 곧이어 무서우리만큼 조용해졌다. 데이빗 벨에게는 그것이 마지막 심판과 같은 두려움을 담고 있는 듯 여겨졌다.

두 번 그는 입을 겨우 열어 말하려 했으나 도저히 할 수 없었다. 세 번째에 겨우 성공했으나 그 목소리는 그의 귀에도 이상하게 들렸다. 데이빗은 앞좌석 등받이를 굵직한 두 손으로 잡고 눈은 성가대원들 머리 위에 걸린 '그리스도교 신도의 맹세'에 고정되어 있었으나 아무 것도 보고 있지 않는 듯했다.

그는 쉰 목소리로 말했다.

"형제 자매 여러분! 오늘 밤 여기서 그리스도 교도로서 간증을 하기 전에 나는 고백하지 않을 수 없는 일이 있습니다. 그것은 이 부흥회가 시작된 뒤부터 나의 마음을 줄곧 괴롭고 무겁게 짓눌러왔지요. 그 사실을 털어놓지 않는 한 나는 일어나서 주 예수 그리스도에게 간증할 수 없었습니다.

대부분 여러분은 내가 간증하기를 기대하고 있었습니다. 아마 나는 몇몇 사람들에게는 방해가 되었을 것입니다. 이번 부흥회의 경우 나는 내 죄 때문에 하나도 축복받지 못했습니다. 그 죄를 나는 깊이 뉘우치고 있었으나 한편 숨기려고 했지요. 나는 성령의 암흑으로 덮여 있었습니다.

친구, 그리고 이웃분들이여! 나는 이제까지 줄곧 여러분들에게 정직한 사람으로 여겨져 왔습니다. 그런데 거짓으로 얼룩진 제 모습이 알려지는 일이 수치스러워 사람들 앞에서 고백하거나 간증하지 못하고 있었던 것입니다.

이 부흥회가 시작되기 얼마 전 일인데, 어느 날 밤 시내에서 돌아온 나는 누군가로부터 10달러짜리 위조지폐를 받았음을 알게 되었습니다. 바로 그때였습니다, 악마가 내 마음에 달라붙은 것이지요. 다음 날 레이철 린드 부인이 해외 파견 선교사단을 위한 기부금을 모으러 왔을 때 나는 그 10달러짜리 지폐를 주었습니다. 린드 부인은 알아차리지 못하고 다른 돈과 함께 보내버렸습니다.

그러나 나는 얼마나 자신이 비굴하고 죄많은 짓을 했는지 그제서야 깨달았습니다. 그 생각을 마음으로부터 멀리 쫓아버릴 수가 없어 2, 3일 뒤 린드 부인을 찾아가 진짜 10달러를 그 모금에 주었지요. 그리고 린드 부인에게 나는 많이 가지고 있으니 주님에게 10달러를 더 드리는 것이 옳다고 여겼기 때문이라고 말했습니다.

사실, 그것은 거짓말이었습니다. 린드 부인은 나를 협협한 남자로 본 듯하지만 나는 부끄러워서 린드 부인의 얼굴을 볼 수 없었습니다. 그 뒤 나는 나쁜 행위를 보상하려고 여러 가지를 강구했으므로 이제 그로써 됐다고 여겼습니다.

그런데 그렇지 않았습니다. 그 뒤로 나는 잠시도 마음이 편한 날이 없었습니다. 나는 주 예수를 속이려 했으며 이번에는 그것을 세속적으로 내 믿음을 증가시키는 방법을 통해 해결하려 했던 것입니다.

이 부흥회가 시작된 뒤, 모두들 내 간증을 들으려 기대했을 때 나로서는 도저히 할 수 없었습니다. 그것은 하느님에 대한 모독이 되리라 여겨졌고, 그렇다고 내가 한 일을 모조리 이야기해야 한다는 것은

생각만 해도 끔찍스러웠습니다.

사실상 아무런 해를 끼친 것은 아니라고 몇 번이나 자신에게 타일렀는지 모릅니다. 그러나 아무 소용 없었어요. 나는 혼자 너무도 비참한 생각에 빠져 있었으므로 나의 행동이 내 사랑하는 사람들에게 폐를 끼치고 그들을 구원의 길에서 멀리 달아나게 하고 있음을 결국 깨닫지 못했습니다.

그러나 오늘 밤 이 사실에 눈뜨게 되면서 주 예수께서 힘을 주신 덕분으로 내 죄를 고백하고 주님의 이름을 찬미할 수 있게 되었습니다.”

띄엄띄엄 말을 끝내고 데이빗 벨은 앉아 이마에 송글송글 맺힌 땀방울을 닦아냈다. 그와 같은 성장과정이며 사고방식을 지닌 사람으로서는 방금 헤쳐온 시련보다 더 고통스러운 것은 없었다. 그러나 혼란된 감정의 폭풍 밑에서도 데이빗은 이상하게 조용함과 평온함을 느꼈으며, 여기에는 고통을 극복한 승리의 기쁨이 깃들어 있었다.

엄숙한 고요가 교회 전체를 뒤덮었다. 부흥전도사의 ‘아멘’하는 목소리에도 여느 때처럼 살살 녹이는 열렬함이 아니라 매우 친절한 경건함이 담겨 있었다. 이러한 고백 뒤에 숨은 거룩함과 마음속 가혹한 고뇌의 울림을 아무리 야비한 사람이라 하더라도 부흥전도사 역시 깨달을 수 있었다.

마지막 기도를 하기 전, 목사는 말을 끊고 주위를 둘러보며 상냥한 목소리로 물었다.

“이 마지막 기도에서 특별히 기억해두기를 바라는 분은 또 없습니까?”

한순간 아무도 움직이는 사람이 없었다. 그러자 몰리 벨이 성가대 자리에서 일어났다. 아래 스토브 옆에서는 에번이 소년다운 발그레한 얼굴을 높이 쳐들고 친구들 한가운데 우뚝 일어섰다.

메리 벨이 속삭였다.

"주여, 감사합니다."
남편은 쉰 목소리로 말했다.
"아멘."
벤틀리 씨가 말했다.
"기도합시다."

어디에나 흔히 있는 사나이

　내 소중한 아가씨의 결혼식날 아침, 나는 일찍 일어나 아가씨 방으로 갔다. 결혼식날 아침에 깨우러 와 달라고 아가씨가 오래 전 부탁했고 나도 그러겠다고 약속했기 때문이다.

　"내가 이 세상에 태어났을 때 가장 먼저 나를 안아준 사람은 아주머니였으니까요, 레이철 아주머니. 그러니 그 기쁜 날 역시 누구보다도 아주머니에게 축하한다는 말을 먼저 듣고 싶어요."

　그러나 그것은 오래 전 이야기로 지금은 아가씨를 깨우러 갈 필요가 조금도 없다는 예감이 들었다.

　과연 그랬다. 아가씨는 볼 밑에 손을 대고 눈을 뜬 채 아주 조용히 누워 있었다. 크고 푸른 눈은 물끄러미 창문 쪽을 향하고 있었다. 창문으로부터는 희미하게 파르스름한 빛이 비쳐들고 있었다―기쁨이 없는 빛, 사람을 몸서리치게 하는 듯한 슬픈 빛이었다.

　나는 기쁘기는커녕 울고 싶은 심정이었다. 그리고 파리하고 인내심 강한 얼굴로 웨딩드레스라기보다 수의를 기다리고 있는 듯한 아가씨를 보자 가슴이 아파 견딜 수 없었다. 그러나 내가 침대 앞에 앉아 손을 잡자 아가씨는 씩씩하게 웃었다.

나는 말했다.

"밤새도록 한숨도 못 잔 것 같군요, 아가씨."

"그래요. 잘 못 잤어요. 하지만 밤이 길다고 여겨지지는 않았어요. 오히려 너무 짧은 것 같았죠. 여러 가지 생각을 하고 있었는걸요. 지금 몇 시예요, 레이철 아주머니?"

"5시예요."

"그러면 앞으로 여섯 시간 뒤면—"

갑자기 아가씨는 침대에서 벌떡 일어나 풍부한 갈색 머리가 하얀 어깨에 흩어지는 대로 내버려두고 나를 부둥켜안으며 이 늙은이의 가슴에 얼굴을 묻고 울음을 터뜨렸다. 나는 어루만지고 쓰다듬어주며 한 마디도 하지 않았다. 얼마 뒤 아가씨는 울음을 그쳤으나 여전히 머리를 그대로 하고 앉아 있어서 내게는 얼굴이 보이지 않았다.

아가씨는 조용히 말했다.

"우리는 일이 이렇게 되리라고는 전혀 생각지도 못했었죠, 레이철 아주머니."

"지금이라도 늦지 않았어요."

나는 이렇게 말하지 않을 수 없었다. 이 결혼에 대해 나는 내 생각을 도저히 숨길 수 없었다. 또한 숨기려고도 하지 않았다. 모든 것이 아가씨의 계모 짓이었다. 그것을 나는 잘 알고 있었다. 그렇지 않다면 내 아가씨가 마크 포스터와의 결혼을 승낙할 리 없었다.

"그 이야기는 그만둬요."

아가씨는 상냥하게 애원하듯 말했다. 아직 어렸던 무렵 내게 무엇을 조를 때와 같은 투였다.

"옛날에 있었던 일을 이야기해요. 그리고 그 사람 일을."

"오늘 마크 포스터와 결혼식을 올리는데 그 사람 이야기를 해봐야 아무 소용 없어요."

내가 말하자 아가씨는 손으로 내 입을 막았다.

"이것이 마지막이에요, 레이철 아주머니. 오늘 이후 나는 그 사람 이야기를 할 수 없고 또 생각해서도 안 돼요. 그가 가버린 지 4년이나 지났는 걸요. 그가 어떤 사람이었는지 아직도 기억해요, 레이철 아주머니?"

나는 멋쩍게 말했다.

"잘 기억하고말고요."

나는 여전히 기억하고 있다. 오언 블레어는 잊기 어려운 얼굴을 가진 사람이었다―건강하면서도 해맑은 긴 얼굴로, 여자들이 반하지 않을 수 없는 눈을 가지고 있었다. 그러나 마크 포스터의 흙빛 피부며 여윈 턱을 생각하면 가슴이 메슥거린다. 마크가 못생겼다는 말은 아니다―다만 흔한 용모의 사나이에 지나지 않는다.

아가씨는 참을성 있게 평소 목소리로 말을 이었다.

"그는 정말 멋진 남자였어요, 레이철 아주머니. 키가 크고 늠름하며 퍽 잘생겼죠. 내가 화내어 헤어지지 말았어야 했는데요. 못난 싸움을 하다니, 우린 너무 어리석었어요. 하지만 그가 살아서 돌아왔다면 모든 것이 잘 되었으리라는 것을 난 알고 있어요. 분명 알아요. 그가 죽을 때까지 나를 원망하지 않았다는 것을.

난, 전에 이렇게 생각했어요. 레이철 아주머니, 나는 평생 그 사람만을 믿고 지조를 지키면서 살고 저세상에서 다시 만나면 예전처럼 그 사람 것이 되어 그만의 여자로서 살겠다고 생각한 적이 있어요. 하지만 그럴 수 없게 되어버렸어요."

"계모의 달콤한 말솜씨와 마크 포스터의 음모 탓이지요."

아가씨는 참을성 있게 말했다.

"아니에요, 마크는 음모를 꾸미지 않았어요. 마크를 나쁘게 말하면 안 돼요, 레이철 아주머니. 아주 친절하게 잘해 주는걸요."

나는 누가 뭐래도 말하지 않을 수 없었다.

"그는 올빼미 이상으로 어리석고 솔로몬의 나귀처럼 고집스러운 사람이에요. 어디에서나 흔히 보는 그런 남자면서도 우리 귀여운 아가씨를 가질 자격이 있다고 생각하니까요."

아가씨는 다시금 부탁했다.

"마크 이야기는 그만둬요. 나는 마크의 충실하고 좋은 아내가 될 생각이에요. 하지만 이 소중한 몇 시간 동안만은 아직—아직—나는 내 것이에요. 그 시간을 그에게 바치고 싶어요. 내 처녀시절의 마지막 시간을—그것을 그 사람 것으로 해야만 해요."

그리하여 아가씨는 그 사람 이야기를 이어 갔다.

나는 아름다운 머리를 내 팔에 드리운 아가씨를 안고 앉아 있었는데, 아가씨의 마음을 헤아릴 때 가슴이 찢어지듯 아팠다.

아가씨는 나만큼 비참한 생각은 하고 있지 않았다. 자기가 해야 할 일을 결심하고 체념하고 있었기 때문이다. 결혼할 사람은 마크 포스터였으나 아가씨의 마음은 프랑스로 가 있었다. 독일군이 묻은 오언 블레어의 무덤—그들이 묻어 주었다면—으로, 아무도 알아주는 이 없는 무덤으로 날아가 있었다.

그리고 옛날의 두 사람 일을, 아기 적부터 함께 지내고, 같이 학교에 다니고—그때도 어른이 되면 결혼하기로 되어 있었다—또 그가 처음으로 말했던 사랑의 속삭임, 아가씨가 꿈에 그리며 바라고 있었던 일들을 모조리 이야기했다.

말할 수 없었던 단 한 가지 일은, 마크 포스터가 아가씨에게 사과를 가지고 왔을 때 오언이 마크를 때렸던 일이었다.

아가씨는 한 번도 마크의 이름을 입 밖에 내지 않았다. 모두 오언—오언뿐이었으며, 어떤 모습을 하고 있었다든가 그 무서운 전쟁에 나가 총에 맞지 않았다면 어떻게 되어 있을 거라든가 하는 일뿐이었다. 이렇듯 내가 아가씨를 안고 그 이야기에 열심히 귀기울이고 있는 동안 옆방에서는 계모가 승리를 자랑하듯 코를 골며 드르렁드르렁 자고 있었다.

이야기가 다 끝나자 아가씨는 다시 베개를 베고 누웠다. 나는 일어나 불을 지피러 아래층으로 내려갔다. 나는 무척 늙고 지쳐버린 듯한 기분이었다. 발을 질질 끌면서 하염없이 흐르는 눈물을 애써 참았다. 결혼식날 우는 것은 불길한 일임을 잘 알고 있었기 때문이다.

이윽고 이저벨러 클라크가 내려왔다. 아주 유쾌하고 만족스러운 얼굴이었다. 필리퍼 아가씨의 아버지가 이곳에 데려왔을 때부터 나는 이저벨러를 좋아하지 않았으며 오늘 아침은 더욱 싫었다.

이저벨러는 늘 상냥스럽게 미소를 지으며 방글거리고 있으나 가슴속으로는 음모를 꾸미는 교활하고 뱃속이 검은 여자였다. 이것만은 분명히 말해두겠다. 사실 이저벨러가 필리퍼 아가씨에게 잘해준 것은 틀림없지만, 이날 내 소중한 아가씨를 마크 포스터와 결혼하도록 만든 것은 이저벨러의 짓이었으니까.

"일찍 일어났군요, 레이철."

이저벨러는 언제나처럼 방글방글거리며 기분좋은 듯 내게 말을 걸었으나 그녀가 마음속으로는 나를 미워한다는 것을 나는 잘 알고 있다.

"잘했어요. 오늘은 할 일이 산더미처럼 많으니까요. 결혼식이란 할 일이 너무 많지요."

나는 불쾌하게 말했다.

"이런 결혼식은 그렇지도 않아요. 두 사람이 결혼한 뒤 그것을 수치스럽게 여기는 것처럼 몰래 달아나듯 빠져나가다니 나는 결혼식이라고 말할 수 없어요, 오늘 같은 경우는요."

이저벨러는 크림같이 매끄럽게 말했다.

"모든 일을 아주 조용히 치르고 싶다는 것은 필리퍼 자신의 희망이에요. 그 애가 원한다면 나도 성대한 결혼식을 얼마든지 올려주고 싶어요. 그것은 레이철도 알고 있잖아요."

"네, 조용한 편이 좋기는 하겠죠. 필리퍼 아가씨가 마크 포스터 같은 남자와 결혼하는 거니까 보는 사람이 적을수록 좋아요."

"마크 포스터는 훌륭한 사람이에요, 레이철."

나는 이저벨러를 항복시키려고 마음을 단단히 먹었다.

"훌륭한 남자라면 필리퍼 아가씨를 마치 사들인 것 같은 방법으로 차지하고 의기양양해 하지는 않을 거예요. 포스터 같은 남자는 아무 데서나 흔히 볼 수 있는 사람 가운데 하나로, 우리 아가씨의 발을 씻어주기에도 모자란 남자죠. 아가씨의 어머니가 살아 있어서 이날을 보지 않는 게 차라리 다행이에요. 아직 살아 있었다면 이런 날은 오지 않았을 거예요."

이저벨러는 좀 심술궂게 말했다.

"필리퍼의 어머니도 마크 포스터가 누구 못지않게 돈이 많다는 것을 알고 있을 텐데요."

나는 이저벨러가 부드러울 때보다 심술궂게 말할 때가 훨씬 더 좋았다. 그 편이 덜 무섭게 느껴지기 때문이다.

결혼식은 11시로 나는 9시가 되자 2층에 올라가 필리퍼 아가씨가 옷입는 것을 거들었다.

아가씨는 자기 옷차림에 떠들썩하게 신경 쓰는 신부가 아니었다. 신랑이 오언이었다면 문제가 달랐으리라. 그러면 무엇이든 마음에 들지 않았을 게 틀림없다.

그러나 지금은 그리 살펴보지도 않고 말없이 말했다.

"됐어요, 레이철 아주머니."

그러나 다 차려입었을 때 아가씨 모습은 너무도 아름다웠다. 예를 들어 거지의 누더기옷을 입혀도 나의 아가씨라면 역시 아름답게 보였으리라.

새하얀 웨딩드레스와 베일을 쓴 모습은 여왕처럼 화려했다. 그리고 아름다운 만큼 훌륭했다. 화려함과 쾌활함을 갖춘, 하늘에서 땅 위로 내려온 사람이 지닌 훌륭함이었다. 그것은 아가씨가 타고난 비할 바 없는 매력을 더욱 돋보이게 했다.

이윽고 아가씨는 나를 방에서 내보냈다.

"내 마지막 시간을 혼자 보내고 싶어요. 내게 키스해 줘요, 레이철 어머니―레이철 아주머니."

나이는 먹을 만큼 먹어가지고 바보처럼 흐느끼며 아래층으로 내려왔을 때, 쿵쿵쿵 문 두드리는 소리가 났다. 갑자기 이저벨러에게로 가서 그녀를 현관으로 내보내야겠다는 생각이 떠올랐다. 마크 포스터가 정해진 시간보다 일찍 왔을 게 분명하다고 여겼으며 나는 마크의 얼굴을 보고 싶지 않았기 때문이다. 그때 만일 이저벨러를 현관으로 내보냈으면 어떻게 되었을까 생각하면 지금도 몸이 덜덜 떨린다.

그러나 나는 스스로 가서 마크 포스터에게 내 얼굴에 담겨 있는 눈물을 보여주고 싶어 오만한 태도로 문을 확 열었다. 나는 문을 연 순간―한 대 세게 얻어맞은 듯 비틀비틀 쓰러질 듯 뒷걸음질쳤다.

"오언! 오, 하느님, 도와주십시오! 오언!"

나는 별안간 온 몸이 싸늘해지며 뭔가 이 비슷한 말을 했다. 실제로 오언의 유령이 이 죄 많은 결혼을 그만두게 하려고 귀신이 되어 나타났다고 생각했기 때문이었다.

그러나 오언은 곧 뛰어들어와 피와 살로 된 손으로 내 주름투성이 손을 힘주어 잡았다. 그 손은 살아 있는 인간의 손이었다.

오언은 거칠게 물었다.

"레이철 아주머니, 아직 늦지 않았겠죠? 때맞추어 잘 왔다고 말해 주십시오."

나는 덮칠 듯 서 있는 이목구비가 반듯한 키가 큰 오언을 올려다 보았다. 햇빛에 무척 그을린 것과 이마에 조그만 흰 상처자국이 있는 것 말고는 조금도 달라진 데가 없었다. 나는 완전히 넋을 잃어 뭐가 뭔지 알 수 없었으나 가슴속으로부터 감사하는 마음이 솟는 것을 느낄 수 있었다.

"그래요, 늦지 않았어요."

"아, 고맙습니다."

오언은 나직이 중얼거리더니 나를 손님 침실로 끌어들이고 조용히 문을 닫았다.

"역에 도착해서 필리퍼가 오늘 마크 포스터와 결혼한다는 이야기를 들었습니다. 나는 믿어지지 않았지만 혹시나 하는 마음에 말이 달릴 수 있는 한 전속력으로 온 겁니다, 레이철 아주머니. 이런 일은 있을 수 없습니다! 나를 잊었다 하더라도 필리퍼가 마크 포스터에게 호감을 가질 리 없습니다!"

나는 울며 웃으며 말했다.

"아가씨가 마크와 결혼하는 것은 사실이에요. 하지만 마크를 좋아하는 건 아니에요. 아가씨는 가슴의 고동 하나 남김없이 오직 오언에게 바치고 있어요.

모두 계모가 꾸민 일이에요. 마크는 이 저택을 저당잡고 있는데, 이 저벨러에게 필리퍼가 자기와 결혼해 준다면 저당서류를 태워버릴 것이고 결혼해 주지 않는다면 모든 물건을 팔아 버리겠다고 말했어요. 아가씨는 돌아가신 아버지를 생각하고 자기가 희생하여 계모를 도와주려는 거예요. 이것도 모두 오언 탓이에요."

평정을 되찾은 나는 외쳤다.

"우리는 오언이 죽은 줄로 여겼어요. 살아 있었다면 왜 돌아오지 않았죠? 왜 편지를 보내지 않았죠?"

"물론 편지를 보냈지요. 퇴원한 뒤 몇 번 보냈는데 한 번도 답장이 오지 않았습니다, 레이철 아주머니. 필리퍼가 내 편지에 답장을 보내지 않으니 내가 어떻게 생각해야 했을까요?"

나는 외쳤다.

"아가씨는 한 통도 못 받았어요. 아가씨는 오언을 그리워하며 그 귀여운 눈이 퉁퉁 붓도록 울었어요. 누군가 그 편지를 받아 없앤 게 틀림없어요."

증거는 하나도 없었지만 그때도 나는 이저벨러 클라크가 편지를 가로챘음을 알았으며, 지금도 그렇게 믿고 있다. 그녀는 어떤 것이라도 할 수 있는 여자인 것이다.

오언은 초조하게 말했다.

"자, 그 일은 다음 기회에 다시 조사하기로 하고 지금은 다른 일을 생각해야만 합니다. 나는 필리퍼를 반드시 만나야겠습니다."

"내가 어떻게든 해보겠어요."

내가 간절히 말한 순간, 문이 서서히 열리고 이저벨러와 마크가 들어왔다. 이때 이저벨러의 표정을 나는 언제까지나 잊지 못할 것이다. 이저벨러가 몹시 가엾게 느껴졌을 정도였다. 이저벨러의 얼굴은 병자처럼 누렇게 뜨고 눈은 분노로 타올랐다. 자기의 음모와 희망이 형장의 이슬처럼 모두 사라져버리는 걸 보았던 것이다.

처음에 나는 마크 쪽을 보지 않았다. 그러나 그쪽으로 눈길을 보냈을 때는 아무것도 볼 게 없었다. 여전히 노르스름하고 무표정한 얼굴을 하고 있을 뿐이었다. 오언과 비교해 보면 땅딸막하고 볼품없었다. 어느 누구도 이 남자를 신랑으로 고를 사람은 없으리라고 여겨졌다.

오언이 먼저 입을 열었다.

"나는 필리퍼를 만나고 싶습니다."

마치 어제 떠났던 사람 같은 말투였다.

그때까지 이저벨러가 보여주었던 원만함이나 신중함은 소리없이 사라지고, 내가 이미 옛날부터 알고 있던 대로 음모로 남을 골탕 먹이고 성실성과는 거리가 먼 그녀가 본디의 참모습을 드러낸 채 그곳에 서 있었다.

이저벨러는 필사적으로 말했다.

"만나게 할 수 없어요. 당신을 보고 싶어하지 않으니까요. 당신은 그 애를 버려둔 채 가버렸고 한 번도 편지를 보내지 않았어요. 그 때문에 그 애도 더 이상 생각하는 것마저 부질없는 일이라고 판단했던 거지요. 그래서 당신보다 훨씬 훌륭한 사람에게 호의를 갖게 되었어요."

오언은 부드럽게 이야기하려고 애를 쓰며 달래듯 말했다.

"나는 편지를 보냈습니다. 그것은 누구보다도 부인이 잘 알 겁니다. 나머지 일에 대해서는 부인과 다투고 싶지 않습니다. 다른 남자에게 호의를 가지게 되었다는 말을 필리퍼 자신의 입으로 듣는다면 그때는 나도 포기하겠습니다. 하지만 그 전까지는 믿을 수 없습니다."

내가 말했다.

"아가씨 입에서는 결코 그런 말을 들을 수 없을 거예요."

이저벨러는 무서운 눈으로 나를 노려보았다. 그리고 고집스럽게 말했다.

"필리퍼가 더 훌륭한 사람의 아내가 될 때까지는 당신과 만나게 할 수 없어요. 그리고 우리 집에서 곧바로 나가도록 당신에게 명령하겠어요, 오언 블레어."

"그건 안됩니다!"

이렇게 말한 것은 마크 포스터였다. 마크는 이제까지 한 마디도 하지 않았으나 지금 앞으로 나와 오언 앞에 당당히 섰다. 이 두 사람은 어쩌면 이토록 차이가 날까! 그러나 마크는 침착하게 오언의 얼굴을 똑바로 보았다. 오언도 분노에 타오르는 눈으로 마주보고 있었다.

"오언, 만일 필리퍼가 여기로 내려와 우리 둘 가운데 어느 한쪽을 택한다면 만족하겠나?"

오언이 대답했다.

"그렇네."

마크 포스터는 나를 보고 말했다.

"필리퍼를 어서 데려와주십시오."

이저벨러는 자기 나름대로 필리퍼 아가씨를 판단하고 절망의 신음 소리를 냈으며, 오언은 사랑과 희망에 눈이 멀어 이미 자기가 승리했다고 생각하고 있었다.

그러나 사랑하는 아가씨를 잘 알고 있는 나로서는 마냥 기뻐할 수가 없었다. 마크 포스터도 아가씨의 성격을 알고 있었던 것이다. 때문에 나는 마크가 미워서 견딜 수 없었다.

나는 새파랗게 질린 얼굴로 덜덜 떨면서 아가씨 방으로 올라갔다.

안으로 들어가자 아가씨는 마치 죽음을 앞둔 모습으로 나를 맞아 두 손을 꼭 쥐며 물었다.

"이제—이제 시간이 됐나요?"

나는 뜻하지 않은 오언의 모습을 보면 결의도 무너지리라 기대하며 한 마디도 하지 않았다. 다만 두 손을 그녀에게 내밀고 아래층으로 데려갔다. 나를 붙잡고 있는 그녀의 손은 눈처럼 차가웠다. 나는 손님 침실문을 열자 뒤로 물러나며 아가씨를 앞으로 밀었다.

"오언!"

이렇게 외치며 아가씨가 사시나무 떨듯 몹시 몸을 떨었으므로 나는 팔을 둘러 붙잡아주었다.

오언이 애정과 그리움으로 얼굴과 눈을 빛내며 아가씨 쪽으로 한 발 다가섰을 때 마크가 앞을 가로막았다.

"필리퍼가 선택할 때까지 가만히 기다리게."

그리고 마크는 아가씨 쪽을 보았다. 내게는 아가씨 얼굴이 보이지 않았으나 마크의 얼굴은 볼 수 있었다. 거기에는 한 조각의 감정도 떠올라 있지 않았다. 그 등 뒤에서는 이저벨러의 초조한 얼굴이 잿빛으로 변해 있었다.

마크가 말했다.

"필리퍼, 오언 블레어가 돌아왔소. 오언은 결코 당신을 잊지 않았으며 몇 번이나 편지를 보냈다고 하오. 나는 그에게 당신이 내 아내가 되기로 약속했다고 말했지만, 그러나 나는 당신이 자유로이 택해주기를 바라오. 어느 쪽과 결혼하겠어요, 필리퍼?"

아가씨는 꼿꼿이 서서 이미 떨고 있지 않았다. 뒤로 물러섰으므로 내게도 얼굴이 보였다. 죽은 사람처럼 핼쑥했지만 침착함과 결의가 드러나 있었다.

"마크, 나는 당신과 결혼하겠다고 굳게 약속했어요. 그러니 그 약속을 지키겠어요."

이저벨러의 얼굴이 생기를 되찾았다. 그러나 마크의 표정은 달라지지 않았다.

"필리퍼!"

오언의 비통한 목소리에 늙은 내 가슴은 더욱더 쥐어짜는 것 같았다.

"당신은 나를 더 이상 사랑하지 않는단 말이야?"

이 오언의 호소하는 목소리에 저항할 수 있다면 아가씨는 인간 이상의 강한 존재였으리라. 아무 말 없이 아가씨는 한순간 찬찬히 오언을 바라보았다. 그 눈빛을 우리도 모두 보았다. 오언에 대한 사랑으로 넘친 영혼의 세계가 그 눈에 떠올라 있었다. 이윽고 아가씨는 방향을 바꾸어 마크 옆에 섰다.

오언은 한 마디도 하지 않았다. 죽은 듯 새파랗게 질려 문 쪽으로 가려 했다. 그러자 다시 마크가 막아섰다.

"기다리게. 역시 필리퍼는 내가 생각한 대로 선택했네. 그러나 나는 아직 선택하지 않았어. 나는 다른 사나이를 사랑하는 여자를 결혼상대로 택할 생각이 없네.

필리퍼, 나는 오언이 죽은 줄 여겼고 또한 내 아내가 되면 당신의 사랑을 얻을 수 있으리라고 분명히 믿었소. 그러나 당신을 진심으로 사랑하는 나로서는 더 이상 당신을 비참하게 만들 수 없소. 당신이 사랑하는 사람에게로 가요—당신은 이제 자유니까!"

이저벨러가 울부짖었다.

"그러면 나는 어떻게 되는 거죠?"

"아, 부인 말입니까!—부인 일을 까맣게 잊었군요."

마크는 지친 모습으로 말하며 주머니에서 서류를 꺼내 벽난로 속으로 던졌다.

"이것이 저당서류입니다. 댁이 신경 쓰이는 건 이것뿐일 테니까요. 안녕히 계십시오."

마크는 사라졌다. 마크는 확실히 어디에나 흔히 있는 사나이에 불과하지만 어쩐지 이때의 마크는 어느 모로 보나 신사로 보였다. 나는 뒤쫓아가 뭔가 말하고 싶었으나, 하지만—마크의 얼굴 표정을 생각할 때—아니, 늙은이가 쓸데없는 말을 할 수는 없었다!

필리퍼는 오언의 어깨에 얼굴을 기대고 울었다. 이저벨러는 저당서류가 활활 타는 동안 지켜보았으나 다 타버리자 내가 있는 복도 쪽으로 다시금 상냥스럽게 방글거리며 왔다.

"정말 얼마나 낭만적이에요. 여러 가지로 생각해 보면 역시 이렇게 되는 편이 좋았어요. 마크의 행동은 훌륭했다고 여기지 않아요? 그렇게 할 수 있는 사람은 그리 많지 않아요."

이때 처음으로 나는 이저벨러와 의견이 일치했다. 나는 이 일의 자초지종을 생각하면 할수록 실컷 울고 싶었다—그리하여 엉엉 울었다. 내 소중한 아가씨와 오언을 위해서는 기뻤지만 이 두 사람의 기쁨의 대가는 마크 포스터가 치러 주었으며, 그로 말미암아 행복이라는 점에서 마크는 평생 가엾게 되었다는 것을 나는 알고 있었기 때문이다.

평원의 미녀 태니스

엘리너 블레어가 어째서 한 번도 결혼한 적 없는지 그 까닭을 아는 사람은 애번리에 거의 없다. 엘리너는 본디 우리 섬 지방에서는 가장 아름다운 소녀 가운데 하나였으며, 50살인 지금도 아주 매혹적이다. 그녀가 젊었던 시절에는 우리 나이 또래 사람들이 아직도 기억하고 있을 만큼 숭배자가 많았다.

벌써 25년 전이지만, 캐나다 북서부에 사는 오빠 톰을 방문하고 온 뒤부터 자기 울타리 속에 틀어박힌 듯 모든 남자에게 친절하기는 하나 안전한 거리를 두고 대하게 되었다. 서부로 향했을 때 엘리너는 명랑하고 잘 웃는 아가씨였는데 돌아왔을 때는 조용하고 어딘가 진지했으며, 눈에 깃든 어두운 그림자는 세월의 힘으로도 말끔히 씻어낼 수가 없었다.

엘리너는 결코 그 방문에 대해 많은 이야기를 하지 않았다. 그 무렵 아주 거칠었던 그곳 풍경이며 생활을 설명하는 정도였을 뿐 누구보다 가까운, 이웃에서 함께 자랐고 전부터 벗이라기보다 자매처럼 지내온 내게조차 아주 쓸모없는 흔적 이야기밖에 하지 않았다.

그러나 10년이 지나 오빠인 톰 블레어가 잠시 고향에 돌아왔을 때 그가 우리들 한두 사람에게 제롬 캐리의 이야기를 들려주었다. 그 이야기로 엘리너가 슬픈 눈을 하고 있는 이유와 남성에게 완전히 무관심한 태도를 보이는 까닭을 너무나 잘 알게 되었다.

나는 톰의 말을 그대로 목소리의 억양까지 기억해 낼 수 있다. 또한 그 아름다운 여름날에 우리 앞에 펼쳐진 조용하고 기분좋은 경치로부터 저 평원 대자연 평화로운 생활이 아주 멀게 느껴졌던 일도 기억한다.

그 평원지방은 프린스 앨버트로부터 15마일 상류에 있는 시골의 조그만 교역소였다. 주민은 매우 적었으며 혼혈인들과 백인 세 사람이 있었다. 제롬 캐리는 그곳 전신국 책임자로 파견되었을 때 북서부 외진 곳에서만 허용되어 있는 노골적인 표현으로 자신의 운명을 저주했다.

서부에 간 사나이로서 캐리는 결코 속된 남자는 아니었다. 그는 영국신사였고 생활도 언어도 아주 깨끗했다. 그러나—이 평원만은!

마을이라고 하지만 보잘것없는 통나무 오두막이 몇 개 엉겨 있을 뿐이고, 그 바깥쪽에는 인디언들의 천막이 울타리처럼 둘러싸여 있었는데, 그곳에는 정부에서 지정한 보호지구에서 흘러온 인디언들이 토착여자들과 아이들 그리고 개와 야영하고 있었다.

인디언은 보기에 따라서는 흥미로운 존재지만 서로 마음이 맞는 사귐은 할 수 없었다. 이 평원으로 와서 3주일을 보낸 캐리는 비록 무인도에 가더라도 이 정도는 아닐 거라고 느낄 만큼 상상 이상으로 고독했다. 만일 폴 듀먼에게 전신부호를 가르치는 일이 없었더라면 캐리는 자기방어를 위해 자살로 내몰렸을지도 모른다고 생각했다.

이 평원 마을에 있는 전신기지로서 중요했던 것은 멀리 북부 상업 요지와 통하는 세 개의 전신선이 집중되어 있기 때문이었다. 그 지방에서 많은 전신이 오는 건 아니었으나 횟수는 적더라도 거의 중요한 내용들이 보내져왔던 것이다.

평원 마을의 전신기가 며칠씩 때로는 몇 주일 동안 단 한 번도 소리를 내지 않는 적도 있었다. 프린스 앨버트의 담당계원과는 사무적으로 사이가 나빴으므로 캐리는 전신을 통해 이야기할 수가 없었다. 캐리는 자기가 평원마을로 전근된 것은 그 남자 때문이라고 원망했다.

캐리는 전신국 위의 다락방에서 자고, 식사는 '큰길' 건너편 조 에스퀸트네 집에서 했다. 조 에스퀸트의 아내는 이 혼혈 종족의 요리사로서는 비교적 솜씨가 좋은 여자였고, 얼마 안 되어 캐리는 그녀 마음에 쏙 드는 사람이 되었다.

캐리는 여자들이 자기를 좋아하는 데 익숙해져 있었다. 그런 '비결'은 타고나는 것으로, 아무리 몸에 익히려 해도 절대로 되지 않는 법이다. 게다가 잘생긴 이목구비, 깊이 파인 암청색 눈과 곱슬곱슬한 금발, 근육이 늠름한 6척이 넘는 미남이었다. 조 에스퀸트의 아내는 그의 코밑수염은 이제껏 본 적 없을 만큼 훌륭하고 멋지다고 생각했다.

다행히 그 아주머니는 꽤 나이들고 뚱뚱하며 못생긴 여자였으므로, 천막의 화톳불을 둘러싸고 앉아 숨어다니며 나쁜 소문을 만들어내는 혼혈인이나 인디언조차도 그녀와 캐리 사이가 의심스럽다고 떠벌릴 수는 없었다. 그러나 태니스 듀먼과는 문제가 달랐다.

태니스는 7월 첫무렵 프린스 앨버트 중등학교에서 고향으로 돌아왔는데, 그 무렵 평원마을에서 한 달쯤 지낸 캐리는 새로운 부임지에서 사소한 일들에도 모두 익숙해져 있을 때였다. 폴 듀먼은 이미 전신 부호에 퍽 숙련되었지만 큰 실수를 하여 캐리를 즐겁게 해주는 일도 없었으므로 캐리는 자포자기하고 있었다.

그는 이 일을 사직하고 앨버타의 목장으로 가버릴까 심각하게 생각하고 있었다. 그곳이라면 적어도 말을 쫓아다니는 흥미쯤은 맛볼 수 있으리라. 그러나 캐리는 태니스 듀먼을 보자 아무튼 얼마 동안은 그대로 있으려고 생각했다.

태니스는 어거스트 듀먼 노인의 딸이었는데, 어거스트 노인은 이 평원 마을에서 단 한 곳뿐인 상점을 경영하며 단 하나뿐인 목조 가옥에 살고 있었다. 그 집은 이 마을 사람들의 자랑거리였고, 혼혈인들의 눈에는 막대한 재산으로 보일 만큼 대단한 것으로 소문나 있었다. 어거스트 노인은 가무잡잡하고 못생겼으며 소문난 신경질쟁이였다. 그러나 태니스는 미인이었다.

태니스의 증조할머니는 크리족 원주민 여자로 프랑스인 모피 사냥꾼과 결혼했다. 이 부부의 아들이 이윽고 어거스트 듀먼의 아버지가 되었다. 어거스트와 결혼한 여자의 어머니는 프랑스인 혼혈이였으며 아버지는 순수한 스코틀랜드 고지대 사람이었다.

이 지독한 혼혈의 결과는 정당성이 입증되었다—평원의 태니스— 아름다운 태니스는 마치 하워드 집안의 피가 줄줄이 모두 그 혈관으로 흘러온 듯한 모습이었다.

그러나 결과적으로 그 혈관의 지배적인 흐름은 평원지방에 살고 있는 인디언 종족에게서 이어받은 것이었다. 그것을 식별할 수 있는 사람이라면 가냘픈 가운데 위엄 있는 몸짓, 우아하면서도 육감적인 날씬한 몸매의 곡선, 작고 화사한 손발, 자줏빛으로 반짝이며 곧게 드리워진 짙은 남빛 머리, 특히 동그랗고 부드러우면서도 잠들어 있는 불길이 비치는 치켜 올라간 검은 눈에서 그 피의 흐름을 찾아낼 수 있었다.

프랑스도 얼마쯤 태니스를 만드는 데 역할을 하여 혼혈인의 소리 죽인 질질 끄는 듯한 발걸음 대신 가벼운 걸음을 주었고, 붉은 윗입술에 더 한층 선정적인 도톰한 선을 그려 주었으며, 목소리에도 웃음이 담겼을 뿐만 아니라 생동감 있는 위트로 대화를 이끌어 갔다. 빨강머리의 스코틀랜드인 할아버지로부터는 여느 혼혈인에게서 볼 수 있는 것보다 좀더 하얀 피부와 붉은 혈색을 물려받았다.

어거스트 노인은 태니스를 무척 자랑스럽게 여기고 있었다. 그는 딸에게 가장 좋은 교육을 시켜야만 한다고 여겨 4년 동안 프린스 앨버트에 보냈다. 중등학교 과정과 도시에서의 잦은 사교계 출입 경험으로—어거스트 노인은 2, 3백 명의 혼혈인들 표를 마음대로 할 수 있었으므로 빈틈없는 정치가들이 그의 환심을 사려고 하는 인물이었으므로—고향인 평원지방으로 돌아온 태니스는 그녀가 타고난 원시적 격정과 이상에, 아주 적지만 사람을 현혹시키는 교양과 문화로 다듬어 놓은 모습이 되어 있었다.

캐리는 다만 아름다운 겉모습밖에 보지 못하고 태니스가 속마음도 그대로라고 생각하는 잘못을 저질렀다—꽤 훌륭한 교육을 받은 현대적인 젊은 여성이니까 백색인종 여자의 경우와 마찬가지로 적당히 연애놀이 상대로 삼을 수 있는—한때 또는 잠시 동안의 유쾌한 놀이상대로 생각했던 것이다.

이것은 잘못이었다—아주 큰 잘못이었다. 태니스는 피아노를 조금 칠 수 있었고 조금이지만 문법과 라틴어를 알았으며 아주 조금이기는 하지만 사교적인 임기응변의 요령도 어느 정도는 터득하고 있었다. 그러나 연애만은 전혀 알지 못했다. 인디언에게 플라토닉 러브의 의미를 알게 하기란 도저히 불가능한 일인 것이다.

태니스가 집에 돌아온 뒤로 캐리는 평원이 꽤 좋아졌다. 얼마 안되어 듀먼네에 들러 저녁나절을 보내는 습관이 들었으며, 응접실에서 태니스와 이야기하든가—태니스는 4년 동안 프린스 앨버트의 응접실을 그냥 보고만 있었던 게 아니므로 이 응접실은 평원에 있는 셈치고는 놀랄 만큼 훌륭했다—또는 태니스와 바이올린과 피아노 이중주를 하기도 했다.

음악이나 대화에 싫증나면 두 사람은 함께 멀리 초원으로 말을 타고 나갔다. 태니스의 승마 솜씨는 완벽했다. 그녀는 성미가 나쁜 망아지도 교묘하고 우아하게 다루어 캐리는 박수갈채를 보내지 않을 수 없었다. 말 위의 태니스는 정말 멋졌다.

때로 캐리는 평원에도 싫증나는 일이 있었다. 그런 때에는 태니스와 단 둘이 니치 조의 통나무배로 강을 거슬러 올라가 오래된 오솔길에 상륙했다. 그 오솔길은 서스캐처원 골짜기 삼림지대를 곧바로 빠져 문명지대가 끝나는 곳의 경계에 있는 북쪽 상업지역으로 이어져 있었다.

여기서 두 사람은 몇 세기라는 해를 거듭한 숭고한 큰 소나무 아래를 거닐며, 캐리는 태니스에게 영국 이야기를 하면서 시를 암송하여 들려주기도 했다.

태니스는 시를 무척 좋아했다. 학교에서 배웠으므로 꽤 잘 이해했다. 그러나 태니스는 알기 쉬운 겨우 12개 단어로도 충분한데 시란 너무 길다랗게 에둘러 표현하는 것으로 어렵게 느껴진다고 한 번 이야기한 일이 있었다.

캐리는 웃었다. 그는 태니스로부터 이런 종류의 귀여운 문구를 끌어내는 것이 매우 즐거웠다. 그 같은 말이 태니스의 탐스러운 과일 같은 빛깔의 아치 모양 입술에서 새어나오면 무척 슬기롭게 들렸다.

만일 캐리에게 그가 불장난을 하고 있다고 말하는 이가 있더라도 그는 코웃음쳐 무시하고 말았으리라.

첫째로 자기는 조금도 태니스에게 애정을 보이지 않았다—다만 감탄하고 호의를 가졌을 뿐이다. 둘째로 태니스가 그를 사랑하고 있으리라고는 생각조차 할 수 없었다. 왜냐하면 한 번도 태니스를 유혹하려 한 일이 없잖은가! 게다가 무엇보다도 앞에서 말했듯 태니스가 겉보기와 마찬가지로 본성도 이제까지 그가 사귀어온 여자들과 다름없다는 치명적인 관념에 사로잡혀 있었다. 캐리는 민족적 특성이라는 것을 이해하지 못했다.

그러나 캐리는 비록 태니스와의 관계를 단순한 우정에 지나지 않는다고 생각했을지 모르지만, 그렇게 생각하는 것은 평원마을에서 캐리 한 사람뿐이었다. 반혼혈인도, 4분의 1 혼혈인도, 아주 조금 피가 섞인 혼혈인도 모두 캐리가 태니스와 결혼할 작정인 것으로 믿고 있었다.

그렇게 생각하는 것은 마을 사람들에게 조금도 놀랄 일이 아니었다. 그들은 캐리의 육촌형제가 준남작(准男爵)이라는 것을 몰랐고, 비록 알았다 하더라도 그것이 차별을 만든다는 일은 이해할 수 없었으리라. 그들은 프린스 앨버트에 있는 학교에 4년이나 공부하러 갔다온 부자 어거스트 노인의 상속녀는 누구나 바라는 결혼상대로 여기고 있었다.

어거스트 노인 자신은 소문에 어깨를 으쓱해보이며 아주 만족스러워했다. 비록 통신기사에 지나지 않지만 영국인은 혼혈아가씨에게 엄청난 행운이었다. 어거스트 노인의 아들인 폴 듀먼 소년은 캐리를 숭배하고 있었고, 반스코틀랜드인 어머니는 이해했을지 모르지만 죽고 없었다.

평원마을에서 이 확정적으로 여겨지는 혼담에 반대를 외치는 이는 둘밖에 없었다. 그 한 사람은 몸집이 작은 게이브리얼 신부였다.

게이브리얼 신부는 태니스와 캐리 두 사람 모두에게 호감을 가지고 있었다. 그러나 통나무집이나 천막에서 소문을 들으면 신부는 못마땅한 태도로 머리를 가로저었다. 종교는 섞일지 모르지만, 그러나 피가 다른 점은—아, 이것은 좋지 않다! 태니스는 좋은 아가씨이며 아름답다. 그러나 까만 그녀는 살갗이 희고 순수한 영국인의 배우자로 어울리지 않는다.

게이브리얼 신부는 캐리가 어디든 다른 곳으로 빨리 전근되기를 간절히 바랐다. 제롬 캐리를 위해서라고 생각하면서 일부러 프린스 앨버트로 가서 신부 나름대로 뒷공작까지 했지만, 이렇다할 만한 성과를 얻지 못했다. 신부는 책략에 서툴렀기 때문이다.

다른 한 사람은 주정꾼인 프랑스인 혼혈아 라자르 메리메로, 그는 그 나름대로 태니스를 사랑하고 있었다. 자기로서는 도저히 태니스를 손에 넣을 수 없음을 그도 알고 있었다—구혼자로서 태니스네 집에 접근하면 곧 어거스트 노인과 폴 소년이 쏘아대는 총탄으로 구멍투성이가 되고 말리라—그럼에도 불구하고 라자로는 캐리를 미워하며 해칠 기회를 노리고 있었다.

세상에서 혼혈아만큼 질 나쁜 것은 없다. 순수한 인디언도 골칫거리지만 그 피가 엷어진 자손은 그 열 배나 골치아픈 존재다.

태니스로 말하면 캐리를 진심으로 한결같이 마음속으로 사랑하고 있었다. 그저 그뿐이었다.

만일 엘리너 블레어가 프린스 앨버트에 가지 않았더라면, 결과적으로 어떻게 되었을지 모른다. 가까이 있다는 점에서 자연스럽게 캐리는 마침내 태니스를 사랑하게 되고, 그녀와 결혼함으로써 세상에서 매장되었을지도 몰랐다. 그러나 엘리너는 프린스 앨버트에 갔으며, 그로 말미암아 평원의 태니스에게는 모든 일이 끝장나고 말았던 것이다.

캐리는 9월 어느 날 저녁, 전신국을 폴 듀먼에게 맡기고 댄스 파티에 참석하기 위해 말을 달려 시내로 갔을 때 엘리너를 만났다. 엘리너는 톰을 방문하러 프린스 앨버트에 막 도착한 참이었다.

톰이 결혼하여 애번리에서 서부로 옮겨간 뒤 5년 동안이나 엘리너는 이 방문에 기대를 가지고 있었다. 이미 말했듯 그 무렵 엘리너는 아주 아름다웠으므로 캐리는 만난 순간부터 그녀와 사랑에 빠지고 말았다.

그 뒤로 이어지는 3주일 동안 캐리는 아홉 번이나 시내에 나갔고 듀먼네에는 한 번밖에 찾아가지 않았다. 태니스와 먼 곳으로 승마도 산책도 가지 않게 되었다. 이것은 캐리가 일부러 냉담하게 했던 건 아니며 다만 태니스를 완전히 잊어버린 것이 그 이유였다. 주위에 있는 혼혈인들은 연인끼리의 사랑싸움이라고 판단하고 있었지만, 그러나 태니스는 알고 있었다. 시내에 다른 여자가 있는 것이다.

이무렵 태니스의 감정이 어떠했는지는 도저히 글로 나타낼 수 없다. 어느 날 밤 프린스 앨버트로 가는 캐리의 뒤를 밟아 태니스는 소리도 들리지 않을 만한 거리를 두고, 끊임없이 그의 모습을 뒤쫓으며 말을 달렸다.

질투에 불탄 라자르가 태니스 뒤를 쫓아 그녀가 평원으로 돌아올 때까지 감시하고 있었다. 그 뒤로 라자르는 계속해서 캐리와 태니스를 둘 다 감시하고, 몇 달 뒤 비겁하게 숨어 다니며 알아낸 일을 톰에게 고스란히 일러바쳤다.

캐리의 뒤를 밟아 시내의 깎아지른 절벽 위에 세워진 블레어네 집까지 간 태니스는 그가 문에 말을 매고 안으로 들어가는 것을 보았다. 태니스는 자기도 아래쪽 포플러나무에 말을 맨 다음 발소리를 죽여 집 옆에 늘어선 버드나무를 따라 창문 바로 옆으로 다가갔다.

창문을 통해 캐리와 엘리너의 모습이 보였다. 혼혈인 소녀는 어둠 속에 웅크려 사랑의 적을 노려보았다. 제롬 캐리가 사랑하고 있는 여자의 희고 혈색이 좋은 아름다운 얼굴과 너울너울한 왕관과도 같은 금발과 미소를 담은 파란 눈이 태니스의 눈에 들어왔다. 그녀는 이미 희망이 없음을 뚜렷이 깨달았다.

평원마을의 이 태니스는 그녀의 경쟁상대가 될 수 없었다. 적어도 그것을 안 것만으로도 다행이었다.

얼마 뒤 태니스는 살며시 사라졌다. 그녀는 어린 말을 풀자 무자비하게 채찍을 휘두르며 거리를 빠져나와 먼지를 일으키며 강가의 작은 길을 달려갔다. 태니스가 워터 거리의 불빛이 밝게 빛나는 가게 앞을 맹렬한 기세로 지나치는 것을 한 사나이가 고개를 돌려 지켜보았다

그 사나이는 동행인에게 말했다.

"평원마을의 태니스 아닌가. 그 아가씨는 지난 겨울 시내 학교에 다녔지. 혼혈 아가씨가 모두 그렇듯 미인이지만 성미가 좀 거칠다네. 왜

저렇듯 무시무시한 기세로 달려가는 것일까?"

2주일 뒤 어느 날, 캐리는 북쪽 오솔길을 거닐며 어느 누구로부터도 방해받지 않고 엘리너 생각에 잠기기 위해 혼자 강을 건넜다. 돌아와보니 통나무배 나루터 소나무 아래 나무 사이로 쏟아지는 햇빛을 받으며 태니스가 서 있었다. 캐리를 기다리고 있었던 태니스는 아무런 서두도 없이 다짜고짜 말을 걸었다.

"캐리 씨, 왜 요즘 나를 만나러 와주지 않죠?"

캐리는 소녀처럼 얼굴을 붉혔다. 태니스의 말투와 눈길에서 그는 몹시 어색함을 느꼈다. 자기 태도가 냉담하게 느껴졌을 게 틀림없다고 깨달은 그는 스스로도 잘못했다고 여겨 바빴었다는 서툰 변명을 더듬거리며 늘어놓았다.

태니스는 무서우리만큼 솔직한 태도로 말했다.

"바빠서가 아니에요. 그렇지 않아요. 프린스 앨버트로 백인여자를 만나러 갔었기 때문이죠!"

당황하면서도 캐리는 이때 비로소 태니스가 '백인여자'라는 표현, 그녀가 지배민족과의 차별을 의식하는 말을 처음으로 쓴 것을 깨달았다. 동시에 캐리는 이 아가씨는 데리고 놀 수 없는 기질이라는 것—마침내 그로부터 있는 그대로의 진실을 끌어낼 게 틀림없다는 것을 알았다. 그러나 그는 무어라 말할 수 없을 만큼 자기가 어리석게 느껴졌다.

캐리는 서투르게 대답했다.

"그럴지도 모르죠."

태니스는 물었다.

"그렇다면 나는 어떻게 할 셈이에요?"

누가 생각해도 이것은 사람을 당황케 하는 질문이었다. 캐리의 경우는 특히 그러했는데, 그는 태니스도 이 게임을 이해하고 자기처럼 즐겼던 거라고 믿고 있었기 때문이었다.

캐리는 당황하여 말했다.

"당신의 말뜻을 나는 잘 모르겠소, 태니스."

태니스는 말했다.

"당신은 나로 하여금 당신을 좋아하게 만들었잖아요."

이 말은 글자 그대로는 자칫 무미건조하게 들린다. 그러나 라자르에게서 이 말을 들었을 때 톰의 귀에는 그렇게 들리지 않았으며, 미개인 조상에게서 이어받은 격정에 몸을 떠는 여자가 던진 이 말은 캐리에게도 아무렇지 않은 것은 아니었다. 태니스는 몇 마디 간단한 말 속에 세계의 모든 시가 표현해온 절망과 고통과 필사적인 호소를 남김없이 함축시켰다.

이 말을 들은 캐리는 자기가 악한 사람인 듯한 기분이 들었다. 그는 곧 태니스에게 자기 입장을 설명하는 것이 불가능함을 알았다. 설명하려 해도 자기를 한층 더 우스꽝스럽게 드러내보일 뿐이리라. 캐리는 회초리를 맞은 초등학생처럼 입 속으로 우물거렸다.

"미안하오."

태니스는 격렬한 기세로 가로막았다.

"그런 일은 아무래도 좋아요. 사과한다고 뭐가 달라지죠—혼혈인 여자에게? 우리 같은 혼혈여자는 백인남자의 노리갯감이 되기 위해 태어나고 있어요. 그래요—안 그런가요? 그리하여 우리들에게 싫증나면 우리를 옆으로 제쳐놓고 같은 종족에게로 돌아가죠. 네, 좋은 일이에요. 하지만 나는 결코 잊지 않아요. 아버지도 동생도 잊지 않을 거예요. 아버지와 동생은 당신을 반드시 후회하게 만들 테니까요!"

태니스는 홱 돌아서서 도도하게 자기의 통나무배 쪽으로 걸어갔다. 캐리는 소나무 아래에서 태니스가 강을 끝까지 건너가기를 기다렸다가 이윽고 비참한 심정으로 집에 돌아갔다.

대체 왜 이런 소동이 일어나게 만들었을까! 가엾은 태니스! 분노에 타오르는 모습이 어쩌면 그토록 아름다웠던 것일까—또 얼마나 인디언 여자다웠던 것일까! 나중에 톰이 깨달았던 것처럼, 민족적 특징은 감정이 긴박해졌을 때 반드시 뚜렷하게 나타나는 법이다.

태니스의 위협에도 캐리는 혼란스럽지 않았다. 만일 어거스트 노인과 그 아들 폴이 그에게 불쾌한 태도를 보였다 할지라도 그들은 자신의 상대가 될 수 없다고 우습게 여겼을 것이다.

그의 마음을 괴롭히는 것은 자기가 태니스에게 고통을 안겨줬다는 생각뿐이었다. 확실히 캐리는 악인이 아니었다. 그러나 어리석은 사나이였다. 더욱이 경우에 따라서는 어리석은 사나이도 악인 못지않게 나쁜 결과를 가져올 때도 있다.

그러나 듀먼 집안은 캐리를 곤경에 빠뜨리지 않았다. 결국 프린스 앨버트에서 태니스가 보낸 4년은 전혀 헛수고가 아니었던 것이다. 백인소녀들은 남자가 찾아오지 않게 된 복수로 가까운 친척남자를 끌어들이거나 하지 않는다는 것을 알고 있었다―게다가 달리 말로 나타내어 불평할 일이 아무것도 없었다.

얼마 동안 궁리한 뒤 태니스는 잠자코 있기로 했다. 그녀는 어거스트 노인이 애인과의 사이에 무슨 일이 있었느냐고 물었을 때 웃어보이기조차 했으며 그 사람에게 싫증나고 말았다고 대답했다. 어거스트 노인은 어쩔 수 없다는 듯 어깨를 으쓱했다. 차라리 그게 나을지 모른다. 영국인 사위란 너무 뽐내니까.

이리하여 캐리는 자주 시내로 나갔고, 태니스는 부질없이 복수계획을 궁리하면서 때가 오기를 기다리고 있었으며, 라자르 메리메는 씁쓸한 얼굴로 술만 퍼마시고 있었다―평원마을의 생활이 이처럼 여느 때와 다름없이 흘러가는 동안 10월 마지막 주가 되어 거친 바람과 함께 큰 비가 북쪽지방을 휩쓸었다.

지독한 밤이었다. 평원마을과 프린스 앨버트를 잇는 전선이 고장나 외부와의 연락이 모두 끊기고 말았다. 조 에스퀸트네 집에서는 혼혈인들이 조의 생일을 축하하여 술잔치를 벌이고 있었다. 폴 듀먼이 거기에 가버려서 전신국에서는 오직 혼자 있던 캐리가 하는 일도 없이 담배를 피우며 엘리너에 대해 몽상하고 있었다.

갑자기 세차게 쏟아지는 비바람이 윙윙거리는 속에 길에서 외침소리가 들렸다. 급하게 문으로 달려간 캐리는 조 에스퀸트 아주머니와 마주쳤다. 아주머니는 숨을 헐떡이며 캐리의 손을 움켜잡았다.

"캐리 씨—빨리 와주세요! 라자르, 라자르가 폴을 죽여요—둘이서 미친듯이 싸우고 있다니까요!"

캐리는 나직이 욕설을 퍼부으며 단숨에 길을 달려 가로질렀다. 이런 일이 또 있을까 걱정스러워 폴에게 가지 말라고 충고했었다. 왜냐하면 혼혈인들의 축하잔치는 으레 요란한 싸움으로 번질 때가 많기 때문이었다.

캐리가 조 에스퀸트의 부엌으로 뛰어들어가자 방 둘레에 둥그렇게 구경꾼들이 말없이 늘어서 있고, 폴과 라자르가 한가운데에서 싸우고 있었다. 그것이 흔히 있는 싸움에 지나지 않음을 알고 캐리는 한숨을 돌리며, 곧 그들에게 덤벼들어 폴을 뜯어말렸다. 조 에스퀸트 아주머니가—조는 방 구석에 곯아떨어져 있었다—단단한 팔로 라자르를 바싹 끌어당겼다.

캐리는 엄하게 명령했다.

"이제 그만해둬."

폴은 마구 날뛰었다.

"저 녀석을 해치우게 내버려둬요. 저 녀석은 우리 누나를 모욕했어요. 저 녀석 말이, 당신이—녀석을 해치우게 내버려둬요!"

폴은 무쇠 같은 캐리의 손으로부터 벗어날 수가 없었다. 라자르는 늑대처럼 으르렁거리며 조 아주머니를 밀쳐버리고 폴 쪽으로 돌진했다. 캐리가 한껏 힘주어 때렸으므로 라자르는 뒤로 비틀거리며 테이블에 부딪쳤다. 테이블은 쾅 소리내며 쓰러지고 램프가 꺼져버렸다.

조 아주머니의 비명은 지붕마저 무너지는 게 아닐까 여겨질 정도였다. 혼란 속에서 총소리가 두 발 요란하게 울렸다. 비명과 신음 소리와 쓰러지는 소리가 들렸다—그리고 문으로 뛰어가는 발소리.

조 아주머니의 시누이 마리가 다른 램프를 가지고 뛰어들어왔을 때까지도 조 아주머니는 여전히 비명을 지르고 있었다. 폴은 한 팔을 축 늘어뜨린 채 벽에 힘없이 기대앉아 있었고, 캐리는 바닥에 엎어져 있었으며 그 밑으로 피가 콸콸 흐르고 있었다.

마리 에스퀸트는 꿋꿋한 여자였다. 조 아주머니에게 조용히 있도록 명령하고 캐리를 돌려 눕혔다. 캐리는 의식이 있었으나 현기증이 심해 아무것도 할 수 없었다.

마리는 그의 머리 밑으로 웃옷을 넣어주고, 폴에게는 긴 의자에 누워 있으라고 말했다. 조 아주머니에게는 곧 침대를 준비하도록 명령한 뒤 의사를 부르러 나갔다.

때마침 그날 밤 평원마을에 의사가 와 있었다. 병든 인디언을 치료하러 보호지구에 왔던 프린스 앨버트 사람으로, 돌아가는 도중 폭풍을 만나 어거스트 노인네 집에 발이 묶여 있던 참이었다.

이윽고 마리는 의사와 어거스트 노인 그리고 태니스와 함께 돌아왔다. 캐리는 조 아주머니의 침대로 옮겨졌다. 의사가 재빨리 진찰하는 동안 조 아주머니는 바닥에 앉아 목청껏 울부짖고 있었다. 이윽고 의사는 고개를 저었다.

그는 딱 잘라 말했다.

"등을 맞았소."

의사의 말뜻을 깨달은 캐리가 물었다.

"얼마쯤 견디겠습니까?"

의사가 대답했다.

"아마도 내일 아침까지는 가겠지요."

이 말을 듣자 조 아주머니는 한층 목소리를 높여 울었으며, 태니스는 침대 곁으로 다가섰다.

의사는 캐리를 위해 아무것도 할 수 없음을 알자 서둘러 부엌으로 가서 폴을 치료했다. 폴의 팔은 무참히 으스러져 있었다.

마리도 의사와 함께 폴이 있는 곳으로 갔다.

캐리는 의식이 몽롱하여 태니스를 보았다.

"그녀를 불러줘요!"

태니스는 잔혹한 미소를 떠올렸다.

"방법이 없어요. 전신은 고장났고 오늘 밤 시내로 가줄 만한 사람은 이 평원마을에 아무도 없어요."

캐리는 큰소리로 애원했다.

"아, 죽기 전에 어떻게든 그녀를 만나야만 해요. 게이브리얼 신부님은 어디 있지요? 분명 신부님이라면 가 줄 거요."

"신부님은 어젯밤 시내로 가서 아직 돌아오시지 않았어요."

캐리는 신음하며 눈을 감아버렸다. 게이브리얼 신부가 없다면 실제로 아무도 갈 사람이 없었다. 어거스트 노인과 의사는 폴 곁을 떠날 수 없으며, 비록 누구든 이 사건 뒤에 반드시 있을 조사나 재판에 휩쓸리는 것을 죽을 만큼 겁내지는 않는다 할지라도, 이런 밤 평원마을의 그들 종족은 아무도 집 밖으로 나가려 하지 않을 것을 캐리는 잘 알고 있었다. 자기는 엘리너를 만나지 못하고 죽어야만 하는 것이다.

태니스는 조 아주머니의 더러운 베개에 얹힌 핼쑥한 얼굴을, 헤아릴 수 없는 복잡한 표정으로 굽어보고 있었다. 그녀의 무표정한 얼굴에는 가슴속에서 맹렬히 미쳐 날뛰는 투쟁에 대해서는 조금도 나타나 있지 않았다.

이윽고 태니스는 부상자와, 이제 울부짖음이 가라앉아 흐느끼고 있는 조 아주머니를 뒤로 하고 살며시 문을 닫고 나갔다. 옆방에서는 의사에게 팔을 치료받는 폴이 아픔을 견디지 못하여 부르짖고 있었으나, 태니스는 폴에게로 가지 않았다. 그 대신 밖으로 빠져나가 어거스트 노인의 마구간으로 폭풍우 속을 달려갔다.

5분 뒤 태니스는 엘리너 블레어를 연인의 임종자리에 데려오기 위해 폭풍이 몰아치는 깜깜한 강가의 길을 시내 쪽으로 말을 달리고 있었다.

어떤 여자도 이때의 태니스만큼 자기 자신을 희생적으로 내던진 행위를 한 이는 없다고 나는 믿는다! 태니스는 사랑을 위해 가슴속에 들끓는 질투와 증오를 발 아래 짓밟았다. 그녀는 복수뿐 아니라 캐리를 최후까지 지켜보는 가장 원하는 기쁨을 손에 쥐고 있었는데도, 사랑했던 남자가 조금이나마 평안히 숨을 거둘 수 있도록 질투와 증오, 둘 다 내던져버렸던 것이다.

백인여자의 경우라면 이 행동은 단순히 칭찬받을 일에 지나지 않을 테지만, 평원의 태니스처럼 조상 대대로 이어 내려오는 전통을 지닌 이에게는 드높은 희생적인 행위였다.

태니스가 평원마을을 떠난 것은 8시였으며 벼랑 위 집에서 고삐를 잡아당겼을 때는 10시였다. 엘리너가 애번리 이야기로 톰과 그 아내를 즐겁게 해주고 있는데 하녀가 문 앞에 나타났다.

"저, 베란다에 혼혈아가씨가 와서 블레어 아가씨를 뵙겠다고 해요."

엘리너는 이상하게 여기며 나갔고 톰도 뒤따랐다.

채찍을 손에 든 태니스는 폭풍의 밤을 등지고 문 앞에 서 있었다. 홀의 밝은 램프 불빛이 태니스의 흰 얼굴과 모자를 쓰지 않은 머리로부터 길게 늘어뜨려진 젖은 머리를 비추었다. 확실히 그 모습은 광기어린 듯이 보였다.

"제롬 캐리가 조 에스퀸트네 집에서 오늘 밤 싸움을 말리다가 총에 맞았어요. 지금 죽어가고 있어요—당신을 만나고 싶어해요—당신을 데리러 왔어요."

엘리너는 조그맣게 비명을 지르며 톰의 어깨에 몸을 기댔다. 톰은 자기도 뭔가 공포의 외침을 질렀을 게 틀림없다고 말했다. 톰은 캐리가 엘리너에게 호의를 보이는 것을 좋아하지 않았지만, 이런 소식을 들으면 누구나 놀라는 게 마땅했다.

그러나 그는 이런 밤, 더욱이 그런 장면이 벌어진 곳으로 엘리너를 보내서는 안된다고 마음을 단단히 먹고 태니스에게 분명히 그렇게 말했다.

태니스는 경멸하듯 말했다.

"나는 폭풍 속을 달려왔어요. 나도 할 수 있는 이 일을 그 사람을 위해 할 수 없나요?"

엘리너의 혈관에 흐르고 있는 오랜 프린스 에드워드 섬의 훌륭한 피가 매우 효과적으로 나타났다.

엘리너는 딱 잘라 말했다.

"네, 할 수 있어요. 아니에요, 오빠, 반대하지 말아줘요. 나는 가야만 해요. 내 말을 꺼내주세요. 그리고 오빠의 말도요."

10분 뒤 세 기수는 벼랑길을 말로 달려 강가 길로 나섰다. 다행히 바람이 뒤에서 불고 폭풍도 고비를 넘어섰다. 그런데도 여전히 비바람이 심한 어둠 속을 달려가야만 했다.

톰은 남몰래 저주하며 말을 몰았다. 톰으로서는 모든 게 못마땅했다. 캐리는 어딘가 천한 혼혈인 오두막에서 죽어가고 있고, 이 아름답지만 불쾌한 소녀가 그의 심부름꾼으로 찾아왔으며, 이렇듯 비바람을 무릅쓰고 악몽처럼 말을 달려야만 하는 것이다.

아무리 여기가 북쪽 땅이고 모두들 여전히 원시적인 생활을 하는 곳이긴 하지만 이것은 너무도 통속적이다. '엘리너가 애번리를 떠나 이곳을 방문하지 않았더라면 좋았을걸' 하고 톰은 진심으로 생각했다.

평원마을에 다다랐을 때에는 12시가 지나 있었다. 차분하게 사리판단을 할 수 있는 사람은 태니스뿐인 듯 여겨졌다. 톰에게 말을 맬 곳을 가르쳐준 것도, 캐리가 죽어가고 있는 방으로 엘리너를 안내한 것도 태니스였다.

침대 옆에는 의사가 앉아 있었고 조 아주머니는 혼자 방구석에 웅크리고 앉아 코를 훌쩍거리며 울고 있었다. 태니스는 아주머니의 어깨를 움켜잡아 거칠게 방에서 밀어냈다. 의사는 그것을 보고 곧 방을 나갔다.

태니스는 문을 쾅 닫으면서, 엘리너가 침대 옆에 무릎을 꿇고 캐리가 떨리는 손을 엘리너의 머리로 뻗는 것을 보았다.

태니스는 문 밖 바닥에 앉아 마리 에스퀸트가 떨어뜨리고 간 숄을 둘렀다. 그 자세의 태니스는 영락없는 인디언 여자 그대로였다. 오가는 이들은 모두 그렇게 여겼으며, 그녀를 찾으러 온 어거스트 노인조차 잘못 보고 그냥 지나쳐버렸다.

태니스가 그렇게 불침번을 서고 있는 동안 초원의 저편에서 밤이 환히 밝아왔으며, 마침내 제롬 캐리는 숨을 거두었다. 엘리너의 외침으로 그 일이 일어났음을 태니스는 알았다.

태니스는 벌떡 일어나 방으로 뛰어들어갔다. 그녀는 마지막으로 숨 쉬는 캐리를 볼 수조차 없었던 것이다.

태니스는 캐리의 손을 잡고서 울고 있는 엘리너를 차갑고 위엄 있게 내려다보며 말했다.

"자, 이만 돌아가요. 당신은 이 사람의 생명이 있을 때 마지막까지 혼자 차지하고 있었어요. 이제 이 사람은 내 것이에요."

엘리너는 더듬더듬 말했다.

"무언가 조치를 취해야만 돼요."

태니스는 침착하게 말했다.

"당신이 말하는 조치는 나의 아버지와 동생이 다 할 거예요. 이 사람에게는 가까운 친척이 이 세상에 한 사람도 없어요—캐나다에는 한 사람도 없어요—내게 그렇게 말했지요. 바란다면 시내에서 프로테스탄트 목사를 불러도 좋겠죠. 하지만 이 평원마을에 묻고 이 사람의 무덤은 내 것—나만의 것이에요! 어서 돌아가요!"

엘리너는 슬픔으로 가슴이 미어지면서도 자기보다 강한 이 의지와 감정에 압도되어 마지못해 느릿느릿 방을 나왔다. 뒤에는 평원의 태니스가 오직 혼자 시체와 함께 남았다.

Lucy Maud Montgomery
ANNE OF GREEN GABLES

앤의 크리스마스

원제 : Christmas with Anne and Other Holiday Stories

레드 뷰트 크리스마스

"산타클로스는 올 거야."

지미 마틴은 자신만만하게 말했다. 지미는 10살이다. 10살이면 뭐든지 자신 있게 말할 수 있는 나이인 것이다.

"오늘은 크리스마스 이브지? 산타클로스는 해마다 크리스마스 이브에 왔잖아. 그러니까 올해도 틀림없이 와. 너희들도 그쯤은 알고 있지?"

쌍둥이들도 그 정도는 알고 있었다. 지미는 정말 머리가 좋다니까!

쌍둥이들은 완전히 기운을 되찾았다. 실은 바로 조금 전에 끔찍한 말을 들었기 때문이다. 사촌누나인 시어도러 플렌티스가 한숨을 쉬며, 이렇게 말했던 것이다.

"올 크리스마스에는 산타클로스가 오지 않을지도 모르는데, 그래도 너희들은 실망하면 안 돼. 올여름 수확이 시원찮았으므로 산타클로스도 모든 아이들에게 골고루 나눠줄 선물이 없을지도 모르니까."

지미는 또다시 우쭐대며 말했다.

"수확과 산타클로스는 아무 관계도 없어. 농사가 잘되든 못되든 산타클로스는 부자니까. 누나도 그것도 모르고 있으면서. 재작년에 아빠가 살아 있었을 때도 작물을 조금밖에 수확하지 못했지만 그래도 왔었는걸.

쌍둥이들은 잊어버렸는지도 모르지—그땐 꼬마였으니까. 하지만 난 똑똑히 기억하고 있어. 꼭 올 거니까 걱정하지 않아도 돼. 나한테는 스케이트를 갖다줄 거고 너희들한테는 인형이야.

그렇지, 누나? 산타클로스는 우리가 뭘 원하는지 다 알고 있어. 얼마 전에 편지를 써서 굴뚝 속에 넣어 두었거든. 캔디하고 호두도 가지고 올 거야. 그리고 엄마가 읍내에 칠면조를 사러 갔으니 맛있는 칠면조도 있을 거고. 그렇지? 열나게 멋진 크리스마스가 될 거야, 틀림없이."

"'열나게' 같은 말을 하면 못써."

시어도러는 한숨을 쉬었다.

'더 이상 이 아이들을 실망시키는 말은 할 수 없어—그리고 어쩌면 일리저버스 숙모가 어떻게든 마련해 오실지도 모르고. 물론 망아지가 좋은 값에 팔렸을 때의 이야기지만—'

하지만 시어도러는 속으로 역시 무리가 아닐까 하고 걱정했다. 그래서 또 크게 한숨을 쉬며 창 밖을 바라보았다.

창 밖은 드넓은 초원이다. 좁은 오솔길이 구불구불 돌아 멀리멀리 사라지고 있다. 겨울철에는 저녁이 빨리 와서 저무는 석양에 초원이 붉게 물들었다.

지미가 이상하다는 듯 고개를 갸우뚱거리며 물었다.

"16살이 되면 그런 한숨을 쉬게 되는 거야? 15살 때는 안 그랬잖아, 누나. 난 누나가 한숨을 쉬는 게 싫어. 어쩐지 기분이 붕 뜨는 것 같은걸. 그때의 붕 뜨는 기분은 그리 좋은 느낌이 아니야. 요즘 누나한테 새로 생긴 나쁜 버릇인가봐."

시어도러는 살짝 웃었다.

"나이를 먹으면 이런 미운 버릇이 생기는 거란다, 지미."

지미가 곰곰이 생각에 잠기면서 말했다.

"16살이면 꽤 나이가 많은 거지, 응―누나, 내가 16살이 되면 무엇을 할 건지 알고 싶지? 먼저 빌린 돈을 몽땅 갚을 거야. 그리고 엄마한테 비단옷을 사주고 쌍둥이들한테는 피아노를 사줄 테야. 멋있지―16살이면 어엿한 남자니까. 여자아이는 결코 그렇게 하지 못해."

"용감하고 마음씨 착한 남자가 되어야 해. 그래서 어머니를 많이 도와드려야지."

시어도러는 낮은 목소리로 말하고는, 끄느름하게 타오르는 불 앞에 앉아 오동통하게 살찐 쌍둥이들을 무릎에 안아 올렸다.

"응, 도와줄 거야, 걱정하지 마."

지미는 힘차게 장담하면서 난로 앞에 깔아둔 작은 깔개 위에 편안하게 책상다리를 하고 앉았다. 그것은 지미의 아버지가 4년 전에 잡은 코요테 털가죽이었다.

"엄마는 이 세상에서 오직 한 사람뿐이니 잘해드려야 한다고 생각해. 이야기 좀 해줘, 누나, 재미있는 이야기. 싸우는 장면이 많이 나오는 게 좋아. 하지만 아무도 죽이지는 마. 싸움이야기는 조마조마해서 가슴이 두근거리도록 재미있지만 끝났을 때 아무도 죽지 않는 게 좋아."

시어도러는 저도 모르게 미소를 지은 뒤, 1885년에 일어난 리엘의 반란에 대한 이야기를 시작했다. 그것은 실제로 있었던 일이고 흥미진진한 장면도 많이 있었다.

이야기가 끝나자 주위는 벌써 어두워졌다. 쌍둥이들은 반쯤 꿈나라로 가버린 것 같았다. 하지만 지미는 눈을 반짝반짝 빛내며 숨을 크게 들이마시더니 말했다.

"재미있어, 하나 더 해줘!"

시어도러는 고개를 옆으로 저었다.

"안 돼, 이제 잘 시간이야. 이야기는 한 번에 한 가지씩이잖아?"

"하지만 엄마가 돌아올 때까지 안 자고 기다리고 싶은데."

"안 돼. 많이 늦으실지도 모르니까. 읍내에서 포터 씨를 만나기로 했는데 아마 많이 기다리셔야 할 거야. 게다가 산타클로스가 언제 올지 모르지 않니—와준다면 말이지만. 집 앞까지 왔다가 아이들이 아직 자지 않고 있다는 걸 알면 들르지 않고 그냥 가버릴지도 몰라."

지미도 그 말에는 두 손 들지 않을 수 없었다.

"알았어. 이제 잘 거야. 그 전에 양말을 매달아 놓을게. 야, 쌍둥이들아, 너희들 양말을 가지고 와!"

쌍둥이들은 앞다투어 쪼르르 뛰어가 일요일에 신는 가장 보기 좋은 양말을 가지고 돌아왔다. 지미는 그것을 스토브 위 선반 모서리에 매달았다. 그런 다음 세 아이는 얌전하게 자러 갔다.

시어도러는 다시 한숨을 쉬며 창가에 앉았다. 그 자리에서는 마틴 부인—일리저버스 숙모—이 돌아오는 것이 멀리서부터 보이고, 기다리는 동안 뜨개질도 할 수 있었다.

넓은 초원에 둥근 달이 떠올랐다.

시어도러가 아까부터 한숨만 쉬고 있어서, 어쩌면 여러분은 시어도러가 청승맞고 기운 없는 아가씨일 거라고 생각할지도 모르겠다. 하지만 사실은 전혀 그렇지 않았다. 웃음이 넘치는 갈색 눈과 장밋빛 볼을 보면 알 수 있듯, 서스캐처원에 살고 있는 16살된 아가씨들 가운데 가장 건강하고 쾌활한 아가씨라 칭찬해도 좋을 정도였다.

그리고 한숨을 쉬는 것은 자기 자신의 일로 마음을 졸여서가 아니라, 아이들이 실망하지나 않을까 걱정되어 견딜 수 없기 때문이었다. 만약 산타클로스가 오지 않는다면 아이들이 얼마나 마음에 상처를 입을까? 마틴 부인에게 그것은 무엇보다 괴로운 일일 게 틀림없었다. 시어도러는 그것을 잘 알고 있는 것이다.

시어도러는 5년 전 어머니가 돌아가시자 이곳 레드 뷰트의 작은 통나무집, 마틴 부부—조지 숙부와 일리저버스 숙모—의 집에 맡겨졌다. 피붙이라야 오빠 도널드 한 사람밖에 없는데, 그마저 금광을 찾겠다는 꿈에 사로잡혀 유콘 강 지류인 클론다이크로 떠나버렸다.

마틴 부부는 가난했지만 어린 조카딸을 기꺼이 받아주었다. 그때부터 시어도러는 마틴 부인을 도우며 아이들이 좋아하는 놀이친구가 되어 함께 살고 있었다.

재작년에 마틴 씨가 세상을 떠나기 전까지 그들은 무척 행복했다. 그렇지만 그때부터 형편이 어려워지기 시작, 마틴 부인과 시어도러가 갖은 애를 써봤지만 생계를 유지하는 데 고심하는 일이 한두 번이 아니었다. 특히 올해는 흉작이어서 마틴 부인의 고생은 짐작하고도 남음이 있었다.

그래도 지미와 쌍둥이들이 어려운 집안형편을 그리 느끼지 않아도 되었던 것은 시어도러와 마틴 부인이 가능한 모든 노력을 다 해왔기 때문인 것이다.

7시에 딸랑딸랑 마차 방울소리가 문 앞에서 멈췄다. 시어도러는 달려나가 마틴 부인에게 기운찬 목소리로 말했다.

"숙모님, 이제 오세요? 어서 안으로 들어가 몸을 녹이세요. 전 네드를 헛간에 데려다놓고 올게요."

마틴 부인은 피곤한 목소리로 말했다.

"정말 추운 밤이야, 시어도러."

그 목소리가 너무 힘이 없어 시어도러는 가슴이 덜컥 내려앉았다. 시어도러는 말을 끌고 가면서 슬픈 마음으로 생각했다.

'내일은 아이들에게 크리스마스가 오지 않겠구나.'

부엌으로 돌아와 보니, 마틴 부인이 불 옆에 앉아 꽁꽁 언 손에 얼굴을 묻고 흐느끼고 있었다.

시어도러는 저도 모르게 소리쳤다.

"숙모님, 아! 숙모님, 울지 마세요!"

몸집이 작기는 해도 꿋꿋한 데가 있는 마틴 부인이 우는 모습은 한 번도 본 적이 없었기 때문이다.

"너무 추운데다 지치셨나봐요. 금방 뜨거운 차를 끓일게요."

마틴 부인은 흐느끼면서 말했다.

"괜찮아. 저 양말들을 보니 견딜 수 없이 서러워서 그랬어. 시어도러, 아이들에게 줄 선물을 아무것도 사지 못했어. 무엇 하나도. 그 망아지를 포터 씨는 40달러밖에 쳐주지 않았지. 그것으로 밀린 빚을 모두 갚고 나니 꼭 필요한 것만 사는 게 고작이었어. 그거라도 살 수 있어서 다행이지만.

하지만 내일 아이들이 얼마나 실망할지 생각하면―미리 이야기라도 해두었더라면 좋았을걸. 어쩌면 그 망아지를 좋은 값에 팔 수 있지 않을까 하고 속으로 기대하고 있었거든.

하지만 이 정도 일로 마음 약한 소리를 하다니 나도 참 한심해. 차나 한 잔씩 마시고 그만 자자꾸나, 시어도러. 이렇게 자지 않고 있으면 괜히 장작만 허비할 뿐이니까."

잠시 뒤 작은 침실로 올라가는 시어도러의 얼굴은 무언가 골똘한 생각에 잠긴 표정이었다. 침실에 들어간 시어도러는 테이블 위에 있던 작은 상자를 들고 창가로 갔다. 작은 상자 안에는 금줄 대신 가느다란 파란색 리본에 걸려 있는 작고 귀여운 금 펜던트가 들어 있었다.

시어도러는 그 펜던트를 손에 꼬옥 쥐고 창 밖으로 달빛이 쏟아지는 초원을 바라보며 곰곰이 생각했다.

'이것을 팔아도 될까, 도널드가 헤어질 때 준 이 소중한 펜던트를.'

그것을 판다는 생각은 단 한 번도 해본 적이 없었다. 오빠를 떠올릴 수 있는 기념품이 될 만한 물건으로 남아 있는 것은 오직 그것뿐이었다. 잘 생기고 쾌활하며 다정한 오빠. 그 오빠는 4년 전 멋진 얼굴에 미소를 지으며 가슴에는 커다란 꿈을 안고 클론다이크로 기분 좋게 떠나갔다.

시어도러라는 이름은 그리스어로 '신이 내려주신 선물'이라는 뜻인데, 도널드는 이 아름다운 표현을 자주 썼다. 그것을 생각하면 시어도러는 가슴이 따뜻해졌다.

펜던트를 줄 때도 도널드는 웃으면서 말했다.

"자, '신이 내려주신 선물아', 이것을 주고 갈게. 금줄도 사주고 싶지만 지금은 이것만으로 봐줘. 하지만 나중에 클론다이크에서 금덩어리를 가지고 돌아올 거니까, 그때 만들어줄게."

그리고 도널드는 떠나버렸다. 그 뒤 2년 동안은 이따금 편지가 왔지만, 곧 금광을 찾는 사람들과 합류하여 더 깊은 오지로 간다는 편지가 온 것을 마지막으로 소식이 끊기고 말았다.

처음에는 오빠의 편지가 오늘 올까 내일 올까 하고 내내 기다렸지만, 결국은 단념하고 포기하게 되었다. 이윽고 도널드 플렌티스는 죽었으며, 도널드와 함께 간 사람들 가운데 살아서 돌아온 사람은 한 명도 없다는 안타까운 소문이 들려오기 시작했다.

지금은 도널드를 다시 만날 수 있을 거라는 희망을 전혀 갖고 있지 않았다. 그러므로 펜던트는 전보다 더욱 소중한 것이 되었다고 할 수 있었다. 하지만 마틴 부인은 시어도러에게 무척 잘해 준다. 시어도러는 생각했다.

'고마운 숙모님을 위해서라면 얼마든지 팔 수 있어, 그렇게 하자.'

시어도러는 마음을 정하고 씩씩하게 고개를 들어, 펜던트 뚜껑을 열고 안에 들어 있던 어머니와 도널드의 사진을 꺼낸 다음—그때 눈물이 한두 방울 떨어졌는지도 모른다—바쁜 손길로 가장 따뜻한 모자와 망토를 서둘러 몸에 둘렀다.

스펜서까지는 겨우 3마일, 걸어가도 한 시간이면 충분한 거리이다. 크리스마스 이브인 오늘 밤에는 스펜서의 가게들이 늦게까지 문을 열고 있을 게 틀림없었다.

네드를 또다시 걷게 할 수는 없고 암말은 다리를 다쳤으므로 걸어가는 수밖에 없을 것 같았다. 게다가 숙모님이 아시면 안된다고 시어도러는 생각했다.

그녀는 마치 나쁜 짓이라도 하는 것처럼 몰래 층계를 내려가 살그머니 밖으로 나온 뒤, 달빛이 비치는 길을 빠른 걸음으로 걷기 시작했다. 둘레는 죽은 듯이 고요하고, 끝없이 펼쳐진 캐나다 북부의 겨울 대초원이 은빛으로 빛나고 있었다.

뼈 속까지 얼어붙는 듯한 밤이었지만, 서둘러 걷다 보니 추위를 그리 느낄 수 없었다. 레드 뷰트에서 스펜서로 가는 길은 무척 한적하여, 꼭 중간쯤에 래건 씨의 집이 한 채 덩그러니 있을 뿐이었다.

스펜서에 도착한 시어도러는 이 작은 마을에서 단 한 곳뿐인 보석가게로 갔다. 가게주인 벤슨 씨는 세상떠난 숙부 마틴 씨의 친구였다. 그 사람이라면 틀림없이 이 펜던트를 사줄 거라고 시어도러는 생각했다.

그래도 가게에 들어갈 때는 가슴이 두근거리고 숨이 막히는 것 같은 기분이었다.

'만약 사지 않겠다고 하면 어떻게 하지? 이걸 팔지 못하면 지미와 쌍둥이들에게 크리스마스가 오지 않을 텐데—'

벤슨 씨가 커다란 목소리로 말했다.

"어서 와요, 시어도러 양. 뭘 드릴까?"

시어도러는 불안한 마음으로 미소지었다.

"벤슨 씨, 전 그리 반가운 손님이 아니에요. 사려는 게 아니라 팔려고 왔거든요. 저, 이것을 사주실 수 없을까요?"

벤슨 씨는 입술을 오므리고 시어도러가 내민 펜던트를 찬찬히 살펴보았다. 그리고 한동안 고민하다가 이윽고 말했다.

"흠, 우리 집에서는 헌 물건은 사지 않기로 하고 있어요, 시어도러 양. 하지만 시어도러 양은 특별히 대해 주기로 하겠어요. 그리 값나가는 물건도 아니니 4달러면 어떨까요?"

도널드가 샀을 때는 그보다 훨씬 비쌌었다. 하지만 4달러만 있으면 원하는 것을 살 수 있는데다, 좀 더 달라고 말할 용기도 없었다. 그래서 펜던트는 벤슨 씨 것이 되었고, 시어도러는 네 장의 새 지폐를 지갑에 넣고 장난감 가게로 서둘러 갔다.

30분 뒤 시어도러는 여러 개의 꾸러미를 안고 레드 뷰트로 돌아가고 있었다. 지미에게는 스케이트, 쌍둥이들에게는 귀여운 인형, 호두하고 캔디, 그리고 통통하게 살찐 칠면조도 한 마리 샀다. 집으로 가는 적막한 길을 시어도러는 내일 아침 아이들이 얼마나 기뻐할까 상상하면서 걸었다.

래건 씨 집으로부터 400미터쯤 지난 곳에 포플러 숲이 있고, 거기서 길이 크게 구부러져 있었다. 그곳을 돌았을 때 시어도러는 흠칫 놀라며 걸음을 멈췄다. 바로 그곳에 한 남자가 쓰러져 있었기 때문이었다. 그 사람은 두터운 코트를 입고 털모자를 귀까지 푹 눌러쓰고 있었다. 모자 밑의 얼굴은 온통 수염투성이어서 잘 보이지 않았다.

누구일까? 어디서 온 것일까? 어쨌든 정신을 잃은 것만은 분명해 보였다. 그리고 이대로 내버려두면 틀림없이 얼어죽을 거라는 사실도 알았다. 말발굽 자국이 초원으로 사라진 걸 보니, 여기서 말에서 떨어졌고 말은 달아나버린 것이라고 짐작되었다.

더 이상 생각하느라 시간을 허비하지 않고, 시어도러는 재빨리 래건 씨 집으로 달려가 문을 두드렸다. 래건 씨와 아들이 곧 썰매에 말을 매어 쓰러져 있는 남자를 구하러 달려갔다.

시어도러는 그 사람이 무사하게 구출되는 것을 보고서야 자기가 할 일은 다한 것으로 여기고, 너무 늦어져서 조마조마한 마음으로 다시 집으로 향했다.

작은 통나무 오두막으로 돌아온 시어도러는 가만히 안에 들어가 소리내지 않도록 조심하면서 아이들 양말에 선물을 넣고, 마틴 부인이 아침 일찍 일어나면 곧바로 볼 수 있도록 부엌 식탁 위에 칠면조를 올려놓았다. 모든 것을 끝낸 뒤 살그머니 침대 속에 들어간 시어도러는 무척 피곤했지만 몹시 행복한 기분이었다.

이튿날 아침, 아이들의 기뻐하는 모습은 정말 굉장했다. 시어도러는 펜던트를 팔아버린 것이 조금도 아깝지 않다고 생각했다.

지미가 뛸 듯이 기뻐하며 소리쳤다.

"야호! 산타클로스는 꼭 온다고 내가 말했지? 정말 멋진 스케이트야!"

쌍둥이들은 기쁜 나머지 소리도 내지 않고 말없이 인형을 가슴에 꼭 껴안았다. 마틴 부인의 웃는 얼굴은 보기만 해도 마음이 흐뭇해지는 것 같았다.

자! 이제부터 크리스마스 정찬을 준비하는 것이다. 모두들 신이 나서 팔을 걷어붙였다. 시어도러가 진지한 표정으로 오븐을 들여다보며 칠면조가 노릇노릇 다 구워졌다고 선언한 바로 그때, 썰매가 달려와 통나무 오두막 앞에서 멈췄다.

노크 소리에 시어도러가 나가보니 래건 씨와, 얼굴이 온통 수염 투성이인 커다란 남자가 털코트를 입고 서 있었다. 그가 간밤에 처음 본 그 사람이라는 것은 금방 알아보았다.

하지만 정말 처음 보는 사람이었을까? 웃음으로 가득한 갈색 눈이 어쩐지 낯설지 않았다. 시어도러는 머리가 어찔어찔해 쓰러질 것 같았다.

"오빠! 도널드 오빠!"

다음 순간 시어도러는 우는 것도 웃는 것도 아닌 일그러진 표정으로 그 남자의 품에 뛰어들었다.

그 사람은 바로 도널드였다. 그때부터 30분 동안은 모두들 한꺼번에 떠들어대느라 정신이 없었다. 만약 래건 씨마저 제정신이 아니었더라면 칠면조는 숯덩이가 될 뻔했다. 그 자리에서 누구보다 침착했던 래건 씨가 오븐에서 칠면조를 꺼내 스토브 뒤에 놓아두었던 것

이다.

시어도러가 소리쳤다.

"간밤의 그 사람이 오빠였다니! 전혀 몰랐어, 오빠, 내가 만약 스펜서에 가지 않았더라면 어떻게 되었을지—"

도널드가 조용히 대답했다.

"얼어 죽어버렸겠지. 어젯밤 마지막 기차로 스펜서에 도착했어. 그리고 곧바로 이리 오려고 마음을 먹었지. 도저히 아침까지 기다릴 수가 없었어. 그런데 마차를 빌릴 수가 없는 거야. 크리스마스 이브였으므로 마차가 모두 나가 있었거든.

그래서 말을 빌려 탔는데 그 포플러 숲에서 말이 무언가에 놀라 발길질을 하면서 마구 날뛰었어. 어린 동생을 생각하면서 반쯤 졸고 있던 나는 그 서슬에 보기좋게 나둥그러지고 말았지. 떨어지다가 나무에 머리를 부딪쳤어.

정신이 들고 보니 래건 씨 집 부엌에 있더구나. 다행히 다친 데는 별로 없어. 머리와 어깨가 조금 아플 뿐이야. 하지만 신이 내려주신 귀한 선물아, 정말 많이 컸구나! 4년 전에 두고 간 동생이라니 믿을 수 없어. 넌 틀림없이 오빠가 죽은 줄 알았겠지?"

"그래! 오빠, 대체 어디에 갔었어?"

"응, 금광을 찾는 사람들과 함께 훨씬 북쪽으로 갔단다. 첫해에는 무척 힘들었어. 그때 동료들이 여러 명 죽었지. 편지를 보내지 못한 건 우체국이 아무 데도 없었기 때문이야. 이제 틀렸나보다고 포기하기 시작한 무렵, 어느 날 광산을 발견했단다!

여기 금을 듬뿍 가지고 왔다. 신이 내려주신 선물아, 이제부터는 먹고 살 걱정은 하지 않아도 돼. 빚도 깨끗하게 싹 다 갚아버리자."

시어도러는 눈을 반짝이면서 말했다.

"정말 기뻐—숙모님을 위해서. 하지만 오빠, 오빠가 돌아와 준 것이 나한테는 무엇보다 기쁜 일이야—너무 기뻐서 무슨 말을 해야 할지,

무엇을 해야 할지 모를 만큼.”

지미가 심통난 얼굴로 말했다.

“저녁을 먹으면 되잖아. 칠면조가 다 식어버린단 말이야. 난 배가 고
파죽겠어. 이제 1분도 더 기다릴 수 없어.”

그래서 모두들 떠들썩하게 웃으면서 식탁에 앉았다. 그것은 이 작
은 통나무 오두막에서는 처음으로 맞이하는 환한 크리스마스 저녁이
었다.

화해

chang·KYe

크리스마스까지 1주일이 남은 어느 날, 몽크스헤드에 사는 진 숙모로부터 일리저버스 앞으로 편지가 왔다.

일리저버스와 앨버타, 그리고 나 메리를 크리스마스 만찬에 초대하겠으니 꼭 오라는 것이었다.

우리 자매들은 팔짝팔짝 뛰며 기뻐했다.

나는 생각했다.

'진 숙모와 노먼 삼촌은 무척 좋은 분들이니까 틀림없이 멋진 크리스마스가 될 거야. 이참에 몽크스헤드가 어떤 곳인지도 볼 수 있고.'

아버지는 몽크스헤드에서 태어나 거기서 소년시절을 보냈다고 한다. 영 집안의 오래된 저택이 아직도 남아 있는데, 그곳에는 아버지의 형님인 윌리엄 백부님이 살고 계신다.

아버지는 고향에 대해 별로 이야기한 적이 없지만 무척 그리워한다는 건 우리도 알고 있었으며, 앨버타가 말하는 '조상들의 저택'을 한 번 보고 싶다고 전부터 생각하고 있었다.

몽크스헤드까지는 60마일쯤 된다. 그리고 방금 말했듯, 아버지의 생가에 백부가 살고 있다면 가고 싶을 때 언제라도 갈 수 있을 것 아닌가 하고 여러분은 생각할 것이다. 하지만 그렇게 할 수 없었다. 윌리엄 백부님과 아버지는 사이가 무척 나빴던 것이다.

사이가 나쁘다기보다 인연을 끊고 있었다고 하는 편이 더 정확할 것이다. 우리 자매가 철들 무렵부터 내내 그래왔으니까. 아버지의 아버지, 그러니까 우리 할아버지가 돌아가셨을 때, 백부님과 아버지는 땅을 둘러싸고 크게 다퉜다고 한다.

아버지는 형님만 나빴던 게 아니며 자신도 잘못했다고 자주 말했다. 그렇지만 에밀리 할머니는 잘못한 건 윌리엄이며 너희들 아버지에게 무척 심한 짓을 했다고 말씀하셨다.

아버지는 흥분이 가라앉았을 무렵 몽크스헤드에 가서 그동안 심한 말을 해서 미안하다며 이제 그만 화해하고 싶다고 사과했지만, 윌리엄 백부님은 아무 말도 하지 않고 홱 돌아서서 집 안으로 들어가 버렸다고 한다. 그 뒷모습에 영 집안에서 내려오는 완고한 고집이 덕지덕지 붙어 있었다고 에밀리 할머니는 말씀하셨다.

에밀리 할머니는 우리 어머니의 이모님으로 영 집안사람들 가운데 우리 아버지와, 진 숙모의 남편인 노먼 삼촌에게만 호의를 가지고 있었다.

그런 사연 때문에 우리 자매들은 몽크스헤드를 한 번도 방문한 일이 없었고, 만난 적도 없는 윌리엄 백부님은 틀림없이 도깨비처럼 무서운 사람일 거라고 상상했다. 어린 시절 우리 집에 있던 유모 마거릿 해너는 자주 이런 말로 우리를 위협했었다

"이제 그만! 얌전하게 굴지 않으면 윌리엄 백부님이 '잡으러' 올 거야."

'잡히면' 어떻게 되는지 해너는 가르쳐 주지 않았다. 틀림없이 알고 있는 것보다 모르는 게 더 무서울 거라고 생각했기 때문이리라. 나는 백부님이 우리를 기름솥에 푹푹 삶아 뼈째 뜯어 먹어버릴 게 틀림없다고 상상했다.

노먼 삼촌과 진 숙모는 오랫동안 서부에서 살았는데, 올 크리스마스 석 달 전 동부로 이사와 몽크스헤드에 집을 샀다. 그곳에 자리잡은 뒤 우리 집에 놀러온 적이 있고, 아버지와 어머니와 오빠들도 삼촌댁을 찾아간 일이 있었다. 하지만 우리 자매들은 아직 가보지 못했으므로 크리스마스에 초대된 것이 너무너무 기뻤다.

드디어 크리스마스 아침이 다가왔다. 화창한 날씨에 주위는 진주처럼 새하얗고 공기는 다이아몬드처럼 투명했다. 11시 전에 출발하는 것은 7시 기차뿐이어서 일리저버스, 앨버타, 그리고 나는 그것을 타고 8시 반에 몽크스헤드에 도착했다.

기차에서 내리자 역장이 다가와 영 집안 아가씨들이냐고 물었다. 앨버타가 그렇다고 대답하자 역장은 '아가씨들에게 누가 부탁하고 간 편지가 있다'며 편지 한 통을 건넸다.

어쩐지 가슴이 두근거리는 것을 느끼면서 우리 셋은 편지를 들고 대합실로 들어갔다.

무슨 일이 생긴 걸까? 노먼 삼촌과 진 숙모가 성홍열에 걸려 격리된 것이 아닐까? 아니면 도둑이 들어와 식품저장실에 있던 크리스마스 음식 재료를 몽땅 도둑맞기라도……?

일리저버스가 봉투를 뜯어 소리내어 읽기 시작했다. 그것은 진 숙모가 쓴 편지로 이렇게 적혀 있었다.

사랑스러운 조카들에게

실망시켜서 미안하지만 도저히 어쩔 수가 없구나. 스트레탐에서 내 여동생이 사고를 당했다는 급한 연락이 와서 삼촌과 나는 8시 급행열차로 스트레탐에 가게 되었단다. 너희들은 지금쯤 벌써 떠났을 테니까 전보를 쳐도 소용없겠지.

그러니까 이곳에 닿으면 곧장 집으로 가서 편하게 놀다 가거라. 열쇠는 뒷문 층계 밑에 있다. 식품저장실에 모든 재료를 준비해놓고 왔으니 익혀서 먹기만 하면 될 거야. 세 번째 선반에 민스 파이가 있고 건포도 푸딩은 살짝 데우기만 하면 금방 먹을 수 있어.

그리고 식탁 위에 한 사람 앞에 하나씩 크리스마스 선물이 있으니 풀어보도록 해라.

재미있게 놀다가기 바란다. 스트레탐에서 돌아오면 다시 초대하마.

급해서 이만 줄이마.

너희들의 숙모 진으로부터

어쩐지 맥이 빠져서 우리는 서로 얼굴을 마주보았다. 하지만 돌아가려고 해도 5시 기차밖에 없고, 어차피 이렇게 되었으니 삼촌집에서 즐겁게 보내는 편이 낫지 않겠느냐고 앨버타가 말했다. 어쩔 수 없이 일리저버스와 나도 찬성했다.

우리는 역장에게 가서 노먼 영 씨의 집이 어딘지 가르쳐달라고 작은 목소리로 부탁했다.

역장은 무뚝뚝한 표정을 한 사람이었는데, 연필과 수첩을 꺼내 뭔가 열심히 계산하고 있다가 잠시 고개를 들고 연필로 가리키면서 역시 무뚝뚝하게 말했다.

"영이라고? 언덕 위에 있는 저 집 보이니? 바로 저기다."

400미터쯤 앞에 붉은색 집이 똑똑히 보였다. 그 쪽으로 다가갈수록 뜻밖에 예쁜 집이라는 걸 알았다. 오래된 우람한 나무들이 집 주위를 에워싸고 있는 좋은 곳이었다.

우리는 뒷문 층계 밑에서 열쇠를 찾아 안으로 들어갔다. 불이 꺼져 있어 생각한 것보다 추웠다. 하지만 그런 것보다는 얼른 크리스마스 선물을 보고 싶은 마음에, 우리 셋은 곧장 식당으로 들어간 것을 미리 고백해 둬야 할 것 같다.

식탁 위에 꾸러미가 세 개—무척 작은 것이 두 개, 제법 큰 것이 하나—놓여 있었는데, 살펴보니 아무 데도 이름이 적혀 있지 않았다.

일리저버스가 말했다.

"급하게 나가시느라고 이름쓰는 걸 깜박 잊어버리신 거야. 빨리 뜯어보자. 그러면 어느 게 누구 건지 알 수 있겠지."

선물을 뜯어본 우리는 모두 눈이 휘둥그레졌다. 숙모님이 틀림없이 좋은 것을 주실 거라고는 생각했지만, 이렇게 호화로운 것—모피 깃, 여자용 진주사슬과 금시계, 터키석을 박은 금팔찌—일 줄은 정말 몰랐으니까.

앨버타가 말했다.

"이 깃은 틀림없이 일리저버스 것이야. 메리와 난 이미 가지고 있으니까. 그리고 시계는 네 것이야, 메리. 난 시계가 있거든. 그렇다면 팔찌는 내 것이구나. 어머나, 너무 멋져!"

일리저버스는 목에 깃을 두르고 찬장 거울 앞에서 한들한들 걸어 보았다. 그 거울은 먼지가 자욱하게 묻어 있어 언니는 손수건으로 닦아야 했다. 사실 그 방은 모든 것이 온통 먼지투성이였다.

레이스 커튼은 몇 년이나 빨지 않은 것처럼 거무칙칙했고, 그 가운데 한 장은 크게 찢어져 있었다. 너무 더러워서 그만 어이가 없을 정도였다. 진 숙모는 유능한 살림꾼이라고 하던데—

하지만 그런 말은 입 밖에 내지 않았고 언니들도 아무 말 하지 않았다. 어머니에게서 남의 집을 방문한 뒤에는 절대로 흉보는 말을 해서는 안 된다, 그게 바로 가장 행실이 나쁜 거라고 늘 주의를 들었던 것이다.

"자, 크리스마스 정찬 준비를 시작해 볼까?"

실제적인 앨버타가 손목에 팔찌를 찰칵 하고 낀 뒤 기쁜 듯 바라보면서 말했다.

부엌에 가서 일리저버스는 불을 지폈고—이것이 일리저버스의 특기이다―앨버타와 나는 식품저장실을 살펴보았다. 숙모님 편지에 적혀 있던 대로 요리재료가 모두 준비되어 있었다. 통통하게 살찐 칠면조는 완전히 속이 채워져 있고 채소도 듬뿍 있었다. 민스 파이도 편지에 적혀 있던 장소에서 발견되었다.

그렇지만 거짓말하지 않고 말할 수 있는 건 여기까지이고, 아, 식품저장실의 그 어지러운 모습이란! 깔끔한 것을 좋아하는 사람이 보았다면 아마 졸도했을지도 모른다.

"태어나서 이런 건 처음―"

앨버타가 말하려다가 거기서 입을 꾹 다물었다. 틀림없이 어머니의 가르침이 생각났기 때문일 것이다.

"건포도푸딩은 어디 있지―"

화제를 안전한 쪽으로 돌리려고 내가 말했지만 건포도 푸딩은 아무 데도 보이지 않았다. 틀림없이 지하실에 있을 거라고 추측했지만 지하실로 가는 문에는 맹꽁이자물쇠가 채워져 있어서 내려갈 수 없었다.

일리저버스가 말했다.

"괜찮아. 우린 건포도 푸딩을 그리 좋아하지 않잖아, 크리스마스 디저트니까 먹는 거지. 민스 파이만 있으면 충분해."

그래서 칠면조를 오븐에 넣었고 그때부터 모든 것이 유쾌하게 착착 진행되기 시작했다.

만찬준비는 무척 재미있었고, 우리 자매들은 숙모님의 편지에 적혀 있던 대로 정말 편안한 기분이 되었다.

식당에도 불을 피우고 주위를 완전히 깨끗하게 치웠다. 걸레 같은 것이 아무 데도 없었으므로 손수건으로 먼지를 털어냈다. 그러자 식당은 제법 볼만해졌다. 아마 가구가 고급이었기 때문이겠지만, 대신 손수건은 어떻게 되었을지―여러분의 상상에 맡긴다.

그런 다음 깨끗한 접시를 찾아서 식탁에 차려놓았다. 식탁보는 찬장 서랍에 딱 한 장 있었는데 구멍이 송송 세 군데나 뚫려 있었다. 구멍을 접시로 가리고 작은 종려나무 화분을 식탁 한가운데에 놓아 장식했다.

1시가 되자 모든 준비가 끝났고 우리는 배가 몹시 고팠다. 식탁에 차려놓은 그 먹음직한 음식들! 우리는 서둘러 식탁에 둘러앉았다.

앨버타의 특기는 칠면조를 자르는 것이다. 그래서 칠면조에 포크를 꽂고 드디어 칼로 자르려고 한 바로 그 찰나, 갑자기 부엌문이 열리더니 한 남자가 성큼성큼 들어오지 않는가?

언니들도 나도 화석이 된 것처럼 꼼짝 않고 있는 사이에 그 사람은 점점 식당 문 앞까지 오고 말았다. 몸집이 크고 잘생긴 남자로 수염을 기르고 털코트를 입고 있었다.

나는 무섭지는 않았다. 성실한 사람으로 보인데다, 그저 노먼 삼촌의 친구분이리라 생각했던 것이다. 그래서 얌전하게 일어나 공손하게 인사를 했다.

"어서 오세요."

그 말을 들었을 때 그 사람의 놀라는 얼굴이란! 내 얼굴을 보고 앨버타의 얼굴을 보고, 그 다음엔 일리저버스의 얼굴을 쳐다보았다. 그리고 다시 한 번 자신의 눈을 의심하는 것처럼 일리저버스에게서 앨버타로 그리고 나에게로 시선을 옮겼다.

나는 모처럼 찾아왔는데 안됐다고 생각하면서 설명했다.

"노먼 영 씨 부인은 오늘 집에 안 계십니다. 부인의 동생이 아파서 오늘 아침 스트레탐에 가셨거든요."

그 사람이 퉁명스럽게 물었다.

"대체 이게 어떻게 된 일이지? 이곳은 노먼 영의 집이 아니다. 바로 내 집이야. 나는 윌리엄 노먼이라고 한다만 너희들은 누구냐? 대체 여기서 뭘 하고 있는 거지?"

나는 딱 벌린 입을 다물지 못하고 그 자리에 털썩 주저앉아버렸다.

머리에는 금시계를 보여서는 안 된다는 생각밖에 없었다. 앨버타도 칼을 떨어뜨린 채 팔찌를 식탁 밑에 감추려고 안간힘을 쓰고 있었다. 세 사람 다 한순간에 모든 사정을 알아차렸다. 어처구니없는 일이 벌어진 것이다!

나는 글자 그대로 무서워서 죽을 것만 같았다. 옛날 마거릿 해녀가 했던 말이 한꺼번에 떠올랐다.

이 위기를 벗어나기 위해 일리저버스가 벌떡 일어났다. 일리저버스는 위기에 대처할 줄 아는 재능이 있었고, 또 그 깃을 달고 있지 않았기 때문에 주눅들 필요도 없었던 것이다.

"아무래도 저희들이 실수를 한 것 같아요."

일리저버스는 침착한 목소리로 말했다. 그 목소리가 너무 태연했으므로 나는 두려움에 떨면서도 완전히 감탄하고 말았다.

"정말 죄송합니다. 저희는 노먼 영 씨 댁에 초대를 받고 왔어요. 그런데 역에 내렸을 때 '급한 일로 다른 곳에 가게 되었으니 집에 가서 쉬고 있으라'는 편지를 받고 역장님한테 물었더니 이 집이라고 가르쳐주었어요.

그래서 여기 오게 된 거예요. 몽크스헤드에 처음 왔기 때문에 이집이 진 숙모님 집인 줄만 알았어요. 정말 죄송합니다."

일리저버스가 이야기하는 동안 나는 시계를 끌러 제발 들키지 않게 해달라고 기도하면서 식탁 위에 살짝 놓았다.

앨버타는 팔찌를 열 열쇠가 없어 수치심 때문에 새빨개진 얼굴로 가만히 앉아 있었다.

윌리엄 백부님은 어떠했느냐고? 분명 재미있다는 듯 호기심 어린 눈이 웃고 있었다. 그리고 조금도 도깨비 같은 사람으로 보이지 않았다.

"분명 실수는 실수지만 나에게는 행운의 실수인 것 같구나. 불기없는 집과 요리되어 있지 않은 재료를 떠올리며 돌아왔는데 이렇게 다

준비되어 있으니! 고맙다는 말을 먼저 해야겠어."

앨버타는 일어서서 난로 선반에 놓여 있던 열쇠로 팔찌를 끄른 뒤 필사적으로 해명했다.

"편지에는 식탁 위에 선물이 있으니 뜯어보라고 적혀 있었어요. 그래서 여기 놓여 있던 것은 저희들이 가져도 되는 거라고 생각했지요. 저, 영 씨의 집은 어디인가요? 더 이상 폐를 끼칠 수 없어요. 자, 우린 이제 가도록 하자."

일리저버스와 나는 한숨이 나왔다. 물론 나가야 한다는 건 알고 있었지만, 배가 몹시 고픈데다 또다시 아무도 없는 집에 들어가 다시 한 번 요리를 해야 하다니 생각만 해도 실망스러웠다.

윌리엄 백부님이 말했다.

"잠깐 기다려다오. 이렇게 요리를 해준 너희들이 함께 먹어주지 않으면 내가 예의를 모르는 사람이 되지.

게다가 요즘은 사고가 유행하는지, 우리 집 가정부도 서부에 있는 아들이 다리를 다쳤다는 연락이 와서 오늘 아침 일찍 거기까지 데려다주고 오는 길이란다.

그럼, 이제 저마다 자기 소개를 해주겠니? 이런 생각지 않은 반가운 기습을 해온 아가씨들은 대체 어디 사는 누구일까?"

"저희들은 일리저버스, 앨버타, 메리라고 해요. 성은 영이고 그린빌리지에서 왔어요."

이렇게 말한 뒤, 나는 백부님이 언제 도깨비가 될까 하고 조마조마하게 지켜보고 있었다.

하지만 백부님은 도깨비가 되지 않았다. 한순간 놀란 표정을 하더니 다음에는 멍한 얼굴이 되었다가 금세 본디 얼굴로 돌아갔을 뿐이었다.

"응? 그럼, 로버트의 딸들이란 말이냐?"

그 말투는 로버트의 딸들이 자신의 집에 와 있는 게 뭐 이상하다는 거냐고 아무렇지 않게 말하는 것 같았다.

"그러니까 내 조카딸들이군. 이렇게 반가울 데가! 그렇다면 코트를 벗고 어서 함께 식사해야지. 옛날 너희들 어머니가 만든 요리를 먹어 본 적 있는데 정말 맛있었어. 오늘은 너희들 솜씨를 한 번 제대로 보고 싶구나."

그래서 우리 자매들은 다시 의자에 앉았고 윌리엄 백부님도 앉았다. 백부님이 칠면조를 한 번도 잘라본 적이 없으며 그것 때문에 가정부를 고용하고 있는 거나 다름없다고 말하자, 앨버타는 사양하지 않고 기꺼이 솜씨를 발휘했다.

처음에는 어쩐지 어색한 분위기였다. 하지만 그런 건 차츰 사라져 갔고 어느새 우리는 모두 편안한 기분이 되었다. 그도 그럴 것이 백부님이 무척 즐거워하며, 재미있고 우스운 이야기를 많이 해 주었던 것이다. 백부님도 무척 즐거워하는 것 같았다.

식사가 끝나자 백부님은 편안한 자세로 고쳐앉아 우리의 얼굴을 찬찬히 바라보다가 갑자기 말했다.

"나에 대해서 틀림없이 이런저런 험담을 들으면서 자랐겠지."

나는 정직하게 말했다.

"아버지와 어머니는 험담 같은 건 결코 한 번도 한 적이 없어요. 그렇지만 마거릿 해너는 말했어요. 해너는요, 큰아버지 핑계를 대고 저희들을 겁주려고 했거든요."

윌리엄 백부님은 하하하 웃었다.

"마거릿 해너 말이냐? 그 여자는 나를 철저하게 싫어했지. 아무튼 난 무척 바보 같은 사람이었다. 아니, 바보보다 더 못했지. 실은 그 뒤 줄곧 후회하면서 살아왔다. 잘못은 나한테 있었으니까. 너희들 아버지에게는 그렇게 말하고 사과할 용기가 없었지만, 너희들한테라면 말해도 상관없을 것 같구나. 너희들이 이런 내 마음을 아버지에게 전해 주면 좋겠다만."

앨버타가 말했다.

"큰아버지가 이젠 화를 푸셨다는 이야기를 들으면 아버지는 무척 기뻐하실 거예요. 화해를 하고 싶지만 아직도 화내고 계시니 어쩔 수 없다고 생각하시는 것 같아요."

"당치도 않아. 단순히 자존심이었을 뿐이야. 그건 그렇고, 너희들은 오늘 내 손님이다. 즐겁게 대접해야 할 텐데. 썰매를 꺼내 드라이브를 하는 게 어떻겠니?

그리고 그 액세서리 말인데, 너희들에게 주기로 하마. 몽크스헤드의 젊은 친구들에게 주려고 산 것이다만, 뭔가 다른 것을 주면 될 테니 상관없어. 그것들은 꼭 내 조카들에게 주고 싶구나. 메리, 그 블라우스에 시계가 무척 잘 어울리는구나. 앨버타도 날씬한 손목에 팔찌가 잘 어울리고. 자, 이쪽으로 와서 고집센 큰아버지에게 키스해 주지 않겠니?"

우리는 번갈아 백부님을 꼭 끌어안고 진심에서 우러나오는 키스를 한 뒤, 얼른 설거지를 마치고 썰매 드라이브에 나섰다.

역에 도착한 것은 5시 기차를 겨우 탈 수 있는 시간이었다. 윌리엄 백부님은 우리를 역까지 데려다주면서 가정부가 돌아오면 1주일 동안 와서 머물다 가라고 했고, 우리도 그렇게 하겠다고 약속했다.

"누군가 한 사람은 아주 내 집에서 함께 살아주었으면 한다만. 아버지에게 지난 일을 용서해 준다면 그 표시로 딸을 하나 이쪽으로 보낼 마음의 준비를 해두라고 전해주겠니? 곧 그 일을 의논하러 가겠다는 말도."

돌아와서 그날 일을 모두 이야기하자 아버지는 조용한 목소리로 말했다.

"정말 잘 됐구나!"

아버지 눈에 눈물이 배어나와 있었다.

아버지는 윌리엄 백부님이 오는 것을 기다리지 않고 이튿날 바로 먼저 몽크스헤드로 찾아갔다.

올봄부터 앨버타가 백부님 집에서 살게 되어 지금 부지런히 걸레를 만들고 있는 중이다. 이번 크리스마스에는 집안사람들 모두 옛집에서 모일 예정이다. 실수도 꼭 나쁜 것만은 아닌가 보다.

시릴러 아주머니 바구니

'또 시작이야.'

시릴러 아주머니가 다락방에서 내려오는 것을 보고 루시 로즈는 생각했다. 아주머니가 두둑하니 살집 좋은 팔뚝에, 뚜껑 달린 그 커다란 바구니를 걸치고 있었기 때문이다. 아주머니는 얼굴이 발그스름하게 상기되어 가쁜 숨을 몰아쉬고 있었다.

펨브룩에 사는 조카 부부의 집을 방문할 때면 시릴러 아주머니는 반드시 이 바구니를 들고 가는 것이다. 루시는 3, 4년 전 어른스럽게 머리를 올리고, 치마를 길게 입게 된 뒤부터 귀찮도록 꾸준히 말해 왔다.

"아주머니, 부탁이니 제발 이제 그만두세요."

"무슨 소리!"

아주머니는 이렇게 말하며 그저 웃을 뿐 들어주지 않았다.

아주머니가 거기에 시골풍 음식을 가득 채워넣고 에드워드와 제럴딘의 집에 머물러 있는 것을 생각하면 루시 로즈는 창피해 견딜 수 없었다. 에드워드의 아내 제럴딘은 멋을 부릴 줄 아는 세련된 여성이다. 아무래도 우스꽝스럽다고 여길 것이다.

그런데 시릴러 아주머니는 당당하게 바구니를 팔에 끼고 걸어가며 어린아이만 보면 과자니 사과니 사탕이니 하는 것을 꺼내 나눠주곤 하는 것이다. 어린이뿐만 아니라 노인에게도 그랬다.

그런 아주머니와 읍내에 갈 때마다 루시 로즈는 짜증이 났다. 하기는 그것도 모두 루시 로즈가 아직 어리며, 앞으로 배울 것이 많다는 증거이긴 하지만―

그건 그렇고 '제럴딘이 어떻게 생각할까'로 머리가 가득한 루시 로즈는 이때도 말렸다.

"네? 아주머니, 설마 펨브룩에 가면서 그 바구니를 들고 갈 생각은 아니겠죠? 우린 즐거운 크리스마스를 지내러 가는 거라구요."

"물론 들고 가야지!"

아주머니는 부엌의 식탁에 바구니를 놓고 먼지를 털면서 말했다.

"제럴딘과 에드워드가 살림을 차린 뒤로, 늘 여기에 맛있는 것을 가득 담아 가져가고 있는걸. 크리스마스라면 더더욱 말할 것도 없지. 에드워드는 옛날부터 시골요리가 최고예요, 거기에 비하면 도시 음식은 맛이 없어요, 라며 얼마나 좋아하는데! 정말이지 에드워드 말이 맞아."

루시 로즈가 실망한 얼굴로 말했다.

"하지만 너무 촌스러워요."

"촌스러운 게 마땅하지, 난 시골사람이니까. 넌 시골사람 아니니? 도대체 시골사람인 것이 뭐 그렇게 부끄럽다는 거냐? 루시 로즈, 넌 쓸데없는 일에 모양내고 싶어한다니까. 뭐, 너도 곧 달라지겠지만 그게 지금의 너한텐 가장 큰 문제야."

루시 로즈는 입술을 삐죽 내밀었다.

"바구니가 훨씬 더 문제예요. 아주머니도 참! 들고 다니면서 늘 잃어버리지 않을까, 잃어버리지 않을까, 내내 걱정하시면서. 무엇보다 그런 커다란 바구니를 들고 다니는 모습이 얼마나 우스운지 아세요?"

"우습게 보이든 말든 난 조금도 상관하지 않아."

시릴러 아주머니는 천하태평이었다.

"하기는 잃어버릴까봐 전전긍긍하는 건 조금 곤란한 점이지. 하지만 여지껏 잃어버리지 않고 이렇게 잘 가지고 있는데다, 이것 덕분에 기뻐하는 사람이 있으니 얼마나 좋아!

그래, 에드워드와 제럴딘의 집에는 빈손으로 가도 괜찮지. 살림이 그리 어려운 편도 아니니까. 하지만 이걸 가지고 가면 분명 누군가에게 도움을 줄 수 있다고 생각한단다. 이런 촌스러운 바구니를 든 촌스러운 아주머니하고 함께 걷는 게 싫다면 넌 저만치 뒤에서 천천히 오도록 해, 늘 그랬던 것처럼."

시릴러 아주머니는 생글생글 웃으면서 루시 로즈의 얼굴을 쳐다보았다. 그래서 루시 로즈도 속마음이야 어떻든 그만 따라서 웃고 말았다.

"자, 이제 여기에 무엇을 넣으면 좋을까?"

시릴러 아주머니는 오동통하게 살찐 집게손가락으로 식탁을 톡톡 두드리면서 말했다.

"우선 그 커다란 과일케이크부터 넣어야겠다. 에드워드가 좋아하니까. 그 다음엔 삶은 혀. 민스 파이도 세 개 넣자. 어차피 돌아올 때쯤이면 못 먹게 되어 있을 거고, 두고 가면 아저씨가 너무 많이 먹어서 배탈날 게 뻔해. 민스 파이를 보면 먹지 않고는 못 배기는 사람이니까.

또 그 작은 항아리에 들어 있는 크림도 선물로 가져가야지. 애, 루시 로즈, 제럴딘은 멋쟁이긴 하지만 아직 시골에서 만든 크림을 무시한 적은 한 번도 없었어. 이번에도 새콤달콤한 딸기 식초를 가지고 가야겠다. 젤리 쿠키하고 도넛도 아이들이 무척 좋아할 거야.

음, 식품저장실에 가서 부드러운 크림캔디를 가지고 오련? 아저씨가 어젯밤 코너 가게에서 사온 줄무늬 막대사탕도 부탁해. 달콤한 사과도 듬뿍 가지고 가자. 서양자두잼도 에드워드가 좋아할 거야. 샌드위치와 파운드 케이크는 너하고 내가 가면서 기차 안에서 먹을 거고.

먹을 건 이쯤으로 해두고 이젠 아이들에게 줄 선물을 따로 챙겨야지. 데이지한테는 인형, 레이한테는 아저씨가 만든 작은 배, 쌍둥이들에게는 레이스로 짠 손수건, 아기에게는 코바늘로 뜬 모자, 이만하면 될까?"

루시 로즈가 놀리듯 말했다.

"식품저장실에 구운 닭이 있잖아요, 아주머니. 아저씨가 잡은 돼지도 처마 아래 매달려 있으니 그것도 가지고 가면—"

시릴러 아주머니는 재미있다는 듯 활짝 웃었다.

"돼지는 좀 그렇지? 하지만 모처럼 네가 권하니 닭은 넣기로 하자. 잘하면 들어갈 것 같으니까."

루시 로즈는 '이런 것까지!' 하고 생각하면서도 아주머니를 거들었다. 보기좋게 제자리를 찾아 다 들어간 걸 보면, 아무래도 평소부터 시릴러 아주머니에게 받은 훈련 덕분인 것 같다.

시릴러 아주머니가 말린 흰색과 분홍색 밀짚꽃을 맨 위에 장식으로 넣고 터질 것 같은 뚜껑을 꼭꼭 눌러 닫았을 때, 루시 로즈는 속으로 맹세했다.

'언젠가는 꼭 태워버리고 말 거야, 이 못생긴 바구니! 나에게 용기가 생기면 말이야. 그렇게 하면 더 이상 시장에 다니는 할머니 같은 모습으로 들고 다닐 일도 없겠지.'

그때 리어폴드 아저씨가 우울한 얼굴로 머리를 흔들면서 들어왔다. 아저씨는 펨브룩에 가지 않는다. 아주머니와 루시 로즈가 집을 비우는 동안, 혼자 크리스마스에 음식을 만들어 먹어야 하는 것이 처량한 모양이다.

아저씨는 어두운 예언을 했다.

"안됐지만 펨브룩에 가는 건 무리야. 눈보라가 칠 것 같으니까."

시릴러 아주머니는 그런 걱정을 하는 소심한 사람이 아니었다. 폭풍이 오든 말든 운명은 미리 정해져 있는 것이므로 걱정해봤자 소용 없다고 생각하는 것이다.

아주머니는 느긋하게 잠자리에 들었지만, 루시 로즈는 밤중에 세 번이나 침대에서 나와 바람이 불지 않는지 밖을 내다보았다. 그러다가 겨우 잠들었는데 시릴러 아주머니의 바구니를 질질 끌면서 눈보라를 헤치고 걷는 꿈을 꾸었다.

아침에 일어났을 때 눈은 아직 내리지 않고 있었다. 리어폴드 아저씨가 아주머니와 루시 로즈, 그리고 바구니를 4마일 떨어진 역까지 마차로 데려다주었다. 그런데 역에 도착한 무렵부터 눈이 내리기 시작하여, 역장은 표를 팔면서 걱정스러운 얼굴로 말했다.

"눈이 계속 내리면 기차도 서고 크리스마스도 서버리고 말겠어요. 요즘 폭설 때문에 철도사정이 말이 아닙니다. 치운 눈을 버릴 데가 없을 정도거든요."

"기차가 크리스마스에 늦지 않도록 펨브룩에 도착하게 되어 있으면 그렇게 되겠지요."

시릴러 아주머니는 태평하게 말하며, 바구니에서 사과를 꺼내 역장과 옆에 있는 어린 남자아이에게 하나씩 나눠주었다.

루시 로즈는 얼굴을 찌푸렸다.

'드디어 시작이야!'

이윽고 기차가 왔다. 시릴러 아주머니는 자리에 앉더니, 바구니를 옆에 놓고 다른 승객들을 웃는 얼굴로 둘러보았다.

승객은 그리 많지 않았다. 객실 구석에 몸이 허약해 보이는 자그마한 여자가 아기를 안고 앉아 있었다. 주위에는 아이들이 네 명이나 있었다. 창백하지만 얼굴이 예쁜 젊은 아가씨가 통로를 사이에 둔 자리에 앉아 있었고, 세 줄 앞에는 햇볕에 그을린 모습으로 군복을 입은 청년, 그 청년 앞자리에 해표가죽 코트를 입은 풍채가 좋은 노부인, 그 맞은편에 안경을 낀 가냘픈 청년이 앉아 있었다.

시릴러 아주머니는 혼자 승객들을 비평하기 시작했다.

'틀림없이 목사일 거야. 자신의 몸에 대해서는 생각하지 않고 다른 사람들 영혼만 걱정하고 있는 게 틀림없어. 해표가죽 코트를 입은 부인은 왜 그런지 몰라도 기분이 언짢은 것 같아. 기차를 타기 위해 아침에 일찍 일어나서 그런 건지도 모르지.

군복을 입은 청년은 아마 부상병으로, 병원에서 나오는 길이 아닐까? 저 아이들은 배가 몹시 고픈 것 같아. 제대로 된 음식을 먹어본 적 없는 듯한 얼굴을 하고 있어.

저 아가씨는 무척 추워 보이는군. 어떤 어머니인지 그 얼굴을 한번 보고 싶을 정도야. 이 추운 날에 어쩜 저렇게 얇은 옷으로 여행을 보낼 수 있는 것일까?'

루시 로즈는 사람들이 시릴러 아주머니의 바구니를 어떻게 생각할지, 그것만 머릿속에 가득했다.

기차는 밤에 펨브룩에 도착할 예정이었지만 시간이 갈수록 눈보라가 심해져 이상한 곳에서 두 번 멈추고, 그때마다 승무원들이 선로의 눈을 치우고 다시 달릴 수 있도록 했지만 세 번째에는 마침내 완전히 멈춰서고 말았다. 주위가 어둑어둑해질 때쯤 차장이 객실에 들어왔다. 초조한 사람들이 저마다 질문을 퍼붓자 차장은 퉁명스럽게 대답했다.

"정말 멋진 크리스마스군요. 앞으로 나아갈 수도 뒤로 물러갈 수도 없게 되어버렸습니다. 선로가 몇 마일이나 눈에 파묻혀버렸거든요. 네, 부인, 무슨 일입니까? 아, 가까운 곳에는 역이 없습니다. 이 일대에는 숲만 있지요. 오늘 밤에는 여기서 밤을 지낼 수밖에 없겠습니다. 요즘 계속되는 폭설 때문에 모든 것이 엉망이니까요."

"아, 큰일났네!"

루시 로즈는 실망하고 말았다.

하지만 시릴러 아주머니에게는 조금도 큰일이 아닌 모양이었다. 태연히 바구니를 바라보면서 말했다.

"굶어 죽을 염려는 없으니까."

창백한 얼굴의 예쁜 아가씨는 눈보라 같은 것은 아무래도 좋다고 생각하는 것 같았다. 해표가죽 코트의 부인은 기색이 더욱더 나빠졌다. 군복을 입은 청년이 재수 없다고 투덜거렸으며, 네 아이 가운데 겁을 먹은 두 명이 꺼이꺼이 울기 시작했다.

시릴러 아주머니는 바구니에서 사과와 줄무늬 막대사탕을 꺼내 아이들에게 가져가 손에 쥐어주고, 가장 큰 아이를 살집 좋은 무릎 위에 안고 자리에 앉았다. 아이들은 금방 웃는 얼굴이 되어 아주머니 주위에 웃음소리가 일어났다.

다른 승객들도 아주머니 주위에 모여들었고 어느새 잡담이 시작되었다. 군복을 입은 청년이 고향에서 보낼 따뜻한 크리스마스를 잔뜩 기대했는데, 못내 아쉽다는 듯 이야기하기 시작했다.

"석 달 전 남아프리카 전선에서 부상을 입었어요. 그래서 이쪽으로 이송되어 네틀리 병원에 입원했지요. 가까스로 퇴원하여 그저께 핼리팩스에 도착한 뒤 집에 전보를 쳤습니다. 크리스마스 만찬은 집에서 먹을 것이다, 작년 크리스마스에는 칠면조를 못 먹었으니 특별히 큰 걸로 부탁한다고요. 어머니와 아버지도 무척 실망하실 거예요."

청년은 자신도 실망하는 모습이었다. 자세히 보니 군복 소매 한쪽이 축 늘어져 있었다. 시릴러 아주머니는 청년에게도 사과를 주었다.

네 아이 가운데 가장 나이 많은 아이가 말했다.

"우리는 외할아버지 집에서 크리스마스를 보내기로 했는데—처음이에요, 할아버지 댁에 가는 거. 그런데 이게 뭐람!"

그 아이는 곧 울음이 터지려는 것을 꾹 참고 막대사탕을 오도독 깨물었다.

여동생이 울상을 지으면서 물었다.

"산타클로스가 기차까지 와 줄까? 오지 않을 거라고 잭이 말했어."

시릴러 아주머니는 여자아이를 안심시켜 주었다.

"걱정하지 마라, 꼭 와 줄 거야."

예쁜 아가씨가 아기 어머니의 지친 팔에서 아기를 받아 안으며 낮은 목소리로 말했다.

"정말 귀여운 아기예요!"

시릴러 아주머니가 물었다.

"아가씨도 크리스마스를 보내러 집에 가는 길인가요?"

아가씨는 고개를 옆으로 저었다.

"전 집이 없어요. 얼마 전까지 가게 점원으로 있었는데 지금은 직장을 잃은 상태죠. 그래서 펨브룩에 가서 일자리를 찾으려고요."

시릴러 아주머니는 자기 자리로 돌아가 바구니에서 크림 캔디를 꺼내들고 다시 왔다.

"이왕이면 즐겁게 지내야지. 우리 맛있게 먹으면서 재미있게 보냅시다. 아침이 되면 기차가 움직여서 펨브룩에 갈 수 있을지도 모르니까."

달콤한 캔디를 먹는 동안 모두들 다시 기운을 되찾았고, 얼굴이 창백한 아가씨도 눈에 광채가 돌기 시작했다. 몸집이 작은 어머니는 시릴러 아주머니에게 작은 목소리로 어떻게 지내왔는지 이야기를 하기 시작했다. 결혼을 반대했던 부모와 오래 전부터 소식을 끊고 살았는데 남편이 작년 여름에 세상을 떠나 생활이 어려워져—

"그런데 지난주에 아버지한테서 편지가 왔어요. 이제 지난 일은 잊어버리고 크리스마스에 아이들을 데리고 오라고 적혀 있었죠. 너무나 기뻤어요. 아이들도 외할아버지 집에 간다고 얼마나 좋아했는지 몰라요. 그런데 이렇게 되어버렸으니…… 전 크리스마스 다음날부터 다시 일하러 나가야 하거든요."

군복 입은 청년도 아주머니의 캔디를 먹으면서 남아프리카 전장에서 겪었던 일들을 모여 있는 사람들에게 모조리 이야기해 주었다. 목사도 옆에 와서 귀기울였고, 해표가죽 부인도 얼굴을 이쪽으로 돌리고 듣고 있었다.

아이들은 이윽고 잠들었다. 한 아이는 시릴러 아주머니의 무릎에서, 또 한 아이는 루시 로즈의 무릎에서, 나머지 두 아이는 의자 위에서. 시릴러 아주머니와 젊은 아가씨는 아이 어머니를 도와 아이들이 춥지 않게 보살펴 주었다. 목사가 코트를 제공했고 해표가죽 부인도 숄을 가지고 와서 말했다.

"아기에게 이걸 덮어주면 어떨까요?"

군복 입은 청년이 말했다.

"산타클로스를 불러서 아이들을 기쁘게 해주고 싶군요. 벽에 양말을 걸어놓고 뭔가 넣어주는 게 어떨까요? 저는 현금하고 잭나이프밖에 없어요. 한 아이 앞에 25센트씩 돌아가겠군요. 사내아이한테는 칼이 좋겠지요."

"전 돈밖에 없어요."

노부인은 안타까운 표정이었다.

시릴러 아주머니는 아이 어머니 쪽을 살짝 보았다. 어머니는 좌석 등받이에 머리를 기대고 잠들어 있었다.

"저쪽 바구니에 조카 부부의 아이들에게 주려고 뭘 좀 넣어왔으니 그걸 이 아이들에게 주면 되겠군요. 돈은 이 아이들의 어머니한테 맡기는 게 좋겠어요. 힘들게 살아온 이야기를 들었는데 무척 안됐더군요. 그럼, 조금씩 모아볼까요?"

모두들 찬성했다. 군복 입은 청년이 모자를 돌렸고 저마다 조금씩 돈을 넣었다. 해표가죽 부인은 꼬깃꼬깃한 지폐를 넣었는데, 시릴러 아주머니가 펴보니 20달러짜리였다.

그러는 동안 루시 로즈가 아주머니의 바구니를 들고 왔다. 무거운 바구니를 들고 통로를 걸어온 루시 로즈는 아주머니의 얼굴을 보고 미소 지었고, 아주머니도 루시 로즈에게 웃음을 보였다. 루시 로즈가 스스로 나서서 바구니에 손을 대는 건 처음 있는 일이었다.

레이한테 줄 예정이었던 작은 배는 잭에게, 데이지의 인형은 여자아이에게, 쌍둥이의 레이스 손수건은 그 밑의 여자아이에게, 모자는 아기에게, 그리고 양말이었다. 양말에 도넛과 젤리 쿠키 같은 것을 잔뜩 넣고 돈은 봉투에 넣어 어머니의 윗도리에 핀으로 꽂았다.

해표가죽 부인이 중얼거리듯 말했다.

"저 아기 정말 귀엽죠? 우리 아들하고 어딘가 닮은 데가 있어요. 18년 전에 죽은 어린 아들하고."

시릴러 아주머니는 부인이 끼고 있는 가죽장갑에 살짝 손을 얹었다.

"나도 아들을 잃었답니다."

두 부인은 서로 동정에 찬 미소를 나누었다.

한 가지 일이 끝나자, 모두들 샌드위치와 파운드 케이크로, 시릴러 아주머니 식으로 말하면 '가벼운 식사'를 했다. 군복입은 청년은 고향을 떠난 뒤 이렇게 맛있는 음식은 처음 먹어본다고 했다.

"전쟁터에는 파운드 케이크가 없거든요."

날이 새도 눈보라는 여전히 맹위를 떨치고 있었다. 아이들이 양말을 발견하자 기차 안은 한바탕 소란이 벌어졌다. 어머니는 돈이 들어 있는 봉투를 보고 뭔가 말하려 했지만 가슴이 벅차 아무 말도 못했고, 다른 사람들도 어떻게 하면 좋을지 뭐라고 말하면 좋을지 순간 어색해 할 뿐이었다.

그때 마침 차장이 들어와서 말했다.

"여러분, 포기하셔야 하겠습니다. 이번 크리스마스는 이 기차 안에서 지내시는 수밖에 없습니다."

군복 입은 청년이 말했다.

"먹을 것이 없어서 큰일이군요. 전 괜찮아요. 전쟁터에서는 식량이

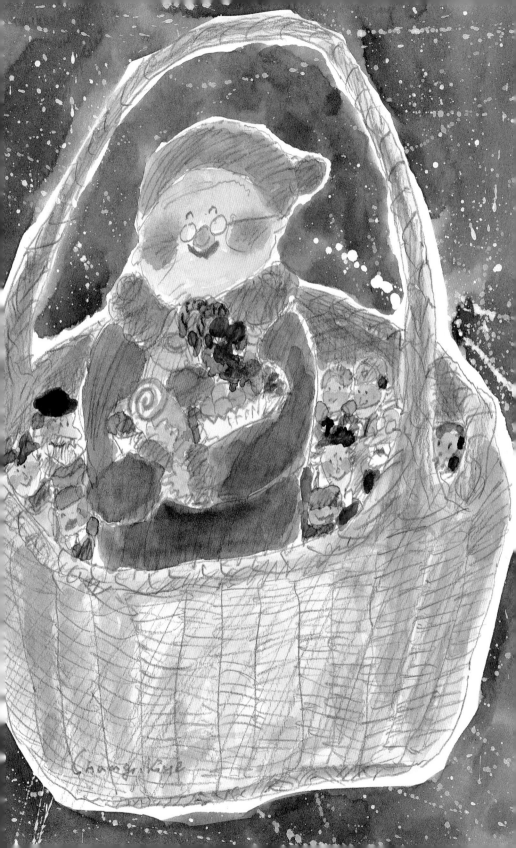

반밖에 안 나오는 날도 있고 아주 없는 날도 자주 있었으므로 익숙해져 있거든요. 하지만 이 아이들이 가엾어요."

기다렸다는 듯이 시릴러 아주머니가 말했다.

"비상식량이라면 이 바구니에 듬뿍 들어 있어요. 모두에게 골고루 돌아갈 만큼. 이것으로 크리스마스 만찬을 즐깁시다. 아쉽게도 차가운 만찬이지만. 자, 우선 아침 식사예요. 샌드위치가 한 사람 앞에 한 조각씩 남아 있으니, 거기에 쿠키와 도넛으로 견디고 나머지는 만찬을 위해 남겨둡시다. 하지만 빵이 없는 것만은 나로서도 어떻게 할 수가 없군요."

그러자 아이들의 어머니가 얼굴을 빛내며 말했다.

"저한테 소다크래커가 한 통 있어요."

그 기차에 함께 타고 있던 사람들에게 그날은 평생 잊지 못할 크리스마스가 되었다. 아침 식사가 끝나자 즉석 음악회가 열렸다. 군복 입은 청년이 암송을 두 번, 독창을 세 번 했고, 한 곡은 신나는 휘파람으로 들려주었다. 루시 로즈도 암송을 세 번 했고, 목사는 재미있는 책을 읽어주었다. 창백한 얼굴의 아가씨도 노래를 두 곡 불렀다. 휘파람이 가장 훌륭했다고 모두들 인정했기 때문에, 시릴러 아주머니가 젊은이에게 밀짚꽃을 상으로 주었다.

그러는 사이 차장이 기쁜 소식을 가지고 왔다.

"눈보라가 한 고비를 넘긴 것 같습니다. 두세 시간만 있으면 노선의 제설작업도 끝날 것이니 다음 역에 도착하기만 하면 이제 걱정 없습니다. 이 지선이 거기서 본선과 만나는데 본선에는 제설차가 더욱 자주 움직이고 있으니까요."

점심때가 되어 다같이 크리스마스 만찬을 먹었다. 승무원들도 초대되어 함께 먹었다. 목사님이 기관사에게 잭나이프를 빌려 닭을 자르고, 청년은 소혓바닥과 민스 파이를 자르고, 해표가죽 부인이 나무딸기 식초에 물을 알맞게 탔다.

종이를 잘라 접시를 대신했다. 차장이 차장실에서 컵을 두 개 가지고 왔다. 어디선가 찾아낸 양철컵은 아이들에게 돌아갔다. 시릴러 아주머니, 루시 로즈, 해표가죽 부인은 부인이 가지고 있던 눈금 있는 약용 컵으로 번갈아 마셨고, 예쁜 아가씨와 아이들 어머니는 빈 병에 따라 마셨다. 청년과 목사, 차장도 다른 빈 병으로 마셨다.

모두들 이렇게 즐거운 식사를 한 것은 처음이라고 말했다. 그들은 정말 행복했다. 시릴러 아주머니의 요리는 모든 사람의 칭찬을 한몸에 받았다. 먹은 뒤에 남은 것은 닭뼈와 잼뿐이었다. 잼은 숟가락이 없어서 먹을 수 없었다. 시릴러 아주머니는 그것을 아이들의 어머니에게 주었다.

식사가 끝나자 모두들 시릴러 아주머니와 아주머니의 바구니에 진심으로 감사했다. 해표가죽 부인은 집에 돌아가면 시릴러 아주머니의 파운드 케이크를 꼭 구워보고 싶다며 만드는 방법을 열심히 배웠고, 청년도 젤리 쿠키 만드는 방법을 배웠다. 다만 젊은이는 레시피(요리법)를 리시트(영수증)라고 잘못 발음했지만.

그럭저럭 두 시간쯤 지났을 무렵, 차장이 와서 '제설차가 도착했으니 곧 떠날 수 있다'고 알렸다. 그 말을 들은 그들은 처음 만난 지 채 24시간도 되지 않았다는 것이 정말일까 하는 이상한 기분이 들었다.

군복 입은 청년이 말했다.

"어쩐지 오래 전부터 함께 지낸 전우 같은 기분이 드는군요."

다음 역에서 그들은 아쉽게 헤어졌다. 몸집이 자그마한 어머니와 아이들은 바로 돌아가지 않으면 안 되었고, 목사는 거기서 내렸으며, 군복입은 청년과 해표가죽 부인은 다른 기차로 갈아탔다. 부인은 환하게 웃는 얼굴로 시릴러 아주머니의 손을 잡으며 말했다.

"이렇게 멋진 크리스마스는 처음이었어요. 그 바구니는 평생 잊지 못할 거예요. 아가씨는 내가 데리고 가기로 했어요. 우리 집 양반이 하는 가게에서 일할 수 있게 해주겠다고 약속했지요."

시릴러 아주머니와 루시 로즈가 펨브룩에 도착해 보니, 마중나온 사람은 아무도 없었다. 이런 날씨에 올 리 없다고 포기하고 돌아가버린 것이리라. 에드워드의 집은 거기서 그리 멀지 않았으므로 시릴러 아주머니는 걸어가자고 말했다.

루시 로즈가 말했다.

"바구니는 제가 들게요."

시릴러 아주머니는 미소를 지으면서 루시 로즈의 얼굴을 바라보았고, 루시 로즈도 방긋 웃으며 아주머니의 얼굴을 마주보았다.

"이 바구니, 정말 멋있어요. 전 이 바구니가 무척 좋아졌어요. 그동안 내내 불평만 해서 죄송해요, 시릴러 아주머니."

'전나무 저택'의 크리스마스

chang·Kye

사촌 마이어러가 '전나무 저택'에 왔다. 오즈번 집안 아이들은 모두 물구나무서기라도 하고 싶을 만큼 기뻤다.

더비—진짜 이름은 찰스지만—는 정말로 물구나무서기를 했다. 그도 그럴 것이 아직 8살, 체면 같은 건 생각하지 않아도 되는 천진 난만한 나이인 것이다. 다른 아이들은 좀 더 나이를 먹었으므로 그런 점잖지 못한 짓은 할 수 없었다.

그런데 '전나무 저택' 아이들은 크리스마스라고 해서 조금도 들떠 있거나 하지 않았다. 마이어러가 온 다음날, 프랭크는 마이어러에게 크리스마스는 이제 지겹다고 말했는데, 그건 다른 아이들도 마찬가지 였다.

그때 프랭크는 테이블에 걸터앉아 바지 주머니에 두 손을 찔러넣고, 얼굴에는 비웃음—적어도 본인은 그렇게 생각했다—을 띠고 있었다.

프랭크는 집안 어른들이 '에드워드는 언제나 비웃는 표정을 하고 있다'고 말하는 것을 들은 적이 있다. 에드워드 삼촌을 무척 숭배하는 프랭크는 삼촌이 하는 건 뭐든지 따라하기로 결심했던 것이다. 하기는 여러분과 내가 그때의 프랭크를 봤다면 불만이 가득찬 아이가 심통맞게 미운 얼굴을 하고 있다고 여겼을 뿐이었을 테지만. 사실은 마이어러도 그렇게 생각했다.

프랭크는 천천히 말했다.

"누나, 누나가 와준 것은 좋아. 그래도 누나가 집에 있으면 재미있는 일이 많아지니까. 하지만 크리스마스는 따분해. 정말 진절머리가 나."

에드워드 삼촌은 뭐든지 흥이 나지 않을 때는 '진절머리난다'고 말하는 버릇이 있었다. 그래서 프랭크는 그 말투에는 자신이 있었다. 하지만 사촌 마이어러가 좀 재미있다는 듯 웃는 것 같은 느낌이 들어 불안해졌다.

마이어러가 쾌활한 목소리로 말했다.

"그거 안됐구나! 난 또 어린이들에게는 크리스마스가 1년 가운데 가장 좋은 날인 줄 알았지."

"우린 그렇지 않아. 해마다 똑같은걸. 무슨 일이 일어날지 뻔히 다 알고 있고, 어떤 선물을 받게 될지도 훤하니까. 크리스마스는 해마다 똑같아. 아침에 일찍 일어나 보면 양말 속에 선물이 들어 있어. 절반 정도는 그다지 반갑지 않은 거야.

정찬도 재미없어. 삼촌들하고 숙모들은 많이 오지만 늘 똑같은 사람들이고, 모두 똑같은 말만 해. 데즈다 고모는 반드시 이렇게 말해—'아니, 프랭키! 어쩜 이렇게 많이 컸니!' 내가 프랭키라고 불리는 걸 싫어한다는 걸 알면서도 커다란 목소리로 일부러 그렇게 말한다니까.

그리고 정찬이 끝나면 모두들 둘러앉아서 저녁 때까지 떠드는 거야. 고작 그것뿐이야. 정말 크리스마스 같은 건 차라리 없어져버리는 게 나아."

에이더도 불만이라는 듯 투덜거리며 말했다.

"그래. 재미있는 일은 하나도 없어."

"응, 하나도 없어!"

쌍둥이들이 한 목소리로 말했다. 쌍둥이들은 언제나 목소리를 합쳐서 말했다.

"그래도 맛있는 캔디가 잔뜩 있어."

더비가 용감하게 반론을 펼쳤다. 더비는 크리스마스를 매우 좋아했다. 하지만 프랭크 앞에서 그렇게 말하는 건 용기가 필요한 일이었다.

사촌 마이어러가 다시 흥미롭다는 표정을 지었다. 그리고 진지한 목소리로 말했다.

"너희들은 아주 행복해서 그런 거란다. 아무리 맛있는 음식도 너무 많이 먹다 보면 맛을 모르게 되는 법이지. 누군가 다른 사람에게 좋은 크리스마스를 선물해야겠다고 생각한 적은 없니?"

아이들은 눈을 멀뚱멀뚱 뜨고 마이어러의 얼굴을 물끄러미 쳐다보았다. 무슨 뜻인지 잘 몰랐던 것이다.

프랭크가 자신 있다는 듯 말했다.

"우린 사촌들한테 선물을 해. 그것도 진절머리나. 모두 원하는 것은 뭐든지 가지고 있으니까 새로운 것을 생각해내는 게 귀찮단 말이야."

"그런 말이 아니란다. 내가 말하고 싶은 건 이런 거야. 이를테면 골짜기의 롤랜드 씨네 아이들이 어떤 크리스마스를 보내는지 생각해본 적 있니? 애버트 씨네 곱사등이 서미는 어떨까? 언덕 저편의 프랑스에서 온 조 씨네 남자아이들은?

너희들이 크리스마스에 받는 선물이 진절머리난다면 그걸 다른 아이들한테 나눠주면 어떨까?"

오즈번 집안아이들은 서로 얼굴을 마주보았다. 그런 생각은 한 번도 해본 적이 없었기 때문이다.

에이더가 물었다.

"어떻게 하면 그렇게 할 수 있어?"

그리하여 의논이 시작되었다. 마이어러가 이렇게 하면 어떨까 저렇게 하면 어떨까 하고 제안하자 아이들은 점점 마음이 솔깃해졌다. 프랭크까지 비웃음을 띠고 있어야 하는 것을 깜박 잊어버리고 신이 나서 말했다.

"애들아, 난 찬성이야."

에이더가 말했다.

"아버지와 어머니가 좋다고 하시면 나도 찬성이야."

쌍둥이들도 소리쳤다.

"재미있을 것 같지 않니!"

더비가 가소롭다는 듯 말했다.

"그런대로."

우스워하는 마음이 있었던 것은 결코 아니고, 프랭크가 그런 식으로 말하는 것을 들은 적 있어서 찬성할 때는 그렇게 말해야 하는 줄 알고 있었던 것이다.

그날 밤 마이어러가 오즈번 부부에게 그 이야기를 하자, 그들은 무척 좋은 생각이라고 칭찬했다.

그때부터 1주일 동안 '전나무 저택'의 아이들은 따분할 사이가 없었다. 맨 처음 제안한 것은 마이어러였지만 어느새 아이들이 훨씬 더 적극적이 되어, 자기들끼리 이런저런 궁리를 하고 계획을 짰다. 1주일이 그렇게 화살처럼 빨리 지나간 것은 처음 있는 일이었다. '전나무 저택' 아이들이 그토록 즐거운 기분으로 들떠 있었던 것도 처음이었다.

크리스마스 날 아침 '전나무 저택'에서 선물을 주고받은 사람은 마이어러와 오즈번 부부뿐이었다. 아이들의 선물은 어떻게 되었을까? 지난주에 아이들은 '만약 선물을 주실 계획이라면 돈으로 주세요'하고 어른들한테 부탁했고, 어른들은 그 자리에서 바로 승낙했었다.

예정된 시간에 친척들이 차례차례 도착했지만 아이들은 전혀 상관하지 않았다. 그 사람들은 오즈번 부부의 손님들이고, 아이들은 아이들대로 따로 크리스마스 파티를 계획하고 있었던 것이다.

작은 식당의 식탁에 먹음직한 음식들이 푸짐하게 차려졌다. 요리는 마이어러의 도움을 받아 에이더와 쌍둥이들이 거의 다 했다. 프랭크와 더비도 건포도의 씨앗을 빼거나 설탕을 끓여서 캔디를 만들기도 했다. 그리고 다함께 상록수 가지로 크리스마스 트리 장식도 했다.

이윽고 꼬마 손님들이 하나 둘 도착했다.

가장 먼저 온 것은 골짜기에 사는 롤랜드 집안아이들로, 모두 일곱 명. 모두 기쁜 듯 얼굴이 발갛게 달아올라 수줍어하며 말없이 앉아 있었다.

다음에는 조 집안의 남자아이들이 왔다. 눈이 검고 힘이 넘치며 거절이라는 것을 전혀 모르는 아이들 같았다.

곱사등이 서미는 프랭크가 조랑말이 이끄는 작은 짐마차를 가지고 가서 데리고 왔다.

마지막으로 틸리 메이저가 왔다. 틸리는 맞은편 집의 미스 랜킨이 고아원에서 데려온 아이다. 마을 사람들은 모두 알고 있는 일이지만 미스 랜킨은 크리스마스를 지내지 않는다. '크리스마스를 믿지 않기 때문'이라고 하는데, 틸리가 오즈번 집안에서 열리는 크리스마스 파티에 가는 것은 말리지 않았다.

초대받아 온 아이들은 처음에는 딱딱하게 굳어 말을 그리 하지 않았지만 이내 스스럼이 없어졌다. 사촌 마이어러—본디 큰 식당에서 먹어야 하지만 이쪽의 작은 식당에서 아이들과 함께 먹겠다고 했다—가 재미있는 이야기를 해주고, 오즈번 집안아이들도 유쾌하게 분위기를 이끌어 어느새 서먹함이 가신 것이다.

정말 즐거운 파티였다!

큰 식당에서 딱딱한 표정으로 조용히 음식을 먹고 있는 어른들에게까지 이따금 환호성과 왁자하게 웃는 소리가 들려왔다. 아이들은 체면을 가리지 않고 마음껏 음식을 먹으면서, '맛있다! 맛있다!'를 연발하며 서로 칭찬을 아끼지 않았다.

예절도 만점이었다. 조 집안 남자아이들까지 흠잡을 데 없이 훌륭했다. 사실을 말하면 마이어러는 장난을 좋아할 것 같은 그 네 명이 좀 마음에 걸렸지만, 그런 걱정은 조금도 할 필요가 없었다. 그도 그럴 것이 아들들이 '큰 저택의 크리스마스 파티'에 초대받자 조 부인이 사흘 동안 맹훈련을 시켰던 것이다.

이리하여 즐거운 파티가 끝나자, 그날 주인 역할을 맡은 오즈번 집안아이들이 크리스마스 트리를 옮겨왔다. 트리에는 선물이 가득 달려 있었다. 모두 오즈번 부부가 아이들 선물에 쓰기로 한 돈을 받아서 산 멋진 것들이었다.

조 집안 남자아이들은 저마다 스케이트, 서미는 표지가 아름다운 책 한 세트, 틸리는 커다란 밀랍인형을 받고 무척 기뻐했다. 롤랜드 집안의 꼬마아이들도 전부터 몹시 갖고 싶어 하던 것을 받았다. 그밖에 호두와 캔디도 듬뿍 있었다.

그런 다음 프랭크가 다시 조랑말을 끌고 왔다. 이번에는 짐마차 대신 커다란 썰매를 잇고 마이어러를 보호자로 하여 다함께 썰매 드라이브를 즐겼다. '전나무 저택' 아이들이 손님들을 저마다 집에 데려다주고 돌아오니 벌써 저녁때가 되어 있었다.

프랭크가 선언했다.

"최고로 신나는 크리스마스였어."

에이더도 말했다.

"손님을 즐겁게 해줄 생각이었는데 오히려 우리가 더 즐거웠던 것 같아."

쌍둥이들이 킥킥 웃으며 말했다.

"조 씨네 남자아이들 정말 재미있었어. 우스운 이야기만 하던걸."

더비가 털어놓았다.

"테디 롤랜드와 난 친구가 되기로 했어. 테디는 나보다 1인치나 키가 크지만 가슴둘레는 내가 더 커."

그날 밤 프랭크와 에이더, 그리고 마이어러는 동생들이 잠든 뒤 오랫동안 이야기를 나누었다.

마지막에 프랭크가 이렇게 말했다.

"누나, 우리는 크리스마스뿐만 아니라 1년 내내 이렇게 지냈으면 좋겠어. 이렇게 즐거운 크리스마스는 처음이야."

마이어러가 웃는 얼굴로 말했다.

"모두들 행복의 비밀이 어디에 있는지 알아낸 것 같구나."

그것이 무슨 뜻인지 프랭크와 에이더는 잘 알고 있었다.

미스 에이비스

오늘 밤은 크리스마스 이브. 눈은커녕 서리도 내리지 않아 반짝반짝 빛나는 것이 아무것도 없는 평범한 크리스마스가 되고 말았다.

밤이 되어도 비교적 따뜻하고 밤하늘에는 별이 희미하게 깜박였다. 바람이 좀 불어 '잉글사이드 저택'을 에워싼 전나무 사이를 장난스럽게 깔깔거리며 빠져나가기도 하고, 뜰의 오솔길 양쪽에 쌓인 마른잎을 술렁거리게 만들기도 했다. 12월이라기보다 이른봄이나 늦가을이라고 하는 편이 훨씬 더 어울릴 것 같았다.

그래도 크리스마스 이브라는 증거로 '잉글사이드 저택'의 모든 창문에 불이 켜져 있어, 어둠을 통해 멀리서 보면 마치 상록수 사이에 드문드문 빨간 꽃이 핀 것처럼 즐거워 보였다. 오늘 밤에도 해마다 그렇듯, 지금은 이미 어른이 된 이 집에서 자랐던 아이들이 돌아올 것이다. 프리츠, 마거릿, 라디, 노러, 14년 전에 세상을 떠난 로버트 대신 로버트의 두 아들들—

그래서 유서 깊은 이 집은 창문마다 불을 밝히고 그들을 맞이할 준비를 하고 있는 것이다.

마지막으로 도착한 사람들은 프리츠 의사부부와 아이들이었다. 그들을 태운 마차가 차도를 달려와 현관 앞에 멈추자, 늙은 개들이 반갑게 컹컹 짖어대고 문을 열어둔 채 기다리고 있던 사람들의 환영하는 목소리가 여기저기서 터져나왔다.

"이제 모두들 다 모였구나."

이렇게 말하면서 '잉글사이드 저택'의 자그마한 안주인이 장남의 우람한 목을 끌어안고 수염이 자란 볼에 키스했다. 다들 웃는 얼굴로 악수하면서 인사를 나누었다.

하지만 이 집 가정부인 내니만은 난롯불이 붉게 타오르는 거실 한 구석 어두운 곳에서 소리죽여 흐느끼며 작고 빨간 손으로 눈물을 훔치고 있었다.

내니는 들리지 않는 목소리로 중얼거렸다.

"모두 다 모이다니—미스 에이비스가 없잖아. 그런데 어떻게 그렇듯 기뻐할 수 있어? 어떻게 잊어버릴 수 있어!"

그 목소리는 아무에게도 들리지 않은 모양이었다. 내니가 있는 것을 눈치챈 사람도 없는 것 같았다. 내니가 부모없는, '잉글사이드 저택'의 가정부에 지나지 않기 때문일까? 모두들 내니를 좋아하고 무척 친절하게 대해 주지만, 이렇게 가족이 모일 때는 거기에 내니가 있다는 것을 그만 까맣게 잊어버리는지도 모르는 일이다. 하기는 피가 통하지 않으니까 가족과 모든 게 같을 수는 없을 것이다.

내니도 그것이 마땅하다고 생각했고 섭섭했던 적은 한 번도 없었다. 하지만 오늘 밤만은 슬퍼서 견딜 수 없었다. 세상을 떠난 미스 에이비스를 아무도 기억하고 있지 않은 것 같아 도저히 견딜 수 없는 기분이었다.

밤참을 먹은 뒤 가족들은 모두 객실 난로 앞에 둥그렇게 둘러앉았다. 곳곳에 붉은 나무열매와 상록수 가지가 장식되어 크리스마스다운 분위기를 자아내고 있었다.

'잉글사이드 저택'은 크리스마스 이브에 이렇듯 모두 난롯가에 모여, 그해에 있었던 여러 가지 일—슬펐던 일도 기뻤던 일도—을 서로 보고하는 것이 전통처럼 되어 있었다.

난롯가에 둘러앉은 사람들의 수가 올해는 한 사람 줄어들었지만, 아무도 그 일에 대해 이야기하지 않았다. 어느 얼굴이나 아무렇지 않게 모두 미소 짓고 있고, 사람들마다 목소리는 밝게 들떠 있었다.

이 집의 늙은 주인부부가 그 원의 중심에 있었다. 눈에 띄게 백발이 늘어났지만 행복해 보이는 얼굴에는 그의 멋진 인생이 아로새긴 주름으로 가득했다.

어머니 옆에는 프리츠 의사가 앉아 있었다. 마치 소년처럼 바닥에 앉아 묵직한 머리—아버지 못지않게 백발이 섞여 있었다—를 어머니 무릎에 기대고 보기좋게 생긴 남자다운 손—수술대 위에서는 여성의 손처럼 섬세함을 발휘하는—이 어머니의 손을 다정하게 잡고 있었다.

프리츠 의사 옆에 앉아 있는 사람이 지금도 '해피'라고 불리는 막내딸 노러이다. 노러도 이제 20살이 되어, 마을에 있는 학교에서 아이들을 가르치고 있었다. 반짝이는 갈색 머리카락에 처녀다운 뺨, 아름다운 목선, 그리고 꿈꾸는 듯한 푸른 눈에는 장밋빛 불빛이 일렁거렸다. 프리츠 의사의 다른 한 손이 노러의 어깨를 감싸고, 노러의 손은 자기 무릎을 안고 있었다. 왼손에는 작년 크리스마스에는 없었던 다이아몬드 반지가 아름답게 반짝이고 있었다.

난로 모서리 부분에 앉아 있는 사람은 라디이다. 가족의 성서에는 아치볼드라고 기록되어 있지만 그 이름으로 부르는 사람은 아무도 없었다. 대담해 보이는 빼어난 이마와 춤추는 듯한 눈을 한 잘생긴 젊은이였다.

반대쪽에는 마거릿이 아버지의 손을 잡고 있었다. 정숙함이 온 몸을 감싸고 있는 듯한 아름다운 부인이었다.

마지막으로 로버트의 두 아들—누가 세실이고 누가 시드인지 모를 만큼 무척 닮았다. 웃음소리가 끊이지 않는 건강한 남자아이들이 었다.

거실에서는 마거릿의 남편과 프리츠 부인이 아이들과 게임을 하고 있는데, 밝게 떠드는 소리가 이따금 이 객실까지 들려왔다.

내니도 그러고 싶으면 거실에서 함께 놀아도 상관없지만 객실 쪽이 더 좋은 듯 구석진 어두운 곳에서 있는 듯 없는 듯 앉아, 난로 주위에 둘러앉은 사람들의 기쁨에 찬 얼굴들을 원망스러운 눈길로 바라보고 있었다. 밝은 웃음소리와 재미있는 이야기를 들으면서도 내니의 가슴은 불만으로 가득했다.

'이 집 사람들은 어째서 이렇게 빨리 잊어버릴 수 있는 것일까? 미스 에이비스가 죽은 지 아직 1년도 채 되지 않았는데. 작년 크리스마스 때는 그 다정하고 조용한 분이 불 바로 옆에 앉아 있어서, 나리와 마님보다 오히려 그분이 이 집안의 중심처럼 보였었지. 올 12월에는 그분의 무덤 위에서 별이 반짝이고 있어.

그런데도 그런 것에 마음 쓰는 사람은 아무도 없는 것 같아. 그분 이름을 입 밖에 내는 사람조차 없어. 그분이 그토록 사랑했던 늙은 개까지 너무 만족스러워서 졸음이 오는 듯한 눈길로 마거릿의 무릎에 얼굴을 올려놓고 있을 뿐이야—'

프리츠 의사의 이야기에 웃음소리가 와 일자, 내니는 중얼거렸다.

"아! 난 더 이상 못 견디겠어!"

그녀는 가만히 객실을 나와 부엌으로 갔다. 그리고 모자를 쓰고 망토를 걸치더니 식탁 아래 상자에서 호랑가시나무 화환을 꺼냈다. 크리스마스 장식에 쓰고 남은 것으로 만들어둔 것이었다.

'미스 에이비스는 호랑가시나무를 참 좋아했는데—그분은 푸르게 자라나는 것은 뭐든지 좋아했어—'

부엌문을 열었을 때 내니의 손에 뭔가 차가운 것이 만져졌다. 어느새 늙은 개가 따라 나와서 꼬리를 흔들며 데려가 달라는 듯한 눈길로 내니를 물끄러미 올려다보고 있었다.

"지피, 역시 기억하고 있었구나?"

내니는 개의 머리를 쓰다듬어주었다.

"그럼, 조용히 따라와. 함께 가자."

내니와 개는 밤의 어둠 속으로 살며시 빠져나왔다. 묘지는 그리 멀지 않은 곳에 있었다. 상록수 숲과 밭 가운데 오솔길을 빠져나가 큰길을 건너자 오래된 교회가 나오고, 뾰족한 탑과 묘지를 에워싼 하얀 돌담이 보이기 시작했다.

내니는 한구석에 있는 미스 에이비스의 무덤으로 똑바로 걸어갔다. 그리고 마른풀 위에 무릎을 꿇고, 가져온 호랑가시나무 화환을 무덤에 바쳤다. 눈물이 솟아나와 뺨을 타고 흘렀다.

"미스 에이비스! 쓸쓸해요, 미스 에이비스가 없으니까. 너무 허전해요. 조금도 크리스마스 같지 않아. 미스 에이비스는 언제나 친절하셨어요. 미스 에이비스가 저한테 해준 말을 날마다 생각해요. 미스 에이비스가 살아계셨다면 저에게 어떤 사람이 되라고 가르쳐주실 텐데, 하고 생각해요. 그리고 전 그런 사람이 되려고 날마다 열심히 노력했을 거예요. 하지만 모두들 아예 잊고 있는 것 같아 속상해요. 정말이지 그 사람들이, 너무 미워요. 전 결코 잊을 수 없어요! 그 사람들하고 함께 있는 것보다 이렇게 어두운 묘지에서 미스 에이비스 옆에 있는 것이 훨씬 더 좋아요."

내니는 무덤 옆에 앉았다. 늙은 개 지피도 옆에 누워 앞발을 마른풀 위에 얹고, 하얀 대리석 비석을 올려다보았다. 주위가 어두워 아무것도 보이지 않았지만 묘비명이라면 보지 않아도 훤히 욀 수 있었다.

에이비스 메이우드를 추억하며
1902년 1월 20일 사망 향년 45살

그 밑에 미스 에이비스 자신이 고른 비문이 새겨져 있었다.

'잘 자'라고 말하지 마세요
그보다도 화창한 날 아침에
'좋은 아침!'이라고 말해 주세요

그런데도 '잉글사이드 저택' 사람들 가운데 어느 누구 한 사람도 미스 에이비스를 기억하고 있지 않다니! 이렇게 완전히 잊어버리고 말았다니—

이렇게 30분쯤 지났을 때 놀랍게도 이쪽으로 다가오는 발소리가 들려왔다. 내니는 아무한테도 들키고 싶지 않아 발소리를 죽이며 비석을 돌아 뒤쪽에 있는 버드나무 뒤로 몸을 숨겼다. 늙은 개도 내니를 따라갔다.

그래서 묘지에 온 프리츠 의사는 죽은 사람과 자기 말고 누군가가 있다는 생각은 꿈에도 하지 못했다. 그는 무덤 앞에 무릎을 꿇고 비석에 뺨을 갖다댔다.

"에이비스! 그리운 에이비스! 이곳이 어느 곳보다도 당신을 가장 가까이 느낄 수 있는 장소인 것 같아서 이렇게 왔습니다. 이야기하고 싶은 게 많이 있어서요.

어릴 때부터 크리스마스가 되면 당신한테 그해 1년 동안 있었던 일을 모조리 이야기하곤 했지요. 소중한 친구였던 당신의 모습이 올 크리스마스에는 보이지 않는군요. 악수해 주는 따뜻한 손도 없고 불빛에 비치는 아름다운 얼굴도 볼 수 없어요. 너무 허전해서 당신 이름을 입에 올릴 수조차 없었지요. 난롯가에서 모두들 즐겁게 이야기하고 있었지만, 작년까지 당신이 앉아 있던 텅 빈 의자를 보면 마음이 아파요.

올해 나에게 어떤 일이 있었는지 보고할게요. 실은 나의 학설이 인정을 받았습니다. 마침내 나는 유명해졌지요. 작년 크리스마스에 그 학설에 대해 이야기했을 때 당신은 조용히 귀를 기울여 주었었지요. 그리고 그 학설이 옳다고 말해 주었어요. 그리운 에이비스!

당신은 나에게 많은 것을 해주었습니다. 그리고 지금도 해주고 있어요. 다시금 고맙다는 말을 하고 싶습니다. 당신이 좋아했던 장미를 가지고 왔어요. 당신의 생애처럼 깨끗하고 아름다운 향기가 나는 하얀 장미를."

프리츠 의사의 발소리가 사라지는가 했더니 곧 다른 발소리가 다가왔다. 내니는 미처 일어설 사이도 없었다. 이번에 온 사람은 밝고 저돌적이며 분별심이 좀 모자란 라디였다.

"장미꽃! 오라, 프리츠 형님이 다녀갔군! 에이비스, 난 순결한 백합을 가지고 왔어요. 에이비스! 당신이 없어서 정말 쓸쓸해요. 당신은 언제나 명랑하고 친절했고 내 마음을 잘 알아주었지요. 그래서 오늘 밤에도 이렇게 찾아왔어요. 당신이 없으니 잉글사이드 저택도 우리 집 같지가 않아요.

나는 요즘 무척 많이 노력하고 있어요. 당신이 기뻐해 줄 수 있는 사람이 되기 위해서요. 예전의 그 사람들하고 어울려 다니는 짓도 그만뒀지요. 좀 더 나은 사람이 되기로 결심했거든요.

당신이 옆에 있어 준다면 더 즐거울 텐데. 어린 시절 당신하고 많은 이야기를 나눈 뒤에는 한동안 얌전하게 지내는 것이 힘들지 않았어요. 나에게는 세상에서 가장 좋은 어머니가 계시지만, 에이비스와는 뭐든지 서로 털어놓을 수 있는 친구였잖아요.

아까 모두와 함께 있을 때 하마터면 눈물이 왈칵 나올 것 같았어요. 모처럼 즐거운 크리스마스 이브를 망칠 뻔했지요. 만약 누군가가 당신에 대한 이야기를 꺼냈다면 정말로 울어버렸을 거예요. 아!"

라디는 문득 인기척을 느끼고 뒤돌아보았다. 그러자 로버트의 아들들이 자기들보다 누군가가 먼저 와 있는 것을 알고 조심조심 다가 오고 있지 않은가?

"너희들 왔구나! 너희들도 에이비스 아주머니의 무덤에 인사하러 온 거니—"

라디가 목이 잠겨 갈라진 목소리로 말하자 세실이 진지한 표정으로 대답했다.

"네. 우리는—꼭 오고 싶었어요, 삼촌. 이대로는 도저히 잠을 잘 수가—에이비스 아줌마가 없으니 너무 재미없어요."

시드도 말했다.

"에이비스 아주머니는 우리한테 무척 다정하게 대해 주셨거든요."

세실은 목이 메었다.

"우리 같은 남자아이에게도 딱딱거리지 않으셨어요. 그리고 장난치며 노는 것도 좋아하셨지요."

라디가 진지한 목소리로 말했다.

"잘 들어라, 너희들. 너희들도 에이비스 아주머니에게 좋은 말을 많이 들었지? 그것을 잊으면 안 돼. 그래서 아주머니에게 칭찬받을 수 있는 훌륭한 어른이 되도록 해."

두 남자아이와 아직 소년티가 남아 있는 젊은 삼촌이 함께 가버리자, 이번에는 노러가 숲의 우듬지 위에서 술렁이는 바람소리에 몸을 좀 떨면서 나타났다.

노러가 속삭였다.

"에이비스! 보고 싶어요! 만나서 그 사람에 대해 모든 걸 이야기할 수 있으면 얼마나 좋을까요? 당신이라면 모두 이해해 줄 거예요. 그는 최고로 멋진 사람이거든요. 그렇게 멋진 연인을 가진 여자는 이 세상에 아무도 없을 거예요. 당신도 틀림없이 그렇게 생각할걸요.

아, 에이비스! 당신이 없으니 얼마나 쓸쓸한지 몰라요. 전 지금 무척 행복하지만 옛날처럼 당신과 이야기할 수 없는 것이 슬퍼요.

에이비스, 오늘 밤 난롯가에 모두들 모였지만 당신만 빠져서 텅 빈

Chang. Kuk

것 같았어요. 혹시 영혼이 되어 우리와 함께 그 자리에 있었나요? 그렇다면 다행이지만. 하지만 그래도 보고 싶어서 여기까지 왔어요. 옛날에는 '잉글사이드 저택'에 돌아오면 반드시 만날 수 있었는데. 아, 에이비스—"

노러가 흐느껴 울면서 사라지자 이번에는 꿋꿋하고 강한 마거릿이 가까이 왔다.

"에이비스, 언니 같이 다정했던 에이비스. 오늘 밤은 도저히 여기 오지 않을 수가 없었어요. 당신이 없어서 얼마나 마음이 외로운지 말로 나타낼 수 없을 정도예요. 현명하고 선견지명이 있는 조언을 해주었던 에이비스. 당신이 있으면 언제나 안심이 되었죠.

작년에 아들이 태어났어요. 물론 기뻐해 주시겠지요? 당신은 아이가 없는 것을 내가 얼마나 슬퍼했는지, 다른 누구보다도 잘 이해해 주었어요. 함께 아기에 대해 이런 저런 이야기를 즐겁게 나누고 둘이서 아기에게 많은 것을 가르쳐주고 싶었는데. 아, 에이비스! 이 허전함은 그 무엇도 메워주지 못할 것 같아요—"

마거릿이 아직 그곳에 있는 동안 늙은 노부부가 나타났다.

"아버지! 어머니! 이런 시간에! 게다가 이렇게 추운데!"

자그마한 노부인이 말했다.

"마거릿, 괜찮다. 에이비스의 무덤에 안 와보고 잠을 자다니, 절대로 그럴 수 없지. 아기 때부터 내가 키운 사랑스러운 딸, 너희들과 마찬가지로 내 자식인걸. 그 아이의 어머니가 죽으면서 아직 젖먹이였던 그 아이를 나한테 맡기고 갔지.

에이비스가 가버린 뒤 얼마나 쓸쓸했는지! 너는 '잉글사이드 저택'에 돌아왔을 때뿐인지 모르지만 난 늘 그랬어, 마거릿. 날마다 말이야."

늙은 가장이 떨리는 목소리로 말했다.

"우리 모두 그렇소, 여보. 에이비스는 좋은 아이였어. 정말 좋은 딸이었지. 에이비스, 잘 자!"

마거릿이 낮은 목소리로 말했다.

"'잘 자'라고 말하지 마세요, 그보다는 화창한 날 아침에 '좋은 아침!'이라고 말해 주세요. 그것이 에이비스의 희망이었으니까요. 이제 그만 돌아가세요, 너무 늦었어요."

노부부와 마거릿이 돌아간 뒤에야 내니도 버드나무 뒤에서 나왔다. 엿듣는 것은 좋은 일이 아니지만 내니는 그것을 몰랐을지도 모르고, 알고 있었다 하더라도 어쩔 수 없는 노릇이었다. 저 여기 있어요, 하고 나타나는 건 부끄러워서 도저히 할 수 없었던 것이다. 지금 내니의 마음은 기쁨으로 가득차 있었다.

"아, 미스 에이비스! 기뻐요. 얼마나 좋은지 몰라요! 그분들은 잊지 않았던 거예요, 한 사람도. 그런데도 그렇게 나쁜 말을 해서 죄송해요. 그분들이 미스 에이비스를 잊지 않고 계셔서 정말 고마워요. '잉글사이드 저택'에 사는 사람들은 모두 정말 좋은 분들이에요—"

늙은 개 지피와 내니는 함께 '잉글사이드 저택'으로 돌아갔다.

클로린더의 선물

"크리스마스가 2주일밖에 남지 않았는데 가난하다는 건 정말 비참해요."

17살인 클로린더는 처량하게 한숨을 쉬었다.

그 말을 들은 에이미 아주머니는 미소를 지었다. 에이미 아주머니는 60살이다. 침대에 누워 있지 않을 때는 소파나 휠체어 위에서 지내고 있지만 한숨을 쉰 적은 한 번도 없었다.

아주머니는 말했다.

"다른 때보다 더 괴롭겠구나."

이런 식으로 이해하고 동정해 주는 것도 에이미 아주머니의 멋진 점이었다.

"게다가 올 크리스마스는 그냥 가난한 정도가 아니에요. 한 푼도 없다니까요."

클로린더는 점점 더 슬퍼지는 모양이었다.

"여름에 병을 앓았잖아요? 그때 의사선생님께 지불하느라 저금통을 탈탈 털었거든요. 그래서 아무한테도 크리스마스 선물을 할 수가 없어요. 좋아하는 사람들에게 작은 것이라도 선물하고 싶은데. 하지만 무리일 것 같아요—이것이 서글픈 현실이에요."

클로린더는 다시 한숨을 쉬었다.

"꼭 돈으로 뭔가를 사서 주는 것만이 선물일까? 그런 것이라야만 좋은 선물이 되는 것은 아니지."

에이미 아주머니가 온화하게 말했다.

"네! 직접 만들어서 정성이 담긴 선물을 하는 게 좋다는 건 저도 알아요. 하지만 자수실 같은 것도 돈이 드는 건 마찬가지예요. 지금의 저로서는 그것조차 살 수 없는걸요."

"그런 뜻으로 한 말이 아니다만."

"네? 그럼 무슨 말씀이세요?"

클로린더는 의아한 표정으로 에이미 아주머니를 쳐다보았다.

"스스로 잘 생각해 보렴. 그게 내 설명을 듣는 것보다 훨씬 더 나을 것 같구나. 게다가 나도 잘 설명할 수 없을 것 같은 기분이 들어. 아름다운 시 한 구절을 가르쳐 줄 테니 힌트로 삼아보렴. '발송인이 없는 선물은 허무하다.'"

클로린더는 얼굴을 찡그렸다.

"어머나, 그 반대가 아닐까요? '선물이 없는 발송인은 허무하다.' 그것이 바로 지금의 저예요. 하지만 괜찮아요, 내년 크리스마스에는 돈을 좀 모을 수 있을 것 같으니까요. 2월부터 마리브리지에 있는 캘린더 씨네 가게에서 일할 생각이에요. 캘린더 씨가 자기네 가게에서 일하지 않겠느냐고 제의를 했거든요."

에이미 아주머니가 진지한 얼굴로 물었다.

"그러면 메리 아주머니가 외로워지지 않을까?"

클로린더는 얼굴이 붉어졌다. 어쩐지 꾸중을 듣는 듯한 기분이 들었기 때문이다. 그래서 빠른 말로 둘러댔다.

"그야 그렇겠죠. 하지만 곧 익숙해지실 거예요. 게다가 토요일 밤에는 돌아오는걸요. 전 이제 가난이 지겹도록 싫어졌어요. 모처럼 용돈

벌 기회를 얻었으니 열심히 일할 거예요. 그러면 큰어머니께도 도움 되지 않겠어요? 1주일에 4달러를 받을 거예요."

"큰어머니는 네 급료보다 네가 옆에 있어주는 것을 더 좋아하지 않을까? 어쨌든 스스로 결정할 일이지. 돈이 없는 것은 괴로운 일이니까. 이해해, 나도 마찬가지로 가난한걸."

"거짓말이죠?"

클로린더는 에이미 아주머니한테 키스했다.

"아주머닌 제가 알고 있는 사람들 가운데 가장 큰 부자예요. 아주머니한테는 '애정'과 '선의'와 '만족'이 모두 모여 있는 것 같아요."

"너도 그래, 클로린더. 너한테는 '젊음'과 '건강'과 '행복', 그리고 '야심'이 있어. 모두 무척 소중한 것 아니니?"

클로린더는 웃었다.

"물론 소중해요. 하지만 안타깝게도 그런 것으로는 크리스마스 선물을 만들 수 없어요."

"만들려고 노력해 본 적은 있니? 그것도 한번 생각해 보아라, 클로린더."

"네. 그럼, 이제 그만 가볼게요. 저, 다시 기운이 솟아났어요. 아주머니는 사람들에게 기운을 불어넣어주는 분이에요. 어머나, 바깥이 완전히 잿빛이에요. 어서 빨리 눈이 왔으면 좋겠어요. 화이트 크리스마스가 기다려지지 않으세요? 12월은 여기저기 지저분한 갈색이어서 너무 우울해요."

길을 건넌 곳에 커다란 버드나무가 몇 그루 자라고 있었다. 그 아래 작고 하얀 집이 클로린더의 큰어머니 집이다. 큰어머니 메리는 클로린더의 단 하나밖에 없는 친척으로, 클로린더는 철들 무렵부터 줄곧 이 집에서 살았다. 에이미 아주머니는 진짜 친척은 아니었다.

집으로 돌아간 클로린더는 이층 자기 방으로 올라갔다. 차양이 드리워진 창문 바로 가까이에 잎이 다 떨어진 앙상한 버드나무 가지가 늘어져 있었다. 클로린더는 에이미 아주머니가 한 말을 내내 생각하고 있었다.

"대체 그게 무슨 뜻일까? 그것을 알아내면 크리스마스 선물을 살수 있을까? 그렇다면 꼭 알고 싶어. 적어도 몇몇 친구들한테는 꼭 선물을 하고 싶으니까.

먼저 미철 선생님. 지난 1년 동안 공부를 많이 가르쳐주셨으니까. 그리고 매니토버에 간 마틴 부인. 쓸쓸하게 지내실 게 틀림없을 텐데 뭔가 보내드릴 수 없을까? 그리고 물론 에이미 아주머니에게도.

오솔길 끝의 가엾은 키티 할머니와 큰어머니, 또 플로런스에게도. 플로런스는 그런 괘씸한 짓을 한 뒤로 옛날만큼 좋아지지는 않아. 하지만 작년 크리스마스에 선물을 받았으니 나도 뭔가 주지 않으면 이상하게 생각할지도 몰라."

여기서 클로린더는 가슴이 뜨끔했다. 마지막으로 한 생각은 에이미 아주머니가 듣지 않았으면 좋겠다고 생각한 것이다. 에이미 아주머니가 들으면 곤란하다는 생각이 드는 것은 그것이 어딘가 잘못되어 있기 때문임이 틀림없었다. 그것을 클로린더는 그때까지의 경험으로 알고 있었다. 그래서 무엇이 잘못된 건지 잘 생각해 보기로 했다.

그로부터 나흘 동안 클로린더는 에이미 아주머니가 말한 뜻을 계속 고민했다. 그러자 어느 순간 갑자기 수수께끼가 풀리는 것 같은 기분이 들었다. 그리고 만약 그것이 딱 맞는 정답이 아니라 하더라도 좋은 생각이라는 분명한 느낌이 들었다.

더욱 곰곰이 생각하는 동안, 틀림없이 바로 이런 걸 거야, 이렇게 하면 어떨까 하는 아이디어가 잇따라 샘솟았다. 그렇지만 처음에 클로린더는 그 고민에서 멀리 달아나고 싶은 마음도 있었다.

드디어 클로린더는 에이미 아주머니에게 말했다.

"어떻게 하면 되는지 알았어요. 무엇을 주면 되는지 알았어요. 그렇지만 무척 비싸게 여겨지는 것도 있던데요. 내가 그 사람한테 주기는 무척 힘들지만 주고 난 뒤에 주기 전보다 오히려 더 풍요로워지는 그런 것 말이에요. 이건 그리어슨 씨가 말한 '역설'이라는 게 아닐까요? 자세한 건 크리스마스날에 설명해 드릴게요."

크리스마스날 클로린더는 에이미 아주머니 집으로 갔다. 결국 눈은 오지 않아서 화이트 크리스마스가 아닌 지저분한 갈색 크리스마스가 되었지만, 클로린더는 조금도 신경 쓰지 않았다. 오히려 마음은 무척 따뜻했고 이렇게 멋진 크리스마스는 처음이라는 기분까지 들었다.

클로린더가 안고 온 네모나고 묵직한 꾸러미를 부엌 바닥에 놓은 뒤 거실에 들어가니, 에이미 아주머니는 난로 앞 소파에 누워 있었다. 클로린더는 그 옆 의자에 가서 앉았다.

"모두 이야기해 드리려고 왔어요."

그러자 에이미 아주머니는 클로린더의 손을 잡고 말했다.

"무척 기뻐하는 모습이구나. 틀림없이 이야기하는 너도 듣는 나도 즐거워질 것 같은데?"

클로린더는 고개를 끄덕였다.

"에이미 아주머니, 전 며칠 동안 깊이 생각했어요. 머리가 이상해지지 않을까 싶을 정도로요. 그랬더니 어느 날 밤 아무 생각도 하지 않고 있을 때 갑자기 떠오르는 거예요. 역시 줄 것이 있다는 게 말예요.

그리고 일주일 정도 내내 날마다 새로운 것을 생각해냈어요. 하지만 처음에는 도저히 줄 수 없다고 포기한 적도 있어요. 그런 다음에는 그건 잘못된 거라고 뉘우쳤지요. 만약 돈이 많이 있어서 그 돈으로 살 수 있는 거라면 아무리 비싸도 상관없다고 하면서, 지금 내가 가지고 있는 것을 주는 건 싫다니 말이 안되는 이야기잖아요?

결국 그런 마음을 이겨냈지요. 이제 누구에게 무엇을 주었는지 지금부터 이야기해 드릴게요.

먼저 미철 선생님에게는 아버지의 책을 한 권 드렸어요. 아버지의 책은 많이 가지고 있으니 한 권쯤 드려도 상관없고, 무척 아꼈던 책

이므로 그런 소중한 것을 드리는 것에 가치가 있다고 생각했어요.

하지만 금방 그렇게 할 수 있었던 건 아니고 한참 망설인 뒤였어요. 처음엔 닳아빠진 헌 책을 드리는 게 부끄럽다고 생각했지요. 아버지의 메모가 여기저기 많이 들어 있기도 했거든요. 미철 선생님이 이상한 선물이라고 생각하시면 어떡하나 하고 걱정도 되었어요.

하지만 아버지가 소중히 읽으셨고 저도 귀하게 간직해온 책이 새 책보다 낫다고 고쳐 생각했어요. 그래서 드렸는데 미철 선생님은 제 마음을 이해해 주셨어요. 무척 기뻐해 주시는 것 같았어요. 마음의 한 조각을 받은 것 같다고 말씀하셨거든요.

다음은 마틴 부인이에요. 작년까지 미스 호프라고 불린 주일학교 선생님, 아시죠? 전도사님과 결혼해 서부의 벽지로 가셨잖아요. 그 분에게는 편지를 썼어요. 아주 긴 편지를요. 쓰는 데 하루가 몽땅 걸렸죠.

우체국에 가지고 갔더니 국장님의 눈이 휘둥그레졌어요. 마틴 부인이 서부로 가신 뒤 여기 그린베일에 어떤 일이 있었는지 상세하고 재미있게 쓰려고 노력했어요. 생각나는 모든 재미있는 일과 즐거운 일들을 세세한 부분까지 빠뜨리지 않고 넣었지요.

그리고 키티 할머니. 아주머니도 아시겠지만 키티 할머니는 제가 어렸을 때 돌봐주신 분이에요. 무척 귀여워해 주셨죠.

그런데 에이미 아주머니, 말하기도 창피하지만 전 할머니 집에 가면 늘 따분했어요. 그래서 찾아가면 그토록 반가워하시는 데도 도저히 가지 않으면 안 될 때 말고는 가지 않았어요. 귀는 잘 들리지 않으시는 데다 이야기가 조금도 재미없는걸요. 그 할머니에게 저의 하루를 선물하기로 결심한 거예요.

어제 뜨개질감을 가지고 가서 하루종일 옆에 앉아 그린베일의 새 소식과 사람들의 소문 이야기, 할머니가 궁금해 하시는 이야기를 해 드렸는데, 아주 좋아하시면서 저녁에 돌아올 때 이렇게 즐거웠던 적은 몇 년 만인지 모르겠다고 하셨어요.

그리고 플로런스—

에이미 아주머니, 저와 플로런스는 작년까지 사이가 무척 좋았어요. 그런데 플로런스는 제가 이야기한 비밀을 로즈에게 모조리 이야기해 버렸어요. 그것을 알고 전 무척 화가 나서 앞으로는 친구로 생각하지 않겠다고 분명히 선언했죠.

플로런스는 절 너무너무 좋아했으므로 난처해 하며 용서해 달라고 했어요. 하지만 도저히 용서할 수가 없었지요. 그래서 플로런스의 크리스마스 선물은 그것이었어요.

간밤에 플로런스의 집을 찾아가 포옹하며 다시 옛날처럼 친구로 돌아가자고 말했어요.

큰어머니께는 오늘 아침 마리브리지에 일하러 가는 것을 포기하고 내내 큰어머니 옆에 있기로 결심했다고 말했어요. 큰어머니도 기뻐하셨지만 저도 얼마나 좋았는지 몰라요. 그렇게 하기로 마음먹을 수 있었으니까요."

에이미 아주머니가 말했다.

"클로린더, 네 선물은 모두 진짜 선물인 것 같구나. 하나하나에 네 마음—가장 친절한 마음을 담아서 선물한 것이니까."

클로린더는 부엌으로 가서 네모난 꾸러미를 들고 왔다.

"물론 에이미 아주머니의 것도 잊지 않았답니다."

꾸러미를 풀었다. 안에서 장미꽃 화분이 나왔다. 클로린더는 정성 들여 피운 하얀 장미를 에이미 아주머니께 선물한 것이다.

꽃을 무척 좋아하는 에이미 아주머니는 바람결에 달콤한 향기가 나는 꽃을 만져보고 키스했다.

에이미 아주머니는 다정한 목소리로 말했다.

"정말 예쁘구나, 너처럼 예뻐, 클로린더. 추운 겨울 동안 이 장미에게 큰 위안을 받겠어. 아무래도 크리스마스 선물을 하는 게 어떤 일인지 알아낸 것 같은데, 어떠니?"

　클로린더는 조용히 대답했다.

　"네, 모두 에이미 아주머니 덕분이에요."

그 넋 나간 선생님 덕택에

"내일은 크리스마스다!"

바닥에 주저앉아 장화끈과 씨름하고 있는 테디가 신나는 얼굴이었다. 장화끈은 끝부분의 금속이 떨어져나갔고 군데군데 뭉쳐진 데가 있어서, 끈 꿰는 구멍에 좀처럼 잘 들어가지 않았다. 그래도 테디는 포기하지 않고, 누덕누덕 기운 장화를 신은 발을 내밀어 열심히 해보고 있었다.

"신난다! 야호!"

어머니 그랜트 부인이 개수대 앞에서 침울한 얼굴로 피곤한 듯 아침 설거지를 하고 있다가, 테디의 기운찬 목소리가 귀에 거슬렸는지 화난 목소리로 말했다.

"크리스마스라고? 글쎄다! 크리스마스가 뭐가 신난다는 건지 나는 잘 모르겠구나. 남들은 좋을지 몰라도 이제부터 쌀쌀한 겨울이야. 크리스마스가 아니라 따뜻한 봄이 와주는 게 훨씬 고맙겠다.

메리 앨리스, 아기가 재를 가지고 놀고 있잖니? 이쪽으로 데려와 양말과 신을 신겨줘. 오늘 아침엔 왜 이렇게 모든 일이 꼬이는 거지?"

맏형 키스는 소파에 앉아 무릎 위에 석판을 올려놓고 주위의 떠들어대는 소리에도 아랑곳없이 산수문제를 풀고 있다가, 여기서 얼굴을 쳐들어 석판에 쓴 골치 아픈 방정식 위에 석필을 세워놓고 노래하듯 말했다.

"일년에 한 번뿐인 크리스마스인데 우리 어머니는 싫어한대요."

키스의 동생 고든이 끼어들었다.

"난 싫지 않아."

고든은 아까부터 식탁에서 학교에 가져갈 도시락을 싸고 있었다. 빵에 꿀을 바르면서 부스러기를 흘려 주위를 온통 끈적끈적하게 만들고 있었다.

"크리스마스에는 좋은 점이 딱 하나 있어. 학교에 가지 않는다는 거야. 일주일이나 쉬잖아."

고든은 학교를 무척 싫어했다.

"그리고 정찬에 칠면조를 먹는 것도."

테디는 바닥에서 힘차게 일어나 자기 몫의 빵이 사라지면 큰일이라는 듯 식탁으로 달려들었다.

"그리고 월귤 소스하고……또, 또, 파운드 케이크! 그렇지, 엄마?"

"그런데 애들아—"

그랜트 부인은 어쩔 줄 모르는 표정으로 행주를 놓더니, 아기를 무릎에 안아올려 포동포동하게 살찐 분홍색 빰에서 재와 꿀을 닦아주었다.

"애들아, 말이 나왔으니 이야기해 둬야겠다. 무슨 좋은 일이라도 생기지 않을까 하고 기다리는 것 같은데—이번 크리스마스에는 우리 집에 정찬이 없을 것 같구나—아무것도 살 수가 없어. 칠면조 정도는 어떻게든 마련해야겠다고 지난달에 할 수 있는 만큼 바짝 아껴야겠지만 말이다.

이번에는 그냥 넘어갈 수밖에 없어. 의사선생님에게 지불해야 할 돈이 밀려 있지, 다른 데도 갚아야 할 것이 너무 많아. 아무도 기다려

주지 않겠다고 하니까—이해는 하지만 정말 너무들 해."

아이들은 입을 딱 벌리고 깜짝 놀란 눈으로 어머니를 물끄러미 보았다. 크리스마스에 칠면조가 없다니! 이 세상에 종말이 온 것일까? 크리스마스에 맛있는 것을 먹지 않는 집이 있다면, 읍사무소에서 사람이 나와 이봐요, 이러면 안 돼요, 하고 말해 주면 안 되는 건가?

먹보 테디는 주먹을 눈에 대고 큰 소리로 엉엉 울기 시작했다. 키스는 맏형답게 어머니 마음을 헤아려, 울어대는 동생의 옷깃을 움켜잡아 현관 밖으로 질질 끌고 나갔다.

형의 약식재판을 보고 있던 쌍둥이는 자기들도 한바탕 울어 제낄 생각은 포기했지만, 동그란 뺨에 닭똥 같은 눈물이 뚝뚝 떨어지는 것만은 어쩔 수 없었다.

그랜트 부인은 슬픈 눈으로 아이들 얼굴을 바라보았다.

"애들아, 울지 말아다오. 너희들이 울면 엄마는 더 견디기 힘들어. 칠면조가 없는 집은 우리 집뿐만이 아니야. 굶지 않는 것만으로도 고맙다고 생각해야지. 너희들을 실망시키고 싶지는 않지만 하는 수 없구나—"

"걱정 마세요, 어머니."

키스가 위로했다. 그러면서 현관문을 누르고 있던 손을 놓았으므로, 갑자기 문이 스윽 열리며 밖에서 손잡이를 흔들고 있던 테디가 그 서슬에 엎어지고 말았다.

"어머니가 애쓰고 계신 것 다 알아요. 올해는 특별히 더 힘들었죠? 하지만 이제 곧 내가 어른이 되어 도울 테니 조금만 기다리세요. 어머니도 먹보인 이 녀석들도 날마다 칠면조를 먹을 수 있게 해줄 거예요. 어이, 테디. 일어났니? 이제 울면 안 돼. 알았지?"

테디가 한껏 가슴을 펴고 선언했다.

"내가 어른이 되면. 문 밖으로 끌고 나가려 해도 그렇게 하지 못하게 할 거야. 그리고 1년 내내 칠면조를 먹을 거야. 형한테는 절대로 안 줄 거야!"

"알았어, 먹보 꼬마야. 떠들지 말고 어서 학교에 가. 우리도 다 갈 거야. 이러면 어머니가 일을 할 수 없잖아."

그랜트 부인은 일어서서 전보다 밝은 얼굴로 설거지를 계속했다.

"힘내야지! 언젠가는 좋은 일도 있을 거야. 내일은 너희들이 좋아하는 빵 푸딩을 만들기로 하자. 캔디도 만들고. 옆집 스미드슨네 아이들도 불러서 다 같이 하렴. 그 아이들은 칠면조가 없다고 불평하지는 않을 거야. 태어나서 한 번도 먹은 적이 없을 테니까.

만약 돈이 있으면 그 아이들에게도 정찬을 먹게 해주고 싶어. 지난 일요일 설교를 들으면서 목사님의 말씀이 정말 옳다고 생각했단다. 목사님은 크리스마스의 기쁨을 불쌍한 사람들과도 나눠야 한다, 그것이 어떤 것인지 모르는 사람들도 있으니까, 하고 말씀하셨어. 하지만 아무리 생각해도 지금은 아무것도 할 수가 없구나. 아버지가 계실 때는 이렇지 않았는데."

그때까지 시끄럽게 떠들던 아이들이 갑자기 조용해졌다. 누군가의 입에서 '아버지'라는 말이 나올 때마다 모두들 숙연해지고 마는 것이었다. 아이들 아버지는 작년에 세상을 떠났으며 그때부터 이 집안은 살림이 무척 어려워졌다. 키스는 자신의 기분을 숨기려고 어린 동생들을 재촉했다.

"메리 앨리스, 뭘 꾸물대고 있어? 쌍둥이들, 이러다가는 학교에 늦어! 지각하면 선생님께 회초리로 맞으니까 알아서 해."

"아니야, 우리 선생님은 결코 때리지 않아."

말을 잘하는 테디가 선생님을 변호했다.

"이따금 벌을 세우기는 하지만"

이렇게 덧붙인 것은 몇 번이나 벌을 선 경험이 있기 때문이었다. 테디는 다리가 굵고 튼튼해서 다른 아이들보다 힘들이지 않고 서 있을 수 있었다.

그랜트 부인이 말했다.

"그 선생님은 늘 사람 마음을 조마조마하게 만든다니까. 그렇게 멍청한 사람은 정말 보기 힘들어. 그래 가지곤 언젠가 강물에 빠졌다는 소리가 들려와도 조금도 놀라지 않을 거야. 길을 걸을 때도 똑바로 걷지 않고, 눈은 이쪽을 보는데도 아무것도 보이지 않는 것 같으니. 말을 걸어도 못 알아듣기 일쑤야."

그러자 고든이 생각났다는 듯 방글방글 웃으면서 말했다.

"어제 선생님이 문 앞에서 종잇조각을 주워 한 손에 들고 다른 손에는 모자를 들고 교실에 들어오셨는데, 석탄통에 모자를 넣고 모자걸이에 종이를 걸었어요. 심각한 표정으로요. 네드 슬로컴이 교탁까지 가서 가르쳐드릴 때까지 전혀 눈치채지 못했어요. 그 선생님은 일 년 내내 그런 실수를 해요."

키스는 교과서를 챙긴 뒤 동생들을 데리고 학교에 갔다. 아기와 둘만 남은 그랜트 부인은 무거운 마음으로 다시 설거지를 시작했지만, 곧 다시 손을 놓지 않을 수 없었다.

개수대 앞 창문으로 밖을 쳐다본 부인은 놀란 듯 중얼거렸다.

"어머나! 그 넋 나간 선생님이 이쪽으로 오고 있잖아? 무슨 일일까? 어떡하지? 테디가 또 학교에서 무슨 나쁜 짓을 한 게 틀림없어."

지난번에 선생님이 온 것은 10월이었는데, 그때는 테디의 일로 할 이야기가 있어서 방문한 것이었다. 테디가 주머니에 살아 있는 귀뚜라미를 가득 넣고 학교에 가서, 그 귀뚜라미에 실을 매달아 선생님이 등을 돌리고 있는 틈에 통로를 뛰어다니게 한 것이었다. 선생님은 벌을 주었지만 전혀 효과가 없어 그랜트 부인에게 그 일을 이야기하려고 일부러 집까지 찾아왔었다. 다행히도 그 뒤 테디의 장난기는 수그러들었고, 적어도 귀뚜라미를 가지고 노는 일만은 그만두게 되었다.

하지만 이제 다시 다음 장난기가 슬슬 일어날 시기가 된 것이다. 그때부터 지금까지 테디는 너무 얌전했다. 가엾게도 그랜트 부인은 이것이 어쩌면 '폭풍 전야 같은 고요'가 아닐까 하고 마음속으로 걱정하고 있었으므로 마음을 졸이면서 현관문을 열고 선생님을 맞이했다.

선생님은 좀 여윈 젊은이로, 소년티가 아직 가시지 않은 뽀얀 얼굴에 꿈꾸는 듯 크고 검은 눈을 하고 있었다.

이 추운 날씨에 흰 밀짚모자를 쓰고 있는 것을 보고 그랜트 부인은 하마터면 웃음이 터질 뻔했다. 선생님은 여느 때와 마찬가지로 아무것도 보지 않는 멍한 눈으로 부인을 보았다.

부인은 나중에 이렇게 말했다.

"나를 쳐다보고 있었지만 마치 천 마일이나 뒤쪽을 보고 있는 것 같았어요. 정말 그랬는지도 모르지요. 몸은 분명 그 자리에 있었지만 마음은 어딘가 먼 데 가 있는 것 같았거든요."

선생님은 반쯤 넋나간 듯한 목소리로 인사했다.

"안녕하십니까? 미스 밀러의 부탁을 받고 학교에 가는 길에 잠시 들렀습니다. 내일 크리스마스 정찬 때 이 댁 가족을 초대하고 싶다고 하더군요."

그랜트 부인은 뭐라고 말해야 좋을지 몰라 저도 모르게 소리질렀다.

"네? 뭐라고요?"

그리고 마음속으로 중얼거렸다.

'대체 이게 어찌된 일일까!'

"정말 선생님의 어깨를 붙잡아 흔들어주고 싶은 기분이었어요. 몽유병에 걸린 게 아니냐고 묻고 싶었다니까요."

이것도 부인이 나중에 한 말이다.

마치 암기한 것을 외고 있는 듯한 투로 선생님은 딱딱하게 말했다.

"아이들도 모두 데리고 오시랍니다. 꼭 오셔야 한다고 전해달라더군요. 가실 거라고 대답해도 될까요?"

"물론, 네─저─어떻게 하나?"

그랜트 부인의 대답은 애매모호했다.

"글쎄, 생각지도 못한 일이라서요."

그런 다음 분명하게 말했다.

"가겠어요. 그렇게 전해주세요."

"알겠습니다."

넋 나간 선생님은 여름모자를 들고 먼 우주를 보고 있는 듯한 눈으로 그랜트 부인의 얼굴을 지그시 보았다. 선생님이 돌아간 뒤 부인은 안에 들어가 의자에 앉아서 히스테리라도 일으킨 것처럼 웃기 시작했다.

"정말일까? 코닐리어가 진심인 걸까? 저렇게 선생님을 보냈으니 사실이겠지. 하지만 정말 놀랄 일이야!"

그랜트 부인과 코닐리어 밀러는 사촌간으로, 옛날에는 친한 친구였지만 몇 년 전 누군가의 생각없는 소문 이야기 때문에 두 사람 사이에 틈이 생겼다. 처음에는 아주 작은 틈이었지만 점점 커져서 마침내 두 사람은 절교하고 말았다. 그런 사연이 있으니 그랜트 부인이 놀란 것도 무리가 아니었다.

미스 밀러는 독신 중년여성으로 은행에 많은 돈을 맡겨놓고, 마을 변두리 언덕 위에 있는 아름답고 고풍스러운 집에 살고 있었다. 그리고 마을 학교에 부임해 오는 선생님을 하숙시키면서 어머니처럼 보살펴 주었다. 교회활동에도 열성이어서 가난한 목사와 그 가족에게는 기둥과도 같은 존재였다.

"코닐리어가 이제 화해해도 좋을 때가 되었다고 여긴다면 나도 기꺼이 그렇게 하지 뭐. 솔직히 나도 그동안 몇 번이나 망설였는지 몰라. 하지만 그 사람에게 화해할 마음이 없을 거라고 생각했지.

코닐리어도 나도 자존심이 너무 세고 완고해. 터너 집안에서 내려온 혈통이니 어련하겠어? 터너 집안은 모두 이거다, 하고 결정하면

탱크가 와도 눈 하나 꿈쩍하지 않으니까. 하지만 코닐리어가 화해의 손을 내밀었으니 나도 가능한 한 응답해야겠지."

이렇게 생각하며 그랜트 부인은 밝은 얼굴로 마지막 접시를 집어들었다.

학교에서 돌아온 아이들은 이 소식을 듣고 뛸 듯이 좋아했다. 테디는 기쁜 나머지 물구나무를 섰고, 쌍둥이들은 서로의 뺨에 키스했으며, 메리 앨리스와 고든은 온 부엌을 춤추며 빙글빙글 돌아다녔다.

키스는 크리스마스 정찬에 초대받은 것쯤으로 펄쩍펄쩍 뛰는 건 어린애 같다고 생각했지만, 휑뎅그렁한 뒤뜰에서 일하며 하늘 높이 울려 퍼지도록 힘차게 휘파람을 불었다. 테디는 듣도 보도 못한 장난을 쉴새없이 저질렀지만, 이날만은 문 밖으로 끌려 나가지 않아도 되었다.

한편 넋 나간 선생님이 그날 학교에서 돌아와 보니 미스 밀러의 노란 집은 온갖 맛있는 음식 냄새로 가득차 있었다. 부엌에서는 미스 밀러가 밀러 집안 대대로 내려오는 비법으로 민스 파이를 만들고 있었다. 옆에서는 오랫동안 밀러 집안에서 일해온 해너가 월귤 젤리를 틀에 붓고 있었다. 식품저장실 문이 활짝 열려져 군침이 고이는 크리스마스 요리가 잔뜩 놓여 있는 것이 보였다.

"파머 선생님, 스미드슨 씨 집에 가서 초대에 대한 이야기를 하셨나요?"

미스 밀러가 미심쩍다는 듯 물었다.

"네."

선생님은 꿈 속을 헤매고 있는 것 같은 나른한 목소리로 대답한 뒤 부엌을 지나 복도 쪽으로 가버렸다.

미스 밀러는 안도하면서 파이껍질 가장자리를 솜씨 좋게 말기 시작했다.

"잊어버리지 않았을까 걱정했더니. 저 사람은 정말 어린애 같다니까. 어제도 내가 보지 않았더라면 슬리퍼를 신은 채 학교에 갈 뻔했어. 오늘만은 나도 깜박하여 여름모자를 쓰고 나가게 만들고 말았지만.

그 젤리, 식품저장실로 가져가 식히면 돼, 해너. 맛있게 잘 됐어. 내일 스미드슨 씨네 아이들이 무척 좋아할 거야. 이런 음식은 먹어보지 못했을 테니까."

그때 복도쪽 문이 무시무시한 기세로 열리더니 파머 선생이 무섭게 흥분한 얼굴로 서 있었다. 그리고 멀리 우주 저편을 헤매는 듯한 여느 때의 눈길은 어디로 가버렸는지, 미스 밀러를 똑바로 바라보며 말했다.

"미스 밀러, 저, 제가 끔찍한 실수를 저지른 것 같아요. 방금 깨달았는데, 오늘 아침 학교에 가던 길에 들른 곳은 스미드슨 씨 집이 아니라 그랜트 씨 집이었던 것 같습니다. 그랜트 부인에게 아이들을 모두 데리고 오시라고 말해버렸어요. 그랜트 부인은 가겠다고 전해 달라고 했습니다."

이 말을 들은 미스 밀러의 얼굴은 그야말로 볼 만했다.

"파머 선생님—"

미스 밀러는 파이껍질을 마는 데 쓰고 있던 포크를 휘저으며 비통한 목소리로 외쳤다.

"린더 그랜트라구요! 하필이면 린더를 초대했단 말이에요?"

"그, 그렇습니다."

가엾게도 넋 나간 선생님은 완전히 풀이 죽고 말았다.

"정말 죄송합니다. 이 일을 어떻게 하면 좋을까요? 다시 가서 착오였다고 말할까요?"

"그럴 순 없어요."

미스 밀러는 몹시 난감한 듯 이마에 주름을 가득 잡고 의자에 털썩 주저앉았다.

"그런 일은 절대로 할 수 없어요. 생각을 좀 해봐야겠어요."

미스 밀러는 곰곰이 고민했다. 그것은 좋은 기회이었음에 틀림없는 것 같았다. 이마의 주름이 차츰 펴지더니 얼굴 전체가 환하게 빛나기 시작했던 것이다. 그리고 벌떡 일어서더니 결연한 목소리로 말했다.

"이미 초대해 버렸으니 할 수 없는 일이에요. 차라리 잘된 일인지도 모르지요. 어쨌든 린더도 맞이해야겠지만 선생님, 수고스럽지만 스미드슨 씨네 집에도 가주셔야겠어요. 부탁이니 제발 더 이상 실수하시면 안 돼요, 선생님."

선생님이 나가자 미스 밀러는 해너에게 모든 것을 털어놓았다.

"린더와 화해하게 되는 셈인데, 나 혼자서는 도저히 해낼 수 없었을 거야. 터너의 피가 너무 진해서겠지. 하지만 이렇게 되어 차라리 다행이야. 전부터 화해했으면 좋겠다고 바라고 있었거든. 그 넋 나간 선생님 덕택에 좋은 기회를 얻은 셈이야.

이것을 잘 살려야겠어. 알겠지, 해너, 그게 실수였다는 말을 한 마디도 하면 안 돼. 린더는 이 사실을 끝까지 모르도록 해야 해. 가엾은 린더! 그동안 얼마나 고생이 많았을까?

해너, 파이를 더 구워야겠어. 난 얼른 가서 아이들한테 줄 선물을 좀 골라봐야지. 스미드슨 씨네 아이들에게 줄 것밖에 준비해 두지 않았거든."

그리하여 이튿날 언덕 위의 노란 집에 그랜트 부인과 아이들이 도착하자, 미스 밀러는 모자도 쓰지 않고 현관까지 달려 나갔다. 두 사람은 좀 어색한 느낌으로 악수를 나누었다.

그렇지만 다음 순간 미스 밀러의 마음속에 오랫동안 숨어 있던 따뜻한 마음이 샘솟듯 우러나와 그랜트 부인의 뺨에 반갑게 키스했다. 그랜트 부인도 웃음띤 얼굴로 미스 밀러의 뺨에 키스했다. 이로써 두 사람은 지난날의 우정이 고스란히 되살아난 것을 느꼈다.

잠시 뒤 스미드슨 부인과 아이들도 왔다. 스미드슨 집안과 그랜트 집안아이들은 크고 밝은 식당의 식탁에 앉아 어린 시절의 기억에 영원히 남을 만한 호화로운 정찬을 먹었다. 그 멋진 경험은 그 뒤 몇 달 동안이나 아이들의 행복한 꿈 속에 여러 번 나타났을 정도였다.

아이들의 식욕은 정말 엄청났다! 웃는 얼굴의 미스 밀러도, 표정은 엄하지만 마음씨 좋은 해너도, 그리고 넋 나간 선생님도 아이들이 기쁘게 먹는 모습을 보고 얼마나 행복했는지 모른다!

식사가 끝나자 미스 밀러는 웃고 떠드는 아이들에게 마을가게에서 사온 선물을 나눠주고, 다함께 캔디를 만들라며 부엌으로 쫓아냈다.

아이들은 마음대로 엿을 휘젓고 늘리고 잡아당기면서 캔디 만들기를 실컷 즐겼다. 장밋빛 뺨이 얼마나 끈적거렸으며, 깔끔하게 정리되어 있던 부엌이 어떤 꼴이 되었는지, 거기에 대해서는 미스 밀러도 해너도 아무 말 하지 않았으므로, 나 또한 뭐라고 말할 수 없다.

한편 네 여성은 오후 한때를 마음껏 즐겼다. 젊은 선생님도 수학에 몰두할 수 있었으므로 크게 만족한 모양이다.

날이 저물어 밤하늘에 별이 깜박이기 시작할 때쯤 미스 밀러의 손님들은 돌아갔다. 미스 밀러는 중간까지 그랜트 부인을 배웅하러 나갔고, 두 사람은 오랫동안 숨겨둔 속마음을 털어놓았다.

미스 밀러가 집에 돌아와 보니 해너는 투덜대며 부엌을 치우고 있고, 꿈꾸는 듯한 표정의 선생님은 장화에 들러붙은 끈적끈적한 꿀을 머리빗으로 문지르고 있었다.

참을성 강한 미스 밀러는 소중한 머리빗을 선생님의 손에서 빼앗은 뒤, 구두닦는 도구는 뒷마당 장작창고에 있다고 가르쳐주었다. 그리고 미스 밀러는 의자에 앉아 웃기 시작했다.

"해너, 저 선생님 말이야, 대체 앞으로 어떻게 살아나갈지 궁금해—무슨 짓을 저지를지 알 수가 없어. 이 험한 세상을 어떻게 헤쳐나갈 생각일까? 하지만 내 집에 하숙하고 있는 동안에는 내가 보살펴줄 거야. 저 사람의 '넋 나간 짓' 덕분에 이렇듯 좋은 일이 생겼잖아?

아이구, 부엌이 정말 볼 만하네! 하지만 해너, 그 작은 토미 스미드슨이 다람쥐처럼 호두케이크를 먹는 모습 봤어? 정말 귀여웠지! 테디 그랜트도! 그 아이들이 먹는 모습을 보고 있으니 정말 기분이 좋았어!"

엔더리 로드의 산타클로스

"이봐, 필. 배가 고파 쓰러지기 직전이야. 어디까지 걸어가면 문명과 재회할 수 있을까—"

이렇게 물은 것은 내 친구 프랭크 워드. 학교가 크리스마스 휴가에 들어가, 우리는 고향마을 블랙번힐로 돌아가는 중이었다. 그날 오후는 날씨가 좋았으므로 마을 남쪽에 있는 황무지—마을 사람들은 '무인지대'라고 부르고 있다—를 걸어서 가기로 했던 것이다.

무인지대는 키가 작은 단풍나무와 눈잣나무가 무성하여 길이라고 해봐야 양떼가 밟고 지나간 흔적이 가늘게 이어지고 있을 뿐, 그것마저 중간에 갈라지거나 합쳐져 어느 것이 어디로 가는 길인지 전혀 알 수 없었다.

결국 프랭크와 나는 방향을 잃어버리고 말았다. 하지만 무인지대는 그리 넓지 않았다. 걷다보면 언젠가는 빠져나가게 될 터였다. 그래도 날은 점점 어두워지기 시작했고, 우리는 둘 다 어서 빨리 집으로 돌아가고 싶었다.

"엔더리 로드로 나가면 다시 만날 수 있을 것 같은데."

나는 대답했다.

그러자 프랭크가 웃음을 터뜨렸다.

"엔더리 로드가 '문명'이란 말이야?"

블랙번힐 젊은이들에게는 걸핏하면 엔더리 로드를 나쁘게 말하는 버릇이 있다. 엔더리 로드 주민이 옆에 있든 없든 상관하지 않고 말이다.

엔더리 로드는 블랙번힐에서 좀 떨어진 마을인데, 그곳 사람들 가운데에는 게으른 이들이 많고 대부분 가난했다. 엔더리 로드 사람들은 블랙번힐 사람들을 거만하다며 싫어한다. 그래서 두 마을은 옛날부터 거의 왕래가 없었다.

이윽고 엔더리 로드로 겨우 나왔다. 우리는 길가 담장에 걸터앉아 잠시 숨을 돌리며, 앞으로 가야 할 길을 검토했다.

프랭크가 말했다.

"큰 도로를 따라가면 3마일이야. 지름길이 어디 있을 텐데."

"숲을 빠져나가면 분명 길이 있을걸. 그러면 제이컵 하트네 집 옆으로 나오지. 하지만 숲으로 들어가는 길을 모르겠어."

꽁꽁 얼어붙은 길이 이쪽으로 구부러져 있는 곳을 바라보면서 프랭크가 말했다.

"저기 누가 오는데? 물어보자."

그 '누군가'는 10살쯤 되어 보이는 여자아이로, 교과서와 또 뭔가를 넣은 바구니를 팔에 끼고 종종걸음을 하고 있었다. 여위고 얼굴은 창백하며, 입고 있는 옷도 빨간 모자도 몹시 낡고 얇아서 추워 보였다.

내가 불렀다.

"애야."

그런데 다가오는 아이의 얼굴을 보니 눈물에 젖어 있었으므로 그만 입을 꾹 다물고 말았다.

프랭크가 물었다.

"왜 그러니?"

프랭크는 아이를 상대하는 데 있어 나보다 나은데다, 마음이 여려서 울고 있는 아이를 보면 그냥 지나치지 못하는 성격이다.

"잘못을 저질러 남아서 선생님께 벌을 받았니?"

여자아이는 빨갛게 언 작은 손으로 눈물을 닦은 뒤 화난 것 같은 목소리로 말했다.

"아니에요! 미니 로러와 함께 교실을 청소했어요."

프랭크가 진지한 얼굴로 물었다.

"그럼, 미니하고 싸웠구나. 그래서 울고 있는 거지?"

"미니하고 전 싸움 같은 것 안 해요. 우리 학교는 월요일에 공개시험이 있어요. 그래서 교실을 예쁘게 꾸미기로 했는데 디키네 형제들이 안 하겠다고 해서 교실을 꾸미지 못하게 됐어요. 도와주겠다고 약속해 놓고서—"

여자아이의 파란 눈에 다시 눈물이 그렁그렁 솟구쳤다.

"그럼, 안되지. 못된 녀석들이로구나. 하지만 디키네 형제들이 도와주지 않아도 충분히 꾸밀 수 있지 않니?"

"그렇게 못해요. 고학년에는 남자아이들이 그 애들 말고는 없거든요. 디키네 형제들은 나뭇가지도 잘라주고, 사다리도 가지고 와서 높은 곳에 화환을 걸어주겠다고 했어요. 그런데 이제 와서 안하겠대요—그래서 아무것도 못하게 되고 말았어요. 미스 데이비스 선생님도 무척 실망하고 계셔요."

프랭크가 이것저것 질문한 결과 사정을 알 수 있었다. 엔더리 로드 초등학교에서는 크리스마스 전날인 월요일 오후 반년에 한 번씩 있는 공개시험이 열린다. 그래서 미스 데이비스의 지휘 아래 학생들은 학과공부를 열심히 하고, 시험 뒤 프로그램에 대비해 암송과 웅변과 대화극 등을 맹렬히 연습해 왔다.

매기 페이츠와 미니 로러, 그리고 저학년 여자아이들은 그날을 위해 교실을 파란 나뭇가지와 화환으로 예쁘게 장식하면 어떨까 하고 생각했다. 그러려면 고학년 남자아이들의 도움이 절실히 필요했다. 남자아이는 몇 명 안 되었지만 디키네 삼형제가 해주겠다고 약속했다.

매기는 흐느껴 울었다.

"그런데 안 하겠대요. 맷 디키가, 숙제를 해오지 않아서 벌을 섰기 때문에 선생님을 원망하고 있어요. 그래서 형제들까지 아무 것도 못 도와주게 하는 거예요. 남자아이들은 모두 맷이 시키는 대로 하거든요. 전 너무 속상해요. 미니도 울었어요."

프랭크는 매기를 위로해 주었다.

"그랬구나. 하지만 이제 그만 울도록 해. 운다고 해결될 일은 아니니까. 그런데 우리에게 길을 가르쳐줄 수 있겠니? 숲을 빠져나가 블랙번힐로 가려고 하는데 어디서 돌아가면 되는지 모르겠구나."

매기는 길을 알고 있었으므로 무척 자세히 가르쳐주었다. 우리는 고맙다고 인사한 뒤 슬픈 얼굴의 매기와 작별하고 다시 걷기 시작했다.

걸으면서 프랭크가 말했다.

"맷이라는 녀석 찍 소리 못하게 혼을 내줬으면 좋겠군. 그 녀석 틀림없이 학교에서는 자기를 당할 사람이 없다고 오만하게 생각하고 있을 거야. 선생님께 보복해줄 작정이겠지. 그 보복을 우리가 훼방놓으면 어떨까? 매기가 길도 가르쳐주었는데 우리도 뭔가 해주자."

"물론 찬성이야. 하지만 어떻게?"

프랭크에게 좋은 생각이 있었다. 그래서 집으로 돌아가자 프랭크의 누이동생 캐리와 메이블도 끌어들여, 이튿날인 토요일 넷이서 함께 의논했다. 저녁때쯤 모든 준비가 갖추어졌다.

해가 뉘엿뉘엿 넘어갈 무렵 프랭크와 나는 바구니와 작은 접사다리, 칸델라, 망치, 못 한 상자를 가지고 엔더리 로드로 떠났다. 학교에 도착했을 때 주위는 완전히 어두워져 있었다. 다행히 학교 주변은 숲이었고 그 가까이에 어떤 인가도 없었다. 아무도 없을 시간이므로 교실에 칸델라 불빛이 어른거려도 누가 볼 염려는 없었다.

문이 잠겨 있었지만 창문을 통해 어렵지 않게 들어갈 수 있었다. 우리는 칸델라 불빛 아래에서 작업을 시작했다. 교실은 무척 작았고 낡은 책상과 의자는 오랜 세월 쓴 탓에 흠집투성이였다. 그래도 모든 것이 깔끔하게 정돈되어 있었고, 매기와 미니가 깨끗이 청소한 증거로 바닥이고 책상이고 먼지 하나 떨어져 있지 않았다.

가져온 바구니에는 마분지를 오려 만든 장식물이 가득 들어 있었다. 거기에는 크리스마스를 축하하는 말들을 적었고, 부드러운 전나무 가지며 캐리와 메이벨이 얇은 종이로 만든 분홍색과 빨간색 장미꽃을 장식해 놓았다. 그것을 못으로 고정하는 것은 제법 힘든 작업이었지만 그럭저럭 끝내고, 문과 창문과 흑판에 상록수 가지로 만든 화환을 장식하자 작은 교실은 크리스마스 분위기로 가득해졌다.

프랭크가 만족스러운 듯 말했다.

"야, 멋있다! 매기가 기뻐해 주면 좋겠는데."

바닥에 흩어진 쓰레기를 정리한 뒤 우리는 조금 전 들어온 창문으로 다시 나왔다.

숲으로 가는 길에 들어서자 내가 웃으며 말했다.

"맷 디키가 월요일 아침에 어떤 얼굴을 하는지 보고 싶군."

"난 매기의 얼굴이 보고 싶어. 아참, 필! 월요일 오후에 우리도 참석하는 게 어떨까? 우리가 장식한 것을 밝은 낮에 보고 싶기도 하고."

그렇게 하기로 결정한 우리는 그밖에도 좋은 생각을 떠올렸다.

일요일 하루 종일 눈이 내렸으므로 월요일 아침에 썰매로 가지 않으면 안 되었다. 프랭크와 나는 말에 썰매를 이어 마을의 가게까지 나가, 용돈을 털어 갖가지 물건들을 샀다.

크리스마스 정찬이 끝나자 우리는 다시 썰매를 타고 엔더리 로드 학교로 향했다. 아무도 보지 않는 곳에 썰매를 매어놓고 교실에 들어갔다.

블랙번힐 사람이 엔더리 로드 마을의 행사에 참석하는 건 좀처럼 없는 일이므로, 우리가 들어가자 교실 안이 술렁거렸다. 창백한 얼굴과 자그마한 몸집을 가진 미스 데이비스는 우리를 반기며 교단의 목사님 옆자리에 앉게 해주었다.

우리가 꾸민 장식은 무척 근사해 보였다. 교탁에 빨간 제라늄 화분이 두 개 놓여 있어 교실이 한층 더 화려해 보였다. 제라늄은 매기가 집에서 가지고 온 것이라고 했다.

양쪽의 긴 의자에 학부형들이 앉고 아이들은 모두 가장 좋은 옷을 입고 있었다. 물론 매기도 있었는데, 우리를 보더니 화환을 눈으로 가리키면서 생긋 웃었다.

학생들의 시험은 우수한 성과를 올렸고 그 뒤의 프로그램도 더할 나위 없이 훌륭했다. 매기와 미니는 학과에서 칭찬을 듣고 단상에서 갈채도 받았다.

프로그램이 끝나 목사님이 연설하는 동안 프랭크가 교실을 살짝 빠져나갔다. 목사님이 자리로 돌아왔을 때 교실문이 열리더니, 하얀 수염에 빨간 가면을 쓰고 풍성한 털코트를 입은 산타클로스가 커다란 바구니를 옆구리에 끼고 들어왔다. 여기저기서 놀라움의 탄성이 터져나왔다.

산타클로스의 바구니에는 많은 선물이 들어 있었다. 모든 아이들에게 골고루 선물이 돌아갔다. 남자아이들은 팽이와 칼과 피리를, 여자아이들은 인형과 리본을, 그리고 특별한 상으로 기묘한 상자에 든 캔디도 한 사람에게 하나씩 주어졌다.

산타클로스는 "메리 크리스마스!" 하고 신나게 말하면서 한 사람씩 차례로 선물을 나눠주었다. 온 교실이 흥분으로 들끓었다. 어른들도 아이들도 선생님도 모두 기쁨으로 얼굴이 빛났다.

소란을 틈타 산타클로스는 자취를 감추었고 그날 행사도 무사히 끝났다. 밖에 나가보니 프랭크가 산타클로스 분장을 썰매에 숨겨 놓고 기다리고 있었다.

우리가 떠나려고 할 때 매기와 미니가 방금 받은 분홍색 비단 리본을 머리에 달고 달려왔다.

매기가 소리쳤다.

"오빠들이 교실을 꾸며 주었죠! 다 알고 있어요. 오늘 아침 보자마자 내가 말했어요, 블랙번힐의 오빠들이 해준 거라고."

프랭크가 시치미를 뚝 뗐다.

"응? 뭔가 착각하고 있는 것 같은데?"

"아니에요, 맞아요! 맷 디키의 화난 얼굴을 보셨어야 하는데! 정말 재미있었어요. 오빠들은 정말 멋있어요. 미니도 그렇게 생각해요. 그렇지, 미니? 그렇지?"

미니는 잠자코 고개를 끄덕였다. 아무래도 말을 하는 건 매기 몫인 것 같았다.

"오늘은 최고로 멋진 시험날이었어요. 진짜 크리스마스 같았어요. 이렇게 즐거웠던 건 처음이에요."

마을을 향해 썰매를 씽씽 달리면서 프랭크가 말했다.

"수고한 보람이 있었어. 안 그래?"

"정말이야."

그리고 더욱 좋은 일이 일어났다. 그것은 블랙번힐과 엔더리 로드 사이가 좋아졌다는 것이다. 엔더리 로드의 젊은이들은 그날 누이동생들이 즐거운 크리스마스를 보낸 것을 무척 기뻐하며 화해하고 싶은 마음이 들었다. 이렇게 해서 두 마을의 명분 없는 오랜 반목은 눈 녹듯 사라지고 말았다.

스티븐과 앨릭재너

스티븐 파르솜이 말했다.

"이것으로 결정됐어."

"그래."

누이동생 앨릭재너가 고개를 크게 끄덕였다. 그리고 다시 한 번 누가 묻기라도 한 듯 되풀이했다.

"그래."

그런 다음 앨릭재너는 휴 한숨을 내쉬었다. 뭐가 '결정'되었는지 몰라도 앨릭재너에게 기쁜 일은 아닌 듯했다. 스티븐도 얼굴을 보면 같은 기분이라는 것을 알 수 있었다. 그 얼굴에는 '참자, 마음 약한 소리하면 안 돼'라고 적혀 있었다.

앨릭재너는 한동안 눈썹을 모으고 옆집인 트레이시 집 안에 있는 뜰을 바라보고 있다가, 이윽고 물었다.

"언제 떠날 거야?"

이웃 트레이시 집 안의 뜰에서는 던컨과 조지핀 남매가 밝은 12월의 햇살 아래 팔짱을 끼고 한가로이 거닐며 즐겁게 웃기도 하고 이야기를 나누기도 하고 있었다. 무척 좋은 사람들처럼 보이지만 앨릭재너는 그렇게 생각하지 않는 모양이었다.

스티븐이 우울한 목소리로 대답했다.

"가구가 팔리는 대로지, 뭐. 다 팔리면 떠나는 거야. 우리의 야심도 이것으로 물거품이 되는 셈이지. 네 음악도 내 학위도. 넌 백화점에서, 난 제재소에서 일해야 해."

앨릭재너가 느릿느릿 말했다.

"조금도 불평해서는 안 돼. 일자리가 있는 것만도 다행으로 여겨야지. 난 고맙다고 생각해. 정말이야. 그리고 음악을 포기하는 건 그리 힘들지 않아. 하지만 오빠는 꼭 대학에 가기를 바랐어."

스티븐은 애써 밝게 말했다.

"내 일은 걱정하지 않아도 돼. 제재소 일을 싫어하는 편도 아니고, 그 방면에서 재능을 발휘하게 될지도 모르잖아. 다만 괴로운 건 우리가 함께 있을 수 없다는 거야. 하지만 레싱에 가면 너에게 좋은 일자리가 있는지 알아볼게. 뭔가 찾을 수 있을지도 몰라."

앨릭재너는 입을 다물었다. 스티븐과 헤어지는 것만은 입 밖에 내는 것조차 괴로운 일이었다. 이따금 스티븐과 헤어지면 어떻게 살아갈까 하고 불안해 견딜 수 없을 때가 있었다. 하지만 스티븐에게 그런 내색을 한 적은 없었다. 그렇지 않아도 그에게는 걱정거리가 산더미처럼 쌓여 있는 것이다.

스티븐이 일어섰다.

"우체국에 갔다올게. 앨릭재너, 모레는 크리스마스지? 우리 집에서도 뭔가 준비할 거니? 그렇다면 칠면조를 주문하겠지만."

앨릭재너는 고민에 잠겼다.

"글쎄, 돈이—날마다 줄어들고 있어. 우리 둘뿐인데 칠면조를 준비하는 건 사치가 아닐까? 어쩐지 크리스마스 기분이 조금도 나지 않아. 여느 때처럼 생각하며 크리스마스는 잊어버리는 게 좋을 것 같아. 작년과는 전혀 다른걸."

"그래, 사실 1센트도 아껴야지."

스티븐이 나가자 앨릭재너는 서럽게 울기 시작했다. 스티븐이 돌아왔을 때 빨개진 눈을 보이고 싶지 않았지만 아주 잠깐이나마 울지 않고 참을 수 없었다. 정말 이번 크리스마스는 작년과 너무 달랐다.

작년에는 아버지 파르솜 씨가 살아 있었고, 그들 세 가족은 도로를 벗어난 곳에 있는 이 작은 집에서 나름대로 행복하게 살았다. 어머니는 16년 전 앨릭재너가 태어났을 때 세상을 떠났고, 앨릭재너는 10살 때부터 아버지와 오빠를 위해 집안 살림을 꾸려오고 있다. 스티븐은 머리가 좋아서 의학을 공부하려 결심했고, 목소리 좋은 앨릭재너는 음악을 공부할 예정이었다.

그리고 작년까지는 이웃집 남매와도 무척 가깝게 지냈다. 스티븐과 던컨은 친구였고, 앨릭재너와 조지핀도 그랬다. 앨릭재너는 조지핀과 둘이서 웃고 이런저런 수다를 떨면서 미래의 꿈을 이야기할 수 있는 한 외롭지 않았다.

그런데 갑자기 집안에 풍파가 한꺼번에 들이닥쳐 왔다. 먼저 파르솜 씨가 친구와 공동으로 경영하던 사업이 올 6월부터 더 이상 할 수 없게 되고 말았다. 거기에는 무언가 불명예스러운 일이 얽혀 있었다. 책임은 파르솜 씨가 아니라 공동경영자인 친구 쪽에 있었지만, 파르솜 씨는 본디 약한 심장이 노심초사한 일로 더욱 나빠져 한 달 뒤 세상을 떠나고 말았다. 앨릭재너와 스티븐은 무일푼으로 남겨진 것을 알고 살아갈 방도를 궁리하지 않으면 안 되었다.

처음에 두 사람은 이 손델 마을에서 일자리를 얻으면 집을 떠나지 않아도 된다고 생각했다. 그래서 일자리를 찾아나섰지만 뜻대로 잘되지 않았다. 그래도 가까스로 스티븐은 레싱의 제재소에, 앨릭재너는 읍내 백화점에 일자리를 얻었다.

그런 고생을 하는 가운데 10월에 던컨과 스티븐의 사이가 나빠졌다. 계기는 아이 같은 유치한 말싸움에 지나지 않았지만, 성격이 급한 던컨이 욱하는 마음에 스티븐 아버지에 대해 험담을 해버렸고 그 말을 들은 스티븐은 몹시 화가 났다.

사실은 던컨도 그 말을 한 순간 곧바로 후회했다. 하지만 도저히 사과할 수가 없었다.

앨릭재너는 오빠 편을 들어 조지핀에게 왠지 모르게 차가운 태도를 보이게 되었고, 그것을 알아차린 조지핀 역시 앨릭재너를 차갑게 대했다. 두 소녀 사이의 틈새는 갈수록 벌어져 깊어졌고 마침내 얼굴을 마주쳐도 말하지 않는 지경이 되고 말았다. 둘 다 상대방에게 잘못이 있다고 생각하며 마음속으로 소중한 친구를 원망했다.

한참 뒤 우체국에서 돌아온 스티븐은 눈이 빛나고 있었다.

"어디서 편지라도 왔어?"

"맞았어, 제임스 백부님한테서야."

"제임스 백부님이!"

앨릭재너는 믿을 수 없다는 표정으로 소리쳤다.

"그래. 놀랐지? 그래서 칠면조를 사왔어. 크리스마스에 갈 테니 정찬을 준비해 놓으라고 편지에 씌어 있었거든. 요리솜씨를 발휘할 수 있는 절호의 기회야, 앨릭재너. 백부님은 미식가시라고 하니까."

앨릭재너는 멍한 기분으로 편지를 읽었다. 몹시 짧은 편지로, 조카들과 가까워지고 싶다, 크리스마스에 찾아가겠다고만 적혀 있었다. 그렇지만 편지를 다 읽자 앨릭재너의 가슴에 장밋빛 꿈이 펼쳐졌다.

제임스 백부는 읍내에 살고 있으며 스티븐과 앨릭재너에게는 큰아버지가 된다. 20년 전 그들의 아버지와 심하게 다투고 인연을 끊었으므로, 남매는 한 번도 만난 적이 없었다. 그 백부님이 찾아온다는 것이다.

"오빠! 큰아버지가 오빠 학비를 대주겠다고 하시면 정말 좋겠어. 우리가 큰아버지 마음에 꼭 들면 그렇게 해주실지도 몰라. 우린 말을 조심해야 해. 무척 까다롭고 괴팍한 분이라니까. 별것 아닌 말로 기분이 상하실지도 몰라. 어쨌든 맛있는 음식을 준비해야겠어. 건포도 푸딩과 민스 파이를 만들어야지."

그로부터 36시간 동안 앨릭재너는 눈이 팽 돌 만큼 바쁘게 일했다. 해야 할 일이 태산 같았다. 작은 집은 위층에서 아래층까지 깨끗하게 정리되고, 스티븐은 건포도 씨앗을 빼고 고기를 다지고 달걀을 휘저으라는 명령을 받았다.

앨릭재너는 더 이상 주머니 사정에 대해 생각하지 않았다.

'아무리 살림에 큰 구멍이 뚫리더라도 제임스 백부님께 제대로 된 정찬을 대접해야만 해—어떻게 해서든 마음에 드시게 해야 해—이 정찬으로 오빠의 미래가 결정될지도 모르는데—'

그때 앨릭재너는 자신에 대해선 아무것도 생각하지 않았다.

드디어 크리스마스날 아침이 되었다. 눈도 서리도 내리지 않았고 활짝 갠 날씨로, 12월이라기보다 이른봄처럼 촉촉하고 따뜻했다. 앨릭재너는 일찍부터 일어나 곳곳을 쓸고 닦고 장식하면서 맹렬한 기세로 일했다.

11시에는 준비가 대부분 끝났고 나머지 일도 순조롭게 착착 진행되었다. 건포도 푸딩이 찜솥에서 보글보글 소리내고, 칠면조—버튼네 고깃간에서 팔고 있는 것 가운데 가장 살찐 칠면조였다—는 오븐에서 지직지직 익어 가고 있었다.

식품저장실 선반에는 민스 파이가 두 개 나란히 놓여 있었다. 앨릭재너는 이 민스 파이에 자신의 요리 솜씨에 대한 모든 승부를 걸 생각이었다. 그러는 동안 기차가 도착할 시간이 다 되어 스티븐이 역으로 마중을 나갔다.

앨릭재너는 문득 부엌 창문을 통해 뜰 저쪽 트레이시 집 안 부엌으로 시선을 주었다. 조지핀도 부지런히 크리스마스 음식을 만들고 있는 것 같았다. 트레이시 부부는 레싱의 친구 집에서 크리스마스를 보낸다고 들었으므로 오늘은 조지핀과 던컨만 있을 것이다. 백부님의 도착을 앞두고 기분이 들떠 있었음에도 불구하고 앨릭재너는 허전한 마음에 한숨이 나왔다.

작년 크리스마스에는 조지핀과 던컨이 이 집에 와서 함께 정찬을 먹었다. 그렇지만 지금은 작년 크리스마스가 이미 먼 옛날 같은 기분이 들었다. 조지핀은 정말 냉정해—그 점에 관한 한 앨릭재너의 마음은 바뀌지 않았다.

이윽고 스티븐이 제임스 백부님과 함께 돌아왔다. 백부님은 불그스름한 얼굴에 눈썹이 굵고 집이 떠나가도록 큰소리로 말하는 노인이었다.

"흠! 맛있는 냄새가 나는데."

이것이 앨릭재너에 대한 백부님의 인사였다.

"냄새처럼 맛있으면 좋겠다만. 배가 몹시 고프구나."

앨릭재너는 백부님과 스티븐을 응접실에 남겨두고 불안한 마음으로 부엌으로 가 응접실에서 들려오는 즐거운 이야깃소리와 웃음소리에 이따금 귀를 쫑긋 세우면서 식탁을 차렸다. 백부님은 오빠가 마음에 든 게 틀림없어—그렇게 생각하며 냄비의 푸딩을 식탁 위의 접시로 옮기고 칠면조도 오븐에서 꺼냈다.

노릇노릇 맛있게 구워져 있었다. 그것을 큰 접시에 담고 마지막으로 두 개의 민스 파이를 오븐에 넣었다. 바로 그때 스티븐이 부엌에 얼굴을 내밀었다.

"앨릭재너, 해울런드 제독이 아버지에게 보낸 편지 어디가 있는지 모르니? 백부님이 몹시 보고 싶다고 하셔."

앨릭재너는 오븐 문을 닫지도 않고 달려갔다. 조금이라도 우물거리면 백부님이 언짢아하실지도 모른다—

이층에서 편지를 찾는 데 10분이나 걸렸다. 그리고 민스 파이가 생각나 급히 부엌으로 달려간 앨릭재너는 식탁을 보고 그 자리에 못박힌 듯 서고 말았다.

칠면조가 없어졌다! 건포도 푸딩도 민스 파이도 사라졌다! 큰 접시 위에는 아무것도 남아 있지 않았다. 잠시 동안 앨릭재너는 자기 눈을 의심했다. 그리고 바닥에 기름국물이 뚝뚝 떨어져 있는 것을 보았다. 국물의 흔적은 바닥을 타고 가다가 열어둔 문을 지나 다시 개울 위의 널빤지를 통해 울타리까지 이어지고 있었다.

앨릭재너는 비명을 지르지는 않았다. 그 끔찍한 순간에도 백부님의 기분을 언짢게 해서는 안 된다는 것을 잊지 않았던 것이다. 그래도 스티븐을 부르는 목소리가 떨리고 있었다. 스티븐도 뭔가 난처한 일이 생긴 것을 알고 급히 부엌으로 들어왔다.

"칠면조를 태웠니?"

앨릭재너가 떨리는 목소리로 말했다.

"태운 게 아니야! 그보다 열 배나 지독히 나쁜 일이야. 없어져버렸어―사라졌다구, 오빠. 푸딩도 민스 파이도. 어떡하지! 누가 훔쳐간 걸까?"

스티븐도 앨릭재너도 음식이 어디로 사라졌는지 짐작도 가지 않았다. 그리고 그 뒤에도 영영 밝혀지지 않았다는 것을 말해두지 않으면 안된다. 아마 부랑자가 몰래 부엌에 들어와 몽땅 가지고 가버렸나보다고 생각할 수밖에 없었다.

파르솜네 집은 마을 변두리에 있고, 좁은 뜰은 사람이 그리 다니지 않는 길 쪽으로 나 있었다. 길을 건너면 소나무숲이고 가까운 인가라고 해야 옆집 트레이시 집뿐이다.

스티븐은 순간적으로 그것만 생각하고 뒤뜰 나무문 쪽으로 달려갔다. 앨릭재너도 몸을 부들부들 떨며 뒤따라갔다. 길에서 꽤 먼 앞쪽에 한 남자의 모습이 조그맣게 보였다. 스티븐은 나무문을 훌쩍 뛰어넘어 전속력으로 그 남자를 쫓아갔다.

앨릭재너는 뒷문으로 돌아와 그 자리에 털썩 주저앉아 훌쩍거리며 울기 시작했다. 몇 가지 꿈이 한꺼번에 날아가버린 것이다. 제임스 백부님께 아무것도 대접할 수 없게 되었다.

그런 앨릭재너의 모습을 이웃에서 살고 있는 조지핀이 보았다.

조지핀은 앨릭재너를 무척 미워하고 있었다. 하지만 지금 울고 있는 앨릭재너는 머리를 꼿꼿이 쳐들고 차갑게 고개를 까딱하며 지나가는 여느 때의 앨릭재너와는 완전히 다른 사람처럼 보였다. 게다가 오늘은 크리스마스가 아닌가!

조지핀은 잠깐 망설이다가, 천천히 집을 나가 두 집의 경계인 울타리까지 걸어갔다.

"앨릭재너, 무슨 일이니?"

앨릭재너는 이 세상에 체면이니 자존심이니 하는 것이 있다는 걸 하얗게 잊고 말았다. 기억하고 있었다 해도 이때만은 그런 하찮은 것을 생각할 때가 아니었다. 흐느껴 울면서 모든 것을 털어놓았다.

"애써 만든 요리가 사라져버렸어. 제임스 백부님이 오셨는데 대접할 것이 채소밖에 남지 않았어. 어떻게 해서든 백부님 마음에 들고 싶었는데—"

이 정도 설명으로는 모자랐지만, 제임스 백부님에게 정찬을 대접하는 것이 무척 중요한 일이라는 것만은 조지핀도 짐작할 수 있었다. 정찬이라면 우리 집 부엌에도 있는데, 하고 조지핀은 생각했다. 하지만 그것을 미처 이야기하기 전에 스티븐이 실망한 표정으로 돌아왔다.

"틀렸어, 앨릭재너. 그 사람은 바이어 씨였는데 물어봤지만 부랑자를 보지 못했대. 국물이 길을 가로질러 떨어져 있는 걸 보면 훔쳐간 놈은 아마 소나무숲에 숨었을 거야. 이렇게 된 이상 정찬은 대접하지 못하는 거지, 뭐."

조지핀이 뺨을 조금 붉히며 빠르게 말했다.

"아니야, 걱정할 것 없어. 우리 집에 모두 있어, 칠면조도 푸딩도. 괜찮다면 그것을 사용해 주었으면 해. 제임스 백부님께는 아무 말 하지 않으면 돼."

앨릭재너는 상기된 얼굴로 더듬거리며 말했다.

"고마워. 하지만―그러면 너무―"

"괜찮아, 작년 크리스마스에는 던컨과 내가 여기서 대접을 받았잖아. 자, 우리 집에 가서 함께 옮기자."

앨릭재너가 단호하게 말했다.

"그렇다면 너와 던컨도 우리 집에서 함께 먹어야 해."

"그렇게 할게. 기꺼이. 던컨도 그렇게 할 거라고 생각해. 만약―만약―"

조지핀은 더욱더 얼굴을 붉히며 스티븐을 쳐다보았다. 스티븐의 얼굴도 새빨개졌다.

스티븐이 조용히 말했다.

"던컨도 와 주면 고맙겠어. 내가 가서 이야기할게."

2분 뒤 기묘한 행렬이 트레이시네 집 뒤뜰로 나와 두 집의 뜰을 가로질러 파르솜네 뒷문으로 들어가는 진풍경이 벌어졌다. 행렬 맨 앞에는 커다란 칠면조 접시를 든 조지핀, 건포도 푸딩을 든 앨릭재너가 그 뒤를 잇고, 맨 뒤에 스티븐과 던컨이 뜨거운 민스 파이 접시를 받쳐들고 걷고 있었다.

그리고 잠시 뒤 앨릭재너가 응접실에 나타나 얌전하게 알렸다.

"제임스 백부님, 식사 준비가 다 되었어요."

정찬은 대성공이었다. 식탁에 앉은 젊은이들이 너무 떠들지 않도록 조심하고 있는 것을 잘 알 수 있었다. 제임스 백부님은 마음껏 음식을 즐겨 먹었고, 모두 마음에 쏙 드는 듯했으며, 특히 민스 파이를 아낌없이 칭찬했다.

"지금까지 먹어본 민스 파이 가운데 최고의 맛이었다."

백부님은 앨릭재너의 얼굴을 바라보았다.

"이렇게 맛있는 민스 파이를 만들 줄 아는 조카딸이 있었다니 기쁘구나."

앨릭재너는 난처한 표정으로 조지핀을 쳐다보았고 하마터면 사실을 털어놓을 뻔했지만, 조지핀이 눈짓으로 재빨리 말렸다.

설거지하면서 앨릭재너가 사과했다.

"떳떳하지 못한 마음이 들어서 견딜 수 없었어. 사실을 말하지 않고 칭찬을 계속 듣고 있었으니. 사실은 네가 만들었는데 미안해."

"무슨 소리니. 너도 민스 파이를 잘 만들잖아. 사실 네가 만든 것이 훨씬 더 맛있어. 게다가 이렇게 해서―뭐랄까, 화해를 하게 됐잖아? 자, 그럼, 난 이제 돌아갈게. 백부님이 돌아가시면 스티븐과 함께 우리 집에 오지 않을래? 오늘 밤 넷이서 캔디를 만들자."

조지핀과 던컨이 돌아가자 제임스 백부님은 조카와 조카딸을 응접실에 불러 흡족하게 웃는 얼굴로 두 사람을 바라보았다.

"너희들에게 잠시 할 이야기가 있다. 오랫동안 왕래하지 않고 살아온 것이 몹시 후회되는구나. 너희 둘 다 가까이 지낼 만한 가치가 있다는 걸 알았다. 그런데 앞으로 어떻게 할 생각이지?"

스티븐이 차분히 대답했다.

"네, 전 레싱의 제재소에서 일할 생각이고 앨릭재너는 T 모튼의 백화점에서 일하기로 했습니다."

제임스 백부님은 그건 안 된다고 말하듯 혀를 끌끌 찼다.

"아니다, 둘 다 우리 집에서 지내도록 해라. 스티븐, 만약 사람의 살을 가르고 깁는 것을 좋아한다면 그 방법을 과학적으로 공부하도록 해.

그리고 앨릭재너, 스티븐에게 들었는데 노래를 잘 한다더구나. 읍내에 우수한 음악학교가 있다. 점원이 되는 것보다 그 학교에 가는 게 낫지 않겠니?"

앨릭재너가 눈을 빛내며 소리쳤다.

"큰아버지!"

그리고 의자에서 벌떡 일어나 제임스 백부님 옆으로 다가가 목을 끌어안고 키스했다.

백부님은 다시 혀를 찼지만 이번에는 이건 안 돼, 라는 뜻은 아닌 것 같았다.

스티븐은 역까지 백부님을 모시고 가서 6시 기차에 태워드린 뒤, 돌아와서 행복하게 얼굴을 빛내고 있는 동생에게 말했다.

"백부님은 네가 마음에 퍽 드신 모양이야, 앨릭재너. 하지만 이 모든 건 조지핀 덕분이야. 조지핀은 정말 믿음직한 아이야. 지금 그쪽으로 가볼까?"

스티븐의 목소리는 들떠 있었다.

"응, 너무 피곤해서 뜰을 기어가지도 못할 것 같지만. 만약 기어가지 못하면 오빠가 업어줘야 해, 꼭 가고 싶으니까. 정말 기뻐. 무슨 말을 해야 좋을지 모를 만큼. 하지만 무엇보다 멋진 것은 오빠와 던컨, 조지핀, 그리고 내가 다시 예전처럼 사이가 좋아진 일이야.

정찬을 도둑맞길 잘한 것 같지 않아? 훔쳐간 사람이 맛있게 먹어줬으면 정말 좋겠어. 한입도 돌려받고 싶은 생각이 없어."

크리스마스의 영감(靈感)

"우리는 산타클로스한테서 무척 많은 선물을 받은 것 같아."

풍성한 금발을 소용돌이 모양으로 땋은 진 로런스가 말하며 그 소용돌이에서 핀을 빼냈다. 핀이 빠지자 머리카락이 어깨 위에 물결처럼 내려 앉았다.

넬리 프레스턴이 입 안 가득 달콤한 초콜릿을 넣은 채 맞장구쳤다.

"내 생각도 그래. 아버지와 어머니, 우리 가족들은 모두 초능력이라도 있는 것처럼 내가 가장 원하는 것을 기가 막히게 안다니까."

크리스마스 이브 저녁, 가까운 친구 다섯 명이 체스닛테라스 16번지에 자리한 진의 방에 모여 있었다.

체스닛테라스 16번지는 하숙집이다. 하숙집이라는 곳은 누구나 알고 있듯 크리스마스를 보내는 데 즐거운 장소라고 할 수 없다. 하지만 진의 방은 무척 아늑했고, 다섯 친구들은 저마다 받은 선물을 가지고 와서 서로 보여주고 있었다.

이번 크리스마스는 일요일이어서 토요일 저녁에 도착한 우편물로 체스닛테라스 16번지는 그야말로 흥분에 휩싸인 도가니였다.

진이 식탁 위에 놓여 있는 램프에 불을 켜자 분홍색 불빛이 소녀들의 행복한 얼굴을 부드럽게 비쳐주었다. 램프 옆에 장미꽃이 든 하얀 꽃상자가 놓여 있었다. 크리스마스라고 누가 큰맘 먹고 돈을 투자한 모양이었다. 그것을 보낸 주인공은 몬트리올에 있는 진의 오빠로, 소녀들은 모두 화려한 꽃선물을 즐기고 있었다.

체스넛테라스 16번지에는 젊은 아가씨들이 많이 있지만, 지금 이 집에 남아 있는 사람은 이 다섯 명뿐. 그들은 저마다 사정이 있어서 크리스마스에 고향으로 돌아가지 못했으므로, 하숙집에서나마 즐겁게 보내기 위해 한자리에 모인 것이다.

침대에 앉아 있는 소녀들은 벨과 올리브 레이놀즈 자매로 고등학생이다. 진의 방에 오면 두 사람은 어김없이 침대를 점령해 버리는 것이었다. 벨과 올리브는 언제나 웃고 있다고 다들 말할 정도의 명랑한 소녀들로, 동생이 홍역에 걸려 집으로 돌아갈 수 없게 되었는데도 전혀 풀이 죽지 않았다.

장미꽃에 매료된 베스 해밀턴과 초콜릿을 먹고 있는 넬리 프레스턴은 미술학교에 다니고 있다. 그들은 고향이 너무 멀어서 돌아가지 못했다.

이 방의 주인 진은 부모님이 돌아가시고 안 계셔서 집이라고 할만한 것이 아무 데도 없었다. 읍내의 큰 신문사에서 일하고 있으며, 다른 소녀들은 진의 뛰어난 머리를 모두 인정하고 있었다.

진은 사람을 무척 좋아하여 그녀의 방은 언제나 사람들의 집합장소가 되었다. 소녀들은 마음이 넓고 인정 많은 진을 무척 좋아했다.

올리브가 말했다.

"우체부 아저씨 모습 봤어? 정말 우스꽝스러웠어. 소포를 산더미처럼 안고 있어서 사람이 걷고 있는 건지 짐이 걷고 있는 건지 모르겠더라니까."

진이 만족한 듯 크게 숨을 내쉬었다.

"모두들 선물을 많이 받았구나. 요리사도 받았어—여섯 개나. 내가 세어봤어."

베스가 빠른 투로 말했다.

"미스 앨런에게는 아무것도 오지 않은 모양이야. 편지도 없었고."

베스는 다른 소녀들이 미처 생각하지 못하는 것에 주목하는 사려 깊은 성격이었다.

진은 예쁜 머리를 꼬아올리면서 생각에 잠긴 듯 말했다.

"그러고 보니 미스 앨런을 깜박 잊고 있었네. 분명 아무것도 오지 않았어. 얼마나 외로울까. 크리스마스 이브에 아무 선물도 못받다니. 난 좋은 친구들이 있어서 정말 다행이야."

베스가 솔직하게 털어놓았다.

"아까 우리가 소포와 편지를 뜯어보고 있을 때 언뜻 보니 미스 앨런이 부러운 표정으로 우릴 가만히 보고 있더라. 그 얼굴이 정말 쓸쓸해 보여서 미안하다는 생각이 들었어, 5분쯤뿐이었지만. 친구가 마땅히 없는 걸까?"

"아마 없을 거야. 이 집에 온 지 14년이 된다고 피크렐 부인이 말했어. 생각해 봐, 체스넛테라스 16번지에서 14년이라니! 그렇게 여위고 말투가 딱딱한 것도 무리가 아니야."

"아무도 만나러 오지 않고 아무 데도 나가지도 않으니."

"정말 안됐어—다른 사람들에게는 기억해 주는 친구들이 있는데. 난 그 사람이 지은 아까 그 표정이 잊혀지지 않아. 자꾸 눈에 어른거려. 애들아, 만약 친구가 한 사람도 없고 크리스마스에 아무도 기억해 주는 사람이 없다면 어떤 기분일까?"

"난 싫어!"

올리브가 생각만 해도 견딜 수 없다는 듯이 몸서리를 쳤다.

잠시 동안 모두들 말이 없었다. 솔직하게 말하면 소녀들은 미스 앨런을 좋아하지 않았다. 미스 앨런 쪽에서도 그들을 싫어하며, 경박하고 건방진 소녀들로 여기고 있다는 것을 뻔히 알고 있었기 때문이다.

소녀들이 조금만 떠들어도 미스 앨런은 하숙집 여주인 피크렐 부인에게 항의했다.

진은 평소에 미스 앨런을 식탁에서 '식욕을 빼앗아 가는 사람'이라고 표현했다. 정말 딱 맞는 말이어서, 안색이 나쁘고 좀처럼 입을 열지 않으며, 불만이 가득한 표정을 한 미스 앨런은 체스넛테라스 16번지의 식탁에서 식욕을 돋구는 존재는 아니었다.

이윽고 진이 진지한 목소리로 말을 꺼냈다.

"애들아, 들어봐! 좋은 생각이 떠올랐어, 크리스마스에 떠오른 착상이야!"

네 사람이 일제히 물었다.

"뭔데?"

"바로 이런 거야. 미스 앨런에게 우리 모두 크리스마스 선물을 하면 어떨까—누구한테서도 아무것도 받지 못했으니 무척 쓸쓸해 하고 있을 거야. 입장을 바꿔 생각해 봐, 만약 내가 그렇다면 하고. 어때?"

올리브가 말했다.

"응, 알겠어, 알겠어. 아까 피크렐 부인의 부탁을 받고 미스 앨런의 방에 무슨 말을 전하러 갔는데, 그 사람 울고 있는 것 같았어. 방은 썰렁하고 휑뎅그렁한 게 무척 가난해 보였어. 진, 우리 무엇을 어떻게 하면 될까?"

"저마다 뭐든지 좋으니 선물을 보내자. 그걸 그 사람의 방문 밖에 놓아두는 거야. 문을 열면 바로 보이는 곳에. 난 프레드가 보내준 장미꽃도 몇 송이 보내겠어, 편지와 함께. 특별히 크리스마스 분위기가 물씬 풍기는 문장을 생각해볼 거야."

이야기하는 동안 진은 점점 기분이 고조되는 것 같았다. 그 기분은 곧 다른 소녀들에게도 전염되었다. 베스가 소리쳤다.

"찬성! 진, 멋진 생각이야! 우린 너무 이기주의자들 같아. 자기가 받은 선물밖에 머릿속에 없었어. 어쩐지 부끄러운 생각이 들어."

넬리는 그토록 좋아하는 초콜릿조차 한순간 잊은 것 같았다.

"그래, 이번 기회에 멋지게 해보자! 아직 가게가 닫혀 있지 않았을 거야. 다함께 선물을 사러 가자."

5분 뒤 얼어붙듯 추위 오들오들 떠는 별빛 아래 읍내로 길을 서두르는 다섯 소녀들이 있었다.

작은 방에서는 미스 앨런이 소녀들의 밝은 목소리를 들으면서 혼자 외롭게 한숨을 쉬고 있었다. 그때까지 불도 켜지 않고 울고 있었던 것이다—다른 사람에게는 즐거운 크리스마스겠지만 나는 달라, 하고 처량하게 생각하면서.

한 시간쯤 지나자 소녀들은 저마다 산 물건을 한아름 품에 안고 돌아왔다.

"자, 이제부터 참모회의야."

진이 쾌활하게 친구들을 불러모았다.

"미스 앨런이 어떤 것을 좋아하는지 몰라서 짐작으로 샀는데, 난 레이스 손수건하고 큰 병에 든 향수, 그리고 사진을 넣는 컬러 액자야. 액자에는 내 사진을 넣어두겠어—농담! 더 사고 싶었지만 이게 다야. 크리스마스 쇼핑으로 지갑이 새처럼 가벼워져버렸거든."

그러자 벨이 말했다.

"난 장갑을 넣는 상자하고 액세서리 접시. 올리브는 달력과 휘티어 시집을 샀어. 그리고 건포도가 듬뿍 들어 있는 커다란 과일케이크를 우리 어머니가 보내왔잖아? 그것도 반쯤 덜어낼 생각이야. 그렇게 맛있는 걸 미스 앨런은 몇 년이나 먹지 못했을 거야. 체스넛테라스 16번지에는 과일케이크가 열리는 나무가 없는데다, 다른 곳으로 식사하러 가는 일도 없으니까."

베스는 귀여운 컵과 받침접시를 사왔고, 예쁜 수채화를 여러 장 가지고 있으므로 그 가운데 한 장을 줄 생각이라고 말했다. 단 것을 좋아하기로 유명한 넬리의 선물은 큰 상자에 든 크림초콜릿과 호화로운 줄무늬 막대사탕, 오렌지 한 봉지, 마지막으로 장밋빛 주름종이로 싼 화려한 램프갓이었다.

"투자한 돈에 비하면 제법 화려하지? 나도 진처럼 파산 직전이 거든."

넬리의 말에 진이 만족한 듯 말했다.

"어쨌든 멋진 선물이 많이 모였어. 이제 예쁘게 포장할 차례야. 모두들 얇은 종이로 잘 싸서 리본으로 묶어줄래? 이 상자에 넣으면 좋을 거야. 나는 편지를 쓸 테니까."

다른 소녀들이 떠들썩하게 웃으며 선물을 상자에 넣고 있는 옆에서 진은 편지를 썼다.

진은 편지를 무척 잘 썼다. 그 방면에 재능이 있는 듯 진의 편지를 받은 사람은 모두 아름다운 편지, 즐거운 편지라고 감탄하곤 하는 것이다. 그날 밤 진은 미스 앨런에게 보내는 편지를 쓰는 데 온 힘을 다했다.

그 뒤에도 수많은 명문을 썼을 테지만, 그날 밤 썼던 편지야말로 그녀 재능의 결정판이었을 게 틀림없다고 나는 생각하고 있다. 게다가 그 편지에는 크리스마스 정신이 가득 담겨 있었으므로, 소녀들은 모두 최고의 편지라고 찬사를 보냈다.

"모두들 여기에 서명하도록 해. 그런 다음 이 예쁜 봉투에 넣자. 넬리가 겉봉에 장식문자로 미스 앨런의 이름을 써줘."

넬리는 시키는 대로 한 뒤, 손에 손을 잡고 춤추는 통통하고 귀여운 아기천사들을 가장자리에 덤으로 그리고, 구석의 우표 붙이는 곳에 체스넛테라스 16번지의 스케치를 그려넣었다. 그러고도 모자랐던지 넬리는 커다란 도화지를 꺼내와 펜과 잉크로 생각나는 대로 고양이 만화까지 그렸다.

먼저 집에서 입는 재킷에 모자를 쓴 고양이가 흔들의자에 편안하게 앉아 한쪽 앞발로 담배를 쥐고 또 한쪽 앞발로는 '메리 크리스마스!'라고 쓴 플래카드를 내밀고 있었다.

또 한 마리 외출복을 입은 고양이는 '복된 새해를 기원합니다!'라고 쓴 깃발을 들고 모자를 벗으며 인사하고 있었다. 한쪽 가장자리에는 연한 잉크로 수많은 새끼고양이들이 까불고 다니는 모습을 그렸다. 소녀들은 재미있다고 깔깔거리면서 넬리가 이제까지 그린 그림 가운데 최고의 걸작이라고 추켜세웠다.

이것저것 하느라 시간이 걸려 준비가 끝나고 보니 11시가 훌쩍 지나 있었다. 다섯 명의 그림자가 어슴푸레한 램프를 손에 든 진을 선두로 살그머니 복도로 나왔다.

미스 앨런은 울다 잠이 들었고 체스닛테라스 16번지의 다른 하숙생들도 벌써 침대에 들었다. 행렬은 미스 앨런의 방문 앞에 멈춰서서 소리가 나지 않도록 조심하면서 선물들을 바닥에 내려놓았다.

"성공이다!"

살금살금 방에 돌아오자 진이 흐뭇한 얼굴로 말했다.

"이제 그만 자자. 안 그러면 램프 기름을 너무 많이 쓴다고 피크렐 부인한테 꾸중들을 테니까. 기름값이 너무 올랐잖아, 알고 있지?"

이튿날 아침 미스 앨런은 아직 이른 새벽에 방문을 열었다. 하지만 그 이른 시간에 복도 끝 또 하나의 방문이 빠끔히 열려 있고, 거기서 다섯 명의 장밋빛 얼굴들이 몰래 밖을 엿보고 있었다. 미스 앨런이 문을 여는 것을 보고 싶어서 소녀들은 한 시간이나 전부터 넬리의 방에 모여 있었던 것이다. 거기서는 미스 앨런의 방문이 잘 보였다.

미스 앨런의 표정은 정말 볼 만했다. 먼저 놀라움이, 다음에 도저히 믿을 수 없다는 표정이 떠오르더니, 이번에는 대체 누구의 짓일까 하고 궁리하는 표정에서 마지막으로 얼굴 가득 말할 수 없는 기쁨이 퍼져 갔다.

미스 앨런 앞에 선물이 피라미드처럼 차곡차곡 쌓여 있고 맨 위에 진의 편지가 있었다. 피라미드 뒤의 의자에는 장미꽃을 꽂은 꽃병과

넬리의 만화가 놓여 있었다.

미스 앨런은 복도 끝으로 눈길을 주었지만 이상한 것은 아무것도 보이지 않았다. 그도 그럴 것이 바로 조금 전에 진이 문을 닫았던 것이다.

30분쯤 지나 아침 식사를 하기 위해 소녀들이 층계를 내려가자 미스 앨런이 두 팔을 활짝 벌리며 다가왔다. 아무래도 또 울었던 모양으로 눈이 빨갛게 충혈되어 있었지만, 이번에는 기쁨의 눈물이었을게 틀림없었다. 그 증거로 미스 앨런의 얼굴은 웃고 있었다. 진의 장미가 미스 앨런의 가슴에 꽂혀 있었다.

"오! 귀여운 아가씨들! 어떻게 인사해야 할지 모르겠구나! 나에게 이런 친절을 베풀다니. 모두 나에게 얼마나 좋은 일을 해주었는지 도저히 말로는 나타낼 수 없어."

미스 앨런의 밝은 목소리는 좀 떨리고 있었다.

그날 체스넛테라스 16번지의 아침식탁은 여느 때 없이 화기애애했다. '식욕을 빼앗아 가는 사람'은 아무도 없었고 모두들 기쁘게 웃는 얼굴이었다. 미스 앨런도 마치 소녀시절로 되돌아간 것처럼 잘 웃고 즐겁게 이야기했다.

"정말 놀랐어! 이 장미꽃은 나에게 활기찬 여름을 가져다준 것 같은 기분이 들고, 넬리는 고양이를 무척 잘 그렸더구나. 그리고 진의 편지도. 편지를 읽으면서 난 웃기도 하고 울기도 했어. 앞으로 일년 동안 날마다 읽을 거란다."

아침 식사가 끝나자 다 함께 교회에 갔다. 소녀들이 다니는 교회는 높은 주택지구에 있었다. 아침해가 눈부시게 빛나고 도시도 함께 빛났다. 밤 사이 서리가 하얗게 내려 가로수길도 광장도 요정의 나라처럼 보였다.

"이 세상은 정말 아름다워!"

진이 말하자 넬리가 선언했다.

"이번 크리스마스는 정말 최고야! 마음 깊숙한 곳에서 이토록 크리스마스다운 분위기를 느껴본 건 이번이 처음이야."

베스가 진지하게 말했다.

"내가 받는 것보다 남에게 주는 게 훨씬 기쁜 일이라는 걸 알았기 때문이 아닐까? 누구나 그렇게 말하기에 모르는 건 아니었지만, 이제야 확실히 깨달았어."

"진의 영감에 감사해야겠구나. 애들아, 우리 크리스마스뿐만 아니라 앞으로도 언제나 이런 마음으로 살도록 하자. 미스 앨런과 같은 하숙집에 사는 한 그 사람의 인생에 우리의 젊음을 나눠줄 수 있을 거야."

넬리가 말하자 진이 소리쳤다.

"찬성이야! 앗, 들어봐! 종소리야! 크리스마스 종이 울리기 시작했어!"

하늘 높이 울려 퍼지는 종소리는 아름다운 도시 구석구석까지 '땅 위에 사는 모든 사람에게 선한 마음, 평화로운 마음 영원히 있으라'고 하는 희망을 전해주는 듯 느껴졌다.

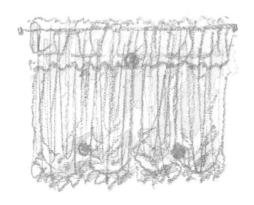

조지프 씨네 가족 크리스마스

chang·kye

해마다 크리스마스 한 달 전부터 조지프 씨네 가족이 사는 넓은 초원의 작은 통나무집은 심상치 않은 분위기에 휩싸이곤 했다.

아이들이 저마다 지혜를 짜고 궁리를 하며 작은 곱슬머리들이 옹기종기 모여 구석에서 소곤소곤 의논하는가 하면, 몰래 자신의 용돈을 헤아려보는 아이, 밖에서 가져온 무언가를 황급하게 감추는 아이까지 아무튼 부산하기 짝이 없다.

가족 수는 꽤 많은데 가진 돈은 조금밖에 없어서, 이리저리 계산을 짜맞추고 서로 의논하는 등 무척이나 긴박하게 돌아간다. 조지프 집안에는 14살의 몰리를 대장으로 4살짜리 레니까지 아이가 여덟 명이나 된다. 아이들마다 형제 모두에게 크리스마스 선물을 하고 싶어 하는데다 아버지와 어머니 몫까지 챙기려면 작은 머리를 완전히 가동하지 않으면 안 되는 것이다.

그런데 이상하게도 조지프 부부는 12월에 들어서면 갑자기 눈이 잘 보이지 않게 되는 듯하다. 말수까지 적어진다. 아이들의 거동이 아무리 수상해도 못 본 척하고, 아이들이 번갈아 2마일 떨어진 역 옆 가게까지 몰래 몇 번이고 다녀와도 눈감아준다.

아이들이 뭔가 하고 있는 자리에 불쑥 들어와 아이가 당황한 얼굴을 해도 왜 그러느냐고 묻지도 않는다. 어쨌든 이때쯤 작은 통나무집은 수많은 '비밀'로 터질 것처럼 팽팽해지는 것이다.

맏딸 몰리는 동생들의 비밀을 모두 알고 있다. 날마다 어린 동생들이 의논하러 오기 때문이다. 이를테면 어린 머리로는 어떻게 하면 좋을지 모르는 다음과 같은 어려운 과제를 풀어주는 게 바로 몰리인 것이다.

"에이미한테 10센트짜리 선물을 사고 지미에게 15센트짜리 선물을 하고 싶은데 용돈은 18센트밖에 없어."

"막대사탕 일곱 개를 여덟 명에게 주고 싶어. 모두에게 골고루 돌아가도록 하려면 어떻게 하면 돼?"

리본과 조화를 만드는 주름종이를 어디서 사면 되는지 가르쳐주는 것도 몰리이고, 대부분의 작은 선물에 마지막 포장을 해주는 것도 몰리이다. 그래서 12월에 들어서면 몰리의 책임은 매우 커지는 것이다.

그래도 누가 어떤 선물을 생각하고 있는지 머릿속에서 뒤죽박죽되는 일이 없고, 깜박 잊고 비밀을 누설하는 실수를 어처구니없이 하는 일도 결코 없었다.

이것은 몰리가 무척 지혜롭고 머리가 좋다는 증거이리라. 동생들이 철썩같이 믿고 비밀계획을 털어놓으면, 그 비밀은 비록 '죽음의 칼'이 다가온다 해도 결코 말하지 않았다.

이번 12월은 이리저리 변통하고 지혜를 짜내는 일이 여느 해보다 더 힘들었고, 그 결과도 신통치 않았다. 조지프 씨 집안은 늘 가난하지만 이번 겨울은 특히 더 찢어지게 가난했기 때문이다. 여름에 작황이 나빴으므로 가족들은 지미의 말에 의하면 '불충분한 식사'로 견디지 않으면 안 되었다.

그래도 아이들은 얼마 안 되는 돈으로 온 힘을 다하여 크리스마스 이브에는 어느 아이나 모두 환한 마음으로 침대에 들어갔다. 아이들의 노력의 성과가 부엌 한쪽 식탁에, 보내는 사람과 받는 사람의 이름이 적힌 작은 꾸러미들—아주 작은 것도 있었다—이 있었다. 애정과 선의를 저울로 잴 수 있다면 그것들은 똑같은 무게의 금과 같은 소중한 가치가 있다고 해야 하리라.

밑의 아이들이 침대에 들어갔을 때쯤 눈발이 흩날리기 시작하더니, 큰 아이들이 침실로 가는 층계를 올라갈 무렵에는 이미 함박눈으로 바뀌어 있었다.

조지프 씨 부부는 불 옆에 앉아 통나무집 주위로 불어대는 바람 소리에 귀를 기울였다.

조지프 씨가 말했다.

"오늘 밤은 이렇게 집에 있을 수 있어서 참 다행이야. 눈이 제법 많이 오는군. 내일은 날이 활짝 개었으면 좋겠는데. 꼬마들이 썰매를 타려고 기대하고 있거든. 올 크리스마스는 달리 즐거움이 없으니 썰매라도 타지 못하면 너무 가엾어. 여보, 저 아이들에게 아무것도 사줄 수 없는 크리스마스는 서부에 온 뒤로 이번이 처음이오. 호두와 캔디마저 없으니."

조지프 부인은 낡아빠진 지미의 웃옷을 기우면서 한숨을 쉬었지만, 곧 밝게 웃으며 말했다.

"걱정 말아요, 존. 내년 크리스마스에는 살림이 훨씬 나아져 있을 거니까요. 아이들도 서운하게 생각하고 있지 않아요. 저 식탁을 좀 봐요. 저마다 다른 아이를 위해 열심히 만든 거예요.

하지만 지난주 톤튼에 갔더니 피셔 씨네 가게가 무척 예쁘게 꾸며져 있었어요. 지미의 말을 빌리면 '축제처럼' 크리스마스 상품이 잔뜩 진열되어 있더군요. 솔직하게 말해 당당하게 들어가 예쁜 물건들을 사고 싶은 대로 사서 크리스마스날 아침 아이들에게 선물할 수 있으면 얼마나 좋을까, 단 한 번이라도 좋으니 그렇게 하고 싶다는 생각이 들었어요. 우리 아이들은 크리스마스 때 제대로 된 선물을 받은 적이 없잖아요.

하지만 우리 집은 이렇게 온 가족이 함께 살 수 있고, 모두 건강하고 또 정직해요. 만약 그런 것이 하나도 없다면 원하는 것을 모두 얻는다 해도 그리 기쁜 크리스마스가 되지 않을 것 같아요."

지당하다는 듯이 조지프 씨도 고개를 끄덕였다.

"나도 동감이오. 불평을 해선 안 되겠지. 하지만 매기에게 마치 살아 있는 사람을 닮은 인형을 사주고 싶구려. 그 아이가 지금까지 가져본 인형이라고는 집에서 만든 것뿐이어서 인형을 무척 갖고 싶어하거든.

오늘 피셔의 가게에서 봤는데, 사람처럼 머리카락을 심었고 눈을 깜박거리는 참으로 귀여운 인형이 있었소. 만약 내일 아침 그런 인형을 받는다면 그 아이가 어떤 얼굴을 할지 한 번 상상해 보오."

조지프 부인이 씁쓸히 웃으면서 말했다.

"그런 상상은 하지 않는 편이 차라리 나아요. 슬퍼지기만 할걸요. 어쨌든 오늘은 큰 접시 가득 캔디를 만들었어요. 내가 아이들에게 해줄 수 있는 '크리스마스다운' 선물은 그것뿐이에요. 아이들의 선물 옆에 갖다놓아야겠어요. 응? 누가 왔나봐요."

"그런 것 같군."

조지프 씨는 일어나 문을 활짝 열었다.

그러자 현관에 온통 눈을 뒤집어쓴 두 사람이 서 있다가 안으로 성큼성큼 들어왔는데, 자세히 보니 15마일쯤 떨어진 작은 마을에 사는 부유한 상인 롤스턴 씨와 그 부인이었다.

롤스턴 씨가 인사했다.

"이렇게 늦은 시간에 죄송하게 됐군요. 실은 말이 움직일 수 없게 된데다 눈보라가 심해서 더 이상 꼼짝도 못하게 되어버렸습니다. 린드지에 있는 동생 집에서 크리스마스를 보내려고 아내와 함께 가던 중인데, 정말 죄송하지만 하룻밤 신세지면 안될까요?"

조지프 씨는 진심으로 말했다.

"좋고말고요, 대환영입니다. 부엌 불 옆에 놓인 간이침대라도 괜찮으시다면—저런! 눈을 많이 맞으셨군요, 롤스턴 부인."

조지프 씨는 부인이 코트를 벗는 것을 도와주었다.

"그럼, 말을 헛간에 넣고 오겠습니다. 어서, 이쪽으로."

두 남자가 헛간에서 돌아오자 롤스턴 부인과 조지프 부인은 불 옆에 앉아 있었다. 롤스턴 부인은 뜨거운 찻잔을 손에 들고 있었다. 롤스턴 씨는 마차에서 가지고 온 커다란 바구니를 구석의 긴의자 위에 놓았다.

"이것도 안에 들여놓는 게 좋을 것 같군."

롤스턴 씨는 부인에게 말한 뒤, 이번에는 조지프 부인 쪽을 보면서 말했다.

"동생네 집에는 아이들이 많아서요. 우리가 산타클로스 역을 하고 있답니다. 이 바구니는 아내가 채웠는데, 무엇을 넣었는지 가게의 물건을 반은 쓸어넣은 것 같군요. 내일은 조카들이 무척 기뻐할 겁니다—하긴 무사히 도착했을 때 이야기입니다만."

조지프 부인은 저도 모르게 살며시 한숨을 푹푹 쉬며 구석의 식탁 위에 있는 선물더미로 눈길을 보냈다. 뚜껑을 덮고 끈으로 엉성하게 묶은 커다란 바구니 옆에서 그 선물더미는 얼마나 초라하고 작게 보였는지 모른다.

롤스턴 부인도 그쪽을 보며 방그레 미소지었다.

"아무래도 이 댁에는 산타클로스가 벌써 다녀간 것 같군요."

조지프 부부는 재미있는 듯 웃었다.

"저희 집에 오는 산타클로스는 올해 아무래도 예산이 모자란 모양입니다."

조지프 씨가 솔직하게 털어놓았다.

"저건 우리 아이들이 형제들에게 주려고 자신들이 직접 만든 것들

입니다. 한 달 전부터 모두들 부지런히 준비했죠.

저희는 크리스마스가 지나면 언제나 안도의 한숨을 쉬지요. 비밀이니 뭐니 하면서 숨기는 일이 모두 끝나게 되니까요. 보시는 바와 같이 좁은 집이라서 조금만 몸을 돌리면 꼭 누군가의 비밀을 보게 되어버리거든요."

이윽고 간이침대가 운반되어 오고 롤스턴 부부 둘만 남게 되었다. 롤스턴 부인은 식탁 옆으로 가서 작은 선물들을 딱한 듯 동정어린 눈길로 바라보았다.

지미가 몰리를 위해 마분지와 낙엽과 풀잎으로 만든 달력을 보면서 부인이 말했다.

"우리 바구니에 들어 있는 것과는 너무 달라요."

롤스턴 씨가 말했다.

"나도 그 생각을 하고 있었소. 우리 바구니 안에 있는 것을 몇 가지 저 식탁 위에 꺼내놓으면 어떨까?"

화답하듯 롤스턴 부인이 말했다.

"난 모두 꺼내놓고 싶어요, 여보. 우리 아이들을 위해 몽땅 다 두고 가요, 에드워드. 로저의 아이들은 굳이 우리 부부가 아니라도 선물을 줄 사람이 많잖아요. 또 집으로 돌아간 뒤에 보내도 되구요."

"좋도록 해요. 어쨌든 훌륭한 생각이오. 이 집 아이들에게 한 번쯤 멋진 크리스마스를 선물합시다. 이 집 부부는 무척 가난해 보이는구려. 올해는 흉작이라 이 언저리 농가들은 모두 올 겨울을 힘들게 보낼 거요."

롤스턴 부인은 커다란 바구니의 끈을 풀었고, 부부는 마치 도둑질이라도 하는 것처럼 살금살금 바구니 속에서 물건들을 꺼내 식탁에 늘어놓았다. 롤스턴 씨는 수첩과 연필을 꺼내, 식탁 위에 놓여 있는 선물에 적혀 있는 이름을 보면서 아이들 모두에게 골고루 선물을 나누었다.

그것이 끝나자 롤스턴 부인이 말했다.

"저기 있는 식탁보를 위에 덮읍시다. 아마 새벽에 떠나게 될 텐데, 우리가 떠나느라 부산한 동안에는 눈치채지 못할 거예요."

결과는 롤스턴 부인이 예상한 대로였다. 새벽에는 눈보라가 멎었고 온통 하얀 색으로 덮인 지평선 위에 태양이 떠올랐다.

조지프 부부는 일찍부터 일어나 간밤의 손님을 위해 아침 식사를 준비했다. 손님들은 램프 아래에서 식사를 했고 곧 문 앞까지 말썰매가 끌려왔다.

롤스턴 씨는 텅 빈 바구니를 들고 타면서 말했다.

"눈길을 가는 건 힘들겠지만 정찬 때까지는 린드지에 도착하겠지요. 조지프 씨, 큰 신세를 졌습니다. 부인과 언제 시내에 오시면 이 은혜를 갚을 수 있도록 꼭 들러주십시오. 그럼, 이만. 가족들 모두 즐거운 크리스마스가 되기를!"

부엌으로 돌아간 조지프 부인의 눈에, 식탁 한자리에 식탁보가 덮여 있고 그 아래가 봉긋하게 솟아 있는 것이 보였다.

"저게 뭐지!"

부인은 급히 식탁보를 걷어냈다.

밑에 들어 있는 것을 본 순간 부인의 눈에 눈물이 솟았다. 그것은 기쁨의 눈물이었다. 조지프 씨도 들어와서 선물더미를 보더니 휘파람을 휙휙 불었다.

거기에는 아이들이 꿈꾸던 물건들이 모두 있었다.

스케이트 세 켤레, 챙 없는 털모자와 깃, 세련된 바느질 바구니, 광택나는 표지의 새책이 여섯 권쯤, 휴대용 문구상자—뚜껑을 열면 선반이 되었다—드레스처럼 보이게 말아놓은 옷감, 몰리에게 딱 맞는 털 달린 가죽장갑, 찻잔과 받침접시.

언뜻 보기만 해도 이 정도가 눈에 들어왔는데, 식탁 구석에 또 커다란 상자가 있고 안에 캔디와 호두와 건포도가 가득 들어 있었다.

그리고 반대쪽 구석에는 금빛 곱슬머리에 갈색 눈을 한 인형도 있었다. 진짜 옷을 입고 있고 옆의 트렁크에 갈아입을 옷도 들어 있었다. 인형 가슴에 롤스턴 씨가 수첩을 찢어 매기의 이름을 쓴 것이 핀으로 꽂혀 있었다.

조지프 씨가 말했다.

"멋진 크리스마스가 되겠구려."

조지프 부인이 기쁜 듯 대답했다.

"아이들 머리가 틀림없이 어떻게 되어버리겠어요."

부인의 예언은 적중하여, 한참 뒤 층계를 뛰어내려온 아이들은 그야말로 머리가 반쯤 이상해진 것처럼 팔짝팔짝 날뛰며 기뻐했다. 조지프 집안 아이들에게 이런 크리스마스는 처음이었다.

매기는 눈을 반짝반짝 빛내며 인형을 끌어안았고, 집안일을 좋아하는 몰리는 전부터 무척 갖고 싶어했던 바느질 바구니를 황홀한 눈길로 바라보았다.

공부를 좋아하는 지미는 책을 받고 싱글벙글했고, 테드와 할은 스케이트를 보고 환호성을 질렀다. 캔디와 호두가 든 상자는 어땠을까? 이것도 물론 가족 모두에게 대환영을 받았다.

그리하여 그해 크리스마스는 조지프 씨 가족의 역사에 길이 남는 멋진 추억이 되었다. 그렇지만 이렇게 생각지도 못했던 선물에 에워싸여서도, 조지프 집안아이들이 다른 형제자매에게서 받은 손으로 직접 만든 선물에 감사하는 마음을 잊지 않았던 것을 나는 더없이 기쁘게 생각한다.

몰리는 마분지와 낙엽과 마른풀로 만든 달력을 그 어떤 것보다 예쁘다고 생각했고, 지미는 매기가 작고 동그란 손으로 짜준 빨간 벙어리장갑처럼 근사한 장갑은 어떤 남자아이도 받은 적이 없을 거라고 생각했다.

조지프 부인의 캔디도 남김없이 사라졌다. 그리고 이것은 어머니를 생각하는 마음이 깊은 테드가 한 말이지만, 어머니가 정성스레 만든 캔디는 상자 속에 들어 있던 캔디에 비해 조금도 손색이 없었고 무척 맛있었다.

리처드 백부와 설날 정찬

설날 아침 프리시는 오스카 밀러 씨 가게에 성냥을 사러 갔다. 퀸시 마을의 가게는 설날에도 쉬지 않는다.

그때 마침 프리시의 큰아버지인 리처드 베이커 씨가 들어왔다. 리처드 백부는 프리시 쪽은 쳐다보지도 않았고, 프리시도 큰아버지께 새해를 축하하는 인사조차 하지 않았다. 리처드 백부는 프리시 아버지의 단 한 분뿐인 형님이지만, 프리시는 물론 프리시 아버지와도 8년 전부터 말을 하지 않고 있는 중이었다.

몸집이 크고 혈색 좋은 얼굴에 부유해 보이는 모습의 큰아버지를 몰래 훔쳐보면서 누구에게든 자랑할 수 있는 큰아버지인데, 하고 프리시는 안타깝게 생각했다. 다른 집의 큰아버지였으면, 아니 그보다 옛날의 큰아버지 같으면 얼마나 좋을까—프리시에게 달리 '큰아버지'라고 부를 수 있는 사람은 없었다.

어릴 때는 큰아버지와 무척 사이가 좋았다. 하지만 그것은 아버지와 큰아버지가 싸우기 전의 일이었고, 프리시는 그 싸움과 아무 관계도 없었지만 리처드 백부는 아무래도 프리시까지 나쁘게 여기고 있는 듯했다.

그런데 이날 아침 리처드 백부가 가게주인 밀러 씨에게 이제부터 돼지고기를 팔러 나바까지 갈 거라고 이야기하는 소리가 프리시의 귀에 우연히 들려왔다.

"오후에 갈 생각이었는데, 어제 조 헤밍이 연락해서 12시 지나서는 사지 않겠다는 거야. 나 원 참, 새해 첫날부터 장사를 해야 하다니."

얼핏 밀러 씨의 말도 들렸다.

"자네한테는 새해 첫날이나 다른 날이나 하나도 다를 게 없지 않나?"

리처드 백부는 독신이어서 늙은 제인웨이 부인에게 집안일을 맡기고 있었다.

"그야 그렇지. 하지만 설날만큼은 제대로 된 정찬을 먹기로 하고 있다네. 내가 새해를 축하한다고 해야 그것밖에 없거든. 그런데 제인웨이 할멈이 오늘은 아들 가족과 보내고 싶다며 오리엔탈로 가버렸어.

그래서 내가 요리를 할 생각이었지. 간밤에 재료를 모두 식품저장실에 준비해 놓고 말일세. 그런데 고기 때문에 연락이 오는 바람에 1시 전에는 돌아올 수가 없어. 하는 수 없지 뭐, 점심은 차가운 요리로 대충 때우는 수밖에."

리처드 백부가 마차를 타고 가버린 뒤 프리시는 깊은 생각에 잠겨 집으로 향했다. 오늘은 크리스마스에 아버지로부터 받은 책과 상자 속에 있는 캔디로 느긋한 하루를 보낼 생각이었다. 요리도 하지 않을 작정이었다. 아버지가 친구를 만나러 아침부터 읍내에 나가 저녁까지 돌아오지 않기로 되어 있었던 것이다.

혼자서 집을 보게 되어 누구에게도 요리를 해줄 필요가 없었다. 어머니는 프리시가 아주 어릴 때 세상을 떠났다. 지금은 프리시가 아버지를 위해 집안살림을 꾸려가고 있으며, 두 사람은 무척 행복하게 살고 있었다.

집으로 돌아오는 길 내내 프리시는 리처드 백부에 대한 생각이 머리에서 떠나지 않았다. 새해 첫날부터 따뜻한 음식을 먹을 수 없다니! 어쩐지 올 한해가 추워질 것 같은 기분이 드는 게 아닌가! 프리시는 큰아버지가 가엾다고 생각했다. 나바에서 차갑게 언 몸으로 배가 고픈 채 돌아와봤자, 기다리고 있는 건 불기 하나 없는 썰렁한 빈집과 요리재료들뿐일 테니까.

갑자기 프리시의 머리에 어떤 생각이 번쩍 스쳐지나갔다.

'그래도 될까. 도저히 그럴 수 없어. 하지만 큰아버지는 모르고 조용히 넘어가실 거야. 시간은 충분해, 한번 해보자!'

서둘러 집으로 돌아와 사가지고 온 성냥을 챙겨넣고 프리시는 오늘 읽을 예정이었던 책을 아쉬운 듯 바라보았다. 그런 다음 문을 잠그고 반 마일쯤 떨어진 큰아버지 집 쪽으로 걷기 시작했다. 그곳에 가서 큰아버지를 위해 정찬을 요리하여 예쁘게 차려놓고 돌아올 생각이었다.

"큰아버지는 내가 그랬다는 것을 아실 리가 없어, 그래도 혹시 모르니 눈치채지 않도록 조심해야지."

조카딸이 만든 요리라는 것을 알면 틀림없이 내다버릴 게 분명했다.

8년 전 프리시가 9살이었을 때, 큰아버지 리처드와 프리시의 아버지 어빙은 토지 분할 문제를 둘러싸고 서로 크게 다투었다. 잘못을 따지자면 큰아버지 쪽에 있었지만, 큰아버지는 그것 때문에 동생에게 오히려 더 화를 냈다. 그때부터 동생과 아무 말도 하지 않았고 앞으로도 내내 그럴 생각인 것 같았다.

프리시와 아버지는 이 불화를 무척 가슴아파했지만, 큰아버지 쪽은 아무렇지도 않은지 이 세상에 동생과 조카가 있다는 사실을 아예 잊어버린 것 같은 매정한 얼굴을 하고 있었다.

큰아버지 집에 도착해 보니, 장작창고의 문이 잠겨 있지 않아 그곳을 통해 어렵지 않게 안으로 들어갈 수 있었다. 프리시는 빨갛게 달아오른 뺨으로 장난스럽게 눈을 빛내며 썰렁한 부엌으로 들어갔다. 어쩐지 가슴이 콩닥콩닥 뛰는 것 같았다.

프리시는 즐거운 기분으로 생각했다.

'스릴 만점이야. 밤에 아버지가 돌아오시면 다 이야기해 드려야지. 틀림없이 둘이서 유쾌하게 웃게 될 거야.'

부엌 난로에는 아직 불씨가 그대로 남아 있었고, 식품저장실에는 모든 요리재료가 사온 상태 그대로 놓여 있었다. 오븐구이용 신선한 돼지고기, 감자, 양배추, 순무, 그리고 건포도 푸딩 재료도 있었다. 큰아버지는 건포도 푸딩을 무척 좋아했으며, 프리시도 제인웨이 부인과 똑같이 잘—그것이 자랑거리가 될 수 있다면—만들 수 있었다.

잠시 뒤 부엌은 지직지직 고기가 구워지는 소리, 보글보글 끓는 소리, 맛있는 냄새로 가득찼다. 프리시는 무척 즐겁게 일했다. 건포도 푸딩의 밑손질에는 좀 자신이 없었지만 그것도 그럭저럭 잘 된 듯했다.

시계가 12시를 쳤을 때 프리시는 혼잣말을 했다.

"큰아버지는 1시에 돌아오신다고 하셨지. 이제 식탁을 차리자. 접시에 담아서 큰아버지가 돌아오실 때까지 식지 않는 곳에 두어야지. 그렇게 해놓고 몰래 빠져나가는 거야. 큰아버지가 어떤 표정을 하실지 보고 싶어. 틀림없이 길 건너 사는 제너 씨의 딸들 가운데 누군가가 해주었을 거라고 생각하시겠지?"

식탁은 금방 준비되었다. 마지막 손질로 순무에 후추를 뿌리고 있는데 갑자기 등 뒤에서 굵고 거친 남자 목소리가 들려왔다.

"아니, 이게 어찌된 일이냐?"

프리시는 마치 총소리라도 들은 것처럼 깜짝 놀라 뒤돌아보았다. 그러자 놀랍게도 장작창고와 부엌 사이 문에 큰아버지가 서 있는 게 아닌가?

가엾은 프리시! 큰아버지의 책상서랍을 뒤지다가 들켰다 해도 이렇게 난처한 얼굴을 하지는 않았을 것이다. 용케도 바닥에 순무를 떨어뜨리지 않은 것이 오히려 이상할 정도였다. 그래도 머릿속이 온통 뒤죽박죽이 되어버렸으므로, 내려놓는 일도 생각지 못하고 계속 손에 든 채 마냥 서 있을 뿐이었다. 얼굴이 새빨개지고 심장은 두근두근했으며 목도 마치 누가 죄어오는 것 같았다.

프리시는 더듬거리면서 겨우 설명했다.

"전, 저어, 설날 정찬을 요리해 드리려고 왔어요. 크, 큰아버지. 밀러 씨네 가게에서 제인웨이 부인이 없어서 설날 정찬을 요리해 줄 사람이 아무도 없다고 하셨잖아요. 그래서 제가 해드리자고 생각했어요. 하지만 큰아버지가 오시기 전에 돌아갈 생각이었어요."

그렇게 말하는 프리시는 언제까지나 말을 끝맺지 못할 것처럼 보였다.

'큰아버지가 화내지 않으실까, 당장 나가라고 호통치지는 않으실까?'

"그것 참 고맙구나. 여기 오는 것을 어빙이 용케도 허락한 모양이군."

그 목소리는 퉁명스럽게 들렸다.

"아버지는 집에 안 계셔요. 하지만 계셨다 해도 가지 말라고 하지는 않았을 거라고 생각해요, 큰아버지. 아버지는 큰아버지를 나쁘게 생각하지 않아요."

"흠! 어쨌든 모처럼 요리를 해주었으니 함께 먹도록 하자. 맛있는 냄새가 나는구나. 제인웨이 할멈은 오븐구이를 언제나 너무 태워버리지. 자, 앉거라, 프리시. 나는 배가 몹시 고프다."

두 사람은 함께 나란히 식탁에 앉았다. 프리시는 정신이 멍하고 숨쉬기도 괴로운 것 같았다. 가슴이 두근거려서 음식이 어디로 들어가는지 모를 지경이었다. 하지만 큰아버지는 나바에 다녀오느라 배가 무척 고팠는지, 프리시가 만든 음식을 너무나 맛있게 먹어치웠다. 음

식을 먹으면서 프리시에게 이것저것 이야기했는데, 그 말투는 온화했고 조금도 화내지 않는 목소리였다.

식사가 끝나자 큰아버지는 천천히 말했다.

"프리시, 고맙다. 지난날 싸움에 대해선 내가 사과하마. 실은 오래전부터 네 아버지와 화해하고 싶었지만 내 쪽에서 말을 꺼내기가 아무래도 쑥스러워서 말이다.

내가 너무 거만하고 완고하다는 건 알고 있다. 웬만하면 네가 아버지에게 이렇게 전해주지 않겠니? 아버지가 만약 지난 일을 없었던 것으로 생각해줄 수 있다면, 오늘 밤 너와 함께 이리 와 주었으면 한다고 말이다. 꼭 그렇게 전해 다오."

프리시는 기쁜 마음으로 소리쳤다.

"틀림없이 올 거예요—전 알아요! 큰아버지, 아버지는 큰아버지와 사이가 나빠진 것을 무척 안타깝게 생각하고 계셔요. 전 정말 기뻐요!"

프리시는 식탁을 빙 돌아 큰아버지에게 달려가 열렬하게 키스했다. 리처드 백부는 날씬하고 키 큰 조카딸의 제법 처녀다운 얼굴을 올려다보며 빙그레 웃었다.

"프리시, 너는 마음씨 곱고 착한 아이야. 그렇지 않다면 이런 고약한 큰아버지를 위해 음식을 만들러 와줄 리 없지. 나 같은 옹고집은 식은 음식만 먹어야 하는 게 마땅해. 사실 오늘 마을사람들이 새해인사를 할 때마다 기분이 좋지 않았다. 함께 축하할 사람이 아무도 없다는 걸 비웃는 것 같은 느낌이 들어서. 하지만 새해는 오늘 나에게 이렇듯 좋은 일을 가져다주었어. 올해는 좋은 한 해가 될 것 같구나."

프리시는 하늘높이 튀어오르는 듯한 목소리로 웃었다.

"물론이에요! 전 너무 행복해서 노래라도 부르고 싶은 심정이에요. 이곳에 와서 음식을 해드리려는 생각을 하다니, 정말 멋진 착상이었어요!"
　"가까이 살고 있는 동안은 앞으로 해마다 설날 정찬을 요리하러
와주면 좋겠구나 약속해 줄 수 있겠니? "
　프리시는 굳게 약속했다.
　"그렇게 하겠어요, 큰아버지."

에이더의 케이크

메리 크레이그, 세러 리드, 조시 파이, 에이더 미철—이 네 사람은 같은 하숙집에 살고 있다.

그날 밤 네 사람은 에이더의 방에 모여 서로의 불행을 위로하고 있었다. 네 사람 다 내일이 섣달 그믐날인데도 집으로 돌아갈 수 없기 때문이었다. 메리와 조시는 크리스마스에 미리 다녀왔으므로 그리 서운하지 않았지만, 에이더와 세러는 크리스마스 때도 돌아가지 못했다.

클리프턴 고등학교 3학년인 에이더는 휴가인데도 아무 데도 갈 수 없다고 불평했다. 고향집에는 동생 네 명이 홍역에 걸려 있어, 에이더는 아직 홍역을 치르지 않았으니 돌아오지 말라는 편지가 왔던 것이다. 편지가 늦게 도착하여 다른 계획도 세울 수 없었다.

메리와 조시는 클리프턴의 책방에서 일하고 있고, 세러도 같은 클리프턴의 법률사무소에서 속기 일을 하고 있다. 네 명 다 모든 일을 너무 깊이 생각하지 않는 명랑한 소녀들로 무척 사이가 돈독하다.

초콜릿 캔디를 오도독 깨물면서 세러가 한숨을 쉬었다.

"객지에서 새해를 맞이하는 건 처음이야. 생각할수록 화가 나. 게다가 우리 사무실은 쉬지도 않잖아. 에이더는 좋겠다. 2주일이나 학교가 쉬어서 그저 놀기만 하면 되니까."

에이더가 투정을 부린다.

"아무 데도 갈 수 없는데 좋긴 뭐가 좋아. 주체할 수 없는 시간만 있을 뿐이지. 하지만 여러분, 좋은 소식이 있어. 오늘 어머니한테서 편지가 왔는데 뭐라고 하신 줄 알아? 커다란 새해 케이크를 구워서 보내셨대! 입 안에서 살살 녹는 최고의 과일케이크야. 우리 어머니 멋지지 않니? 내일이면 도착할 거야.

그 케이크로 우리 축하파티를 열면 어떨까? 올해 마지막 날 밤 내 방에 모여 달라고 하숙집의 다른 식구들한테도 이야기해 두었으니까 함께 재미있게 보내자, 어때―"

메리가 탄성을 질렀다.

"와! 집에서 만든 시골풍 케이크를 내가 얼마나 좋아한다고! 달걀도 버터도 건포도도 듬뿍 들어 있겠지? 에이더, 나한테는 특별히 크게 잘라줄 거야?"

"먹고 싶은 만큼 먹어. 우리 어머니가 만든 과일케이크 맛에 대해서는 두말할 필요도 없어. 우리 신나게 놀자. 미스 먼로도 오겠다고 약속했어. 그 사람 달달한 과일케이크에 약하대."

다른 세 명도 환성을 질렀다.

"와!"

미스 먼로는 그녀들이 동경하는 여성이다. 네 사람은 늘 멀리서 쳐다보는 것만으로도 만족하고 있다. 머리가 무척 좋은 사람으로, 신문기자인데다 책도 쓴다는 소문이 자자하다.

소녀들은 그런 멋진 사람과 같은 하숙집에 살고 있는 것을 자랑으로 여기고 있었다. 미스 먼로가 고개를 끄덕여주거나, 형식적인 미소라도 보내주지 않는 불운한 날은 그녀들에게 '오늘이라는 날은 없었던 거나 마찬가지'였다. 날씨에 대한 한 마디 인사라도 들은 운이 좋은 아가씨는 일주일 내내 어깨에 바람을 일으키며 씩씩하게 걸을 정도이다. 그런 멋진 여성이 그해 마지막날 밤 에이더의 방에 와서 모두와 함께 과일케이크를 먹어주겠다니—

창가의 의자에서 밖을 내다보고 있던 조시가 말했다.

"어머나! 에이더, 너하고 이름이 같은 아이가 걸어오고 있어. 겨울방학인데 아무 데도 가지 않은 모양이야. 왜 그럴까, 돌아갈 집이 없는 건가? 그러고 보니 몹시 외로워 보이지 않니?"

실은 클리프턴 고등학교에 또 한 명의 에이더 미철이 있다. 그 에이더는 15살로 2학년이다. 창백한 얼굴에 말없고 평범한 느낌의 소녀다. 3학년인 에이더와 친구들은 그 이상은 아무것도 모르고 물어본 적도 없다.

아무렇지도 않은 듯 에이더가 말했다.

"틀림없이 무척 가난할 거야. 허술한 옷을 입고 늘 어두운 표정이잖아? 맬버러 거리 끝에 있는 하숙집에 살고 있대. 겨울방학 때도 그 허름한 하숙집에 있어야 하다니 안됐어. 매우 우울한 하숙집인걸. 잃어버린 책을 찾기 위해 한 번 가본 적이 있어서 알지. 어머나, 벌써 돌아가려고? 그럼, 내일 밤에 봐."

이튿날 에이더는 송년파티를 위해 방을 꾸미면서 케이크가 도착하기를 기다렸다. 그런데 케이크는 오후의 차 마시는 시간이 지나도록 도착하지 않았다. 그래서 운송회사에 가서 알아보기로 했다. 하숙집의 모든 소녀들과 미스 먼로도 오는데 케이크가 오지 않으면 큰일인 것이다. 만약 그런 일이 일어난다면 난 죽어버릴 거야, 하며 에이더의 마음은 안절부절못했다.

운송회사에 가본 결과 두 가지 사실을 알 수 있었다. 하나는 클리프턴의 미스 에이더 미철 앞으로 소포가 도착했다는 것. 또 하나는 그 소포가 클리프턴의 미스 에이더 미철에게 배달되었다는 것.

지배인이 설명했다.

"우리 사무원이 미스 미철이라면 자기 이웃에 살고 있으므로 잘 안다고 하며 가지고 갔습니다."

에이더는 어찌해야 좋을지 몰랐다.

"뭔가 잘못된 거예요, 틀림없어요. 이 회사에 제가 아는 사람은 한 사람도 없는걸요. 아! 그래! 클리프턴에 또 한 명의 에이더 미철이라는 여자아이가 있어요! 그쪽으로 배달한 게 아닐까요?"

지배인은 그럴 가능성이 충분하다며 사람을 보내 확인해 보겠다고 말했지만, 에이더는 어차피 그쪽으로 해서 돌아갈 거니까 자기가 들러보겠다며 거절했다.

맬버러 거리에 있는 초라한 하숙집에 가서 물어보니 에이더의 방은 3층이라고 했다. 층계를 올라가 복도 끝에 칸막이만한 작은 방이 또 다른 에이더의 방이었다.

문을 똑똑 두드리자 그 에이더가 문을 열고 나왔다. 그 뒤의 테이블에는 놀랍게도 먹음직한 케이크가, 그것도 건포도가 가득 박힌 커다란 과일케이크가 놓여 있었다!

"어머나, 미철 양!"

또 한 명의 에이더가 기쁜 듯하면서도 수줍어하는 목소리로 소리쳤다.

"들어와요. 아직 고향에 돌아가지 않았군요. 와줘서 고마워요! 방금 멋진 케이크를 받은 참이에요. 그것이 배달되었을 때 깜짝 놀랐지만요. 하지만 기뻤어요! 그때 마침 너무 외로워서 울고 있었거든요. 마치 친구가 한 사람도 없는 것 같은 기분이었어요. 하지만 케이크를 본 순간 세상이 바뀐 것 같은 기분이 들었어요.

좀 앉겠어요? 한 조각 잘라줄 테니까. 과일케이크 좋아하죠? 나도 무척 좋아해요."

에이더는 뭐라고 말해야 좋을지 머릿속으로 생각하며 의자에 앉았다.

'난처하게 됐어! 이 케이크는 내 것이라고 어떻게 말한단 말인가? 이 가엾은 아이가 이렇게 기뻐하고 있는데. 게다가 아무것도 없는 이 방, 무척 쓸쓸해 보여.'

커다랗고 화려한 과일케이크 탓으로 휑뎅그렁한 방이 더욱 추워 보이는 듯한 느낌이 들었다.

"저, 누가 보내준 거예요?"

할말을 겨우 생각하던 끝에 에이더는 이런 하나마나한 질문을 하고 말았다.

또 한 명의 에이더가 대답했다.

"아마 헨더슨 부인일 거예요. 달리 보내줄 만한 사람이 없거든요. 재작년까지 토렌튼 학교에 다닐 때 헨더슨 부인 집에서 하숙했죠. 이쪽으로 올 때 헨더슨 부인이 크리스마스에 케이크를 보내주겠다고 말했어요.

하지만 작년에는 오지 않았죠, 기다리고 있었는데. 무척 실망했어요. 어린애 같죠? 하지만 무척 외로웠으니까요. 난 다른 사람들처럼 돌아갈 집이 없어요.

하지만 올해는 잊지 않고 이렇게 보내주셨어요. 새해에 누군가 나를 기억해 주는 사람이 있다는 사실이 기뻐요. 케이크도 기쁘지만 그보다 보내준 마음이 더 고마워요. 그런 사람이 어딘가에 있다는 생각만 해도 기운이 펄펄 나는 것 같아요. 자, 맛 좀 볼래요?"

또 한 명의 에이더는 케이크를 인심 좋게 큼지막하게 잘라 에이더 앞에 놓았다. 보니 눈은 반짝반짝 빛나고 뺨도 상기되어 있었다. 여느 때의 주눅든 것 같은 느낌은 어디에도 없고 마치 딴 사람처럼 사랑스럽게 보였다.

에이더는 케이크를 천천히 입으로 가져가면서 생각했다.

'어떻게 하지? 도저히 사실대로 이야기할 수 없어. 하지만 오늘 밤 하숙집 사람들 모두에게 다 함께 케이크를 먹자고 말해 두었는데. 미

스 먼로한테도!

아, 이 일을 어쩐담! 하지만 방법이 없어. 이 아이가 이렇게 기뻐하고 있는데 실망시킨다는 건 도저히 못할 짓이야! 물론 언젠가는 사실을 알게 되겠지만. 헨더슨 부인에게 감사 편지를 보낼 게 틀림없으니까.

하지만 그때까지는 케이크와 친절한 헨더슨 부인이 이 소녀에게 기운을 넣어주어, 새해 휴가를 혼자 보내는 외로움도 잠시라도 잊을 수 있을 텐데.'

에이더는 케이크와 함께 실망한 기분을 목구멍에 밀어넣으며 겨우 말했다.

"맛있군요. 저—들르길 잘했다는 생각이 들어요."

에이더는 자신의 거짓말을 눈치채지 못했으면 좋겠다고 생각하면서 덧붙여 말했다.

"네, 정말이에요!"

또 한 명의 에이더가 눈빛을 반짝이며 말했다.

"이번 주에는 내내 마음이 외로웠어요. 난 여기서 혼자 살고 있고 나를 걱정해 주는 사람은 아무도 없거든요. 아버지는 3년 전에 돌아가시고 어머니는 기억에도 없어요. 그래서 이따금 견딜 수 없이 쓸쓸해져요. 학교에 왔다갔다하고 공부할 것이 있을 때는 그리 심하지 않지만 이렇게 휴가 때는 우울해져요. 기운이 빠져버리죠."

"우리 좀 더 친하게 지낼걸 그랬어요."

에이더는 그 생각을 미처 하지 못한 것을 뉘우치면서 말했다.

"난 동생들이 홍역에 걸려서 집에 돌아가지 못했어요. 휴가 동안 우리와 함께 놀며 지내지 않을래요? 틀림없이 즐거운 휴가가 될 거예요."

또 한 명의 에이더는 기쁜 듯 뺨을 빨갛게 물들였다.

"친구가 된다면 정말 기쁠 거예요. 전부터 친해지고 싶었거든요. 같은 이름이라니 신기한 인연이죠? 오늘은 이렇게 와주어서 정말 고마워요. 자주 와주면 좋겠어요."

에이더는 진심으로 말했다.

"그럴게요."

"저, 좀 더 있다 가면 안 돼요? 이곳에 사는 여자아이들에게 케이크를 먹으러 오라고 말해 두었거든요. 늘 친절하게 대해 주는 사람들에게 뭔가 대접할 수 있다고 생각하니 기뻐서요.

모두 읍내의 가게에서 일하고 있어서 저녁이면 지친 몸으로 돌아와요. 나처럼 외로운 아이도 있고. 함께 케이크를 나눠먹을 수 있다는 게 기뻐요. 같이 보내면 안 될까요?"

에이더는 웃었다.

"그러고 싶지만, 나도 오늘밤에 손님을 불렀거든요. 서둘러 돌아가지 않으면 안 돼요. 벌써 다들 와서 내가 돌아오기를 기다리고 있을 거예요."

에이더는 모두가 기다리고 있는 그 무언가를 떠올리며 다시 웃었다. 그렇지만 집으로 돌아오면서 진심으로 생각했다.

'그 케이크를 두고 오길 잘했어. 나한테는 조시가 자주 말하는 그냥 '맛있는 것'에 지나지 않지만, 그 아이에게는 훨씬 중요한 것이니까. 가엾은 아이야! 다음 학기에는 그 아이와 좀 더 가깝게 지내야지. 우리 3학년은 아무래도 자기들밖에 생각할 줄 모르는 것 같아.

그래! 토렌튼에 있는 어비 모튼에게 편지를 써서 헨더슨 부인의 주소를 알아봐 달라고 해야겠다. 그래서 헨더슨 부인에게 케이크를 보내지 않았다는 말은 하지 말아달라고 부탁하면 돼.'

에이더는 지나는 길에 케이크집에 들러 조시 파이가 말하는 '기성복 같은 음식'—케이크, 과일, 캔디—에 아낌없이 용돈을 투자했다.

방으로 돌아와 보니 기대에 찬 눈길의 소녀들이 미스 먼로를 에워싸고 기다리고 있었다. 미스 먼로는 노란색 비단옷에 검은 레이스를 장식한 이브닝드레스 차림으로 머리에 장미꽃을 꽂고 진주 목걸이를 하고 있었다. 에이더의 파티에 이렇게 멋진 차림으로 와준 것이다. 그것을 본 순간 에이더는 역시 케이크를 찾아올걸 그랬나 하는 후회가 들고 말았다.

"어서 와, 에이더. 자, 사양말고 들어와서 편히 앉아. 자기 방이니 주뼛거릴 것 없잖아! 우리가 복도에 모여 다 함께 문을 두드리려 할 때 미스 먼로도 오셨어. 그래서 '괜찮으니까 들어가자!'하고 들어와 있었던 거야. 에이더, 어머니가 만드신 호화로운 과일케이크는 어디 있니—나 하루 종일 군침 흘렸어."

"또 한 명의 에이더가 아마 지금쯤 그 케이크로 친구들을 대접하고 있을 거야."

에이더는 웃으며 대답한 뒤 모두들에게 자초지종을 설명했다.

"실망시켜서 미안해. 그 가엾은 아이에게 사실대로 말할 용기가 없었어. 가게에서 맛있는 과자를 듬뿍 사왔으니까 오늘은 이것으로 용서해 줘."

즉석으로 꾸민 송년파티는 대성공이었다. 모두들 미스 먼로의 눈부신 매력에 사로잡힌 가운데 파티는 밤 12시까지 이어졌고, 새해를 떠들썩하게 맞이하자 그들은 에이더에게 "좋은 꿈 꿔"하고 말한 뒤 돌아갔다.

미스 먼로는 문 앞에서 잠시 걸음을 멈추고 낮은 목소리로 에이더에게 말했다.

"당신은 사려깊은 사람이군요. 또 다른 에이더에게 케이크를 주고 와서 정말 훌륭한 일을 했다고 생각해요. 올해는 틀림없이 좋은 일이 있을 거예요."

동경하던 미스 먼로에게 칭찬을 듣자 에이더의 뺨이 빨갛게 물들었다.

"미스 먼로, 전 조금도 사려깊은 사람이 아니에요. 하지만 올해는 그런 사람이 되려고 노력할 거예요. 그리고 친한 친구들 말고도 외로운 아이가 있으면 좀 더 관심을 가질 생각이에요.

　또 한 명의 에이더에게도 마음의 위안이 그 과일케이크뿐인 일은 두 번 다시 없도록 해주고 싶어요."

버티의 새해

　문을 나선 버티는 가운데가 처진 층계에 뒷짐을 지고 서서, 누구를 기다리는 듯 새하얗게 눈이 덮인 길을 바라보고 있었다. 그때 뒷문이 덜컹 열리며 피곤한 얼굴의 여자가 시커먼 설거지물을 버리러 나왔다.

　"버티, 아직도 거기 있는 거니? 뭘 꾸물대고 있어!"

　버티는 쾌활하게 대답했다.

　"아직 시간이 있으니 괜찮아요. 조지 프레이저가 지나가면 가게까지 태워달라고 하려고 서 있는 거예요."

　"그렇게 게으르니까 샘슨 씨가 새해 휴가가 끝나면 오지 않아도 된다고 하지! 어이구, 저 녀석 또 울고 있네."

　마지막 말은 부엌에서 떼쓰며 울고 있는 남자아이에게 한 소리였다.

　버티가 물었다.

　"윌리엄 존은 왜 저러는 거예요, 작은어머니?"

　"저 녀석, 로빈슨 씨네 아이들하고 썰매를 타러 가고 싶어서 저러는 거야. 하지만 내보낼 수 없어. 장갑이 없으니까. 그냥 나가면 또 감기에 걸려 거의 죽게 될 게 뻔해."

그 말투로 판단하면 윌리엄 존은 그때까지 벌써 여러 번 감기에 걸려 죽을 뻔한 적이 있는 것 같았다.

버티는 자기가 끼고 있는 누덕누덕 기운 장갑을 지그시 바라보았다. 오늘은 몹시 추운데다 이제부터 배달을 몇 군데나 해야 할지 모른다.

부르르 몸을 한 번 떨고 버티는 개수통을 헹구고 있는 숙모의 얼굴을 올려다보았다. 그 무서운 얼굴을 보자 가엾은 윌리엄 존이 또 야단맞는 모습이 눈에 선했다.

버티는 장갑을 아무렇게나 벗어 로스 부인에게 쑥 내밀었다.

"이걸 끼라고 하세요. 난 없어도 되니까."

"무슨 소리니!"

로스 부인은 당황하여 말했지만, 그 목소리는 조금 전처럼 날카롭지 않았다.

"손가락이 동상에 걸릴 거야. 바보 같은 소리 마라."

"괜찮아요. 전 없어도 상관없어요. 윌리엄 존은 요즘 바깥에서 놀지 못했잖아요."

버티는 로스 부인의 손에 장갑을 억지로 쥐어주고 뛰기 시작했다. 어서 가지 않으면 추위를 이기지 못해 도로 찾고 싶어질 거라고 생각했는지도 모른다. 그래서 그날은 몇 번이나 멈춰서 손가락을 호호 불지 않으면 안 되었지만, 주지 말걸 그랬다는 생각은 하지 않았다. 윌리엄 존은 몸이 약해서 신나는 일이 조금도 없으니까—

포브스 의사선생님의 넓은 저택 문 앞에 한아름의 짐을 내려놓은 것은 이미 저녁때였다.

버티는 양손에 호호 입김을 불어 녹였다. 커다란 창문 밑에 등을 기대고 있었으므로 얼음이 낀 유리창 안쪽에서 두 소녀의 작은 얼굴이 밖을 내다보고 있는 것도 몰랐다.

키 큰 소녀가 말했다.

"저 애 좀 봐, 에이미. 가엾게도 틀림없이 꽁꽁 얼어버릴 거야. 캐럴라인은 뭐하고 있어? 어서 가서 문을 열어주지 않고."

에이미가 말했다.

"벌써 열어주러 나간 것 같아. 언니, 캐럴라인에게 이야기해서 저 아이가 불 옆에서 몸을 녹이게 해주자. 무척 추워 보여."

에이미는 가정부 캐럴라인이 버티에게 짐을 받아들고 있는 곳까지 언니를 이끌고 갔다.

언니 이디스가 작은 목소리로 속삭였다.

"캐럴라인. 저 아이에게 안으로 들어와 불을 쬐라고 하면 안 돼요? 무척 추워서 떨고 있는 것 같아요."

캐럴라인은 몹시 바쁘다는 듯 차갑게 말했다.

"추위에 꽤 익숙해져 있을 걸요. 좀 춥다고 어떻게 되지는 않아요."

이디스가 진지한 얼굴로 다시 말했다.

"하지만 지금은 크리스마스 주일이잖아요. 캐럴라인, 어머니가 자주 이야기했어요. 우리는 아무 모자람 없이 살고 있지만 그렇지 않은 사람도 많으니까 크리스마스에는 그런 사람에게 친절을 베풀라고."

세상을 떠난 마님 이야기가 나오자 그제서야 마음이 움직인 것인지, 캐럴라인은 버티 쪽을 돌아보며 상냥하게 말했다.

"안으로 들어와 몸을 좀 녹이고 가, 날씨가 추우니까."

버티는 캐럴라인을 따라 부끄러운 듯 부엌으로 서먹서먹 들어갔다.

"불 옆에 앉아."

캐럴라인은 의자를 내놓았다. 이디스와 에이미도 난로 반대쪽으로 와서 붙임성 있는 눈길로 버티를 바라보았다.

캐럴라인이 물었다.

"이름이 뭐니?"

"로버트 로스입니다. 모두들 버티라고 불러요."

"응, 로스 부인의 조카구나."

캐럴라인은 케이크용 볼에 달걀을 여러 개 깨뜨려넣고 재빨리 휘저으면서 말했다.

"샘슨 가게에서 일하고 있지? 아니, 장갑은 어떻게 했어?"

버티가 언 손을 불에 쬐고 있는 것을 보고 캐럴라인이 물었다.

"이렇게 추운 날 장갑도 없이 밖에서 일하면 안 돼!"

"윌리엄 존한테 빌려주었어요. 그 아이는 장갑이 없어서—"

장갑이 없다니 말도 안 돼! 하고 화를 낼 것 같아서 버티는 그만 입을 다물었다.

에이미가 깜짝 놀라 소리쳤다.

"장갑이 없다고! 난 세 개나 있는데. 그리고 윌리엄 존은 누구야?"

"내 사촌인데 몸이 무척 약해요. 장갑이 없어서 놀러나가지 못하고 있어서 내 것을 빌려주었어요. 나는 없어도 괜찮아요—그래요."

"크리스마스는 어떻게 지냈어?"

"우리에게 크리스마스 같은 건 없어요."

에이미가 끔찍하다는 듯 화들짝 놀라 소리를 질렀다.

"지금까지 크리스마스를 지내지 않았다고? 응, 알았어. 크리스마스 대신 새해를 축하하려는 거지?"

버티는 고개를 저었다.

"아마 그것도 하지 않을 거예요. 해마다 새해도 여느 날과 다름없었으니까."

에이미는 놀라서 아무 말도 나오지 않았다. 이디스는 동생과 달리 그 까닭을 조금은 알 것 같아서 얼른 화제를 바꾸었다.

"버티, 형제들은 있니?"

버티는 쾌활하게 대답했다.

"없어요. 작은어머니에게는 나 하나만도 벅차요. 전 이제 가봐야겠어요. 정말 고마웠습니다."

버티가 이야기하는 동안 이디스는 살그머니 부엌을 빠져나가 현관에서 따뜻해 보이는 장갑을 버티에게 내밀었다.

"윌리엄 존에게 전해 줘. 그렇게 하면 넌 네 것을 다시 낄 수 있지? 내 것인데 나한테는 너무 커. 아버지도 괜찮다고 하실 거야. 잘 가, 버티."

"안녕히, 고, 고맙습니다."

닫히는 문을 향해 버티는 인사했다. 그런 다음 윌리엄 존에게 어서 그 장갑을 주고 싶어서 한달음에 집으로 달려갔다.

그날 밤 포브스 씨는 저녁을 먹은 뒤 이디스가 전에 없이 깊은 생각에 잠겨 난롯불을 응시하고 있는 것을 보았다. 그래서 딸의 검은 머리에 손을 얹고 물었다.

"무슨 생각을 그렇게 골똘히 하고 있니?"

"오늘 우리 집에 어떤 남자아이가 왔었어요."

구석에서 새끼고양이와 장난치고 있던 에이미도 눈을 반짝이며 끼어들었다.

"네, 무척 착한 아이였어요. 버티 로스라는 아이인데 물건을 배달하러 왔어요. 우린 불 옆에서 몸을 녹이게 해주었어요. 장갑을 끼지 않아 손이 꽁꽁 얼어 있었거든요. 그런데, 아버지, 생각 좀 해보세요! 그 아이네 집에서는 크리스마스도 새해에도 아무 축하도 하지 않는대요—"

"안됐구나! 그 아이에 대한 이야기는 마을에서 들었다. 불쌍한 아이 같더구나."

"귀엽게 생겼어요. 언니가 파란색 장갑을 주었어요, 윌리엄 존에게 주라고요."

"오, 그래? 그런데 그 윌리엄 존은 또 누구지?"

"사촌이라고 했지, 언니? 그 아이는 몸이 약하대요. 그래도 썰매를 타러 나가고 싶어서, 버티가 자기 장갑을 선뜻 빌려주었대요. 윌리엄 존도 크리스마스 선물을 받은 적이 없을까?"

"크리스마스 선물을 받은 적 없는 사람들도 많이 있단다."

포브스 씨는 한숨을 쉬면서 신문을 집어 들었다.

"아무래도 너희 둘은 그 아이가 좋아진 것 같구나. 설날 저녁에 식사하러 오라고 초대할까? 윌리엄 존도 함께."

이디스가 눈을 별처럼 빛내며 말했다.

"우리 아버지는 멋쟁이야!"

포브스 씨는 웃었다.

"초대장을 쓰도록 해라, 지금은 네가 이 집 안주인이니까. 쓰고 나면 내일 그 아이가 가지러 오도록 하마."

이튿날 버티는 태어나서 처음으로 다른 집에서 마련한 식사에 오라는 초대장을 받게 되었다. 적혀 있는 내용을 완전히 이해할 때까지 버티는 그 초대장을 세 번이나 읽었다.

그리고 그날 밤중까지 뭔가 중대한 결정을 내리려는 것처럼 마음이 가라앉지 않는 모습으로 배달을 마친 뒤, 밤이 되어 집에 돌아왔을 때도 여전히 멍한 표정이었다. 로스 부인은 취사용 난로에 올려놓은 보리죽을 젓고 있었다.

부인은 엄한 목소리로 물었다.

"버트 왔니?"

부인의 말투는 언제나 험악했다. 그런 말투로 말할 생각이 없을 때도 저도 모르게 그만 그렇게 되고 말았다.

모자를 걸면서 버티는 온순하게 대답했다.

"네, 작은어머니."

"샘슨네 가게에서 일할 수 있는 것도 이제 하루뿐이구나, 좀 더 일하라는 말 없었니?"

"네, 물어봤지만 안 된다고—"

"내 그럴 줄 알았다. 어쨌든 설날은 휴일인 셈이구나. 하지만 먹을 것이 남아 있을지 모르겠다."

"작은어머니, 전 설날 정찬에 초대받았어요. 윌리엄 존과 함께요. 포브스 선생님의 따님들이 초대해 주었어요. 장갑을 준 사람들 말이에요."

버티는 로스 부인에게 편지를 보여주었다. 로스 부인은 금이 간 난로의 흔들리는 불빛 옆으로 그 편지를 가져가 등을 구부리고 읽었다. 그리고 돌려주면서 말했다.

"가고 싶으면 가도 좋아. 하지만 윌리엄 존은 안 돼. 어제 썰매놀이를 하는 바람에 감기에 걸려버렸으니까. 하지 말라고 했는데 말을 들어야지.

앞으로 일주일은 누워 있어야 할 거야. 지금 저기 누워 있는데 저기침소리를 들어보렴."

"그럼, 저도 안 갈래요."

버티는 휴 하고 숨을 크게 내쉬었다. 안심한 것인지 아니면 실망한 것인지 도무지 알 수 없었지만.

"혼자서는 갈 수 없어요."

"바보 같은 녀석! 그 사람들이 널 잡아먹을까봐 그러니? 하지만 좋을 대로 해. 어쨌든 윌리엄 존에게는 이야기하면 안 돼. 가고 싶어서 또 울 게 틀림없으니까."

그렇지만 윌리엄 존은 이미 듣고 말았다. 그래서 잠시 뒤 로스 부인이 바르는 약을 가지고 들어갔을 때 누덕누덕 기운 이불을 뒤집어쓰고 흐느끼며 울고 있었다.

"자, 윌리엄 존, 이 약으로 아픈 가슴을 문질러 줄게."

윌리엄 존은 훌쩍이면서 말했다.

"그럴 필요 없어. 저쪽으로 가! 부엌에서 이야기하는 거 다 들었어. 버티는 포브스 선생님 집에 초대받았는데 난 못 가잖아."

"네 잘못인데 누굴 원망하겠니? 어제 엄마가 하는 말을 들었더라

면 너도 갈 수 있을 텐데. 말을 안 듣는 아이는 이렇게 되는 법이야. 자, 어서 울음 그쳐. 버티가 가면 캔디든 뭐든 선물을 가지고 돌아올 테니까."

그 말을 들어도 윌리엄 존은 여전히 풀이 죽어 있었다. 그날 밤 울다가 잠들어, 다음날 아침 버티가 들어가 보니 울어서 빨개진 눈을 하고 빛바랜 이불을 턱 밑까지 끌어올린 채 침대에 앉아 있었다.

"윌리엄 존, 몸은 좀 어때?"

"안 좋아. 버티, 내일 밤 선생님 집에 가게 돼서 좋겠다."

버티는 윌리엄 존을 애써 위로하려고 말했다.

"아니, 난 안 가기로 했어. 너와 함께 가지 않으면 재미없잖아."

윌리엄 존은 조금도 고마운 얼굴이 아니었다. 오히려 이미 실컷 울어서 눈물도 말라버렸을 텐데 옆으로 돌아앉아 또 다시 훌쩍이기 시작했다.

"역시 그렇게 말할 줄 알았어, 버티. 혼자라도 가서 선생님 집에 대한 이야기를 해주면 좋겠다고 생각했는데. 너무해—"

"아, 윌리엄 존, 너무 그렇게 화내지 마. 틀림없이 나도 가지 않기를 네가 바랄 줄 알았지. 하지만 가라고 하면 갈게."

"정말?"

"응, 네가 가라는 곳이면 어디든 가줄게. 자, 이제 가게에 갈 시간이야. 안녕."

이리하여 버티는 용기를 내어 혼자 가기로 했다.

이튿날 밤 포브스 씨네 현관 앞에 선 버티는 숨쉬기 괴로울 만큼 가슴이 두근거렸다.

낡았지만 가장 좋은 외출복을 입었고 하얀 깃에는 주름 하나 없었다. 추위로 볼이 빨개지고 곱슬머리가 보기좋게 이마에 흘러내리고 있었다.

문을 열어준 캐럴라인을 따라 응접실로 들어가자 이디스와 에이미가 기다리고 있었다.

에이미가 소리쳤다.

"새해를 진심으로 축하해, 버티."

"응? 그런데 윌리엄 존은 어디 있어?"

윌리엄 존과 함께 오지 않으면 환영받지 못하는 게 아닌가 걱정하며 버티는 대답했다.

"못 왔어요. 감기에 걸려 누워 있어야 하거든요. 여기에 무척 오고 싶어했지만."

에이미가 실망한 목소리로 말했다.

"어머나, 가엾어라!"

뭔가 더 말하려 하는데 포브스 씨가 들어왔다.

포브스 의사는 버티의 손을 잡으며 말했다.

"오, 어서 오너라. 우리 집 아이들이 이야기하던 또 한 아이는 어디 있지?"

버티는 다시 한 번 윌리엄 존이 올 수 없었던 까닭을 설명했다.

"요즘 감기가 유행하고 있으니까."

포브스 씨는 의자에 앉아 난롯불을 들쑤셨다.

"감기에 붙들리고 싶지 않으면 잽싸게 뛰어서 달아나는 게 최고지. 그런데 이제 가게 일은 못하게 되었다던데. 샘슨이 새해 휴가 때까지만 일해주면 된다고 하더구나. 그래, 앞으로 어떻게 할 생각이지? 어디 좋은 일자리가 있을 것 같니?"

버티는 걱정스러운 얼굴로 힘없이 고개를 가로저은 뒤 다시 기운을 차려 말했다.

"하지만 열심히 찾으면 어딘가 있을 거예요. 언제나 대개 찾아냈으니까요."

처음에 느낀 부끄러운 기분은 이제 싹 사라졌다. 버티는 소년답게 포브스 씨를 똑바로 쳐다보았다.

의사는 기세좋게 타오르는 불길을 바라보며 무언가 골똘히 생각하는 모습이었다.

이때 이디스와 에이미가 와서 선물을 보여주고 싶다며 버티를 데리고 갔다.

선물은 털모자와 장갑이었다! 버티는 꿈이라도 꾸는 것 같은 두둥실 들뜬 기분이었다.

"이건 윌리엄 존에게 주는 그림책이야."

"부엌에 작은 썰매도 있으니 가지고 가. 아, 식사 벨이 울리네. 난 배가 몹시 고파. 아버지는 그게 나의 정상적인 상태라고 하시는데, 무슨 말인지 모르겠어—"

그 식사는 버티의 기억에서 언제까지나 지워지지 않는 멋진 경험이었다. 꿈 속에서는 먹은 적이 있을지 모르지만, 실제로 먹는 것은 처음인 맛있는 음식뿐이었다.

건포도 푸딩이 나올 무렵 그때까지 그리 입을 열지 않고 있던 포브스 씨가 의자에 깊숙이 몸을 파묻더니, 두 손을 맞대고 앉아 버티를 지그시 응시했다.

"흠. 이제 샘슨 가게에서는 일할 수 없게 된다고."

버티는 또다시 진지한 얼굴이 되었다. 일에 대한 고민이 갑자기 생각난 것이다.

"네, 아직 몸이 작아서 어른 일은 무리하고 하셨어요."

"그렇겠구나. 분명 그리 큰 편은 아니야. 하지만 자라는 건 이제부터지. 남자아이는 나이가 든 뒤에 갑자기 자라는 법이거든. 그런데 너는 꽤 쓸 만한 아이 같구나. 실은 우리 집에서도 심부름을 하거나 말을 돌봐줄 남자아이를 찾고 있던 중이란다.

괜찮다면 네가 해보겠니? 여기 살면서 학교에 다녀도 좋아. 이 집 저 집 왕진을 다니다 보면 일손을 찾는 집을 발견할 수 있을 테니 좋은 자리가 있으면 네 이야기를 해주마. 어떠냐?"

"고맙습니다, 선생님!"

버티는 너무 기뻐서 목이 메이는 듯했다.

"그럼, 결정되었어. 월요일부터 오너라. 그리고 몸이 약한 네 사촌에 대해서도 생각 좀 해보자. 푸딩을 더 먹겠니, 버티?"

"벌써 많이 먹었어요."

버티는 푸딩을 먹을 정신이 없었다. 하늘에서 떨어진 듯한 이 행운에 가슴이 벅차 한 입도 더 먹을 수 없을 것 같았다.

식사가 끝난 뒤 아이들은 게임을 하고 호두를 까먹거나 사과를 구워먹기도 했다.

시계가 9시를 알리자 버티는 일어섰다.

신문을 읽고 있던 포브스 씨가 눈을 들었다.

"돌아가려고? 월요일을 잊으면 안 된다."

버티는 기쁜 듯 힘차게 대답했다.

"네."

어찌 잊을 수 있겠는가?

복도로 나오자 에이미가 부엌에서 빨간 썰매를 가지고 나왔다.

"윌리엄 존에게 갖다줘. 몇 가지 선물도 함께 동여매었는데 떨어지지 않을 거야."

현관에서는 이디스가 꾸러미를 들고 기다리고 있었다.

"윌리엄 존에게 이 호두와 캔디를 갖다줘. 그리고 새해 복 많이 받으라는 우리 인사도 꼭 전해주고."

"네, 오늘 밤은 정말 고마웠어요. 윌리엄 존에게 모조리 이야기해주겠어요. 그럼, 안녕히 계세요."

버티는 밖으로 나왔다. 전에 없이 추운 밤이었다. 어두운 하늘에서 별이 얼음처럼 반짝이고 있었다. 그렇지만 버티의 눈에는 세상이 온통 장밋빛으로 보였고, 멋진 미래가 기다리고 있는 것 같은 기분이었다.

뽀드득뽀드득 언 길을 버티는 뛰다시피 돌아갔다. 끌고 있는 썰매
가 뒤에서 경쾌한 소리를 내며 따라왔다.

버티는 생각했다.

"이번 설날은 영원히 잊을 수 없을 거야."

Lucy Maud Montgomery
ANNE OF GREEN GABLES
《ANNE》의 에피소드

아름다운 앤의 섬

《달이 가고 해가 가고 *Chronicles of Avonlea*》(9권) 《언제까지나 *Further Chronicles of Avonlea*》(10권)는 앤의 주위 사람들이 등장하는 단편집으로 '애번리 이야기'라고 할 수 있다. 애번리와 그 언저리에 사는 사람들이 주인공이 되어 다양한 역사를 만들고 있다. 때문에 우리는 쉽게 앤이 생활했던 무렵의 마을을 상상할 수 있다.

애번리는 모드 자신이 살았던 프린스 에드워드 섬 캐번디시 마을을 모델로 하고 있다.

프린스 에드워드 섬은 박쥐가 날개를 펴고 북쪽으로 날아가는 듯한 모양을 하고 있다. 《그린게이블즈 빨강머리 앤》의 무대인 캐번디시는 섬의 한복판, 그 박쥐의 머리께쯤에 있는 작은 마을이다.

온 섬이 아름다운 공원 같은 프린스 에드워드 섬, 그 가운데서도 이 언저리는 세인트 로렌스 강이 대서양으로 흘러드는 세인트 로렌스 만에 잇닿은 곳으로, 초록빛 나무와 짙푸른 바다 그리고 새하얀 모래톱이 뛰어나게 어우러져 있다. 지금은 프린스 에드워드 섬 국립공원이 되어 있다.

'아베그웨이트'라는 부드러운 소리의 인디언 이름을 가진 이 섬은 참으로 아름답다. 일찍이 프린스 에드워드 섬에 살고 있던 미크맥족에게는 창조신화가 있었다. 위대한 신령이 우주와 미크맥족을 만들자, 그 뒤 검붉은 흙이 많이 남았다. 여기서 위대한 신령은 이 흙을 이겨

애번리 마을 지도

서쪽 클리프턴 길

너도밤나무와 단풍나무

연인의 오솔길

중앙 클리프턴 길

해리슨네 집

그린게이블스의 과수원

그린게이블스

어린가문비나무

메어리 장

자작나무와 전나무

스노우츤

통나무 다

빅토리아 섬

클로버 들판

움푹한 곳의 하얀자작나

수정호수

레이철 린드부인의 집

사일러스 슬론네 목장

만발한 산벚나무

오리니

애번리 길

가문비나무 숲

애번리 마을 묘지
(매슈의 묘·헤스터 그레이의 묘)

통나무 다라

카모디 길

자작나무 숲

야생 벚꽃

작은전나무 골짜기

헤스터 그레이의 오래된 정원

카모디 거리

아름다운 앤의 섬 465

서 초승달 모양을 빚었는데 이것이 우주에서 가장 아름다운 보석이 되었다.

그곳에는 앤 이야기에 나오는 세계가 펼쳐진다.

'그린게이블즈'는 관광명소가 되었고, 그 주변에는 '빛나는 호수', '도깨비숲', '연인의 오솔길'이 있다. 빌딩은 마을 중심에나 조금 들어서 있을 뿐 교외로 한 발자국만 나오면 영국풍의 아름다운 집들, 레이스 커튼, 붉은 제라늄꽃들이 온통 눈에 들어온다. 소와 말은 한가로이 풀을 뜯고 망아지는 낮잠을 잔다.

1874년 11월 30일, 이 아름다운 프린스 에드워드 섬에 한 여자 아기가 태어났다. 루시 모드라고 이름붙여진 모드 집안의 딸은 30년 세월이 흐른 뒤 한 권의 책을 쓰기 시작하였고, 이윽고 미국 보스턴의 한 출판사에서 출간되었다. 이것이 《그린게이블즈 빨강머리 앤 *Anne of Green Gables*》의 탄생이다.

《그린게이블즈 빨강머리 앤》이라는 책이름의 본디 뜻은 《녹색 맞배지붕집의 앤》이다. 그것은 고아인 주인공 앤이 양녀로 들어가 살게 된 집이 초록색 맞배지붕집이었던 것과, 모드 자신이 살았던 집 또한 똑같은 초록색 맞배지붕집이었던 데서 비롯된 것이다.

캐나다 하면 끝없는 평원이 어디까지나 펼쳐지고 밀밭이 지평선에서 새파란 하늘과 하나로 맞닿은 드넓고 넉넉한 풍경이 우선 떠오르지만, 프린스 에드워드 섬은 좀 다르다.

캐나다는 추운 편이지만 이 섬은 경작에 알맞아, 토지가 밭이며 목초지로 세분되어 있어 본토처럼 망막한 느낌이 없고 사람 손으로 반듯하게 다듬어진 광경이 펼쳐지는 것이다.

프린스 에드워드 섬은 사진으로 보는 것보다 실제로 보는 편이 몇 배나 더 아름답다. 섬에서는 초록과 파랑과 빨강의 향연이 펼쳐진다고 해도 과언이 아니다.

나무와 밭과 목초지는 온갖 색조의 초록빛으로 넘친다. 섬에 사는

▲ 샬럿타운 페스티벌 팸플릿 표지(1983)

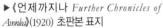

▶ 《언제까지나 *Further Chronicles of Avonlea*》(1920) 초판본 표지

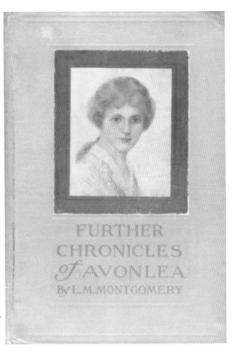

사람들은 54가지의 초록빛이 있다고 말한다.

그리고 짙푸른 바다가 주위를 둘러싸고, 그 바다가 여기저기서 카멜레온의 혀같이 깔린 모래톱으로 나뉘어 내륙에 남겨져 푸른 내해를 이루고 있다.

《그린게이블즈 빨강머리 앤》에서 특히 강조되고 있는 것은 아니지만 캐번디시는 몇 마일이나 이어진 모래밭으로 유명하다.

스펜서 부인의 집까지 마차를 타고 갈 때 머릴러는 앤에게 화이트 샌즈 호텔을 가리키며 "여름에는 미국 사람들이 많이 오지. 이 바닷가는 좋은 피서지인가봐"라고 말하고 있다.

게다가 가장 높은 곳이 해발고도 142미터일 정도로 토지가 평탄하므로, 바다에 가까운 곳은 큰 늪이 매우 많다.

그 초록과 청색 가운데로 붉은 길이 뻗어 있다. 앤은 깜짝 놀라 어

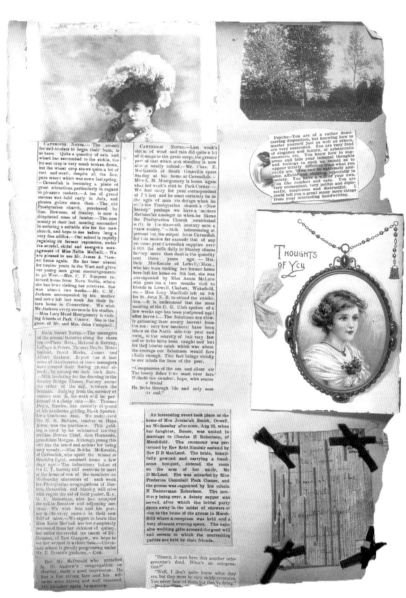

모드의 〈스크랩북스〉 '하얀 자작나무에 바치는 시 '오른쪽 위는 모드가 찍은 맥닐네 집에 있는
하얀 자작나무.

캐번디시 해안 붉은 모래사장이 끝없이 이어진다. 섬 전체 땅이 검붉은 색깔을 띠는 것은 이 섬의 창조신화 유래에서 찾아볼 수 있다.

째서 그런지 매슈에게 물었는데, 이것은 흙에 이산화철이 들어 있기 때문이다.

이러한 빛깔들은 사진으로 찍을 수 있지만, 카메라 렌즈의 힘도 미치지 못하는 것이 있다. 바람에 술렁이는 숲의 소리, 들판을 지나는 산들바람의 속삭임, 햇빛에 그 깊이를 더하는 바다의 짙푸름, 여기저기에 흩어져 있는 늪의 눈부신 수면⋯⋯ 초여름이면 긴 겨울 다음에 온갖 꽃이 일제히 피어나므로, 앤과 같은 상상력의 소유자가 아니더라도 그 아름다움이 눈에 선하지 않을까.

앤의 이야기는 많은 사람에게 읽히며 사랑받고 있다. 그 이유는 여러 가지 있겠지만, 만일 앤이 살았던 곳이 프린스 에드워드 섬이 아니라면, 꽃도 피지 않은 황량한 토지였다면, 이토록 사람 마음을 사로잡지는 못했을지 모른다. 그만큼 프린스 에드워드 섬의 풍물은 이야기에서 빼놓을 수 없는 요소이다.

모드의 외갓집 맥닐 집안은 캐번디시에서 3등 우체국을 했는데 외할머니 집이 초록 맞배지붕이었다. 모드는 엄격한 외할머니의 감시 아래 그 지붕아랫방에서 작가로서의 꿈을 키웠다.

초록 맞배지붕집 바로 옆에는 '연인의 오솔길'이 있고, 섬뜩한 '도깨비숲'도 있었다. 어린 모드는 캐번디시 큰 도로를 따라 무성하게 자란 울창한 숲이 무서워, 1킬로미터 거리에 있는 가게에 심부름을 갈 때에는 죽고 싶은 생각이 들었다고 한다. 20년도 더 흐른 뒤 "오늘 어두워지고 나서 그 숲을 혼자서 걸었다!"라고 일기에 쓰고 있을 정도다.

모드가 다닌 곳도 앤과 마찬가지로 교실이 하나뿐인 아담한 학교였고, 선생님도 스테이시 선생과 똑같은 여자선생님이었다. 길버트의 모델인 것 같은 사이좋은 남자아이가 있었고, 물론 다이애너에 비길 만한 아만다라는 '숙명적인 친구'도 있었다.

모드도 앤과 마찬가지로 공회당을 꾸미고 콘서트를 열고 상급학교 입시에 대비한 수험공부를 했다. 또한 앤과 마찬가지로 싫어하던 기하과목을 극복하고 시험에 거뜬히 합격했다.

모드 시대 프린스 에드워드 섬에는 샬럿타운을 중심으로 철도가 깔려 있었다. 다만 그 철도는 캐번디시 곧 애번리까지는 개통되어 있지 않았다. 그래서 매슈는 이제나저제나 목을 빼고 기다리던 앤을 마중하러 브라이트리버 역까지 나갔다. 이 브라이트리버 역의 모델이 된 것이 캐번디시에서 남으로 16킬로미터 내려간 곳에 있는 헌터리버 역이다.

섬에서 철도가 사라진 지금 헌터리버에는 녹슨 철로가 비바람을 맞으며 쓸쓸히 있을 뿐이다. 앤이 앉아 있던 역은 다른 장소로 옮겨지고 대신 선물용품 가게가 들어서 있다.

매슈가 앤을 위하여 부푼 소매가 달린 드레스를 사러 가는 카모디

기차역 앨마이러 철도박물관. 작품에서 당시 애번리까지 철도가 개통되어 있지 않아 브라이트리버 역까지 가야 했다.

읍은 캐번디시에서 3마일 떨어진 마을 스탠리를 바탕으로 하고 있다.

모드는 회상하고 있다.

"스탠리에는 가게가 두세 곳 있었는데 필요한 물건은 대개 그곳에서 샀다. 어린 눈에 스탠리는 아주 큰 읍으로 보였다."

가공의 땅 애번리의 모델이 된 프린스 에드워드 섬의 오늘날 주요 산업은 농업·어업·관광 등이다.

대머리독수리, 올빼미, 캐나다기러기, 바다수리, 검은오리, 아기기러기 등 300종 이상의 새 종류가 이 섬에 둥지를 틀고 있다. 모드가 소설에서 그리고 있는 야생꽃들도 풍부하다. 크고 작은 야생화가 앤이며, 모드의 어린 시절과 마찬가지로 다투어 피고 있다. 다만 그때만큼은 무성하지 못할는지 모르나 여전히 아름답다.

그녀의 수많은 장편소설 가운데 단 한 편을 제외하고는 모두 프린스 에드워드 섬을 무대로 하고 있다. 풍경을 생생하게 묘사하고 있는 모드의 필력, 그녀가 사랑하는 고향의 동물이나 식물을 눈앞에 표현해 내는 힘은 모드 소설에서 가장 뛰어난 점이다.

다른 소설과 마찬가지로 모드 자신 어린 시절에 겪은 소재를 이용하여 《그린게이블즈 빨강머리 앤》에서 그려낸 풍경은 몇 세대에 걸쳐 사람들을 매료해 왔다.

'단풍나무 저택'의 모델이 된 집은 조부모의 집은 아니고 데이빗과 마거릿 맥닐(모드의 종조부, 할아버지의 형제)의 집이다. 어린 모드는 이따금 이 집을 방문했다.

"단풍나무 저택은 데이빗 맥닐네 집이 모델이다. 다만 건물이라기보다 주위상황과 풍경 등에서 그러하며, '아! 거기 말이에요' 할 만큼 그곳 사람들이 알아주는 곳이다……나는 사실에는 전혀 구애받지 않았다. 마당에 분명 버드나무가 있었다고 여겨지지만 롬바르디 포플러는 없었다."(일기)

"현실의 맥닐 저택은 내가 묘사한 단풍나무 저택만큼 깔끔하지 않았다……오히려 정원은 지저분하기로 유명했다. 노아의 대홍수가 지나간 뒤의 세계가 어떠했는지 알고 싶으면 비 오는 날 데이빗네 집 안의 창고 앞 마당에 가보면 좋을 거라고 그 지방에서는 수수께끼처럼 말하곤 했다."(일기)

'단풍나무 저택'은 1937년 이래 캐나다 정부에 의해 보존되어 오고 있다. 건물은 소설을 바탕으로 복원하여, 앤의 방을 비롯한 여러 방의 가구 등을 통하여 그때를 회상해 볼 수 있다.

모드는 '연인의 오솔길'을 산책하기를 즐겼다. 뒷날 이 섬에서 아주

그린게이블즈 하우스 초록 맞배지붕의 이 집은, 작품 속의 앤이 매슈네 양녀로 들어가 살던 집이자, 모드가 외할머니와 함께 살았던 집이다.

먼 온타리오주에 살던 모드는 다음과 같은 일기를 남겼다.

"옛날처럼 해질 무렵 '연인의 오솔길'을 걷거나, 그즈음 잘 갔던 바닷가 모래밭에서 황혼의 산책을 즐기고 싶다."(일기)

'린드네 골짜기'의 린드 부인 집이나 골짜기를 흐르는 시내는 모드의 종조부 파스 맥닐네 집을 모델로 삼고 있다.

"커스버트네 저택 아래를 지나 '린드 골짜기'로 흘러가는 시내는 물론 내 친애하는 숲 속의 시내 이야기이다. 웹 씨네 집 아래쪽으로 흘러 '파스 골짜기'를 빠져나가는 그 개천 말이다."(일기)

모드가 어린 시절 빅토리아 섬은 실제로 존재했다. 일기가 그것을 말해 주고 있다.

"오늘 아침, 빅토리아 섬까지 가서 사진을 찍어 왔다. 학교의 시내 가까운 저 그리운 자리. 옛날 그대로 전나무가 덮여 있고 물이 웃고 있다. 일찍이 소년과 소녀가 거기서 놀았다. 그 지나간 날들처럼 수면은 반짝반짝 빛나고 잔물결을 일으키며 웃었다."(일기)

'도깨비숲'도 현실의 장소를 바탕으로 한다. 어린 시절 모드와 그녀의 동무 데이브와 웰넬슨은 그야말로 앤과 다이애너처럼 '도깨비숲'에 대한 아이디어를 생각해내어 좋아하면서 멋대로 뻗어나가는 상상력에 맞설 수 없게 되어 버렸다.

"처음에는 아무도 숲에 유령이 나온다는 말을 믿지 않았다. 수수께끼 같은 '흰것'이 황혼의 숲 속을 달려가는 것이 보인다는 식으로 서로 말하고 있었지만 그런 것은 우리들 상상일 뿐이라고 생각하고 있었다.
……머지않아 우리들은 이런 지어낸 이야기를 마음속으로 믿게 되고 말았다. 해진 뒤 그 숲에 가까이 가려고 생각하는 사람은 아무도 없게 되었다. 사형에 처한다고 해도 안 되었다. 죽음이라고? 그 '흰것'에 꽉 잡혀버리는 기분 나쁜 공포에 비하면 죽음 같은 건 아무것도 아니었다."

맥닐 외조부모 집에서 13마일 떨어진 파크코너에 모드의 조부와 존 캠벨 숙부가 살고 있었다. 모드는 거기 있던 호수에서 '빛나는 호수'의 아이디어가 떠올랐다고 일기에 적고 있다.

숲속의 시내 '파스 골짜기'를 빠져나가는 그 개천일 것이다.

파크코너의 은빛 숲 저택 거실에 있는 책장 모드의 작품이 모두 전시되어 있다.

▲ **파크코너의 은빛 숲 저택** 이 곳에 '은빛 숲'과 캠벨호수가 있고, '빨강머리 앤 박물관'이 있다. 모드의 할아버지 농장 안에 있는 이 집은 사촌이자 친구 프레드 캠벨의 집이었으며, 모드가 이완과 결혼식을 올린 곳이기도 하다.

▶우물

"앤은 어떤 것에든 마음대로 자기 식의 이름을 붙이곤 했는데 나도 그랬다. 많은 사람들은 '빛나는 호수'가 캐번디시 호수를 가리키는 것으로 여기지만 그것은 사실이 아니다. 내 머릿속에 있던 것은 파크코너에 있던 호수이다.

그렇지만 캐번디시의 호수 수면에 비친 빛과 그늘이 만들어 내는 경관의 인상이 상당부분 무의식중에 영향을 미친 것으로 생각된다. 게다가 앤이 최초에 그것을 본 언덕이 리어드 언덕인 것은 틀림없다. 나도 곧잘 해질 무렵 그곳에 서서 반짝거리며 빛나는 호수와 가장자리가 빨갛게 물든 항구, 어두워질 때 더욱 푸르게 보이는 바다를 취한 듯 바라보곤 했다."

이렇듯 어린 시절 모드에게 즐거웠던 시간은 파크코너와 관련이 있다. 뒤에 두 아들 체스터와 스튜어트도 어린 시절 이곳을 찾은 적이 있다. 지금 여기에는 '은빛 숲', 곧 '빨강머리 앤 박물관'이 있고 같은 부지 안에 '빛나는 호수' 공예점과 찻집이 있다.

이들 장소 외에도 섬을 찾는 사람들은 모드가 태어난 클리프턴의 작은 집을 볼 수 있다. 이곳은 앤이 태어난 집의 모델이다.

앤과 모드 두 사람이 다닌 오래된 학교 건물터에서 피크닉을 즐길 수도 있다. 다시 166번 도로로 가면 감리교 목사관을 찾을 수도 있다. 여기는 에스티 부인이 진통제 넣은 케이크를 만든 집이다. 그밖에도 앤의 생애, 모드의 인생에 관련된 장소가 수없이 존재한다.

따라서 섬사람들이 모드의 이야기를 할 때 루시 모드, 루시 모드라고 하며 마치 친한 친구처럼 이야기하는 것도 자연스러운 일이다. 하지만 모드가 이 소리를 들으면 좀 얼굴을 찌푸릴지도 모른다. "나는 모드라고 불리고 싶다. 루시 모드는 싫다"고 일기에 적고 있으니까.

섬사람들에게 모드는 자기들 주변의 일들을 써 준 섬의 작가일 뿐 아니라, 실제로 매우 가까운 존재이기도 하다. 모드와 핏줄이 이어진

빛나는 호수 파크코너에 있는 '캠벨호수'. 모드는 이 호수에서 '빛나는 호수'의 아이디어가 떠올랐다고 말했다.

사람들이 섬 이곳저곳에 살고 있는 것이다.

아름다운 섬 그리고 그런 섬을 사랑하는 섬 사람들의 마음, 그 두 가지가 한데 어우러져 모드를 낳았고, 앤의 이야기를 탄생시킨 것이리라.

그러나 《그린게이블즈 빨강머리 앤》에 묘사된 장소가 하나같이 프린스 에드워드 섬 현실의 장소를 모델로 한 것이라고 생각해서는 안 된다. 예를 들면 '자작나무길'은 캐번디시 풍경의 일부가 아니다.

"그러나 자작나무길은 어디엔가 존재한다. 그곳이 어디인지는 모른다. 나에게는 한 장의 사진이 있다. '아우팅'이라는 잡지에 실린 사진을 복제한 것이다. 미국 어딘가에 있을 것이다."(일기)

모드는 이 사진을 일기에 끼워놓고 있다.

우리들은 《그린게이블즈 빨강머리 앤》을 읽으면서 '거기에는 언제나 무언가 그리운 듯한, 즐거운 듯한 기분이 나를 기다리고 있어서, 그곳에 돌아가는 그 순간 내 가슴으로 뛰어들어오는(G.B. 맥밀란에게 보내는 편지, 1924년 9. 24일자)' 경험을 할 수가 있다.

《그린게이블즈 빨강머리 앤》의 성공에 프린스 에드워드 섬의 자연의 아름다움이 크게 공헌한 것은 부인할 수 없다. 그러나 단순히 아름답고 로맨틱한 것뿐이었다면 일시적인 성공에 그칠 뿐, 이렇게 오랫동안 독자들의 인기를 누릴 수 없었을 것이다.

《그린게이블즈 빨강머리 앤》은 아름다운 자연 속에서 살아가는, 평범하고도 소박한 사람들의 이야기를 또렷하게 그려내고 있는 것이다. 때문에 그토록 긴 세월 독자들의 애정을 독차지한 것이리라.

앤 이야기가 출판된 차례는 아래와 같다.

1908년 《만남 *Anne of Green Gables*》(1권)
1909년 《처녀시절 *Anne of Avonlea*》(2권)
1912년 《달이가고 해가가고 *Chronicles of Avonlea*》(9권)
1915년 《첫사랑 *Anne of the Island*》(3권)
1917년 《웨딩드레스 *Anne's House of Dreams*》(5권)
1919년 《무지개골짜기 *Rainbow Valley*》(7권)
1920년 《언제까지나 *Further Chronicles of Avonlea*》(10권)
1921년 《아들들 딸들 *Rilla of Ingleside*》(8권)
1936년 《약속 *Anne of Windy Willows*》(4권)
1939년 《행복한 나날 *Anne of Ingleside*》(6권)

마음이 가라앉을 때, 삶이 무거운 짐으로 느껴질 때 앤은 언제나 읽는 이들의 기운을 북돋워 주리라!

루시 모드 몽고메리 연보

1874년   11월 30일 프린스 에드워드 섬 클리프턴에서 태어나다.
           아버지는 휴 존 몽고메리. 어머니는 클라라 울너 맥닐.
           양쪽 집안 모두 스코틀랜드 출신 이주민이다.

1876년(2세) 9월 어머니 클라라가 폐렴으로 세상을 떠났다. 이후 루
           시는 캐번디시에 살던 외할아버지 앨릭잰더 맥닐과 외
           할머니 루시 맥닐 손에서 자랐다. 아버지 휴 존은 그 뒤
           서스캐처원 프린스 앨버트로 옮겨 1881년 그 마을에 정
           착한다.

1880년(6세) 캐번디시에서 초등학교에 입학.

1884년(10세) 시 〈가을〉을 처음으로 썼다. 이때부터 일기를 쓰기 시작
           해 그 뒤로 45년간 계속 쓰게 된다.

1890년(16세) 8월 프린스 앨버트로 아버지를 찾아가서 새엄마 메리
           앤 맥크레(1887년 결혼)와 그의 딸 캐티, 아들 블루스와
           함께 겨울을 보낸다. 11월 26일 16살 생일 바로 전에 쓴
           〈루퍼스 곶에 대하여〉라는 시가 샬럿타운의 신문 〈데일
           리 패트리어트〉에 처음으로 실린다.

1891년(17세) 2월, 첫 번째 작품 《마르코 폴로 호의 침몰》이 〈몬트리올
           위트니스〉지에 실렸다. 6월 〈프린스 앨버트 타임즈〉지에
           서스캐처원에 대한 기행문 《서쪽의 에덴》이 게재된다.

1893~4년   프린스 에드워드 섬 비더퍼드에서 교단에 선다.

1895~6년   핼리팩스의 댈하우지 대학교 입학, 아치볼드 맥미컨 박

사의 지도로 영문학을 배운다. 〈골든데이즈〉지의 단편, 〈핼리팩스 이브닝 메일〉지의 에세이, 〈유스 컴패니언〉지의 시 등, 일주일에 세 번이나 원고를 발표하는 기회를 갖기도 했다. 96년 6월 9일 에세이 《포셔—하나의 연구》를 졸업자격 논문으로 택하여 오페라하우스에서 낭독했다. 또 96년 4월에는 〈핼리팩스 헤럴드〉지에 에세이 《댈하우지 대학교 여자기숙사》가 게재되었다.

1896년(22세) 7월 프린스 에드워드 섬, 벨몬트에서 교단에 선다.

1897~8년 프린스 에드워드 섬, 로어베디크에서 교단에 선다. 3월 외할아버지 맥닐이 세상을 떠난다. 외할머니 곁으로 돌아와, 외할머니가 세상을 떠날 때까지 13년 동안 캐번디시에서 살아간다.

1900년(23세) 1월 16일 아버지 휴 존이 폐렴으로 세상을 떠난다.

1901년(27세) 이 무렵부터 겨우 살림을 꾸릴 수 있을 만큼의 원고 수입을 얻게 된다. 〈델리네터〉〈스마트세트〉〈에인스리즈〉등 여러 잡지에 글을 발표한다. 가을에 핼리팩스로 옮겨가서 〈클로니클〉지의 석간 〈데일리 에코〉의 '사교란' 편집과 집필을 담당. 필명 '신시아'로 칼럼 《어라운드 더 테이블》주 2회 발표.

1902년(28세) 캐번디시의 할머니에게 돌아가서 집필활동을 계속한다.

1903년(29세) 캐번디시 장로교회 목사 이완 맥도널드와 처음 만난다.

1904~5년 봄에 《만남 Anne of Green Gables》을 쓰기 시작하여 이듬해 10월에 완성하지만, 책을 내줄 출판사를 찾지 못한다.

1906년(32세) 이완 맥도널드와 약혼한다.

1908년(34세) 보스턴 L.C.페이지사에서 《만남》이 출판된다. 발매 뒤 6개월 만에 6판에 걸쳐 출간된다.

1909년(35세) 2월 인세로 1,730달러짜리 수표를 받는다(1900부, 1권 당

9센트). 《처녀시절 *Anne of Avonlea*》 출판.

1910년(36세) 몇 년 전에 쓴 《과수원의 세레나데 *Kilmeny of the Orchard*》 출판. 동시에 미국의 잡지에 다른 제목으로 연재 시작.

1911년(37세) 《세라 사랑의 기쁨 *The Story Girl*》 출판. 3월 외할아버지 맥닐이 세상을 떠난다. 모드는 파크 코너에 있는 큰아버지 존 캠벨의 집으로 거처를 옮긴다. 7월 5일 이완 맥도널드와 결혼하고 스코틀랜드로 신혼여행을 간다. 9월에는 남편이 부임한 온타리오 주 리스크데일 목사관에서 신혼살림을 차린다. '캐나다여성 프레스클럽' 토론토지부에서 작가인 도널드 맥그리거 부인(메리언 키스)을 만나 평생 친구가 된다.

1912년(38세) 7월 7일 장남 체스터 맥도널드 태어나다. 잡지 발표 단편을 엮은 《달이가고 해가가고 *Chronicles of Avonlea*》 출판.

1913년(39세) 《세라 황금의 길 *The Golden Road*》 출판.

1914년(40세) 8월 13일 둘째 휴 알렉산더 맥도널드를 사산.

1915년(41세) 《첫사랑 *Anne of the Island*》 출판. 10월 7일 셋째 스튜어트 맥도널드 태어나다.

1916년(42세) 모드의 유일한 시집 《야경 *The Watchman & Other Poems*》 출판.

1917년(43세) 《웨딩드레스 *Anne's House of Dreams*》, 자서전 《험난한 길 *The Alpine Path : The Story of My Career*》 출판.

1919년(45세) 《무지개 골짜기 *Rainbow Valley*》 출판.

1920년(46세) L.C.페이지사가 모드의 단편들을 모아 《언제까지나 *Further Chronicles of Avonlea*》 무단으로 출판. 그 뒤 9년에 이르는 소송사건이 벌어졌다. 재판은 몽고메리의 승소로 끝났지만 보상금은 보잘것없었다.

1921년(47세) 《아들들 딸들 *Rilla of Ingleside*》 출판.

1923년(49세) 《에밀리 초원의 빛 *Emily of New Moon*》 출판. 가장 자전적 요소가 많은 작품.

1925년(51세) 《에밀리 영혼에 뜨는 별 *Emily Climbs*》 출판. 온타리오주 노발의 목사관으로 이사.

1926년(52세) 《밸런시 로망스 *The Blue Castle*》 출판.

1927년(53세) 《에밀리 여자의 행복 *Emily's Quest*》 출판.

1929년(55세) 《메리골드의 마법 *Magic for Marigold*》 출판.

1931년(57세) 《엉클어진 거미줄 *A Tangled Web*》 출판.

1932년(58세) 《패트 은빛 숲의 집 *Pat of Silver Bush*》 출판.

1934년(60세) 메리언 키스, 메이블 반스 매킨레이와 함께 에세이 《용감한 여성들 *Courageous Women*》을 공저 출판.

1935년(61세) 남편 이완이 건강 악화로 목사직에서 은퇴한다. 조지 5세가 내린 훈장을 받는다(Officer of the Order of the British Empire). 동시에 영국학사원회원, 캐나다 작가협회 회원, 캐나다 여성프레스클럽 회원, 프랑스 예술원 회원(은메달 수상). 《패트 삶과 꿈 *Mistress Pat*》 출판.

1936년(62세) 《약속 *Anne of Windy Willows*》 출판.

1937년(63세) 《제인 물망초 *Jane of Lantern Hill*》 출판.

1939년(65세) 《행복한 나날 *Anne of Ingleside*》 출판.

1942년(68세) 건강 악화로 4월 24일(금요일) 세상을 떠나다. 프린스 에드워드 섬 '초록 지붕' 집이 내려다보이는 묘지에 묻힌다.

1943년 남편 이완 맥도널드 세상을 떠나다. 아내 옆에 묻힌다.

1974년 아들 스튜어트가 편집한 《어제로 가는 길 *The Road to Yesterday*》 출판

1990년 《엘리제 생의 한가운데 *Among the Shadows*》 출판.

김유경
숙명여자대학교 미술대학 서양화 전공(부전공 영문학) 졸업
창작미협전 「정월」 특선 목우회전 「주왕산」 입상
지은책 「조선 열두달 이야기」 옮긴책 「잉걸스·초원의 집」
「몽고메리·앤스북스」 10권

Lucy Maud Montgomery
ANNE OF GREEN GABLES

ANNE

10
언제까지나
루시 모드 몽고메리/김유경 옮김
1판 1쇄 발행/2002. 1. 1
2판 1쇄 발행/2004. 6. 1
3판 1쇄 발행/2014. 5. 5
3판 4쇄 발행/2021. 1. 1
발행인 고정일
발행처 동서문화사
창업 1956. 12. 12. 등록 16-3799
서울 중구 마른내로 144(쌍림동)
☎ 546-0331~6 (FAX) 545-0331
www.dongsuhbook.com

*

본 저작물의 한국어 번역 편집 그림 장정 꾸밈 출판권은 동서문화사가 소유합니다.
의장권 제호권 편집권 특허권 저작권 법에 의하여 보호를 받는 저작물이므로
무단전재와 무단복제를 금합니다.

*

사업자등록번호 211-87-75330
ISBN 978-89-497-0871-3 04840
ISBN 978-89-497-0861-4 (전10권 양장본)

한국독서대상수상

올컬러 ANNE 총10권

그린 게이블즈 빨강머리 앤 | 루시 모드 몽고메리 | 김유경 옮김 | 동서문화사

1만남 큰 눈에 주근깨투성이 빨강머리 앤이 꿈에 그리던 따뜻한 보금자리 그린게이블즈에서 지내는 소녀시절. 아름다운 마을에서 펼쳐지는 우정, 갈등, 행복, 사랑 이야기.

2처녀시절 초등학교 신임교사로서 바쁜 나날을 보내는 열여섯 살 앤의 가을부터 이야기는 시작된다. 소녀에서 한 여성으로 성장해가는 앤의 정겨운 나날이 펼쳐진다.

3첫사랑 앤의 즐거운 학창시절. 하지만 괴로움으로 마음이 요동치는 밤도 있었다. 꿈에 그리던 대학에서 공부하며 진정한 사랑에 눈떠가는 과정이 아름답게 펼쳐진다.

4약속 서머사이드 중학교의 교장으로 부임한 앤을 맞이하는 사람들의 적의 시선. 타고난 유머와 인내로 곤경을 헤쳐 나가는 젊은 여성의 개성 넘치는 모습을 그리고 있다.

5웨딩드레스 앤과 길버트는 해변 '꿈의 집'에서 달콤한 신혼생활을 보낸다. 특별한 이웃에 둘러싸여 행복하게 살아가는 둘에게 드디어 귀여운 아이도 태어나는데……

6행복한 나날 의사인 남편 길버트를 도와 여섯 아이를 기르게 되고 친구를 맞으면서 바쁜 나날을 보내는 앤. 삶을 사랑하며 행복하게 살아가는 것은 더없이 멋진 일이다.

7무지개 골짜기 '무지개 골짜기'에서 황홀한 나날, 순수한 꿈과 바람은 어른들에게 천사의 목소리로 울려온다. 자연과 인간 마음을 아름답게 그려낸 주옥같은 스토리.

8아들들 딸들 세계대전이 일어나 아들과 딸의 연인들이 잇따라 출정을 하게 된다. 전쟁에서 사랑하는 사람을 잃은 슬픔을 견뎌내는 어머니 앤과 막내 릴러의 의연한 모습.

9달이가고 해가가고 15년 만에 이루어진 사랑, 말 못하는 소녀를 구원하는 젊은 교사의 헌신적 애정 등, 앤 주위 사람들이 만들어가는 마음 따뜻한 주옥같은 이야기들.

10언제까지나 신시어 숙모의 고양이는 어디로? 샬럿의 옛 애인은 누구? 언뜻 평온하면서도 뜻 깊은 애번리 여러 사건들, 그리고 감동적인 크리스마스 이야기가 펼쳐진다.